＼ 大專用書

# 基礎新聞學

## 彭家發著

學歷：國立政治大學新聞系畢業
　　　美國南伊利諾大學碩士
經歷：曾任僑報記者、編輯、僑校
　　　中學及大學預科文史教員；
　　　《經濟日報》記者、駐香港特
　　　派員；財經雜誌主編、顧問
　　　；中國文化大學、世界新聞
　　　學院、銘傳管理學院、香港
　　　珠海書院兼任講師；香港信
　　　義宗書院傳理系系主任；國
　　　立政治大學新聞系講師。
現職：國立政治大學新聞系副教授

三民書局 印行

國立中央圖書館出版品預行編目資料

基礎新聞學／彭家發著.--初版.--臺
北市：三民，民81
　　　面；　　公分
　　ISBN 957-14-1934-6（平裝）

1.新聞學

890　　　　　　　　　　　81004226

ⓒ 基礎新聞學

著　　者　彭家發
發行人　劉振强
著作財
產權人　三民書局股份有限公司
印刷所　三民書局股份有限公司
　　　　地址／臺北市重慶南路一段六十一號
　　　　郵撥／〇〇〇九九九八──五號
初　版　中華民國八十一年九月
編　號　S 89075
基本定價　捌元陸角柒分
行政院新聞局登記證局版臺業字第〇二〇〇號

ISBN 957-14-1934-6（平裝）

# 自 序

　　新聞學之研究，傳統上向分理論、實務和歷史三大領域，前輩學者研究成果豐碩。迨二十世紀四、五十年代，大眾傳播之學勃興，因為它是一門科際整合性非常之強的學科，挑戰性也強，吸引了無數精英學者，投身於這門學科的質的研究、量的研究之類洪濤之中，朝乾夕惕，成就斐然。而新聞學之研究，雖貌似附麗於傳播學內，實則「弦歌不絕」，時見心血鉅著。我國新聞科系及各類考試中，仍多列「新聞學」一科，可見有識之士，見樹見林之宏觀。

　　本人因為教學及研究興趣，向有撰述一系列有關新聞學基礎書籍心願，教餘逐一分章撰寫，漸有目次。所收集、參考之資料、中外書目及期刊亦多。這些資料，在整套計畫寫作的新聞學叢書中，都可以「公用」，是化了很多心血和時間研讀而得的引據資料，本書內容即是將整理所得資料和心得，作初步呈現，望能對「新聞學」這一科目基礎內容，有所貢獻。附帶一提的是，「參考書目」向為研讀、研究一門學科的入門之鑰。是以將「閱讀書目」（reading list）輯印成書者，在歐美學院中，頗不乏先例；哈佛大學之「哈佛大學閱讀書目」（Harvard Reading List），更是遐邇知名。溯諸國內，一般參考書目，多附書後。本書則輯列成章，是本笨鳥先飛精神，旨在拋磚引玉，——引出新聞學研究者的「秘笈」，與同好分享，「複製」出各種不同類型、不同功能的「研究之鑰」。

本書結構及特點

　　·第一章縱論基礎新聞學之主要內涵，從新聞學、報學而

及於新聞學研究，再擴及其他相關論題；旨在給予初接觸這種課程者必要常識。

　　·第二章則是從歷史角度，以舉隅方式，述說些重要報人、報史，從中可以感到報業之所以成其大者，我國報人之所以為報人之準則何在？

　　·第三章為在我國刊行的最初四本新聞學典籍之研究。新聞學在民初成為講壇課程後，「教材」似相當匱乏，到底在此期間內，國內有些甚麼新聞學名著呢？在本章中，本人就資料所得，將最初四本「新聞學」，作一廣泛摘述，旁及作者生平介紹。數十年後，研讀此四本書內容，實不得不感佩前輩學者之學養及前瞻性。本章中，有關美國學者舒曼及日人松本君平兩人簡略生平，信可作為新聞史上的一點小補白。年代久遠，資料零散而搜求不易，本人為了查證，曾投下不少心血，識者當知之。

　　·第四章談新聞學的分類問題。關於這方面研究，我國前輩學者曾一度注視過，但因時局動亂，以致在未得結果之前，即已沈寂無聲。本章也只能概括地做一述介工作。

　　·第五章就資料所得，引介我國新聞學的主要中英文書目，旨在檢視這數十年來，新聞學研究的「成績單」，以及書目內容的一般撰述趨向。本章所臚列之中、英文新聞學書目，信為研究新聞學之重要典籍，雖或局限於個人資料，但若以其刊行之年代、背境及內容而言，方家或不致見笑。

　　·第六章臚列我國新聞及大眾傳播學者，這些年來的主要英文新聞學及相關著作，而以己見諸冊籍者為主。因為資料及頁數所限，本章雖不輯錄諸如用英文撰述、為數甚多之論文及研究報告。然而在本章短短數頁中，似可以看出這數十年來，

我國新聞及傳播教育的成果，以及學者們的努力。

　　·第七章是研究新聞學極有幫助的書籍，有新聞學類門的，也介紹到其他相關的書籍，故名之為「新聞學書目聚珍」。「聚珍」原是前清時，對「活字版」的別稱，這裡借用為「寶庫」之同義詞。

　　讀者其或可將本書視為新聞、新聞和採訪寫作研究的「題材索引」（subject index），以補充目前國內圖書館，只有「作者索引」、「書目索引」，而獨缺「題材索引」之不足。

　　從教學、研究中，本人興趣漸及於新聞學書刊及其類別之研究，但本書所提到的，信仍僅為一個綱領，而年年月月，皆有新書面世，書肆之變化可觀，本人力有未逮，疏漏之處難免，懇請方家指正為感！

彭家發

民81.3.3.

於綠漪山房

# 基礎新聞學

# Fundamental Journalism

## 目　次

### 自　序

# 摘　要

　　本書名爲「基礎新聞學」，顧名思義，即可知道是一本收集及介紹有關新聞學的書。從新聞學之一般基礎內涵、開展及新聞學研究及其他相關論題；從報人、報史舉隅，而談及民初四大新聞學啓蒙典籍，談到這數十年來，在我國流布的新聞學主要中、英文書籍，談到我人有關新聞學的英文著作，以及與新聞學相關的中、英文參考書刊。讀者不但可從書目中，瞭解新聞學的研讀、研究範圍及大致內容；並且，可以將全書視爲研究新聞學的「題材索引」，而在附錄一章中，更能進一步尋索所需的參考資料。

# 第一章　新聞學、報學、新聞學研究及其他相關論題

## 第一節　新聞學

新聞學一詞，是由英語 "Journalism" 一詞繙譯而來，由 "Journal" 加上 "ism" 而成。溯其字源 "Journal" 一字，是由拉丁文 "diurnalis" 而來，是日報、紀事之意；而 "ism" 作爲字尾（suffix），則蘊含著實行、體系、制度、特徵與實徵的意義。由是，新聞學與新聞業（Journalism）幾乎僅是靜、動之一體兩面，原無截然界線；因之早期我國有音譯爲「集衲學」者，以象徵其包容性❶；又有因其內容連帶「報導」（引領），故又稱爲「報導學」。

不過，早期傳播媒介，偏重於傳統印刷媒介（printed media），尤其是報紙，故我國初期業界，亦以「報學」概括以名之❷。至一九二〇、三〇年代以後，廣播、電視「電子媒介」（electronic media）興起，新聞學研究範圍擴大，幾乎意指所有新聞媒介（News media），所以曾擔任《時代周刊》（Time）副總裁（Vice President）的霍津司（Cric Hodgins），在爲新聞學下一個傳統性的操作定義時（operationl definition）只籠統地說：「新聞學乃新聞之正確的深入的與迅速的傳遞，因而使真象得明，正義得以伸張之學也。」❸

研究傳統新聞學的人，總喜歡將新聞學分成歷史新聞學（historical journalism）（如報業史），實務新聞學（practice / pragmatic journalism）（如編輯、採訪），及理論新聞學（theoretical journalism）（如報業四個理論）三大類，目前則發展出「媒介理論」（Media Theory），實則應加上社會新聞學（sociological journalism），及現象新聞學（phenomenal journalism）兩大研究類目，方能建構出包含五大研究範圍的「科學新聞學」新論。

## 第二節　新聞學的意涵❹

按照一般性看法，現代所稱之新聞學（The Science of Journalism）對新聞業之解釋蘊含下面各種意涵：

⑴新聞事業擔負社會責任。例如瑞典法律即明文規定：新聞事業應告知（inform）市民，有關瑞典社會所發生之事件（occurrences）及經過情形（processes）；提供必要背景，以使資訊有其意義；細心察看所有有權勢的人，從市民立場，令諸如過失、言行不一、濫用權力等行為，公諸大眾；終而，新聞事業應對事件給予評論，並且促使討論❺。

⑵新聞及其他大眾傳播內容，應告知大眾周遭到底發生了甚麼事，以及正在發生些甚麼事。亦即應詳盡報導諸如一般人感到關注的政治、文化、當前話題（Current issues）與事件，並且就相關時事傳遞經驗，交換意見。從較高層次來看，這是主導一種備受社會考驗、各持其理的公眾對話（public dialogue）。

⑶新聞業在運作上，表徵著一條特別途徑，俾能了解現實，衡量知識，以及形成意見。因此，它相關著文化、知性活動（如文藝）、科學追求，甚至信仰。換言之，新聞業在傳遞與解釋現實上，有其獨特的社會角色、秩序及地位，值得注意研究。

⑷新聞業是社會制度（social institution）與特殊歷史條件（specific historical condition）下產品，在新聞輸出（journalistic output）與製作過程中，受諸多因素限制（但也提供了機會），

這諸多因素都是新聞學研究焦點，例如：

(a)新聞成品（product）之包裝、形式、資訊品質、文辭內容及媒介本身特牲之研究；

(b)新聞製作過程之形成之因素及條件，如守門人（gatekeeper）之作用、文化及政經環境之研究；

(c)讀者研究（audience research）。研究分析公眾（public）的處境政治、社會，知識水平，嗜好，關心事項，製碼（encoding）、解碼（decoding）程序，市場調查及廣告之商業效用等等（良好的新聞業是新聞從業人員與公眾互動的橋樑）。

(5)新聞業是一種履行編輯工作（editorial practices）的一種過程。也就是由記者、編輯執行，對以事實為主（factually bassed）的時事，例如日中最新消息（latestnews）、近事（current signs of the time），所作的一種計畫性篩選（selection）、採集與呈現的訊息傳遞工作。

## 第三節　新聞學研究

(一)前言

怎樣才能有好新聞事業（good journalism），甚且說從中建構一個健康、民主社會，不但在理論上，向來是個爭論不休的問題，在實際層面上，新聞業對所傳播事實，也是在擔負資訊傳遞與教育責任（如激起討論、形成意見），以及供給娛樂兩者之間，搖擺不定，夾雜著噓聲與掌聲。

從一個鉅觀層面來看，實踐新聞事業，是履行社會責任，令民主得以發展。類屬於大眾傳播研究之一的新聞學研究，目的是使公眾對新聞學內容，有更深入的看法及了解，從而促使新聞業發展，間接地使民主更加落實。所以，從某一層面來說，新聞學研究也正如新聞業一樣：服

務大眾。因此，它的研究成果，應提供不同「特定讀者」（target au-
dience）觀摩，尤其是新聞業界及相關職業，好令他們更新知識，學以
致用，此所以說由學院（academic）、由理論（theory）而走向實務
（industry）。

　　新聞學與自由理念既密不可分，新聞學研究亦應以此爲基準。不
過，新聞學研究與新聞學概念並不完全重疊，後者是前者研究、分析對
象；而且新聞學研究通常屬學院範圍，新聞業較鮮涉及此類事項。

　　㈡九點新聞學研究的假設❻

　⑴社會制度已爲新聞業劃地設限，標誌了特定目的；

　⑵每一度關卡的經濟狀況，局限了新聞製作過程與最後成品；

　⑶政治利益左右著新聞業；

　⑷新聞來源（source, source organizations）幫助了新聞業，卻
　　也同時「玩弄」著新聞業；

　⑸媒體內外之企業組織因素，影響到新聞業；

　⑹工作條件與新聞業集體意識（collective ideology）對於新聞內
　　容之處理，有深邃影響；

　⑺公眾知識水平與對事態度，影響新聞業；

　⑻報業與電子媒介所呈現的各種現象，飽受多項因素影響；

　⑼新聞業反映了有能力控制新聞製作過程者的意識形態。

　　㈢新聞學研究範圍

　　新聞學研究範圍，包括：

　⑴資訊層面（informative dimension）

　　如透過個案研究法、內容分析法之類，對事件報導之公正、周延、
可讀性及其他相關性作研究。又如來源研究，可從報導內容，追溯記者
的採訪過程、技巧，以檢視來源是否妥當；也可研究其真實性、自主及
有無偏見。

⑵表達形式（format dimension）

例如傳統印刷媒介之新聞稿件，包括各類通告（notices）、一般報導（reporting）、深度報導（reportage）、社論（editorials）、評論（commentary）、專欄（columns），廣播、電視則包括樣版新聞（standard newscast），雜誌型節目（magazine-format programs），記錄片（documentaries），甚至多媒介製作之「多媒介檔案」（hyperdocumentation），足供研究。

至如包括風格（geners）、藝文風尚（literary tradition）、呈現策略（narrative strategies）與傳統（conventions）之類，清楚地表現出媒介成品（journalistic products）特性的各類媒體形式瞻觀（formal aspect），更值得研究、注意。

⑶辭類包裝（rhetorical dimension）

在不同社會情境中，由於蘊潛著的價值（value premises）態度和觀點（views）諸項因素，任何敘事活動（narration），都牽扯到見諸建構（formalation）與形式（form）的修辭層次。吾人常說，新聞內容常攸關著媒體與媒體間，媒體與公眾以及其他組成分子間的某種關連。這種關連，通常在於修辭層次。它能反映文化型式、當代典範、界定異見（deviation / impart ideologies）；能壓抑或強調，消沈或激起公眾反應，而「只緣身在此山中」的新聞業，則可能習而不察，連冰山的一角也看不到。

因此，透過修辭分析（rhetorical analysis），可以確定新聞輸出，在那些方面有更大影響力。例如，從社論之類意見篇幅，比較其階段性取向（historically），或同論題而持異見者（cross-sectionally）之論辯焦點，藉以印證媒介意見領袖功能（media's opinion- leading function）。

⑷媒體（media dimension）

二十世紀未有廣播、影片及電視之前，報紙（newspaper text）原是最古老之新聞傳達形式（journalistic expression）❼，亦是新聞學研究焦點。自從電子媒介興起，電信傳遞（Telecommunication）勃興，如發展中之「廣播視訊」（teletext），一般研究，已多轉向至在文化範圍內，基於業界條件、限制及功能考慮，審視那些政策、措施爲可能，何者則受到限制，以提昇製作者與消費品質。例如，有人研究媒體本身技術之特殊因素及條件；也有人研究文化模式，對不同媒體所表達的新內容研究。比如，電視新聞特性研究，電視新聞與印刷媒介新聞之比較研究等等。

⑸媒介情境（media context）

例如研究報紙裡通俗文化（popular culture）、公告（announcements）諸如此類內容（content），對新聞工作有些甚麼影響。

若以鉅觀至微察（micro-perspective）角度，來檢視媒介情境，更可以酌分爲五個面向——

(A)國際層面：

例如，國際新聞的流通，究竟受甚麼因素影響？在衛星、有線電視發展中，技術、經濟以及媒介特性，對國際新聞又有些甚麼影響？

(B)本地層面：

例如，法律、總體經濟因素、有形與無形政治系統、歷史與傳統關聯性、特殊政治氣候（或危機）、文化運動、經濟轉型（economic transition）以及其他社會現象（societal phenomena）之研究。

(C)媒體企業本身：

例如：各個報社、廣播、電視台或新聞機構（news bureaux）企業本身組織與經濟狀況之研究。報業與諸如廣告、製紙業關係，尤其密切，幾乎形成一連鎖性之商業利益團體（organized commercial interests）。媒體企業發展史、個別媒體運作，皆可作種種研究。

(D)專業層次：

新聞業有監督功能（civic watchdog function），從消極層面來說，是「大爆（揭）內幕」能手（the great expose），但業界本身也應受監督——例如，對社會到底擔負了甚麼責任？專業規範、道德臨界點何在？甚麼人可以成爲記者？在世界上，在社會上，記者的形象是怎樣的？他們又如何看自己，看待自己工作？他們的工作特性、思想方式及解決問題方法，是否有跡可尋？從事新聞事業的進階是怎樣的？

(E)編輯檯上：

主要在於研究新聞價值，選擇新聞標準，報導方式及立場。除此之外，細分之尚有❽：

(a)新聞稿源（stories dateline）：從何而來；

(b)來源（relation to source）：記者可靠程度如何？從批判觀點及質疑態度來說，來源之採用與否可能性有多大？

(c)形式／內容（form／content）：各類形式因素對新聞內容之影響。

(d)知識（knowledge）：記者對所報導題材，了解多少？

(e)自我約束（self-censorship）：記者對那些只可意會，不可言傳的禁忌，體會多少？原因何在？

(f)道德（ethics）：記者在工作中，遭遇哪些道德上問題？他們又如何應付這些困擾？

(g)技術衝擊（technological impact）：電腦化及其他發明（如傳真 "Fax"），對新聞作業有甚麼樣影響？

(h)編輯把關（editorial control）：編輯對新聞自由（journalistic freedom），究竟有些甚麼影響？

(i)對讀者的認知（familiarity with the public）：新聞記者對讀者的認知如何？他們是從那些來源得到消息的？

(j)性別（gender）：男女記者對工作環境、新聞價值與在報導方面，有些甚麼差別？

(k)新聞事業傳統的觀念（Concept of journalism tradition）：記者們對新聞事業傳統，體認到甚麼程度，能從中贊同並微言大義？

(l)優良新聞事業之理想（the ideal of good journalism）：記者們對於他們的工作，懷有些甚麼理想？他們又認爲是甚麼因素，妨礙了這些理想？

綜而言之，新聞學研究本身之典範（the scientific paradigm of journalism research），大致可以歸納爲四個範圍：

(1)新聞學的哲理，特別是有關知識層面；

(2)新聞工作過程之研究；

(3)業界歷史及社會層面之研究；以及

(4)新聞報導與讀者認知過程之研究。

此所以挪威新聞學教授艾斯（Kent Asp）更認爲，新聞學研究，除了認同挪威新聞學校教授赫姆斯（Gudmund Hermes）所說，在媒介社會中（media society）得研究翻手爲雲、覆手爲雨的「媒介扭曲」（media distortion），還應加強諸如「媒介化」（medialization）、「媒介邏輯」（media logic）及「媒介濫權」（mediarchy）等問題及現象的研究❾。

「媒介化」是指媒介的力量，有如一隻看不見的手（invisible hand），令產生巨大的、無形的影響（invisible influence）。故而有心人士，就會利用媒介，大玩其「計算與還手」（anticipation and adaptation）的把戲：如在「政治江湖上」，某方人馬先計算競爭對手的反應，之後，將計就計，請君入甕，對準對方這種反應採取行動。媒介一旦陷入這些事件迷宮時，就會飽受他們的利用，而渾然不覺。

　　「媒介邏輯」是指：(1)「媒介把戲」（media dramaturge），即媒介爲吸引閱聽人而使出的招數手段；(2)「媒介規格」（media format），即媒介組合、呈現資訊形式；(3)「媒介日課」（media routine），即媒介工作者（media practitioners）的日常一般諸如採寫、編排等步調；(4)「媒介理論」（media rationales），即媒介的工作基礎，亦即「所以如此做」的理由。

　　「媒介濫權」是指「媒介化」後，在社會上所引起的行動和反響，──形成短視的「權謀流行」（popularity politics），騙取職銜及選票，而犧牲掉更長遠的、目的導向的決策，了解真正問題，以及表現國民風格的機會。

　　㈣新聞學研究法

　　(1)前言

　　新聞學是研究現實（reality）之法，而新聞學之研究，也得從相關人文、社會科學作一整合之科際研究（interdisciplinary）。例如：歷史、教育、文學、文學批評、人類學、政治、經濟、及大眾傳播研究──亦即一九八〇年代興起的所謂「多元研究法」（pluralism methological）。後現代社會裡（post-modern society），結構主義（constructivism）流行，其語言學、心理學、哲學宗教及社會學之研究，更爲息息相關❿，語文（verbal）、非語文（non-verbal）、計量實徵研究，與定質及詮釋學（hermeneutic）研究，交互應用。北歐諸國更在哲學觀點，掀起「新聞原則」（journalistic principles），與上述之「媒介邏輯」（media logic）之兩項研究。

　　但這裡所謂新聞原則，是指提供公正、客觀與平衡新聞；而媒介邏輯通常是指只求重覆人們所相信、喜愛與期望的消息，以達成所謂之「感情效應」（emotional effect）。記者主要任務，當然是忙著將世界上正在發生的事件，立刻作不偏不倚報導，但目前有些所謂「新

聞」，不一定是由記者所發掘，而是新聞來源機構（source organization），有計畫的去爲新聞造勢（news initiative）。例如，政府、黨派、大企業之類所主動發布新聞，通常旨在遂使記者爲信差，以影響政治議題（political agenda），而且威力無窮。再如報刊工商新聞所運用之「廣告新聞」（informedia），對某些記者來說，也是無法抗拒的。記者之專業意理（professional ideal）與職業忠誠（journalistic loyalties）飽受挑戰與挫折。

由此，新聞來源機構就更有研究的必要，以找出他們普遍目的、需求以及運作策略。新的傳遞工具（new tool）與途徑（routines），例如衛星傳布（satellite broadcasting），行將大幅改變新聞業之結構及形式，這都提供了豐盛的研究資源。

(2)常用的新聞學研究法簡介

(A)個案研究法（Case Study）

檢驗受研究客體（新聞從業員／傳播媒體）所具特性，包括各類人物傳記。例如：

(a)馬之驌（民七十五）：新聞界三老兵。台北：經世書局。（爲曾虛白、成舍我及馬星野三報界前輩從事新聞事業生平。民國七十五年，當年曾虛白先生爲九十二歲，成舍我先生爲九十歲，馬星野先生爲七十八歲。）

(b)王惕吾（民七十）：聯合報三十年。台北：聯合報社。

(c)Moscowitz, Raymond

　　1982 Stuffy： The Life of Newspaper Pioneer Basil "Stuffy" Walters. Ames： Iowa State University Press.

史塔飛（Stuffy）爲《芝加哥日報》（Chicago Daily News）名報人。

(d)Swanberg, W.A.

1972 Luce and His Empire. N.Y.： Scribner's.

(B)比較法（Comparative Study）

通常將已有的新聞資料，或新聞制度作比較研究。以歷史層面爲縱的研究，而以當代同質性爲橫研究，可以立明優劣所在。例如：新聞政策❶、報業制度、新聞法規、新聞教育、記者體系、報導正確性、版面研究，以及標題、廣告量之各類相關研究。

(C)內容分析法（Content Analysis）

分析資料內容之「語幹」（theme）、語句（item / sentence）、單字（single word）、符號（symbols）之類項，統計其在環境傳播中（enviornmental communication），所出現、重複頻率，強度大小，敘述形式，設計取向，價值表露以及行動手段等內容訊息（message），以量變化，推論質含意。亦即在實質上（substance），對資料中「講了些甚麼」（what is said），與在形式上（form），是「如何說的」（how is said）這兩面向，作成分析及邏輯性推論，以發現隱喻傳播裡之傳播型態特色、宣傳技巧（如政見辯論，則可分析其辯論前、辯論時及辯論後之政見內容、策略），傳播內容可讀性及取向，媒體傳播角色層次等等。

一般用以研究的題材，大多集中在演講、報刊、廣播及電視新聞的內容、照片以及其他相關分析❷。

(d)調查法（Survey Research）

調查法通常是指量化研究之精確新聞（Precision Journalism），但不同於調查報導（Investigative Reporting）。主要是用問卷方式，進行諸如讀者興趣及時事之民意調查❸，而多以百分比（％）及頻數（frequency）來表示。

(e)實驗法（Field Experimentation Research）

　　利用實驗室般控制（control）實驗情景，避開、減少諸如外擾變項（如年齡、性別），以及中介變項（如性格、態度）之干擾、突發情況，以期獲得事象（變項，"dependent variable"）變化的直接因果關係，追尋甚麼（what）／爲何（why），而推測結論。

　　進行實驗觀察時，通常將實驗對象分爲控制組（control group）及實驗組（experiment group），應用不同前測（pretest）、後測（aftertest）的方法，產生、驗證實驗效果。

　　例如一九六八年四月四日，曾獲得諾貝爾和平獎之美國黑人民權運動領袖金恩（Martin Luthur King Jr, 1929－1968），在田納西州孟菲斯市（Memphis）遇弒身亡後，美國《邁亞美論壇報》（Miami Hearld）曾進行過「黑人暴動態度趨向研究」：將金氏遇弒前已受訪問過之黑人爲實驗組（已具前測條件），再設計問卷做另外一次訪問，並另選一批爲控制組，用同樣問卷訪問。控制的意義，在避開那些曾接受過訪問，或有受外來「干擾」，致令態度可能偏差的受訪者。實驗結果，兩組答案十分接近：黑人不比金氏遇弒前，更趨向暴力。

　　博爵（Authur Asa Berger）在《媒介分析技巧》一書中（Media Analysis Techniques, 1982），曾指出媒介分析可有四種方法，即：語義記號（Semiological），心理分析（Psychoanalytical）、馬克思觀點（Marxist）（即批判式觀點）及社會學派（Sociological）。不過新聞學研究所做的實驗法，大都受綜合理論及實用性兩觀念影響，而傾向於新聞報導、寫作及版面設計實驗諸項研究。本書則主張新聞學研究，該兵分五路，即**歷史**、**理論**、**實務**、**社會**及**現象**等方面的相關研究。

## 第四節　其他相關論題

　　新聞行業是否得如律師、醫生之類的專業（自由職業），一向爭議

不休。按美國學者威倫斯基（H. Harold Wilensky），於一九六四年對專業（profession）所規範的條件，有下面五項：

　(1)它必須是一種從業人員可以專任的職業；

　(2)它必須建立專業學校訓練其從業人員；［這稱之爲「專業養成教育主義」（preprofessionalism）］；❶

　(3)它必須成立專業組織；

　(4)它的從業人員必須受法律保障，並且有獨立自主的工作權力；

　(5)它的專業組織必須頒布專業道德規範，以約束其從業人員。

　準此而論，新聞業只能庶可稱爲「類專業」（near / functional profession）分析如下：

　(1)就專任職業而言，訓練良好的新聞從業員，自可以視印刷、電子及影片（film industry）各類媒體爲職業機構，在內擔任專責工作。

　(2)就專業學校而言，新聞教育學科之開設，源遠流長。一九〇八（清光緒三十八年）年美國密蘇里州立大學（Missouri State University）成立新聞學院（Schol of Journalism），由威廉斯博士主持（Dr. Walter Williams）❶ 。

　一九一六年，德國萊比錫大學（Leipzig）正式創立新聞學院（Institute of Journalism），由曾在《法蘭克福新聞》（Frankfurter Journal）❶ 擔任過主筆的布克爾（Karl Bucher, 1847－1930）所創辦❶ 。

　民國九年（一九二〇年），上海聖約翰大學在普通文科內，創辦報學系，爲我國大學正式設有新聞系之伊始❶ 。

　英國雖一向主張學徒制，而以新聞人員在職訓練，來作爲學院制「替代」；但亦遲至於一九一九年，在倫敦大學（London University）開設新聞系❶ 。

　法國則於一九二四年，由天主教人士創辦里爾大學高等新聞學

院（Ecole Superieure de Journalisme, Lille）[20]。在亞洲其他各地方面，如蘇聯於一九一九年，在莫斯科創立一年制新聞學院（Institute of Journalism）[21]；日本則於一九三二年，在東京上智大學，正式成立新聞系，由小野秀雄主持[22]；起步甚晚的韓國，亦在一九四七年，在漢城首創「漢城新聞學院」（Seoul Journalism Institute）[23]。

不過與傳播（Commui／　Communicatin）、紀事／日報（diurnalis／　Journal）法西斯（Fascismo／　Fascism）、義大利（斜）體（italic），公報（Gazzetta／　Gazette）、新聞信（newsletter）及宣傳（propagane／　propaganda）字義衍演密不可分之義大利，雖在世界新聞傳播史上占重要之一席位[24]，但卻遲至一九三九年，二次大戰前夕，才有「羅馬民意研究中心」（Public　Opinion　Center, Rome），而在戰後重組之後，才首開有系統之新聞教育，一九四七年，羅馬大學，方成立新聞學院（Scuola di Pubblicistica）；而在此之前，幾全屬新聞學課程或講習班性質[25]。

另外，與我國近代報刊理念關係密切的馬來西亞，雖早在一八一五年（清嘉慶二十年）八月五日，即有《察世俗每月統記傳》（Chinese Monthly　Magazine）在馬六甲（Mallacca）面世，爲我國近代第一種雜誌，但正式華文新聞教育之開展，卻遲至一九七八年，方有檳城韓江（高中）專修班新聞系之成立，但發展自始即迂迴曲折[26]。

(3)就新聞傳播專業組織而言，一八六八年（清同治七年），英國倫敦已有「英國新聞協會」（Press　Association）成立；一八八七年（清光緒十三年），美國則有「美國報業發行協會」之組織（American Newspaper Publishers' Association），以促進業務，其下設有廣告局（the Bureau of Advertising, B of A）作爲推廣單位；一九二二年，美國日報總編輯，又在紐約市組成「美國報業編輯人協會」（the American Society of Newspaper Editors, ASNE）[27]。自

後諸如「發行量稽核局」（Audit Bureau of Circulation, ABC）之類專業組織，相繼成立（見末章附錄）。

日本在二次大戰尾聲，也開始有媒體專業組織出現❷。一九四六年（昭和二十一年）七月二十三日，在東京成立社團法人「日本新聞協會」❷；一九五一年（昭和二十六年）六月十六日，又在東京成立社團法人「日本新聞學會」❸；一九五二年（昭和二十七年）四月二十一日，成立社團法人「日本民間（營）放送連盟」；同年十月二十八日，再在東京成立社團法人「日本發行量審核協會」（日本ABC協會）；一九七二年（昭和四十七年）十二月一日，又成立了社團法人「日本記者俱樂部」，會所設於東京「新聞中心」大廈內❸。

就我國目前在台灣地區的專業組織而言，主要有十四個新聞傳播團體❸，分述如後：

(1)中國新聞學會

成立於民國三十年三月十六日於戰時陪都重慶，是我國最早之全國性新聞專業組織。以研究新聞學術，培養健全輿論，提高新聞道德，促進新聞事業合作業展，以善盡社會責任爲宗旨。成立時，名報人張季鸞曾撰寫「中國新聞學會宣言」。民國三十八年，政府遷台，雖曾於五十四年四月底召開過會員大會，但業務中斷；至六十五年再重新組合，並於同年七月一日正式成立，由馬星野先生擔任理事長，以「結合報人對國家民族之中興大業，盡責守分」爲期許，以砥礪報業之道德，維持報界之榮譽。七十八年九月後，有定期的《新聞界》（Chinese Press Institute Bulletin）出刊。

(2)臺北市新聞記者公會

成立於民三十九年九月一日，是國內最大的新聞性聯誼組織。自五十年起，每年均出版新聞傳播叢書。徐佳士教授名著《大眾傳播理論》一書，即是於五十五年，由該會印行，凡新聞傳播科系學生，幾乎無人

不讀。置有「曾虛白先生新聞獎」及「陳博生新聞獎學金」與「卜少夫先生獎學金」。民國七十年六月分別與秘魯及哥斯達黎加兩國記者公會，結爲姊妹會。

(3)中華民國廣播電視事業協會

原名「中國廣播事業協會」，成立於民國四十三年三月廿六日，民國六十九年三月一日改易今名；以「研究廣播電視學術，發展廣播電視事業，服務國家社會」爲宗旨，出版物有《廣播與電視》半年刊，民國七十九年五月，出版《中華民國廣播電視年鑑》。(《廣播月刊》則是由隸屬中國廣播公司之「廣播月刊社」發行。另外，台灣電視公司之台視文化公司，則發行有《電視與科技》。)

(4)中華民國民意測驗協會

成立於民國四十七年，「以研討民意測驗學術，發揚民主精神，反映社會輿論，促進國家建設，團結全民意志」，並「接受機關團體或個人之請託，辦理民意測驗及問題解答。」六十二年五月，創辦《民意》雜誌季刊(「民意月刊社」出版)，六十七年七月，改爲月刊，七十四年六月起，每季間隔出版《民意學術專刊》。

(5)中華民國新聞編輯人協會

原名「台北市編輯人協會」，成立於民國四十年一月二十日，民國五十一年十一月十日，改易今名，以「研究新聞學術，增進會員知能，砥礪品德，聯絡感情」。而早在民國四十年七月，已創辦《報學》半年刊，由各社員報社輪流執編。

(6)中華民國電視學會

成立於民國五十九年二月十六日，以「促進電視學術的研究發展，並致力電視事業的興革與改進」。編有中英文版之《中華民國電視年鑑》，業務則由三家電視台輪值接辦。

(7)中華民國新聞評議會 ㉝

成立於民國六十三年九月一日記者節；其前身爲成立於民國五十二年九月二日的「臺北市報業新聞評議委員會」，民國六十年四月廿九日，改組爲「臺北市新聞評議委員會」，再於民國六十三年改易今名。該會以八大新聞團體爲會員，包括：「臺北市報業公會」、「臺灣省報紙事業協會」、「中華民國新聞編輯人協會」、「中華民國通訊事業協會」、「中華民國廣播電視事業協會」、「中華民國電視學會」、「高雄市報紙事業協會」及「臺北市新聞記者公會」。出版物有《新聞評議》月刊（民國六十四年一月創刊，七十八年六月六日，正式登記爲「新聞評議雜誌社」）。印有諸如《新聞自律與國家安全》等叢書多種。七十五年度起，進行各項新聞研究專題，以喚起新聞界對研究重視，它本身有句格言：「筆鋒常帶感情，筆端常指良心。」七十八年十月八日起，每逢星期日晚上八點至八點十分，又增播「新聞橋」電視評論三台聯播節目，由「中華民國電視學會」提供時段，首集由中華電視公司主播，以後則由三台輪番主播。評議會委員是榮譽職，由國民黨（執政黨）文化工作會提名，而由上述八個新聞團體代表，在委員會議中推舉產生十一席位，任期三年，期滿可續聘。主要工作除評審申訴之讀者投書外，尚主動評議報章、媒體不當內容❸❹，包括各地報刊、通訊社、廣播電台及電視台的新聞報導、評論、節目和廣告，經調查、聽證程序後，裁定公告，請各報刊登，並同時刊於《新聞評議》月刊內。該會設立主旨爲「維護新聞自由，推行新聞自律，提高新聞道德標準，促進及健全發展新聞事業，以善盡社會責任。」該會設主任委員一人，由委員中選出，連選得連任。另設秘書處，置秘書長及副秘書長各一人，秘書兩名，主編一人，專員及研究員若干名。（台灣地區「消費者文教基金會」設有大眾傳播研究小組，理論上亦接受申訴。）

(8)中華民國新聞通訊事業協會

成立於民國五十二年一月二十一日，以團結新聞通訊事業同業，實

現專業分工爲努力目標；曾參與一九六三年一月成立之「亞洲新聞通訊社」，爲十二個共同創始會員社之一（但自我國退出聯合國後，該會因各國政治立場問題，活動力大爲衰退，僅與美、日、法、義等國新聞或通訊社尚有聯繫）。民國八十年時該會共有十二類、三十大家通訊社爲會員，例如：(A)綜合性：中央通訊社、時事新聞社；(B)地方性：民本通訊社；(C)軍事性：軍事新聞通訊社（軍聞社）；(D)華僑性：華僑通訊社；(E)文教性：幼獅通訊社；(F)經貿性：中國經濟通訊社（中經社）、環球新聞通訊社；(G)證券性：台灣經濟新聞社；(H)建築性：中外新聞社；(I)招標性：新生招標新聞社；(J)航海性：航海通訊社；(K)勞工性：中國勞工通訊社；及(L)圖片性：萬里新聞通訊社等。

⑼台灣省報紙事業協會

民國六十一年十月十日在台中成立，凡經政府合法登記在台灣省連續出版半年以上每日發行之報紙事業團體，皆可申請加入爲會員，促進台灣省報業共同之發展。

●台北市報業公會

成立於民國三十九年一月二十五日，由台北市各報聯合組成，以維護、增進同業之公共利益及矯正弊害；首次大會即接受時任《中央日報》社社長馬星野先生所擬之「報人信條」。民國八十年時會員計有：《中央日報》、《中華日報》、《中國時報》、《中時晚報》、《聯合報》、《聯合晚報》、《自立早報》、《經濟日報》、《民生報》、《工商時報》、《國語日報》、《自由時報》、《台灣新生報》、《青年日報》、《財經時報》、《世界論壇報》、《英文中國日報》（China News）及《英文中國郵報》（China Post）等十九家。

●高雄市報紙事業協會

成立於民國七十年三月六日，會員有《民眾日報》、《台灣新聞

報》、《台灣時報》、《中國晚報》與《新聞晚報》等五家。每月除召開理、監事會議外，並與「台灣省報業協會」，舉行聯席會議。

●中華民國雜誌事業協會

成立於民國五十四年七月一日，民國八十年時會員約六百餘家雜誌社，彼此相互交換刊物。一九七四年與「大韓民國雜誌協會」結盟為姊妹會，互換刊物。

●高雄市新聞記者公會

成立於民國三十九年二月一日，民國八十年時會員包括三十二個報社、二十七個通訊社、三大電視台及十一個廣播電台。

除台北及高雄兩市外，台灣省各縣市，如基隆市、台北縣、桃園縣、新竹縣、苗栗縣、台中縣、台中市、彰化縣、南投縣、雲林縣、嘉義縣、台南縣、台南市、高雄縣、屏東縣、台東縣、宜蘭縣、花蓮縣及澎湖縣等十九個縣市，都有新聞記者公會組織。

●中華民國大眾傳播教育協會

成立於民國六十九年二月二十七日，首屆由馬星野先生擔任理事長，是國內唯一專業的新聞傳播教育團體。每季出有《傳播教育會訊》，並已刊行《大眾傳播教育》、《傳播技術展望》等叢書。

至於其他團體則有「中華民國錄音著作權人協會」、「中華民國報紙事業協會」、「中華民國電影電視工程協會」、「台北市傳播發展協會」、「中國廣播事業協會」、「中華民國電影導演協會」、「中華民國專欄作者協會」、「中華民國視覺傳播藝術研究學會」，及「國際廣告協會中華民國分會」等組織。由於「勞動基準法」的實施，七十七年元月報禁開放後，各傳播機構職業工會相繼成立，例如隸屬於高雄市的「高雄市大眾傳播職業公會」，即於同年九月一日成立，是全國第一個大傳工會，由時任《中時晚報》記者的翁順利，擔任常務理事；《自立早報》特派員陳申青等擔任理事，並出有《新聞人》會刊（民七十六年

十月二十五日創刊，是對內刊物）**㉟**。民國七十八年十二月十九日，「中華民國報紙事業協會」——一個全國性報業協會——正式成立，並推資深報人楚崧秋爲第一屆理事長**㊱**。

⑷就從業人員必須受到法律保障，且有獨立自主的工作權而言，歐美國家媒體生態環境，通常已達到此標準也。而就台灣地區來說，除寫作空間，尚有爭議之外（大陸地區爭議性更大），我國今仍未實行「記者法」，但在人情環境、習慣、相關法令及媒體力量等方面，皆可以相對地保障到記者，而得到「不滿意，但可以接受」程度的獨立的自主工作權。

我國原有「新聞記者法」（見《六法全書》），是民國三十二年二月五日，國民政府在重慶公布，但未定實施日期，而迄今雖多研擬，但亦未公布施行。該法明定「新聞記者」定義（第一條：「謂在日報社或通訊社擔任發行人、撰述、編輯、採訪或主辦發行及廣告之人」；第二條：「核准領有新聞記者證書者，得在日報社或通訊社執行新聞記者之職務」，以及發給（不發給）、撤銷「新聞記者證書」之規定等共二十九條。但據台北國立政治大學新聞系教授陳世敏諸人，民國七十七年六月，接受新聞局委託所進行的研究，則期期以爲此法不可行。原因是：⑴新聞記者非自由職業；⑵該法對新聞記者限制多於保障；⑶對記者資格之規定不當；⑷對新聞記者資格及行爲規定，有違憲法對言論及出版自由之保障。該研究因而建議：⑴應該台灣地區雜誌社設置記者（而非以「編輯」名之）；⑵不應由記者法來限制記者資格，而應提供進修機會，更不必由國家考試發照；在已有的相關法令中，如工會法、勞基法等加以擷用，並強化公會功能，適時改進即可**㊲**。

民國七十七年十月十三日，新聞局專案小組原已開會決定，擬同意雜誌社增設記者；惟在同年十二月二十日之「全國新聞聯繫工作會議」上，卻通過雜誌社設記者不宜過急的建議。台北地區雜誌社設置記

者（或將「編輯」易名爲「記者」）一事，其時遂暫行擱置❸。

　　至於大陸方面，中共「新聞出版署」，則有「中國新聞記者暫行條例」及「出版法」之頒布。此是一九八八年中，由「新聞法起草辦公室」主任曹三明等人研擬。

　　⑸就它的專業組織必須頒布專業導德規範，約束其從業人員而言，幾乎無國不有。就美國一地而言：

　　△一九〇八年，密蘇里大學新聞學院院長、德高望重的威廉斯博士（Dr. Walter Williams）即手訂了「記者守則」（The Journalist's Creed），其中第一條明示：「我相信新聞是一種專業」（Journalism as profession）。

　　△一九二三年，「美國報紙編輯人協會」（American Association of Newspaper Editions）制訂「報業信條」（Canons of Journalism），其第七條揭櫫責任、新聞自由、獨立、誠信、公平、正直及莊重等新聞工作者態度。

　　△一九三四年，美國記者公會便制訂「記者道德律」（Code of Ethics）。

　　美國律師公會（American Bar Association, ABA）並訂有「司法倫理信條」（The Canons of Judicial Ethics），其中著名的第三十五條（Canon 35），即明定：「攝影者不得在審理期間，在法庭攝取鏡頭。」（一九三七年訂定）

　　就我國情形而言，民國三十一年，「中國新聞學會」委託馬星野先生起草「中國報人信條」十二條。三十九年一月二十五日，「台北市報業公會」通過此十二條款，並易名爲「中國新聞記者信條」。民國四十四年八月十六日，「中華民國報紙事業協會」再通過追認。四十六年九月一日（記者節），「台北市新聞記者公會」第八屆會員大會再行通過此十二條信條。其最後一條即力言：

吾人深信：新聞事業爲吾人終身之職業，誓以畢生精力時間，牢守崗位，不見異思遷，不畏難而退；黽勉從事，必信必忠，以期改進中國之新聞事業，造福於國家與人類。

民國六十三年九月一日，「中華民國新聞評議委員會」成立，修正原由「台北市新聞評委員會」通過的「中華民國報業道德規範」，所涉及範圍包括：新聞採訪、新聞報導、犯罪新聞、新聞評論、讀者投書、新聞照片及廣告。民國六十三年分別通過「中華民國無線電廣播道德規範」、以及「中華民國電視道德規範」兩大守則。民國六十五年四月底，「中華民國雜誌事業協會」並修訂原有之「會員言論公約」（六條）。其他新聞社團，尚各有會章之規定。

餘如其他國際性之規範則有：

△一九二六年，首屆泛美報業會議通過之「新聞道德信條」；一九五〇年，在美洲報業會議中，易名爲「美洲新聞協會信條」。

△一九五四年，國際新聞記者聯合會，通過「記者行爲原則宣言」，標示從事採訪、傳遞、散布與評論，以及從事「事件描述者」的職業行爲標準。

另外，聯合國之「新聞自由小組委員會」，則起草了「國際新聞道德信條」（ International code of Ethics ），將新聞自由及出版自由視爲基本人權❸❾。

寫《專業新聞記者》（ The Professional Journalist ）的美國賀亨堡教授（ John　Hohenberg ）開宗明義即指出，當一位記者的條件有四：

——受過完整（正規）教育及良好的訓練，願意接受磨練；

——熟悉記者工作的基本技巧；

——願意從事有時受到挫折，以及表面上似乎得不到報酬的工作；

——極度尊重個人與職業的道德❹⓿。

　　一般人對記者條件，往往又高懸半空，例如：知識淵博、觀察敏銳、頭腦冷靜、明辨是非、應對得宜、風度良好、富研究進取精神、不屈不撓以及語文能力強等等。

　　一般人對記者形象，又有兩極化有法，例如：

　　——交遊廣闊、八面玲瓏、文武一腳踢、高低四路通、爲民喉舌、打抱不平、獨來獨往、充滿使命感、有辦法之人、消息靈通人士、爲民族先鋒、史學家、文學家、道德家、改革家、記錄者、見証者、先知先覺、最值得信賴的人、爲讀者服務的人；

　　——吹牛、打高空（扯謊）、不學無術、文化流氓、無冕皇帝、逢官大三級、惟恐天下不亂、修理業、製造業、屠宰業。

　　而專業訓練，又有爭議。例如，學院式訓練爲常軌，抑或學徒式訓練爲實用？

　　——新聞教育列爲高等教育一環，但因有特定出路，故要職業技能導向，而即時實用效果（單兵戰鬥能力），至爲強烈；

　　——新聞教育的課程目標與內涵，又糾纏著學與術、專業與通識、人文與社會科學比重，畢業後立即可用，抑或旨望大器晚成，學院教育是否該考慮成爲就業生產線一環，或職訓班？

　　——新科技發展，又衍生科技教育在新聞課程比重的爭論；

　　——新聞技能爲一種「雖在父兄，不能移之於子弟」的表達藝術，能在課堂上傳與授嗎？

　　——諺云「樹大有枯枝」，新聞專科生總有表現劣拙、不堪大任的；於是，「客串生」驅逐了「科班生」。客串生堅守工作韌性卻可能有限，於是存著「過客」心態，「玩票」、跳槽之風盛行（如受不了工作壓力，還未訓練成熟，就離職他去）❹。

　　這些問題，歷次都隨不同時空而循環出現，解決了問題一，又衍生問題二，令新聞是否爲專業問題，始終爲一條模糊的線。難怪，美國新

聞學教授巴霸（Bernard　Barber）乾脆說，新聞是「在專業邊緣露秀」（Emerging on Marginal Professions）。綜而言之，新聞專業特質，應具備起碼專業知識與技能，而又存在於一個新聞室自治、自主、自律的環境（newsroom automony）；而專業態度，則應重視新聞專業道德，它的位階，應高於新聞工作之上。在學院課程要求上，則應朝下述方向進行：

　　△增加文理方面課程，減少專業技能項目。專業課程與非專業課程之比例，以25％：75％為恰當；

　　△強調學生思考、推理能力；

　　△生也有涯，專業課程雖只占四分之一；但縱然如此，至四年畢業時，可能乃無法修畢全部之25％課程，並且技藝日新月異，可能一畢業，知識就落伍。因此可朝：(1)鼓勵學生攻讀研究所；(2)提供成人延續教育（Continuing education）課程，適時「翻新」知識；(3)鼓勵在職進修。

㈡我國新聞行政機關及其發言人制度

　　有人曾將西方民主政治所呈現的主力形式，簡化為「傳統式民主」、「政黨式民主」和現時「媒介式民主」三大形態。此則因為在民主社會中，媒體具有議題設定建構（Agenda Setting / Building）及突顯事件（Priming）功能，可以提醒民眾「想些甚麼問題（what to think　about）」，及注意那些新聞事件；無形中，媒體即等於握有「左右」著政治公眾人物的行為與態度的「靈符」，以及能「搧動社會情緒」的魔棒。因此，當政者無不想法子透過「新聞運用」（News Management）的妙策，希望與新聞界建立一種互動、互相敦促但理性而和諧的職責關係（professional　relationship），溶合意見（Opinion）與決策（decision）為一種力量。

　　根據研究，一項政策形式，大略可分為：(1)問題顯現期；(2)解決方

法形成期；⑶政策抉擇期；⑷政策執行期；及⑸政策檢討期等五階段；而媒體在問題顯現期、政策執行期及政策檢討期這三段時刻，最具影響力❷，——此時擔負公共宣導溝通民眾的言談，往往對事件有相當大的釐清作用，其重要性，亦於斯可見！

美國是一個非常重視發言人制度的國家，老羅斯福總統（Theodore Roosevelt, 1858－1919）執政期間（1901～1909），首先舉行非正式、臨時性記者會，並自任「發言人」❸。自後，各職位發言人即相繼衍生（但有時只稱爲助理）。

我政府在主權行使於大陸之時，雖有若干類似公共宣傳手法，如抗戰勝利後，成立新聞局，並在各省市設新聞處，發布新聞；蔣介石委員長每至收復區巡視，必於行轅設意見箱，並設茶會招待當地士紳，徵詢地方建設意見等等，但若從公共關係之嚴謹而正式指謂而言，則應以政府遷台之後措施爲起始。

早於民國三十九年四月二十四日，即有「政府發言人辦公室」之臨時組織，時由沈昌煥擔任政府發言人。至民四十二年三月二十日，在行政院檢討會議第十三次會議中，即曾決議「各部會應指定專人擔任新聞工作，隨時與政府發言人辦公室密切聯繫，以發揮宣傳效果」。同年五月一日，交通部即在所轄郵政、電訊、航空、水運、鐵路、港務及氣象各部門，設立公共關係單位（或派人兼任公關工作）。繼而經濟部所屬糖業、電力及石油公司等單位，亦先後設立公關部門，推動公關工作。

民國四十七年，行政院正式頒布「各級行政機關及公營事業推進公共關係方案」，行文中央及省市各級行政機關與公營事業單位實施，新聞局更且爲政府公關單位及發言人。迨民國六十一年，在能源危機威脅之下，爲精簡機構，乃令各級機關之公共關係室併入秘書室，政府公關工作，頗受挫折。至六十八年，行政院核准新聞局擬訂之「行政院各部會處局署建立發言人制度」方案；翌年五月，行政院長孫運璿曾在院會

中，指示貫徹實施❹。

　　不過，國民政府遷台之後，蔣中正先生、嚴家淦先生與蔣經國先生三位總統，都未舉行過正式記者會，也不接受我國記者面訪，只有中央社攝影記者或電視台記者，經過刻意安排，於特別節日中（如過年），可以拍攝總統在總統府辦公室談話或宣讀文告。但若是外國記者請求，新聞局往往能作出安排，獨家專訪前述三位總統，告以我國施政方針。這些談話往往經外國媒體發布新聞後，我新聞界方得「與聞」其事。新聞局或中央社雖然隨後亦會將訪問稿譯成中文，再送國內傳媒「轉述」，難免有重外輕內，由官方主導二手傳播之譏。例子之一是，蔣介石總統在世時，「大溪檔案」史料，向不對我歷史學者開放，但日人於一九七五年（昭和五十年）二月，「產經新聞社」所出版之一套十五冊《蔣介石秘錄》，即曾參閱過該檔案❺。例子之二是，蔣經國總統在決定在台灣地區解嚴時，第一個告訴的人，是當時與他訪談的《華盛頓郵報》老闆。

　　李登輝總統上任之後，民國七十九年四月二十四日，總統府成立發言人室，正式設立發言人制度（Presidential spokesman），由曾任「外交部發言人」、時任總統府副秘書長的邱進益（Cheyne J.Y. Chiu）兼任發言人，總統府機要室主任焦仁和，與總統府第一局副局長郭岱君兩人，則兼任發言人室新聞秘書。

　　自此而後，總統府發言人，只宣布總統行程、活動及重要宣言之類，屬於總統及總統府事情，以接受新聞媒體查證為工作重點，原則上不主動發布新聞❻。

　　總統府發言人第一次記者會，是於同月二十七日下午舉行。由於工作擴展，於八十年五月中旬，增設發言人室新聞秘書一人，由同年元月被延攬擔任總統府第一局副局長、曾任教於台灣高雄國立中山大學的胡志強博士（Hu Chih Chiang, Jason, 1948－）兼任❼。

除「總統府發言人室」，其他新聞行政機構尚有：

⑴行政院新聞局

「政府發言人辦公室」於民國四十三年元月一日，改組爲「行政院新聞局」（新聞局）（Government Information Office, GIO），主掌政府宣傳與公共關係，並明定局長（director）爲政府發言人。民國七十年一月三十日，該局組織條例通過，共分①國內新聞處，②國際新聞處，③出版事業處，④電影事業處，⑤廣播電視事業處（廣電處），⑥資料編譯處（資編處），⑦視聽資料處，⑧綜合計畫處，及⑨聯絡室等九大單位綜攬一切業務。

⑵國防部軍事發言人室

由國防部新聞局改制而成，爲軍事新聞業務主管單位，以「軍事發言人室」名義，代表國防部對外發言。分爲軍事新聞發布、協調、記者接待及行政計畫三個任務組。

⑶臺灣省政府新聞處

前身爲台灣光復後之「臺灣省行政長官公署」，所屬之「宣傳委員會」。「宣傳委員會」撤銷後，改稱「長官公署秘書處新聞室」。民國三十五年五月十六日，臺灣省政府成立，八月十六日正式設置新聞處。該處共設有四科，主要業務爲：①第一科：掌理新聞行政、督導《臺灣新生報》業務❹；②第二科：負責政令宣導；③第三科：宣導及編印《臺灣畫刊》、《臺灣月刊》；④第四科：負責民意調查及反映、新聞發布與公共關係等業務。

⑷臺北市政府新聞處

臺北市之新聞行政工作（諸如出版管理），初屬「民政局」；其後，改隸社會局。民國四十九年七月一日，設立市府公共關係室；五十一年，改爲新聞室。五十六年七月一日，台北市升格爲院轄市，該室隨即同步升爲新聞處。共有四科，主要業務有：①第一科：掌理新聞行

政；②第二科：負責政令宣導；③第三科：出版宣傳書刊，如《台北畫刊》、《市政新聞周刊》之類；④第四科：負責市政新聞發布及推行公共關係，並負責舉辦每年一次的「市政建設新聞金橋獎」。此外，尚擬增設第五科，以掌理MTV、非法播放系統及色情影帶之查察及管理。台北市政府新聞處尚設置有「臺北廣播電台」，占有調幅（AM）、調頻（FM）共三個頻道，每天二十四小時播音，以宣導政令❹。

(5)高雄市政府新聞處

原爲市政府之新聞股，民國六十八年七月一日，高雄市升格爲院轄市，乃升格爲新聞處。共有三科：①第一科：掌管新聞行政；②第二科：負責政令宣傳及新聞發布；③第三科：出版周報、畫刊等宣傳書刊。

此外，政府各個機關，諸如立法院、內政部、外交部、財政部、教育部、交通部及國貿局等單位，都設有新聞主任或發言人，負責發言和新聞界聯繫工作。

(三)新聞工作成果之獎勵

世界各國對新聞工作成果之獎勵，至爲重視，例如美國之普立兹獎，舉世知名；即大陸亦設有「百花獎」、「金雞獎」、「地市（方）報好新聞獎」等名目，鼓勵從業人員。就台灣地區而言，獎項除了「新聞局國際傳播獎章」外，其餘則有：

(1)廣播電視金鐘獎：創立於民國五十四年，由新聞局負責辦理。獎勵範圍包括廣播、電視之節目、廣告及有關從業人員之獎勵。

(2)金鼎獎：創立於民國六十五年，由新聞局負責辦理，目的在獎勵優良出版事業及出版品，兼及新聞報導獎。

(3)台灣省政府「省政建設新聞獎」：創立於民國六十六年，由台灣省政府負責辦理，以鼓勵優良、有建設性之報導。

(4)台北市政府金橋獎：創立於民國七十年，由台北市政府負責辦

理，以鼓勵加強市政新聞報導。

(5)高雄市政府「市政新聞金輪獎」：創立於民國七十二年，由高雄市政府新聞處負責辦理。

(6)財團法人曾虛白先生新聞獎

創立於民國六十四年二月二十七日，由該基金會負責辦理，以鼓勵及表揚對社會服務及新聞學術研究有卓越成就者。

(7)財團法人吳舜文新聞獎

創立於民國七十五年五月十一日，創辦人為台北裕隆汽車公司董事長吳舜文女士，以促進新聞道德倫理及提昇新聞從業人員素質為宗旨。每項獎金為新台幣二十五萬元。每年十二月五日舉行頒獎典禮，而在頒獎前一周，則定期舉辦「吳舜文新聞學術講座」。

(8)中華民國傑出新聞人員研究獎

創立於民國八十年，由新聞評議會及大眾傳播教育協會共同主辦，新聞局贊助。申請者需年滿三十歲以上，大專院校畢業，在傳播單位任職三年以上，且須經連續服務滿兩年之同一單位具函推薦，並得經兩次評審及一次口試。通過後，可支領研究金（每名最高可支領新台幣五十萬元），到國外作專題考察二至六個月。

其餘獎項尚有「中國精神新聞獎」（民國80年為首屆）、「國家建設新聞獎」（已辦了三屆，民國64年，由文工會設置）、「嘉新新聞獎」、「金馬獎」、「金龍獎」、「陳香梅傑出新聞獎」及「龍騰科技報導獎」等等。

民國四十八年台北報業公會尚與美國南伊利諾大學（SIU－C）合作設置「新聞社會服務獎」，首屆由金門《正氣中華報》獲得，但只辦了一屆。

㈣新聞、傳播重要發展百事年表❺

公元前（B.C.）

5,000　口語溝通（Oral Communication）／史前洞穴壁畫（prehis-
　　　　toric cave paintings）

4,000　撒馬利人（Sumerian）在泥塊（Clay tables）上紀事

3,500　出現早期埃及象形文字（early Egyptian hieroglyphics／
　　　　piclographics）

2,500　埃及人發明草紙（Papyrus）

1,800　腓尼基人發明字母（Phoenician／phonetic alphabet）

　200　用羊皮紙（parchment）、牛皮紙（vellum）書寫

　100　羅馬有第一所印刷所（publishing house）出版手抄本（hand-
　　　　written books）

　 80　羅馬《紀事》（Acta Diurna）面世

　公元（A.D.）

　105　東漢和帝元興元年，中常侍蔡倫（Ts'ai Lun）造網（rag pa-
　　　　per）紙，曰蔡侯紙

　618　《邸報》（Ti-pao）面世

　751　阿拉伯人學會中國人造紙術

　868　第一本木刻《金剛經》（Diamond Sutra）

　953　隋文帝開皇年間，出現雕版

1045　宋仁宗慶歷年間，畢昇發明泥活字版（Movable type），中國
　　　　三大發明之一「活字印刷術」（typography），即指此而
　　　　言。（清乾隆則稱活字爲「聚珍」，活字版爲「聚珍版」）

1225　宋寧宗、理宗年間，傳岳珂用銅活字版印刷❺

1312　元朝元祐年間，王楨雕刻木質活字

1455　德人谷騰堡（Johannes G. Gutenberg, 1400－1468）在米
　　　　斯（Maing）用活字印印刷四十二行聖經（42-line Bible
　　　　／Gutenberg Bible）

1470　英人卡斯頓（William　Caxton）用谷騰堡之法，存英倫開設第
　　　　一所印刷所（print shop）

1475（約）　歐洲發售印刷用新聞紙（news sheets）

1488　明弘治年間，華堅、華燧等人用銅活字印刷書籍

1605　至1602年間，歐洲大陸第一張報紙面世

1615　日本德川家康在靜岡補鑄銅活字，並與朝鮮之銅活字混合使用

1622　英國第一分定期報刊（regular　newspaper）——《周末新
　　　　聞》（Our Weekly News）面世

1631　《法國公報》Gazette de France

1638　明崇禎年間，以活版印刷《邸報》

1639　北美洲發行第一分印刷報紙

1642　早期計算機（adding machine）由 "Blaise Pascal" 製造成功
　　　　〔我國漢朝已有算盤（abacus）〕

1644　米爾頓（John　Milton,　1608－1674）發表《自由請願
　　　　書》（Areopagitica）

1702　英國第一張日報《每日新聞》（The Daily Courant）面世

1704　美洲第一張日報《波士頓新聞信》（Boston News letter）面世

1709　英國頒行著作權法（Copyright Law）

1722　拉丁美洲刊行報紙

1744　亞洲刊行報紙

1751　法人狄德羅及亞郎博（Denis Diderot & Jean d'Alembert）兩
　　　　人出版百科全書

1783　美國第一張日報——《晚郵報》（Evening　Post）及《廣知
　　　　報》（Daily Advertiser）面世

1788　《倫敦泰晤士報》（Times）創刊〔原爲1785年之《新聞紀事
　　　　報》（Daily News Register）〕

1791 美國提出憲法第一修正案（First Amendment to the U.S. Constitution）

1799 義大利物理學家伏特（Count Alessandrs Volta, 1745－1827）發明電池

1813 美人托福特（O.Tuft）利用關節原理（toggle joint），發明手搖式印刷機

1819 美人納皮亞（David Napier）發明平版印刷機（Flat-bed press）

1827 發明照相金屬底片（Photographs on metal plates）／至1938年卓嘉等（Daguerre and Niepce）發展出沖洗方式（Photographic process），托伯（Talbott）則研製出底片（negatives）

1829 法人詹奧克斯（Genaux）獲紙型鉛版鑄造專利

1833 第一張廉價便士報（penny paper）－《紐約太陽報》（New York Sun）創刊

1835 美人摩斯（Samuel F.B. Mose, 1791－1872）發明電報（telegraph）

1836 法議員吉拉丁（E'milede Girardin, 1806－1881）創辦法國第一張廉價報《新聞報》（La Presse）／雷諾鐸（Theophraste Renaudot, 1585－1653）於1631年5月30日，創辦法國第一分新聞性刊物——《法國公報》周刊（Gazette），而有「法國報業之父」之尊稱。法皇路易十三特准在《法國公報》報頭上刊上皇家徽章，並在報頭下註明：「皇者及人世間強人之報」（Newspaper of the kings and Mighty ones of the Earth）。

1840 德人用木漿（wood pulp）造紙

1848 美國「美聯社」（Associated Press, AP）成立

1850　8月28日英倫海峽鋪了一條45公里長的海底電纜，埋在55米海底，作爲英法兩地有線電報之通信。

1851　美人戈登（G.P. Gordon）發明豎式印刷機／同年《紐約時報》（New York Times）創刊／「路透社」（Reuter News Service）在倫敦成立。

1868　美人碩爾（Christopher L. Sholes）發明打字機。

1871　美國"Robert Hoe"社及德國"Marnoni"社，製成捲筒紙印刷之活版輪轉機（Rotary Press），印速爲四頁每小時12,000－14,000張。

1873　美國史克利浦斯家族（Scripps）以《底特律新聞》（Detroit News）起家，發展出龐大報系（leirathan newspaper chain）

1874　美人愛迪生（Thomas A. Edison, 1874－1931）發明電報機（telegraph）。

1876　美人貝爾（Alexander Graham Bell, 1874－1922）發明電話。

1877　愛迪生發留聲機（Phonograph）。

1878　普立茲（Joseph Pulizer, 1874－1911）創辦《聖路易斯郵遞報》（St. Louis Post－Dispatch）

1879　愛迪生發明電燈（electric light）。

1882　美國「合眾社」（United Press, UP）成立，1958年兼併赫斯特（William R. Hearst）報團於1909年設立之「國際新聞社」（International News Service），而易名爲「合眾國際社」（United Press International, UPI）。1982年，該社財務日絀，由「新聞媒體公司」（the Media News Corporation）購得其股權繼續經營，1992年5月上旬還是宣告破產清算，在同年六月二十三日，美國破產法院接受倫敦的「中東廣播中心（NBC）」以三百九十五萬美元的現金，買下財務困難的合

眾國際社，解決UPI成立85年來最近的一次難關。

1883　英國北岩勛爵（Lord Northcliffe / Alfred C. Harmsworth）
　　　聲名大譟。

1884　美矗覺（Nipkow）製成電視掃描版（scanning disc）。

1885　美人馬堅基拉（○ Mergenthaler）取得萊諾鑄造排字機（Li-
　　　notype）專利，英文鉛活字可以成條輸出／普立茲與赫斯特報
　　　紙競爭熱熾，人稱「黃色新聞」（Yellow Journalism）時期。

1887　美人蘭斯頓（T.Lanston）取得英文單字自動鑄排機（mono-
　　　type）專利。

1888　德國物學家赫茲（Heinrich R. Hertz, 1857－1894）發現電磁波
　　　（electromagnetic waves / Hertzian waves / Hertz, Hz,
　　　1Hz頻率，爲每秒振動一周）。

1895　美人柯士旬等人（Auguste and Louis Lumier）發明攝影
　　　機（Motion picture camera）
　　　義人馬可尼（Gaglielmo Marconi, 1874－1937）發明無線電報

1896　美奧克斯（Adolph Ochs, 1858－1935）買下《紐約時報》，令
　　　該報聲名大振。

1891　愛迪生初步研製成電視機之影像放映真空管（Kinescope）。

1901　馬可尼成功地由英國對準加拿大東岸之紐芬蘭（Newfoundla-
　　　nd）發射無線電。

1906　德福萊斯特（De Forest）所造之真管（vacuum tube）可以傳
　　　遞聲音。

1908　美人湯姆生（J.S. Thompson）發明英文自動鑄字機。

1919　日人杉本京太發明日文豎式 "monotype" 稱爲「邦文」。

1920　美國匹茨堡（Pittsburgh）之KDKA廣播電台已定時播出節
　　　目。

1922 首座無線電廣播電台設立／華萊士（Dewitt Wallace 1889 –
1982）創辦《讀者文摘》（The Reader's Digest）；目前爲世
界上發行最大月刊，在國際有40個出版基點，17種語文，全部發
行量高達三千七百餘萬分。

1923 美人斯華堅（Vladimir Zworykin）發明映象管（iconscope）
及真空管（Kinescope）令電視終於可以面世。

1923 美亨利‧魯斯（Henry R. Luce, 1808 – 1967）及哈登（Briton
Hadden）合創《時代》雜誌（Time）。

1924 日人森澤信夫及石井茂吉兩人完成照相排字機 （Photocom-
pose）製作，1929年上市。

1926 伯特（John L. Baird）在倫敦展示電視。

1927 美國「電話電報公司」（American Telephone and Telegraph
Co. AT & T）展示TV。

1933 岩士壯（Edwin H. Armastrong）發現調頻（Frequency
Modulation, FM）無線電。

1934 美國會制訂「傳播法案」（Communication Act）是由「廣播
法 」（Radio Act）擴大而成，明定美國上空的周率，永屬美國
全體人民，並對電台所有權設限，以免產生獨占。傳播法係是聯
邦傳播委員會（Federal Comminication Committee），FCC
執行。

1935 美RCA公司製成343線之電視畫面／1939年製成441線。

1936 「英國廣播公司」（British Broadcasting Corporation,
BBC／Beeb）成立㉜

1942 美國製成第一座有算術／邏輯單元（arithmetic／ logic unit）
之電動電腦（First electronic computer）（即0與1之組合）。

1944 法國《世界報》（Le monde）在巴黎創刊。

1946 美人赤士打（Carkon Chester）發明影印機（Xerography）

1947 貝爾實驗室（Bell Laboratories）研製成傳輸之電晶體（transistion）（原子粒）。

1949 美國研製成第一座可以貯存程式（program）的電腦／美國開始應用電子製版機（electrotype）。

1950 日本東京機械製作所製成四色輪轉機，1951年再研發成功CMR型之五色高速輪轉機。

1951 美國製成彩色電視（color TV）。

1957 蘇聯發射第一顆人造衛星史潑尼克號（Sputnik）。

1958 美國製成身歷聲唱片（stereophonic recordings）。

1960 我旅美學人桂中樞研製成中文照相排字機，在台北展出，但未推廣使用。

1961 美國製成按鈕電話（push-button telephone）。

1962 美國發射第一顆用微波（Micro-wave）通訊的低空活動通訊的電視衛星（Telestar Satellite）❸。

1968 美國製成小型錄影帶（portable video recorder）❹。

1970 微型電晶片（Microelectronic Chips）廣為使用❺／英國推出"Prestel"有線電視訊系統（viewdata）。

1975 發明平面電視螢光幕（Flat Wall TV Screen），令「電視牆」（video wall）的出現，成為可能／傳輸導件的明日之星──光纖（Optical Fiber）已有高度發展。〔至1990年代，還有「電視車」（TVcar）、LED（發光二極體）看板之流行〕

1976 英國成立第一座「廣播視訊」（teletext）❻／10月，大陸與日本海底電纜接通，由上海南匯縣至日本熊本縣之芬北町，全長872公里，可同時接通480條電話線路。

1978 電視錄放影機"Vides Disk (Disc) System"上市。

1979　立體電視3D－TV（非Music TV, MTV）開發成功／英國成立第一座「電傳視訊」（Videotex）❺⑦。

1980　家庭電腦（Home Computer）主件，即個人電腦（Personal Computer, PC），售價開始低於伍佰美元。

1981　VHF／Beta錄放影系統廣爲流行　／美國哥倫比亞號（Columbia）太空梭（Space Shuttle）成功地返回地球，開拓太空之旅。

1982　歐洲財團（European Consortium）發射多個人造衛星／數位電話（digital telephone）有重大突破❺⑧／同年9月16日，台灣「聯合報社」啟電腦排版成功，正式開啟了中國報業電腦排版新紀元。

1984　日本發射世界上第一枚直播衛星（Direct Broadcast Satellite），即一般所謂之DBS——櫻花二號（CS－II）。（台灣地區稱接收DBS之碟型天線爲「大耳朵」、「中耳朵」及「小耳朵」）。

1986　美Compaq公司，推出第一台80386的個電腦，功能極高。

1987　電腦病毒（Computer Virus）開始流行／台灣地區正式開放電傳視訊❺⑨。

　　從上述新聞、傳播大事及科技發展過程中，委實令人歎爲觀止，人類不斷努力去研發，也不斷地累積成果、享受新成果；而在萬古長空一經劃破之後，人類進步便「日行千里」，且愈跑快，獎品則愈來愈豐碩。美國傳播學者威廉斯（Ferderick Williams），把人類語言出現的年代爲起點，一九八〇年代初期爲終點，共爲三萬四千餘年的時間，濃縮爲一天二十四小時（見表一），結果發現傳播科技，大都在快接近午夜時分出現的；而人類由講話至用文字書寫，竟花了三萬一千多年時間，但是由畢昇發明活字印刷至播音出現，不過只是八百年光景，而由

表一：濃縮的 24 小時(A)

| 上半天（AM） | 紀　　　元 | 時 | 分 | 事　　　　件 |
|---|---|---|---|---|
| | 34000B.C. | 12 | 00 | 人類在地球上出現 |
| | 22,000B.C. | 08 | 00 | 洞穴壁畫 |
| 下半天（PM） | 4000B.C. | 20 | 00 | 書寫符號 |
| | 1000B.C. | 21 | 45 | 字　母 |
| | 1453A.D. | 23 | 50 | 西洋印刷術 |
| | 近　　　代 | 23 | 55 | 新科技 |

廣播至電視，更縮短至只有二十餘年。一九七五年後，影碟、個人電腦、數位電話等相繼出現，幾乎每年都有「又再進一步」的突破性進展❻。

　　傳播學大師宣偉伯（Wilbur Schramm, 1907－1987）則將一億年定爲二十四小時計算（則一小時約爲四萬二千年，一分約爲七百年，一秒約十二年），發現由凌晨凌時至午夜二十一點三十二分五十九秒時，仍爲人類的萬古長空（見表二），而由語言出現到電腦流行，不過花了

表二：濃縮的 24 小時(B)

| 時 | 分 | 秒 | 事　　　　　　　件 |
|:---:|:---:|:---:|:---|
| 21 | 33 | 00 | 語言溝通 |
| 23 | 52 | 06 | 書寫文字 |
| 23 | 57 | 25 | 雕木印刷 |
| 23 | 58 | 52 | 第一本書 |
| 23 | 59 | 14 | 谷騰堡印刷行 |
| 23 | 59 | 47 | 光影／音訊媒介 |
| 23 | 59 | 57 | 電腦新科技 |

兩小時二十六分五十七秒，亦即十萬二千八百八十四年矣❻。

㈤新聞傳播研究概況

　　一九四四年，美國明尼蘇達新聞學院院長凱司（Ralph D. Casy）成立第一個新聞研究所（Division for Journalism Research），三年之後，亦即一九四七年，心念著時代在變的宣偉伯隨即在南部之伊利諾大學，成立一個以科際研究組合爲主的傳播研究所（Institute of Communication Research）；一九五五年，他到史坦福大學，又依法泡製，成立另一個傳播研究所。宣偉伯的信念，可見之諸他在一九五七年對二十年《新聞學研究》內容的研究心得❼：⑴傾向於定量方法（quantitive treatment）之應用而非定質方法，⑵傾向於行爲科學方法之應用，而非人文方法，⑶研究（報業）過程與結構多於對名報人

研究，⑷傾向於世界性報紙及報業制度研究。

　　宣偉伯的眼光是獨到的。一九七〇年以前，大眾傳播研究者深信大眾傳播在改變舊態度、建立新觀念方面，具有正面功能，甚至可促使開發中國家早日現代化。這些學者每好從社會心理層面出發，尋求運用傳播媒體，來加速政治、經濟快速發展的途徑。這種「傳播與發展」（communication and development）的研究方法，自然以上述四類爲皈依❸。

　　民國七十六年，行政院國家科學委員會人文及社會科學發展處，曾對「新聞與大眾傳播學」，作了一次極周延之學門規劃資料，其中有些數據，可以顯示出台北地區新聞及大眾傳研究概況❹：

　　⑴國內新聞及傳播研究最需要進行的題目前三類爲：①傳播科技與資訊，②傳播「中國化」，③媒介效果與批評。

　　⑵大眾傳播研究類目頻率最高之前三項爲：①社會變遷，現代化研究（國家發展），文化傳播，②閱聽人分析（媒體使用動機、行爲與決策），③媒體表現（版面、內容、寫作）。

　　⑶大眾傳播研究對象中，最常被研究之前三類爲：①公眾，②電視、錄音（影）帶，③報紙。

　　⑷大眾傳播研究，最常使用之前三類方法爲：①社會調查法（social survey），②內容分析法，③敍述／歷史文獻（narrative／review）。

　　⑸傳播研究取樣對象前四位爲：①城市（鄉、鎮）／國家（省），②學術文獻，③報紙，④學生。

　　⑹傳播專題研究，量化統計最常使用之方法爲：①百分比，②交叉分析（$X^2$），Z檢定，③變異數分析（ANOVA），④皮爾遜相關分析。

　　⑺國內傳播研究專題，主要有：①傳播與國家發展，②媒介效果影

響研究，③媒介表現。

　　台灣地區傳播學者量化研究，應以朱謙、漆敬堯兩教授，於民國五十三年五月所發表之「國人聽廣播習慣的研究——並論廣播與社會變遷的關係」⑥，及民國五十三年起進行研究，七十三年十月發表之「臺灣農村社會變遷」兩專題研究爲嚆矢⑥。

　　根據國科會研究，國內傳播實證研究有五篇開創性範例，此即爲⑥：

　　⑴徐佳士（民60）：「二級或多級傳播理論」在過度期社會的適用性之研究。——首度引介西方諸如人際傳播、意見領袖、創新與傳布等理論範疇，來檢驗其在中國之適用情況。

　　⑵郭爲藩：①電視影響兒童認知發展之研究（民69）；②電視影響兒童社會學習之研究（民70）——屬於媒介效果之研究，爲研究台灣地區「電視與兒童」之經典之作。

　　⑶潘家慶（民72）：臺灣地區的閱聽人與媒介內容。——屬傳播與國家發展理論範圍，有關現代化之實證採討。爲一四年系列研究專題之一。

　　⑷鄭瑞城（民72）：報紙新聞報導之正確性研究。——屬於閱聽人分析之理論範範圍，爲有關錯誤新聞一系列後續研究之最新論文。研究發現：

　　①受研究報刊錯誤率高達44.5％；②主觀性錯誤，高於客觀性錯誤，原因則在於：(A)記者未能避免主觀涉入，(B)報社或編輯在處理新聞資訊時，有不當或不宜現象，(C)新聞當事人（或機構）在提供新聞資訊時，不夠周詳，或僅提供片面之詞；③在客觀性錯誤中，以人名及時間最爲常犯，顯示記者在採寫態度上，可能不夠嚴謹，又或者記者與當事人對新聞事件之認知，有所差距。

　　大陸地區之大眾傳播研究，文革之前，因一直被視爲西方的東西，

而被排斥；文革之後，一九八○年起，方開始有人譯介西方傳播學典籍。例如，任教中國人民大學的陳亮，即繙譯了宣偉伯的《傳播學概論》（一九八四，新華出版社）。一九八一年後，也開始應用民意調查方法，做點量化社會調查工作。例如，首都新聞學會，即曾做過大規模的受眾調查，卻一直還都局限在轉播學的引介、評價分析和探討理論方面研究、大眾傳播專題研究，仍未多見❻。

　　在新聞學和大眾傳播研究，兩者存有互相滲透的血緣關係，但風貌則不盡同，如前所述：⑴新聞學比較重視實務工作的研究；大眾傳播比較重視諸如媒介與社會、傳播行為、效果等理論方面研究。⑵新聞學研究，稍微局限在報紙、雜誌、廣告、廣播及電視等媒體的傳播實務工作上；而大眾傳播研究，除了媒介之外，則更兼及公共關係、電影、國際傳播、新科技、文化傳播，及民意測驗等方面研究，除較重視廣電方面研究外，並同時研究各種媒介特點、傳播效果以及傳媒間相互影響的規律。⑶新聞學的研究方法，是從微察的實務角度，採取直接的分析法，以考察、理出新聞實務工作的一些規律，解釋新聞傳播的各種現象，供從業人員實戰之法，較少涉及諸如閱聽人之類研究；大眾傳播則從鉅觀角度研究：(A)人類傳播活動的發生、發展及其過程；(B)大眾傳播媒介內部的運作；(C)大眾傳播的社會功能，對社會的影響、作用，以及各種影響的特質❻。

# 註　釋

❶：“Journalism” 通常可以作「新聞」（news）詮釋。

❷：民國四十年七月，台北業界創辦《報學》半年刊專門性雜誌（Journalism Magazine），至八十年二月，已出至八卷四期，恰滿四十周年，共出版了八十餘册。

❸：轉引自：

錢震（民70）：新聞論上冊，六版。台北：中華日報社。頁六十五。

由於早期新聞學偏重編採之類實用性探討，運用之妙，「存乎一心」之藝術性層次較高（performing art），連帶地新聞學是否爲一門科學，曾有所爭持。而按一般所謂「科學」（science），即使字典解釋（如英文《韋氏大字典》），起碼是指：⑴有系統性知識（systematized knowledge），以決定所研究者的本質或原則（what we know）；⑵研究或知識的擴展（branch），透過假設和研究，以確立系統性事實、原則與方法。也就是說，稱得上科學的學問，應能以系統性研究方法，（how we know／what we know）加以描繪和解釋，並且能予以預測與控制。以此而言，早期新聞學研究範圍，似未達此項標準。至大眾傳播興起之後，由於科際整合，方有「科學的新聞學」（scientistic journalism）新詞出現，以別於傳統報學。

另外，值得一提的是，坊間談傳統實用性新聞學，雖每多經驗之談，但似不應以「空泛」視之。因爲此類書籍，往往是由理論（起碼是主見）之研習，進而經過相當時間之應用、實證之後，產生經驗，再序之於典籍；雖非嚴謹之問學工夫，當亦有堪足借鏡者。

❹：本章參考資料及若干觀點，主要來自一九八九年十二月瑞典（Sweden）「北歐大眾傳播研究文錄中心」（Nordic Documentation Center For Mass Communication Research）所刊列之《北歐大眾傳播研究評論》（The Nordicom Review of Nordic Mass Communication Research）第二期。其中有若干篇更具參考價值：

ⓐDahlgren, Peter

　　1989　"Journalism Research：Tendencies and Perspectives."

ⓑDah, Hans Fredrik

　　1989　"What Do we Mean by Journalism Research？"

ⓒHem'anus, Pertti

　　1989　"The Essence of Journalism and Journalism Research."

ⓓHvilfelt, Håkan

　1989　"What is Journalism Research？"

❺：同前註(a)，頁三。

❻：同註(d)，頁十五。

❼：報刊資訊（journalistic information）粗分爲：小説（fiction）、傳言（rumour）、法律（legal texts）及政府消息（government announcements）四類。

❽：同註(a)，頁七。

❾：同❹(c)，頁十一。又：

Asp，Kent

1990　"Medialization，Media Logic and Mediarchy," The Nordicom Review of Nordic Mass Communication Research. PP.47－50.

❿：新聞事業在社會功能裡，有其涉及頗廣、極其複雜的一面，舉列而言：

——它是商業行爲：故講求產品品質、包裝、成本、利潤及市場區間（利基，"niche"），

——它是社會公器，良心事業（所以要客觀）；

——它是立法、司法、行政以外的第四階級（第四權、第四部門）；

——它是公共服務，爲民喉舌（這又是主觀的）；

——它是專業技能，例如，編採、寫作、訪問、觀察、標題製作、印刷、廣告、節目製作、推廣（promotion）諸如此類，原與教育、醫藥及建築業十分相似，但其專業性程度，卻飽受懷疑；

——它是次系統、次文化（sub－culture, sub- group, sub- system），受政治、社會體系影響；

——它是功能性的，有訊息、教育、娛樂、警示（守望）、監督及幫忙決策功能。正如麥喬（Dennis McQuail, 1987：2）所説：

提供資訊：報導事件的訊息、社會及世界狀況，揭露勢力集團關係，促使新發

明的採用和改進；

形成關連：對事件、消息加以解說、闡釋與評論對執政當局與規範的支持；

促進社會化：協調個別活動，共識的建立（aganda holding／ setting），擬訂、評論事務緩急程序，標示相關狀況；

維持延續：固有文化之傳達，次文化之認識，新文化之開展、維護，融合社會大眾價值觀，供給娛樂（減少社會緊張氣氛）；

促進動員：總合政治、經濟發展工作，有時甚至是宗教性社會活動。

新聞學除與心理學（例如行爲、動機、群眾），社會學（例如制度、人際關係、社會運動、現象、問題），政治（例如思潮、制度、法紀、人物），經濟學（生活水準、經營、投資、欲望、財稅、金融），法律學（例如新聞自由、自律、傳播權、隱私權與誹謗），哲學，歷史學，人類學及語言學（例如表達）各學科息息相關之外，尚與教育、文學等諸學密不可分。例如：

教育：新聞業可以突破時空（例如即時、不限地域），突破教授形式（例如易得性、實用性、內容更新頻率、選擇自由、即時報酬及理念快速建構）諸如此類特點，與正規教育（formal education），以及以延續教育（continuing education）、隔空（遙距）學習（distant learning）爲主的社會補助教育相輔相成。

文學：文學著重慢工，藝術特質、形式，注入主觀意見與傳統新聞寫作之重寫實，新鮮及排斥意見結構，雖然或有扞格，但文字運用的本質要求卻無差別。近期陸陸續續釀成氣候的新派報導（new journalism），與文學色彩（color）更爲接近。試觀下表之簡釋：

| 文　　　　　學 | 新　　　　　聞 |
|---|---|
| 講求創意（idea　lcreative），主觀想像力（imagination）感性，找資料（investigation），引人入勝（interesting），靠靈感，相信寫作無章法。（Writing is mat a matter of rules.） | 講事實（facts），客觀（objectivity），知性，調查，解釋性，深度報導，運用計量方法，注重人情趣味（Human interest story），意見、評論爲別式。 |
| 要求清楚、明白、動人。 | 要求清晰、敍述性（reporting）、組織結構、形式包裝。 |
| 歷來英美名作家，都與記者行業關係密切，如：<br>英國：(a) 狄福（Daniel Defoe, 1659-1731）<br>　　　(b) 狄更斯(charles Dickens, 1812-1870)<br>美國：(a) 咸美頓（Alexander Hamilton, 1751-1804）<br>　　　(b) 馬克吐温（Mark Twain, 1835-1910）<br>　　　(c) 海明威（Ernest Hemingway 1898-1961） | 經由個人新聞事業以評論賣座時期（Personal Journalism），邁向新報業經營時期（New Journalism），從絕對客觀主義，至注重何義（so what）及前因後果（coherence），因而陸續出現與新聞題材相關之歷史小説，寫實主義小説，新聞小説，新派報導(New Journalism) |

融合爲非虛構寫作（Non-fiction），報導文學（Reportage）與文藝化報導（Literary Journalism）支流

⬇

**新聞文學**（Journalistic Literature）

⓫：編輯政策又可分原則性與技術性兩層次來研究。原則性方面，例如城市與社區報的取捨範圍，公、民營報紙責任；技術性方面，例如篇幅及突發重大事件處理之研究等等。

⓬：內容分析法之研究過程大致如下：決定題目⇨研究理論之所據⇨研究假設⇨單元設計⇨抽樣⇨分析。詳閱：

王石番（民78）：傳播內容分析法──理論與實證。台北：幼獅文化事業公司。

⓭：美國著名民意調查機關大致有：

⑴蓋洛普民意調查（Gallup　Polls）：原名「美國民意調查研究所」（The America Institute of Public Opinion），由蓋洛普（George H. Gallup）於一九三五年成立；除於一九四八年時，錯誤預測共和黨總統候選人杜威（Thomas Dewey）可以入主白宮爲第三十三任總統外──結果卻是由民主黨的杜魯門（Harry S. Truman 1884－1972）獲得連任，其餘所作預測，大多令人信服。一九五七年，又成立「國際民意調查研究所」（The International Institute of Public Opinion），通稱爲蓋洛普民意調查。〔按：此杜威並非教育與哲學家之杜威（John Dewey, 1859－1952）。〕

⑵哈里氏民意調查（Harris Polls）：由哈里氏（Louis Harris, 1921－）於一九五六年成立，全名本爲"Louis Harris and Association, Inc."，長於政治及政策性之民意調查。

⑶此外尚有由范爾特（Harry　H.　Frield）所主持之「美國民意研究協會」（The America Association for Public Opinion Research, AAPOR），魯賓遜（Cloude　Robinson）負責之「意見調查公司」（Opinion Research　Corporation）。另外，美國三大電視網（ABC，　CBS，NBC）及《紐約時報》（N.Y.　Times）、《華盛頓郵報》（Washington Post）之類大媒體，都各自設有民意調查中心。有關精確新聞研究，詳閱：

羅文輝（民80）：《精確新聞報導》。台北：正中書局。

❶：此是著者自創名詞。

❿：在普立兹（Joseph Pulitzer）捐助兩百五拾萬美元之下，一九一二年（民國元年）哥倫比亞大學（Columbia University）開設新聞學院（School of Journalism）是美國第二所開設新聞教育學府，一九三四年，學院改爲「新聞研究所」（Graduate School of Journalism）。此後，著名新聞學院或研究所及大眾傳播科系，相繼於各個名校成立。例如：Arizona State University; Arkansas State University; University of California, Berkeley; California State University, Chicaco; San Diego State University; San Francisco State University; San Jose State University; University of Southern California; Stanford University＊; University of Florida; Florida A&M University; University of Miami; University of Georgia; University of Hawaii at Manoa; University of Illinois; Southern Illinois University at Carbondale; Ball State University; Indiana State University; University of Iowa; Iowa State University＊, University of Kansas; Kansas State University; University of Maryland; Boston University; University of Michigan＊; Michigan State University＊; University of Minnesota＊; University of Missouri＊; New York University; Syracuse University＊; Northwestern University; University of North Carolina, Ken State University; Ohio State University＊; Oklahoma State University; University of Oregon; Oregon State University; University of Pennsylvania (Annenberg School of Communications)＊; The Pennsylvania State University; Temple University; University of Tennessee; University of Texas at Austin; Washington State University; Marquette University; University of Wisconsin- Madison＊。至目前爲止，美國提供四年制正式新聞教育的學院，已多達三百餘間，頒授博士學位的，亦已有三十多所。＊表示十大名校。

⓰：《法蘭克福新聞》是一六一五年（明萬曆四十三年），由德國報業之父艾莫爾（Egenolph Emmel）所創辦的周刊，至一九〇二年（清光緒二十八年）停刊。

⓱：一八八四年（清光緒十年），一八九二年（光緒十八年），布克爾曾分別在德國巴斯爾（Basle）及萊比錫兩大學，講授報學課程。但至一九一二年，德國報業協會反對在大學中施行新聞教育。但自萊比錫開辦新聞學院後，一九一九年蒙斯特大學（Munster），一九二〇年科隆大學（Cologne），一九二三年紐倫堡大學（Nuremberg），一九二四慕尼黑大學（Munich），紛紛設立新聞學院。布克爾力主新聞應與評論和意見分開，他對第一次世界大戰時，新聞竟由通訊社獨占的情況，強烈反對。

⓲：我國人在肯定新聞教育之重要性方面，其實甚早。民國元年，全國報界促進會在上海舉行大會時，即曾倡議成立「報業學堂」。民國七年，北京大學政治系開設「新聞學」選修課程，由時任北京《晨報》主筆的徐寶璜講授。同年，《京報》創辦人邵飄萍、蔡元培及徐寶璜諸人，創辦「新聞學研究會」，邵飄萍並擔任「新聞採訪學」講師。（詳見後章所述）

民國九年五月，全國報界聯合會，在廣州舉行第二次會議，又曾倡議設立「新聞大學」，連組織大綱亦已通過，惟只流於紙上作業，未能實行。

民國九年上海聖約翰大學報學系，是由上海英文《密勒氏評論報》（Millard's Weekly Review of the Far East）主筆柏德遜（Don Patterson）擔任，並發行英文《約大周刊》（St. John's Daily）。

民國十三，美國新聞學者武道教授（M.E. Votaw），曾來華主持系務。《密勒氏評論報》，是由伍廷芳出資，於一九一一年（清宣統三年）創刊的英文《大陸報》（China Press）主筆密勒（Thomas C. Millard），於民國六年六月九日所創辦，內容以評論政治、財政為主。民國十年易名為《遠東周刊》（Weekly of Far East），民國十二年六月，又易名為《中國每周評論》（The China Weekly Review）。太平洋戰爭爆發，該報停辦，至抗日

勝利後，又恢復出版，但言論已左傾。

❶：一九一九年的同年，北岩勛爵，曾開辦過設有寫作課程之收費函授學校。一九三九年，倫敦學院新聞系因值大戰而停辦。直至一九四九年，倫敦理工學院（The Regent Street Polytechnic, London）才再開辦日夜間部新聞課程，修業期限一年。目前如萊契士達大學（University of Leicester）諸校，已設有傳播研究中心（Center for Mass Communication Research），頒授碩博士學位。

我國名報人林友蘭先生（1916～81）即是倫敦新聞學院碩士，曾在成舍我先生的香港《立報》、《工商日報》及《香港時報》等香港有名報紙任職多時。

❷：一九六〇年，法國史爵斯堡大學（University of Strasbourg）在文學院內附設新聞學院，由廖特教授主持（Prof. Jacques Leaute）。

❸：一九一九年蘇聯塔斯社（TASS）前身之羅斯塔通訊社（Rosta），曾開有一個月的新聞短期訓練班。一九二三年，新聞學院改制爲三年制之「國立莫斯科新聞學院」。同年爲訓練外國共產宣傳人員，還成立了「共黨東方勞工大學」（Communist University for Workers From the East），與「共黨西方人民大學」（Communist University for People of the West）（兩校已停辦）。一九三〇年「國立莫斯科新聞學院」改組爲「共黨新聞學院」（Communist Institute of Journalism），由共黨中央委員會接管，遂在列寧格勒、基輔等重要城市設立分院。二次大戰後，莫斯科大學成立新聞系，各高級黨校（Communist Party's Advanced School）、大學紛紛普設新聞系和新聞專業。

❹：若以專修科目而論，則日本松本君平，早於一九〇〇年（清光緒二十六年），即在自創之東京政治學校，講授新聞學（見後章所述）。一九一三年，私立慶應大學與早稻田大學，曾聘有新聞事業人員，講授新聞學。一九二九年，東京帝國大學（即今之東京大學）文學部，創辦新聞研究室〔現已改稱爲「新聞暨傳播研究所」（Institute of Journalism and Communication Studies, The

University of Tokyo）。前新加坡《聯合早報》論説員兼東京特派員，日本立教大學社會學博士華裔卓南生（1924～ ），一九八九年前後，在該校任教。其後，私立明治大學亦開設部分新聞課程。二次大戰後，除早稻田率先創辦新聞系（一九四六），東京大學擴大發展成新聞研究所（一九四九）外；其餘如：慶應、明治、日本、立教、關西、上智及同智社等諸大學，紛紛開設新聞系；而中央、京都、神戶經濟與東北諸大學，也加開新聞學課程。

小野秀雄是帝大文學院德文科畢業生，曾任《萬朝報》及《東京日日新聞》記者，又曾赴德、美兩國考察新聞教育；六十年代中期，曾到政大新聞所授課。

㉓：其後，國立漢城大學文理學院與慶熙大學，分別於一九五〇、五三年開辦新聞系。六〇年代之後，新聞教育開始勃興；例如，漢城大學於一九六八年創辦新聞所，女子梨花大學也有了傳播學課程。

㉔：茲分別解釋如後：

⑴公元前（B.C.）二十年，渥大維凱撒大帝（Gains Julius Caesar Octavianus, 63 – 14 B.C.）正式建立羅馬帝國，公元前六年（約漢成帝鴻嘉年間），已有如春秋般《斷爛朝報》或漢唐《邸報》的《紀聞鈔》（Acta Diurna），以手抄方式，於議事廳外，公布帝國政聞、戰爭消息、參眾院議事、司法事件及宗教紀事等羅馬政府公報。

⑵東羅馬於一四五三年（明景帝景泰四年）亡國，西羅馬帝國則存續至四世紀。此段期間羅馬爲歐洲之政治、軍事及文經中心，各式人物都想探知羅馬消息，因而有人繕抄政府公報，分送讀者，而收取若干酬金。此種做法，咸信是「新聞信」起源，亦是沒有報紙發行之前，最重要之新聞媒介。公元十世紀，威尼斯（Venice）即有以發行新聞信爲業者。新聞信在歐洲乃有廣大讀者，而其形式則至今不衰，但其應用上功能，已跑到商業直接函件（Direct Maill, DM）上去。

⑶一四五〇年，德人谷騰堡發明活版印刷後，由於教皇的讚賞，一四六六年（明英宗天順三年），羅馬即設立第一部印刷機。十六世紀初，威尼斯即有

著名的艾爾丁印刷社（Aldine Press），並創做了斜體字。

⑷一五六六年（明嘉靖四十五年），威尼斯市有一篇幅很小，沿街兜售一枚腓幣（Gozzetta）的《手抄新聞》（Notizie Scritte）（一説是貼於公眾場所，讀者須付一枚腓幣的「宮門鈔」）。其後，此種報紙流傳羅馬、法、德、荷、英等國，稱爲《威尼斯公報》（Venice Gazette），一直流衍至十七世紀末，且自此以後，各國最初期刊，大都以「公報」一字名其刊物。如《法國公報》（Gazette de France, 1631），《西班牙公報》（Gazeta, 1641），《牛津公報》（Oxford Gazette, 1665）〔其後易名爲《倫敦公報》（London Gazette）〕，加拿大《哈力法克斯公報》（Halifax Gazette, 1751）．

⑸墨索里尼（Benito Mussolini, 1883-1945）原是記者出身，並且是一個激烈的社會主義者。一九一四年於米蘭（Milan）創辦《意大利人民報》（Il Popolo d' Italia），並變爲激烈國家主義者。第一次世界大戰期間入伍，一九一九年，聯合諸如退伍軍人、農民與軍人等類不滿現狀的愛國分子，組成法西斯黨（其意即爲「聯合的鬥爭」），遂於熱那亞發行《法西斯勞工報》（Il Lavoro Fascista），與《意大利人民報》一唱一和，鼓吹法西斯主義。一九二二年十月，進軍羅馬，取得政權成爲首相（至四十三年），開始獨裁統治，使報紙成爲政治工具，沒有新聞自由。一九二五年公布世界上最早之「新聞記者法」，明定記者之「資格」及監督已登記之記者，規定：凡有違反國家利益之行爲者，即撤銷記者資格。至於是否違反國家利益，則由司法部所遴選之記者公會五位委員決定之。記者公會則分法西斯地方與全國公會兩種，以求國家與法西斯黨員與宣傳者。爲了消滅反對派報紙，不但以命令方式，令各報合併，規定一地區只能有一報存在；更規定新創刊報紙，必須經過法庭檢察長及地方行政首長批准，方得發行。凡此種種，非但戰時之德、日曾加仿效，且已成爲極權國家控制報紙之典型模式。

⑹一六二二年（宋熹宗天啟二年），羅馬教皇哥瑞哥里十四（Pope Gregory XIV）成立了一個名爲 "Sacre Congregatio De Propaganda Fide" 的宣傳

機構，負責在異教徒的國度裡，宣揚天主教教義，吸收教徒。嗣後，天主教會即把各種傳教組織與運動，概稱之爲宣傳。（故此，此詞原不含罪惡與誹謗意味。）

❷：二十世紀初期，意大利那不勒斯與杜林兩大學即有新聞學課程。一九二八年以後，諸如羅馬新聞學院（School of Journalism In Rome）、帕魯札大學（University of Perugia）、羅馬大學（University of Rome）、米蘭天主教大學（Catholic University）及法拉自由大學（Free University）均設有新聞學課程。一九四三年，繼「羅馬輿論研究中心」之後，羅馬大學成立「意大利新聞研究中心」（Italian Center for Journalism Studies），從事國際民意與宣傳之研究工作，自此意大利新聞教育組織趨向，大都傾向於民意、宣傳及公關三方面。 例如，一九四七年，羅馬大學設立「民意研究所」（Instituto Italano di Pubblicismo）；一九四八年，羅馬又創辦「民意科學高等研究所」（Higher Institute for the Science of Public Opinion）；一九五〇年，羅馬國際大學（International University, Pro Deo）開辦「民意科學技術研究院」（Institute of Sciences and Techniques of Public Opinion）；一九五一年，杜林一地分別開設「社會心理學高等研究所」（Higher Institute of Social Psychology）及廣告學院；一九五二年，除了帕爾姆大學成立新聞研究所外（Institute of Journalism, Palermo），米蘭一地亦分別成立「廣告學院」（Publicity School In Milan）〔後易名爲「新職業學院」（Institute for New Professions）〕，與「公共關係學院」（Institute for Public Relations）。六十年代以後，不但羅馬成立了「公共關係高等研究所」（Institute for Advanced Studies In Public Relations），柏蓋莫（Bergamo）一地，也有了「新聞進修研究院」（The School for Higher Studies In Journalism）。

❷：首任系主任爲畢業於國立政治大學新聞系的林景漢先生。他爲韓江新聞班之存續，曾苦撐近十年之久。

㉗：入會資格，最初規定爲有十五萬人口的城市報；其後減爲五萬。首任會長爲約
　　斯特（Casper S. Yost），他在五年任期內，通過了著名的「報業守
　　規」（Cannosn of Journalism），爲一有影響力團體。英國尚有：⑴「皇家
　　報業委員會」（Royal Commission on the Press），原名「報業總
　　會」（General Council of the Press），成立於一九四七年；一九六一年改
　　易今名。⑵「電視研究協會」（Television Research Committee）。

㉘：見李明水（民69）：日本新聞傳播史。台北：大華晚報社。頁五〇〇～九。

㉙：該會出版定期刊物甚多，如《新聞協會報》周刊，《新聞研究》月刊及其副
　　刊，《新聞雜誌》季刊，《新聞印刷技術》季刊，與《日本新聞年鑑》等書
　　刊。

㉚：由小野秀雄教授擔任會長，並發行《新聞學評論》年刊。

㉛：新成立的其他地區新聞學會則有：「韓國新聞研究所」「言語研究院」（成立
　　於一九八一年），泰國「新聞學發展學會」（成立於一九八四年），印尼「蘇
　　托莫博士新聞學會」（一九八六年復會），「馬來西亞新聞學會」（成立於一
　　九六六年）及「孟加拉新聞學會」。見《新聞界》，第二期（民78.10）。台
　　北：中國新聞學會。頁十一。

㉜：香港則主要有「香港記者協會」、「香港報紙公會」和「香港廣告事業公會」
　　三大團體。

㉝：中華民國新聞評議會與一九七三年七月十六日成立的「美國新聞評議
　　會」（National News Council）功能相似，但後者卻因財源短絀，未具權威
　　說服力，打蒼蠅不打虎，對政治觀點案件，只敢持中立看法，故而聲名不振，
　　終於不得不在一九八四年結束業務。

　　最具代表性的新聞評議會，當屬「英國報業評議會」（The Press Coun-
　　cil）。此會原於一九五三年七月一日成立，本名「英國報業評議總會」（the
　　General Council of the Press），一九六三年改稱今名，評議會由三十位委
　　員組成，其中包括七個報業團體的編輯代表十五位，經理代表十位，社會公正

人士五位。該會成立宗旨其有八點；⑴保持英國已有之新聞自由；⑵依據最高之職業與商業標準，保持英國報業品格；⑶批評對報業之限制；⑷鼓勵及促進報業人員之補充、教育及訓練；⑸增進報業各部門間之協調；⑹提倡技術及其他方面之研究；⑺研究報業集中或獨占之趨勢；及⑻定期出版報告，説明業務狀況，並隨時檢討報業發展情況與影響因素。

㉞：「新聞橋」推出時，因有同時段「電視與觀眾」節目爲「電視台講話」陰影（該集自民國七十二年四月十日首次播出，至公共電視開播後，於七十五年後停播），實際參與製作的，雖是新評會副秘書長陳尚永，但因秘書長是李登輝總統的女婿，故招致反彈，甚至獲得最佳「恐怖片」金驢獎封號。不過，除了論者當時有謂題目太大，超然中立性未能突顯（因由三台新聞人員輪播，觀眾缺乏直接參與機會），製作過程沒有專責小組負責，畫面不能生動等缺點外，專攻廣播電視的熊杰博士卻認爲，就節目的創意和風格來説，是我國電視節目的一大突破——除了把一些新聞性節目在報導上的過程、錯誤與知識告訴大眾之外，同時也作爲一個溝通大眾和媒體的橋樑，讓大眾對新聞媒體的觀感，有一個傾訴心聲的管道。他也認爲這個節目很有勇氣地、與大眾站在一起，向當前寡占的新聞媒體挑戰。見熊杰（民79）：「電視與你」（1.9.）台北：聯合報。第二十七版。

附釋：民國七十九年四月，爲求節目創新起見，每月舉辦「座談會」一次。第一次於同月八日播出。民國六十五年一月十二日起，每周一至五（乃至周六），晚間九時卅分本省原有聯播節目時段，以補救商業電視之缺失，亦爲籌設共公電視鋪路。第一集次爲反共題材之「寒流」，用國語播出，再用閩南及客家語擇時重播。

民國七十二年十月二十九日，新聞局又修正發布「電視節目製作規範」，其中第五章第二條有云：「電視每周一至周五，廿一點至廿一點卅分爲聯播節目時間，其播出內容應屬新聞、政令宣導、教育文化及公共服務等。」國內公共電視之籌措，於斯展開。七十三年五月十八日，報導性質之「你怎麼樣？」於播

出第三十集後，聯播節目在形式正式結束（戲劇性節目，已早於六十八年八月十四日，播出「西貢風雲」第三十集後停播）。七十三年五月二十日，屬聯播之「柯（科）先生與紀（技）小姐」，其後，在公視中成為「生活與科技」節目，「新聞眼」名稱與形式皆没改變；而「天涯若比鄰」則重生為「放眼看天下」公視節目。

雖然聯播節目的內涵，有著統一國民觀念和意識，給予大眾對社會有意義的認知，滿足觀眾知性需求，節省製作經費，保證收視效率。但由於例行公事（缺乏競爭性及廣告收益），題材內容受到限制，製作人普遍抱持「但求無過、不求有功」心態，節目缺乏可看性，嚴肅、呆板、保守、僵化，忽略美的需求，觀眾感到疏離等諸項缺點，以致這段政府向電視台所「徵用」的時段，竟有淪為「洗澡關機時間」之謔語。

反對聯播節目的人士認為：⑴如果想藉普遍收視效果，幫助政令宣傳、溝通意見，可就節目內容加以改進，不一定非採聯播節目形態；⑵聯播是一種強制形式，會造成反效果，而不愛看的人，無論怎樣也不會收看，低收視率反而浪費了黃金時段；⑶聯播若是著眼於「社教」，但社教節目與娛樂節目，無論在定義與表現手法，俱難於劃分，「聯播時間」可能幫不上忙，何況，某些節目內容，本質上缺乏與社會大眾關聯性，收視率必不普遍；⑷播出時段固定，約束了電視台能調配節目安排的彈性，反而不美。

由於上述體認，公共電視節目開播，即採兩臺聯播，另一臺播出不同節目形式；七十三年七月起，改為三台分別播出不同節目形式，播出時間為：⑴周日上午九點半至十一點；⑵周一至周五下午五點半至六點；晚上九點至九點半；晚間十一點至十一點半。（在台灣地區已實施四十年之久的電台「全國聯播」制度，則於民國七十九年十月一日廢除，共有六家民營廣播電台退出聯播。）

民國七十九年五月十日（逢星期四）起，台視曾增加一個新聞性節目「媒體面對面」；於晚間十一時播出；由曾經主持過「柯先生與紀小姐」、「科技先鋒」、時任交通大學校長的阮大年博士主持，以座談形式，帶出媒體特色，以

及閱聽人如何使用和認識媒體。其後因故停播。

㉟：台灣的「線上記者」爲了聯絡感情、舉辦演講座談、協助新人、便於參觀訪問，以及連繫、協調，與釐清只重作秀不守行規的、騙吃騙喝「丐幫」記者界線等目的，亦早組織有諸如「臺北市新聞記者俱樂部」、「國會記者聯誼會」（包括國大、監察與立法三院記者）、「中華民國國民大會暨監察院記者聯誼會」、「司法記者聯誼會」、「外交記者聯誼會」、「台北市府會記者聯誼會」（包括主跑國民黨台北市黨部、市議會，市長室三路線市政記者）、「中華民國內政新聞記者聯誼會」、「經濟記者聯誼會」、「中華民國證券交易所記者聯誼會」、「科技記者聯誼會」、「環保記者聯誼會」、「醫藥記者聯誼會」、「體育記者聯誼會」、「全國女記者聯誼會」及「台北市攝影記者聯誼會」等二、三十個組織。

七十七年元月報禁開放後，新聞業本身也掀起了勞工熱的工會運動（非業界組織之公會），抗爭不斷。《聯合報》於同年三月二十七日成立「聯合報業工會」；《中國時報》則延至同年九月四日方正式成立，而在六月二十四日當天談判又一次破裂時，勞方還決定以怠工手段來示威——當晚印務廠員工，故意放慢工作速度。次日，不但出報時間延誤至七點，而且有六十多個地方必須合併才能出刊，令《中國時報》損失數百萬元。《中央日報》八月底成立工會，但因報社引進電腦打字小姐，取代行之有年之徒手檢排，而未訓練原排字工友或安排其他職務，而引起員工即將失業或轉業困難的恐懼，九月二十九日晚間面臨攤牌時，報社終於讓步，答應訓練員工學習電腦或安排出路，事乃平息，但南部幾個版，則需合併才能出刊。《自立晚報》工會亦幾經波折後，同年九月才成立「自立工會」。三家電視台成從五月初起，紛紛組成產業工會，情形則比較簡單。九月二十五日，宜蘭新聞從業員則成立「傳播職業工會」。《新生報》則遲至翌（七十八）年元月八日才成立產業工會。

報禁開放後，因爲突顯了「智慧財產」的版權稅問題，關乎收益，故也引起若干糾紛。例如，向電視電台等使用音樂的收費問題，就有「中華民國音樂著作

權人協會」、「詞曲著作權人協會」、「台灣歌謠著作權人協會」等單位，都「聲稱」擁有詞曲作家的「委託」，「可以」向使用他們會員作品的媒體「收費」，令業界無所適從。見《聯合報》，〔民78.11.1.，第三十版（綜藝）。〕政大新聞系畢業的陳申青其後轉職高雄《民眾日報》，擔任採訪主任。

另外，保護新聞從業員免於危難，頗受國際機構關注。國際新聞協會（IPI），即曾出有一本「記者出危險任務的保命之道」小冊子（Journalists on Dangerous Assignments：A guide for Staying Alive），協助記者在情勢危急時，免於傷亡、下獄或遭受驅逐之厄運。在紐約，則有一個「保護新聞業者委員會」組織，以「促進全球各地新聞自由」，由一個熟悉拉丁美洲、亞洲、非洲及東歐地區事務的六人幕僚群主持會務，前美國哥倫比亞廣播公司名播報員華特‧克朗凱（Walter Cronkite），即曾擔任過榮譽主席。該會主要工作包括：⑴監督並舉發有關新聞業界，在世界各地遭屈辱、苛待、逮捕、或其他更嚴重之虐待事實；⑵查證各地扭曲新聞報導之事實；⑶必要時作適當之抗議；以及⑷與世界各大新聞傳播媒體交換新聞資訊。

除國際新聞協會外，各類相關之世界性新聞業界組織還有：國際報業電訊委員會（International Press Telecommunications Council, IPTC），國際新聞工作者協會（International Organization of Journalists, IOJ），國際新聞工作者聯盟（International Federation of Journalists, IFJ），以及國際筆會（International Association of Poets, Playwrights, Editors, Eassyists, and Novelists／International PEN, PEN）。

在《華盛頓時報》支持下，一九七八年亦成立了一個名為「世界媒體協會」（World Media Association）組織，致力於促進言論與新聞自由，鼓勵負起道德和社會責任。每年並組織新聞團體到有關國家去訪問。例如，在該協會安排下，七十八年十月五日，原有蘇聯記者計畫訪問台北，我國亦已同意，但在莫斯科及大陸兩方壓力下，是次終未成行。直至民國七十九年四月八日，蘇聯《消息報》（Izvestia）駐非洲莫三鼻克（Mozambique）特派員、六十

歲的第利思契金（Boris Pilistskine），方能成行，抵台訪問兩周，而於同月
二十二日離華，此是中華民國與蘇聯交惡後，首次到台訪問的記者。他在一九
八四年時，曾在北京擔任過新聞報導工作。台灣地區在一九八九年三月，解除
與蘇聯貿易限制，至一九八八年，中蘇兩國貿易額已達一億四千一百萬美
元。（聯合報，民79.4.9.，第三版）

首度來台訪問的蘇聯媒體，則是蘇聯中央電視台（Soviet Central TV）五人
新聞採訪團，包括身兼戈巴契夫經濟顧問的製作人魯馬金（Serguei Luma-
kin）、導播布拉維曼（Serguei Braverman）及攝影師維克多（Nikitine
Victor）等人，透過在莫斯科設有分公司的台灣山議電腦公司協助，於民國七
十九年八月二十六日，來台訪問一周，爲該台第一頻道、黃金時段之新聞性雜
誌節目——「時代」，拍攝專輯。台灣地區三家電台人員，則早於一九八九年
八月十一日，已隨同國內商務考察團，赴蘇採訪。

一九九一年七月二十一日，一艘大陸漁船「閩獅漁」（Man Hsin），在台灣
海峽與台灣漁船發生漁事搶奪糾紛，有七名福建漁民被留置在台北候訊。這一
事件，卻促成了大陸新華社（Hsinhua News Agency／ News China News
Agency, NCNA）女記者范麗菁（Fan Li Ching）與中新社（China News
Service, CNS）記者郭偉鋒（Kuo Wei Fong）兩人，於分隔四十二年之後，
於同年8月12日，首次抵台採訪此事（人道探親）。

❸⑥：民國八十年，除《自立早報》外，台北市報業公會十八家會員皆爲「中華民國
報紙事業會」成員，另加上除去《中國晚報》之「高雄市報紙事業協會」四家
會員，以及《建國日報》、《台灣日報》、《更生日報》、及《亞洲時報》等
六家。詳閱：
簡慧卿（民79）：我國新聞從業人員組織工會之研究——以報業爲例。台北：
政大新聞所碩士論文。未發表。

❸⑦：陳世敏等（民77）：《制定新聞記者法可行性之研究》。台北：國立政大新聞
所。（新聞局專題研究）

王良芬（民71）：我國記者法之研究。台北：政治大學新聞所碩士論文。未發表。

我國主要現行新聞法規有：出版法、出版法施行細則、廣播電視法，廣播電視法施行細則、廣播電視事業負責人與從業人員管理規則、廣播電視事業發展基金條例，現階段大眾傳播事業赴大陸地區採訪、拍片、製作節目報備作業規定，現階段新聞從業人員赴大陸地區採訪報備作業實施要項，現階段廣播電視事業、廣播電視節目供應事業赴大陸地區製作節目報備作業實施要項，有線電視法草案及公共電視法（草擬中）等十一法令。相關法令則散見於：刑法及民法、醫藥、化妝品、食品廣告法規，國立編譯館連環圖書審查標準，中華民國新聞事業廣告規約、新聞紙類印刷物郵遞規定及公平交易法等類法規。

㊳：諸如此類資料可以查閱：

(1)中國新聞學會編（民80）：《中華民國新聞年鑑（八十年）》。台北：編著者。

(2)台北市新聞記者公會編（民80）：《中華民國新聞年鑑八十年版》。台北：編著者。

㊴：徐詠平（民71）：新聞法規與新聞道德。台北：世界書局。頁四八〇～五〇六。

㊵：Hohenberg, John

1978 The Professional Journalist： A Guide to the Practices and Principles of the New Media, 4th ed. N.Y.： Holt Rinehart Winst on. PP.3−37。

㊶：有關新聞傳播科系課程內容之探討，可參閱：

彭家發（民76）：「未來新聞與傳播教育課程發展之趨勢──美、俄勒岡大學新聞學院研究報告摘要」，《傳播研究補白》。台北：東大圖書公司。頁七十一～一〇〇。

㊷：吳恕（民79）：「新聞界與政府關係密切」，新聞鏡周刊，第九十四

期（80.20.～26.）。台北：新聞鏡周刊社，頁二十五～九。

❹：較規律化記者會，應是在威爾遜總統（Woodrow Wilson, 1856-1924）任期內誕生（1913～21）。不過，其後哈定總統（Warren G. Harding, 1865-1923）在位時（1921～23），雖有白宮發言人（White House Spokesman）之名，但事實上並無其人，只屬一個消息來源，避免總統負言詞責任。至胡佛總統（Herbert C. Hoover）在任時（1929-1933）用艾克遜（George Akerson）爲「新聞秘書」，爲有正式發言人之始，而至九〇年代初期爲止，最爲人稱道，最足以代表總統意向的白宮新聞秘書，闕爲艾森豪總統（Dwight David Eisenhower, 1890-1969）之哈格泰（James Hagerty），與甘迺迪之沙林傑（Pierre Salinger）。布希總統上任之後，國務卿貝克史無前例地任命國務院主管公共事務的助理國務卿杜薇娜（Margaret DeBardeleben Tuturler, 1951-），爲國務院首席發言人，負責對外闡釋美國外交政策及立場，巾幗不讓鬚眉，令白宮發言人費滋華特（Gerlad Fitzwater）刮目相看。〔見樓榕嬌（民75）：美國總統記者會功能連作之研究。台北：黎明文化公司。頁一～二十五。〕

❹：王洪鈞編著（民72）：公共關係。台北：華視文化事業公司附設中華出版社。頁二〇～二。

❹：台北《中央日報》有譯本，名爲《蔣總統秘錄》。

❹：新聞局長爲行政院與政府有關部門發言人，新聞局以發布政府決策，諸如解嚴、油價政策之類新聞。而有關執政國民黨消息，則由執政黨文工會發布。如果總統在官邸談話，但關係到政策或其他層面，則將視情況，而協調由那一個單位處理新聞發布。

❹：見聯合報，民79.4.25., 80.5.19.。
「總統府發言人室」亦網羅其他新聞工作者，如時任中央通訊社總編輯室編撰、資深新聞工作者吳恕，即曾借調至該室工作。〔見《實踐月刊》，第八一六期（80.6.），頁三十。〕民國八十年九月十九日，新聞局長邵玉銘（Shaw

Yu　Ming）辭職，回政大任教，由胡氏出任新聞局長。（聯合報．民
80.9.20.，第四版）

❹：在台南營運之《中華日報》及在香港地區發行之《香港時報》，爲國民黨黨營
事業，由該黨「文工會」負責督導。（《台灣新生報》爲省營。）

❹：「台北市政府新聞處」尚擬增設第五科，專司處理違禁出版品事宜。

❺：中詞「新聞」二字，最早似見諸北宋趙昇所撰之《朝野類要》一書第四卷後
段，但意義與目前所謂之涵意，未盡貼合。至明、清兩朝章回小説如《紅樓
夢》及《浮生六記》等，其中新聞意涵，迨與現時相差無幾。例如，據近人俞
平伯考證，清嘉慶十三年戊辰（1808年）沈復所寫的《浮生六記》，即屢
見「新聞」一詞。如該書第四卷「浪游記快」即有：「……，入門就坐，一僧
徐步出，向雲客拱手，曰：『違放兩月，城中有何新聞？撫軍在轅
否？』……。」

而「傳播」一詞，則可能最早見之於《北史．突厥傳》：「宜下傳播天下，咸
使知聞。」惜意義仍未完整。明清之「上諭」及官方文書，則屢見此詞。

❺：一二三〇年，朝鮮用銅活字刊印《詳定禮文》二十八部，以爲最古之金屬活字
印品。

一三一二年，元朝元祐年間，王楨農書有「近世有鑄錫作字」之句，可證明有
金屬活字。見史梅岑（民75）：《中國印刷發展史》。台北：臺灣商務印書
館。

❺：「英國廣播公司」，爲英國獨占性公營廣播事業機構，一九二二年，由六家倫
敦電器製造商創設，在倫敦成立一叫英國廣播公司（British　Broadcasting
Co.）的小電台，而由一位名叫約翰．雷斯的年輕工程師主持其事。雷斯一開
始便認爲廣播是一種「向社會負責的文化事業」，而不是一種商業，最好由國
家投資交由「有道德、有智慧的人士來經營」。一九二七年，英國會通過歷史
性的「皇家憲章」（Royal　Charter）（世界上第一部最完整之廣播法），英
國政府乃收購其股權，正式成立BBC，並由英國政府發給「執照合約」（Li-

cence & Agreement）授予合法經營地位。最初由九人組成管理委員會（The Board of Management）管理，爲最高決策單位，並由雷斯擔任首任總經理。名義上BBC由郵政局（the Post Office）負責監督，而實際負責人則是公司總經理（The Director General），對國會負責（不受政府控制）。一九六九年，名義上的監督者爲「郵政電訊部」（Ministry of Posts & Telecommunications）；一九七四年之後，再改爲由內政部（the Home Office）負責監督。

該公司依「皇家憲章」規定，內設一個十二人理事會（Board of Governors），由首相提名，英皇任命，五年一任，而理事會正、副主席，則在此十二人中推舉。理事會負責推舉總經理。理事會人選代表，包括：⑴地區代表：如蘇格蘭、威爾斯及北愛爾蘭各一名（保障名額）等；⑵各界代表：如教育、財經、外交、法律及軍人等。總經理亦爲「管理委員會主席」，下轄十二個部門（如電視、新聞、國內外廣播等）。該公司又有兩類型諮詢委員會：⑴一般性諮詢委員會，負責收集、反映各地區民眾對廣播、電視之一般意見；⑵專業性委員會，負責就諸如教育、工商及電視影響力等方面進行研究，提出建議。各個委員會並非爲單一制，每類型皆是若干個性質委員會的組合。委員皆爲義務職，不支領薪酬。

BBC的財源有四：⑴執照費；⑵營業收入：BBC出版公司及BBC企業有限公司（BBC Enterprises, LTD）兩機構，皆發行刊物及錄音、錄影帶；另外，節目外銷也可賺錢；⑶政府補助金（Grant-in-Aid）：英國政府委託BBC對外進行國際廣播，每年由外交部撥款補助；⑷開放大學收入（the Open University）：開放大學委託BBC錄製廣播電視教學節目。雷斯在職十一年，以「新聞、教育、娛樂」爲節目骨幹，對工作人員之素質與品格非常注重，認爲「非此不能製作出高品味節目」。

BBC節目原不插播廣告。一九七一年，英國政府宣布由「獨立電視局」（Independent Television Authority, ITA），籌辦「獨立地方電台」，同年七

月，BBC因爲英國停收「收音機執照費」，而失去此部分經費，因而只餘「電視機執照費收入」。BBC曾要求「局部開放廣告」。英國保守黨政府，於是在一九八五年成立「皮考克委員會」（The Peacock Committee）評估其財務結構。

一九八六年，該會提出報告指出：廣告市場有限，開放廣告可能影響到節目水準；因而建議十年內，應暫不考慮開放BBC電視廣告，而仍維持電視執照費制度。當時英相佘契爾夫人（Margaret Thatcher），原希望「開放BBC電視廣告，廢除執照費制度」。但一九八八年佘契爾保守黨政府再度執政時，卻將此問題「暫時按下不表」。

一九三六年，英國電視，是由BBC主持首播；它共有五個廣播網：⑴國內廣播部；⑵輕鬆節目部；⑶第三節目部；⑷第三廣播網；⑸海外廣播部，以三十九種語言播送節目。

一九五四年，英國通過「電視法」（Television Act），議決在BBC之外，成一公有之商業性機構，此即ITA。ITA所播放節目，可以播出廣告，使與不播出廣告之BBC競爭。ITA本身不製作節目，由私營之「節目承包商」（program contractors）供應。廣告利得歸承包商，但商業電視及獨立地方電台，須向ITA支付使用設備的租金。

ITA設有一個由十二人組成之「管理委員會」（members of committee），由內政大臣聘任，處理行政事務。一九七一年，英保守黨內閣宣布開放商業廣告；一九七二年，成立了十八年的ITA，即易名爲「獨立廣播電視局」（Independent Broadcasting Authority, IBA），並即著手開辦「獨立地方廣播電台」（Independent Local Radio, ILR）。一九七二年十月，即有兩家ILR開播；同年，英國國會通「獨立廣播電視法案」（Independent Broadcasting Act）。

❺❸：電波之形相，有波長、波頻率、波幅、波相和波速等等。微波是指波頻率在一千赫茲（1,000MHz）以上的一種電波，具有光的特性。

❺❹：有幾個名詞應該瞭解：

(1)Video（視頻／訊）：電視的視察頻率，可譯爲「影部」以與「聲部」（audio）（音訊）相對。

(2)"Video Cassettes"爲「卡式錄影帶」；卡拉OK（Karook），卡拉（Kara）爲日語，空中之意，OK，爲日語發音之"Casettes Orchestra"即空中音樂帶。

(3)"VHS"：全文爲"Video Home System"，爲日本松下公司（Matsushita）所開發之一吋半寬磁帶的電視錄放影系統，一般稱之「大帶」，故"VHS"也指機型。

(4)"HF"全文爲"High Frequency"即3～30MHz的無線電短波"VHF"：全文爲"very high frequency"，即50～250MHz的特高頻無線電波（radio wave），波長10M～1M。"UHF"："ultra high frequency"即470～890MHz的超高頻無線電波。

(5)"Beta"：全文爲"Betamax"，爲日本新力公司（Sony）所開發之半吋寬磁帶的電視錄放影系統，一般則稱爲「小帶」，故"Beta"也指機型。開發結果，"VHS"占了優勢，"Beta"帶的產量，漸次減少。

(6)高畫質電視（High－Definition television, HDTV），指掃描線數目在1125條以上的高品質畫面電視系統。

❺❺：這裡也要簡略地解釋若干名詞：

(1)電晶體"transistor"，主要是由矽（silicone，Si）或鍺（Ge）作材料，具有三個或多個電極 （electrode） 的一種活性 「半導體」（Semiconductor）。

(2)半導體：是介於「導電」與「非導電」之間的一種固體或液體。通常有兩種型，即：(A)N型，即「電子型」，依賴電子來導電；與(B)P型，即「空穴型」，依賴電洞來導電。

(3)電極：它有他種功能，但在半導體中，指的是能發射、或收集電子（或電

洞），並控制電子移動的「傳導元件」。

⑷矽晶片也可作其他用途。如美國田納西州「馬丁馬瑞塔中心」研究員，將½克拉大小之矽晶片，貼附在殺人蜂身上，以研究牠們的習性。（民生報，民77.10.17.，第八版）

❺❻：〝teletext〞又譯作「無線視訊」、「無線電讀」。早期，嘗用〝tex〞爲字尾，現則一律採用〝text〞。

❺❼：〝Videotex〞又稱爲「有線電讀」、「有線視訊」。早期嘗用〝Videotext〞一字，現已一律採用〝tex〞爲字尾。視訊的系統甚多，如香港所稱之視訊（ Viewdata ）即爲一類。

❺❽：數位電話功能，主要在於個人電腦設計功能，例如夜間轉接、自動接聽等等。台灣國際標準電子公司於一九八八年秋，開發此類電話成功。（民生報，民77.10.16.）

附釋：㈠廣義地說，〝Media〞一詞，可以爲「媒體」或「媒介」；但可狹義地將「媒體」視爲機構，如報社、雜誌社、電台、電視台或電影公司之類，而將「媒介」視爲成品，如報紙、雜誌、廣播劇、電視劇或影片之類。

　　　　㈡傳播符號（ Bymbolic ）種類甚多，大別之有：⑴結繩（ 如「 中國結 」）、刻契（ 書契 ）、文飾（ 如＝＋×爻卅田＊等等 ）圖卦、文字；⑵音響，如言語、爆竹、金鼓、歌謠及各種樂器；⑶光影，如火把、皮影戲（ shadow show ）；⑷形象，如圖騰（ totem ）、金石（ 如鐘鼎、璽印 ）、旗幟、姿態、表情；⑸文具，如紙、筆、墨、硯；⑹器物，如簡牘、帛縑、書報、服飾、風箏（ 紙鳶 ）；⑺其他，諸如驛傳、飛鴿、羊箋（ 投水簽 ）、印刷（ 如手鈔、雕版、活版、套板 ）、戲劇（ 如戲曲、傀儡戲 ）。

❺❾：詳閱：

⑴汪琪等（ 民81 ）：第二代媒介：傳播革命之後，三版。台北：東華書局。

⑵Orlik, Peter B.

　　1922 The Electronic Media：An Introduction to the Profession.

Boston：Allyn and Bacon.

⑥：Williams, F.

1982 The Communications Revolution. Beverly Hills： Sage Publications. P.29.

⑥：Schramm, Wilbur

1988 The Story of Human Communication： Cave Painting to Microchip. N.Y.：Harper & Painting Row, Publishers. PP.24～5。

⑥：Schramm, Wilbur

1957 "Twenty Years of Journalism Research," Public Opinion Quarterly (Spring) P.91.

⑥：但一九七〇年之後，傳播學者的研究，卻有另一個極端的發現：當今之世，全球主要傳播媒體，幾乎全操在少數工業先進國家手中。這些國家透過他們的傳播媒體，大量地向第三世界傾銷西方文化產品，以保持其既有的政治、經濟與文化優勢。因此，這批學者認為，傳播媒體未必是開發中國家發展的助力，大量受西化影響之下，甚至可能導致本身文化價值的混淆，以致得不償失。

不過，在過去二十餘年中，類似的傳播研究，一直在觸動科技革新，和守望文化變遷的雙重目標中並駕齊驅。此所以當法蘭克福學派（ Frankfurt School ）巨擘哈帕瑪斯（ Jurger Habermas ）提出「批判理論」（ The Critical Theory of Society ）之同時，便立刻與傳播理論相結合（ Communication and the Evolution of Society, 1979 ），期望傳播理論能在社會學中，占一席之位。

⑥：詳見：

(1)中華民國新聞編輯人協會編（民67）：《報學目錄索引》。台北：編者。

(2)楊世凡（民74）：「臺灣大眾傳播學術研究之表析（民國五十三至七十四年）」。台北：輔仁大學大眾傳播究所碩士論文。未發表。頁66～7。

(3)國科會科學委員會編（民76）：《學門規劃資料：新聞與大眾傳播學》。台北：編者。

在傳播理論研究衍展年代中，大約可以分爲：

△五十年代盛行媒介效果研究，如媒介萬能論、魔彈論、皮下注射論、以及部分效果說等。

△六十年代前期，盛行傳播與國家發展、依附理論、及現代化理論等，著重傳播通道（Channel）與社會變遷主題。六十年代後期，議題設定理論（agenda setting）研究，成爲另一個焦點。

△七十年代初期，則著重在使用與滿足理論（use and gratification）研究，閱聽人分析備受重視。七十年代期，則漸次著重在科技、制度和傳播政策上的研究。

詳見：

李金銓（民72）：大眾傳播理論，修訂初版。台北：三民書局。

徐佳士等（民65）：臺灣地區大眾傳播過程與民眾反應之研究。台北：國科會專題研究報告。

翁秀琪（民80）：大眾傳播理論與實證。台北：三民書局。

㉕：見《政大學報》，第九卷。台北：政治大學。頁443－73。

㉖：朱謙、漆敬堯（民73）：臺灣農村社會變遷。台北：臺灣商務印書館。

㉗：同㉔之(3)，頁112～3。

㉘：戴元光等（1988）：傳播學原理與應用。蘭州：蘭州大學出版社。頁二十～四。

㉙：鄭貞銘等（民77）：新聞與傳播，上冊，再版。台北：國立空中大學。頁十五～八。

鄭貞銘在介紹此一課程時，指出近代新聞傳播學者的研究，新聞傳播事業在國家現代化的發展中，應提供下列貢獻：(1)協助擬定國家發展計畫，爲國家謀發展；(2)傳授新知，使人民縮減知溝；(3)奠定現代人權基礎，以新觀念、新思潮，健全社會的價值與信仰；(4)擔負發展，監督工作，創造發展風氣、啟導進步觀念，探討政府施政得失，充分反映民意。

# 第二章　歷史新聞學：報人、報史
## 舉隅

## 第一節　報人

### ㈠王韜客途秋恨

　　《中外新聞》、《華字日報》與《循環日報》是南中國——香港，早期三大中文報刊。而在客途秋恨中，成功地創辦《循環日報》的王韜，因爲受到清廷通緝，竟因而成爲最早一位名聞於世的中國報人。

　　王韜原名利賓，字蘭卿，別字紫銓，號大南遯叟❶，江蘇甫里人，生於道光八年（一八二八年），卒於光緒二十三年（一八九七年），享年六十九歲。他中了秀才後，十九歲應試卻落了第，乃棄舉子業，致力經史。翌年爲生計，不顧獲罪名權，夷奴之訾，傭書於上海麥華陀（麥都思，W.H. Medhurst），於道光二十三年（一八四二年）所開設之墨海書館，擔任聖經繙譯工作。同治元年（一八六二年）正月初五日，他因回鄉避亂，卻遇太平軍夾攻，飽受困頓之苦，遂藉機以「蘇福省、黃畹、蘭鄉」名義，上書太平天國駐蘇州的逢天義與劉肇均兩人，請他們代轉忠王李秀成，具陳欲謀上海先固安慶之策。他在書中説：「曾國藩之踞安慶，乃眞心腹大患耳，不集中兵力固守安慶，雖得志於上海，而千方爭上游之大局尚有所阻，此畹所不取也。」信中又主與西人和好，力取武漢上游。未料此信卻落於清兵手中，致令清之「江南北大爲警備」。同年八月，即以通賊罪，爲清廷追捕，幸獲麥華陀與慕維廉牧師

（William Muirhead）等人之助，而得以倉卒自滬逃亡至港避禍❷，並幫助理雅各（James Legge, 1815—1897）譯書爲生❸。

一八六七年（同治六年），理雅各返英，邀王韜隨行，居歐兩年多，至一八七〇年二月返港，眼界大開，並自覺到「士生於世，當不徒以文章自見，所望者中外輯和，西國之學術技藝大興於中土。」他返國後，除協助理雅各譯書之外，並編著《普新戰紀》十四卷，於一八七二年（同治十二年）七月面世，成爲銳意求新之日本知識分子必讀之書，在中土之鈔本流傳，亦南北迨遍。自是聲名鵲起❹。而在一八七一年（同治十年），英華書院停辦，他便與創辦香港《中外新報》的黃勝，集股購入其設備，成立中華印務總局。一八七四年一月（同治十二年十二月），創辦第一張全由中國人自辦自理的《循環日報》❺。

「循環」之義，蓋如王韜所說：「天地人事，倚伏相乘，道不極則不變，物不極則不反，否極則泰至，思極則悱生，……自強之道在此矣」❻。王韜並在《循環日報》中自任主筆，論政宏肆，十分叫座。

該報是每日出版，打破《中外新聞》與《華字日報》雙日出版、每周三刊慣例。原出紙兩張，一張以新聞爲主（以洋紙白報紙印刷），一張以船期爲主（以土製南山貝紙印刷）；其後，增出「商業行情」一張。《循環日報》報頭，一如《中外新報》一樣，受西報影響，將報頭排在頭版上端當中，內文則作短行分段排列，新聞常占三分之一篇幅，區分爲「京報」、「羊城新聞」及「中外新聞」三欄。新聞欄上端，則慣置「論說」一篇，多由王韜執筆。

王韜全力鼓吹報章「達彼情意」、「通中外之消息」功能；樹立「其立論一秉公正，其居心務期誠正」，「始終持之以慎」，毋「採訪失實、記載多誇」之報業規範；提倡洋務，主張變法自強，流風所及，影響後期諸如梁啟超、汪康年之輩維新分子——欲新一國之民，「報館其導端也」的想法。

中法戰役爆發的那年，亦即一八八四年（光緒十年），王韜返回上海定居，除擔任《申報》論說主筆，及爲《點石齋畫報》撰寫「松隱漫錄」外，原擬不復問世。但翌年，卻又創辦木活字之印書館，並命名爲「弢園書局」（其後，他的系列文集亦以「弢園」爲號）。至一八八七年（光緒十三年），亦任「格至書院」（The Chinese Polytechnic Institute）掌院（院長）❼。晚年，築弢園於滬西，乃不忘著述。光緒二十三年，戊戌政變前一年，在寓邸去世，徒留陸游「死去原知萬事空，但悲不見九州同」之恨。其時，梁啓超主編的《強學報》和《時務報》，已分別於光緒二十一、二年創刊❽。

王韜一生坎坷，生逢亂世，「連天聲鼓紅顏老，滿地江湖白髮生。亂世功名惟殺賊，雄才詩酒亦窮途。江湖作客悲王粲，風雨聯床憶子由。亂世頑民輕鬥殺，清時司牧寄安危。閭里並欣兵氣靜，江山始歎霸才難。但出餬口終下策，能肩憂患始真才」❾。「隱約者欲遂其志之私也」，只有如太史公之「述往事，思來者」——借辦報論著來通其鬱志，「私冀他日一二述撰，得傳於後，後之人因其言而原其志，則雖死之日，猶生之年。」❿

王韜之禍，起自致書太平天國，頗類唐時詩仙李白因安祿山之亂，應永璘王之召入幕受牽連，詩佛王維被俘事僞，而一生想洶脫關係⓫，他也終生戒慎恐懼——，這對平生所好在「馳馬春郊，徵歌別墅，看花曲院，載酒旗亭……此特風流遊戲之事」的他，的確斲傷「天性」，卻竟也能開「文人論政」先河，實屬難能可貴。

一八七八年（光緒四年），《循環日報》曾提早於前一日晚出版，應爲香港晚報之先聲（四年後方停止此種做法）。其後《工商晚報》於民國十八年十一月創刊成功，受此鼓舞，《循環日報》也出刊了《循環晚報》。至一九四一年，日軍強占香港時，《循環日報》、《晚報》被迫停刊；一九五九年十月十六日，又有港人以《循環日報》之名，出版

另一分全新《循環日報》，後於四、五年之間因銷路不佳而停刊 ❷ 。

## (二)嚴復以信、雅、達定譯書文體之高低

自署爲「天演宗哲學家」的繙譯名家嚴復（1854～1921），字又陵、畿道，福建閩侯人，是我國第一屆留英海軍學生。返國後，除在水師學堂教學外，亟欲用新知報國。因「中國今日之事，正坐平日學問之非，與士大夫心術之壞，由今之道，無變金之俗，雖管葛復生，亦無能爲力也」。而決心以撰文譯書，用警國人。

光緒二十一年（一八九五年）三月以後，他即在天律《直報》連續撰述多篇名論 ❸ ，以宣揚西歐「自由學說，尊民叛君，尊君叛古」，例如：

——在〈論世變之亟〉一篇，提出自由之義：「西方不外於學術則黜僞而崇真，於刑政則屈私以爲公而已。斯二者，中國理道初無異也。顧彼行之而常通，吾行之而常病發，則自由與不自由異耳。夫自由一言，真中國歷古聖賢之所深畏，而從未嘗立以爲教者也。西人之言曰：惟天生民，各具賦異，得自由者，乃爲全受，故人人各得自由，國國各得自由，第務令無相侵損而已。」 ❹

——〈原強〉一篇，以第一時間，首次介紹英博物學家達爾文（Charles Robert Darwin, 1809～1882）於一八九五年（光緒二十一年）同年所發表之《物種探原》（On the Origin of Species），以及英國哲學家斯賓塞（Hebert Spencer, 1820～1983）的「群（社會）學」（Sociology） ❺ ；並歸納出西洋觀化言治之家，「莫不以民力、民智、民德三者，斷民種之高下，未有三者備而民生不優，亦未有三者備而國威不奮者也。」

——〈救亡決論〉一篇，率先提出「西化論」，認爲：「蓋欲救中國之亡，則雖堯舜周孔生今，捨班孟堅（固）所謂通知外國事者，其道

莫由。而欲通知外國事，則捨西學洋文不可，捨格致（科學）亦不可。
」❻

　　光緒二十二年（一八九六年），嚴復又譯英生物學家赫胥黎（
Thomas Henry Huxley, 1825～1895）之《天演論》（Evolution and
Ethics）一書，於光緒二十四年出版，開國人介紹西洋名著先河，令國
人了解到歐西除了槍炮兵艦等「象數形下之末」外，還有精到的哲學思
想價值，提供「討論國聞，審敵自鏡之道」。在此篇中，嚴復雖用古文
用心譯書，但在篇首「譯例」中，特述譯文信、達、雅三大準則，往後
卻成爲繙譯界一面大纛❼。

　　光緒二十三年（一九八七年）十月二十六日，與夏尊佑等人，略仿
英國《泰晤士報》凡例，在天津創辦《國聞報》，與上海《時務報》、
長沙之《湘學報》及《湘報》相互呼應，成爲維新陣營的四大金剛。除
國內事件報導外，更重外國報章之採譯，以通上下中外之情。一個月
後，再出《國聞匯編》旬刊。「凡尋常之事」明白易曉的，登在日報
上，「至重要之事」，可供「留存考訂者」，則登在旬刊上。日報原由
王修植、杭辛齋等人主持，嚴復與夏尊佑則主編旬刊。因銷路不暢，旬
刊不久停刊，嚴復轉而主持日報。光緒二十八年（一九○二年）春，嚴
復又譯妥英國經濟學家亞當·斯密（Adam Smith, 1723～1790）之《
國富論》（An Inquiry into the Nature and Causes of the Wealth
of Nations），由南海公學譯書院出版。繼而於庚子（一九○○年）拳
亂後，光緒二十九年（一九○三年）秋，又將英國哲學家穆勒（John
Stuart Mill, 1806～1873）之《自繇論》（On Liberty）❽，定名
爲《群己權界論》，由上海商務印書館出版。光緒三十年春（一九○四
年），由上海商務印書館出版甫譯畢之《社會通銓》（A Short His-
tory of Politics），此書是英國名政治學家甄克思（Edward Jenks）
所著。光緒三十年（一九○五年），將穆勒《名學（邏輯）》（Sy-

stem of Logic）前半部八篇，雕版印行❿。光緒三十二年（一九〇六年）八月，又譯妥法國歷史哲學大家孟德斯鳩（Charles Louis de Secondat, Montesquieu, 1689～1755）名著《法意》（Spirit of Law），仍由上海商務印書館出版。

歐戰告終，蘇聯黨禍轉烈，嚴復曾斷言斯俄專制末流所結之果，不能成事，蓋「……其黨極惡平等自由之說，以爲明日黃花過時之物。所絕對把持者：破壞資產之家與爲均貧而已。」

嚴復於民國十年九月底，病逝故里❷。商務印書館曾將其所發各單行本，輯成《嚴譯名著叢刊》發行，俾益學子甚大。

嚴復是位充滿愛國主義，而又追求社會進步的一位作家人物。他爲了貫徹「以通外情爲要務」的方針，在主理《國聞報》時，據說曾大手筆地聘請了十餘位「通曉各國文學之士」擔任繙譯，搜集了百餘種外國報刊作繙譯材料。該報也曾宣稱，在倫敦、巴黎、柏林、華盛頓、紐約及彼德堡等國際大城市，設有採訪人員。若所言屬實，則是我國報館有駐外記者之始。

光緒二十三年（一八九七年），德國強占我膠州灣，嚴復連續在《國聞報》發表文章，痛斥德國強盜行徑，控訴膠州灣文武官員「拱手讓地」的無能，並駁斥英國《泰晤士報》替德強辯的謬論。

或有難於其參與袁氏籌安會之舉，但光緒二十四年（一八九八年）三月，康有爲、梁啓超等人發起成立「保國會」，國內報刊獨《國聞報》敢將此事詳細報導，當可見其風骨。

### (三)梁啓超確信報刊有益於中國

梁啓超（1873～1929），字卓如，號任公，又號「飲冰室主人」，廣東新會人，從學於康有爲（1858～1927），參予變法維新。他的「個人報業」（personal journalism）爲當時大受讀者歡迎的「新文體」

（時報文體）（附錄一），業界則好稱爲「報章體」[21]，以示欽佩、景從、接納之意。他「筆鋒常帶感情」（附錄二），主理過八分報刊（雜誌），如：

⑴《中外公報》（《中外紀聞》）雙日刊

光緒二十一年乙末六月二十七日（一八九五年八月十七日），於北京創刊，是在維新分子諸人見「甲午喪師以後（一八九四年，中日之戰），國人敵愾心頗盛，而全瞢於世界大勢。……，諸先輩乃發起一政社名強學會者……，彼時同人固不知各國有所謂政黨，但知欲改良國政，不可無此種團體耳。而最初發起之事業，則欲辦圖書館與報館」，這種情形下誕生的[22]，每期出評論一張，由梁啟超執筆。同年十一底，強學會被封，《中外公報》（紀聞）亦停刊，但梁氏「辦報之心益切」[23]。

⑵《時務報》旬刊

光緒二十二年丙申七月一日（一八九六年八月九日），在上海創刊，是維新派正式言論的機關報，由汪康年任總經理，梁啟超主筆政，每十日出版一冊，約二十餘頁，冀藉言論鼓吹變法改革——變科舉，變官制，開學校、育人才[24]。

由於梁啟超議論激烈，竟直斥：「今天下老氏之徒，越惟無恥，故安於城下之辱，陵寢之蹂躪，宗祐之震恐，邊民之塗炭，而不思一雪。乃反託虎穴以自庇，求爲小朝廷以乞旦夕之命。越惟無恥，故坐視君父之難，忘越鏑之義，昧蝥緯之恤，朝睹烽燧，則蒼黃瑟縮，夕聞和議，則歌舞太平。官惟無恥，故不學軍旅而敢於掌兵，不諳會計而敢於理財，不習法律而敢於司理，瞽聾跛疾，老而不死，年逾臺頤，猶戀豆棧。接見西官，慄慄變色，聽言若聞雷，睹顏若談虎。……士惟無恥，故一書不讀，一物不知，出穿窬之技，以作搭題，甘囚虜之容，以受收檢。裒八股八韻，謂極宇宙之文；守高頭講章，謂窮天人之奧。商惟無恥，故不講製造，不務轉運，攘竊於室內，授利於漁人。其甚者習言語爲奉

承西商之地，入學堂爲操練買辦之才，充犬馬之役，則耀於鄉間，假狐虎之威，乃轢其同族。兵惟無恥，故老弱羸病，苟且充額。力不能匹雛，耳未聞譚戰事，以養兵十年之蓄，飲酒看花，距前敵百里之遙，望風棄甲。」（〈知恥學會殿〉）❷⑤

　　激烈議論，惹怒了曾出款贊助《時務報》之兩湖總督張香帥（之洞），乃要求湘省之送報人，停止該册《時務報》發行，認爲梁之文字「遠近煽播，必至匪人倡爲亂玠」；於是透過曾爲其幕僚之汪康年，多方示意要梁離去。梁啓超不服，遂於光緒二十三年（一八九七年）丁酉冬離去，由汪康年一人並兼《時務報》筆政❷⑥。

　　⑶《清議報》旬刊

　　光緒二十四年（一八九八年）「托古改制」之維新運動失敗後，八月，梁啓超兔脱日本。十月即在橫濱在日僑馮鏡如等人籌資下，籌設《清議報》（ The Chinese Discussion ）旬刊，主旨在「維持支那（中國）之清議❷⑦，激發國民之正氣。」該刊於十一月三十日（陽曆十二月二十三日）正式出刊，每册四十頁，由梁啓超以「飲冰室主人」筆名擔任撰述，但未掛名義，實行「倡民權，衍哲理，明政局，廣民智，厲國恥，振民氣」，激烈攻擊西太后，明目張膽願光緒重臨主政。清廷遂下令嚴禁進口。

　　光緒二十五年九月下旬，及二十七年辛丑十月下旬，該報不幸兩度發生火警，但未獲保險行理賠，遂於十月十三日（一九〇一年十二月二十三日）停刊，計共出了一百册，爲時共三年。梁啓超在此刊中，曾揭櫫他本人的理想報章藍圖：

　　(A)宗旨定而高；(B)思想新而正；(C)材料思而當；(D)報事確而速（見「清議報一百册祝辭」）。而所謂新而正之思想，則在於「當本國之歷史，察本國之原質，審今後之時勢，而知以何種（新）思想爲最有利而無病，而後以全力鼓吹之，是謂正」（見《文集》第三册）。換言

之，即有類於我人今日所謂之「地區化」，或中國人報導觀點之謂也。

(4)《新民叢報》半月刊

爲求有一能完全無缺的中國報館，且報章資格，記事繁簡得宜，編輯有序，足與東西各報相頡抗起見❷，梁啓超在向保皇會譯書局借得五千元，及與馮紫珊諸人略集資金後，乃於光緒二十八年（一九〇二年）壬寅元月一日，採「大學新民」之義，出版《新民叢報》半月刊，以「維新我國，維新我民」，逢初一、十五日出版，由「新民社」發行。他則自任主筆——未料他就在此，成就了「言論界之驕子」大名。

《新民叢報》採用洋式裝釘，每册約六萬字，通常分爲諸如論說、學說、時局、政治、史傳、地理、教育、宗教、農工商、兵事、財政、法律、國聞短評、名家談叢、輿論一斑、中國近事、海外彙報等二十五個門類介紹新知。梁啓超於此，顯露了其縱肆之才，大爲國內外讀者歡迎。惜光緒二十九年癸卯（一九〇三年）之後，梁啓超因言論轉變，專言政治革命，不談種族革命，因而與東京《民報》大打筆戰，因爲獨力難持，加以當時多數青年心態，充斥革命狂熱，遂處於下風，不但梁啓超彩筆，日漸色黯，《新民叢報》銷數，日亦銳減。

光緒三十三年（一九〇七年）丁未七月，終於不支停刊，前後發行達六年，共九十六期，他欲以嶄新之議論，「爲國民之警鐘，作文明木鐸」之願望，只得「化作春泥更護花」。

(5)《新小說》月報

梁啓超在創設《新民叢報》，冀從灌輸常識入手，以新一國之民之同時，同年十月十五日，卻又創了另一分《新小說》月刊，以刊登當時非章回式之新體小說，以輔助新民之不足。

因爲，梁啓超認爲中國政治上群治之腐敗，歸根究柢，在於坑人的舊小說。他在創刊號中，發表那篇傳頌一時的〈小說與群治之關係〉時，即直接指出：

——欲新一國之民，不可不先新一國之小說。故欲新道德，必新小說；欲新宗教，必新小說；欲新風格，必新小說；欲新學藝，必新小說；乃至欲新人心，欲新人格，必新小說。何以故？小說有不可思議之力，支配人道故。

——抑小說之支配人道也，復有四種力：一曰熏。熏也者，如入雲煙中，而爲其所烘；如近墨朱處，而爲其所染。……。二曰浸。熏以空間，故其力之大小，存其界之廣狹；浸以時間言，故其力之大小，存其界之長短。浸也者，入而與之俱化者也。……。三曰刺。刺也者，刺激之義也。熏浸之力利用漸，刺之力利用頓。熏浸之力，在使感受者不覺；刺之力，在使感受者驟覺。刺也者，能使人於一刹那頃，忽起異感而不能自制者也。……。四曰提。前三者之力，自外面灌之使入；提之力，自內而脫之使出，實佛法最上乘也。凡讀小說者，也常若自化其身焉，入於書中，而爲其書之主人翁。

——吾中國人狀元宰相之思想，何自來乎？小說也。吾中國人佳人才子之思想，何自來乎？小說也。吾中國人江湖盜賊之思想，何自來乎？小說也。吾中國人妖巫狐鬼之思想，何自來乎？小說也。……。

——今我國民惑堪輿、惑相命、惑卜筮、惑祈禳；因風水而阻止築路，阻止開礦；爭墳墓而闔族械鬥，殺人如草；因迎神賽會而惑耗百萬金錢，廢時生事，消耗國力者，曰：惟小說故。

——今我國民慕科第若饉，趨爵祿若鶩，奴顏婢膝，寡廉鮮恥，惟思以十年螢雪，暮夜苞苴，易其歸驕妻妾，武斷鄉曲一日之快，遂至名節大防，掃地以盡者，曰：惟小說之故。

——今我國民輕薄無行，沈溺聲音，綣戀床第，纏綿歌泣於春花秋月，銷磨其少壯活潑之氣，青年子弟，自十五歲至三十歲，惟以多情多感、多愁多病爲一大事業，兒女情多，風雲氣少，甚者爲傷風敗俗之行，毒遍社會，曰：惟小說之故。

——今我國民綠林豪傑，遍地皆是，日日有桃園之拜，處處爲梁山之盟，所謂「大碗酒，大塊肉，分秤稱金銀，論套穿衣服」等思想，充塞於下等社會之腦中，遂成爲哥老、大刀等會，卒至如義和拳者起，淪陷京國，啟召外戎，曰：惟小說之故。……。故今日欲改良群治，必自小說界革命始！欲新民，必自新小說始❷❾！

《新小說》月報，內容十分廣泛，包括論説、歷史、政治、科學、哲理、冒險、偵探及傳奇等小說，甚至廣東大戲劇本等類別❸⓿，繙譯小說亦不少，如《雙公使》。

《新小說》亦由「新民社」發行，創刊號反應不俗，但自第四號以後，即未能定期出版，甚至拖個兩、三個月，與《新民叢報》境遇一樣，令讀者久望生疲。光緒三十一年（一九〇五年）乙巳九月，出了第十號第一卷告終後，第二卷改由「廣智書局」發行，但無起色，不久停刊。

(6)《政論報》月刊

光緒三十三年（一九〇七年）丁未，梁啟超與蔣觀雲及徐彿蘇等人籌組政黨，擬先有一機關報刊以利行事。同年九月遂有「政聞社」之成立。梁啟超擔任主任一職。十月《政論報》月刊即在東京面世，以發揮政治之評論，由梁啟超主持社務，蔣觀雲主持編務，每册約六十餘頁，有演講、論著、記者及社説等欄。梁啟超曾發表著名之〈世界大勢及中國前途〉一文。

同年冬，「政聞社」遷往上海，《政論報》自第二期起亦在上海發行。因「政聞社」社員聯絡各省士大夫，以期發起「國會期成會」，籲請清廷速頒憲法，以保江山。孰料清廷雖處窮途之末，而猶不自覺，竟下令解散「政聞社」，視助之者爲仇寇，自取滅亡，已不可復救矣。以是光緒三十四年（一九〇八年）戊申七月，《政論報》亦告停刊，只發行至第九期。而《新民叢報》則已先於一年前停刊，梁氏與《民報》之

筆戰敗北，清廷之勢，更江河日下。

（7）《國風報》旬刊

宣統二年（一九一〇年）庚戌元月，取「詩經」國風之義❸，又在上海辦《國風報》旬刊，「專從各種政治問題，爲具體之研究討論，思灌輸國民以政治常識」，「以忠政府，指導國民，灌輸世界之常識，造成健全之興論。」梁啟超心意，是欲借興論之常識、真誠、直道、公心與節制之「五本」（「論」之所由生），與忠告、嚮導、浸潤、強聒、見大（遠）、主（專）一、旁通與下逮（及）等「八德」（「論」之規範及影響性）❸，「使上而政府大臣，及一切官吏，下而參政權之國民，皆得所相助，得所指導，而立憲政權，乃有所托命；而國家乃可以措諸長治久安；而外之有所恃，以與各國爭齊盟。」

這張鼓吹立憲的言論機關報，每册雖有百餘頁，約八萬字，並且注意革新——如屬抽象題目，則汎論原理原則，如屬時事問題，則採用具體題目，以求切實而具效力；至屬文章連載，「最長者不過登三次而畢，其有未盡，則更端論之」，以免日久厭膩。其中論文，以梁啟超所擬居多。由於「晚清政令日非，若惟恐國之不亡而速之，劌心怵目，不復能忍守」；至是梁啟超言論轉烈，「殆無日不與政府宣戰，視《清議報》時代殆有過之矣。」可惜革命之潮已湧，雖易其立憲保皇之論，亦已不足號召，《國風報》之發行，遠遜於《時務報》與《新民叢報》；《時務》與《新民》尚且不支，《國風》之危，可想而知矣！宣統三年（一九一一年）辛亥八月，在經濟艱難之下，三二九革命浪潮又已捲席全國，改元在即，《國風報》已不得不停刊了。

（8）《庸言報》半月刊

民國元年（一九一二年）十二月一日，梁啟超本諸「訓常」（無奇也）、「訓恆」（不易也），及「訓用」（適應也）之庸之三義，而在天津日租界創辦《庸言報》，並以意見多元，文只此家，文責自負爲號

召。意欲在亡清之後，民眾記憶猶新之際，以個人聲望，達到行銷報分
目的。

《庸言報》出版後，果頗受社會歡迎，袁世凱又有意籠絡，故銷路
頗佳，超過以往所辦任何報刊。惜梁氏其時一方面，因爲彩筆已疲，頗
有江郎才盡之嘆；另一方面則因國會選舉，共和黨失敗，黨國之事頗感
無奈，已無辦報餘情矣。未及兩載，即告停刊❸。雖然《庸言》之後，
除民國四年，擔任中華書報所發行之《大中華雜誌》總撰述之外，即未
再直接創辦報刊。但他確信報館之有益於中國，故向主「設報達聰」，
在其《時務報》時所撰〈論報館有益於國事〉一文，略思數段（句），
即可得見其梗概❸。

——「惟國亦然，上下不通，故無宣德達情之效，而舞文之吏，因
緣爲奸，內外不通，故無知己知彼之能，而守舊之儒，乃鼓其舌。中國
受侮數十年，坐此焉耳。去塞求通，厥道非，報館其導端也。無耳目，
無喉舌，是曰廢疾。今夫萬國並立，猶比鄰也，齊州以內，猶同室也。
比鄰之事，而吾不知，甚乃同室所爲，不相聞問，則有耳目而無耳目；
上有所措置，不能喻之民，下有所苦患，不能告之君，則有喉舌而無喉
舌。其有助耳喉舌之用，而起天下之廢疾者，則報館之爲也。」

——「報業者，實乃萃全國人之思想言論，或大或小，或精或粗，
或莊或諧，或激或隨，而一一介紹之於國民。故報館者，能納一切，能
吐一切，能生一切，能滅一切。西諺云，報館者，國家之耳目也，喉舌
也，人群之鏡也，文壇之王也，將來之燈也，現在之糧也。偉哉！報館
之勢力。重哉！報館之責任。」

從梁氏一生，早年所參與政治活動，容有仁智之見，但他參與報務
，前後達八刊，且一生皆與報刊文字結緣，確實相信報館有益於中國，
其執著之心，殊令人景仰❸。尤有進處，梁啓超置身報業，其行其德亦
堪列風範之林。如當民國四年，袁世凱密謀僭位稱帝，楊度等組籌安會

爲之助陣，他立刻著〈異哉所謂國體問題者〉一文，嚴予斥責。當文稿初定尚未發印時，袁氏已有所聞，托人賄以二十萬圓，令勿印行。他不理會袁世凱之利誘威迫，婉謝其款，並且將該文寄給袁世凱，望有所醒誤。他嘗屢説當時義憤填膺的心境 ❸：

——我定不忍坐視此輩鬼魊，除非天奪我筆，使不能屬文耳。

——不願苟活於此濁惡空氣中也。

——因舉國正氣銷亡，對於此大事無一人敢發正論，則人心將死盡，故不顧利害死生，爲全國人代宣其心中所欲言之隱耳。

——啟超一介書生，手無寸鐵，捨口誅筆伐外，何能爲役，且明知樊籠之下，言出禍隨，從以義之所在，不能有所憚而安於緘默，仰天下固多風骨之士，必安見不有聞吾言而興者也。

有斷頭報人，無折筆報人；威迫不懼，賄金不受，盡筆民大責，謹守崗位，正是報人風骨所在 ❸！

綜觀梁氏早期文筆之所以議論宏肆，主要在於能掌握循環進化觀點，反復地去宣傳一個「變」的理念；——天地萬物經常都在變化衍展中，因應之道在掌握「變」的先機，化被動爲主動。所以他説：「變亦變，不變亦變，變而變者（按主動也），變之權操諸己，可以保國，可以保種，可以保教。不變而變者（按被動也），變之權讓諸人，束縛之，馳驟之。」從而引證正處於內憂外患的中國，有其變法的必要性，把變法圖強的旗幟，鮮明地展現在國人面前，引起大眾共鳴，狠狠打擊頑固守舊者「天不變，道亦不變」的死硬觀點。

一九一七年十月，在史大林（Josef Stalin, 1879～1953）主導下俄國發生「布爾什維克革命」（Bolsheirk Revolution），成爲一個共黨專政之蘇維埃政府；一九一八年，俄國共產黨成立（Soviet Communist Party）；一九一九年，列寧於莫斯科組成共產國際（Communist International），一九二四年，將首都聖彼德堡（St. Petersburg）改

爲列寧格勒（Leningrad），至一九四三年爲止，稱爲第三國際。七十
四年之後的一九九一年八月十九日，以副總統爲首的雅納耶夫（Genna
dy Yanayev, 1937—）爲首的八人幫（eight-man）、共產黨死硬派
分子（hardliner team）所組成的「國家緊急狀態委員會」（Soviet U
nion's State Emergency Committe），入掌克里姆林宮（Kremlin）
，發動反戈巴契夫（Mikhail Gorbachev）、一度被世人標註爲「戈比
」（Gorby）或「戈比風」（Gorbymania）的蘇聯改革派領袖的政變
（coup）。旋即因爲缺乏民衆支持而流產，「倒戈」不成，兩日之後
即告失敗。脫險後的戈巴契夫，遂下令解嚴（disband）蘇聯共產黨。
蘇聯，共產黨老祖宗在變矣，列寧像倒了，然而神州大陸，卻處「變」
不驚，聲言不放棄社會主義，梁氏泉下有知，其未知作何想法也！

## ㈣張季鸞大筆衛神州

　　張季鸞（Chang Chi Luan），原名熾章，字季鸞，以字行，筆名
少白，又曰一葦、志丘，陝西榆林縣人，生於前清光緒十四年（一八八
八年），歿於民國三十年（一九四一年）❸。

　　他自幼即有榆林才子之稱，因參取陝西省官費留日，於宣統元年（
一九〇九年）赴日入東京第一高等學校（早稻田大學前身），游學於政
治經濟之中，又加入同盟會，復爲陝西留日人士所創辦之《夏聲》雜誌
多方盡力，以與于右任之《民報》相呼應。武昌起義後，他立刻束裝歸
國，到上海擔任《民立報》編輯，鼓吹革命不遺餘力，從此開拓了他一
生新聞事業。

　　民國肇建，他一度擔任臨時大總統秘書。元年四月，臨時政府北遷
，他與曹成甫君同至北京，創辦《民立報》北京版，好使南北呼應，共
促國是。留日習法政之同盟會員宋教仁（1882～1913），因主張政黨內
閣制，爲袁世凱所忌，在上海被暗殺。北京《民立報》言論激烈，張曹

兩人均被袁氏御用軍警強捕入獄，曹被殺害，張則被囚三月有餘❸。出獄後即南下上海，應留日同學胡霖（政之，四川人，1893〜1949）之約，在《大共和日報》擔任日文譯述及研究國際問題，又在吳淞中國公學講授西洋文。

　民國四年，他與康心如等四川籍黨人，在上海創辦《民信日報》，激烈反對袁稱帝；民國五年，袁氏卒死之後，《民信日報》即停止出版。至民五黎元洪出任總統，他又和康心如北上，一方面接辦《中華新報》，又擔任上海《新聞報》北京通事（相當於現之特派員），並開始向國內著名雜誌投稿。民國八年，因爲報刊披露安福系政府與日人，有以山東高密鐵路抵借二千萬元之密約，觸怒當時掌權之北洋軍閥安福縣（皖派）之徐樹錚（時任西北籌邊使邊防軍總司令），連封北京七家報館，張且下獄。獲釋後再到上海，主持《中華新報》❹，至十三年冬，《中華新報》停刊，他又北上。

　民國十五年九月一日，他與胡政之及當時新鹽業銀行之吳鼎昌、（達銓、前溪）三人，聯合接辦甫於同年元月停刊之《大公報》（Ta Kung Pao）❹，——在此，季鸞先生自矢「再爲鉛刀之試，期挽狂瀾之倒」，「依時立言，勉效清議」，乃以布衣而成其一代報人宗師之典範！《大公報》之能續辦，是由吳鼎昌籌款五萬爲股金，他與胡政之則分擔編政及業務之責，組成「新記公司」，彼此相勉謹守報人崗位，輿論獨立，不兼任何有薪之公職，不募外股，以微資獨立經營，樹立中國新報業典範。復刊第一日，即以不黨、不賣、不私及不盲四事，昭告讀者，是《大公報》有名之「四不主義」：

　一曰不黨——純以公民地位，發表意見，以外無成見，無背景。凡其行爲利於國者，擁護之；其害國者，糾彈之。

　二曰不賣——聲明不以言論作交易，不受一切帶有政治性質之金錢補助，且不接受政治方面之入股投資。是以吾人之言論，或不免囿於知

識與感情，而斷不爲金錢所左右。

三曰不私——本社同人除願忠於報紙固有職務外，並無他圖，易言之，對於報紙並無私用，願向全國開放，使爲公衆喉舌。

四曰不盲——夫隨聲附和，是謂盲從；一知半解，是謂盲信；感情所動，不事詳求，是謂盲動；評詆激烈，昧於事實，是謂盲爭。吾人誠不明，而不願陷於盲❷。

《大公報》復刊之日，正值國民革命軍北伐之戰正濃❸，張季鸞始終以「牢持斷舵以與驚濤駭浪搏戰」，以及「忍耐步趨，以求卒達於光明之路」情操，在社會中爲憂國憂民而吶喊，以獨立報人之操守，盡文人報國之責。爲了採訪事實、紹介輿情，他於民國十九年十月，更特派旅行通訊員❹，赴各縣鄉調查、報導，卑社會大衆了解民瘼，開我國調查報導先河。《大公報》自民國二十二年起，開始有所盈餘，爲了保持職業神聖，乃積極辦理職工福利；翌年更創設養老備險等基金，樹立企業員工生涯規畫模式。可惜二十三年春，他不幸染上肺病。

抗日戰爭迫在眉睫之際，他又特派記者到蘇聯作實地採訪，並特別注重有關日本之論著及報導。由於華北局勢日促，民國二十五年四月一日，《大公報》在上海及天津兩地，同時創立分版刊行。其時，中共正推行「抗日民族統一戰線」，國內虛憍激昂之「讜論」充斥，張氏主持《大公報》筆政，即明言「欲更溝通南北思想情感，加強民族團結」；「在法律禁令範圍內，公開該報爲全國人討論問題，交換意見之用」（今後之《大公報》，《文存》，287～93頁）；「但《大公報》絕不盲目的投人所好」，「從沒有一天以言論壓迫政府主戰，也從沒有附和一部分人年來所謂即時抗戰論」。（〈最低調的和戰論〉，民二十六年十二月八日，《文存》，456～9頁）

民國二十五年十二月十二日❺，西安事變發生，其時軍事委員長蔣中正遭扣，張季鸞立刻立發出沈痛、悲壯呼聲。他在同月十八日社（評

）論中疾呼西安軍界：

「你們趕緊去見蔣先生謝罪吧！你們快把蔣先生抱住，大家同哭一場！這一哭，是中國民族的辛酸淚，是哭祖國的積弱，哭東北，哭冀東，哭綏遠，哭多少年來在內憂外患中犧牲生命的同胞！你們要發誓，從此更精誠團結，一致的擁護中國。

「我們是賣報吃飯的，誰看報也是一元法幣一月，所以我們是無私心，我們只是愛中國、愛中國人，只是悲憂目前的危機，馨香禱告逢凶化吉，求大家成功，不要大家失敗。今天的事情，關係國家幾十年乃至一百年的命運，現在尚儘有大家成功的機會，所以不得不以血淚之辭，貢獻給張學良先生與各將士，我想我中國民族只有澈底的同胞愛與至誠能挽救。」（〈給西安軍界的公開信〉，《文存》，第338～41頁）

時局既亂，輿論流於多元，新聞檢查與言論自由之爲中庸爲難，張季鸞經常毅然提出他所秉持的主見：

政府應「但可放則放，不可但可扣則扣」，若要查要禁，則僅應限於──破壞國體、妨礙國防以及擾亂公共秩序之宣傳此三者。此外，概不必禁。

同業報業，要解決言論自由問題，首視言論界本身之努，欲享英美式之言論自由，則必須如英美之處理言論問題態度──有關國防利害，須加慎重，弱國言論界在此點之責任上，更爲艱鉅。（〈論言論自由〉，《文存》，第358～61頁，見附錄。）

民國二十六年七月七日，蘆溝橋之戰敗。八月五日，天津《大公報》被迫停刊；上海《大公報》又因戰事無法外運。上海八一三之戰起，張季鸞乃繞道前赴漢口，籌辦漢口版。九月十八日，漢口《大公報》開始發行，一直堅持至二十七年十月十七日，武漢撤守前八日，方停刊移渝。他於同年，被選爲國民參政會參政員。《大公報》於民國二十七年，有香港版之發行，張季鸞以帶病之身曾一度至港主持筆政。漢口版移

重慶後，於十二月一日續刊，他只是對重要問題，才發表評論。同年冬，汪精衛自重慶脫走，他在社論中，特別以「滅亡的和平與奴隸的和平」爲題，強調當時除戰鬥自衛外，不能作其他動作。力闢汪派分子所散布的「和平」謬說，根本就是亡國論，接受征服❹❻。香港陷日後，港版《大公報》移至廣西桂林發行，桂林淪陷，再移至重慶與整部匯合。季鸞先生的筆永遠效忠國家，造次必於是，顛沛必於是。他曾經斬釘截鐵的在二十七年十月十七日的社論上說，「在這抗戰期間，一切私人事業，精神上都應認爲國家所有。換句話說，就是一切的事業都應當貢獻國家，聽其徵發使用。各業皆然，報紙豈容例外。」又說：「我們永遠與全國抗戰軍民的靈魂在一起。我們盡忠於這個言論界的小崗位，以傳達並宣揚中國民族神聖自衛的信念與熱誠，使之更貫注而交流。假如國家需要我們上戰場，依法徵召，我們擲筆應徵。不然便繼續貢獻這一枝筆，聽國家作有效的使用。」（〈本報移渝出版〉，《文存》，540～2頁）

　　由紅軍改編的十八集團軍，因不服命令，做出紛歧反常行動，他曾在民國二十九年十二月二十四日〈政治團結與軍事統一〉社論中，斥爲「破壞抗戰，危害國家」。（《文存》，第641～3頁。）❹❼。

　　民國三十五年五月五日，美密蘇里大學新聞學院，首次以「最佳外國報刊」榮譽獎章授《大公報》，由中央社駐美記者盧祺新先生代表領獎。他在同日〈本社同人的聲明〉中，尚自謙說：「多年來並未能善盡報人應盡的責任，尤其在抗戰四年中，……。論冒險，斷不及上海同業；論勞瘁，則不如前線報紙。」但《大公報》能「雖按著商業經營，而仍保持文人論政的本來面目。……。《大公報》的惟一好處，就在股本小，性質簡單。沒有干預言論的股東，也不受社交任何勢力的支配。因此言論獨立，良心泰然。而我們同人都是職業報人，毫無政治上事業上甚至名望上的野心。就是不求權，不求財，並且不求名。……辦報都

希望人愛讀，讀者越多越歡喜，名聲越大越高興，而危機也就在這裏。因爲一個報人若只求賣虛名，得喝采，有時要犯嚴重錯誤，甚至貽禍國家。……。上海忠良同業及南北淪陷區作新聞工作的人何等艱難。他們生命危險自不用說，最難是晝伏夜動，勉強工作，長期忍耐，時刻不安，就此而論，可以說他們比前線官兵更勇敢、更艱苦。迄現在爲止，業已犧牲了許多可敬佩的報人的生命，而前仆後繼，依然不衰。」（《文存》，581～5頁。）

同年七月七日，蘆溝橋事變四周年，他於六月十四日，預先寫就〈最後成敗在自己〉一篇社論，強調「而凡是自己的問題，只有靠自己處理，絕對不能望朋友援助，因爲援助無用。……。政府務必明賞罰，振紀綱，改正權貴混淆的一些組織，使能形成權貴分明的政治。……，是最後成敗在自己。」（《文存》，599～602頁）

未料此篇竟成「絕筆社評」，兩個月後，九月六日，竟積病不起，得年五十三歲，一代宗師，自此永逝❹❽。他「立論無僻典，無奧義，以理論，以誠勝，感人深而影響遠。」十五年間，爲《大公報》寫了不下三千篇社論，天下著正論，朝野咸欽。（見附錄）一生奉守報恩主義——報親恩，報國恩，報一切恩！一切只有責任問題，無權利問題。所以于右任先生說他「日日忙人事，時時念國仇。豪情託崑曲，大筆衛神州。君莫談民立，同人盡白頭」❹❾，民國三十年三月十六日，「中國新聞學會」在重慶復會，通過他的擬的三千字宣言。其中有云：

「吾儕報人對抗戰建國實負有重大責任，夙夜自勉，不敢懈怠，有利國家，萬死不辭。

「爲政不在多言，吾儕報業亦復如是，有如工作，別無學問。亦唯有在實戰中求其改進，空談新聞學無益也。

「同人以爲中國報人必須完成中國特有之新聞學，以應需要；西洋方法，參考而已。」❺❶

哲人其萎，永留典範。惜「中國特有之新聞學」，歷五十年而乃未有其大輪廓。若有業者專家仍僅靠取西經，參考洋法，而驕國人者，豈非志士之大痛乎❺❶」！

## 附錄一：張季鸞先生文選舉隅（見說明）

### ㈠論言論自由（《大公報》，民二十六年二月十八日）

國三中全會中委員提案中頗有涉及言論自由之問題者。吾人茲以言論界一分子之地位表示意見如左：

第一：言論界本身應注意之點：全國言論出版界不滿現狀，憧憬自由，此目前之實際現象。然吾人以爲此問題之解決，除求諸政府外，兼須求諸言論界之本身。何則？自由之另一面爲責任。無責任觀念之言論，不能得自由。夫自由云者，最淺顯釋之，爲不受干涉，其表現爲隨意發表。是則責任問題重且大矣。國難如此，不論爲日刊定期刊或單行本，凡有關國家大事之言論，其本身皆負有嚴重責任。言論界人自身時時須作爲負國家實際責任看。倘使我爲全軍統帥，爲外交當局，我則應如何主張，應作何打算？此即所謂責任觀念也。夫意見當然不能人人一致，然態度應一致。一致者何？誠意是也。苟盡研究之功，諳利害得失之數，而發爲誠心爲國之言論，而政府猶干涉及壓迫之，此政府之罪。反之，自身研究不清，或責任不明，政府是不肯說其是，蓋欲免反政府者之相仇。至政府非自亦不敢鳴其非，而徒諉責於干涉之可怕，是自身不盡其責任矣，自由何從保障哉？是以吾人以爲言論自由問題之解決，首視言論界本身之努力如何。要公、要誠、要勇！而前提尤須熟識國家利害，研究問題得失。倘動機公，立意誠，而勇敢出之，而其主張符於國家利益，至少不妨害國家利益，則無慮壓迫干涉矣。縱意見與政府歧異，政府亦不應壓迫干涉矣。總之，言論自由，爲立憲國民必需之武器，然不知用或濫用，則不能取得之。即偶得之，亦必仍爲人奪去。吾儕欲

享英美式之言論自由，則必需如英美言論界處理問題之態度。尤其關於國防利害，須加慎重，弱國之言論界，在此點之責任更艱鉅矣。

第二：政府應注意之點：吾人既自箴言論界，再進而責政府。夫統制言論新聞，非原則的問題，乃程度範圍方法態度的問題。由此點論，實亟需改善。吾人以為最重要者，尤為態度問題。蓋統制言論新聞之必要，專限於關係國家大局之重大問題，其外應無其必要。是以取締之標準應極狹，開放之範圍應極寬。故態度應為「但可放則放」，而不幸目前情形，乃為「但可扣則扣」。換言之，政府應認檢扣新聞或干涉出版，為不得已，為不幸。司其事，不可於原則上抹殺人民言論出版自由之權利，而彷彿認為准許出版營業之為恩惠者然。此種態度，甚足以誤國家大事也。具體言之，吾人認為政府有權禁止者，應限於㈠破壞國體，㈡妨礙國防，㈢擾亂公安秩序之宣傳。其外概不必禁，而日常施行統制或檢查之時，應以充分尊重人民權利之精神行之。「但可放則放」，切勿「但可扣則扣」。其表現之方法，應依經常之法律，不依臨時之命令。除戒嚴時期外，不令軍事機關管理其事。舉例言之，吾人不解何以平日高級官吏任免更動之預測亦不許登載。即如中央開會，全國注目，何必限制發表如是之嚴，且既限制採訪，則應自己發表，乃開會數日，國民對會議大勢，亦尚茫然，凡此皆證明目前辦法之有缺陷也。吾人願政府與言論出版界之間，其關係一以出版法為準。而適法與違法之衡量，宜寬大，不宜苛刻。今內政部正擬施行細則，須特別注意此點。須知立法之目的，重在指導，不重在箝制。若當局持吹毛求疵之態度，則中國永無言論自由可言矣。

第三：各省當局應注意之點：言論自由問題，不僅關中央，同時關各省。年來地方報紙所受限制，更甚於都會報紙。蓋不特不能批評當局省行政，不能記載或評論與省軍事當局意旨好惡有違之事，並且不能批評各縣及一般下級之事。數年前，重慶記者因開罪某軍官馬弁，大受毆

辱，幾至殞命，其一例也。是以吾人除希望中央直接改進統制言論出版辦法之外，並進而希望中央推行此改進辦法於各省地方，使全國地方報紙及其他出版品，同得受法律之保障。因此亦希望各省當局尤其有軍權者，注意各該地之言論自由問題，勿有法律以外之干涉。吾人將中央對各省之一致的願望，爲勿干涉對於用人行政之正常的批評記載，至關係國家大局，尤其涉及國防者，則應服從中央指導，此在目前階段中，爲必要之者也。吾人因慨嘆年來在地方言論界中，有時貌似甚有自由，超過都會報紙，然細察內容，則所自由者，只限於攻擊中央，尤其攻擊外交問題，觀其慷慨激昂，未嘗不足稱快，然實則封建割據之悲哀，除分裂祖國使政治倒退以外，別無效益，此則痛心之現象，深望其今後絕跡於中國也。（《文存》，244～6頁）

## (二)無我與無私（〈戰時新聞工作入門〉，民二十七年六月）

本文所討論的是關於新聞記者的基本態度問題。現在戰局這樣緊要，而討論這些事似乎太迂。不過我想：人生處變處常，本應態度無二，何況中國的抗戰建國事業，是處變，也是處常。今天的報人恐怕畢生勞瘁，還盡不完責任，所以於考慮之餘，依然還是這個迂闊題目。

新聞記者於處理問題，實踐職務之時，其基本態度，宜極力做到無我與無私。現在分別敍述一下，所惜時間匆促而腦力鈍弱，掛一漏萬，遺憾之至。

何謂無我？是說在撰述或記載中，竭力將「我」撇開。根本上說：報紙是公眾的，不是「我」的。當然發表主張或敍述問題，離不了「我」。但要極力盡到客觀的探討，不要把小我夾雜在內。舉淺顯之例解釋，譬如發表一主張，當然是爲主張而主張，不要夾雜上自己的名譽心或利害心。而且要力避自己的好惡愛憎，不任自己的感情支配主張。這些事，說來容易，做起來卻不甚容易。

　　名譽心本來是好事，但容易轉到虛榮。以賣名爲務，往往誤了報人應盡之責。我們於民十五在天津接辦大公報時，決定寫評論不署名，也含有此意。本來報紙的言論與個人言論性質不同，而在當時，我們也有務求執筆者不使人知之意。我們的希望，是求報紙活動，不求人的活動。現在仍願這樣做。我們這種做法未必就是對，不過我們多年來確是對虛名愧懼，深恐對於報人的職責一點也盡不到，現在舉例而言，也只是表示我們多年來一點迂拘的意見而已。

　　個人署名發表文字，也當然是常事，這是加重個人的言責。除日刊報紙外，著作家都是署名的。這樣著作時，也務須撇開小我，方可爲好的作家。特別感情衝動，最是誤事。一己之好惡愛憎，往往不符真相，所以立言之時，要將自己切實檢點。看是否爲感情所誤。

　　報人採訪新聞，撰述紀事時，也是一樣。在普通情形下作紀事，用不著把自己寫在裏面，然有時需要以自己的動作爲本位，描寫問題；譬如視察戰線之紀事，那也要純採客觀的態度，就是一切以新聞價值爲標準。譬如在一段紀事中，假若訪員自己之行動或經驗確值得公眾注意，那麼盡量描寫，也是應該的。若自審自己之事，無新聞價值，那就應完全拋開。

　　採訪紀事，也務須力避感情衝動，譬如訪問一人，得到不愉快的印象，但作紀事時，仍當公正處理。此例太淺，餘可類推。總之，一枝筆是公眾的，不應使其受自己的好惡愛憎之影響。

　　無私之義，其實就是從無我推演出來的，不過爲便利計，分開說明一下。自根本上講，報人職責，在謀人類共同福利，不正當的自私其國家民族，也是罪惡。以中國今天論，我們抗日，決非私於中國。假若中國是侵略者，日本是被侵略者，那麼，中國報人就應當反戰。現在中國受侵略，受蹂躪，所以我們抗拒敵人，這絕對是公，不是私。至於就國家以內言，更當然要以全民福利爲對象。報人立言不應私於一部分人，

而抹煞他部分人；更不能私於小部分人，而忽略最大部分的人。這本是老生常談，但實踐起來卻不容易。

私的最露骨者，是謀私利，這是凡束身自好的報人都能避免的。其比較不易泯絕者，是利於所親，利於所好，而最難避免者，爲不自覺的私見。因爲一個人的交際環境，學問智識，爲事實所限，本來有偏，所以儘管努力於無私，還誠恐不免有私。

澈底的無私，難矣。所以最要是努力使動機無私。報人立言，爲得無錯，但只要動機無私，就可以站得住，最要戒絕者，是動機不純。

中國人在一種意義上說，現在是處於最好的環境。這種環境下，必然要鍛鍊出來無數的好記者。因爲我們國家以絕對正當絕對必要的理由，從事於自衛生存之戰，我們報人做抗戰宣傳，在人間道德上絕對無愧。而我們抗戰建國的綱領，就是爲全民族的福利，同時也就是爲全人類的福利。爲報人者，此時一方面日受敵人不測的摧殘，自然可以領悟到無我，一方面在絕對道德的大環境之下，做共同惟一的工作，又天然可以做得到無私。所以報人精神的高潮，這時候最易鍛鍊，最易養成。加以在全民族受寇禍侵凌之時，無論前方後方，無論任何部門之任何問題或任何事實，皆有極大的新聞價值。報材遍地，可以隨時拾取。這種環境，實在是千載一時，我們大家若再加以不斷的自己檢討，那就要一個人人都可以成爲新時代的好記者。人們或者問：無我無私，豈不是大政治家的風度？我可以這樣答：我們報人不可妄自菲薄，報人的修養與政治家的修養實在是一樣，而報人感覺之銳感，注意之廣泛或過之。我盼望也相信現時全國有志的青年記者，只要努力自修，將來一定要養成不少的擔當新中國責任之政治家。（《文存》，672～5頁）

説明：

本文及附錄兩則是取材自：《台灣新生報》出版部印行（民68）：《季鸞文存》，四版。台北：《台灣新生報》，本章簡稱爲《文存》。

（文星書店於民國五十一年，亦出有上下兩册之影印本。）《季鸞文存》所編輯之文選，皆是膾炙人口的文章，如：〈再論日本大陸政策〉、〈最低調的和戰論〉等皆擲地有聲，傳誦一時。

## ──再論日本大陸政策（民二十年七月十二日，摘錄）

「夫吾人不知日本大陸政策之真相如何？然以意度之，自蘇聯革命後，日本久認爲大陸無敵手，而最近忽增兵朝鮮，準備戰時用兵之便利，此當然爲鑒於蘇聯軍備之進步，故爲儘早之預防，……，現在蘇聯羽翼未豐，歐洲多事，故日俄之衝突，暫時不能想像。然蘇聯既日整軍備，且著著東進，則日本今日準備對大陸之設防，亦自爲題中應有之義。雖然，中國人所最不解者，夫不言防俄則已，苟言防俄，則問題中心，全在中國。日本不與中國事實上結成鞏固的親善關係，不扶助大陸主人自維持大陸，則在吾人想像中，日本絕無法策其對大陸設防之萬全，況更採壓迫的方法以臨中國乎。中國與俄，接壤萬里，而中國有四萬萬以上之人口，其人民大多數爲極貧者，學生青年思想之急進化激烈化，復爲年來不可掩之事實；是以防俄禦赤之道，端賴中國爲健全之發達。凡反俄國家，皆對華放棄帝國主義的策略，平等相親，正當互助；如是中國物質上趨於繁榮，思想上歸於平靜，中國之力，即足障狂瀾之東流，爲遠東之保障，此中國之所望，應亦爲日本之所利也。不然，俄勢東侵，而日本西進，赤白夾攻之下，中國現在社會之中堅部分，一旦不能抵禦實際上思想上之各種侵略，則此茫茫大陸，甚且爲時代惡潮席捲而去，誠不知日本政治家所謂大陸政策者，彼時將如何實施而獲效也？

「爲日本計，其國防最安全之道，在信賴中國之穩健的進步，然欲如是，則對東三省問題必須尊重我主權，顧全我利益，彼此相安，提攜並進。不然，若常使中國人民感覺危懼與威脅，縱目的貫徹，亦得不償失，此乃『自壞爾萬里長城』已耳，大陸政策之謂何哉？」（《文存》

，頁77～9）

## ──最低調的和戰論（民二十六年十二月八日，摘錄）

「自盧溝橋事變發生以來，中國沒有一天拒絕過調解，但始終是中國肯，日本不肯。最近又發生調解的聲浪，但試問假若日本尚有萬分之一的誠意，那當然要停止進攻，然後纔能說到和平調解，現在怎樣呢？這四個月來，以海陸空大軍進攻中國南北省區，其直接加諸中國的軍事的摧殘不用說了，其在城市、在鄉村、在陸、在海，以飛機、以砲火殺戮我們的平民，不知多少千、多少萬，焚燒摧毀我們平民的財產，又不知道是多少億，多少兆，這都不用說了，而現在一面言歡迎調解，一面慶祝進攻我首都！

「……，我們（大公報立場）亦向不反對國際調解，亦並不反對外交上之多方運用。但事到今天，卻不容不大聲疾呼，請求政府當局對於最近發生的所謂調解問題，應下明白之決心了。我們以爲政府即日即時應當明白向中外宣布，如日本不停止攻南京，如日本佔了南京，則決計不接受調解，不議論和平。我們以爲這絕對不是高調，乃是維持國家獨立最小限度之立場，我們不問日本條件如何，總之一面慶祝攻占南京，一面說和議，這顯然證明日本抹殺中國獨立人格，那條件之劣，就不問可知。且縱令條件在文字上粉飾得過去，但實行起來，一定在實質上喪失獨立。因爲他若誠意議和，就斷不會再攻我首都。既攻首都，就是想叫我正統政府於失盡顏面之後，再屈服給他。敵人既存心如此，試問怎樣和得下去，換句話說，怎樣屈得下去呢？

「……，我們必須自己努力保持國家獨立與人格。這個如不能保，則不但抗戰犧牲付諸流水，並且絕對無以善其後。……。倘使我正統政府於失了首都後反而接受所謂和議，則國內團結，亦將立時不保，那就怕真要成瓦解土崩之大禍了。國民政府遷渝辦公之日發表宣言，說爲的

是避免城下之盟。城下之盟，固可恥，但猶是政府在城中。現在於第三者動議調解，我已聲明可以考量之時，而還要攻首都，並且大舉慶祝，這比逼迫我作城下之盟，其意義還更要毒辣，其辱我欺我之程度，還更加幾倍了。我們境遇，現在很艱難。但不可以自己更增加其艱難。敵人的進攻已經夠猛烈了，不可以再加上一個『自潰』。

「……。我們全國一切擁護國家獨立的人，依然可以守住正統政府，大家心安理得地抗戰與犧牲。這樣，中國就永不亡，民族精神也永不至衰落。」（《文存》，第456～9頁）

本附錄所選者，爲與新聞理念，有階段性意義之兩篇，希望更切合本文主旨。《文存》一書有胡霖、曹谷冰兩先生之序文，讀之更能見季鸞先生爲人及梗剛之氣，試摘數語如下：

胡霖：他雖終身從事文字事業，卻並不自珍，以爲時事文章朝刊朝爛，他屬文向不留底稿，也不自蒐存，／也有若干文章雖事過境遷而仍覺未便收入，且有雖已收入而遭檢落者，／季鸞就是一個文人論政的典型。／他始終是一個熱情橫溢的新聞記者，他一生的文章議論，就是這一時代的活歷史。／

曹谷冰：先生輒曰：「報紙評論都急就章，殊鮮稱意之作，不值印行，」／「處處忙人事，時時念國仇，」實爲先生行誼之寫實，蓋先生生平於做報之餘，每爲扶植青年，周濟貧困，而不稍自逸，亦每爲東鄰凌暴，侮我太甚而時思復仇，初未計其文字之保存與傳遠也。

## (五)陳錫餘為新聞來源守口如瓶

陳錫餘先生，廣東化縣人，生於一九〇九年。民國七十六年夏，以高齡辭世。一生苦學自修，拼命工作，主持由基督教知名人士於一九一二年一月創刊的《大光報》（The Great Light）有年（已停刊），德行高潔，同業皆以「錫公」稱之。

　　他十七歲，即進入新聞界，早期採寫才能，即爲《大公報》張季鸞先生賞識，禮聘爲當時香港《大公報》廣州分館館長，報導省港澳新聞。民國十八年，廣東軍閥陳濟棠（已故），繼李濟深（已故）之後，爲第八軍總司令。其後，又因兩廣在穗成立國民政府，他因勢成爲第四集團軍總司令，權傾一時，橫行霸道，是所謂「南天王時代」。

　　某次第八路軍參謀長繆培南（已故），曾擬就一分組設「軍事科學研究委員會」計畫，呈陳濟棠批閱。該文件由總司令部收發員保管，因與香港《工商日報》（The Kung Sheung Daily News）駐穗記者王基樹（已故）友善，便好意將此分油印文件，交給他作爲新聞資料保存。未料《工商日報》編輯，以新聞重大而又是獨家關係，特以重要版位在「粵聞版」刊出。

　　陳濟棠見報之後，不禁勃然大怒，飭令其時手段狠毒、有殺人王之稱的公安局長何犖（已故）查辦。何氏便無理拘捕與此事原無關係的陳錫餘，迫令其說出新聞來源。爲了堅持新聞道德守則，陳錫餘寧忍受下獄之苦，亦堅不吐露所知。幸虧他在粵港新聞界太有名望，此事一經傳出，省港報界，輿情嘩然，奔走挽救。終於折騰半個月之後，幸得當時粵省北區綏靖主任李漢魂（已故）之說項，方獲得釋放。由是錫公之名更盛，加以他愛護後輩，無半點不良習氣，因而在同儕粵報人中有「新聞界聖人」之尊號。

　　陳錫餘與李漢魂之交，自是以後，更非比尋常。但他經常堅守進退本分。一九八二年夏，李漢魂以年邁之身，繼李宗仁、郭德潔夫婦（已故）之後，從美國返大陸與中共政要見面，一向忠於國民政府的錫公[52]，曾數度一字一淚地飛柬向李漢魂力諫。事雖不成，但他忠介個性，由此可見一斑。

　　另外，附帶一提的是，香港《工商日報》於一九二五年七月八日創刊，創辦人爲洪興錦律師（已故）；一九二九年由知名富翁何東爵士接

辦（已故），一九六○年代後期，則由其哲嗣何世禮將軍，及裔孫畢業於哥倫比亞大學新聞學院的何鴻毅先生主理。至一九八四年十二月一日，因經濟問題而停刊，是香港發行最悠久的中文報紙之一。同報系之《工商晚報》（The Kung Sheung Evening News），則是於一九三○年十一月十五日創刊，是最早的香港一分錢報（penny paper），亦即大眾化報紙（popular paper），〔第二分爲創刊於民國二十二年二月，同報系之《天光報》（已停刊）〕，亦與日報同時停刊（但晚報於十一月三十日已不再出版）。三報於一九四一年十二月二十四日，日軍陷港前夕，被迫停刊，至一九四六年二月五及十五日，日、晚報才再相繼復刊。一九五六年四月二十六日，何東以九十五歲高齡辭世，陪葬品指明是他最心愛的《工商日報》、《工商晚報》，這在中外報壇上都是罕見的。

《天光報》（The Tien Kwong Morning News）是於凌晨三點出版。每分只售一分之「天光（亮）有報」之小說報。時值世局暫得清平之時，港人睇（看）小說之風熾，家庭主婦、少女及女學生皆好「追報紙」（先睹爲快），「歎」（享受）小說，故一時甚爲暢銷。當時安徽籍的名小說家傑克（黃天石，1903～1983）所著的愛情小說《紅巾誤》，一度膾炙人口。

當然，報業管理也須人才。當時《天光報》總編輯，是有「軍師」之稱的汪玉亭（已故），及有「報醫」之稱的李少穆之苦心籌劃，亦功不可沒。汪玉亭戰後出任以勞工大眾爲主要讀者之《成報》（The Sing Pao Daily News）時，亦爲該報打下雄厚基礎。李少穆曾經營過洋紙生意，也擔任過廣東《建國日報》總經理。但他在擔任於一九五三年七月間在港出刊的《中南日報》卻「馬失前蹄」：因爲廣告未符理想，以致銷路打不開，他就建議將售價由一毛錢改爲五分，認爲降低售價，便會打開銷路，從而吸引廣告刊登。未料銷路轉好之後，廣告量乃然不足

，反而因紙張的支出大增，而虧蝕更甚，終於於創刊五年多後，不得不停刊。此一「成本」觀念的慘痛教訓，已流爲香港新聞界經營者的寶貴經驗。

附釋：

㈠民國十四年七月八日《工商日報》創刊時，在其發刊詞——「本報宣言」中，頗有足以摘述者：

「……顧我國工商兩界，往往不互助而互排，不特不開誠布公，結大團體，宏大願力，以謀我工商兩界之真正幸福，且互相猜忌，互相傾軋，意見無從交換，感情無從聯絡。對於一問題之發生，工以爲是者，則商非之；商以爲可者，則工否之，祇知意氣用事，彼此儼立於對敵地位，而不求真理之所在，故其結果恆兩敗俱傷，工與商皆受其害。即有一二有識之士，欲圖補救，亦苦於人龐言雜，而無可如何，工商兩界本具有左右時局之能力，而其散渙若是，此國事之日益敗壞也。……總之工商兩界無論在何地方，皆占國民之大部分，合則兩利，分則兩不利。現在（省港）罷工期內，尤我工商兩界唯一之生死關頭，我工商兩界亦國民一分子，愛國事大，固非一鬨可了，本報之設，⑴所以謀工商兩界之利益；⑵所以謀工商兩界之聯合，以達到真正救國之目的，……。」

——以上文所述，衡諸我國近百年工商、政黨關係，殊深令人感歎也！

㈡記者與新聞消息來源之間，尤其政府公職人員與記者，經常有「敵乎？友乎？」關係。公務員怕洩密（News leak）惹禍上身，記者則要「挖」，兩造間關係頓呈緊張。

美國作家馬爾康女士（Janet Malcolm），於一九八九年三月十三日與二十日，一連兩期，在《紐約客》（The New Yorker）雜誌上，以「省思：記者與謀殺犯」爲題，撰文非難新聞工作者，以不正當手段，騙取新聞，出賣其採訪對象，而引起新聞界群起嘩然。

　　該文是針對一九八三年美國暢銷書《不祥的夢幻》（Fatal Vision）一書作者麥堅尼士（Joe McGinniss）而言❸。書中主角麥當納（Jeffrey MacDonald）涉嫌於一九七九年，以殘酷手段謀殺了妻子及兩名幼女。審判前夕，麥堅尼士設法結識麥當納，兩人並「同意」合作出書──由麥當納提供本身資料，而由麥堅尼士執筆。

　　據說自後兩人過從甚密，麥堅尼士則一直讓麥當納誤以為他相信麥當納是無辜的。然而，當書出之後，麥當納卻發現，原來麥堅尼士把他寫成了一個嗜血的殘暴怪物。他因而控告麥堅尼士欺騙及毀約。最後，麥堅尼士賠了三十二萬五千美元給麥當納，而得以庭外和解。──此即馬爾康為文攻擊新聞記者之導火線。

　　不過，同年四月間，麥堅尼士在麻省大學的「非虛構的藝術」（The arts of nonfiction）座談會上，卻辯稱他發現麥當納一直對他撒謊，想控制、利用他去寫些騙人的東西，他因而認為他與麥當納之間任何契約都屬無效。而在陪審員決審後，麥堅尼士認為，在理智上，他覺得麥當納是有罪的，但在感情上，又不肯接受這個事實。麥堅尼士說，他沒有告訴麥當納如何下筆寫那本書，以及會寫些甚麼。他認為整個寫作計畫，只有執筆者能控制，當事人所能管的，只是在一開始時，表明願不願意合作的態度❺。──真是事未易察，理未易明，清官難斷家庭事！

　　馬爾康在〈省思〉一文中，對記者這一行，也罵得夠狠。例如：幹記者這一行的，……，都很清楚自己的所作所為，根本是不仁不義的勾當。他胸有成竹地，抓住人們的虛榮、無知與孤寂的心理，取得了別人的信任之後，再毫無愧疚地把人家出賣了。……記者對於自己出賣別人的行為，有各種各樣的辯解：愈是愛大談言論自由與「大眾有知的權利」者，愈是才華貧瘠，乏善可陳；……，執筆的人，最後厭倦了當事人自吹自擂式的故事，就以自己的故事取而代之❺。

　　其實，正如俗諺說，固然樹大有枯枝，族大有乞丐；但十室之邑也有忠信，百步之內豈無芳草；如本節所說之陳錫餘先生即爲一例。又例如，一九八〇年年中，美國德州一位電視台記者布萊恩・卡倫，透過三名人士安排，訪問到兩名被控謀殺警察的嫌犯，並在電視上播出。他拒絕法官要求，說出是那三個人安排的，因而被判「蔑視法庭」，於六月底入獄半年❸❻。這種「守口如瓶」的道德勇氣，不管怎樣說，都是可佩的。

　　其實，當記者跑熟了一條線，和採訪對象樹立了良好關係後，倒還來捉他們的小辮子，也是十分痛苦的。例如，民國六十七年度台北區高中聯招，發生洩題事件，而爲當時《中國時報》文教記者吳鈴嬌所悉，乃予以報導披露。其時聯招會主任委員，爲當時中山女中校長張叔南，兩人一向熟稔，卻因此事之揭發，致令她名譽受損及擔受行政處分，心中難過躍然紙上❸❼。

## (六)蕭樹倫鐵筆直書

　　政府遷台之後，政經日趨發展穩固，但在國際現實性強之外交社群中，卻屢爲勢劫，連美國盟邦，亦逐漸出變數；民國六十七年前後，尤多口語相傳之小道消息，美國態度愈曖昧，國人就愈擔心美國與中共建交迫在眉睫。

　　其時美國大使館與駐在台灣的外國通訊社、雜誌及報紙特派員，每月都有一次交誼活動餐會，大使館高級官員則例有簡報。六十七年九月四日的餐會，是在台北市南京東路四段福星川菜館舉行❸❽。當晚出席美國官員在「不能發表的背景消息簡報」裡（off the record background briefing）（港人名爲「吹風會」），在談到美國與中共間的關係正常化時：「明白講出美國已接受中共三個條件」（這是美官方從未正式或非正式發表過的一項談話或聲明），因而立刻引起在場外籍記者的關注

。在自由發問題，美國《時代雜誌》與ABC電視公司美籍記者沙蕩並立即追問：「你剛才是否説了美國政府已接受了中共所提的三個關係正常化的條件……？」該官員因該問題重要性，因此停了下來考慮了幾秒鐘後，才以明晰肯定的語氣回答説：「是的。」❺❾

蕭樹倫（Shullen Shaw, 1926〜）其時正擔任合眾社台灣分社主任（Bureau Manager, United Press International, Taiwan），雖然當晚沒有出席餐會，但他在耳聞之下，仍難相信美國若真有了如此的重要決定，爲何連他們這些每天都看到全球重要消息的外國新聞機構人員們，都還不知道。同時，那位美國大使館官員應該對這項如此重要的問題，了解得非常透澈。所以也不可能是説錯了話❻⓿。

他當時就認爲此事既如此重要，就準備想辦法發表，但因事涉「不能發表的簡報」協議，無論以任何方式發表，都將違反簡報的採訪原則與新聞道德，因此遭到在場人士反對❻①。個把月後，此事既無新發展，我國官方對於此事亦無任何反應。因於身爲中國人，又基於職業上好奇，他開始研想在許可情況下，將此事公諸於世的可行性及做法。其後，我國一位非外交部官員認爲，美方官員既不可能講錯話，那我政府也一定知道美方此一決定。同時，他又感到當日既有外交部與新聞局官員在座，他們也理應已將此事向層峰報告過。因而，十月二十三日（星期一），他自台北合眾社分社，發出一則電訊，提到：「中華民國政府已被告知（informed）美國決定接受中共爲建交提出的三個條件……」的報導❻②。電訊當日即經合眾社電訊網向全球發稿，國內股市大跌。我外交部立即發表聲明，指謂該則報導「絕對不確」，但翌日台北各報皆以一版顯著地位，刊出外交部否認消息❻③。由於此則電訊稿的激盪，他不得不以個人身分，在十月二十七日的《中國時報》二版，以「我爲何發出『絕對不確』的報導」的數千字長文，詳述此則電稿的前因後果❻④，並且痛心的説：「事情發展至今，的確顯然有人在説謊話，而且不止一人

在説謊話。」

　　然而，十二個月之後，亦即翌年的十二月十六日，美國卡特政府（Jimmy Carter, Jr, 1924～ ）宣布，六十八年元旦與中共建交。美國果真斷交、毀約、撤軍❻，這種外交局勢，並非突發性，而是冰凍三尺，非一日之寒，可見蕭樹倫的判斷，事後證明是正確的！該則電訊也成了一則「一葉知秋」的新聞報導典範。

　　四川籍的蕭樹倫從盟軍繙譯官幹起，來台後進入當時「台灣新聞通訊社」（台新社）擔任第一分記者工作；之後，於一九五五年進入合眾國際社（UPI）工作，十年後即擔任台北分社主任❻，是外國通訊社在我國首任華籍負責人。表現卓越，搶得獨家新聞無數❼。

　　民國七十七年年中，他從新聞第一線退居第二線，只負責分社人事、財務等編務行政事務；並擔任《高爾夫文摘》專業月刊雜誌的總編輯。八十年五月正式從UPI退休，受聘爲中央通訊社及中廣公司顧問。

　　當了三十五年的英文記者，他認爲還是新聞專業知識、素養居首，英文語文能力第二；而英文學不會的可能只有一個——就是不學。他也嘗言，當記者的前幾年，成就感和榮譽感真是很大，幾年後就麻木了；到了該退休的時候，竟然有見了新聞就厭惡的感覺——也直率地道盡記者生涯廉頗老矣的起伏和無奈！❽

## ㈦傳播者之光

⑴密大新聞學院「傑出新聞事業服務獎章」群英

　(A)盧祺新

　　盧祺新（生平不詳）原在燕京大學攻讀，在與密蘇里大學新聞學院交換學生計畫之下，他是第一個赴密大就讀的交換生。他於民國十九年到達密大，以兩年時間修完學位。民國二十一年返國後，任職英文《大陸報》。

其後，盧祺新轉任中央社駐華府特派員，表現傑出，深受中美新聞界人士敬重。一九四八年，榮獲密大新聞學院所頒授之「傑出新聞事業服務獎章」（Honor Medal），是我人獲此獎項之第一人。

(B)董顯光

董顯光博士，生於清光緒十三年（一八八七年），卒於民國六十年，浙江鄞縣人，民國二年（一九一二年）二十五歲畢業美國密蘇里新聞學院第一期，一生與新聞事業結不解緣。返國後即任倫敦《泰晤士報》（The Times）、及上海《密勒氏評論報》（The Millard's Weekly Review of the Far East）記者。民國三年任《北京英文日報》（Peking Daily News）主編；七年，任《華北明星報》（North China Star）董事及主編。十六年於天津創辦《庸報》，自任社長；二十年，任上海滬江大學新聞系教席（與《時事新報》合辦）；二十四年，任上海《大陸報》（China Press）總經理及總主筆；自民國二十六年起，任軍事委員會第五部副部長，與曾虛白先生（國際宣傳處處長），共同主管國際宣傳工作。第五部後改為中央宣傳部，他出任副部長，仍掌相同業務。二十八年秋，任教於中央政治學校新聞事業專修班，講授輿論學。

民國三十二年，任中央政治學校新聞學院院長；抗戰勝利後，出任行政院新聞局長；中日和約簽訂後，受特派為駐日全權大使。來台之後，民國三十八年六月六日，創辦《英文中國日報》（China News），同年十一月，出任台北中國廣播公司總經理；三十九年十月，出任台北中央社管理委員。民國四十五年，出任駐美大使。因以報人出身，而迭任大使之職，故有「記者大使」之稱。

董氏是我國第一位留學美國修讀新聞專科的留學生。繼後則有民初名報人徐寶璜。另外，國父哲嗣、前考試院院長孫科（哲生，1891～1973）博士，於一九一六年九月，就讀哥倫比亞大學研究院時，

也曾修讀新聞學，其後著有《廣告心理學概論》一書❽。

　　一九五七年，榮獲密大新聞學院所頒授的「傑出新聞事業服務獎章」，是我國人獲此項殊榮之第二人。

　　(C)馬星野

　　一九八四年四月十九日，有我國「新聞教育之父」（ROC Journalism Pioneer）之尊稱的馬星野（Ma Sin－yeh, 1908～1991）先生，前往美國密蘇里大學母校新聞學院，參加畢業五十周年的級慶（50th Class Anniversary）；一年之後，亦即一九八四年四月九日，榮獲密蘇里大學頒發的「傑出新聞事業服務獎章」，是我國人獲此獎項之第三人，誠屬名至實歸。

　　馬星野先生，原名馬偉，字星野（出自杜甫五律「旅夜書懷」之：「星隨平野闊，月湧大江流」之句），以字行。浙江温州人。民國十六年五月，就讀中央黨務學校，民國十八年畢業後，民國二十年赴美遊學，插班就讀密蘇里大學新聞學院大學部。

　　畢業後返國，民國二十三年，在政校外交學系教授「新聞學概論」、「新聞事業經營及管理」兩科選修課。二十四年新聞學系成立，雖則最先由當時教育長程天放兼任系主任，再由劉振東繼任，但皆是由馬星野負責執行實際行政職務，成效裴著，有「政校的騎兵」之稱。

　　對日抗戰期間，於張道藩出任中宣部部長時起，出任中宣部國內新聞事業處處長，並在政校新聞系講授「新聞學概論」及「新聞史」。民國二十八年，政校成立新聞事業專修班，潘公展爲班主任，馬星野爲副主任；二十九年，政校創辦新聞專修科，由馬星野主持。三十二年政校設立新聞學院，又在學院擔任教授之職。三十四年九月中旬，接任南京《中央日報》社長。中央政治學校於民國三十五年遷返南京，三十七年四月與中央幹部學校合併爲國立政治大學，由馬星野擔任新聞系系主任。同年，並出席聯合國首次世界新聞自由會議。

　　三十八年，《中央日報》遷台，由馬星野擔任社長。三十九年，「中央社」改組，十月二日在台北成立管理委員會，馬星野爲委員之一。四十四年，出掌國民黨中央第四組主任，主持宣傳業務。四十八年八月，出任巴拿馬共和國特命全權大使（Ambassador Exraordinary and Plevipotentiary），至五十三年爲止。同年十二月，又出任中央社社長一職。民國六十九年，當選爲中華民國大眾傳播教育協會理事長。晚年更擔任「總統府國策顧問」（National Policy Adviser to the President）。

　　他有句名言：「社會的集體監督，民眾的集體制裁，是可以提高傳播事業的素質。」而在擔任政校新聞系主任時，曾草擬「中國新聞記者信條」十二條，獲得我國各新聞團體通過採用。其他方面貢獻尚有：

　　(a)爲政大新聞系系歌作詞，中有：

　　「新聞記者責任重，立德、立言、更立功，燃起人心正義火，高鳴世界自由鐘」，「微言大義春秋筆」，「我有筆槍與紙彈，誓爲民族最前鋒」等五句，豪氣干雲，唱出了新聞工作者的崇高抱負，燃點起政校新聞系的永恆薪火，也唱盡了天下人——尤其是習溺於華夏傳統文化的我們，對新聞從業員的殷切期望。

　　(b)曾言簡意賅地將先總統蔣公對新聞事業理念，歸納爲五點，勝過許多長篇大論巨著。此五點爲：

　　△大眾傳播事業，要以國家民族利益爲至上，不可以營利爲目的。

　　△報導之真實，與言論之公正，爲大眾傳播的靈魂，有一錯失，即失去報格。

　　△誨淫誨盜，黃色黑色，不問其爲文藝副刊，節目內容，均應澈底淨化。

　　△傳播工作者，品格道德，重於一切。

　　△時時提高警覺，嚴防中共之滲透，及利用大眾傳播以遂其統戰顛

覆之陰謀❼。

　　(c)日本報紙所標榜之辦報方針爲毋驕、毋偏、毋懼，司馬遷《史記》亦嘗以毋意（任意）、毋力（武斷）、毋固（固執己見）、毋我（以我爲中心）垂爲後世之誡。踏進民國七十年代，台北傳播事業界風氣，突然掀起了一陣暴力與色情陳隋煙月的歪風，漸失憂患意識，「不愁弓矢下殘唐」。他看在眼裡，憂在心裡，終而發出怒吼！

　　民國七十二年二月二十八日，在文化建設委員會主辦之藝文界春敍茶會中，以「讀報觀影罪言」爲題致詞，力陳當時大眾傳播媒介之缺失，諸如：

　　・我忝爲大眾傳播界一分子（時任大眾教協理事長），我每天看報紙與看電視，總有趙孟頫「南度君臣輕社稷，中原父老望旌旗」的痛心。

　　・我們把台北當做紙醉金迷的上海，「直把杭州作汴州」。

　　・我們有很多柳永型的頹廢派文學家，柳永的文學觀人生觀是「忍把浮名，換了淺酌低唱」。醇酒與美人，是宋朝偏安時代文學家們的追求目的，但是柳永之流，比起我們少數的文學家藝術家，是小巫見大巫了。

　　・大家看不起中國舊文化、舊文學、舊戲劇、舊繪畫，而向美國的好萊塢、百老匯、《花花公子》、瑪麗蓮夢露靠攏。我們大報或小報的副刊，一味向刺激、男女、劍俠、妖姬的方向努力。

　　・難道沒有「暴力」與「色情」，便沒有電視劇可編嗎？

　　・我們如無憂患意識，長此荒唐下去，則將使陳隋煙月，與晉宋偏安之最後命運，落在我們這一代身上了。

　　……爲什麼使我們傳播事業、文化事業，墮落到這個地步❼。

　　可惜這番要文藝、傳播界「拿出點良心來」，不要自私、自利、自大、自狂、自毀（國策顧問報界前輩陶百川先生語）的重話，雖然傳誦

一時，卻在刹那間，變成明日黃花。不數年，「報紙公害」、「新聞暴力」名詞，相繼出現；新聞評議會呼籲「新聞受害人站出來」，主婦聯盟等團體，更不得不公開揭發「報紙公害排行榜」。苟不以「新聞道德保障新聞自由」，其將奈之何！民國七十三年，他在重序徐鐘佩名著《多少英倫舊事》時，再一次沈哀的說，「悠悠的歲月已過了三十年，而我們社會大眾仍舊有著三十八年以前的老毛病，當前國家處於艱危困難的時刻，一般人居然還是紙醉金迷，不知今日何日，此地何地！我們實在需要有清夜鐘聲來敲醒沈醉迷夢。」

　　(2)麥格塞塞獎得主：殷允芃

　　一九八七年，創辦《天下雜誌》兼任總編輯的殷允芃女士（Diane Ying），以「建立台灣的新聞專業標準」，而榮獲有「亞洲諾貝爾獎」、紀念菲律賓總統麥格塞塞（Roman Magsaysay）之「麥格塞塞新聞、文學與創意傳播藝術獎」❼，爲我國雜誌界爭光不少。

　　該獎明列：「有力的寫作或出版，或者在廣播、電視、劇場、電影中的特出表現，有助於公眾利益爲給獎理由，而且內涵必須有強烈的人文要求。」日本名導演黑澤明、印度電影大師薩耶吉雷亦曾獲得該獎。

　　殷允芃，一九四一年生，山東滕縣人，成功大學外文系畢業，美國愛奧華大學新聞碩士。曾任美國費城《詢問報》記者，合眾國際社（UPI）記者，美國《紐約時報》駐華記者，《亞洲華爾街日報》（Asia Wall Street Journal）駐華特派員，英國《經濟學人》（The Economist）雜誌特約撰稿及任教於國立政治大學新聞系。

　　曾當選第六屆十大傑出女青年；並獲民國七十一年及七十五年傑出主編金鼎獎。着有《中國人的光輝及其他》、《新起的一代》、《決策者》、《太平洋世紀的主人》、《等待英雄》及《點燈的人》等書。她的哲學是不斷在學習：當記者是人家付錢讓你去學習。

　　她於一九八一年，成功地創辦了《天下雜誌》，並由財經專業型雜

誌，轉變成政經雜誌，注重專輯企畫，本質爲知識性，形式上則是報導
方式，企求有親和力、可讀性、可信度和趣味性。

(3)名導演：侯孝賢

　　一九八九年九月十五日，由侯孝賢執導的「悲情城市」（A City
of Sadness），勇奪該年度第四十六屆義大利威尼斯影展最高榮譽「金
獅獎」（Golden Lion）及「昂利哥富奇龍利特別獎」〔爲聯合國教科
文組織（UNESCO）之「人道精神獎」〕，消息傳來，舉國爲之興奮
。其後此片又錦上添花地獲義大利最具權威的電影《拍板》（Cika）
雜誌的「最佳影片」獎。

　　侯孝賢，民國三十六年生，廣東省梅縣人。未成名前，曾當過導演
李行和蔡揚名兩人的場記，後來升爲編劇及副導，並執導過多部賣座的
商業電影。

　　他的重要得獎作品包括：「風櫃來的人」：一九八三年，法國南特
影展最佳影片；「冬冬的假期」：一九八四年，蟬聯南特影展首獎；「
童年往事」：一九八五年，柏林影展國際影評人獎。一九五一年，日本
東寶公司出版，由黑澤明導演的「羅生門」❼，亦曾獲得過金獅獎。

　　「悲情城市」是侯孝賢以一種古樸色調、懷舊風格，呈現台灣光復
初期的人情故事，並涉及當時由治安變化爲政治話題的「二二八」事件
。因此，有人認爲，此片得獎，可能表達了三重意義：①台灣電影界有
人才；②國片不應只著眼於國內市場，海外賣埠，是另一條寬闊可行的
道路；③今後國內作品在表現政治和對社會作出批判時，會有更廣闊空
間。

　　新加坡國際影展於一九八七年首度舉行，一九九〇年爲第三屆，特
以亞洲國家電影爲重點，「悲情城市」一片，更被視爲亞洲國家進軍國
際的最佳範本。一九九〇年二月十五日，侯孝賢又以「戀戀風塵」一片
，獲日本《電影旬刊》選爲最佳外國導演的榮銜，是我國導演獲得此獎

項的第一人。

(4)其他

(A)捧回柏林影展金銀熊獎的大陸導演張藝謀、謝飛

在一九八八第三十八屆的柏林影展中（the Berlin Film Festival in 1988），大陸導演張藝謀（Chang Yi－Mow）以「紅高粱（Red Gorghum）」一片，獲得「金熊獎」（Golden Bear Award）。一九九〇年二月二十日，第四十屆柏林影展在德國西柏林揭幕，大陸電影導演謝飛，又以「本命年」一片，榮獲傑出個人成就銀熊獎。他在本片中，成功地表達出大陸的現象本質，故而肯定他在攝影美學構圖方面，和傳統敍事結構上的成就。

「本命年」是大陸在一九八九年六四事件後，第一部選送參加國際影展競賽的作品。

一九九〇年，張藝謀又以「菊豆」（Ju Dou）一片，在法國坎城影展中（the Cannes Film Festival），榮獲拉丁美洲國家影評人所頒授的第一屆「路易斯·布紐斯爾獎」（the first "Louis Bunnel Award"）（此獎未設獎金）；稍後，此片又獲芝城影展（the Chicago Film Festival）最佳影片（Best Film）「金雨果獎」（Golden Hugo Award）。一九九一年九月十八日，他在意大利威尼斯第四十八屆影展中（the 48th Venice Film Festival），又以「大紅燈籠高高掛」一片（Raise the Red Lantern），榮獲銀獅獎（Silver Lion Award），以及其他四項特殊的（special awards）「國際影評人獎」（the Fipresci, Gingerly, La Navicella and Elvira Notaric）。此片是香港年代公司（Era International）出品，一如他和該公司導演（movie director）程少東（Ching Sin Tung），於一九九〇年所拍的「兵馬俑」（A Terra－Cotta Warrior）一樣，爲港資大陸片（jointly producedly mainland China and Hong Kong）。

張藝謀本身也當過演員。他在一九八七年時，曾經因爲擔任過「老井」（Old Well）一片男主角，而在「東京國際影展中」（Tokyo International Film Festival），獲得最佳男主角獎（the best actor awand）❼ 。

(B)不能親嘗領獎滋味的欽本立及方勵之

曾批評中共當局的大陸上海前《世界經濟導報》（World Economic Herald）總編輯欽本立（Qin Benli, 1918～1991），一九八九年，被《世界報刊評論》選爲一九八九年度「最佳國際編輯」（International editor of the Year），又於一九九〇年三月中旬，爲美國保護新聞記者委員會所推薦，由「美國全國記者俱樂部」（NPC）選爲一九九〇年「新聞自由獎」得主。但由於《世界經濟導報》，已於八九年四月，被中共下令關閉，引致至少四位工作人員遭拘禁，欽本立下落不明，故而同年三月十六日（美國資訊自由日）頒獎當天，只能由保護新聞記者委員會代表，接受此一獎項❼ 。欽立本其後以「留黨察看兩年」條件獲釋，但不久病逝。

在大陸一九八九年六四事件中，因批評中共而逃入北京美國大使館尋求庇護避禍的北京大學物理學教授方勵之（Fang Li-chih），一九九〇年五月二十日，原獲得美國「福德霍爾討論會」所頒發的「第一修正案獎」，以表揚他爲維護人權，倡導民主自由的毅力。

因方勵之仍在北京，尚未赴美，乃由其在美國就讀的長子方克，代父領獎❼ 。

一九九〇年，大陸京劇名伶張君秋（1918～）以七十二歲之齡，在美獲「美國影藝研究所」（the American Film Institute）頒「終身成就獎」（A Life Achivement Award）殊榮，以讚賞他的傑出成就❼ 。一九九二年一月三十一日，「國際報紙發行人聯盟」，又將「新聞自由獎」頒給曾因報導一九八九年中國大陸民運，而入獄十月的大陸記

者戴晴（1924～），以表彰她「在爭取新聞自由中的傑出行動」❼⑧。

(C)魯冰花放異彩

在一九八八年的亞太影展中，我國出品的「稻草人」，獲得「最佳影片獎」。

一九九〇年二月二十日，第四十屆柏林影展，我國人參賽的單元，另有兩個獎項獲獎：

(a)人道精神特別獎：在台拍攝的「魯冰花」❼⑨。

(b)OCIC特別獎：香港導演舒琪接受日本NHK電視台資金所拍攝的「沒有太陽的日子」，是以香港人的觀點，紀錄六四天安門事件的影響。本片獎項，由國際天主教影視傳媒組織頒發，是以觀摩性質爲主的青年電影單元中，唯一獲獎影片。

(D)勇奪國際獨家的江素惠

得到獨家新聞（Scoop）是不容易的，東方人而得到獨家新聞，爲舉世矚目、引用，更是難上加難。不過，這個榮譽，卻被一位中國女記者——江素惠（Susan Chiang）得到了。

一九八九年六四天安門事件之後，當時學生領袖柴玲（Chai Ling）下落成謎，頓成舉世媒體注目焦點。

時任《中國時報》駐港特派記者江素惠，經過幾番努力，終於查得柴玲經過十個月逃亡後，已偕夫婿逃抵巴黎。民國七十九年四月三日，《中國時報》一版頭題赫然是：「柴玲突破圍捕逃抵西方」從巴黎來的大獨家新聞，引起全球報紙觸目，並且爭相引用，轟動一時。其後柴玲終於透過電視向全世界說：「我是柴玲，現在我平安了，跟我的先生，請大家放心。……。」更令人想起她那段以前的錄音談話：「今天是公元一九八九年六月八日下午四時，我是柴玲，我是天安門廣場指揮部總指揮，我還活著……。」❽⓪。

(E)張曼玉勇摘柏林影展后冠

港星張曼玉（Maggie Cheung），以拍阮玲玉（Ruan Ling Yu）一片，於一九九二年二月底第四十二屆柏林影展時（Berlin Film Festival），勇奪最佳女主角（the best actress）金熊獎（Silver Bear）。此片是由香港導演關錦鵬（Stanely Kwan）執導，爲中國女星獲得此項殊榮之首次。同年三月八日，由香港藝術家聯盟的官方市政局合辦的「藝術家年獎」，又頒給她一九九一「銀幕演員年獎」，可謂實至名歸❽。

(F)劉香成獲普立茲突發新聞攝影獎

一九九二年普立茲突發新聞攝影獎，由出生於香港，祖籍湖南的華裔劉香成（1950～）所領導的美聯社駐莫斯科攝影小組，以拍攝有關蘇聯前流產政變和瓦解的系列照片而獲得，中國人亦與有榮然。

劉香成是在香港完成初、高中，嗜愛攝影，在美國杭特學院及紐約大學修讀過新聞，但他在美聯社北平辦事處謀得職位時，都是從練習生苦幹而升爲正式記者的❾。

(G)張戎獲NCR著作獎

1978年離開中國大陸定居倫敦，任教於倫敦城市大學東方與非洲研究系（City University's School of Oriental and African Studies）的張戎（Jung Chang），1992年5月21日，以《鴻雁：三個中國女兒》（Wild Swans）一書，榮獲英國NCR著作獎（NCR Book Award）。該書是講述作者、作者母親（曾是毛澤東旗下游擊隊），以及作者外祖母（十五歲時被賣給軍閥作妾）三位女士的故事，從中卻見出半世紀來中國動亂面貌。

張戎獲得三萬五千英鎊（時值約四萬五千美元）獎金，NCR獎是由英國電腦商贊助，是對非虛構小説（nonfiction）書刊的唯一鉅獎。

(H)最年輕得獎者：袁小奕

十九歲大陸女作家袁小奕（譯音）以法文寫成《黃昏之雨》一書，

1992年5月21日，跟英國之張戎一樣，獲得法國青年作家獎，爲法國第一個獲得此項榮譽的首位外國人，亦爲國人獲此獎之首位。該小說是敍述一位年輕女子與有婦之夫發生戀情，而懷有身孕；在遭遺棄之後，開始在冷酷世界，尋找人情溫暖。

(I)最年長得獎者：曾虛白

民國八十一年，曾虛白先生以九十八歲之齡，竟然以其自傳三册，榮獲第十七屆國家文藝獎之傳記文學類獎；另外，同年又獲「新聞評論榮譽特別獎章」，可謂老當益壯。

(J)獲國內勳獎章最多的新聞從業員

畢業於政治作戰學校，曾任採訪主任、總編輯、軍聞社社長、《青年日報》社長、《台灣日報》社長，而於民國八十一年初出任華視總經理的張家驤（1928～），在媒介管理方面有特殊心得，經他「打理」過的媒介，大都能上軌道獲得盈利。在主管任內至出任華視總經理爲止，獲執政黨層峰頒授雲麾、干城等勳獎章共達二十五座，可說在台灣地區獲勳獎章最多的新聞從業員。

附錄：浮名誤了柳三變

柳永，字耆卿，初名三變，字景莊，（今福建）崇安人，宋景祐元年進士，爲屯田員外郎，故人又稱柳屯田。風流俊邁，以長調樂章擅名，着有《樂章集》。但詞多纖艷而近俚俗，宦途坎坷，而傳言甚多。例如：

《藝苑雌黃》云：柳三變喜作小詞，薄於操行，當時有薦其才者，上曰：「得非塡詞柳三變乎？」曰：「然。」上曰：「且去塡詞。」由是不得志，日與儇子縱游倡館酒樓間，無復檢率。自稱云：「奉聖旨塡詞柳三變。」（見《苕溪漁隱叢話》）又如：

吳曾云：仁宗留意儒雅，務本向道，深斥浮艷虛華之文。初，進士柳三變好爲淫冶謳歌之曲，傳播四方，嘗有〈鶴沖天〉詞云：「忍把浮

名，換了淺斟低唱。」及臨軒放榜，特落之，曰：「且去淺斟低唱，何要浮名！」景祐元年方及第。後改名永，方得磨勘轉官。（見《能改齋漫錄》）又例如：

祝穆云：范蜀公嘗曰：「仁宗四十二年太平，鎮在翰苑十餘載，不能出一語詠歌，乃於耆卿詞見之。」仁宗嘗曰：「此人任從風前月下淺斟低唱，豈可令仕宦！」（見《方輿勝覽》）

柳永詞曲折委婉，而中具渾淪之氣（《樂府餘論》宋翔鳳語），自亦有唐人妙境，而今人但從淺俚處求之，遂使金荃蘭畹之音，流入挂技黃鶯之調（《金栗詞話》彭孫遹語），誠的論。試觀：

雨霖鈴

寒蟬淒切，對長亭晚，驟雨初歇。都門帳飲無緒，留戀處，蘭舟催發。執手相看淚眼，竟無語凝噎。念去去，千里煙波，暮靄沈沈楚天闊。

多情自古傷離別，更那堪，冷落清秋節！今宵酒醒何處？楊柳岸，曉風殘月。此去經年，應是良辰好景虛設。便縱有千種風情，更與何人說？

八聲甘州

對瀟瀟暮雨灑江天，一番洗清秋。漸霜風淒緊，關河冷落，殘照當樓。是處紅衰翠減，苒苒物華休。惟有長江水，無語東流。

不忍登高臨遠，望故鄉渺邈，歸思難收。歎年來踪跡，何事苦淹留？想佳人，妝樓顒望，誤幾回，天際識歸舟？爭知我，倚闌干處，正恁凝愁？

## 第二節 報史

### ㈠《申報》紀年即是一部我國報業簡史

同治十一年三月二十三日（一八七二年四月三十日），精通中文之英國茶商美查（Ernest Major），經過一翻「市場視察」後❽，乃於上海取「申江」之義，創辦了《申報》❽，「與華人閱看」，其時中文之《上海新報》，已早於十一年前，即咸豐十一年（一八六一年）創刊了。

《申報》之創刊及發展，適值我國大變動，風雲幻變之時，由維新而保皇而立憲而革命而抗日內戰，以至大陸易手，它的起伏可說一步一腳印，步步印著我國報業衍展與近代史之痕跡。從該刊紀年簡史，即可側窺當年我國報業及歷史的發展。

●一八七二年（清同治十一年）

△四月三十日

《申報》（《申江新報》）雙日刊創刊。在「本館告白」中，明白宣示：「新聞紙之製，創自西人，傳之中土，而見香港唐字新聞，體例甚善，今仿其意，設申報於上海。」「使人不出戶庭而能知天下事。」並以「新人聽聞、真實無妄、明白易曉」，爲刊登新聞之三大原則。在「申報館條例」中，且宣示打破其時報界刊登外稿，要收投稿人刊登費之「慣例」——「如有騷人韻士有願以短雜、長篇惠教者，如天下各地區『竹枝詞』及長歌紀事之類，概不取值。」「有名言讜論，實有繫乎國計民生，地理水源之類者，上關皇朝經濟之需，下知小民稼穡之苦，附登斯扱，概不取值。」因爲其時國人尚多不知西曆，故自第二號起，取消公元日期。此時《申報》新聞，以轉載香港中文報，以及譯述西報新聞爲主。

△五月七日（農曆四月初一）

出第五號，自後即改爲日報，但星期日不出刊。

△五月二十日

刊登徵稿啟事：「望諸君子不棄遐僻，或降玉趾，以接雅談；或藉郵筒，以頒大教。」約半年後，在杭州成立分銷處。該處辦事員，並得負責杭州地區新聞採訪——等於派有現今所謂之「外埠通訊（特派）員（記者）」。其後，再在南京、楊州等地增設類似分銷處。

△九月二十八日

廣告欄首次刊登「月桂茶園」、「金桂軒茶園」及「久樂園」三家著名戲院廣告，但沒有伶人名字❽。

△十一月十一日

發行《瀛環瑣記》月刊，爲我國內最早之定期發行雜誌。（至一八七五年停刊）❽

△十二月三十一日

《上海新報》停刊❽，《申報》獨霸上海報壇。初創刊時，《申報》約有六百餘分報分。

● 一八七三年（同治十二年）

△二月二十六日

本日起調整售價：零售由原來之六文，增至八文錢；批發則由八文增至十文。（其時一銀元約值千餘文錢）

△五月二十八日

首次出現木刻飛鷹廣告畫，商品是專治無名腫毒之藥水。

△七月二十日

刊有〈論各國新報〉一文，有謂（摘要）：「……。凡朝廷之立一政也，此處之新聞紙言甚盡善盡美而後爲之。致於行事，制器無不皆然。……蓋自二百數十年以前，各國之新聞紙未設，而各國亦無如此興旺

。今興旺之最大邦，莫如英、美、普（普魯士）、法四國，而新聞紙亦爲最盛。……而且（泰西）朝廷之行政，小民縱有意見，未免君民分隔，諸多不便，一登於新聞，則下情立即上達。……」

△十二月十八日

廣告中首次使用木刻字及銅鋅版圖畫。

● 一八七四年（同治十三年）

正月初七有〈賀新年說〉。（摘要）：「……。惟是新聞報館，開設亦屬非易。蓋本館之見聞無幾，不能不借助他山，其或陷於不知，妄行己見；抑或失於檢點，誤錄人言；未免有開罪人之處，而閱者求全責備，盡行歸咎於本館。……，願世人之閱申報者，……，於本館已往之愆則恕之，先挾之嫌則忘之。自今以往，本館有過則規戒之，本館有善則勸勉之，……，諸君子亦勿吝教可也。」——很能代表當時一般報館，撮拾流言，「有聞必錄」，視爲理所當然的心態；以致辦事官吏，亦每以「報上流言」，查無實據，來搪塞責任。

△七月三日

特派友人（記者）赴台灣，採訪日軍侵略情形，爲《申報》最早特派員（或特派記者）。

● 一八七五年（光緒元年）

△一月二十五日

同治死於十三年（一八七五年）十二月初五日，《申報》於是以藍色油墨印刷，在首版報導喪事新聞中，每一字空一格來排，以示哀悼之意。

△七月七日

登出「延友訪事」告白，「友人」送酬優厚，工作爲抄寫案件及採訪新聞，條件爲：「必須學識兼長，通達世務，並人品端方，實事求是者」，——實是我國報社，招聘記者啟事之先河。

△十月十一日

有〈本報作報之意〉一文，有謂：「若本報之開館，……，亦願自伸其不全忘義之懷。所賣之報，皆屬賣與華人，故依恃者惟華人。……，勸國使除其弊，望其振興，是本館所以爲忠於國之道。若見我國有弊未除，而又善飾之，以至使之昧然不改，是即或可媚言以自快也，而自欺自害實若大於此矣。若他人有一長之可取而必嫉妒之，毀謗之，是所以絕廣益之道也。……。」「……。乃本館有心世事，見兩國有擅長之處而錄之，以冀中國可則效之，而遂謂其助兩國耶，偏西人也，可乎？……孟子所謂：『讒諂面諛之人』，至國欲治可得乎？故本館不欲爲之，賞舉他國之善法力勸中國，以望中國振興。」——具見當時一般人之守舊和排斥新事物心態，受不得批評。

△十一月七日

因月初，浙江巡撫對《申報》所登之〈浙江巡撫袁門抄〉中，有「浙巡撫委派委員赴奧購買軍火」的報導，大爲光火，認爲已洩露軍事機密，於是派人指摘《申報》。《申報》乃於同月七日發表論文說，此是人所皆知之事，算不上軍事機密。——此爲報館與掌政者，在「新聞自由」之爭的一個早期實例。

●一八七六年（光緒二年）

△三月三十日

出版《民報》雙日刊，是爲「婦孺佣工粗涉文字者」而設，「故字句俱如尋常說話」，「俾女流童稚販夫工匠輩，皆得隨時循覽而增見聞。」

△九月九日
首次出版在國內印製的「亞州東部地圖」。

●一八七八年（光緒三～四年）

△一月十八日

報導俄國在我黑龍江邊境，偷移邊界石五百里。

△一月二十八日

有〈俄羅斯終將爲中國之患〉的論說，呼籲我人提高警覺，預爲防範。

△四月十九日（光緒四年）

光緒三年（一八七七年）山西、陝西、河北及河南等晉豫發生大旱災。有一具名爲「吳江潘少安」的〈豫行日記〉，親身採訪陝西災區慘況，沿途所見，令人不忍卒睹：「三月初五日，開車北上，見災民陸續南下，皆失人形。食樹葉若甚甘者，……。初七日，一路見死者甚多。……。初八日午刻到達歸德府，途中烏鴉啄屍甚慘。災民之南下者，行數步輒倒地而死。哀呼求之聲與呻吟垂斃之聲不絕於耳。初九日，……。散步時，見路斃五十餘人，均爲之埋葬。……。遇見懷慶災民賣八歲兒與本地人，言明二千文，其孩在父身邊大哭不止。……。是夜，有一同寓之揚州人帶十六歲以下女子五人，……，價共十二、三千文。……，內有四女，號哭不止，客皆用鞭扑之。……，見一武弁賣一婦女，……其夫文質彬彬在旁哭泣，其離別傷心之狀，見者肝腸欲斷。」──此文應爲「實地採訪」之先河。

△五月十日

刊登《饋貧糧》一書義賣啟事，以賑晉豫諸地旱災。其後更開辦「申報館協賑所」，及出版《賑災特刊》，開報館參與社會服務之先河。

夏間，登出清廷駐英大使館參贊（Secretary of the legation），英人馬格里（Hallidcy　Macartney）之「來函照登」，爲駐英大使、欽差大臣（loyal envoy）郭嵩燾澄清呆頭呆腦形象：

「馬格里謹致書《申報》主人執事，僕在法國巴黎，獲見（農曆）六月二十日貴報，閱畢，不勝詫異。查古曼爲欽差繪象，原樸之所薦，同見欽差。繪成後，欽差不甚愜意，經古曼再三修改，欽差始主有五、

六分形似，迨以此畫懸掛於畫館中，見者皆稱之。於是古曼之畫名鵲起，溯其繪象之時，古曼與欽差相見一切言語，皆由僕傳達，若如貴報所言，則僕從欽差兩年，實未見欽差有此情景。似此憑空侮謾，其令僕何以自處乎！公旋倫敦，詰問古曼以此事之緣起，古曼指天明誓，堅不承認。且在倫敦閱看新報十餘家，亦從未見此一段文字。……。乃貴報言及英國新聞紙，對中國的大使每涉詼諧。則僕自隨欽差以來，所見新報，無不欽佩欽差，絕不聞有詼諧者。……。若如貴報所載，甚非英人之公心所樂聞也。望將此段議論，載入貴報，稍解前失。……。」[88]

△六月二十一日

刊「請弛園禁」時評，反對工部局禁止華人進入外灘公園遊玩，岐視我人無理做法[89]。

△十一月十二日

有鑒於「琉球已亡於日本，朝鮮亦已危急」，因而有「中朝宜加意保護東瀛各小國」的時評。——顯示清勢衰頹已甚，已無暇自顧。

● 一八七九年（光緒四～五年）

△一月二十日

再有〈中國勿自棄藩籬論〉時評，促清廷注意法將有攫奪安（越）南之舉。

△四月二十七日，增出星期日版；自後，星期天照常出報。

△十月二十三日

在歐美，一八六五年（同治四年）之後，在新聞寫作上，已漸次掌握、突顯六何（五W一H）的新聞要素，及寫作技巧。然而至一八七二年（同治十一年）《申報》創刊之時，我國之新聞事業部還在萌芽時期，根本談不到所謂寫作格式。報刊上之所謂「社會新聞」，不外是「某地有某人……」，或「聞友人（即記者）言某地……」之類，「年少私竊」、「蟻媒受責」舊聞。

　　《申報》創刊後，初時也不免從俗，其後即有所改進。例如，十月二十三日，即有一篇一百一十八字之「鋸匠被馬車撞死獲償」新聞，頗能一窺當時新聞報導水準：

　　「鋸匠願亭（何人），某浦東三林塘人。月初（何時）皆友行過大馬路（何地）為馬車撞倒，碾斷腳骨，舁（音余，扛也）送仁濟醫院（何事）。知係泰昌行之馬車。願亭于昨晨因傷斃命（何故）。經醫報縣，適莫邑尊（知縣）進省，由幫辦委員陶明府帶同仵作招房臨驗。屍親要求免驗，明府准如所請，著具結備官收殮。一面勸洋行出洋二百元，撫恤屍主，西人大哭而允之（如何）。」

　　昔其後《申報》寫作水準，卻起伏不定，未再見典範出現。

　　△十一月十四日

　　因崇厚出使俄國交涉索還伊犁失敗，乃有〈歸還伊犁説〉，促清廷注意此事❾⓪。

　　●一八八二年（光緒八年）

　　△二月二十三日（正月初六日）

　　《申報》在大除夕休假，將假期延至初五，初六日復刊。此日之元旦版面，很能代表中國報刊風味：第一、二版用紅紙印報，第一版是整版木刻「天官賜福圖」，報頭左邊尚有「恭賀新禧」四個木刻字。在第二版的〈賀年啟〉的賀歲文中，凡提及「朝廷」、「皇上」字眼，必空兩格，而遇到「惠感」及「敬請」之類稱呼外界字眼，則空一格，十足的封建作風❾①。

　　一八八一年（光緒七年）十二月二日，天津至上海二千八百華里的電線，已敷設完畢，可以拍發電報❾②。《申報》駐北京記者，於光緒八年（一八八二年）十二月二十八日將清廷於同月二十五日，所頒之四道諭旨，攜至天津❾③。再由天津拍發到上海《申報》。因值農曆年假，故延至光緒八年正月初六日，始能見報❾④。其中一則諭旨是這樣的：

「光緒七年十二月二十五日奉上諭：禮部右侍郎兼管錢法堂事務，著孫毓驤署理。欽此。」❸⑤

此爲《申報》第一條電訊稿，亦爲我國新聞史上第一條電訊稿。從此之後《申報》外地稿源大增，可以取精用宏。在此之前，北京到上海通訊稿，差不多要等上個把月才能見報。

●一八八三年（光緒九年）

△六月三日

刊登招股重印在康熙年間搜輯之《古今圖書集成》。──等同現今之預約方式。

△九月八日

戲劇廣告首次出現伶人名字別號，如演廣東大戲之久樂團：「初八夜演：六國封廂、瑞隆尋親、……。花旦芳正旦、小生榮（丑）鬼。包廂每間八元，桌位收洋八角，椅位收洋四角，板位收洋二角。出局收洋一元。……、風雨不更。諸君光臨，惠然肯來！」

●一八八四年（光緒九～十年）

△三月一日

因認爲中法戰爭後，廣州爲第一重要門户，其次爲福州；值福州在操兵打靶時，竟誤傷多人，統兵者無能如此，故發表〈論國防不宜緩防〉時評，促請清廷注意海防告警。

△三月十三日

首次派遣一位俄人爲隨軍記者，採訪中法越南戰爭。該名俄籍友人在海防住了三天，即被驅離回國。同年五月間，發表我國報業史上第一位隨軍記者的第一篇軍事特稿：

「海防有法軍駐守，營盤有兩座計兵五百人，馬三百匹。每日兩次開操者，皆係新募之越南士兵，由法弁二人指揮。並有軍需地物。雇有小火輪數艘，裝載軍用品赴軍前應用。海防市街不甚寬大。……。至法

軍進北寧，就所知者（目睹之人）言，前月十二日（按爲農曆二月），某輪裝有法兵二百餘人，一到北寧即行開仗，頃刻間，被黑旗軍殺死兵頭二人。……。黑旗軍在十五日（按爲農曆五月）退出北寧。與法人仍在相持，亦未有大戰。實因法人有大兵船三只及其他輪船上的法兵，總計有一萬二千人，除分守各口外，出戰的兵士有數千。法人並尋找安南人爲南驅。法人得北寧後，不知黑旗軍踪跡，派軍官數員，於十八日帶兵分三路打探，出北寧不及百里，四面皆山。法人見其山勢險惡，即想回軍，不意黑旗軍四面突出，將法兵圍困在山中，鏖戰數日，法兵數千人全軍覆沒。蓋黑旗軍退出北寧，並未受創。現扎在北寧附近山中。……。有安南人在北寧城對法（軍）官言：若歸還北寧，即不殺兵頭，法人不允。想不日將有一番大戰。然法人利水不利陸也。至於中國官兵，則未聞有助黑旗軍之説。」

　　△四月二十五日

　　中越之戰吃緊，特由「點石齋書畫室」印就「越南境輿圖」，隨報免費附送與讀者，令讀者對安南有更多瞭解，開「報館隨報附贈」物品先例。

　　△八月六日（農曆七月初四）

　　中法之戰啟釁，法軍炮轟基隆炮台。當時上海傳聞法國艦隊正在福州外港集結，準備向南中國海軍開火，一時人心惶惶，都想儘快得到確切消息。八月六日下午六時三十分，《申報》特派記者從福州發束快電謂：「駐榕法艦尚無動靜」。惜電報到時《申報》已經出了報，爲爭取時效，乃於晚上七時，立刻將此電文以傳單形式印出散發，爲我報紙最早之「號外」。

　　△十月三日

　　報導了清水師與法海軍在福建海戰，清軍全軍覆沒的詳情。

　　●一八八五年（光緒十年～十一年）

△二月八日

有嘉興楊伯瀾所詠中法福州（馬尾馬江）海戰慘敗的〈馬江哀〉（「哀我揚武等兵船也」），及〈淡水捷〉（「讚美台灣孫開華軍門也」）之時事詩兩首，痛責清軍統帥貽誤戎機，實爲我國最早之新聞詩。

⑴〈馬江哀〉

敵艦往來久陰覬，戰書驟下炮漸轟。倉卒之間苦無備，血肉飛舞聲如沸！千百水師中詭計。君不見，鬼蜮潛伏芭蕉山，是時擊之無一還。

⑵〈淡水捷〉

孫將軍，足智謀。淡水捷，敵人憂。敵勢如潮炮如雷，將軍不爲動。示敵空虛使敵誤，誘之深入斷歸路。守如處女出狡兔，橫刀躍馬敵慴怖，半自踐踏半伏誅，將軍下馬草露布。

本月已時屆農曆年底，又有啟事謂正趕印中西合曆之月分牌，於明（光緒十一）年正月時，隨報附送，以後各報相沿成俗。

△三月一日（正月十六日）

光緒十一年正月十五日晨，法軍攻浙江鎮海炮台，被清兵炮台大炮擊退。《申報》收到此項電訊，立刻發行「傳單」（另外），通告國人。內容謂：「昨晨八時十分，本館派在該處訪事人續發專電云：『是役也，炮台所發之炮，皆能命中極遠。法人所駕大炮船三艘，俱體擊壞。惟我炮台炮二座亦被敵轟擊受損。』」此一傳單內容，於正月十七日，又重刊一次。此是我近代報刊之第二次發行號外。

•一八八六年（光緒十二年）

二月初四晚（陽曆三月九日），一位負責稽查上海城廂內外之保甲委員量衡齋暗巡（保安員），在內廟街前發現一名因嬉游，而迷路之孩童，即著鄂王廟司鼓者於天明時送其回家。事爲某君所見，認爲此善行，無乃地方之福乃記將下來，寄給《申報》，請刊登出來以志頌揚。《申報》在收得函，接納他的意見便以「來信節登」來刊登出來。——此

應爲最早之「讀者來書」雛型；在新聞上，也可以見到「人情趣味」痕跡。

△八月一日

有〈新聞紙之益〉時評，謂：「……。夫欲下情之壅於上聞，則舍新聞紙奚屬哉？報館之體例：一在尊王。所謂尊王者，非但以歌功頌德，作昇平之頌已也。凡事之有裨益於國家者，則剴切詳明，深謀遠慮，必使貽國家以安而無一事之杌隉……。所以《申報》的辦報宗旨……。應該盡量向當道陳述有利於國家的事情，而不必有所怕懼。……凡事之有損于國家者，不辭苦口，不悼逆耳，爲文勸阻，雖批逆鱗，觸忌諱，在所不辭。」——此篇時評雖而堂而皇之，道出報館功能，但在當時世局氣氛之下，且讀者又以官紳爲主，《申報》編輯政策，實在是相當保守，相當忌諱談政治的。

● 一八八七年（光緒十三年）

△一月二十九日

公告告白收費易銅錢爲洋錢計算。——可見其時社會經濟，已臨困阨之境。

● 一八八八年（光緒十四年）

△五月二十五日

刊有〈論虐妓事〉時評，有云：「龜鴇詈罵之不足，則鞭扑之，箠楚之不足，則引錐以刺股矣；有以熨斗灼膚者矣。困苦之狀，尤酷於官刑。呼號之聲，尤慘於囚犯。告無可告，逃無可逃。以致投環、吞煙而死，甘之如飴」，可見當時社會的黑暗面。

● 一八八九年（光緒十五年）

△八月二十九日

美查因年老而有歸國打算，乃決意將《申報》改組爲「美查有限公司」，以收回資本。本日有徵股啓事，「凡入股者只須認購股銀即可。

」

　△十月十五日

　　美查得回二千分股票之十萬兩，買棹回鄉，從此不再過問報館之事（美查於一九〇八年病歿）。此後《申報》由當時履泰經理英人阿畢諾（E. O. Abuthnot）（董事長）、麥邊洋行經理麥邊（Geo Mcbain）、隆茂洋行經理麥根治（Robert　Mackenzie），以及華人梁金池共管。聘英人芬林爲經理，康子眉（裕祺）爲買辦，黃協塤爲主筆。《申報》遂由外人獨資，而轉入華洋合股階段。

　　●一八九三年（光緒十八～十九年）

　　上海《新聞報》於本年二月十七日（農曆元旦）創刊，以工商界爲對象，標榜「截短取長」編輯政策，從始成了《申報》甩不掉的對手❾❻。《申報》在一八九〇年（光緒十六年）一月二十六日的〈新聞紙緣始説〉時評中，曾言該報「褒貶必秉至公，論斷悉衷於一是。無偏無黨，有物有恒。」但它自始至終都是一方作西人喉舌，另方面則自滿清政府對內代言人自居。一副保守姿態，尤其在黃協塤主筆期間，竟倒過來提倡當時官場所崇尚文體，再令競爭力每下愈況。

　　●一八九四年（光緒二十年）

　　本年八月，總主筆黃協塤有〈整頓報務〉文章一篇，認爲「報牘體中土風行未久，無典可援。要之前爲論説，後爲記載新聞。論説之體，大約多用散行，間用駢儷，以孔子『辭達而矣』一語爲宗，以韓昌黎所云，氣盛則言之短長，與聲之高下皆宜爲的。忌陳腐，忌晦澀，忌輕佻，忌鄙猥，忌誕妄，去斯數者，其庶幾焉……。」他雖然標出「宗」、「的」之旨，及要去「五忌」，但原則上，他在寫時評時卻是在寫「皇上聖明、臣民沐恩」之類「奏疏體、公牘式」的官場文體。這種開倒車的方式，在革命潮漸現的時刻中，確會倒讀者胃口的。十二月二十日起，用油光紙印刷。

• 一八九五年（光緒二十～二十一年）

△一月十二日（光緒十九年癸巳十二月初六日）

中日甲午之戰風雲日急，本日有〈論和議有十難〉時評，指出能戰而能和，中日戰爭不戰則已，一戰則不能輕易言和。四十二年之後，中日二次之戰前夕，民國二十六年十二月八日，張季鸞先生在《大公報》發表〈最低調的和戰論〉，亦持此一觀點❽。而事實上，國民政府率民抗日亦持同一觀點，惜乎吾人慘勝之後，卻國土分裂，苦海沈淪！

甲午戰後，上海新報紙，相繼產生，《申報》內容，日漸不合讀者胃口而消沉。

△五月十七日

因《新聞報》報導《申報》某訪事人，竟冒充該報訪員勒索錢財之事，本日則加以駁斥。——可見「報爭」已非今日之事。

△十一月十七日

清時遞郵驛站，以軍政為主，隸於兵部。光緒初年，總稅務司英人赫德（Robert Hart，1835～1911）及清廷大員，抱怨各國租界裡沒有遞信機構，聲言要自辦「書館」（故郵局又叫「書信館」）。清廷迫於大勢，只好自辦郵局，乃授權赫德主持其事。既是奉旨開辦受保護之公營事業，自不免「瑣屑煩苛」，星期天又休假；法人且以為英人已吃了海關肥缺，更力爭開辦郵政特權，紛爭不斷。光緒二十一年，吏臣胡燏芬乃奏請創辦郵政。本日乃有上海成立郵政機構報導。翌年，清廷乃命各省普設郵局，而設總局於北京。而報館則得以申請核減報紙寄費。

• 一八九六年（光緒二十一年）

△二月三日

刊有〈自強者宜變法〉時評，可見斯時變法呼聲之高漲，即保守報紙，亦不能不從俗一下。

• 一八九七年（光緒二十二年～二十三年）

△十月二十八日（光緒二十三年十月初三日）

告白欄有北京師範學堂於（農曆）十月十五日開館（學）通告，並附有學生名單。——爲報紙之有學校廣告之始。

△三月二十一日

有啓事說：「原《申報》上海縣城內訪員□□□，已於二年前辭歇。近在外發生與婦女暗昧之事」，仍稱是該報訪員。故「特登報剖白，以釋群疑」。——冒充記者而行惡，報館與之劃清界限，非自今日始。

△十二月十六日席子眉逝世，由其弟席子佩（裕福）繼任出納一職。

● 一八九八年（光緒二十四年）

△六月二十四日

有告白謂《時務報》已改爲官辦，該報已聘梁啓超爲主筆。

△七月二十九日

有報導清軍各省綠旗營，一律改爲洋操。——惜已時不我予。

△八月二十四日

《申報》向用詩意詞句，代替地名做標題。如用「上林春色」、「禁苑秋聲」之類代表北京，「秦淮清唱」代表南京等等；後雖有用「京師瑣聞」（北京）來替代，終是不夠明確。本日黃協塤曾寫有一篇〈整頓報務〉論說，提倡兩三個字標題，規定——「凡論說之目，或論、或說、或議、或紀、或注、或書後、或答問、或策、或考、或辯，其體不一，大致撮二三字爲篇目。諸如諸字書及韓（愈）蘇（東坡）文中之例亦屬通行。」⑱

△十月二十四日

康梁百日維新失敗，竟有黃協塤所寫題〈康有爲大逆不道〉，力捧慈禧，謂：「康有爲……。著書立說，叛道離經。……。『其作孔子改制考也，意以爲國家制度不妨自我而更傳，孔子已先我而行之，我何懼

焉。其設不纏足會，……，是明以匹夫而與國家抗也，謂非存心反叛而何？』……謀圍頤和園，逼勒皇太后。夫皇太后爲皇上之母，亦天下之母也，……，天下無父無君，孰有甚於此者乎。……。」

△十月三十一日

有〈再論康有爲大逆不道事〉一文，連中山先生也一起罵：「……。康犯未伏嚴刑，其後患尚堪設想哉！昔孫文之謀叛於粵中也，以一醫生而結黨成群，安圖非分。其黨羽皆烏合之眾，所據者亦惟東粵一隅，……。至康犯……，其勢力之雄，羽翼之眾，實已十倍於孫文。且又立說著書，發爲狂論，與其徒梁啟超之類互相煽惑，愚弄良民。……。」——死咬康有爲不放，斷定「亂天下者，必此人也。不鋤之必有害。」

△十二月二日

黃協塤竟輯斥康梁爲「邪說僞約」文章多篇，合成爲《翼教叢書》一本；黃且在序文中，稱之爲「詞義嚴正之書」。時山東托名爲「扶清滅洋」之義和團已起。

• 一九〇〇年（光緒二十六年）

△二月十九日

有〈論中國新機實被康梁所阻〉時評，與四年前（一八九六年）時評〈自強者宜變法〉（二月三日）一文及斥康梁諸文，相一論調——贊成行新改變法自強，但並不是由康梁來作紅鬚軍師。

△六月八日

有〈俄羅斯屯兵阿富汗論〉時評，謂「俄屯兵阿富汗，其將禍害全世界」之語。（九十一年後，亦即1991年時，此問題才獲得解決。）

△六月十七日

有〈慎言〉時評一文，稱義和團爲「教匪」、「亂民」，力斥諸王大臣昏庸謬妄，且將釀成中國瓜分之禍。（果爾，八月旋即有八國聯軍

陷京之禍。）

　　●一九○一年（光緒二十六年～二十七年）

　　△二月十四日

　　《申報》發行二十年、一萬號，有〈申報一萬號記〉紀念文見報，痛陳該報「……。紀載要聞，不嫌其瑣。未嘗揣輿情之所喜而臆造無稽；未嘗興悖亂之謗言而贊惑眾聽。語必析之以理，事必信而有徵。或婉言罕譬，敷陳典暢，以冀爲朝野之鑒戒。……，或指陳利弊，直言無隱，以冀動上下之觀聽。……。此一萬號中，無日不言朝廷之政令。而除舊去害未聞其有更張也。……言者諄諄，聽者藐藐。本報之所望於中國者，乃至一萬號而仍不能自振，是豈始創時所意料哉。雖然中國以昏昏如睡之故，迂拙自守而不知以集思廣益爲補偏救弊之資，遂致國勢日以弱，民用日以窮。本報大聲疾呼之而不之醒，而此一萬號中所記受侮於人之事，則固詳載備矣。……。」——不管是否有所誇大，但目睹清末衰敗之局，而發出沈痛之話，是亦可欽！

　　△三月一日

　　有〈論中國依附俄國之失計〉時評，認爲：「……，他日之爲中國患者必俄國，而我依附之，何異於開門揖盜。」

　　△八月間

　　有八國聯軍侵京之報導。例如下面〈詳記聯軍入京事〉一篇：「兹悉，昨日駐滬英領事得有確音略謂：『聯軍前隊，實於西曆八月十四日（即華曆七月二十日）清晨行至京東，急開大砲向京城攻擊；城上華軍竭力抵御，奮勇異常。既英美二國之兵，沿北通州潞河南岸，俄日兩國之兵，沿北通州潞河北岸，一齊進發。兵力既厚，即由日兵用炸藥轟開朝陽、東直門，一湧而入。英、美兵則入東便門，既入城中，立即前往各使署。見各使臣及署中辦事人員皆獲安全。是役也，日兵約死傷一百人，華兵約死傷四百人云云。』觀此，其餘各國士兵似未入京。」但《

申報》隨後又以〈補充聯軍入京後情形〉爲題，報導說：「各國聯軍於華曆七月二十日之夜入京，……，聯軍沿途放開花炮時，見寺院民居火勢炎炎。……華官已寂無所見，百姓多自殘其生者。」

不過，同年九月間，《申報》又譯載日本大阪《每日新聞》所轉載的《朝日新聞》北京通訊員村井啟太郎的部分〈北京籠城日記〉❾，有謂：「日本陸軍中將山口氏電：於華曆七月二十日清晨九時，日兵攻擊京城東隅朝陽、東直二門，……日兵遂長驅直入，……。是役也擊斃敵人（義和團及清兵）約六百人，日本將校以下死傷二百餘人。」——竟照稱華軍爲「敵人」，是否爲一家中國報館所應爲，恐有爭議。

△十月二十日

有〈嚴治親王奴僕毆辱職官〉之時評，可見當時皇親國戚之橫行。——然所謂「特權」，豈不每代皆有之？〔九十年後之台灣地區，豈不有某些「民意代表」，穿上「人造民意代表外衣」，動輒辱罵職官，又是何言歟。〕

• 一九〇二年（光緒二十七年～二十八年）

△一月十四日

有駁斥美國人，禁華人入境之〈論美國政府禁華人入境事〉時評。——惜問題至今仍未解決！

△七月六日

有〈論迎神驅疫之非〉時評。——今又如何？

• 一九〇三年（光緒二十九年）

二月間，曾有〈推論粵匪謀亂之由〉，有謂：「……；中國自戊戌以來，謀圍頤和園一事首發其端，自是亂大通，擾漢口，舉凡富有票匪，……，保皇會、獨立會等種種逆跡，書不勝書。前歲元旦，粵中奸民史堅如用炸藥焚督轅；……，奸人反側，日以平權、自由諸謬説煽惑愚民，……，即以君上爲疣贅，官吏若仇寇……。」——俱見當時《申報

》乃在擁清，而排斥革命潮流。

△十二月二十六日

報導《蘇報》一案審判情形。

●一九○四年（光緒二十九年～三十年）

△一月二十五日

有〈俄日交訌，中國宜守局外〉之時評。

△十二月二十二日

報導日、俄在旅順酣戰。

△一九○五年（光緒三十一年）

△二月七日（爲《申報》重大改革之一日）

⑴總主筆黃協塤離職，改由金劍華主持編務，張蘊和主持言論。人亡政息，一朝天子一朝臣，新人事新作風，張蘊和在言論上贊成維新變法，從始爲《申報》闢開一個新局面，不若黃協塤主論時，死捧清廷之暮氣沉沉。

⑵擴版：由八版擴至十六版。

⑶告白版面重劃，分Ⓐ（社）論前（一百字爲基數，超過以五十字爲一算遞加）；Ⓑ後幅；及Ⓒ長行三種。不再祇將告白局限在新聞後幅版面。後幅、長行俱以兩百字爲基數，超過則以每十字爲一算遞加。論前版面倍增，其他則不變。——此實開我國報業版面分區計費先河。

⑷刊出「整頓報務十二條」守則，包括——①更新宗旨；②擴充篇幅；③改良形式：上下橫截，分列短行（即採分欄編輯法，新聞分類編輯）；另刊大字，擇要標題；④專發電報⑩；⑤詳紀（日俄）戰務；⑥廣譯東西洋各報；⑦選錄緊要奏議公牘；⑧敦請特別訪員；⑨廣延各省訪事；⑩搜羅商界要聞；⑪廣採本地要事；以及⑫選登時事來稿。——自後，各報改革，也相繼仿此先例，來個「敬告讀者」了。

△二月十三日（光緒三十一年正月初十日）

稱報紙之每「頁」爲「版」，嗣後爲各報沿用至今。

△三月十日

首次在一篇名爲〈論今日各國對中國之大勢〉的時評中，使用記者一詞，其謂「……。記者又何也再煩筆墨以瀆吾同胞之聽哉！」自後，「記者」、「新聞記者」、「記者曰」、「記者按」等語，陸續出現，亦遂漸廣爲他報引用⑩。

△三月十四日

有時評贊成「滬報館」，發起成立「記者同盟會」⑩。

△七月一日

有北京京師大學堂（即北京大學前身）的「運動會」體育新聞報導。——此是首次正式的體育新聞報導。

△八月二十五日

因美國向袁世凱抗議華人反對美國禁止華工入境，袁乃下令禁止刊登此類新聞及評論；惟《大公報》不聽命繼續刊登，袁遂下令禁閱《大公報》的告白及新聞報導。《申報》遂於今日，刊登袁所下之禁令。

本年報分，又攀至五千分以上大關。

• 一九〇六年（光緒三十二年）

△一月八日

有特別告白中說，《申報》已行銷二十二省。

△一月二十八日

報紙內文改用五號字，以容納更多字數；自後數十年，相沿爲各大報刊採用。另外，則備大號字體及花邊供客戶選用。

△九月十七日

有上海報界慶祝「立憲大會」的新聞報導。

• 一九〇七年（光緒三十三年）

△二月十三日

首次在第十八版上，刊登《栖霞女俠》長篇連載小說❿。

△三月十六日

有〈議開外洋各埠報館〉時評，謂此舉能增加華僑愛國心。——開始感知到華僑勢力。

△四月二日

首次刊出現題爲「立憲鏡之一」政治漫畫，——以一隻狐狸戴著一只寫上「立憲」字樣的假面具，來諷刺清廷之假立憲。

△六月十三日

有〈陳天聽（華）蹈海事〉時評，稱陳爲烈士，並呼籲「我中國全國之民，亦當感於烈士之死而摩蕩熱力，團合人群，以竟烈士未竟之志」。

△七月七日

安徽（皖）巡撫恩銘於七月六日（農曆五月二十六日），爲革命烈士徐錫麟刺殺；事發翌日，《申報》即有報導，以後日有「續志」，共二十餘志，爲我報刊「後續報導」（follow up, follo）之典型之作。同月二十日，且首次出現以照片配合新聞做法，刊登了三幀六吋有關徐案照片。

不過，至是《申報》對革命仍存觀望之心。例如，同年八月間，有一〈論今日中國之兩大害〉時評，仍以爲「非實行立憲，則不足以消除革命之禍；革命之禍不消除，則列強之害亦終不能去。」

△九月三十日

首次出現五號字體鉛粒之關欄花邊新聞，報導「敬祝朝廷立憲，上海報界舉行慶祝會」新聞。

《申報》於本年曾改良圈點法，以便利讀者，篇幅已增至三大張。

•一九〇八年（光緒三十四年）

二月間設立「調查專欄」，介紹「紡絲製品」及「外貿產品幼絲麻

」，雖是副刊式內容，但已有「調查」報導的味道。

△九月十八日

有兩江總督端方在上海頒行報律的報導。

爲配合清朝立憲宣傳，特出「立憲特刊」，刊登各省士紳籌備立憲情形；以後每半月或一月刊出一次。

△十月二十七日

在革命運動新聞中，特意把國父孫文之「文」，排成「汶」，意謂「洪水猛獸」也。（汶有汙濁之意）

△十一月八日

刊出民政部奏請修訂報律的條文，並在「清談欄」中，評論其缺失。

△十二月十日

有我國教育史上，第一次由政府頒布識字課本的新聞報導。

本年《申報》已增至四大張。

● 一九〇九年（宣統元年）

△一月二十五日

由單面印刷改爲雙面印刷，並以白報紙代替油光紙，已具現代報紙之形式。

△五月三日 ⑭

阿畢諾與席子佩定約，將《申報》業務，以七萬五千元代價，全部售與席子佩管轄。至三十一日，《申報》股權全部轉入國人手中。〔但六月間，因上海道蔡乃煌欲控制上海言論，乃購入百分之五十股權，成爲官股。至一九〇〇年十月間，蔡因上海經濟問題，遭革職赴粵退股後，《申報》方正式由席子佩經營。而《申報》全部財產清理工作，遲至一九一〇年初，方告完成⑮。〕

△六月二日

在一則京劇界義演賑災的新聞報導中，除用主題「今日之新舞台」外，尚首次出現單副（子）題：「必須去，不可不去」（看義演捐款賑災）。

△七、八月間

有「內閣漏洩要件案將次入奏」報導。此案是具有州縣官階在內閣行走之供事張禮謙，因受訪員張紹熙等人之「買線」，串同皂役，將內閣所擬，但未經御覽批發之立山及許振禕兩人諡謚，乘間抄給報館登錄。其後，雖因樞臣改易，諡號並不相同；但大理院刑科乃將各人以「洩露內閣機密」論罪。——此則近似目前所謂之「公務人洩密罪」。

●一九一〇年（宣統二年）

△五月十七日

天津《北方日報》爲順直縣紳士組資合營，而因在預告發行之廣告中，有「監督政府，嚮導國民」等語，此原屬報館天職的口號，竟被直隸總督認爲是大不敬。及至五月九日（四月初一）甫一出版，直隸總督竟照會奧租界領事，予以查封，禁止發行。《北方日報》遂登報陳情，呼籲各報館主持公論。五月七日，《申報》在「公事欄」刊出這封電文：「各報館鈞鑒：天津《北方日報》刊登出版發行的廣告內有『監督政府』之語，陳督認爲語涉大不敬。出版一日，即被勒令停刊，並捉拿主筆。乞持公論。《北方日報》同人叩。」——這該是最早在媒介上，刊登的「陳情書」格式之一個典型。

同月間，《公言報》主筆趙郁卿，因賄託內廷行走之人員，將機密籌備及軍事要摺售與日本，並且在日報刊上刊登，終被破獲而遭論罪。《申報》之「清談欄」有〈報界之賣國奴〉一文，予以譴責；文亦發人深省：「今日中國之報紙尚在幼稚時代，社員之資格或有不足，而不能盡其責任，姑無論矣。然記者亦報界中人，必人人具有愛國之心，則固無疑也。不意愛國不足，賣國有餘，前則有高爾嘉等，今則有《公言報

》之趙郁卿及日本通訊員某某等，喪心病狂，昧良無恥，而至於此。使此等人代表輿論，則皆楊雄頌莽之文耳。」

△六月二十九日

以寫《二十年目睹之怪現象》一書而名噪一時之吳研人（沃堯，我佛山人），因覺得服用「艾羅補腦汁」生效，因而寫了一篇五百餘字短文──〈還我靈魂記〉，另信一封給生產該藥的上海「五洲大藥房」老闆，亦為「大世界」戲院老闆的黃楚九，以彰其效。孰料黃楚九卻利用之作為「新聞廣告」（newsvertising）❿，以「吳研人為黃楚九推廣『艾羅補腦汁』」為題，於本日之《申報》用大半版巨型篇幅發表：「……，承賜『艾羅補腦汁』六瓶，僅盡其五，而精神已復舊。弟猶不自覺也，家人自旁觀察得之，深以為慶幸！然後弟自為審度，良然取效於不知不覺之間，是此藥之長處。因撰〈還魂記〉一篇以自娛，錄以呈報。弟以為不必以之發表登報，蓋吾輩交游有日，發表之後，轉疑為標榜耳。……。」⓲

其後，「五洲大藥房」一直採用此種新聞廣告，連「世襲一等毅勇侯御前散秩大夫曾襲侯（曾國藩之子曾紀澤）」的照相及書文，也都派上用場。（見七月十日《申報》廣告版）

△九月十日（宣統二年八月七日）

刊布我國最早全國性報業組織──「報館俱進會」的成立消息及章程。

● 一九一一年（宣統二～三年）

△二月二十五日

刊登清廷頒布的「欽定報律」，共正文三十八條，附錄四條。

△三月十七日

刊登「中國報館俱進會」促哈爾濱道台，勿因《東陲報》批俄人逆鱗，而予以查封，壓制東三省言論。

△四月三十日

《申報》仍持反革命立場。例如本日（農曆四月初二日），在報導四月二十七日（農曆三月二十九日，即後之「三二九」）。黃花岡之役時，副題爲「總算是一場胡鬧」；五月一日之副題爲「來得快，去得快」；五月二日之副題則是「安得一鼓而殲之」！

△五月二日

有針對列強在巴黎舉行之「第三次瓜分中國會議」之論説──「嗚呼，瓜分中國之説又來矣！」除了此主標題外，尚首次使用「不必信其有此事」、「寧可防其有此心」之雙行副（子）題。

本月更有一「北京報界之危機」要聞一則，揭露宗人府開秘密會議，曾羅列北京三十五位報人之罪名，幸肅親王「恐滋紛擾，礙難遵辦」而罷議。

△七月二日

《申報》對廣東革命黨，似無好感，曾有「時評」謂「廣州素號革命製造工廠」，「何粵人之好亂也」等語（本年四月三十日），然本日卻有廣東報界受迫害之評述：「嗚呼！我報界豈以犯虎威，觸蛙怒而爲快哉。而政界必欲摧殘蹂躪之耶。他省姑勿論，吾論粵省，如《天民報》之被勒令停辦也；《公言報》之主筆被拘押也；《曉鐘報》之被馮公子踐踏也，使廣東報界體無完膚。嗚呼，余又何言！」

△七月二十八日

刊登「孫逸仙氏已抵舊金山」的新聞報導，稱中山先生爲革命大家，顯見清廷已勢無可挽，《申報》已轉「押寶」於革命事業上。

△八月二十四日（七月初一日）

《自由談》創刊，由王純根主編。

△十月十二日（農曆八月二十一日）

在「專電欄」內報導「武昌失守」，革命軍起義成功消息。十三日

，在「評論欄」評論〈武昌起義〉一文，謂「武昌革命已成一發難收之勢，此其事爲革命黨舉事以來最爲成功之事，……。」

△十月二十六日

因武昌起義後，文告皆用黃帝年號，《申報》遂在「清談欄」上，刊出黃帝軒轅氏即位元年以來的各朝大事年代。本日並有一幀半版之「革命臨時出發圖」照片，是《申報》第一張軍事照片。

△十一月五日

《申報》報頭出版日期，用皇帝年號的最後一天是宣統三年九月十四日（西曆一九一一年十一月四日）；翌日，即用天干地支作年號，亦即辛亥年九月十五日（西曆十一月十五日），且稱清帝爲「帝虜」。至一九一二年元月一日（辛亥年十一月十三日），始用民國元年年號。

△十二月二日

因爲報導革命軍於漢陽失守，導致讀者集合在新報館前抗議，指責《申報》造謠惑眾，並有騷動場面，門窗亦遭破壞，後經《申報》人員出示電訊原稿，及中外各報刊相同報導，讀者始釋然而散。

• 一九一二年（民國元年）

△元月一日（西曆）

用八版套紅，來慶祝孫中山先生就任大總統大典。

△四月二十三日

訂約以十二萬元售價，賣予實業家張謇等人，由史量才擔任社長兼總經理。

• 一九一五年

席子佩因在收購《申報》時，所付代價大大超過史量才等人付出，因而到法院控告史量才，要求賠償損失。結果《申報》敗訴，席子佩獲賠二十萬五千兩。

• 一九一六年

十一月二十日，席子佩在上海創辦《新申報》，想與《申報》爭一日之雄，結果只辦了一年多，就因經濟不能維持而讓了給別人。

● 一九一八年以後

爲了適應社會變動，《申報》多採用「專電」（大部分爲北京政治新聞），來加強內容。民國八年，增出「星期增刊」；九年，增出「常識」，銷達三萬分；十年，增出「汽車增刊」；十三年，增出「本埠增刊」以及增闢「教育消息」、「商業新聞」等專欄。十四年，銷數超過十萬分。十七年至二十六年間，每日出刊六張，報分約在十五萬分左右，廣告收入則月在十五萬左右。民國二十二年一月，《申報》曾附設「新聞函授學校」，目的在訓練新聞通訊員，連續辦了四年。學員人數曾多達五百人。抗戰初期，《申報》除留在上海租界外，也一度在武漢出版，不久即因物質缺乏而停刊。武漢撤退後，除滬版外，也在二十七年三月間辦過香港版，由史詠賡主持。但因風格與港人口味不合，銷路不多，只辦了一年。民國二十八春，《申報》報分仍有兩萬八千分，三十年十二月八日，太平洋戰爭爆發，日軍進占租界，昔日在滬反汪精衛報刊，全遭停刊命運。至翌年二月十四日，《申報》「復刊」由陳彬龢主持，但受日本海軍監管，成爲宣傳工具。

此時，在滬另有由敵僞所辦的《新申報》，出張八大張，民國三十三年九月時，銷數達八萬分；而《申報》只出刊四張，銷數爲四萬分。抗戰勝利後，《申報》復爲我政府接受，並且於三十四年十一月二十二日復刊。翌年改組，加入官股，由杜月笙任董事長、陳景韓（冷）擔任發行人，潘公展出任社長兼總主筆，陳訓畬出任總編輯兼總經理，每日出紙兩至四張。爲恢復《申報》一貫傳統，《申報》盡量採用本市新聞、外埠通訊及各國通訊社電訊稿，消息相當靈通，副刊亦新穎活潑。

爲便利空郵及保存，《申報》更特別出僅有原版四分之一的縮影版創舉，品質不俗，圖文都清晰。在多方協助之下，《申報》立刻恢復抗

戰前地位❿，發行網遍及全國各省。國內外訂户與日俱增。可惜民國三十八年，中共占領上海，設備被沒收，並且易名爲《解放日報》⓮。

## (二)《點石齋畫報》以圖紀事

《申報》於一八七二年十一月十一日（同治十一年十月十一日），出版《瀛環瑣記》月刊，是一本綜合性雜誌，可以刊登文人雅士來稿，而不必收取作者廣告費。此月刊出至一八七五年一月爲止；二月則易名爲《四溟瑣記》月刊出版，並改爲六開本，內容則與《瀛環》差不多。

一八七六年一月，《四溟》又停刊；同則二年又易名爲《環宇瑣記》出版，內容又與《四溟》相似，至一八七七年十一月底停刊。一八七六年三月三十日，《申報》尚出版過一張「用通俗文字寫的」、「字句具如尋常説話」的《民報》雙日刊，希望略識之無的人，也能看得懂，並且率先使用直線或點（虛）線，加註在人名或地名上，是最先在報刊上採用新式標點符號的報館⓯，實爲四十年後，民國初年白話報刊運動的先聲。

一八八四年五月八日（光緒十年四月十四日），又創辦《點石齋畫報》旬刊，由吳友如主編⓰，一紙八圖，配合《申報》新聞，隨報附送（零售則爲洋銀五分）以時事爲主⓱。在創刊號上，有將自己書齋取名爲「尊聞閣」、自號爲「尊聞閣主人」，中文造詣甚深的《申報》創辦人英人美查（Ernest Major）所寫的序，説明創辦《點石齋畫報》的原委：

「近以法越搆釁，中朝決意用兵，敵愾之忱，薄海同具⓲。好事者繪爲戰捷之圖，市井購觀，恣爲談助。於以知風氣使然，不僅新聞，即畫報亦從此可類推矣。爰請精於繪事者，擇新奇可喜之事，摹而爲圖，月出三次，次凡八幀，俾樂觀新聞者有以考證其事，而茗餘酒後，展卷玩賞，亦足以增色舞眉飛之樂。……。」

《點石齋畫報》原版，是以川紙石印，配以紅、綠、黃等色封面，

用天干、地支、八音及六藝爲編目，開我國日報有增刊之先河。

首期《點石齋畫報》第一幅畫，即是「力攻北甯」，且說明：「北甯之役，中法迭有勝負；其城之收復與否，雖無確耗，而戰績有可紀，即戰陣亦可圖也。此次法兵三路並進，竊恐深山窮谷中遇伏驚潰，故布長圍以相困。比會合，奮勇齊驅。一時煙燄蔽空，驚霆不測，地軸驚不測，地軸震蕩，百川亂流，而華軍已於前一日退守險要，狐善疑而兔更狡，總如善奕者之爭一先著耳！」

王韜回上海租界居住後，曾爲《點石齋畫報》寫過一篇名爲〈淞隱漫錄〉的短篇小說，在光緒十年（一八八四年）閏五月上旬刊載，吳友如並親自爲這小說畫上插圖，開報刊小說加上插圖先例。該書是王韜「……，追憶三十年來所見所聞，可驚可愕之事，聊記十一。或觸前塵，或發舊恨，則墨瀋淋漓時，與淚痕狼藉相間。每脫藁，即令小胥繕寫別紙。……，出以問世，將陸續成書十有二卷，……，請以斯書之命名爲息壤矣。世之見余此書者，即作信陵君醇酒婦人觀可也。……。」（該書序）

《點石齋畫報》共出了三十六卷，前後達十餘年之久。一九一〇年（宣統二年）八月初，曾出版《點石齋畫報全套》共八十八冊，售價洋銀四十四元。除了吳友如之外，《申報》尚「招請各處名手畫新聞」，一經採用，每幅酬筆資兩元，這是首創報館支付稿費的先例的。

## (三)東京《民報》與《新民叢報》論戰

一九〇五年夏，由黃興（克強）、宋教仁等所領導之東京華興會解散，會員個別加入同盟會；該會之機關刊物──《二十世紀之支那》月刊，原亦計畫一併移交給同盟會，作爲該會機關報。孰料移交前夕，該刊卻因〈日本政客之經營中國談〉一文，被日本政府查禁。同盟黨同人，以民族、民權、民生三大主義皆以民爲本，故決定易名爲《民報》繼

續發行，而於光緒三十一年（一九○五年）十月二十一日（西曆十一月十七日），由張繼任發行人，黃興及宋教仁任經理。

由 國父口授、胡漢民執筆之著名〈民報發刊詞〉，即見諸該刊第一號首頁，此是 國父第一次用文字揭示三民主義，並提出政治改革與社會改革畢其功於一役的主張（附錄一）。當時筆陣猛將有胡漢民、陳文華、廖仲愷、朱執信、汪精衛、馬君武、宋教仁、章炳麟及湯公介等人。

《民報》於二十三期時，因爲湯公介寫了一篇〈革命之心理〉一文，鼓吹俄國無政府主義者（Nihilist）的暗殺行動。適值清廷派唐紹儀爲中美同盟專使赴美，途經日本，章炳麟趁機在《民報》上，作短評諷刺之。唐紹儀於是透過清使，要求日本查禁《民報》。日本爲了討好清廷，便以〈革命之心理〉一文，影響治安爲藉口，查封了《民報》。而至一九○八年十月爲止（光緒三十四年，戊申），《民報》共發行了二十四期。一九一○年一月，汪精衛在法國巴黎又繼續發行《民報》，但其實是在日本秘密印刷的，不過兩期之後，也就停刊了。

而一九○二年二月八日（光緒二十八年元月初一），梁啟超在日本橫濱創立《新民叢報》半月刊，最先旨在：

「取大學新民之義，以爲欲維新我國，當先維新我民。中國所以不振，由於國民公德缺乏，智慧不開，……，務採中西道德以爲德育之方針，廣羅政學理論，以爲智育之原本。」❿

當時知名之士如康有爲、馬君武、章炳麟、蔣方震（百里）、徐勤及楊度等人，皆曾參與撰述工作，即國內之黃遵憲及嚴復等人，亦寄詩文在該報刊發表。

《新民叢報》初期言論較爲溫和，不若《清議報》之對清廷大肆攻擊❺。但出版不久之後，言論則趨激烈。一九○三年（光緒二十九年）癸卯之前，甚而鼓吹自由平等及民權革命。但癸卯之後，梁啟超遊美返

日，心態卻爲之一變，專言保皇而行政治改革，不再擁護種族革命。此中原因，正如他所説的⑯：

「……，別辦新民叢報，稍從灌輸常識入手，……。當時承團匪之後，政府創痍既復，故態旋萌，耳目所接，皆增憤慨，故報中論調，日趨激烈。……其後見留學界及内地學校，因革命思想傳播之故，頻鬧風潮。竊計學生求學，將以爲國家建設之用，雅不欲破壞之學説深入青年之腦中；又見乎無限制之自由平等説，流弊無窮，惴惴然懼；又默察人民程度，增進非易，恐秩序一破之後，青黄不接，暴民踵興，雖提倡革命諸賢亦苦於收拾；……；旨此種思想來往於胸中，於是極端之破壞不敢主張矣。故自癸卯甲辰（光緒三十年，一九〇四年）以後之新民叢報，專言革命，不復言種族革命。質言之，則對於國體主維持現狀，對於政體則懸一理想，以求必達也。」

由是自光緒三十一年（一九〇五年）乙巳起，遂與《民報》有革命之論戰，而焦點就在「變法」中之種族革命、政治革命、社會革命及做法大論題上，其論點，主要見諸：《民報》第三期單張號外：「民報與新民叢報辯駁之綱領」十二條茲用圖表歸納、整理如下：

《民報》革命黨人，人才濟濟，例如，汪精衞以「精衞」爲筆名，就革命與立憲關係、中華民族的立場、何以必需革命等要點，多所闡發，反駁梁啟超「保皇」主張；胡漢民與朱執信等人，則負責解釋三民主義的時代性，反駁梁啟超只是維護「新官僚派」的利益，而忽視百姓大眾利益。其餘如陳天華、但燾、汪東（旭初）、黄侃及劉光漢諸人，先後加入《民報》筆陣，亦各有所長。而《新民叢報》則只有梁啟超一人，爲保皇黨擋關，革命潮流所趨，漸漸招架不住。至光緒三十三年（一九〇七年），丁未七月，《新民叢報》終於停刊。論戰至是方停，而在此三年之間，兩報論戰之文字，不下百餘萬言，可謂洋洋大觀，而《民報》則多發行了三年，方始停刊。

## ㈣《中外新報》──我國第一張現代化日報

我國第一張現代化的日報，爲《中外新報》（The Chinese Edition of the Daily Press ／ Chung Ngoi Sun Po ），它卻是於一八六〇年（清咸豐十年），於香港出版的第一分中文報紙。

事實上，一八五三年（咸豐三年）八月一日，麥華陀已在香港主編開埠以來第一分中文刊物──《遐邇貫珍》（Chinese Serial）❶；不過，它只是一分月刊，而且已出版了三年。另外，也有治史者指出，一八五四年（咸豐四年），寧波有由瑪高温（Daniel Jerome MacGowan）及應思理（E. B. Inslee）等人所編之中文刊物──《中外新報》半月刊（Chinese and Foreign Gazette），至一八六一年（咸豐十一年），惟其內容，史不多見❶。

倫敦傳道會因爲編印《中英字典》，交給香港首家英文日報之《孖剌西報》（H. K. Daily Press）排印❶；《孖剌西報》便有了中文排印工具，可以利用鉛活字，來出版中文「附刊」，隨同西報附送（有類今日之「特刊」或「星期版」）。

根據近人研究，《孖剌西報》大約在一八五七年十一月三日，即已創辦中國最早的中文經濟報紙──《香港船頭貨價紙》❶。該報是最早採單張雙面印刷形式❶，每周二、四、六發行，報導船期、商品價格及行情等商情消息，並且派（送）報到門❶。

《香港船頭貨價紙》其後易名爲《中外新報》的日期，雖迭有爭議，但一八六〇年創刊，似爲可信❶。《中外新報》最早繼承了《香港船頭貨價紙》傳統，每周一、三、五、日發行附送的「行情紙」，二、四、六日發行「新聞紙」（即《中外新報》），分欄刊出「京報全錄」、「羊城新聞」及《中外新聞》等內容，兼及船期、商情、論說及譯述。一八七二年五月四日以後，《新聞紙》不再刊載任何行情消息，而「另紙刊印派送」；如此，「行情紙」等於「喧賓奪主」，成了除周日外，

天天發行的「日報」，而「新聞紙」依舊二、四、六出版。一八七三年，《中外新報》終於發展成日報。其時在國內的《上海新報》和《申報》，都已改爲日報。

一般研究中國報業發展史者，多認爲《中外新報》是由伍廷芳所倡辦；但據新近考據，倡辦的應爲黃勝先生。主張前說者，多以早期報人戈公振先生之《中國報學史》之說爲藍本，惜戈氏之著，舛誤之處甚多；後者則有《黃勝平甫公簡史》，可資佐證[124]。

伍廷芳於一八四二年（道光二十二年）生於馬六甲（卒於民國十年），三年後隨父歸國居於廣州，十三歲時到港就讀於聖保羅書院（St. Paul College）。黃勝（字平甫），原籍廣東香山（現之中山縣），一八二八年（道光八年）生於澳門（Macao／ MacAu）。一八四一年，在澳門入讀馬禮遜紀念學校（Marrison Education Society's School）。一八四一年十一月，該校遷往香港灣仔摩利臣山（Morrison Hill），他隨而赴港就讀。一八四七年隨該校校長勃朗（Rev. Samuel Robbins Brown）赴美麻省求學，因水土不服，翌年四月即返國，後在《德臣報》（又名《德臣西報》、《中國郵報》，" China Mail "）及《孖剌西報》工作[125]。

就此而論，一八五八年，伍廷芳僅是一十六歲之少年，而黃勝則已三十而立矣；且其時，擔任編務的是黃勝，伍廷芳則僅負責繙譯工作。在黃勝簡史中，有述：「一八六〇年憑公學養與技能與孖剌報合作，刊行香港第一家中文報紙，《中外新報》」[126]。可見一八六〇年倡辦《中外新報》、擔任第一位主筆的，應爲黃勝，而非伍廷芳。

民國二年以後，該報攻擊當時都督龍濟光甚力[127]，甚受粵人歡迎。歐戰時，反對中國參戰，竟遭港府罰鍰，令股實股東心怕惹事而欲停辦。民國五年六月，陸榮廷率桂軍入粵驅走龍濟光，龍氏乃退守瓊崖意圖再起，乃收買《中外新報》爲其助威之「尾巴報」，《中外新報》乃轉而擁龍。其後，龍氏大敗一蹶不振，《中外新報》遂亦於民國八年（一

九一九年）初停刊，可謂明珠暗投之劫！

同年，香港僑商以「香港華商總會」（The Chinese General Chamber of Commerce, Hong Kong）名義，集資將已結束的《中外新報》承頂下來，於四月出版《香港華商總會報》（The Chinese Commercial News of Hong Kong），而報頭下面乃有「中外新報聯營」（With Chung Ngoi Sun Po Incorporated）之英文字樣。以民意「爲會員謀福利，也爲廣大市民謀福利」，由該會任馮煥如爲「督印人」（publisher），副司座馮平山擔任要職⓬。四年後，至民國十四年，因爲成果不理想，便出讓與岑維休等人合辦《華僑日報》（Wah Kiu Yat Po），於該年六月五日出版。一九九一年，因爲九七問題，《華僑日報》便將股權售予《南華早報》。

## ㈤《華字日報》年歲滄桑

《華字日報》（The Hong Kong Chinese Mail），是香港《德臣西報》（The China Mail）中文版，亦是香港之第二分中文報紙；不料一八九四年（清光緒二十年）的一場大火，竟然把「出生（世）紙」（創刊號）燒掉，致令創刊日期，頓起爭議。

一般治中國新聞史學者，多採戈公振説法，認爲該報是於一八六四年（同治三年）創刊；但據卓南生博士的考據及研究，該報似是創刊於一八七二年（同治十一年）四月（相信是十七日），由當時在《德臣西報》擔任繙譯之陳藹亭，又名陳（亞）言（Chun Ayin）所創辦⓭，竟比想像中遲了八年之多。它的前身，卻是創刊於一八七一年（同治十年）三月在香港出版，同屬《德臣》報系，每周六出版一次的中文《中外新聞七日報》。該報是由陳藹亭主編，至一八七二年四月十六日停刊後，乃有《華字日報》之創辦，初期每周出版三次（年餘改爲日刊），僅爲八開版一張。內容多繙譯自西報和將清廷《京報》擇錄，廣報占很大

編幅。陳藹亭、王韜都曾參與筆政，以主筆、社論來「擔紙」（吸引讀者，維持報分）。

一八七八年（清光緒四年）陳藹亭因出任清廷駐美使館參贊（後任駐古巴總領事），遂將社務交同寅何仲生等人主理。一八九八年（光緒二十四年）《華字日報》改由陳藹亭之子，陳斗垣接辦。旋因須赴上海故，又將報務全盤讓與編輯部潘蘭史（飛聲）等人承辦⑱。一九〇八年（光緒三十四年），更置有印刷機，正式脫離《德臣西報》而另起爐灶。一九一二年民國肇基後，由勞緯孟主編「諧部」（副刊）⑱，他將之易名爲《精華錄》，並大幅度刷新內容，除諧文外，又增加粵謳、談叢等素材，一時頗受粵民歡迎。

一九二五年，「六二三沙基慘案」省港大罷工後期，各報只能出紙一張，未能刊登副刊文字，《華字日報》乃印行《華星三日刊》附刊，主要由報人關楚樸經營，隨報附贈。七十五期之後，工潮解決，日報恢復原來紙張，《華星三日刊》獨立發行，直到一千三百期，歷時十三年才告停刊。《工商晚報》創刊成功後，《華字日報》亦見賢思齊，出刊《華字晚報》。而當《工商日報》創辦《天光報》成功後，它又跟進出版《華星早報》。

民國三十年十二月二十五日，日軍攻占香港，早報、日、晚報被迫停刊；日本戰敗後，至三十五年四月十五日，各日報復刊，由黎樾廷主理，旋以廣告及銷路欠佳而停刊，同年六月一日再度復刊，改由胡大愚擔任社長。因戰後香港紙價日漲，與原註冊人「華字日報有限公司」之交割手續又未辦妥，前景看淡，同年七月一日又告停印，自是之後，即未有再出版。

《華字日報》自創刊至停刊，除了因戰爭影響而停辦四年多外，約共歷七十年；目前大部分存報，皆存於香港大學馮平山圖書館；現存最早一分報紙爲一八七三年六月四日（同治十二年癸酉五月初十）之出版

影本。

《華字日報》創刊後，國人自辦的近代報刊，陸續湧現，如：

△《羊城采新實錄》，同治十一年（一八七二年），於廣州創刊。

△《昭文新報》，同治十二年（一八七三年），於漢口創刊，由艾小梅主編。起先為日刊，後改五日刊。

△《循環日報》，同治十三年（一八七四年），於香港創刊，由王韜主編。

△《匯報》，同治十三年（一八七四年），於上海創刊，由容閎（一八二八～一九一二）創辦，曾易名為《益報》。

△《維新報》，光緒二年（一八七六年），於上海創辦。

△《維新日報》，光緒五年（一八七九年），在香港創辦，後改名為《國民日報》，一九一二年停刊。

△《述報》，光緒十二年（一八八四年），在廣州創辦❽。

△《廣報》，光緒十四年（一八八六年），在廣州創辦，由鄺其照掌政。該報在形式上與上海《申報》相似，光緒十九年（一八九一年），因事觸怒粵督李小泉，被查封，乃遷入租界，改名《中西日報》，繼續出版，後又易名為《越嶠紀聞》，不久停刊❾。

# 註　釋

❶：王韜因受清廷追捕，故名號特多。根據研究，他有五個別字，十二個別號。見賴光臨（民68）：中國近代報人與報業，上冊，第二篇「王韜與循環日報之研究」。台北：臺灣商務印書館。頁九十三至一〇九。

也由於此一緣故，本節標題借用「客途秋恨」一詞來形容王韜。蓋粵曲南音，向有「客途秋恨」一齣（非民國七十九年四月間，在台北上演之文藝劇「客途秋恨」）。相傳是一位參加太平天國起義失敗的讀書人，為逃避清廷耳目，混跡江湖，化名繆瑾，追懷往事之作。所以曲中有「自古話（說）好事多磨正係

從古道，半由人力半由天，是以風塵閱歷崎嶇苦，雞群混跡暫且從權，恨我請
纓未遂終軍志，匹馬難揚祖逖鞭」之句。王韜於八月倉卒赴港，亦值秋初。

　又：在台北上演之「客途秋恨」，是由當時名編劇念真先生編劇，於民國七十
九年十一月二日，在古晉與（韓片）「狂戀之歌」，同獲第三十五屆亞太影展
「最佳影片」獎，吳念真尚獲得「最佳編劇」獎。該片片尾的一句話：「不要
對中國失望，中國總有一天會強大」，令人蕩氣迴腸。（民生報，民79.11.4，
第九版。）

❷：因陳振國有〈長毛狀元王韜〉一文（《逸經》，第三十三期，民26.7.5），世
　遂訛傳他是太平天國狀元。

❸：王韜助譯之中國典籍（中譯英），計共五部，即：《書經並竹書紀年》（一八
　六五年，同治四年），《詩經》（一八七一年，同治十一年），《左氏春秋
　傳》（一八七二年，同治十二年），《易經》（一八八二年，光緒八
　年），《禮記》（一八八五，光緒十一年）。此對中華文化之國際化，貢獻頗
　鉅。

❹：普魯士（Prussia），即一八七一年一月十八日德意志帝國（German　Em-
　pire）未成立前之「德國」。在普魯士名相俾斯麥（Otto　Von　Bismarck,
　1815－1898）運籌之下「南日耳曼各州」（South German States），終於與
　「北日耳曼聯邦」（North German Confederation）歸併，而成強大德意志
　帝國。普法戰爭（The Franco－Prussian War）發生於一八七〇年（同治十
　年）七月十日，是俾斯麥蓄意利用西班牙王位繼承問題，向法國挑釁。打至一
　八七一九月，，色當（Sedan）一役，法軍大敗，法皇拿破崙三世（Napoleon
　Ⅲ）及僚屬全部被俘。此是日耳曼統一過程中最後一役。一九四七年，令人聯
　想軍國主義（prussianism）的西德北方普魯士省，亦予取消。俾斯麥在整頓
　德國時，曾對當時自由黨（Liberals）大聲疾呼地說：「德意志那在乎普魯士
　自由黨的政綱，她只關心她的勢力。當前大問題，怎能靠著嘴巴或大多數來決
　定，祇有血和鐵。」

（Germany has it eyes not on Prussia's Liberalism but on its might. The great questions of the day will not be decided by speeches and resolutions of majorities, but by blood and iron.）自是鐵血宰相之名（The Iron Chancellor）不逕而走。見：

Richards, Denis

1960 Modern Europe: 1789－1945, 5th Edition.

London: Longmans. PP.167－184。

「普法戰紀」其後增益爲二十卷。

❺：《循環日報》創刊新聞，曾見同治十二年十二月二十七日之上海《申報》：「香港新聞日報館事，名之曰循環日報，……。」其時《申報》轉載港聞之時差，最快約爲七日，故而推論其正式創刊日期爲十二月二十七日，其時恰爲一八七四年一月。

❻：見王韜〈易言跋〉（收錄於鄭觀應《盛世危言》）。戈公振氏在《中國報學史》述及王韜取報名爲「循環」兩字時，謂是「革命雖敗，而藉是報以播其種子，可以循環不已。」（頁一二一）據後來治史者考據分析，此恐是武斷之說。見賴光臨一書（同❶），頁一二二至九。

❼：⑴光緒二十一年六月二十七日（一八一九年八月十七日），維新分子曾在北京創辦《萬國公報》，但因刊名與當時上海廣學會（Christian Literature Society）外國傳教士林樂知等人所辦的《萬國公報》同名，鬧了雙胞，爲教會人士反對，故而出至第四十五冊以後，易名爲《中外紀聞》雙日刊，又名《中外公報》，出紙一張（每冊有編號），由出版《京報》的民間報房代印（故外型酷似《京報》）。受了日本侵占台灣刺激，康有爲、袁世凱、楊銳及徐世昌等諸人，乃於同年七月（陽曆九月），在北京成立「弘學會」（又名「譯書局」或「強學書局」）。《中外紀聞》即成爲「強學會」在京機關報。同年八月（陽曆十月），康有爲南下說服湖廣總督張之洞在上海成立強學會分會，以與北京強學會互相呼應，增強維新聲勢。同年十一月二十八日（一八九六年一

月二日），在上海開辦《強學報》，而同年十一月（陽曆九、十月間），連張之洞、張謇及梁鼎分等人，已加入強學會。上海《強學報》由康有爲另兩位弟子徐勤及何樹齡兩人擔任主筆，鉛字排印，免費贈閱。該刊力倡：「廣人才，保疆土，助變法，增學問，除舞弊，達民隱」（《強學報》第一號）。康有爲在「強學會報序」中，認爲「學則智，群則強」，故有「今者思保，在學之群之」等語。

由康有爲集資自辦的《中外紀聞》，原由梁啟超執筆，每期撰寫數百字之論説一篇，並無其他記事。給酬託售《京報》的人，免費隨「宮門鈔」分送諸官宅。發行月餘，受到讀者喜愛，每冊竟可派出三千分之多。強學會成立後，由於收集到較大捐款，印刷較爲精美，由原來的粗木版雕印刷，改爲木活字竹紙印刷，篇幅亦隨而擴大，除論説外，尚加上閣鈔、外電、譯報和國內報紙選錄等內容。

但守舊派諸人卻橫加阻撓，拒閱該報，京中甚且謠言四起。御史楊崇伊特別上奏攻擊強學會「植黨營私」，而《中外紀聞》在販賣西學。慈禧便強迫光緒在十一月底，解散京滬兩地強學會；查封《中外公報》，《強學報》也隨之自然停刊。

時任河南按察使，主張「我手寫我口」的廣東梅縣人黃遵憲（1848～1905），卻利用強學會餘款，湊資於光緒二十二年（一八九六年）丙申七月初一（陽曆八月九日），在上海創辦每冊二十餘頁之《時務報》旬刊，聘浙江錢塘人汪康年（穰卿，1860～1911）爲經理，召梁啟超（1873～1929）爲主筆，從始開拓了梁氏之真實報人生涯。

《時務報》用連史紙石版印刷，版面清晰，內容除京外事及論摺外，尚有幾占篇幅三分之一的城外報譯，以及大半出自於梁氏之手、宣傳變法的論説，梁氏因而開始聞名天下。梁氏文體新穎（新民體），議論宏肆，極爲讀者喜愛。獨張之洞忌其論過新，而橫加干涉。梁遂辭職入湘，擔任時務學堂教席，報刊乃由汪康年獨力主持。至光緒二十四年（一八九八年）六月（陽曆八月），發行

達一萬七千分,出版了兩年九十六期的《時務報》改爲官辦,由康有爲監督,原有成員解散。汪康年於是運用《時務報》班底,共行創辦《昌言報》以爲抵抗。內容體例,一仍《時務報》之舊。他在同月二十四日的《國聞報》上,刊登「上海時務昌言報館告白」,爲《昌言報》作廣告,內中提及「康年於丙申秋在上海創辦《時務報》,延請新會梁卓如孝廉爲主筆。」因爲開辦費,事實上多張之洞所捐助,故而爲梁啟超所力斥。其後兩人竟爲創辦人爲誰及經費來源問題,而一度大打筆戰。

⑵一八九六年(光緒二十二年)七月三十一日,王韜曾在《申報》登過一則啟事,説:「天南遁叟表面不預聞新聞之事,邇來遷入城西,杜門謝客,年已七十,豈肯輕易就人。」一九四八年三月二十日之《文匯報》,曾有胡適之撰文説:「王韜不是『長毛狀元』,確是《申報》論説主筆人。」可見王韜有爲《申報》撰寫論言之事實,但並非世傳之「總編纂」。〔見魯蕭(梁濤)(一九八四):「『點石齋書報』與香港,香港掌故,第七集。香港:廣角鏡出版社。頁十八。〕

⑶一八六八年(同治七年)九月五日,教會人士於上海創辦了一份《中國教會新報》周刊(Church News and Chinese Globe Magazine),由一八五九年(咸豐九年)來華傳教的美人林樂知(Young. R. Allen, 1836~1907)主持,英人李提摩太(Richard Timothy, 1836~1919)、慕維廉(William Muirhead)、艾約瑟(Joseph Edkine)以及華人蔡康與沈毓桂等人協助之。

一八七二年(同治十一年),易名爲《教會新報》(Review of the Times)。因專言宗教,不易暢銷。故於一八七四年(同治十三年)九月第三百期起,又易名爲《萬國公報》(Man Kwok Kung Pao),兼言政教,中間更曾一度停刊;但一八七六(光緒二年),曾增出《益智新錄》(A Miscellany of Useful Knowledge),專言科學。一八八九年(光緒十五年)又再復刊,但改爲月刊,成爲廣學會的機關報。一八九一年(光緒十七年),又曾增刊專

言宗教的《中西教會報》（Missionary Review），但銷路不佳，旋即停刊。《萬國公報》於一九〇七年七月停刊，實際上出版時間長達三十三年，共九百六十六期七百五十卷，以「中東戰紀」系列文章最爲著名。

林樂知主持《萬國公報》至一九〇四年，長達三十六年之多，可謂投下畢生心力。他在華四十多年間，又曾兼任《字林西報》中文版上海《新報》的編輯，大量譯述歐美新知，而以一八七五年所發表的「中西關係論略」系列長文爲最著。

李提摩太則曾主辦過天津《時報》，並兼任廣學會總幹事，一八九四年（光緒二十年），英國社會學者杰明·基德著有《社會進化》一書，在倫敦出版；一八九九年（光緒二十五年）李提摩太曾予以節譯，由蔡爾康執筆，以「大同書」篇名，在《萬國公報》連載，爲我國首次出現馬克斯、恩格斯及「資本論」等名詞的中文刊物。

〔但真正較有系統的譯介，卻見諸之於十一年後的《民報》。一九〇五年（光緒三十一年）十一月二十六日，革命先烈朱執信（太符，1885～1920）在《民報》第二期上，以「蟄伸」爲筆名，以六千字長文，譯介了「德意志社會革命家小傳」，內中除有「共產黨宣言」摘譯外，又比較有系統地介紹了馬克斯和恩格斯等諸人生平和學說。此外，則要再等十四年後，民國八年「五四時期」（May Fourth），共產思想才真正在國內萌芽，產生影響力。〕

⑷戊戌政變六君子死難中，譚嗣同（1865～1898）之英氣頗堪一書。他字復生，又號壯飛，湖南瀏陽人，父譚繼洵原是湖北巡撫。自幼任俠喜劍，與當時名鏢師王正誼（綽號大刀王五），同師崑崙派門下，悲歌慷慨，任俠急義，絕異常人。如弱齡時，揮別其六兄赴陝西父任，即曾賦詩曰：

「一曲陽關意外聲，青楓浦口送兄行，頻將雙淚溪邊灑，流到長江載遠征。瀟瀟連夜雨聲多，一曲驪歌喚奈何？我願將身化明月，照君車馬度關河。」（最後兩句，已成名句流傳於世。）

他的詩思頗捷，堪爲「素以爲絢兮」之能。一次在長安縣東二十五里，漢

稱「霸陵」的灞橋旅壁，見有題詩「柳色黃於陌上塵，秋來長是翠眉顰，一彎月更黃於柳，愁殺橋南繫馬人！」便能引起灞橋的吟哦，故有「灞橋」詩傳世，（見「論藝絕句六篇」）。（灞橋在灞水上，唐時名曰「銷魂橋」。）

某年，與兄同舟涉江，遇大風浪，因而口占兩絕：「波揉浪簸一舟輕，呼吸之間辨死生，十二年來無此險，布帆重挂武昌城。」（其一）

「白浪舡頭聒旱雷，逆風猶自片帆開，他年擊楫渾閒事，曾向中流鍊膽來。」（其二）

甲午戰敗後，以父命納貲爲江蘇候補知府，未幾棄官歸湖南，襄助巡撫陳寶箴推行新政，設南學會，講愛國之理；求救亡之法。至國是之詔下，奏對稱旨，光緒特擢四品卿銜，軍機章京，與楊銳、林旭及劉光第等人，同參新政，稱爲軍機四卿。慈禧及諸王大臣，則妒之日深。

戊戌政變前，形勢日亟，他曾力勸袁世凱設法救光緒，但爲袁出賣求榮，向慈禧告密。政變失敗，他慨然語梁啓超説：「不有行者，無以圖將來，不有死者，無以酬聖主，今南海生死未可卜，程嬰，杵臼，吾與足下分任之。」遂坐居家中立心殉義，不畏緹騎之將至，並嘗謂：「各國變法，無不流血而成，今中國未聞有變法而流血者，有之請自嗣同始。」繫獄之後，大刀王五欲藉江湖勢力予以營救，但爲他所拒，並於獄壁題上一絕以明志：「望門投止思張儉，忍死須臾待杜根，我自橫刀向天笑，去留肝膽兩崑崙。」（〈獄中題壁〉，日人將之譜爲樂歌傳唱，見梁啓超之《飲冰室詩話》。）就義時神色自若，年三十三歲，是爲我國憲法而捨生之第一人。大刀王五其後在八國聯軍入（侵）京中，因救被洋兵施暴之弱女，而慘遭洋兵亂槍打死。

(5)黃遵憲之「我手寫我口」詩句，因爲近於歐西新聞寫作所倡言的" Write like you talk "故幾成新聞界格言。此詩本見諸黃之《人境廬詩草集》之雜感其二。原文爲：「我手寫我口，古豈能拘牽？即今流俗語，我若登簡編，五千年後人，驚爲古爛斑。」

❽：近人喜將" Polytechnic Institute "譯成「理工學院」，似未如古意之雅。

❾：王韜《蘅華館詩錄》，收錄於黃式權之《淞南夢影錄》卷三。

❿：見王韜《弢園尺牘續鈔》，卷六：「答孫少襄軍門書」。

⓫：唐玄宗天寶十四年，安祿山反，攻陷兩京；玄宗奔蜀，李白避居廬山。十五
年，肅宗即位於靈武。玄宗十六子永王璘想擁兵自立，李白在宣州拜見永王，
遂入幕。肅宗起兵討永王，至至德二年二月，永王兵敗身死，李白得郭子儀營
救，流放夜郎。他也一直在想洗脫「附亂」之罪。故他所寫的〈流夜郎憶游抒
懷贈韋良宰〉詩有：「半夜水軍來，潯陽滿旌旃，空名適自誤，迫脅上樓
船。」之句，以祈獲宥。

安祿山於天寶十五年陷洛陽，王維時任「給事中」被俘，被禁菩提寺。好友裴
迪去看他，言及逆賊在洛陽宮凝碧池上歌舞奏樂，他悲憤難抑，因作「凝碧
詩」一首：「萬戶傷心生野煙，百官何日更朝天。秋槐葉落空宮裡，凝碧池頭
奏管弦。」其後，他被迫擔任安祿山的「給事中」一職。亂平後，以附逆罪論
處，幸賴此詩得免，僅降爲「太子中允」。

⓬：由於王韜與近代史關係密切，近年來已成爲中外學者研究對象。例如，外人方
面，即有：

Cohen, Paul A.

1974 Between Tradition and Modernity：Wang Tao and Reform in Late
China. N.Y：Harvard University Press.

1967 "Wang Tao's Perspective on a Changing World," in Allert
Feuerwerker, Rhoads Murphey and Mary C. Wright (eds.), Approaches
to Chinese History, Berkeley; University of California Press.

大陸方面研究則有：

陳祖聲：〈王韜報刊活動的幾點考證〉，新聞研究資料，第九期。北京：中國
社會科學出版社。

——：〈王韜死於何時？〉新聞研究資料，第十五期。北京：中國社會科學出
版社。

❸：光緒十二年（一八八六年），天津海關稅務司、德人德璀琳（G. Detring），
及怡和洋行（Jardine, Matheson and Co.）經理笳臣兩人，集資出版北方第
一張中文日報—《時報》，於十一月六日出版，每日共出兩張八版，原以商業
新聞為主。光緒十六年（一八九〇年），在李鴻章（1823～1901）推薦下，延
李提摩太（Richard Timothy）為主筆。李氏表示要以這張報紙，陳述「中華
受病之由，並今時各國興衰之故」，每日於報首發論說一篇，鼓吹中國應實行
新政（後以二百餘篇輯成《時事新論》一書）。

李氏並於同年八月二十三日，另辦一份《直報》周刊，以及「每六日將時報所
載之諭旨鈔報暨論說新聞，撮其切要者匯訂一編」，以擴大《時報》輿論影響
力。

次年六月二十七日，《直報》停刊；不久，《時報》亦停刊。李氏於同年十月
到上海擔任廣學會總幹事。

光緒二十年（一八九四年），德人漢納根再在天津辦《直報》，嚴復文章是發
表於此報。另外，笳臣又曾於《時報》創刊之同年十一月，獨資創辦英文《中
國時報》（The China Times），但與中文《時報》同屬一家報館。此報旨在
對「所有地球各國盛衰強弱極有關係之事，莫不詳細考究」，至光緒十七
年（一八九一年），三月底，因行銷欠佳而停刊。該報設備由當時天津印刷公
司主持人、英人貝令罕（W. Bellingham）所收購，並於光緒二十年三月發行
《京津泰晤士報》周刊（Peking and Tientsin Times），光緒二十八年（一
九〇二年）十月一日，改為日報。該報為天津工部局機關報，勢力很大，但在
「思想和言論上都是美國人的」，有「外人在華北的聖經」之稱；因而已成我
國革命報刊抗爭對象。第一次大戰後，該報由伍德海（George Woodhead）
擔任主筆，至民國十九年（一九三〇年）十月，始由彭內爾（W. V. Penne-
ll）繼任。民國二十七年九月，日軍侵入天津，方被強迫停刊。

❹：在此篇中，嚴復還從自由概念和角度，簡要地將中西文化異同，作出簡要區
分：「中國理道與西法最相似者，曰恕、曰絜矩。然謂之相似則可，謂之真同

則大不可也。何則？中國恕與絜矩，專以待人及物而言，而西人自由，則及於
物之中，而實寓所以存我者也。自由既異，於是群異叢然而生。粗舉一二言
之，則如：中國最重三綱，而西人首明平等；中國親親，而西人尚賢；中國以
孝治天下，而西人以公治天下；中國尊王，而西人隆民；中國貴一道而同風，
而西人喜黨居而州處；中國多忌諱，西人眾議評。其於財政也：中國重節流，
而西人重開源；中國追淳樸，而西人求驩虞。其接物也：中國美謙屈，而西人
務發舒；中國尚節文，而西人樂簡。易其於爲學也：中國誇多識，而西人尊新
知。其於禍災也：中國委天數，而西人恃人力。」

嚴復之說，極似清禮部尚書大學士紀曉嵐（1724～1804）之力斥以朱熹
（1130～1200）等宋儒爲首，所提倡之理性之學及經解註疏之精到。他認爲宋
儒因與佛、儒結合而有理學之發生，因性而言理氣，致終極、太極、無極之
說，已遠離儒學：「聖人立教，使天下知所持循而已，未有辨也；孟子始辨性
善，亦闡明四端而已（仁、義、禮、智），未爭諸性以前也，至宋儒因性而言
理氣，因理氣而言天，因天而言天之也，輾轉相推，而太極、無極之辨生
焉。」他質疑地認爲：「夫性善性惡，關乎民彝天理，此不得不辨者也；若夫
言太極不言無極，於陽變陰合之妙，修吉悖凶之理，未有害也；顧舍人事而爭
天，又舍共睹共聞之天，而爭耳目不及之天，其所爭者，毫無與人事之得失，
而曰：吾以衛道。學問之醇疵，心術人品之邪正，天下國家之治亂，果繫於此
二字乎？惟朱子作爲有理無形以解之，然附和朱子者，其說亦不可究詰。」他
曾將漢儒和宋儒作過一番大膽而令人信服的評論：「漢儒以訓詁專門，宋儒以
義理相尚。似漢學粗而宋學精，然不明訓詁，義理何自而知？概用詆誹，視猶
土苴；未免既成大輅，追斥飛輪，得濟迷津，遽焚寶筏。」「漢儒重師傅，淵
源有自；宋儒尚心悟，研索易深，漢儒或執舊文，過於信傳；宋儒或憑臆斷，
勇於改經，計其得失，亦復相當。惟漢儒之學，非讀書稽古，不能下一語；宋
儒之學，則人人可以空談。」「宋儒之攻漢儒，非爲說經起見也，特求勝於漢
儒也；後人之攻宋儒，亦非爲說經起見也，特不平宋之詆漢儒而已。」〔楊濤

（民78）：紀曉嵐外傳，八版。台北：世界文物出版社。頁一六八～一七五。〕

❺：一八八一年（光緒七年）嚴復任教天津水師學堂，即讀斯氏之" Study of Sociology "，並嘆爲觀止，曾於一八九七年，《國聞報》創刊時，迻譯書中前兩章，至一九〇二年，全書方譯畢，稿凡三易。一九〇三年四月，由上海文明書局出版，定名：《群學肄言》。其譯序頗發人深省：

「群學者將以明治亂盛衰之由，而於厚生之事操其本也。……

「竊念近者吾國，以世變之殷，凡吾民前者所造因，皆將於此食其報，而淺譾剽疾之士，不悟其所從來如是之大且久也，輒攘臂疾走，謂以旦暮之更張，將可以起衰，而以與勝我抗也。不能得，又搪撞號呼，欲率一世之人，與盲進以爲破壞之事。顧破壞宜矣，而所建設者，又未必其果有合也。則何如其稍審重，而先咨於學之爲愈乎。」

❻：嚴復認爲：「從事西學之後，平心察理，然後知中國從來政教之少是而多非，即吾聖人之精玄微言，亦也既通西學之後，以歸求反觀，而後有以窺其精微而服其爲不可易也。」

嚴復既愛歐西自由之說，對韓非之法家主張，自有扞格，故曾作〈闢韓〉一文，以非其〈原道〉，認爲「君臣之倫，出於不得已也，患其不得已，故不足以爲道之原！」「今夫西洋者，一國之大公事，民之相與自爲者居其七，由朝廷而爲之者居其三，而其中之犖犖尤大者，則明刑治兵兩大事而已。」梁啟超在上海創辦《時務報》，又將〈原強〉與〈闢韓〉等諸篇重刊，竟引至當時主張「中學爲體，西學爲用」的湖廣總督張之洞（1833～1909）煩惡，特命屠仁守作〈闢韓駁議〉反斥之。

❼：嚴復初時曾將「導言」（lead）一詞，譯爲「卮言」，時人夏曾佑改爲「懸談」，又有人不同意，他最後改譯爲「導言」。在譯事上，嚴復雖提出信、達、雅三大標準，但他的譯文也常遭議論。例如，曾創辦多種報刊雜誌的張君勱（1887～1969），即曾認爲其所譯之「物競」（Struggle for Existence

）、「天擇」（Natural Selection）兩詞，不如日人之譯為「生存競爭」、「自然淘汰」符合原議。但嚴復認為日人將“Economics”一詞，譯為「經濟」，亦未盡貼切。他以國人譯為「理財」一詞加以變通，而譯作「計學」。

⓲：嚴復原將此書定名為《自繇論》，他指出：「由繇二字古相通假，今此譯遇自繇字，皆作自繇，不作自由者，非以為古也。蓋其字依西文規例，本厶一名，非虛乃實，寫自繇，略示區別而已。」「總之，自繇云者，乃自繇於為善，非自繇於為惡。」他曾以唐柳宗元（773～819）之詩句：「破額山前碧玉流，騷人遙住木蘭舟，東風無限瀟湘意，欲採蘋花不自由」，一再說明「所謂自由，正此義也。」

⓳：但此書後半部，始終未有譯出。

⓴：深研西學，欲以廣布西洋學理以救中國的嚴復，酷愛中國，逝世前，猶不忘乎書「三須」論其兒女輩：「一、須知中國不亡，舊法可損益，必不可叛。一、須學問，增益知能，知做人分量，不易圓滿。一、事遇群己對待之時，須念己輕群重。」他有一子名叔夏，叔夏生有女停雲，即台灣作家華嚴。

梁啟超為嚴復詩才淵懿，曾誌其戊戌八月（政變）感詩一首：「求治翻為罪，明時誤愛才；伏尸名士賤，稱疾詔書哀。燕市天如晦，天南雨又來；臨河鳴犢歎，莫遣寸心灰。」誠近代最早之新聞詩也。（〈飲冰室詩話〉，《飲冰室文集》第四卷，文苑類。台北：琥珀出版社。民五十六年。頁三十一）

㉑：梁啟超曾於其所著〈清代學術概論〉一文中，解釋此種文體：「啟超不喜桐城派古文，幼年為文，晚學漢、魏、晉，頗尚矜鍊。至是自解放，務為平易暢達，時雜以俚語，及外國語法，縱筆所至，不為檢束，學者競效之，號新文體。老輩則痛恨，詆為野狐。然其文，條理明析，筆鋒常帶感情，對於讀者別有一種魔力焉」。綜言之，文體特點，認為寫作無章法（writing is not a matter of rules），給所謂的義法、家法、古文、時文及駢文鬆縛，條理分明，淺顯活潑，增加圈點分段，平易暢順，善於舉例取譬，筆鋒常帶感情，痛

快淋漓，一瀉千里，迅速引起讀者共鳴。「飲冰」一詞出於《莊子》之〈人間世〉，言楚國大夫葉公子高，受君命出使齊國，早上接令，晚上即得飲冰水，以言內心之惶恐焦灼。梁啟超以此作爲筆名，想別有懷抱。（附錄一，參閱胡適之〈五十年來中國之文學〉一文之評語。）

❷❷：見梁啟超：〈鄙人對於言論界之過去與將來〉《飲冰室文集》、《文集》，第十一冊。台北：中華書局。民四十九年印行。

❷❸：同前註。另見本書：「王韜客途秋恨」一節〔❼之⑴〕。

❷❹：見梁啟超：〈變法通議〉，《時務報》，第三十六冊，錄於《時務報》，民國五十六年重印合訂本，一一六冊。台北：京華書局。

❷❺：《時務報》，第四十冊，光緒二十三年九月初一日。同前註。

❷❻：光緒二十四年（一八九八）戊戌，汪康年又在上海出版《時務報》，專門記載中外大事及評論時政得失，採分欄版面，兩面印刷，爲當時一分十分新穎的報紙。是年夏初五月末，光緒准御史宋伯魯之奏將《時務報》改爲官報；由大學士孫家鼐處理，改由康有爲督辦，以避開張之洞干涉，擴大對變法宣傳，而由梁啟超多負責任。汪康年卻立刻刊登啟事，聲言《時務報》將於七月初改爲《昌言報》，延梁鼎芬爲主筆，占而不作移交，《時務報》則易名爲《中外日報》。康有爲遂查封了《昌言報》、《時務報》。不久戊戌政變發生，康、梁逃至海外，《時務報》遂終，而《中外日報》則繼續出版。有關《時務報》改爲官辦之議，牽涉官場恩怨，有謂梁啟超在該報受汪康年等人排斥，欲藉康有爲之力，收回《時務報》，以報私怨；有謂承辦之孫家鼐欲將康趕出北京等等……非常複雜。

光緒三十四年（一九〇八年），該報經濟困難，曾受滬道蔡乃煌資助，似爲我國近代報刊正式受政府津之首次。不過，負面效果則是，蔡乃煌派人到報館，監督該報運作。汪康年最後乾脆將該報賣了給他。旋因該報銷數銳減，而只好停刊。

附釋：光緒三十年（一九〇四年）四月二十九日，留日學生同情維新的狄楚青

（葆賢），在上海創辦《時報》，聘陳景寒（冷血）爲主筆，以圖鼓吹報業革命。狄楚青之所以歸國，其本意原與唐才常（紱丞）等在滬組成「中國獨立協會」，圖謀起義。然而光緒二十六年（一九〇〇年）庚子漢口之役敗趺，他就用起義餘款，創辦了《時報》。

該報首創時評欄，由陳景寒主持，梁啟超嘗爲之執筆，並宣示他個人執著的「公、要、周、適」四原則：

——以公爲主。不偏徇一黨之意見。

——以要爲主。凡所討論，必一國一群之大問題。

——以周爲主。凡每月所出事實，其關一國群大問題，爲國民所當厝意者，必次論之。或發之論説，或綴以批評，務獻芻蕘，以助達識。

——以適爲主。「雖有高尚之學理，恢奇之言論，苟其不適於中國今日社會之程度，則其言必無力而反以滋病，故同人相勗，必度可行者乃言之。」（「上海時報發刊例」，錄於戈公振：《中國報學史》，頁一五二。）

同刊中，梁啟超又宣示有關記事（採訪、寫作）之五大原則：

——以博爲主。務期材料豐富，使讀者不出户而知天下事。〔梁氏特別指出《時報》在國內外大城市，皆置有特別訪事員；時值日俄戰爭，更派有「觀戰訪事員」。〕

——以速爲主。務閱者先睹爲快。

——以確爲主。凡風聞影響之事，概不登錄。若有訪函一時失實者，必更正之。

——以直爲主。凡事關大局者，必忠實報聞，無所隱諱。

——以正爲主。凡攻訐他人陰私，或輕薄排擠，借端報復之言，概嚴屏絕。（同上，「上海時報發刊例」）

梁氏之所以有此構思，實有感於當時我國報業之「五弊」（今又何嘗不然？）：

——記載瑣故，采訪異聞，非齊東之野語，即秘辛之雜事。閉門而造，信口以

談，無補時艱，徒傷風化。

——軍事敵情，記載不實，僅憑市虎之口，罔懲夕雞之嫌，甚乃揣摩眾情，臆造詭說，海外已成劫燼，紙上猶登捷書，熒惑聽聞，貽誤大局。

——臧否人物，論列近事，毀譽憑其恩怨，筆舌甚於刀兵，或颺頌權貴，爲曳裾之階梯，或指斥豪富，作苞苴（索賄）之左券（把柄），行同無賴，義乖祥言。

——操觚發論，匪有本原，蹈襲陳言，勦撮塗說，或乃才盡爲憂，敷衍塞責，討論軼聞，紀述遊覽，義無足取，言之無文。

——或有譯錄稍廣，言論足觀，刪汰穢蕪，頗知體要，而借闡宗風，不出鄭志，雖有斷章取義之益，未免歌詩不類之憾。（〈論報館有益於國事〉，《文集》，第一冊。）

民國元年，席裕福把《申報》賣了給史量才（家修）。史量才把陳景寒請過去當總主筆。歐戰之後（一九一四），《時報》陸續增闢教育實業、婦女、兒童、英文、圖畫及文藝各種周刊，在當時屬創舉，與此同時，戈公振加盟該報擔任編輯之職。《時報》雖在歷史上，僅次於《申報》及《新聞報》，但銷路卻沒有前二者的多，加以《時事新報》有日走下坡之勢，乃走社會新聞路線，以謀補救。一九二一年，狄楚青將《時報》賣了給黃承恩（伯惠）。民國十六年以前，《時報》向被視爲屬於研究系喉舌報，至國民政府北伐前，言論始傾向革命黨，故北伐起功後，得以繼續出版。民國二十一年六月二十七日，該報出刊一萬號紀念，首頁曾以三色套印「威尼斯圖」，爲亞洲第一張以三色套印報紙（見前文所述）。

抗日戰爭起，上海報刊群起反日，反汪逆漢奸，惜《時報》雖日出紙兩大張，但銷數一直沒有起色，處於經濟困難之際，又擔心該報彩色印刷機爲敵僞謀奪，故於民國二十八年（一九三九年）九月一日（記者節）自動停刊，前後出版了三十九年。

❷ ：支那，有謂原是「秦哪！」之音譯，" Chine "。

❷⑧：見《新民叢報》，第一號告白：錄於馮紫珊編輯，《新民叢報》，民國五十五
　　年，影印合刊本。台北：藝文印書館。

❷⑨：梁啟超此時曾作〈新中國未來記〉之「新派」小說一篇，專欲鼓吹政治理想，
　　其中之理想爲：國號「大中華民主國」；開國紀元：光緒二十八年（一九○二
　　年）壬寅；第一代大總統：羅在田〔藏清德宗（愛新覺「羅」之名，言其遜位
　　（在野）〕，第二代則爲黃克強〔取黃帝子孫能自強自立之意〕。梁氏謂當時
　　並非別有所見，只以爲辦報在壬寅，逆計十年後，亦即一九一二年，「理想
　　國」之大業始能成事，故其慶祝開國五十年紀念，時維一九六二年。孰料其後
　　中華民國於一九一一年紀元，黃克強爲革命元勳之一。「事實竟多相
　　應」，「若符讖然」，連他也吃了一驚。（見梁氏之：〈鄙人對於言論界之過
　　去與將來〉，《文集》，第七冊。）

❸⓪：其後，《新中國未來記》、《二十年目睹怪現象》、《世界末日記》、《電術
　　奇談》、《警黃鐘》、《黃蕭養回頭》、《班定遠平西域》及《小說叢
　　話》等，皆曾發行單行本。

❸①：梁啟超在《國風報》第一冊，親撰〈說國風〉一文說：「抑詩序又口，上以風
　　化下，下以風刺上，主文而譎諫，言之者無罪，聞之者止戒，故口風。……。
　　顧竊自附於風人之旨，矢志必潔，而稱物惟芳，託體雖卑，而擇言近
　　雅，……。」

❸②：〈國風報敍例〉，《國風報》第一冊。

❸③：⑴民國二年十二月，上海有《雅言》半月刊，由康遜窘主編，爲袁世凱同路
　　報；⑵民國十六年，有由董顯光任社長，採首版排新聞，二版右上角排社論的
　　美國式編排法之《庸報》；此兩刊勿與《庸言》相混淆。

❸④：《文集》，第一冊。
　　梁氏認爲：「報館於古有徵乎？古者太師陳詩以觀民風，飢者歌其食，勞者歌
　　其事，使乘軺軒以采訪之。鄰移於邑，邑移於國，國移於天子，猶民報也。公
　　卿大夫，揄揚上德，論列政治，皇華命使，江漢紀勳，斯十考室，駧（音炯，

馬園也）馬畜牧，君以之告臣，上以之告下，猶官報也。」（《時務報》，第
一冊。）

同治元年（一八六二年），有仕子廣東香山人鄭觀應（陶齊），曾將中西利
病，博采群言，寫成《救待揭要》一本。三十年後，經王韜等通時務諸人修訂
後，乃易名爲《盛世危言》一書，於光緒十八年（一八九二年）在上海以石印
出版。時江蘇布政使司政使鄧華熙（後曾任皖撫），曾將之進呈光緒御覽。據
新聞史學者賴光臨教授考證，光緒二十二年（一八九六年）丙申《時務報》創
刊時，梁啟超所撰〈論報館有益於國事〉一文，其中內容，蓋多有參考自《盛
世危言》卷四之日報上、下兩篇。如：

——該兩篇介紹泰西各報之種類、性質及內容，梁文亦爲之介紹、列舉。

——該兩篇有言：「美國泰晤士日報館，主筆者皆歸田之宰相名臣。」梁啟超
則在文中演譯得：「懷才抱德之士，有昨爲主筆，而今作執政者；亦有朝罷樞
府，而夕進館者。」

賴光臨授認爲兩文，有極爲相似相合之處。〔賴光臨（民57）：梁啟超與近代
報業。台北：臺灣商務印書館。頁十八。〕

㉟：光緒二十四年（一八九八年）戊戌四月二十三日（農曆），光緒下諭變法後，
六月八日曾下諭開報館。同月十一日，下諭「詔定國是」後，七月二十八日，
又下諭遍設報館以開言路。恐是受梁氏等維新分子建議。（見梁啟超：《戊戌
政變記》）

㊱：分別見：丁文江：梁任公先生年譜長編初稿。頁四五七。／文集，第九
冊：「團體戰爭躬歷談」；十四冊：「護國之役回顧談」兩文。

㊲：近代研究梁啟超之英文著作有：

Levenson, Joseph R.

1965 Liang Chi－Chao and the Mind of Modern China N.Y.：Havard
University Press。

鄭觀應在《盛世危言》一書序言裡，曾有言曰：「……乃知其治亂之源，富強

之本，不盡在船堅砲利，而在議院上下同心，教養得法，廣書院，重技藝，別考課，使『人盡其才』；講農學，利水道，化瘠土爲良田，使『地盡其利』；造鐵路，設電線，薄稅斂，保商務，使『物暢其流』。……。」之語。

光緒二十年（一八九四年）甲午五月（陽曆六月）　國父年二十九歲，曾皆革命先烈陸皓東（1868～95）前往天津向李鴻章（合肥人，字少荃，1823～1901）投遞約八千字之「上李鴻章草書」，痛陳「……方今中國之不振，固患於能行之人少，而尤患於不知之人多。夫能行之人少，尚可借材異國以代爲之行，不知之人多，則雖有人能代行，而不知之輩必竭力以阻撓。此昔日國家每舉一事，非格於成例，輒阻於群議者，此中國極大之病源也。……中國有此膏肓之病而不能除，則雖堯舜復生，禹皐佐治，無能爲世，更何期效於二十年哉？……」因而提出「人盡其才」、「地盡其利」、「物盡其用」、「貨暢其流」的四大綱領。據青年黨員、近代史學者左舜生教授（1893～1969）考據，此文曾經鄭觀應、王韜及陳少白等三人潤飾過。〔見左舜生（民59）：「我們怎樣紀念中山的百年誕辰？」《中國近代史話》二集。台北：傳記文學社。頁七十五～八十五。〕可惜當年農曆十月初十，爲慈禧六十大壽，李鴻章忙於爲老太婆攢「生辰綱」祝壽，根本未注意中日（甲午）之戰已迫近眉睫，對　國父更掉以輕心了。其後中日開戰，（農曆）八月十六日，日軍陷平壤；兩日之後，即十八日，海軍大敗於黃海；慈禧大賀壽之翌日，日軍即攻陷大連以爲「賀禮」（誠謂：「戰事軍前半死生，賀壽筵前猶歌舞」）；同月二十五日，又失旅順。翌年，即光緒二十一年（一八九五年）正月十八日，北洋水師全軍被殲於威海衛。故左舜生嘆曰：「國破家亡誰管得，滿城爭聽叫天兒！」（即京劇名伶小叫天之譚鑫培1847—1917／善演老生戲，如「空城計」、「定軍山」之類）同年四月，清廷簽訂了奇恥大辱的「馬關條約」，因而有同月二十二日，以康有爲、梁啟超兩人爲首的廣東、河南兩省舉人，立即聯名上書，要求拒約之舉〔康氏曾於光緒十四年（一八八八年），有上書光緒之舉；五月一日，他們師徒兩人，又邀集十八省在京考試的一千二百多名舉

人，在北京松筠庵集會，通過由康有爲起草萬言書，力主清帝拒和、遷都及變法，於翌（二）日呈送清廷，一時震動朝野，是謂「公車上書」。（「公車」是古代的官車，漢代用之以接送應考舉人，故此是謂舉人上書之意。）

翌（六）月三日，康有爲又呈上「上清帝第三書」；梁啟超等人另起草「上清帝書」，交都察院代轉。然而直到二年之後，亦即光緒二十三年（一八九七年）十一月十二日，德國強占膠州灣後，康有爲立刻跑到北京，並於十二月呈上「上清帝第五書」之後；翌年，光緒才避過守舊頑固派百般阻撓，看到這分「上書」。因而有翌年（一八九八年）戊戌六月十一日至九月二十一日百零三日的「泡沫改革」—「百日維新」，終於導致頑固派發動「戊戌政變」，光緒被囚瀛台，譚嗣同等六君子死難。至兩年後，亦即光緒二十六年（一九〇〇），有唐才常與鄭士良之起義。事雖不成，但清祚之滅，已宛如在目矣！

❸：本文主要參閱：

王軍余（民51）：「追念同學張季鸞君」，傳記文學，第一卷第七期（三月號），台北：傳記文學雜誌社。

吳湘湘（民60）：「中國報人典型張季鸞」，民國百人傳，第一冊。台北：傳記文學出版社。頁四三五～四八。

皇甫河旺（民58）：「張季鸞之生平及其影響」，新聞學研究，第三集（五月二十日）。台北：國立政治大學新聞所。頁一五一～七八。

陳紀瀅（民46）：報人張季鸞。台北：文友出版社。（本書有于右老所題律詩一首，其中有云：「……悵望中原有哭聲。痛心莫論大公報，民立餘馨更可思，發願終身作記者，春風吹動歲寒枝。」十分發人深省。

「紀念張季鸞先生專文」，報學，第十卷八期（民七十六年六月）。台北：中華民國新聞編輯人協會。頁二～二十一。

曾任《大公報》總編輯，創辦上海及香港版《文匯報》的老報界徐鑄成（1906～1991），亦曾在大陸出版過《報人張季鸞先生傳》。〔聯合報，民81.5.6.7.，第二十五版（副刊），張偉國之「上海：一年走了三位報人」〕

❸❾：于右任先生於民國二十七年，紀念他入獄二十五周年時，曾作「雙調折桂令」
詞一首，其中有云：「危哉季子當年，淚灑桃源，不避艱難。恬淡文人，窮光
記者，嘔出心肝。弔民立餘香馥郁，說袁家黑獄辛酸。」以誌之。

❹❶：同年，胡政之自歐返國，在《中華新報》館址之旁，開辦「國聞通訊社」，並
出刊《國聞周報》。此周報一直慘澹經營，至民國二十五年，由於《大公報》
成功，方由二千分增至兩萬餘分。

❹❶：其時《大公報》原於遜清光緒二十八年農曆五月十二日（一九〇二六月十七
日），由篤信天主教之英斂之先生於天津日租界旭街所創辦。他目睹庚子之亂
（一九〇〇年，義和團之禍，八國聯軍侵京），痛心國家面臨危亡之秋，於是
籌款辦報，但只取本國商股，不受政治賄金，不納外資，取名「大公」直言談
論，力主維新，傾動一時，漸成爲北方最著名日報。民國成立後，由王祝三接
辦，英斂之體弱多疾，報務廢弛。民六以後，胡政之曾接辦該報，稍有整頓；
但民八他赴法國代表《大公報》參加「巴黎和會」（June, 1919, the Ver-
sailes Treaty），至民十始返國，報務已弛，乃辭去報務。由於後繼乏人，終
於民國十五年元月一日停刊。

❹❷：張季鸞（民20）：「大公報一萬號紀念辭」，大公報，五月二十二日，第一
版，見於：季鸞文存，民六十八年。台北：台灣新生報出版部。
張季鸞認爲，「四不主義」是「爲在當時環境下所能表示之最大限，亦同人自
守自勵之最小限」，他認爲──「報紙天職，應絕對擁護國民公共之利益，隨
時爲國民宣傳正確實用之智識，以裨益國家，宜不媚強梁，亦不阿群眾。」而
其最後之結論曰：吾人惟本其良知所詔示，忍耐步趨，以求卒達於光明自由之
路。（《大公報》目標，見文存。）

❹❸：國民革命軍北伐，自民國十五年七月二十七日，自廣州出發，取道湖南北上爲
始，至十七年十二月二十九日，奉軍少帥張學良自動易幟，歸命國民政府爲畢
功。《大公報》復刊當日，僅印紙兩千餘分。

❹❹：實則等於今之特派記者，巡迴採訪，調查報導。

❹❺：《大公報》至民國二十五年九月一日，恰爲復刊十周年，津滬合計已逾十萬紙，用高速輪轉機印刷，除東西省分不能寄遞外，行銷遍於各省，全國分銷單位，多達一千三百餘處，可見經營苦心。

❹❻：汪精衛（1883～1944），廣東番禺人，早年赴日留學習法政，加入同盟會。歸國後曾任《民報》編輯。少年時雄姿英發，曾謀刺攝政王載澧失敗而入獄。民國以後，則參與討袁、護法之役，官至行政院院長。未料晚來失節，舉國抗日之際，他卻暗中圖謀，與日妥協，響應日相近衛文磨於二十七年十二月二十二日所發表之建立東亞新秩序之謬論。他爲此，曾詠有「落葉」詞一首「言志」：「嘆護林心事，都赴東流，一往凄清，猶作流連意。奈驚飆不管，摧化青萍。已分去潮俱渺，回汐又重經，有出水根寒，拏空枝老，同訴飄零。天心正搖落，任菊秀蘭芳，不是春榮。戚戚蕭蕭裡，要滄桑變了，秋始無聲。伴得落紅隨去，流水有餘馨。寂寞荒蕪，寒螿夜月，愁秣陵。」汪精衛爲漢奸，千古遺臭，是逃不過史筆的。但若不以人廢言，十九歲即中秀才的他，文才的確夠得上才子。試觀其行刺攝政王失風下獄所寫的一詩一詞：⑴明志詩（之一）「慷慨歌燕市，從容作楚囚；引刀成一快，不負少年頭。」⑵給妻子陳璧君之「金縷曲」（其時尚未結婚）：「別後平安否？便相逢，凄涼往事，不堪回首。國破家亡無限恨，禁得此生消受，又添了離愁萬斗。眼底心頭如昨日，訴心期夜夜常攜手，一腔血，爲君剖。淚痕斜漬雲箋透，倚寒衾循環細讀，殘鐙如豆！留此餘生成底事？空令故人㑄㑄，愧戴卻頭顱如舊。跋涉關河知不易，願孤魂繚護車前後，腸已斷，歌難又。」有文無德，徒令人腸已斷，歌難又。

張文見民二十七年十二月十二日社論，文存第五四三～六頁。他更坦然在文中指出，中國抗戰之目的要和平。但必須先以堅強善戰，脫出了滅亡或奴隸之關頭，必須事實打倒侵略，才能不滅亡，不做奴隸，然後始有和平之望。汪自滇至越南河內，同年十二月二十九日，竟發表「艷電」，公然附和近衛。國民黨遂開除其黨籍，撤消他一切職務。張季鸞在翌年一月二十五日的〈論黨〉一文

中，力斥「而如汪兆銘案，其言論行動，藐視國法，可謂達於極點。以身任要職之人，忽贊美敵人以駐兵中國全國要地爲前提之誘降宣言，而無端謂敵人已有尊重中國主權之意，且當其所謂建議中央之日，其電文已先發表於海外，是足證建議之精神少，而煽惑之意義多。全國軍民雖決不受其動搖，然已令敵寇騰歡，漢奸色舞，總之有裨於敵人而有害於國家無疑也。」（《文存》，第五四八～五〇頁）

同年五月，汪赴東京乞降，翌年三月三十日，於南京成立僞政府。同年十二月，日本正式承認此一傀僞政府。民國三十四年八月十五日，日本宣布投降，汪氏已逝，其僞組織即行土崩瓦解；翌年五月五日，國民政府還都南京。

❹：周恩來（1898～1967）曾有所申辯，張復再指出：「自民國十六年以來中共所作所爲，不幸與民族的需要成了相反的形勢，對國家的貢獻實際上是負號。而且中共不比一般人，其國家觀與普通人不盡同，今當蘇日中立條約成立，中共是否將受其影響？」〔文星版《文存》，「讀周恩來先生的信」（民三十年五月二十三日），第一三二～六頁〕

❽：先生後移靈西安，公葬於翠華山竹林寺。榆林城則由先生同學王軍余先生，建石碑於蓮花池畔。他主持《大公報》筆政十五年，已是「報」、「人」合一。但他一生屬文，向不留底稿，也不收存，堅持社論不署名。他殁後，胡霖收集他的社論，輯成《季鸞文存》兩册，於民國三十三年在重慶出版，半年後即發行二印。三十五年八月，再發行天津版；半年後，亦刊行二印，可說洛陽紙貴。

❾：民國二十四年，于右任先生賀季鸞先生五十壽誕詩。見❶，皇甫阿旺文，頁一六五。

❺：同文中尚明白指出：「自日人入侵，國危民辱，成敗興亡，匹夫有責。今日抗建之大義，即在犧牲個人一切之自由甚至生命，以爭取國家民族之自由平等。吾儕報人，以社會之木鐸，任民之先鋒，更應絕對以國家民族之利益爲利益，生命且不應自顧，何況其他！是以嚴格之戰時中國報人，皆爲國家之戰時宣傳

工作人員，已非復承平時期自由職業者之時矣。」——真是「丹心一片棲霞月，猶照中原萬里山！」〔見曾虛白主編（民62）：中國新聞史，三版，台北：政大新聞所。頁四二。周培敬（民79）「從抗戰到復員」，中央社的故事，第二篇。新聞鏡，第六十五、六期（1.22.～2.11）。台北：新聞鏡雜誌社，頁七十二～四。〕

❺：民國二十八年五月三（五三）、四（五四）兩日，重慶遭受日機大轟炸，各報受損嚴重。《大公報》曾與《中央日報》、《掃蕩報》、《國民公報》、《新蜀報》、《新民報》、《商務日報》、《西南日報》、《新華日報》及《時事新報》等十報，於同年五月六日，共出《重慶各報聯合版》，由該報王芸生擔任編撰委員，初時出紙半張，後增至一大張，至同年八月十二日爲止，共出了九十九期，至十三日，各報方恢復出版。

張季鸞逝世後，《大公報》報務頗受挫折。民國三十四年勝利後，除繼續發行重慶版外，是年冬季又在天津及上海復刊。至三十七年，更在香港復版。其時立場尚稱公允，一報四版在全國發行，傳統上受一般知識分子喜愛，故而影響力頗大。惜即於三十七、八年間，胡霖染病，報政大權落入王芸生手中，王芸生漸次左傾，《大公報》亦隨而親共。大陸易手後，一九五三年，天津《大公報》被接收後，曾一度易名爲《進步日報》，滬、渝版停刊，只留親共之港版《大公報》。一九五六年《進步日報》移北京出版，恢復《大公報》原名，仍由王芸生任社長，只能報導財經及商業消息，已無半點前時政論特色。

附釋：

⑴《大共和日報》，於民國元年十一月創刊，是擁袁（世凱）的共和黨「機關報」，不久即告停刊。（民元五月，章炳麟、張謇所領導之統一黨，黎元洪之民社，潘鴻鼎之國民公黨，以及清季資政院憲友會支派、由范源濂領導之國民協進會，加上清季立憲派之民國公會等政黨，合組爲共和黨，擁護袁世凱，反對同盟會，成爲袁民之「御用黨」。（見吳湘湘編，《現代史叢刊》，第五輯。台北：文星書店。頁八十二。）

⑵《中華新報》是民四，由民黨擁黃（興）之政學系（或稱南洋派、後進派或實行派）、後任河北省府主席之楊永泰（暢卿）及谷鍾秀等人主辦，目的在討袁和反對北洋軍閥，吳稚暉（敬恆，江蘇人，1865～1953）亦曾加盟該報，發表著名之「胐盫客座談話」專欄（後輯成册出版）。袁氏去世，黎元洪繼任總統，段祺瑞（合肥人，1865～1936）組閣，谷鍾秀入閣。該報乃將攻擊目標轉向進步黨之機關報《時事新報》，吳稚暉尚與該報大開筆戰。吳氏離開該報後由張季鸞等先後主持筆政，但營務始終不振，至民國十三年冬，停刊。

⑶《時事新報》：有《時事報》者，創刊於光緒三十三年（一九〇七年十一月五日）；有《輿論日報》者，創刊於光緒三十四年（一九〇八年）二月二十九日，創辦人爲主持《時報》的狄葆賢之弟狄葆豐，爲保皇派報紙。兩報讀者不多，宣統元年（一九〇九年）初，兩報決定合併，改名《輿論時事報》。宣統三年（一九一一年）四月二十日，改稱《時事新報》，內容上則變（立憲）爲維新派的機關報。民國二年夏，共和、民主、統一三黨合併成進步黨，該報又成爲黎元洪、湯化龍、馮國璋等人進步黨機關報，政治上洵屬保守派，擁袁而反國民黨。

不過，《時事新報》內容及編排方式，卻是一張革新報紙。它效法日本報紙，任用專職訪員，闢公布欄，改革版面，注重副刊，令中國報紙內容與形式，注入新觀念、新做法，故而當時有「時事新報式」版面之稱。例如，它的副刊——「報餘叢載」，曾連續三年，刊登〈上海之黑幕〉長稿，相當受讀者歡迎。民國七年三月四日，又增「學燈」一版，包括文學、藝術、婦女及戲劇等各種周刊，並有專載介紹學術爲思想文字，甚得教育界歡迎。故出刊不到半年，即由周刊而改半周刊、雙日刊及日刊，估計當時該報每日出紙三大張，終銷五萬份。民國十八年五月中旬它由主事者易人，而一度停刊，二十六年二月十四日，又再復刊。

《時事新報》在其他方面，又大力推行風氣之先的「專欄新聞」。例如民國二年的「教育界」專欄，民國九年的「工商之友」專欄（後易「工商界」），十

九年五月十六日之「運動世界」專欄（後易名「運動界」），都爲當時及往後各報相繼仿效。民國二十年後，該報雖採混合版面，廢除上述諸欄名稱，但各類消息，仍以分版（Sectioning）輯聚，方便讀者閱讀。此外，該報國際新聞獨占一版之做法，而今仍爲各報所採用。

民國十六年以前，該報一直是梁啓超諸研究系人馬言論機關報，因爲政治失意，就致力於新文化運動革新。北伐成功之後，該報改組，由原經理張竹平重整旗鼓，並請陳布雷爲主筆，漸次走出政治，邁向企業化經營。民國十七年，陳布雷離開該報，由程滄波繼任，程氏之後爲潘公弼。民國十九年六月，改組爲股份有限公司。

抗日之戰起，政府西遷重慶，《時事新報》爲支持政府，不惜犧牲在滬之財產設備，亦直接遷渝出版，由黃天鵬、黃憲昭兩人主持報政，業務乃屬不俗。惜後因內部人事糾紛，至漸呈沈寞。至勝利還滬，恢復出版。但因缺乏資金，業務受《申報》及《新聞報》兩報之影響，言論受《文匯》、《大公》等報之圍攻，聲勢乃一落千丈。上海易手後，在中共手中，更無回復希望。

⑷王芸生：同時代尚有「日本通」王芃生，非同一人也。王芃生是河南醴陵人，原名大楨，別署曰叟，光緒十九年（一八九三年）生，卒於民國三十五年（一九四六年）。民國七年（一九一八年）夏，畢業於日本陸軍經理學校高等科。曾任交通部次長、軍事委員會國際問題研究所所長。爲一日本通，外人稱之爲「中國神秘人物之一」。曾準確研判民國二十年九日，日本必向東三省發動武力侵略，二十六年七月，日本必將挑釁而控華北全局；一九四一年十二月上旬，日本將發動太平洋戰爭；以及日本將支持不到一九四五年年終諸事。〔見吳湘湘（民60）：民國百人傳。台北：傳記文學出版社。頁二八一～九二〕

⑸《中央日報》（Central Daily News）：民國十五年冬，國民黨於廣州創刊，十六年二月，北伐軍克服武漢，即移漢口發行，旋又移上海發行。民國十七元月一日，上海版，由潘宜之任總經理，行政院政務處處長彭學沛任總編

輯。同年十月遷往南京，翌年二月一日復刊，初由國民黨中央宣傳部部長葉楚傖，兼任黨報委員會主席，管理該報。二十一年三月一日改為社長制，由程滄波擔任社長（已故），在言論及新聞上，儼然國民政府之喉舌。民國二十一年九月該報增出《中央夜報》，同年十一月，又刊行《中央時事週報》。夜報刊行了兩年，周報則刊行了近五年之久。惜乎民國二十二年，彭學沛貪汙瀆職，被成舍我氏於民國十六年十月所創刊之四開《民生報》，大肆揭發，激怒當時行政院長汪精衛，竟封閉了《民生報》，並且不准成氏在首都繼續辦報，令黨報名譽受損。民國二十四年十月間，該報啟用輪轉印刷機，開啟企業化歷程。二十四年五月後，因為武漢陷日，乃移長沙出版。二十六年七月，中央在廬山召開談話會，《中央日報》乃在該處設廬山版，由朱虛白主編，為該報出臨時分版之嚆矢。二十七年武漢撤退，又移重慶出刊。《武漢日報》則移貴陽出版，稱《中央日報》貴陽版。為了因應抗戰環境，自是朝多地分版發行方式，維持業務，故而除渝及貴陽版外，尚有湖南、昆明等三十多個分版。其後在參與《重慶各報聯合版》時，由該報程滄波擔任「各報聯合委員會」主任委員。二十九年十月，程滄波辭社長職，由何浩若繼任，三個月後，即由陳博生（已故）接任，曾獨家報導日軍偷襲珍珠港消息。此時南京汪偽政府，亦在原地辦了分《中央日報》。

三十一年十二月，陶百川繼任社長。再後又由《東南日報》社長胡健中出任社長，陶希聖任總主筆，陳訓畬（已故）任總編輯。此時，《中央日報》已一方面在業務上，跟《大公報》競爭；另一方面，則與左傾《新華報》在打宣傳筆戰。

民國三十四年八月日本投降，當局以派陳訓畬為南京特派員，偕同李荊蓀（已故）、卜少夫等人，飛抵南京接收當地的《中央日報》，並於同年九月十日，我國接受日本獻降典禮之次日復刊。其後，陳訓畬調上海《申報》總編輯，胡健中歸建《東南日報》，乃由留美之馬星野接任社長一職。馬氏大力規劃，營運頓有盈餘。三十五年五月，增出《中央晚報》，同年七月，又出暑期廬山

版，聲勢爲首都報界之冠。民國三十八年，馬氏未雨綢繆，將該報人員設備，先趕運台北，並於同年三月十二日發行台北版，至該年四月中共軍入京，首都版方始停刊。

民三十九年六月及十月，且在香港及紐約成立分社，發行國際航空版。翌年三月，因國際紙價高漲，當時外匯緊湊，爲節省起見，遂行停刊；至四十五年十一月十二日，再度發行航空版精編一張。馬星野先生擔任社長至五十年；其後，繼任者有蕭自誠（已故）、阮毅成（已故）、胡健中、曹聖芬、錢震、楚崧秋、姚朋及石永貴等諸人。該報甚早即提倡報紙雜誌化，並於民國四十年，即成立社會服務組，以與讀者打成一片。該報原是一張注重國民黨形象的黨報，內容也較純正；惜因時勢變遷，讀者群更替，至台灣地區步入多元化時，風光不再！

中共控制大陸後，前時各報，均納入「中共中央宣傳部」下，加以管制，南京《中央日報》則改爲《新華日報》。

⑹《掃蕩報》：抗戰軍興，國民黨率先於南昌行營成立《掃蕩三日刊》，由南昌剿匪總部政訓處主持，後擴充爲《掃蕩月報》。成爲一般性報紙，爲軍事委員會的言論機關，是一分軍報，最先由丁文安主持，主張「攘外必先安內」，宣傳新生活及剿共抗日。

民國二十四年五月一日，遷至漢口出版。二十七年五月，發行網遠及海外及邊遠地區。同年十月一日，武漢撤退，漢口版移至桂林，並增出重慶版。三十二十月一日，又出昆明版。三十三年，由黃少谷專任總社長，並於九月一日，正式成立公司制，不復隸屬於軍委會政治部。抗戰勝利後三月，孫中山先生八十冥壽時，《掃蕩報》易名《和平日報》，恢復漢口版，創設南京版，次年又發行上海版。三十五年五月，隨政府還都。其時直接由總社經營，重慶、南京、上海、漢口及蘭州五社外，受總社指導之廣州、瀋陽、台灣及海口版等亦相繼成立。內戰起，恢復原名。三十八年四、五月京滬失守，《掃蕩報》遷至台灣。

另外，戰時軍報系統尚有：

——二十七年元月創刊的《山西戰地報》；同年三月創刊的山東聊城地區的《抗戰日報》；同年十一月，山西又再創辦《行軍日報》及《戰鬥日報》。廣西學生軍團則尚主辦有《曙光報》與《民眾報》。

——《掃蕩簡報》，是一分小型、油印、流動性戰地隨軍報紙，配屬於集團總司令部或軍部，爲當時軍委會政治部「部報委員會」所規劃成立，故有「掃蕩簡報訓練班」之設立。民國二十八年八月和二十九十二月，該部在「中央訓練團」，更曾舉辦過兩期「新聞研究班」，訓練軍中新聞幹部，由軍委會副部長張厲生兼任班主任，其時「中央社」總社社長蕭同玆亦曾擔任過副主任一職。

——《陣中日報》：抗戰時，全國十個戰區，區區皆有《陣中日報》，由戰區司令長官政治部發行，以供應所轄戰區軍民閱讀。（但上饒第三戰區，則名爲《前線日報》）此外，在國共內戰期間，除《陣中日報》外，尚有《黨軍日報》及《黃埔日報》諸軍報系統刊物。遷台之後，除金馬及澎湖前線軍中報紙外，在台北發行的，有《青年戰士報》（已易名爲《青年日報》）。

(7)《新民報》，是陳銘德、鄧季惺夫婦於民國十八年九月，在南京創刊之小型報，受四川地方政府津貼，言論上較偏袒，版面側重社會花邊新聞及各級學校新聞，副刊則注重小說及掌故，由鴛鴦蝴蝶派之張恨水張慧劍主持編務，內容輕鬆言情，編輯手法則趨於誇大渲染，能受青年學生及一般大眾歡迎，曾爲南京四大報之一。抗戰軍興，政府西移，該報率先遷渝。其時，重慶原已有歷史悠久之《新蜀報》及《國民新報》等地區報雄踞，它乃可占一席之地。戰後在京、滬、渝、平、蓉五地發行，連日晚報版，共五社八報，聲勢不少。南京報有日晚兩版，政治色彩原非濃厚，然三十六、七年間，陳銘德依附中共，言論左傾，三十七年七月八日，內政部以其屢次刊登「不利政府且不確實新聞言論」，觸犯出版法，而勒令永久停刊。

(8)《新華日報》：是設刊於漢口之中共言論機關報，由潘梓年（已故）主持，大量採用各地通訊稿，新聞與標題亦盡量由白話語體，爭取一般普羅大眾讀

者。遷渝之後，又出華北及桂林版。另外，在國共爭持期間，中共在延安辦有
《解放日報》，其他諸如哈爾濱、蘇北等控制區，亦有中共報刊。國民政府宣
布戡亂後，重慶《新華日報》停刊。其後國民政府曾克復延安，《解放日報》
不得不遷往晉冀察邊區，局限一隅。但其時中共「宣傳部長」陸定一，尚在香
港主持報分約有一萬分的《華商報》；其他地區同路報——「民主同盟」報
系，則有重慶之《民主報》，以及上海之《文匯報》與《聯合夜報》。

民國三十五、六年間，我國政黨報紙林立，可謂盛極一時，除上述中共黨報及
軍報外，國民黨黨報，要占最多數。例如：

——由國民黨中宣部督辦者，計有：⑴《中央日報》報系，除了南京、上海、
重慶、貴陽、昆明、桂林、長沙、福州、廈門、海口、瀋陽及長春等十二個分
版上；在北京的稱《華北日報》，天津南昌及西康的《民國日報》，漢口
的《武漢日報》（另有宜昌版），成都的《中興日報》，廣州的《中山日
報》（另有梅縣版），西安的《西京日報》；⑵另外，北京尚有《英文時事日
報》。由省縣級地方黨部主辦者，除安徽合肥、蚌埠、蕪湖、河北之保定、唐
山及石家莊等地皆有地方黨報外，鎮江之《蘇報》，徐州之《徐報》，淮陰之
《淮報》，吳縣之《吳報》，南通之《通報》，與東海之《海報》等。

——由黨人主辦者，如滬、杭之《東南日報》（胡健中主持）；杭州《正
報》（吳望伋主持）；上海《申報》（潘公展主持），《新聞報》（程滄波主
持，1902～1990），《正言報》（吳紹樹主持，已故）及《大同日報》（余烈
之主持，已故）；以及漢口《華中日報》（袁雍主持，已故）等。

其時青年黨亦有黨報，如在抗日之戰前，即有國家主義派所辦之《醒獅週
報》、《國論週刊》等刊物。民國二十七年，在漢口有《新中國日報》，由李
璜爲發行人（已故），宋益清爲社長。漢口失陷時，遷往成都發行。三十五
年，則在滬創立機關報——《中華時報》，由該黨宣傳部長左舜生主持（已
故）。此外，廣州之《探海燈》三日刊（由胡國偉主持，已故），以及台灣地
區之《公論報》（由李萬居創辦，已故）爲該黨黨員所辦，洵屬該報報系。

(9)《武漢日報》：湖北原有《國民日報》，民國十八年六月十日，改組爲《武漢日報》，直屬中央，由中宣部部長兼任社長，負名義上之責，後由王亞明、宋漱石先後分別擔任社長，主持實際運作。抗戰前業績不弱，日出版四大張，並直接空運京滬。抗戰軍興，二十七年十月，部分員工西遷至貴陽，十二月一日復刊，易名爲貴陽版《中央日報》。另一部分員工，則至宜昌設刊，仍用《武漢日報》之名，受貴陽《中央日報》掌轄。二十八年該報曾在湘西出芷江版。二十九年抗戰中期，西遷恩施，於十一月一日復刊，並在淪陷區黃岡發行敵後版，報道抗日動態。改隸直屬中央，業務與貴陽《中央日報》分割。勝利復員，增出晚刊及恢復宜昌版。

三十八年四、五月間，南京、上海相繼失守，《武漢日報》總社遷往柳州，宜昌版則遷四川萬縣。同年年底，共軍入據西南，《武漢日報》全告停刊。

❺❷：一九四三年五月二十日，英美宣稱放棄在華治外法權（Extraterritorial rights）。是年臘月，國民黨中央黨部省港總支部徵春聯，錫公以「百載艱難除舊約　一年容易又新春」獲首獎，於此聯中，亦可見錫公志節。又，《大公報》爲天主教教友英之斂所創，《大光報》則爲基督教人士所創，一北一南，一時亦是佳話，但民國二十四年三月，武漢亦有《大光報》一分，不可混淆。〔見曾虛白主編（民62），中國新聞史，三版。台北：政大新聞所。頁三六一。〕

❺❸：張寶鳳（民78）：「敵乎？友乎？記者與其消息來源之間的危險關係」，新聞鏡周刊，第五十八期（十一月號四～十日）。台北：新聞鏡雜誌社。頁三十六～四十。

❺❹：同前註。

❺❺：同❺❷。

❺❻：卡倫交出了訪問原稿，已播及未播的底片，但不肯交出記事簿，以免成爲「執法者的調查武器」。卡倫律師認爲：「把記者牽扯進每個案子，實在不符公眾利益。」但聯邦法院推事認爲，在民事案中，記者或享有特權，但在刑事案

中，當原告和被告的利益，超過記者的利益時，記者無權保留消息。縱使先進如美國，其在憲法言論自由的條文中，有關記者權利保護解釋，十分含糊，聯邦最高法院尚在引用二十多年前的判例。見：匡寧（民79）「不透露新聞來源　美記者寧可坐牢」，新聞鏡雜誌社。頁五十。

(57)：吳鈴嬌（民68）：失落的考卷。台北：遠景出版社。

(58)：當晚參加餐會的除沙蕩外，尚有《亞洲華爾街日報》特派員殷允芃〔其後於民國七十年六月，與華裔美國經濟學教授高希均博士，及《中國時報》駐港特派員王力行女士合創銷路不俗的《天下雜誌》（Commonwealth）〕，《新聞周刊》美籍華裔劉美雲小姐，《中央日報》副總編輯唐盼盼，《合聯國際社》楊欣欣小姐，我國外交部科長，新聞局官員，台灣本地報紙記者及駐台其他單位記者。

(59)：見蕭樹倫（民67）：「我爲何發出『絕對不確』的報導」，《中國時報》，十月二十七日，第二版。

(60)：同前註。據蕭樹倫說，九月五日，亦即聚會的第二天，殷允芃（Diane Ying）、劉美雲、唐盼盼及沙蕩等人，曾齊集在合眾社辦公室中，討論此一深具爆炸性談話，而那位官員那樣斬釘截鐵的回答，更不會令人有誤解的餘地。

(61)：此外，還會涉及美國外交官員的「失信」與「食言」，我國官員的疏忽大意；同(59)。蕭樹倫在寫形同答辯的(59)一文時，覺得還曾引起美國記者疑問，質疑他是否應寫該文和是否有權撰寫該文。

(62)：蕭樹倫指出，他是斟酌用「決定接受」，而非「已接受」，以及用「告知」，而非用「正式告之」或「通知」（Notify）之類字句，以緩和語氣。他認爲我國既有官員在場，若將所見所聞去報告，該是一種「告知」方式之一。

中共與美國關係正常化之三個條件爲：斷交、毀約與撤軍。毀約是指廢除在民國四十三年，由當時外交部長葉公超（1904～1981）與美國簽訂的「中美協防條約」。

(63)：此後數日，此則消息牽起陣陣漣漪。而據蕭樹倫說，當時外交部情報司（其後

改爲新聞文化司）司長金樹基（名社會學者金耀基博士之令弟），曾告之二十三日發電當日，外交部根本還不知有美方官員談話這回事，經向當日在場的羅姓科長查詢，所得的回答是並未「聽到」那些談話；他因而推想出席的新聞局官員，對那些談話「沒有聽見，或沒有聽懂，或聽懂也沒有向上報告」。所以外交部發表否認聲明，自有其立場。合眾社也照發了外交部否認聲明，而他在報導中，亦未作任何評論。

他也曾打電話向美國大使館官方發言人查詢時，但他表示「好像沒有聽見」這些話。而與那位發表簡報的美國大使館官員聯絡，欲進一步了解美國政府立場時，卻得不到回覆。二十五日，《中國時報》二版有一專欄，是一位當時自稱在場的人所寫的，指名合眾社的報導「毫無疑問的是失實了」。

蕭樹倫也曾電告合眾社華盛頓分社，要求向美國國務院查證。二十六日晨，得到回電說，國務院助理國務卿兼官方發言人荷丁‧卡特說：「美國對中共的立場並無改變。美國沒有，重覆說一遍，沒有接受（共黨）中國所提關係正常化的三條件。」而且，附加評語說：「好像是你的那位美國大使館官員過於急躁，或者有人有了誤解，或者有人在說謊話。」同❺❾。

❻❹：蕭樹倫當時的困境有：⑴當時他不在現場，所得只是二手資料。（所以，若是由當晚出席的合眾社記者發稿較少詬病）。⑵深信當時那位作簡報美方官員「不可能講錯話」，我方出席官員已向層峰報告，我政府高階官員對此壞消息「已有所聞」，無疑是一項極冒險「假設」。⑶在到處無法求證的情形下，敢冒險「迫使此事公諸於世」，的確具有「押寶性質」。⑷這的確是破壞行規行爲，爲行家齒冷的；但正因爲他當晚不在場之故，是否要守這行規，恐有爭論。——上述這種冒天下之大不韙做法，真是要「有種」才敢寫的。

❻❺：「中美防禦協定」，是一九五三年，由我當時外交部長葉公超，與其時美國國務卿（Secretary of State）杜勒斯（John Foster Dulles, 1888～1959）所簽訂，此條約廢棄後，美國國會通過「台灣關係法」（The Taiwan Relations Act, TRA），與台灣人民繼續維持文化、商務及其他非官方關係。美國政府

承認「只有一個中國，台灣是中國的一部分」，並表示「台灣問題將由中國人民自行和平解決」，美國關注台灣安全的承諾與重視，並持續注意台灣所有人民人權。美國駐華大事館易名爲「在台協會」（American Institute in Taiwan, AIT），我國原駐美大使館，則易名爲「北美事務協調委員會」（Coordination Council for North American Affairs, CCNAA）。

中華民國與美國斷交消息，係六十八年十二月十六日凌晨，由當時美國駐華大使安克志（Leonard Ungen, 1917～），前赴蔣經國總統官邸「愴惶告知」，此是卡特政府極不禮貌行爲。可惜我國官員稍過一段時日後，即忘了岳飛滿江紅的「靖康恥，猶未雪，臣子恨，何時滅！」中共也由與「美帝」的極端對立，而締結聯盟，可見外交圈中，波譎雲詭，有實力，而後能立足國際！

**66**：蕭樹倫認爲通訊社記者的工作是「每一分鐘都是截稿時間」，所以更不好當；他曾因工作壓力而患過胃潰瘍、心律不整等毛病。以合眾社而言，美國總社要求要不斷有新的消息傳回總社，即使同一新聞，也不容重複，而要每則從不同方向、角度的層面來報導，例如最新發展、其他相關報導等等。

**67**：蕭樹倫嘗言他的獨家，是冒著可能被捕下獄之危而得到的。故記者除要「有種」之外，尚要多動腦筋，報導客觀、正確，新聞專業知識豐富；故他抨擊一下筆即評論的膚淺新聞報導方式，他認爲獨家雖然重要，但一定要遵守與消息來源的協議。他不諱言他好打牌、喝酒、應酬，在遊樂場合裡，消息來源就多；但他還是認爲好奇、敏感、人緣好、信用好得到受訪者信任，還是最重要的。他嘗舉例說，某年我駐日大使未定，新聞界猜不出誰會接任此職。一日，他在台北一家書店裡，不經意聽到有人要購買所有與日本有關的書。他好奇地查問，則答稱是陳之邁大使要用的。其時陳大使正駐節澳洲，因而靈光一閃，揣測陳之邁大使將接任駐日大使，果然「一猜」而中。（我與日本於民國六十一年斷交。）

——對背景了解＋新聞鼻（感）＋運氣，有時獨家會手到擒來。

蕭樹倫其他的獨家還有：⑴唯一獨家訪問過蔣介石總統的中國籍記者。蔣介石

總統當時聲明：中華民國只需美國的精神與物質支援，不需要美國派一兵一卒到台灣來；因而不但使他的報導上了《紐約時報》一版頭題，亦成了日後所謂「尼克森主義」對台政策之源頭。(2)第一位登上第七艦隊艦艇訪問的記者。當時協防台灣的第七艦隊司令普來德中將（Adm. Pride）指出：美國第七艦隊的任務，是在保衛台灣不受中共侵略；因而產生安定民心作用。（第七艦隊巡防台灣海峽，是拜民國三十九年韓戰之賜，但事實上也局限了金馬國軍活動範圍。）(3)民國四十七年的「八二三」砲戰時，首次報導美軍支援我國響尾蛇飛彈新聞。（這是美國首次將飛彈在戰場中運用，舉世觸目，故中美雙方皆強烈否認。後來，由於美國國防部容許在新武器實兵應用後，可對新聞界解禁，方得真相大白。）(4)在「八二三」金門砲戰時，國軍八英寸口徑可發射核子彈頭的巨砲調守金門（當時傳播界稱爲「原子大砲」），他從美國顧問處得知此一消息，作獨家報導，幾乎拖累一位無辜軍事新聞官。

❻❽：本文參考自馬成麟（民79）：「無數獨家堆砌成名的名記者：蕭樹倫縱橫『國際』三十五年」，新聞鏡，第一○八期（七十九年十一月二十六日～十二月二日）。台北：新聞鏡雜誌社。頁五十～三。

❻❾：見鄭彥棻（民78）：「孫科別傳」，中外雜誌，第四十六卷第五期（十一月號；總號：二七三）台北：中外雜誌社。頁八十二。

❼⓪：「蔣公論新聞道德」，新聞學研究，第三十一集（民七十二年五月二十日）。台北：國立政治大學新聞所。

民國81年元月25日，陶百川在中華民國大眾傳播教育協會80年度會員大會中，再以「對當前大眾傳播事業感言」爲題發表演說，再度指出，我國未談言論之權，先談言論之責，因而呼籲我新聞事業，必須珍惜新聞和言論自由權利；在監督政府和領導輿論方面，必須公正和理性。新聞事業也要珍惜國家的基本處境，尊重任何個人爲法律所保障的各種權利，包括人格權、名譽權與隱私權，使自由和責任相得益彰。

❼⓵：同註❺❾、❻⓵、❼❸。

❼：有「中國平民教育運動之父」之稱的晏陽初博士（1893～1990），也曾獲得過「麥格塞塞獎」。他畢生致力平民教育和鄉村改造運動，有「活聖人」、「有如基督」的讚譽，與愛因斯坦同時接受「世界十大革命性偉人」榮銜。他於民國七年赴法，曾創辦過《華工周報》，教華工認字及閱讀。民國卅二年，他曾認爲美羅斯福總統（Franklin Delano Roosevelt, 1882～1945）所提出的言論自由、信仰自由、免於恐懼及匱乏的自由，四大自由主張還不夠，應該更注意「免於愚昧無知的自由」。他又認爲中國人有兩種「盲」，一種是「文盲」，一種是所謂士大夫、爲政者没有看到人民潛力的「民盲」。掃除文盲也的確爲我國當務之急。大陸無文盲統計數字，當然令人不相信，但據我教育部社教司在民國八十年年中統計，台灣地區教育普及，學齡兒童就學率高達百分之九十八，但年滿十五歲已逾學齡而不識字、或只有自修程度者，約有一百三十九萬多人，其中六十歲以下者近六十萬人。教育部計畫從八十一至八十五會計年度，投下十四億八千多萬元經費，推行「新民專案」，讓大約四十五萬人參加成人基本教育研習班，預計五年間先掃除文盲三十五萬人。（聯合報，民八十年七月十九日，第五版）

菲律賓麥格塞塞獎（The Ramon Mageaysay Award），是紀念一九五七年在菲境比那杜坡火山（Pinatubo）墜機身亡的菲國獨立後第二任總統麥格塞塞而設，獎分「公眾服務」（Public service）、「社會賢達」（Community leadership）、「公職」（Goverment service）、「新聞文學及傳播藝術」（Journalism literature and educative communication arts），以及「國際瞭解」（International understanding）等五類，得獎者可獲金質獎牌一面與獎金三萬美元，但只發給亞洲人士或機構，通常於每年七月中公布獲獎名單，八月底在馬尼拉頒獎。

歷年來，我人獲得此獎者，除了上述晏陽初博士及殷允芃小姐兩人外，尚有蔣夢麟（一九五八，時任農復會主委，公職獎）、李國鼎（一九六八年，時任經濟部長，公職獎）、許世鉅（一九六九年，時任農復會鄉村衛生組組長，公職

獎），蘇南成（一九八三年，時任台南市長，公職獎），以及吳大猷（一九八四年，時任中研院院長，公職獎）。

一九九一年，台灣豐原俗家姓名爲王錦雲的釋證嚴法師（Buddlhist nun Shi Cheng yen 1937～），因爲創立「慈濟功德會」（Tsu－Chi Buddhist Contribution Society），以慈、悲、喜、括的佛教精神濟世，而獲得麥格塞塞之「社會賢達獎」。法師令弟王端正先生，爲政大新聞所碩士，曾任台灣《中央日報》總編輯。（聯合報，民八十年七月十七日，第一版）

**⑦**：「羅生門」一片是取材自日本小說家芥川龍之介的小說〈竹藪中〉，劇情生動地表達出「傳播」或曰「溝通」行爲的不易爲。劇情講述：一對夫妻行經一座森林，遇上一個強盜，結果丈夫被綁，妻子被強暴了。其後，三名當事人分別在不同時間遇見了第四名主角，分別向他陳述事件發生的經過，結果卻呈現出三種完全不同的情節，每個人的動機和行爲，在自己描述，和被別人描述時，竟呈現出完全不同的面向。及後，第四名主角又碰到第五個主角，而將他所聽到這個事件的三種不同說法，向他陳述。而整部電影情節，則是以該第五主角的口吻，向觀眾陳述整個事件的來龍去脈。事情的真相到底如何？在層層傳遞的轉述過程中，有多少被扭曲之處，誠然是大眾傳播值得研究的一個題目。

**⑦**：見：《民生報》，民七十九年五二十二日，第十版；《聯合報》，民七十九年五月二十一，第七版。《聯合報》，民八十年九月十四日，第五版；The China News, 1991. 9. 18 P.11。

台灣「亞洲影后」陸小芬，於一九九一年九月十八日同日，在美國加州，獲得州政府頒發「傑出藝人獎」亦盛事。（《聯合報》，民國八十年九月二十日，第二十八版）

「大紅燈籠高高掛」原是大陸作家蘇童小說所改編，講述民初一夫三妻故事。因是大陸片，台灣地區未能上演，但是民國八十一年五月十九日，中國廣播公司，在凌晨節目中，以廣播小說播出。（《民生報》，民國八十一年五月十八日）

❼⑤：「最佳國際編輯獎」是在一九七五年起頒授。欽本立於一九八○年在「上海社會科學院」（Shanghai Academy of Social Sciences）創立《世界經濟報導周刊》（World Economic Herald），銷數曾攀至三十萬分。欽本立在大陸以爭取新聞自由改革而知名於世，人以「欽老闆」尊稱之。一九八九年四月，中共總書記胡耀邦（Hu Yao Bang）逝世後，該刊因爲拒絕撤回一篇爲胡氏鳴不平的知識界座談會紀錄（見四月二十四日頭版），該刊遂遭中共上海市委江澤民（Jiang Zemin）查封，人遭免職，其餘同夥或被羈押，或不准離開上海。（《聯合報》，民79.3.14，第十版；民80.4.17，第八版；The China News, 1991, April, 17 P.2）

一九八九年四月二十四日當日，上海《世界經濟導報》第四三九期（代號五一十九）的封面大字號標題是這樣的：「追思胡耀邦10年來開拓中國改革大業的非凡膽略和毅力／人民的悼念蘊藏著巨大的改革動力／堅持改革開放　推進民主建設」〔見《廣角鏡》月刊，第二百期（89.5）。頁十八。〕

❼⑥：「福德霍爾討論會」設於波士頓東北大學，成立於一九○八年，是歷史最悠久的民間公共討論會，成員均是自由參與。一九八六年起，增設「第一修正案獎」，每年由董事會選出對言論自由及人權原則，有特殊貢獻的個人或組織，加以表揚。（見《聯合報》，民79.5.22，第十頁。）

❼⑦：清乾隆二十五年（一七九○），在南方享有盛名的安慶徽戲班「三慶徽」，由高朗亭引領到北京，向乾隆祝壽，爲京戲史上大事，後人稱爲「徽班進京」。一九九一年，大陸慶祝徽班進京二百年，香港及大陸皆有演出，台灣名伶亦襄盛舉。同年三月十五日，香港上演紀念徽班進京二百周年京劇大匯演活動，由中共「文化部」高占祥率梅（蘭芳）派裔傳弟子（如梅葆玖）擔綱，集合大陸各流派一百餘名角及藝人，與台灣一流演藝人員如郭小莊、王海波等，同台合作演出，盛況空前。（大陸旦角新秀雷英伺機脫隊出走海外，曾爲此次演出節外生枝。）

北京之慶祝活動，則定於同年十二月下旬演出，張君秋決定主唱「龍鳳呈祥」

之「洞房」一折。張之夫人爲謝虹雯女士。

抗戰以前曾有外人說，中國只有一個半人會演劇，北方一個梅蘭芳（已逝），南方半個薛覺仙（1903～1956）。意謂中國太少演藝人才，縱屬偏見，亦令人有「聞不賢，而內自省」之心。是次活動令人讚賞。薛氏曾以平劇唱做及西樂伴奏加入粵劇中，改良了粵劇不足之處。早先，徽戲腔調只有吹燈、撥子。但自「三慶徽」戲班進京後，增加了二黃、崑腔、柳子及羅羅等腔調，又大力吸收其他劇種，成爲唱念日趨京化的綜合戲班，終而在北京紮根成長。

78：《聯合報》，民87.2.1，第九版（大陸新聞）。

79：魯冰花是講述台灣小鎮一個小學生，在熱心老師協助下，幾經挫折，終歸在日本畫賽中，脫穎而出的故事。另一片得獎者爲丹麥的「鯨魚來時」。國人作品如果能於國外獲獎者，新聞局都會按例頒發獎金，以資獎勵。

80：《新聞鏡周刊》，第七十六期（79.4.16～22）。台北：新聞鏡雜誌社。
江素惠（Chiang Su Hui）曾爲華視記者，其後，出任新聞局駐香港《自由中國評論》社主任。

81：Feb., 26, 1992., The China News, P.11，又《民生報》，民81.3.9.第十版。
張戎、袁小奕兩人報導，分別見諸：《聯合報》，民81.5.23., 25.，兩日之第十版。

82：《聯合晚報》，民81.4.9.
我人旅美而學術有成就者任教大學及研究所者，爲數亦多。例如：即以新聞及傳播學門而言，除本書其他章節所述所外，尚有：陳國明（羅德島大學語藝系副教授），祝建華（康乃狄克大學副教授），李文淑（聖荷西州立大學語藝系副教授）及張秀蓉（雷契蒙大學語藝暨戲劇藝術系副教授）等人，並籌組「亞洲傳播學會」（Association of Asian Study of Communication）。〔《新聞鏡周刊》，第一三八期（80.7.1.—17.〕。台北：新聞鏡雜誌社。〕

83：美查在開辦《申報》之前，是接受其買辦贛人陳莘庚之建議，以《上海新報》之暢銷爲樣版，而決定辦報。但事前曾先派親信秀才錢昕伯（筆名「霧裡看花

客」）到香港，考察於一八六四年創刊的《中外新報》的業務。錢氏丈人爲著名報人王韜，因而人脈暢通，故能勝任。

錢氏回滬後，即協助美查創辦《申報》，負責廣告及發行工作，銷路蒸蒸日上。兩年後，香港著名股商洪幹甫即與王韜合辦《循環日報》。百餘年前，美查能有此觀念，誠然進步。其然有關「調查」之意念，蓋古已有之。試觀古文《戰國策》有名之〈馮煖客孟嘗〉一文：「……。後孟嘗君出記（部也），問門下諸客；誰習會計，能爲文（孟嘗君也）收責（同債）於薛者乎？」馮煖署口：「能。」

❽：合股的尚有美查的朋友伍華德（L. Woodward）、普萊爾（ıW.B. Pryer）及麥基洛（John Machillop）三人。《申報》實爲《申江新報》之縮寫。

❽：金桂、丹桂俱演平劇。例如，當日丹桂日戲有「武昭關」，夜戲有「轅門射戟」；金桂日戲有「玉堂春」，夜戲有「趙家樓」。久樂園演廣東戲，日戲有「淹七軍」，夜戲有「四郎探母」。丹桂因有小生楊月樓擔綱，生意甚好。《申報》曾刊出「十梅吟窩主人」所寫的「青村樂府詞」，以紀其時之盛況：「金桂如何丹桂優，佳人個個懶勾留。一般京調非偏愛，只爲貪看楊月樓。」

❽：另見本書「《點石齋畫報》以圖紀事」一文。

❽：《上海新報》於一八六一年（咸豐三十一年）十一月下旬創刊，爲《北華提報》中文版。停刊後，鉛字棄置不用。《字林西報》主筆巴爾福（Frederic Henry Balfour），乃於一八八三年（光緒九年）四月二日，利用其設備，創辦《字林西報》之中文版──《字林滬報》（滬報），並聘戴譜笙及蔡爾康爲主筆。因爲《字林西報》可以獨家使用「路透社」電訊，故該報內容除繙譯自其他西報及轉載京港消息外，尚可同時譯載「路透社」之國際新聞。惜其時，國人喜讀社論而忽略國際新聞，以至營業一直欠佳。至一九〇〇年售予日本之《東亞文會》，而易名爲《同文滬報》；以田野橋次爲經理，井三郎爲主筆，實行對華宣傳。

附釋：日本浪人原有「東亞會」，以促進日清兩國經濟爲標榜；另有「同文會」，以文教爲標榜，實則兩會的目的俱在亡華，一八九八年（光緒二十四年）十月，兩會合併，易名爲「東亞同文會」總會設於東京，由近衛篤磨公擔任會長，岡護美子爵爲副，經費由日政府補助。爲遂其侵華目的，該會除出版《同文會滬報》外，尚編纂《支那年鑑》，和設立「東亞同文書院」，打其文化侵略情報戰。

⑧：此事實際情形是這樣的：古曼替郭嵩燾畫象後，把這個消息，告訴了在倫敦《代立太里格拉弗報》（Daily Telegraph）當記者的弟弟。他的弟弟便在報刊上寫了一篇報導，文中並無虛誇事實。但此報導，被上海英文《字林西報》（North China Daily News）加鹽加醋地轉載過來，把郭嵩燾形容得如同丑角一樣。而《申報》譯員將《字林西報》這篇報導轉譯了過來，由當時主筆楊乃武編發，其文如下：

「美國各新聞紙言及中國朝廷駐外國大使之事件，每涉詼諧，近閱某日報云，英國最近設立之畫院，有一小象，儼然是中國朝廷的駐英大使，據畫師古曼云：『余欲畫大使的小象，見大使有躊躇之意，延遲許久才答允。余又多方相勸，大使才肯就坐，余欲觀其手，但大使置在衣袖中，不肯出示，余必欲挖而出之，大使遂更形躊躇矣！』坐定後，大使正式説：『畫象須兩耳齊露，若只一耳，觀象的人豈不要説，一祇耳已被割去了嗎？』大使又説：『帽子上的領頂也應畫入』，余以爲翎頂爲帽檐所蔽，翎枝又在腦後，斷不能畫，大使聽説後，即俯首至膝，問我説：『如今見到翎枝否？』余回答説：『大使的翎頂雖見，但大使之面目不存在了』。大使聞聽此言後，彼此大笑，大使願意脫帽而坐。帽子另繪一旁，余又請大使穿朝服，大使正式説：『若穿朝服，恐貴國臣民見之，磕頭不遑矣！』才不穿朝服……，筆者認爲此事如果確實，在大使不過是遊戲之語，西字日報何必述錄之，豈不是對大使肆意取笑嗎，顯然對睦鄰之道是不合。本報之所以譯刊此文者，是告訴西人，此等文字雖刊在西字報紙，華人也能知曉。不要徒逞舌鋒，使語言文字之禍，又見於今茲也。」

清廷總理各國事務衙看到此篇文字，認爲郭氏這種神態，殊失大使身分，於是函電交責：他在歐洲也看到此段報載，不禁大怒；——一方面要馬格里電函《申報》更正，一方面要追查文稿來源。然當真相大白之際，郭氏適奉命回國，此事幸而不了了之。但《申報》主筆楊乃武乃深怕他報復，便辭去工作回鄉下營生去了。楊乃武爲浙江餘杭人，亦即清末同治、光緒年間，張文祥刺（兩江總督）馬（新貽）、楊月樓誘拐捲逃、殺子報及楊乃武與小白菜四大奇案中「楊乃武與小白菜（葛畢氏）」一案的苦主。他是於同治十三年（一八七四年）被誣與畢秀姑（小白菜）有染，合謀毒殺其夫葛連品。餘杭縣初審時，屈打成招，定了死罪，一時傳遍杭州。《申報》立刻掌握社會新聞熱度，一月六日，即有一篇題爲「記禹航（餘杭）某生因奸謀命事細情」的報導，繪聲繪影，爭頌一時。自後，該報隨著案情的審理過程，連續發表了十幾篇報導、署名特寫與官員就此案向朝廷所上的奏摺，並派人到北京採訪開棺驗屍的現場實況。令讀者一睹爲快。楊乃武在一八七七年（光緒三年）四月十一日，獲得諭旨平反，《申報》曾記其事。因他有刀筆之能，故一八七八年獲聘爲《申報》主筆；孰料，不久即惹上是非，而不得不離職，真是造化弄人。——新聞工作者開罪權貴，而害怕離職者，此以屬第一案例。〔此案可參閱：蕭風編著（民80）：明清十大名案。台北：台灣商務印書館。〕

⑧⑨：此即「華人與狗不得進入」之侮辱至極事件，亦即一九七○年代，已故武俠明星李小龍所演之精武門陳真故事所本。

⑨⑩：本年報分已增至兩千分左右。

⑨①：不幸，吾人今日尚循此體例。

⑨②：同治六年間（一八六七年），李鴻章曾上書給恭親王，「以爲中國欲自強，則莫如學習外國利器，欲學習外國利器，則莫如覓製器之器。師其法而不必盡用其人，則專設一科取士，則業可成，藝可精，而才亦可集也。」故美國人摩斯（1791~1872）於一八三二年（道光十二年）所發明的電報，光緒五年初（一八七九年）清廷終於採用總理船政之沈葆禎（1820~1879）於同治十二年（一

八七三年）所奏陳之「電政之利」建議，由李鴻章執行，但僅限於天津與大沽口之間的軍用通報。翌年，再設電報局擴展爲民用，剛開始時，用音響式電報機，聽音通訊，光緒二十一年（一八九五年）義大利人馬可尼發明無線電報後，則改用鑿記紙條式的摩氏電碼，以電傳打字機通訊。

光緒十三年（一八八七年），台灣巡撫劉銘傳（1836～1895）在台南安平至打狗（高雄）設下第二條電報電路，從此開發台灣電報業務。進入民國八十年代後，由於傳真郵件極度發達，乃於八十年九月十日，停辦國內（台灣地區）電報業務。

❸：因爲其時北京至上海間電線尚未架設。至一八八四年（光緒十年）八月，北京與天津間電報線相繼完成。

❹：該刊稿有附帶說明：「十二月二十八日接到在津友人專發電訊到本館已停止辦公，是以未及在報上登載，又因農曆元旦休假，致遲至今日刊出。」

❺：港人將" acting "譯爲「署理」，而非「代」或「代行」之類，實其來有自。

❻：《新聞報》在此編輯政策下，事事領先《申報》。如民國十一年四月十五日，增設「經濟新聞欄」，《申報》要到十五年十月二十一日，才有「商業新聞欄」，十二年三月十五日，《新聞報》增設「教育新聞欄」，《申報》則要到十三年十二月八日才有。《申報》增添「本埠增刊」，《新聞報》馬上於十五年四月增加「本埠附刊」；令《新聞報》無論在發行及廣告上，都領先《申報》。

《新聞報》原是由中英人士合辦，由英人丹福士（A.W. Danforth）爲董事長（總董），裴禮思（F.F. Ferries）爲經理，華人蔡爾康爲主筆。未幾，華股退出，由丹福士獨資經營。一八九九年（光緒二十五年）丹福士經商失敗，同年十一月四日，由美國人牧師福開森（John C. Ferguson, 1866～1945）購買其股權四具，擔任總董一職。時福開森因擔任南洋公學（上海交通大學前身）監院校長，未暇親自主持，乃聘南洋公學校總務汪漢溪（龍標）爲經理。未數載，銷路即有一萬兩千分，居然超過了《申報》。

汪漢溪抓住其時上海爲商業重鎮特點，決心把《新聞報》辦成迅速介紹商情，以經濟新聞爲重點新聞報紙。他特地備用一批業餘訪員，爲報紙搜集最新市場消息。他並以每天廣告多少來決定報紙張數。由於《新聞報》消息靈通，令許多櫃檯都樂於放一張《新聞報》，來供客人及自己夥伴順手閱讀；因而，竟有了《櫃檯報》之美譽。

一九〇六年（光緒三十二年）六月一日，該報改組爲股份有限公司，已在香港註冊，增聘克樂凱（J.D. Clark）爲副總董；華人董事則增加朱葆三、何丹書及蘇寶森等三人。《新聞報》又不斷添置新式印刷設備，加強印刷速度。例如一九一四年，購買了一部雙層輪轉印報機一台，成爲上海第一家擁有輪轉機（rotary press）的報館。一九一六年，購入三層波特式（Potter's）輪轉機一台，以及高斯式（Goss）四層輪轉機兩台。使《新聞報》出版，爭得先機。以致至一九〇九年（宣統元年），銷數達一萬五千份，爲上海之冠。

民國五年，該報再改組爲美國公司，在美國註冊之後，更增聘汪漢溪之子汪伯奇爲協理。該報更不惜資建立自己專用無線電收報台，直接收聽外國電訊，而不必等待外國通譯社駐滬分社所譯稿。以致一九一八年，第一次世界大戰結束，在巴黎簽訂和約，《新聞報》當晚就收得全文，第二天即見報，成爲我國第一則獨家譯稿，轟動一時。

北伐後，國人要求收回外人辦報紙而自營，福開森乃於民國十八年元旦），將之售予其時上海華商領袖吳在章、錢永銘（新之）及史量才等人，而留汪伯奇爲社長。抗戰勝利時，該報曾號稱有二十萬分銷路。發行及廣告上，都領先《申報》。

**97**：另見本書：「張季鸞大筆衛神州」一文。

**98**：例如《論語》之「里仁」，韓愈之「雜說上」。而事實上，《上海新報》一八七〇年（同治九年）的三月二十四日，開始用頭號活字，排印標題，如「劉提督陣亡」、「種事得雨」之類，內文則用四號字排印。開中文報刊使用標題先河，比《申報》早了二十八年。

🄳：八國聯軍攻京之役，爲明治十三年，日本《朝日新聞》，曾派記者上野兒太郎
　　（鞦韆）及小川定明兩人隨同陸軍採訪；海軍方面，另派吉村平造（膽南）及
　　橫田良吉兩人，分別隨同「叢雲號」及「豐橋號」兩軍艦出發，大阪《每日新
　　聞》，則派記者永田新之冗及尾高守兩人，隨軍出發。八月二十七日（農曆八
　　月初三日），北京城陷消息傳至日本，《朝日新聞》且曾發行大號外。八月二
　　十九日（農曆八月初五），村井啟太郎的〈北京籠城日記〉，開始在《朝日新
　　聞》登刊，前後達三十天，報導聯國攻入北京城之燒殺混亂情形，非常逼真，
　　連日本報刊也有不少連載。〔見李明水（民69）：日本新聞傳播史。台北：大
　　華晚報社。頁一三七。〕

🄴：自後，《申報》將向稱「電傳新聞」之新聞，改稱爲「專電」。另有「要
　　聞」、「本埠新聞」、「外埠新聞」、「國外新聞」及通信（訊）等類別。通
　　信是指外地訪員長稿，由郵局寄發。

🄵：我國初期報業除會計部門外（主管則稱某記），另一部門則爲等同現時編輯
　　部，「主筆房」，總其事者凵總主筆，一般撰稿及編稿者，稱爲主筆。記者則
　　有很多稱呼，如採員、採事、通事、報事人、及人、訪友、訪事、訪員、文士
　　及採訪等諸名字。

🄶：該會其後並未成立。又：此會與民初所謂之外國「新聞業同盟會」及國內
　　之「報館俱進會」不同，此兩會有類今日之「通訊社」。

🄷：一九〇八年八月間，《申報》刊出短篇小說〈哲學博士與旅客〉，並有「特別
　　廣告」介紹說：「……。歷敍廣東全省學務會成立情形及其腐敗現象，均原實
　　人實事。」可見當時誹謗觀念之薄弱。

🄸：本年四月間，有一〈論浙省吏治之黑暗〉一文，不僅可以側窺清末吏治之腐
　　敗，文亦反諷得宜，鏗鏘有力，發人省思：「天下之患，莫大於公論不彰，是
　　非倒置。大吏護短，有司舞弊，無辜者牽罹法網，而有罪者反得逍遙法外，吾
　　向謂此事出於邊遠各省，風氣閉塞，一任官吏之顚倒錯亂淫刑以逞耳。而孰知
　　出於風氣開通，地居濱海之浙江省，吾向謂此事或之于屬員窺伺意旨，狐假虎
　　威耳，而孰知乃出於壇輻（即浙江巡撫）；吾向謂一時漫不經心，爲屬員所蒙

蔽，偶而失檢耳，孰知是撫院開其端，繼而杭府，繼而警察總局。期月之間，慘劇迭見，其闇無天日之狀態，有令人不可思議竟如此者。」

⑮：該報於一九一〇年二月二十八日曾有廣告說：「本館自宣統二年二月二十八日曾有廣告說：『本館自宣統二年正月十八日（西曆二月二十七日）起，……所有館中各項交待，已於十八日結算清楚……。』」

⑯：此是我國傳播學者徐佳士先生所取之名詞。

⑰：惟三月後，即宣統二年九月十九日，吳即去世。

⑱：民國三十八年夏，筆者在港已略懂俗事，經常聽聞關心世局的長輩，常將「現在《申報》都是這樣說的」這句話，掛在嘴邊，作爲「消息來源」證明，可見《申報》之影響力。

⑲：本章資料，以報刊史角度爲重點，是摘取、引述自民國五十四年，由台北「台灣學生書局」所翻印之《申報》1—40冊而成（國立政治大學傳播學院圖書館藏書）。至稿作完成時，得閱大陸徐載平、徐瑞芳兩人於（一九八八年）所輯〈清末四十年《申報》大事記〉一文，載於彼等所著之《清末四十年申報史料》一書附錄中（北京新華出版社），與本章架構及資料取材相類似。本人曾參考該附錄取材，翻查並擴展《申報》資料之引述，以豐富內涵，匡補遺漏，特此說明。

附釋：上海一地，爲全國中樞，宣傳重鎮，中共早已有計畫在該地推展文藝活動，故而往後能成功地占領大陸。倘若回溯歷史，一九二七年至三十抗戰前期，中共活動就有：

㈠用文藝活動掩飾政治行動，先在上海組成文學組織，多方譯介馬列主義文學及科學理論。一九三〇年二月三日，中國「左翼作家聯盟」在上海成立。

㈡組織統一戰線，由魯迅擔任主席（中國高爾基），但實權在副秘書長周揚手上。（周在大陸易手後，出任中共中央委員會宣傳部副部長）

㈢成立「左派文化工作者全國聯合會」，包括「左翼作家聯盟」、「社會科學家聯盟」、「劇作家聯盟」及「新聞工作者聯盟」等組織。

一九三八年，又在重慶成立：⑴「文藝工作者協會」，由郭沫若、茅盾等領

導。（茅盾其後曾任中共「文化部長」。(2)「新聞工作者協會」，由范長江主持。（范長江其後曾任「新聞總署署長」、「國務院科技委員會副主任」）。(3)「音樂戲劇工作者協會」，由田漢主持。（田漢其後曾任藝術部門首腦）。(4)至於由左派作家主持編務亦多，例如：

㈠王任叔（巴人），曾主編《申報》副刊《自由談》。（王任叔其後曾任「駐印尼大使」）。

㈡梅益，爲《大英晚報》、《華晨報》、《申報》及《新聞報》等諸報撰寫社論。（梅益其後曾任「廣播事業管理局」局長）

㈢范長江、蕭軍及彭子岡（徐盈之夫）等人，曾主持重慶、上海、天津及香港《大公報》編務。（王芸生於一九四八年時，擔任總編輯。）

㈣龔澎，曾主持過上海《觀察周刊》及南京《新聞報》編務。（龔澎曾擔任中共「外交部新聞司」司長）。

凡事豫則立，信然！

⓾：除了出版報刊外，《申報》也兼營過經銷及其他出版事業。例如：

(1)一八七七年四月間和十一月上旬，都曾經銷過在英繪製出版，來華銷售的《環瀛畫報》，並由蔡爾康加以譯說。或謂《環瀛畫報》是《申報》自行發行，但一八七七年四月十日，《申報》有一則「《環瀛畫報》第二次來華發賣」啟事，可茲佐證：

「啟者，在英出版之《環瀛畫報》，於今年四月間郵寄上海申報館代銷之英國畫八幅，……。茲又續畫八幅，仍託《申報》發售。內容有：英太子遊印度、……、中國駐英大使郭、劉二公象等。」

（徐載平，《清末四十年申報史料》，頁三一九。）

一九〇五年十一月十六日（光緒三十一年十月三十日），在日本東京首刊，由同盟會黨人主持，以與保皇黨論戰對抗刊物，亦名曰《民報》（不定期月刊），不容混淆（另見本書「東京《民報》與《新聞叢報》論戰」一章）。

(2)一八七六年七月上旬，出版銅版之「亞細亞洲東部輿地全圖」，包括當時國

內十八行省、東三省、蒙古、朝鮮及日本。此是我國首次繪製出亞洲地圖。一八七五年十二月上旬，出版自日本購得之迭失孤本「快心篇」；一八七七年四月中，又出版後人踵施耐庵氏前七十回之《後水滸》（後五十回）。

⓫：吳友如，原名吳嘉猷，江蘇元和人，自幼學藝於「雲藍閣裱畫店」，並從畫家張志瀛學工筆人物畫。中法之戰時到上海謀出路，因仿效當時畫家，用圖畫來報導中法戰爭初期捷報，爲美查所賞識，便請他主編《點石齋畫報》。〔見魯言（梁濤）（一九八四）：「《點石齋畫報》與香港」，香港掌故，第七集。香港：廣角鏡出版社。頁一～二十。〕

⓬：不知何故，「橫眉冷對千夫指，俯首甘爲孺子牛」的魯迅（周樹人，1881～1936），對《點石齋畫刊》似乎甚有誤解。他對該刊曾經批評過說：「……，名目就叫《點石齋畫報》，是吳友如主筆的，神仙人物，內外新聞，無所不畫，但對外國事情，他很不明白，例如畫戰艦罷，是一隻商船，而艙面上擺著野戰炮；畫決鬥則兩個穿禮服的軍人在客廳裡拔長刀相擊，甚至於將花瓶也打落跌碎。然而他畫『老鴇虐妓』、『流氓拆梢』之類，卻實在畫得很好的，……。這畫報的勢力，當時是很大的，流行各省，算是要知道『時務』──這名稱在那時就如現在之所謂『新學』──的人們的耳目。前幾年又翻印了，叫作『吳友如墨寶』，而影響到後來也實在利害，小說上的繡象不必說了，就是在教科書的插畫上，也常常看見所畫的孩子大抵是歪戴帽，斜視眼，滿臉橫肉，一副流氓氣。」（〈上海文藝一瞥〉，《二心集》。）

──「……。吳友如畫的最細巧，也最能引動人。但他於歷史畫，其實是不大相宜的；他久居上海的租界裡，耳濡目染，最擅長的倒在作『惡鴇虐妓』、『流氓拆梢』一類的時事畫，……。但影響殊不佳，近來許多小說和兒童讀物的插畫中，往往將一切女性畫成妓女樣，一切孩童都畫得像一個小流氓，大半就因爲太看了他的畫本的緣故。」（見《朝花夕拾》之「後記篇」）但觀乎《點石齋畫報》，則似乎毫無上述之弊，未知魯迅是何所據？見：《點石齋畫報》，上、下冊（摘印）。香港：廣角鏡出版社。一九八三年九月初

版。

⓭：此即一八八三年（光緒九年）五月十九日，黑旗軍劉永福（義）大敗法軍於越南懷德府紙橋，擊斃法軍將領李威利（Henry L. Riviére）之事。故當時粵諺有「劉義打番鬼，愈打愈好睇（有看頭）」之語。

⓮：見《新民叢報》第一號。另見本書：「梁啟超確信報刊有益於中國」一章。

⓯：戊戌政變之前一年，即光緒二十三年（一八九七年），梁啟超曾在澳門創辦《新知報》，加強鼓吹新法。百日維新失敗；八月，康、梁亡命日本，梁啟超之「筆鋒常帶有感情」特色，亦於此時流露於世，他明目張膽，拚力攻擊慈禧太后、榮祿及袁世凱諸人，務使光緒「復辟」（reinstate）。例如：

——「西后於祖宗之法也，其便於己者則守之，其礙於己者則變之。吾於是不能不嘆其用心之悍，而操術之狡矣。祖宗之法，不許母后臨朝，而后乃三次垂簾，寖行篡試之法；祖宗之法，不許外戚柄國，而西后縱榮祿身兼將相，權傾舉朝；祖宗之法，不許閹宦預政，而西后乃暱李蓮英黷亂官闈，賣官鬻爵；祖宗之法，不許擾民聚斂，而西太后乃興頤和園，剝盡脂膏，供己歡娛，是天下勇於變法者，莫西后若也。」（見〈書十二月廿四日號偽上諭後〉，《清議報》第三十九冊）

——「嗚呼！我皇上之捨位忘身，以救天下，自古之至仁大慈，豈有過此者哉！寧幽廢篡弒於妄母，而不忍含垢蒙羞於亡國。其權衡至當，大義明決，豈有過此哉！上乃一切獨斷，裁自聖心。五月至七月九十日中，新政大行，從善如轉圜，受言若流水，雖上壓於西后，下阻群臣，而規模廣大，百度維新，掃千載之批政蔽風，開四萬萬人之聰明才智，流風善政，美不勝書，民望蒸蒸，國勢日起。以二千年來之賢君英王，在位數十年之久，賢才數十人之多，可書之事，可傳之政，未有若我皇上無權無助行政九十日之多者。」（見「光緒聖德記」）其時，章炳麟（筆名：章氏學誠）、康有為（筆名：更生，或不署名）亦經常為之撰文。

⓰：「梁啟超民國元年蒞報界歡迎會演說辭」，《飲冰室文集》，第十一冊。／本篇尚參閱：左舜生（民57）：黃興評傳。台北：傳記文學出版社。

附錄一：「民報發刊詞」

「民報發刊詞」詞文，非常優美，試觀：

近時雜誌之作者亦夥矣，媶詞以爲美，囂聽而無所終，摘（擲）埴（土）索塗（途），不獲則反覆其詞而自惑。求其斠時弊以立言，如古人所謂對症發藥者，已不可見；而況夫孤懷宏職，遠矚將來者乎？夫繕（治理）群（眾）之道，與群俱進，而擇別取捨，惟其最宜。此群之歷史既與彼群殊，則所以披而進之之階級，不無先後進止之別。由（行）之不貳惑，此所以爲輿論之母也。

予維歐美之進化，凡以三大主義：曰民族、曰民權、曰民生。羅馬之亡，民族主義興，而歐美各國以獨立。洎自帝其國，威行專制，在下者不堪其苦，則民權主義起。十八世紀之末，十九世紀之初，專制仆而立憲政體殖焉。世界開化，人智益蒸，物質發舒，百年銳於千載。經濟問題，繼政治問題之後，則民生主義躍躍然動；二十世紀不得不爲民生主義之擅揚時代也。是三大主義皆基於民，遞嬗變易，而歐美之人種胥冶化焉。其他施維於小己大群之間，而成爲故說者，皆此三者之充滿發揮而旁及者耳。

今者中國以千年專制之毒而不解，異種殘之，外邦逼之，民族主義、民權主義，殆不可以須臾緩。而民生主義歐美所慮積重難返者，中國獨受病未深而去之易。是故或於人爲既往之陳跡，或於我爲方來之大患，要爲繕吾群所有事，則不可並時而弛張之。嗟夫！所陿卑者，其所視不遠；遊五都之市，見美服而求之，忘其身之未稱也，又但以當前者爲至美。近時志士，舌弊脣枯，惟企強中國以比歐美。然而歐美強矣，其民實困。觀大同罷工與無政府黨、社會黨之日熾，社會革命其將不遠。吾國縱能媲歐美，猶不能免於第二次之革命；而況追逐於人已然之末軌者之終無成耶？夫歐美社會之禍，伏之數十年，及今而後發見之，又不使之遽去。吾國治民生主義者發達最先，睹其禍害於未萌，誠可舉政治革命、社會革命，畢其功於一役，還視歐美，彼且瞠乎後也。

繄我祖國，以最大之民族，聰明強力，超絕等倫，而沈夢不起，萬事墮壞；幸爲風潮所激，醒其渴睡。旦夕之間，奮發振強，勵精不已，則事半功倍，良非

誇嫂。惟夫一群之中，有線最良之心理，能策其群而進之，使最宜之治法，適應於吾群；吾群之進步，適應於世界。此先知先覺之天職，而吾民報所爲作也。抑非常革新之學説，其理想輸灌於人心，而化爲常識，則其去實行去近。吾於民報之出世覘之。（見《國父全集》）

⑪：《遐邇貫珍》是由「馬禮遜教育會」所創辦，由英華書院印送（每號收紙墨錢五文），首次使用鉛字活版精印，每册十二至二十四頁，中英對照兼登新聞和評論。它是最早刊登太平天國新聞的中文報刊，也是首次刊登廣告（見附釋），首次運用新聞圖表（曾繪製一幅軍事形勢地圖，配合軍事新聞刊出）的中文新聞刊物。該刊於一八五四年（咸豐四年），改由英傳教士奚禮爾（Charles Batter Hillier）主編；一八五五年（咸豐五年），再由繙譯老莊及十三經的教士理雅各（James Legge, 1815—1897）主持，旋即於一八五六年五月停刊，共出了三十三期（其中有兩期次爲合刊，故實爲三十一期）。

⑱：賴光臨（民67）：第二章「近代報業的萌芽」，中國新聞傳播史。台北：三民書局。頁二十九。

⑲：《孖剌西報》於一八五七年（清咸豐七年），由英人賴德爾（George M. Ryder）所創辦。因爲早期讀者大多是住在港、島半山區上之達官鉅賈，故有「山頂報」之稱。

《孖剌》爲粤音（不是「Press」譯音），因該報主筆爲“Yorick Jones Marrow （1817—1844）”。我國早期對外人所辦英文報，每以其主筆之姓名名之，而不慎於稱其名。《孖剌》，故又稱《未士孖剌》，而此則是“Mr. Marrow”之稱。孖剌後因抨擊港督保靈貪汙瀆職，在公共合約上偏袒怡和洋行而吃上官司，坐牢六個月。由於孖剌敢於執言，港人更喜中《孖剌報》稱之，以示認同及尊重。

⑳：見卓南生所著：「中國第一分中文日報考——關於《香港船頭貨價紙》與《香港中外新報》」一文，刊於大陸印行之「新聞研究資料」，第三十九輯。頁一三一～一四五。（張國良譯）

卓南生所見到最早的一分《中外新報》，是於一八七二年五月四日（同治十一

年壬申三月二十七日）出版的；最早的一分《香港船頭貨價紙》，則是於一八五九年（咸豐九年），二月三日的第一九七號。他在日本找到該年的七十八分報刊（這是他最有力的證據）。在期數推算當中，卓氏資料表面上，雖未盡相符，但如加上其時過農曆年有休刊數日習規（至今仍是），則便相當吻合。

**⑳：** 在此以前，很多學者認爲一八六一年（咸豐十一年）十一月下旬在上海創刊之《上海新報》，是最早的兩面印刷中文報紙。該報是一八六四年（同治三年）七月一日創刊之《字林西報》中文版，亦是國內最早的一張中文報刊。初爲周報，至一八六二年（同治元年）五月七日，改爲每周發行三次，逢星期二、四、六出刊；至一八七二年（同治十一年）七月二日，再改爲日刊。它率先採用上等白報紙印刷，以經濟新聞爲主。它對太平天國戰況有深入報導，參加江南製造局，譯書甚豐的傅蘭雅（John Fryer, 1839—1928），及後來發行《萬國公報》，創辦「中西書院」的林樂知（Young J. Allen）等名人，都曾主持過編務。一八七〇年（同治九年）三月二十四日，它開始採用頭號字排印標題（Head line，非「提示」"Slug"），如「劉提督陣亡」之類（內文則用四號鉛字）。

向香港報紙取經之後，一八七二年（同治十一年）四月三十日，《申報》由英商美查等人創辦成功，採廉價及內容多元化政策，並改爲日刊，《上海新報》遂遇勁敵。同年七月二日，遂改爲日報（星期日停刊），自是成本大幅增加。其時同集團之報系英文《北華捷報》（North China Herald），及《字林西報》已堅實銷售定位，似無與《申報》相拚必要；故而，同年年底——十二月三十一日自動停刊。一八八三年（光緒九年）四月二日，《字林西報》主筆巴爾福（Frederic Henry Balfour），再利用該批中文鉛字，創辦《字林滬報》，與《字林西報》同得「路透社」（Reuter）國際電訊獨家使用權，但未爲國人重視。一九〇〇年，賣給日本「東亞同文會」，易名爲《同文滬報》。（見前註所述）

《北華捷報》於一八五〇年（道光三十年）八月三日創刊，由雪爾曼（Henry

Shearman）主編，是上海最早、最久、影響力最大的英文報紙。

《北華捷報》、《字林西報》同屬英商字林洋行，亦是上海租界工務局機關報，爲英國利益吶喊，對我同胞甚不友善。《字林西報》於一九四九年後停刊。

《申報》是用竹紙單面印刷，成本低，一時相沿成風；至一八九八年（光緒二十四年），上海《蘇報》與《時務報》創刊，始再採用白報紙雙面印刷，一九一三年由史量才接辦。（另見本書「申報紀年即是我國一部報業史」一章。）

⑫：卓氏因他的發現，推翻了戈公振《中國報學史》在「外報創刊時期」中所言，有八卷的「商業性雜誌」——「香港新聞」那只是一項錯誤資訊，全屬子虛烏有。而日本所刊行的《官版香港新聞》，和譯成日文的《香港新聞紙》，皆是本於每期《香港船頭貨價紙》資料，濃縮擇要輯成（時爲日本幕府時代，日本圖強之企圖心與侵略之野心，於斯可見）。戈氏之誤，或是受日本資料影響。值得一提的是，《香港船頭貨價紙》內容，包括「香港鴉片行情」，瞻顧前時我人災難，怎不擲筆浩歎！至民國九年，方有在港開辦，初爲軍閥陳炯明「喉舌」，後來反正之《香港新聞報》。

⑬：據戈公振一書，即認爲是創刊一八五八年（咸豐十年）。但香港老報人李家園所著書，卻認爲是一八六〇年（咸豐八年）。見李家園（1989）：香港報業雜談，第一篇（香港第一家中文報業）。香港：三聯書局。頁一至七。一八六五年（同治四年四月八日），廣州還有由天主教耶穌會（Society of Jesus, SJ）所創辦，由湛約翰（John Chalmers）擔任主筆的《中外新聞七日錄》（Chinese and Foreign Weekly News）中文刊物，與《中外新聞》不同。該報內容以國內外新聞及宗教爲主，曾介紹過「花旗國」（美國）及「地球團體論」，發行了一百二十五期方停刊。

⑭：同前註，見李家園一書。

⑮：《德臣西報》創刊於一八四五年（道光二十五年）二月二十日，原是分下午出版的周報，繼出午版及晚報，由曾資助容閎赴美留學的英人蕭德銳（Andrew Shortrate）所有，他在一八五八年逝世後，即由德臣（Andrew Dixson）所

主持，因以爲名。原是周刊，後受《孖剌報》影響，改爲日刊，是一張唯一刊登政府法令的半官方性質報紙，旨在提注英人在遠東的利益。該報曾以英文譯載《三國演義》，信是我國境內報刊連載長篇小說的最早嘗試。滿清末年，曾同情革命黨，攻擊滿清政府。《德臣報》記者端納（William. Henry. Donald, 1874—1946），在日俄大戰（The Russo-Japanese War, 1904-1905），曾受倫敦《每日快報》（Daily Express）之託，趕到日本前線採訪。一九〇五年（光緒三十一年），他兼任《紐約論壇報》（New York Herald）駐港特派員及《遠東評論》（Far East Review）主筆，五月十四日，親眼目睹由俄國海軍上將羅目德斯特文斯基（Z. Roshdeslvensksy）所率領的波羅的海艦隊（Baltic fleet），在對馬海峽（Tsushima Strait）被殲滅經過，是唯一目擊該役的美國記者。

端納原是澳洲人，一九〇三年由澳到港加盟《德臣報》。他在擔任主筆時，爲英文報之輿論，樹立公正風範爲人稱道；他非常不滿意英政府以殖民地主子心態藐視華人，曾竭力鼓吹，迫使香港大學對華人有同等求學的待遇。但他仍認爲香港自由，已爲地方上種種利益所囿，不符理想。一九〇八年，他便離開《德臣報》，以後爲中國政府服務，先後做過清代兩廣總督張人駿、中山先生、北洋政府、張學良及蔣介石諸人及單位顧問。民國10年左右，他又身兼英國《曼徹斯特衛報》（Manchester Guardian）記者及倫敦《泰晤士報》特派員，並在北京爲中國主持「經濟討論處」（Bureau of Economic Information），每周發行活頁式（loose leaf）的中英文《經濟周刊》（Economic Bulletin），免費贈閱，內容則以財經調查爲主，受國人尊重。此報至一九七七年方停刊。

據說民元中山先生就任南京臨時大總統時的對外宣言，即是由端納執筆。一九一五年，《北京日報》主筆董顯光自美聯社記者莫爾處（Frederick Moore）獲知日人提出二十一條件，董顯光於是立刻轉告端納，端納再轉告美使芮恩施（Paul S. Reinsch, 1870—1924），又請同爲澳籍記者的瑪理遜（George

Ernest Morrison, 1862—1921）轉告英使佐頓，再由英美報章揭發北事，方引起國際間注意和英美抗議。

民國二十五年十二月西安事變消息傳到京滬時 ， 他在同月二十四日即飛往西安調查真相 。 回南京後 ， 他稱蔣介石爲 " G'issimo " ， 蔣夫人則稱他爲 " M'issimo " 。

瑪理遜亦有「中國的瑪理遜」之稱，擔任過《泰晤士報》駐華特派員及袁世凱政治顧問。北京王府井大街英文稱爲 " Morrison street " ，即是紀念他的。

倫敦《每日快報》是一九〇〇年（光緒二十六年）由皮爾遜爵士（Sin Arthur Pearson）創辦。採美式編排，第一頁爲新聞（非廣告），又走黃色報紙路線，傾向保守黨。版面則摒棄傳統均衡原則，採用「馬戲團式」（Circus Makeup）不規則性編排。一九一八年，由比弗布魯克爵士（Lord Beaverbook / William Maxwell Aitken, 1879－1964）所買下。它在一九三〇至四八年間，近二十萬發行額，一直保持世界最高紀錄。即在一九五〇年的銷路，亦僅次於北岩勛爵於一九〇三年創辦的四開《鏡報》（Daily Mirror）。

⑫⑥：伍廷芳因在辛亥革命之後，曾任外交部長、廣東省長等職，故聲赫之甚。但香（中）山人黃勝在香港華人社會地位並不弱。他在一八六九年與在港有地位華人，組成發名慈善機構東華醫院（Tung Wah Hospital），爲「倡建總理」之一；一八七二年，與好友王韜合辦中華印務總局，兩人並合著《火器說略》一書。一八七三年，籌創《循環日報》，港督堅尼地爵士委任他爲華人事務所委員會；一八七六年，他入了英籍，香港政府委任爲高等法院通事及太平紳士（Justice of the Peace J.P.）；一八八四年，又擔任法律委員會委員及立法局（Legislative Council）華人代表（非官守）議員（non-official number）。一九〇二年辭世，享年七十七歲。

他與香港其時著名大律師何啟有戚誼。其子名詠商亦爲興中會會員，爲孫中山信任，興中會機關總部名曰「乾亨行」，即其所取，意乃「乾元奉行天命其道乃亨」之易義。乙未廣州重陽之役後，獨匿澳門，未幾以病逝。詠商子名慶

修，自少經商南洋，民國後，任商辦廣東銀行暹羅分行經理，從未以烈屬于謁當政者。

⑫：龍濟光於民國二十八月，繼陳炯明之後任粵都督，民國三年六月，受袁世凱稱帝封爲「將軍」，民國五年七月，袁氏因稱帝大敗憂鬱而死，遂又恢復都督舊名。

⑫：香港有馮平出圖書館，由香港大學管理。

附釋：

一、《遐邇貫珍》於一八五五年二月開始招登廣告，可能爲我國雜誌上，第一篇正式「招登廣告啓事」。內文如下：

「論遐邇貫珍表白事疑編

遐邇貫珍一書，每月以印三千本爲額，其書皆在本港、省城、廈門、福州、寧波、上海等處編售，間亦有深入內土，官民皆得披覽，若行商租船者等，得藉此書，以表白事疑，較之遍貼街衢，傳聞更遠，則獲益良多。今於本月起，遐邇貫珍各號，將有數帙附之卷尾，以載招帖。諸君有意欲行此舉者，請每月將帖書至阿（荷）里活街（道），英華書院之印字局，交黃亞勝手，便可照印。五十字以下，取銀一員，五十字以上，每字取多一先士（Cent）；一次之後，若帖再出，則取如上數之半。至所取之銀，非以求利，實爲助每月印遐邇貫珍三千本之費用而已。

　　　　　　　　　　　　　　　　　咸豐四年十一月十三日　　謹白」

二、《遐邇貫珍》停刊時，有停刊公告，亦可能是雜誌停刊之有停刊公告首次。內文如下：

「遐邇貫珍一書，自刊行以來，將及三載，每月刊刷三千本，遠行各省，故上自督撫，以及文武員弁，下遞工商士庶，靡不樂於披覽。然刊之者，原非爲名利起見，不過欲使讀是書者，雖不出戶庭，而於天地之故，萬物之情，皆得顯然呈露於心目。刊傳以來，讀者開卷卷獲益，諒亦不乏人矣。茲者，本港貫珍，擬於是號告止，嘆三載之搜羅竟一朝而廢弛也。自問殊深抱恨。同儕亦告

咨嗟，然究其告止之由，非因刊劃之資。蓋華民購閱是書，因甚吝惜，即不吝惜，而所得終屬無多，惟賴英花（美）二國同人，啟囊樂助，每月準足支應有餘，特因辦理之人，事務紛繁，不暇旁及此舉耳。至前所刊布者，共得三十三號，願諸君珍而存之，或者中邦人士，有志踵行，則各省事故，尺幅可通，即中外物情，皆歸統貫，是所厚望也。」（蓋其時理雅各已預定一八五八年初返英）。

三、《遐邇貫珍》到底對當時民庶，是否帶來新思潮？不易回答。但據查據，太平天國之干王洪仁玕未參與義事之前，於咸豐四～九年間（1854～9年），曾在英華書院擔任傳教士；且在咸豐九年，在太平天國發表「資政新篇」。

四、《遐邇貫珍》創刊號之「序言」（發刊詞）中，曾感嘆：「……。中國人類之俊秀，物產之蕃庶，可置之列邦上等之伍。所惜者，中國雖有此優秀蕃庶，其古昔盛時，教化隆美，久已超邁儕倫，何期倏忽至今，列邦間，有蒸蒸日上之勢，而中國且將降格以從……。」──今時今日讀之、思之，應仍令我人羞愧不已。

五、《遐邇貫珍》創刊號，即因西邦人士對太平天國起義事未盡知其詳，而就洪秀全在廣西金田村興義（是謂西人，西興），至咸豐三年（一八五三年）攻陷南京，成立太平天國經過，作一概括論述，見諸該刊四至七頁之〈西興括論〉一篇中，故其中有謂：「是以於此首號，將其自己酉年始（道光二十九年，一八四九年），至近日最新之信止，據其簡要而括言之。……惟（廣）西人多寡之數屬幾許，圖謀之志何止，倡領之人為伊誰，我西邦人皆不得而知，隨頗得風聞，其兵甚眾，內有崇奉一上帝，篤信我教之徒，其意專與滿州為敵，恢復明朝，究未得其的耗。旋於南京失守後，逼近上海，該處我（英）國商賈雲集，貿易甚鉅，本國欽差公使，即到該處調護通商大局。……此行於江寧得知西人各式情事，如其設立國政，法律嚴整，又頒發新曆書。行軍恆有法度，分行晰伍，最為肅穆。其意欲滅清朝……。（原文無標點）」

六、參考李志剛牧師研究，咸豐七年（一八五七年）至同治九年（一八七〇

年）前後之間，陸續創刊之中文報刊則有：

△《文合叢談》（Shaunghai Serial），一八五七年（咸豐七年）～一八五八年，上海出版，由威利（Alexander Wylie）發行，以宗教、新聞及文學爲主，爲上海最早之中文刊物。一八五八年遷往日本發行，隨即停刊。

△《中外新聞》晚報，一八五八年～一九一九年，香港出版。

△《上海新報》周刊，一八六一年～一八七二年，上海出版。（一八六二年五月七日改爲雙月刊；一八七二年七月改爲日報。）同年，香港則刊有《香港新聞》。

△《中外雜誌》月刊，一八六二年～一八六八年，上海出版。

△《中國聖教會月報》，一八六四年創刊，上海出版。

△《華京日報》，一八六四年－一九四一年，香港出版。

△《教會新報》周刊，一八六八年～一九〇七年，上海出版。（一八七二年八月，易名爲《教會新聞》，一八七四年再易名爲《萬國公報》，爲月刊。）（另見本書「王韜客途秋恨」一章，⑦，第(3)項。）

△《聖書新報》周刊，一八七〇年～一八七四年，上海出版。

△《中西見聞錄》（Peking Magazine）月刊，一八七二年（同治十一年）～一八九〇年（光緒十六年），北京出版。（一八七六遷往上海，易名爲《格致彙編》季刊，由傅蘭雅（John Fryor）主持。一八八〇年（光緒六年），上海尚有《圖畫新報》創刊。〔參閱：李志剛（1989）：「香港英華書院與中國近代報業」，香港掌故（魯言等著），第十二集。香港：廣角鏡出版。〕

一八八一年（光緒七年）出版的較大規模報紙，除《士蔑西報》（Hong Kong Telgraph）外，（戈公振誤譯爲《香港電報》），尚有《禮拜西報》（Sun Day Hearld）之出現，每逢星期日出版。一八八七年（光緒十三年），漢口則有《益文月刊》。

七、據傳民國五年（一九一六年），有仇景者，已在香港創辦了一分《小説晚

報》，但史不多見，且顧名思義，則該屬一分藝文雜誌，而非新聞性質之晚報。而據考證，香港第一分晚報，則是民國十年（一九二一年）冬，由廣東高要人黃燕清先生（1891—1974）所創立《香江晚報》（The Hong Kong Evening Post），其時皆由他自任督印（發行）人及總編輯，報頭下更特別標出「一分獨立報」字樣（An Independent Journal）。黃氏於16歲即在香港加入同盟會香港支部，晚年亦曾擔任中共廣東省政協委員，一生服務於文教及社會服務中，除《香江晚報》外，更曾在《新少年報》、《國民新報》、《香港星期報》、《觀眾報》、《四邑商報》、《南強報》、《香港晨報》、《大光報》、《華僑月報》及《南中報》等擔任總編輯或編輯職位。〔楊國雄（1987）：「香港第一家晚報—《香港晚報》」，香港掌故，第十一集，同前（三）釋。〕

八、一八七八年（光緒四年），天主教曾在上海發行《益聞錄》半月刊（Chinese Scientific Magazine／ Catholic Magagine），旋改爲周刊。一八九八年與《格致新聞》（Scientific News）合併，易名爲《格致益聞匯報》三日刊。一九〇八年，簡稱爲《匯報》，而另外分別出版爲《時事彙編》由比利時人赫師慎主持，赫氏返國，《科學彙編》即停刊；而《匯報》乃爲專紀時事、宗教之三日刊。民國元年，易名《聖教雜誌》月刊，至民國二十六年，仍照常出版，是外人在華刊行最久的雜誌。

❿：見卓南生（民79）：「十九世紀《香港華字日報》創刊日期之探討：訂正戈公振一八六四創刊之說」，新聞學研究，第四十二集（一月）。台北：政大新聞所。頁六十三至七十。

卓氏最有力證據，是於一八七二年四月二十七日，第2767號《德臣西報》「本館告白」中（Chinese Advertisments），發現在有：「本館香港華字日報現已告成……」字樣。

另外，陳藹亭，字慎；亭字或作廷、庭，而一般人往往將「藹」作「靄」；「言」，誤爲「賢」，值得注意。

⑬：潘蘭史（飛聲）在當時省港報界甚有名望，他曾受聘前往德國柏林東方學堂講學，並先後主持過廣州《廣州》、《嶺南報》等報筆政。他曾在《華字日報》社論中，力轟當時港府擬設「夜紙」（晚上外出須有許可紙），及執行晨早查屋等事爲擾民措施，並間接同情革命，深獲讀者讚許。一九○○年（光緒二十六年），他曾自創《實報》，惜因資金不足，年餘而停刊。

⑬：勞緯孟爲廣東鶴山秀才，曾助鄭貫一編《廣東日報》，民國四十七年病逝香港。他對香港新聞發展史亦甚有研究，民國四十一年八月一日，曾在香港《星島日報》（Sing Tao Jih Pao）發表〈香港報業之今昔〉一文。

《星島日報》創刊於一九三八年八月一日，將電訊新聞延後至凌晨兩點以後截稿，儘可能提供最後消息。三個月後，亦即同年十一月一日，《星島晚報》（Sing Tao Man Pao）也隨而創刊，並首創下午四點出版的先例。兩報皆是星馬股商永安堂虎標萬金油主人，胡文虎先生物業，日軍攻占香港後兩報停辦，至一九四五年八月十三日，兩報先後復刊，並由胡仙女士主理報務。《星島晚報》曾首創以「直升機採訪」先例，最爲報界津津樂道。

事緣一九四八年初，大陸北面各省告急之際，港九也處在風雨飄搖之中。香港九龍之九龍城寨（現已拆除），因劃租界時不清楚，成爲黑社會聚集「三不管」地帶，但原則上則屬於華界。是年年初，突有香港警察闖入拘人，並且開槍傷人。廣州各界聞訊，大爲憤慨，認爲該處本係我地方，港英政府竟然無理闖入，實係侵犯我主權行爲，因此，全市大、中學生及各界人士約共四萬人，於元月十六日，在中山紀念堂前，舉行聲援大會，抗議香港政府「屠殺九龍城同胞」。會後遊行時，又有大批群眾前往沙面包圍英國領事館。其後，領事館更發生火警，事情鬧大，情況惡劣。《星島晚報》雇用直升機飛臨鬧事上空採訪，消息翔盡快捷，圖片精彩，因而聲名大噪。

⑬：另見本書「王韜客途秋恨」一章。

⑬：另見拙著「謎一樣的《述報》」一文。

## 附錄一：梁啟超時代「新文體」與同時一般報導寫法 之分別舉隅

㈠宋教仁（1882～1913年）：

〈四川之歷史〉見諸《民立報》，時在宣統三年（一九一一年）春夏間，旨在鼓動四川「保路同志會」謀反清廷：

「嗚呼！四川之歷史，豈不燦然有光也哉！

太古時爲蜀山氏，立國最久，史稱有望帝杜宇是也。

周時爲巴蜀二國。

周之亡也，劉季王巴蜀漢中，乃定三秦，誅項楚，而成帝業。

新室解紐，公孫述稱成帝於蜀者十餘年。

東漢李世，劉焉父子爲益州牧，劉備繼之，遂延漢祚，而與吳魏爲鼎足之勢。

五胡雲擾，李雄以一氏兒而割據於益州，傳國救世。

五代之間，王建、孟知祥先後爲皇帝於兩川，足繼玄德之盛。

胡元之衰也，明玉珍保有巴中，略具規模。

明季張獻忠，以流賊竄入川中，雖無王者氣象，然亦稱一時之雄。噫嘻！美哉國乎，其亦不負川人也已！」

〈端方〉見諸《民立報》，時端方以「督辦粵漢川漢鐵路大臣」身分，奉川路督辦之命，於宣統三年八月下旬，入川以武力鎮壓川人，此文旨在指出端方之行危矣：

「端方者，盛宣懷之替死鬼也。

盛以端久官湘鄂，欲借以鎮懾人心，以達其送路借款取回扣之目的；而端則以懷才莫展，賦閒不耐，遂亦欲利用此機會，以大放其餓虎饑鷹之伎倆。故鐵路督辦之命下，而端欣然就道也。

雖然，吾聞湘鄂人聞『格殺勿論』之嚴諭，而欲致死於政府也久，又

以爲射人必先射馬，故皆指目於端焉。」

（果然，一語成讖；端方於十月初七日黎明即爲自己所帶的湖北新軍，第三十一標（團），革命分子任伯雄等人所殺。端方滿州正白旗人，姓托忒克，但自稱姓陶，名方，他的兒子在清華學堂唸書時，就叫陶讖。）

㈡一八八九年（光緒十五年）八月間，《申報》社論──〈考試西學西法議〉。

「今日中國其果能閉關卻敵，自守一隅，不復與泰西（歐美）諸大國通商乎？此必不可能之勢也。方今南北洋大臣未嘗不廣諸博訪，遠詔旁搜，委員未嘗不用心研究講求，以符國家大功之意；學生未嘗不堅志苦行，日進有功，以助他日之用。然十餘年來，終未聞有一人學成藝精，出而與泰西好學深思之士相頡頏者。豈泰西之士皆智，而中國之士皆愚魯乎？蓋其中有故焉。委員及司事等輩，初未嘗從事于西學西法，徒以辦理局務，不得不襲其皮毛，啜其糟粕，以爲迎合搪塞之計。如此雖欲行西學而西學無可；雖欲用西法而無可用也。考試者其富貴之微權乎！士當無通於朝廷，惟考試則可以致富貴，而朝廷得人以興，亦惟于考試乎是賴焉。蓋天下有志之士，皆束縛于時文，試帖，口不絕吟，手不停披閱者。徒以國家功令所在，士子進身所由者也。今另立一考試西法，附設於考試正場，與時效試帖兼取。縣中小試所取者，一體參加鄉試，鄉試取中者，一體參加會試。如此，吾知西學西法立興於中國矣。」

附釋：

㈠宋教仁（遯初）曾著有自清光緒三十年（一九○四年）至三十三年（一九○七年），留居日本所寫的一本日記，本名《我之歷史》；民國九年，亦即他被袁世凱特務頭子趙秉鈞主謀刺殺之後七年，他的同學友人，在他河南桃源出版以誌記之，書名：《宋漁父遺著》（漁

父，或「桃源漁父」是宋教仁在上海《民立報》爲文時所用），補充中國歷史不少。民國五十二年，台北文星書店曾予以翻印。他在《二十世紀支那》一集中，標明出版年代爲「黃帝四千六百零三年」。該期有黃帝象一張，有象贊：「起崑崙之頂兮，繁殖於黃河之滸；藉大力與闊斧兮，以奠定乎九有。使吾世子孫有噉飯之所兮，胥賴帝之櫛風而沐雨；嗟四萬萬之同胞兮，尚無數典而忘其禮！」是出於宋氏手筆。他在一九一一年二月，曾在《民立報》，發表過一篇〈東亞最近二十年時局論〉的長文，謂「吾中國既往，將來之大敵國，則日本是也！」後果如其言。〔見左舜生（民59年）：〈宋教仁評傳〉，中國近代史話二集。台北：傳記文學社。頁一～五十二。〕

㊁有關端方及四川保路風潮，可閱：黎東方（民59）：〈四川保路風潮〉，《細說民國》，第二册。台北：傳記文學出版社。頁二七七～九七。

㊂梁啟超：〈輿論之母與輿論之僕〉——見諸《飲冰室全集》之「飲冰室自由書」：

「凡欲爲國民有所盡力者，苟反抗於輿論，必不足以成事。雖然輿論之所在，未必爲公益所在；輿論者，尋常人所見及者也。而世界貴有豪傑，貴其能見尋常人所不及見，行尋常人所不敢行也。然則豪傑輿論，常不相容，若是豪傑不其殆乎？然古今爾許之豪傑，能爛然留功名於歷史上者踵相接，則可以故？赫胥黎（按即：Thomas Henry Huxley）曾嘗爲格蘭斯頓（按即：" W. E. Gladstone "，於一八六八年至一八九四年間，曾四度組閣）曰：『格公誠歐洲最大智力之人；雖然，公不過從國民多數之意見，利用輿論以展其智力而已。』約翰摩禮（英國自由黨名士，格平生平第一親交也。）駁之曰：『不然，格公者非輿論之僕，而輿論之母也。』格公嘗言：『大政治家，不可不洞察時勢之真相，喚起應時之輿論，而指導之，以實行我政

策。』此實格公一生立成功業之不二法門也。蓋格公每欲建一策，行一事，必先造輿論，其事事假借輿論之力，固不誣也，但其所假之輿論，即其所創造者而已。

飲冰子曰：『謂格公爲輿論之母也可，謂格公爲輿論之僕也亦可。彼其造輿論也，非有所私利也，爲國民而已。苟非以心爲鵠，則輿論也不能造成，彼母之所以能母其子者，以其有母之眞愛存也。母之眞愛其子也，但願以耳爲子之僕，惟其盡爲僕之義務，故能享爲母之權利。二者相應，不容假者；豪傑之成功，豈有僥倖耶？

『古來之豪傑有二種：其一以已身爲犧牲，以圖人民之利益者；其二以人民爲芻狗，以遂一己之功名者。雖然，乙種之豪傑，非豪傑而民賊也。二十世紀以後，此種虎皮蒙馬之豪傑，行將絕跡於天壤。故世界愈文明，則豪傑與輿論，愈不能相離。然則欲爲豪傑者如之何？曰其始也當爲輿論之敵，其繼也當爲輿論之母，其終也當爲輿論之僕；敵輿論者，破壞時代之事業也；母輿論者，過度時代之事業也；僕輿論者，成立時代之事業也。非大勇不能爲敵，非大智不能爲母，非大仁不能爲僕。具此三德，斯爲完人。』」。

## 附錄二：
## 梁啓超筆鋒帶的是感情，而非「激情」；他的「情」是多面的，試以詞文證其一二。

⑴對家國的悲情

南宋詞人辛棄疾（1140～1207）縱然已明知南宋君臣已不足有爲，但仍夢想在湘建軍，以圖恢復中原。他在淳熙六年，由湖北轉運副使調到湖南。動身之前，作「摸魚兒」詞一首，直道悲涼心境，與一片孤忠之情：

更能消幾番風雨，匆匆春又歸去。惜春長怕花開早，何況落紅無數。

春且住！見說道，天涯芳草無歸路。怨春不語，算只有殷勤，畫檐蛛
網，盡日惹飛絮。長門事，準擬佳期又誤，蛾眉曾有人妒。千金縱買
相如賦，脈脈此情誰訴？君莫舞！君不見，玉環飛燕皆塵土。閒愁最
苦，休去倚危闌，斜陽正在，煙柳斷腸處。

此詞語語擊中梁啟超心坎，故他在女兒梁令嫻的《藝蘅館詞選》裡，
情不自禁地批上：「迴腸盪氣，至於此極。」

⑵單戀之苦情

一八九九年冬，梁啟超自日本到檀香山，對當時擅英語，擔任小學教
員的何蕙珍女士相當迷戀，但因何女士知使君有婦，而她又有獨身主
義想法，故而拒其情。梁啟超乃在《清議報》上，以情詩二十絕發其
單戀之苦，中有：「多少壯懷殊未了，又添遺恨到蛾眉」；「奇情豔
福天難妒，紅袖添香對譯書」；「眼中既已無男子，獨有青睞到小
生，如此深恩安可負，當筵我幾欲卿卿」；「自愧茫茫虎穴身，忍將
多難累紅裙」；「匈奴未滅敢言家，百里行猶九十賒，怕有旁人說長
短，風雲氣盡愛春華」；「卻羨權奇女丈夫，滿腔情緒與人殊，波瀾
起落無痕跡，似此奇情古所無」；「萬一維新事可望，相將招手還故
鄉」；「甘隸西征領右軍，好憑青鳥致殷勤」；以及「含情慷慨別嬋
娟，江上芙蓉各自憐」等句。可惜何女士終不爲所動，還被康有爲斥
爲「荒淫無道」。（見馮自由：《革命逸史》，第二册。）

⑶動人之情

胡適之在〈五十年來中國之文學〉一文中，曾舉例證明當時梁啟超的
「文字魔力」，確實在其動人之情，例如：

然則救危亡求進步之道將奈何？曰必取數千年橫暴混濁之政體，破碎
而齋粉之，使數千萬如虎如狼如蝗如蝻如蝨如蛆之官吏，失其社鼠城
狐之憑藉，然後能滌盪腸胃以上於進步之途也！必取數千年腐敗柔媚
之學說，廓清而辭闢之，使數百萬如蠱魚如鸚鵡如水母如畜犬之學

子，毋得搖筆弄舌舞文嚼字爲民賊之後援，然後能一新耳目以行進步之實也！而其所以達此目的之方法有二：一曰無血之破壞，二曰有血之破壞。中國如能爲無血之破壞乎？吾衰絰而哀之！雖然，哀則哀矣，然欲使吾於此二者之外，而別求一可以復國之途，吾苦無以對也。嗚呼，吾中國而果能行第一義也，則今日其行之矣而竟不能！則吾所謂第二義者，遂終不可免。嗚呼，吾又安忍言哉？嗚呼，吾又安忍不言哉？」（「論進步」，摘自新民說，第十一篇；《飲放室文集》。「論進步」）

此外又試觀下述數段有名的文章：

——紅日初升，其道大光，河出伏流，一瀉汪洋。潛龍騰淵，鱗爪飛揚。乳虎嘯谷，百獸震惶，鷹隼試翼，風塵吸張。奇花初胎，矞矞皇皇。干將發硎，有作其芒。天戴其蒼，地履其黃，縱有千古，橫有八荒。前進似海，來日方長。美哉我少年中國，與天不老。壯哉我少年中國，與國無疆。（一九〇〇年，〈少年中國說〉；《飲冰室合集》，文集之五）

——獻身甘作萬矢的，著論肯爲百世師。誓起民權移舊俗，更研哲理牖新知。十年以後當思我，舉國欲狂欲語誰？世界無窮願無盡，海天寥廓立多時。（一九〇一年，〈自勵〉二首之一；《飲冰室合集》，文集四十五·下）

——希望者製造英雄之原料，而世界進化之導師也。……吾國其非絕望乎？則吾人之日月方長，吾人之心願正大。旭日方東，曙光熊熊，吾其叱咤羲輪，永大光明以爀耀寰中乎！河出伏流，牽濤怒吼，吾其乘風揚帆，破萬里浪縱橫絕五洲乎！穆王八駿，今方發軔，吾其揚鞭絕塵，駸駸與驊騮競進乎！四百餘州，河山重重，四億萬人，泱泱大風。任我飛躍，海闊天空。美哉前途，郁郁蔥蔥。誰爲人豪，誰爲國雄？我國民其有希望乎？其各立於所欲立之地，又安能鬱鬱以終也。（一九〇

三，〈說希望〉，《飲冰室合集》，文集之十四）

——亂無日不可以來，國無日不可以亡。數年以後，鄉井不知誰氏之藩，眷屬不知誰氏之奴，血肉不知誰氏之俎，魂魄不知誰氏之鬼。及今猶不思洗常革故，同心竭慮，摩蕩熱力，震撼精神，致心皈命，破斧沈船，以圖自保於萬一。而猶禽視息息，行屍走肉，毛舉細故，瞻前顧後，相妒相軋，相距相離，譬猶蒸水將沸於釜，而儵魚猶作蓮葉之戲，而燕雀猶爭稻粱之謀，不亦哀乎！（〈南學會敘〉，《飲冰室合集》，文集之一。本文力言中國殆危矣！在帝國主義聯合侵略下，亡國滅族大禍，已迫近眉睫。）

——羅蘭夫人何人也？彼生於自由，死於自由。羅蘭夫人何人也？自由彼而生，彼由自由而死。羅蘭夫人何人也？彼拿破崙之母也（按即：Napolen I, 1709－1821），彼梅特涅之母也（按即奧相Metternich），彼馬志尼（按即" Ginseppe Mazgini "，爲義大利建國三傑之一）、噶蘇士（按即Louis　Kossuth，爲匈牙利開國建者）、俾士麥（按即普魯士首相" Bismarck "）、加富爾之母也（按即" Gämillo Benso Cavoiur "，亦爲義大利建國三傑之一）。質而言之，則十九世紀之母故。羅蘭夫人爲法國大革命之母故。」〔見〈近世第一女傑羅蘭夫人〉，《飲冰室全集》，卷四，傳記類。頁一〕羅蘭夫人（Jean--Marie Phlipon Roland 1734－1793），生長在法王路易十六（Louis XVI）的恐怖統治年代，但她輔助夫婿工業科學家羅蘭氏（Jean－Marie　Roland,　1734－1793）成爲法國大革命時「吉倫特黨」（Girondins）領袖；並且大攬吉倫特黨及「雅各賓黨」（Jacbin）分裂，此遂其民眾革命目的。一七九三年五月三十一日至六月二日，在雅各賓黨的煽動下，起義民眾崛起，她與丈夫卻於五月三十一日，即雙雙被捕入獄。在獄中五個月，寫成了回憶錄《向公平的後代控訴》（Appel á l'impartial post'erite）。後即被送上斷頭台。她臨行刑前，曾留下一

句名言：「唉！自由啊，但罪惡總假汝之名而行！」（Ah, Liberty, what crimes are Committed in thy name）〕語語發人深省。

〔一七五三年（清乾隆十八年），《獨立反映者報》（Independent Reflecton）即曾叫喊：「報業自由，一如大家講的自由，叫口號的人多，了解的人少。」（The liberty of the press, like civil liberties, is talked of by many and understood but few.）〕

——嗚呼！濟艱乏才兮，儒冠客容。俟頭不斬兮，俠劍無功。君恩友仇未報，死於敵手由乃非英雄。割慈忍淚出國內，掉頭不顧吾其東！東方古稱君子國（按：日本也），種族文教咸我同。爾來封狼逐逐磨牙瞰西北（按：蘇俄老沙皇也），唇齒患難尤相通。大陸山河岩破碎，巢覆完卵難爲功。我來卻作秦庭七日哭，大邦尤幸非宋聾。……吁嗟呼！男兒三十無奇功，誓把區區七尺還天公。不幸則爲僧月照，幸則爲南洲翁。不然高山蒲生、象山松陰之間占一席，守此松筠涉嚴冬，坐待春回終當有東風。 吁嗟呼！古人往矣不可見，山高水深聞古踪。瀟瀟風雨滿天地，飄然一聲如轉蓬。披髮長嘯覽太公，前路蓬山一萬重。掉頭不顧吾其東！〔「去國行」，古樂府，戊戌政變失敗後，亡命日本時作。見〈論中國國民之品格〉，《飲冰室合集》，文集之十四。〕本詩盡述自己留身以待，以「酬君恩，報友仇」。梁啟超一貫思想在聯日禦俄，惜其未見其所稱之「君子」，在抗日戰爭時，對我人之殘酷面。）

## 附錄三：新聞學語粹兩則

△當自由報業開展之時，最重要的一點是，一如科學家或學者，新聞從業員究竟視真理爲首要或次要。

——李普曼

（As the free press develops, the paramount point is whether the journalist, like the scientist or scholar, put truth in the first place or in the second. Walter Lippmann）

△針對部分人士擔心媒體影響力無遠弗屆，可能會造成不良的後遺症，
其實媒體的力量還不至於大到造成嚴重危害的地步。就拿最近東歐發
生一連串政治變局爲例吧，媒體有時候確實能夠讓人直接了解到世界
上還有另一種生活方式。不過變化一旦開始醞釀，媒體最多只能加速
它的步伐，卻不具備無中生有的本事。媒體就象探照燈一樣，可以照
亮特定對象，卻沒有辦法創造被照亮的對象。媒體的力量是種有限制
的力量，相對的，人心也並不是完全聽任擺布的。媒體處理新聞事件
的方式，只能在特定範圍內左右輿論，一超出這個範圍，就會發現大
眾的心思其實是非常獨立自主的。

——郝柏納（註一）

註一：郝柏納（Lee W. Huebnev），是巴黎《國際前鋒論壇報》（The Interna-
　　　tional Hearld Tribune）的發行人，該報自一九八〇年九月十五日起，以
　　　人造衛星直接傳版，在香港印行出版。一九八二年十月，再增出星洲版，兩
　　　處版面與英之倫敦、法之巴黎、德之法蘭克福及瑞士蘇黎世同步。〔歐陽醇
　　　（79）：「見仁見智看傳播」，新聞鏡周刊，第七十三期（3.26.—4.1.）。
　　　台北：新聞鏡雜誌社。〕

# 第三章　在我國刊行的新聞學
四大啟蒙典籍研究

## 第一節　前　言

　　新聞學有那幾本劃時代的開山之作，向來是中外新聞學者深感興趣的問題。早在一八一〇年（清嘉慶十五年），美國報刊印刷業巨子湯瑪斯氏（Isaiah Thomas, 1749－1831），已著有兩大卷之《美國印刷史》（The History of Printing in America. 2Vols. Worcester, Mass.: Thomas）❶，其中有部分內容，曾論及報紙。一八七三年（清同治十三年），在《紐約前鋒報》（New York Herald）擔任編輯主任（Managing editor）的哈德遜（Fredeic Hudson, 1819－75），在紐約出版《美國報業史》一書（History of Journalism in the United States: 1690－1872. N.Y.: Harper.）❷，咸信是美國最早的一本新聞學者專著。但就代表性而言，最早、最有系統而又最具代表性的中外新聞學院教材（Scholastic Journalism），當屬日人松本君平之《新聞學》，美人舒曼之《實用新聞學》，以及我國新聞教育與實務界前輩大老，徐寶璜之《新聞學》，及邵飄萍之《實際應用新聞學》四本❸，鑑古知今，劃時代的著作，自有其價值。

## 第二節　述　介

1.松本君平之《新聞學》（中譯本）

(A)作者生平

　　松本君平，又名松本世民，明治三年（一八七〇年）五月，生於靜岡縣小笠郡，卒於昭和十九年（一九四四年）戰爭末期，享年七十四歲。

　　他早年游學美國，獲布朗大學（Brown University）文學博士學位，游學期間，曾做過《紐約論壇報》（N. Y. Tribune）記者。歸日後，曾當伊藤博文之隨員，到歐洲各國視察。其後，以三十歲之齡（一九〇〇），在東京創辦三年制之東京政治學校，在該校講授新聞學，並編發講義爲教材。他一度擔任過當時東京「日日新聞」記者，不過爲時不長。

　　他在英期間，美國堪薩斯州立學院（Kansas State College）已於一八七三年（清同治十二年）開設印刷課程；康乃爾大學（Cornell University），於一八七六年（清光緒二年）開設新聞學講座；密蘇里大學（University of Missouri），於一八七八年（清光緒四年），在英文系內，講授「新聞事業史」，由麥甘納利教授（Prof. David R. McCanally）主講，以英國《泰晤士報》，美國之《紐約時報》與《論壇報》爲教材。一八九三年（清光緒十九年），賓夕法尼亞大學（University of Pennsylvania）之華頓商學院（Harton School of Business），開設五科有關新聞方面之課程，共計八學分，由曾任《芝加哥論壇報》（Chicago Tribune）經濟版編輯的詹森（Joseph F. Johnson）主講。不過，松本君平此時對新聞學並未感到興趣。他到歐洲各國考察的，也只是做「各國學僚制度之調查」，而非新聞事業。

　　不過，在考察期間，見到歐英各國新聞事業竟已如斯壯大，卻大爲驚訝，爲其威力所壓倒。深念歐美學者已經開始作有關新聞科學之研究，並成爲大學課程；而日本本邦，卻未聞有此種研究，此豈非新聞社會之一大欠漏耶！

　　因此，他的專門學校，雖是以培育日本政府官員、國會議員、外交

官及新聞記者爲目的，但特別注重新聞學，爲希望從事國外外新聞事業之青年，說明日本及歐美諸國新聞事業之概況。

時值中日甲午戰爭之後，打勝了仗的日本，更積極的謀求對外擴張，因而十分重視報紙的政治作用。所以在本書的原序中，啟首就說❹：

君側之權表；移於政府矣；政府之權表，移於議會矣；議會之權表，移於新聞紙矣。考古今制馭天下之權之重力，十六世紀以前，君側也；十七世紀之後，政府也；至十八世紀，則在議會；至十九世紀之末頁，則不可不歸諸新聞紙。蘇老泉曰：「當罰者，天下之公；是非者，一人之私。」「春秋」者，聖人以是非代賞罰也。夫新聞紙無君主之神權，無歷史之因藉，而能判是非別賞罰，其猶古先聖哲以其道德權衡，於帝王政府以外，自立門户之意乎？周道衰微而「春秋」作，君側政府議會衰而新聞紙起，今之新聞經武殆古之「春秋」歟。

繼後，又屢言報紙之在政治上之（目前所指稱的）民意及議題設定（Agenda Setting）功能：

——昔評論英國之議會，謂除變男爲女之外，有萬種之能力。今也新聞紙，至能奪此能力。如政府之命令，議會之決議，非新聞紙之贊成，不能實行諸邦國。此果何果耶？曰：在平民時代，不外代表國民中最聰強、最高尚之思想感情而已。蓋平民時代者，非謂以多數人民之意見爲國政之標準，乃以國民中之最聰強、最高尚之思想感情，爲多數國民之嚮導，且由其力而可疏通國政也。故新聞紙者，殆如國民脊髓骨之代表。約言之，則新聞紙即國民之本身也。夫由武功建國者，所重不外民信。西諺曰：人民之聲即神之聲也。東諺曰：天無唇口，使人代言之。觀此言則知新聞紙實有一種天權，宜其有大勢力於今日之世界也。

一千八百七十年德破法都，爲城下之盟。法既不支，以老弱殘敗之人民，而立第三之共和政府，於兵備、財政、教育諸大端，大加整頓。期年之內，遂凌駕德意志而上。俾斯麥欲乘其羽翼未成，再擊而破之。

於是商於柏林之新聞記者，使主張排法論，以聳動民心，爲開戰之舉。法公使派達伯偵知之，告於本國政府。政府即商之倫敦「太晤士」記者，使露德意志之陽謀曰：「德欲以兵直搗法京，占領阿布倫之險阻，重結新條約，以要求十億之賠款於二十年間」云云。而歐洲之人心，湧如沸騰，共責德之貪婪無厭。於是俾公之陽謀之勢力大矣哉！

可惜松平只開風氣之先，至後來參政後，即未能在新聞學理論方面，有更進一步成就。他在明治三十七年（一九〇四年），當選爲眾議院議員。大正民主時期（一九一二～二五年），在政壇上十分活躍，與前輩島田三郎共同促進普選運動，在國會率先提出婦女參政權，並五度當選眾議員議員；因此，他在政界聲望，反而超越他對新聞學啟蒙之功。

松本君平將新聞學課程的講課內容，於一八九八年（清光緒二十四年）前後輯成「新聞學」一書，而於一八九九年（清光緒二十五年）正式用光紙鉛印出版，是日本第一部新聞學著作。一九〇三年（清光緒二十九年），上海商務印書館編譯所將之繙譯印行，是我國最早的一本有關新聞學譯著。

在《新聞學》一書之前，松本君平尚著有《大日本》一書❺。一九一〇年（遜清宣統二年）他曾到中國，對當時清末之農商、工業、交通、政刑、禮教與風俗作了一番詳細調查。歸國後，以中文編成《華瀛寶典》一書。

「新聞學」一書內容，兼蓋了英、法、德、俄等歐美五大主要國家的新聞事業現狀；因此，明治三十三年（一九〇〇年，遜清光緒二十六年），東京博文館以洋裝精印本重印時，即易名爲《歐美新聞事業》。

(B)內容簡介

本書共三十六章，除了前述歐美五大主要國家的新聞事業現狀外，全書在美國注重實務的理念下，充分討論了當時各報館部門的職能，以及新聞從業人員在報業管理、採訪、寫與編輯等各方面的實際工作經驗

，甚至連新聞報導、評論寫作及標題製作等細節，亦有論及❻，強烈顯示出松本君平對新聞學內涵的看法，也就是早期新聞業界所秉持的見解，認爲新聞學就是研究新聞採寫、編輯及發行的應用科學。當然，這是一本大學的課堂教材，也難免不涉及新聞事業的特性、功能、作用，以及與近代文明之關係等較爲理論性層面，本書亦有專章論述。

除歐美新聞事業外，本書其他內容尚有：近世文明與新聞之德澤（序論），第四種族之發生❼，新聞社之組織、採訪部，略記法與採訪記者，地方通信者，文選部之經驗❽，通信隊之編成，採訪者職務及資格，新聞編輯局工作，編輯事務、電報、論說及主筆等記者，新聞理事❾，社員之制約，訪問記事及新聞記者之訪問，爲新聞記者之道，編輯新聞之注意，特別記事❿，雜誌及新聞文學之注意，匿名寄書⓫，誹謗之言論，新聞記者之報酬，職業的新聞記者，公人之新聞記者，近世新聞之發達及特性，新聞圖畫，英國新聞記者之保護會，新聞記者之養成及新聞記者之勢力及使命等專章論述，可謂燦然大備。

——於序論一篇有言：「吾人試環遊歐美文明之邦，莫不驚嘆其新聞之勢力，出人意外。於輿論則爲爲先導者，於公議則爲製造家，於國民則爲役使之將帥，挾三寸管作全國之主動力。今日之新聞，幾如日用之飲食水火，爲文明國民一日不可缺之物矣。」又謂：「夫新聞記者，既負有引導生民鞭策社會之大勢力，若不據近世文明之精神，而乘重力所趨以俱進，則豈非負其責任耶！」

——於第四種族之發生有言：

●今者，無論貴族也，僧侶也，平民也，皆不得不聽命於此種族之手。彼若預言，則可征國民之運命；彼若裁判，則可以斷國民之疑獄；彼若爲立法家，可以制定律令；彼若爲哲學家，可以教育國民；彼若爲大聖人，可以彈劾國民之罪惡；彼若爲救世主，可以聽國民無告之痛苦，而與以救濟之途。其勢力所及，皆有無窮之感化，此新聞記者之活動

範圍也。

• 是新聞事業云者，乃搜集新現象之事實，著為新過去新未來評論，而我之印刷，以通知公眾之事業也。至夫此新現象，如何而搜集之，編輯之，評論之，一切分配各地，俾眾周知之法及講究理論之學，是為新聞學。

• 然新聞學非法律書，非哲學書，且非歷史，復非字彙。每日揭載各要件，必須捨舊尋新，削繁就簡。與其遲而巧，寧拙而速，是謂新聞之責任。（著者按：此一觀點後世爭論甚大。）否則投有用之資金，而不得適當之事實。陳言滿紙，議論乖僻，閱者望而生厭，為覆瓿之用，又安能聳動一世之耳目哉！此新聞經武之所大禁者也。諺曰：「文如烹鮮」，此乃新聞家之格言，可以銘於編輯室。

• 泰西之新聞集常有言曰：新聞紙不必誦讀，惟瞥覽而已。」（Newspaper no longer read but only look.）是言洵然。

• 蓋新聞之要旨，不在粉飾社會之現象，而在據實直書，以供社會之評斷，作社會之鑒鏡。雖意見思想因人而異，總之有事實而不報之社會，則非新聞所以對社會之責任也。故新聞者，不徒為社會之耳目，實為社會之鏡照。社會美，則其鏡明；社會惡，則其鏡晦。是新聞紙者，謂之為萬象之新鏡影，亦無不可。

——於新聞社之組織有言：是故新聞館也者，實精神商業之一店也。

——於訪問記事及新聞記者之訪問一章，曾提到「冒頭」一詞，此即新聞啟首一段之「導言」。內文並提到以「訪問記事為冒頭」，「取主人公最有精神之言語（引語）為冒頭」

——續於編輯新聞之注意一章，再詳細介紹「開宗明義」問題，將「導言」寫作觀念，介紹到日本。我國因此書之有譯本，而首次知其概要。

●第一，開宗明義一語，乃新聞記者不可忘之要旨。……現今歐美諸國，其新聞記事之文體，取其記事中最緊要醒目之處，先爲揭出。使全體大要，照然紙上。然此種體例，如能巧用之，則千變萬化，層出不窮。例如以奇特之回答作地點，或僅書其美詞於筆下。用種種之警策，以喚起讀者之注意也。

要之，第一所宜注意者，則凡遇有可警可愕之事，揭其主腦以顯全體記事之綱領，或集注於記事之全文，或其最初之一節中。由是雖不談其全文，則以其前半篇而即可察其全體。……是以新聞記者之要點，必於前文説明記事，而後逐語證述也。

2.舒曼之《實用新聞學》（中譯本）

(A)作者生平

舒曼（Edwin Llewellyn Shuman, 1863－1941）生在賓夕法尼亞州（Pennsylvania）蘭卡士打郡（Lancaster County），一生從事新聞工作，多采多姿。一八八七年（清光緒十四年），畢業於西北大學（Northwestern University）；一八九〇年（清光緒十七年），於同校研究所獲哲學碩士學位。攻讀研究所期間，即已在伊利諾州之《伊凡士頓報》（Evanston Press），擔任編輯。一八九一年（清光緒十八年），他到芝加哥擔任《芝加哥日報》（Chicago Journal）記者。一八九五年（清光緒二十二年），轉至《芝加哥論壇報》（Chicago Tribune）擔任文藝編輯（literary editor）及主筆（editorial Writer）。五年後又轉至「芝加哥紀錄報」（Chicago Record）擔任文藝編輯，直到一九一三年爲止。

一九一五年，舒曼前往紐約，擔任星期日雜誌聯刊（Associated Sunday Magazines）協理（assistant general manager）。一年之後，奉命擔任由當時《紐約時報》（New York Times）發行的《當代歷史雜誌》（Current History Magazine）編輯主任，一做就是六年。

一九二二年，《國際書刊評論周刊》（International Book Rerview）發行，他又前往擔任副主編（associate editor）。四年之後，又轉職至《文藝文摘》（Literary Digest）。「文藝文摘」停刊，又到《講道評論》（The Homiletic Review）擔任主編（editor）。晚年則除了從事自由作家（free lance writer）工作外，還不中斷地擔任畢廉（G. P. Putnam & Sons），以及哈潑（Harper & Bros., book publishers）兩大出版社編輯。

　　舒曼著作甚豐，除了本書之外，尚著有《新聞學進階》（Steps Into Journalism），《如何評介一本書》（How to Judge a Book）。編著則有：《修辭學十年》（A Decade of Oratory），並將德文《科學的烙印》（Trail Blazers of Science）譯成英文。舒曼在一八九四年（清光緒二十年），即已寫就若干導讀性新聞學教材小冊子（Pamphlet Guides），一九○一年（清光緒二十七年），簡士村（Charles Hemstreet）又寫成一百四十頁之「新聞紙採寫」一章（Reporting for Newspaper），於一九○三年（清光緒二十九年）合併成《實用新聞學》（Practical Journalism）一書出版。民國二年（一九一三年），上海「廣學會」（The Christian Literature Society for China）由署名史青者執筆（生平不詳，疑是當時申報館主史量才），繙譯了這本劃時代名著出版❶，雖距原書之印行迨有十年，但卻是我國最早譯述的一本英文新聞學典籍。

　　(B)內容簡介

　　本書共十六章，涉及範圍相當廣泛，包括：美國報館進化史、責任與俸給、訪事人之造就法、採訪、新聞訪稿、新聞業同盟會❸、記者、新聞事業、星期增刊、美術室、婦女與新聞事業、告白（廣告）之文、登載告白、鄉邑報章、破壞名譽之法律及美國版權法。舒曼對實用性及其衍生應用的問題，非常重視，對新聞採訪技巧、新聞寫作格式及法律

問題，都有詳細論述，而且不乏首開其端工作。例如：

於採訪一章中，指出「會晤」（訪問）一法，始於美國，而由「紐約先驅報」（前鋒報）於一八五九年（清咸豐九年）首開其端。該章並進一步解釋説：

訪事人以某事問，人以某事答，如此徑情直遂之法，已成死法，今法則務在將問答之辭，如小説家之章法，排比成文，一面以其人之身材服飾，以及居處情形夾敍其間；如此則枯燥無味之問對，興趣倍增矣。

又繼而指出：

將會晤之文，有二法焉：以談者之姓氏，及會晤之時地，冒首循序而下一也❹，將談者之要句，冠一篇之首，然後徐述言者爲誰氏，與言此之事故，又其一也。然無論何法，斷不宜將談者一字一句，一列和盤托出，此最要緊。

——於新聞訪稿一章，則首次系統性地，以文字正式闡述「五何法則」（Rule of the Five W's）。蓋源於美國南北戰爭時之新聞「提要」（Outline），復經美聯社大力提倡之「五何」式倒金字塔式新聞學寫作格式❺，雖在一八八○年代（清咸豐中葉）漸次普及，但真正以這種寫作格式要求，用以見諸文字的，舒曼應是第一人。除了力言「凡草新聞文稿，心目中應牢記『何人』、『何事』、『何時』、『何地』、『何故』、『如何』之六事」外（第十四章：鄉邑報紙），他更曾指出，「目前廣爲美國報界所樂用的一種（寫作）格式」（the style followed almost universally in large American newspaper offices at present），是「將整個報導之精華」（Marrow of the whole story）放在第一段❻。因爲：

• 凡一新聞，宜將要點列於第一句。無論一新聞之修短何如，其精髓統且歸入第一節內。……凡「何事」、「何人」、「何地」、「何時」、「何故」之答語，能概括於第一節內最妙；如是則雖餘皆割棄，而

此第一節仍一完全無缺之新聞也。此爲新聞體之最大法律，……殆無可易，雖謂之金科玉律可也。

——在十五、十六兩章，則詳細解釋與新聞工作者相關的法律與道德問題，這又是前所未見的創舉。例如：

•誣構（誹謗）云者，懷惡意而毀壞他人之名譽也。……苟報中所載，有毀壞名譽情事，而事失其真，在法律上即爲惡意而爲之。至新聞記者抑發行人知情與否，所不問也。……未經初審，不得即以被逮之人爲有罪也；若干標題中或他處竟明其有罪，即爲誣構而破壞名譽矣。

•報中文字，若影響及於在職之人，或有職業之人，……又或稱律師爲訟棍，呼醫家爲庸醫，皆可提起訴訟。

•經已刊布之文字，意在傷他人之體面，或屈賤其位望，或損害其德性，雖無遭損之實據，亦可提起訴訟。又或受誣者因而爲人蔑視憤怒嘲弄者亦然。

•報告新聞，有自由也；批評人物，有自由也，……所不幸者，時有濫用耳。

•蓋所謂報館之自由，非謂可自由刊載想象之語，報復之辭，漫罵之文，挾卑劣醜惡之心思以從事也。何則自由者，非放縱之謂。報紙者，公理所從出；於平惡感妒心怨氣及種種不慈不善之念，皆應排而去之，勿留一星白圭之玷也。

•凡作告白，尤必以誠信爲主。若徒推獎已貨，道他衆短處，語不由衷，事非真實，此爲造謊欺人。……惟報館於刊登分類告白，亦宜加以取締，凡視爲不合於道德，抑他種原因者，可屏之不登。……惟畫意宜不傷風紀，……若畫圖醜劣，大足爲報章之玷。（登載告白）

至於本書的其他重要論點，尚有：

•報館之訪事人，有十誡焉：

一、新聞之要點，宜盡納於第一節內。

二、務求意言兩盡，不蔓不枝，而又極明晰。凡一語須讀二回，而後能解者成之。

三、新聞內勿得加以評論議論。一己之欣厭好惡，萬勿攬入其中。

四、新聞勿爲捷足而先得，然勿遽及不足徵信之言，皆宜戒之。誹謗之語，尤所禁忌。

五、新聞務求其信，戒揑飾。疑則別探之。報紙多傳聞失實，以訪事人徒聽一面之辭也。

六、宜每日讀報（論說亦在內），應爲之事皆爲之，且時求所以改良之。

七、勿爽約，勿爲不能守之約。

八、任事宜勤勞，宜服從命令，以一己之名譽爲界。

九、宜自尊所業，遇人宜忠篤，無所嚴憚。勿因己爲訪事而謙抑，亦勿因己爲訪事，而冀獲分外之矜寵。

十、宜自尊，宜養善習保健體；修令德、習禮儀，志趣尤宜高尚。

• 凡從事新聞事業者，其正當之教育，即尋常善知識者，應修之教育也。普通學問，均宜涉獵。文學、歷史、政治、經濟之書。宜擇佳者讀之，以博爲宗。前人高文典冊，亦宜瀏覽一二，以擴識見❶。政治之學，必須研習者，爲本國憲法，及開國時代之政論；而本省制度亦宜討究，能稍知法律尤善。

• 知識廣矣，修辭之術又不可以不講也，此亦由實習而得，非徒文例，便可自明。訪事人第一應習之事在察物，尤在察物而能以簡潔之文體出之。苟有所聞見，能紀其事，敏捷生動而淵雅，信達雅三美具備，斯訪事之能事盡矣。

本書亦引用了不少可堪咀嚼之雋言雋語，例如：

• 辦《太陽報》（New York Sun）成功，致有「報人之報」之稱的丹納（Charles A. Dana, 1819－1897）曾說：

　　欲察少年之能爲良記者否，但觀其每晨讀報，第一翻檢報中何處而可知。苟所翻檢而謁讀者，爲政治事情，此佳兆也。若得報便讀言情之小說，新聞事業，殆無可望，極其所能，爲一小說家而止耳 [18]。

　　又如華特森（Henry Watterson, 1840－1921）曾説：

　　新聞事業成功之根基，有數事焉。習慣須良也；知識須良也；感情須良也；教育須良也，而赴事尤宜悦預而守晷刻 [19]。

　　而最引人注目者，則是本書第一頁，即引用美國第三任總統傑佛遜（Thomas　Jefferson，1743－1826）名言，具見作者擁護新聞自由的理念，無異於前覽：

　　如果要讓我就有政府而無報紙，或者有報紙而無政府作一決擇，我將毫不猶疑選擇後者。（Were it left to me to decide whether We should have a government without newspapers or newspapers without a government, I should not hesitate to prefer the latter.）[20]

　　3.徐寶璜之《新聞學》

　　(A)作者生平

　　徐寶璜字伯軒，江西九江人，生於清光緒二十年（一八九四年）卒於民國十九年，時年僅三十七歲。他民國二年畢業於北京大學，隨即考取官費留美，在密芝根大學攻讀經濟學，並修習新聞學課程。民國五年回國，先後擔任北京《晨報》編輯和北京大學教授。民國七年十月，北京大學校長蔡元培發起成立「新聞學研究會」，並在政治系四年級開設「新聞學」選修課，由徐寶璜講授「新聞學大意」。這是我國有正式新聞學教育的開端，故時人有譽之爲：「新聞教育第一位大師」及「新聞界最初的開山祖」。

　　民國九年以後，他曾在多所大專院校擔任教席和行政職務，出長平民大學新聞學系主任即是一例。民國十九年，並積極爲北京大學籌設

新聞學，卻不幸於該年六月辭世，而北大新聞系之設立，亦成水月鏡花。此即北大之所以沒有新聞系的因由。

本書是我國國人自著的一本正式新聞學著作，本名「新聞學大意」，原是作者在北京大學教課時的講稿。經過多次修訂後，始定名爲「新聞學」，於民國八年十二月，由北京大學新聞學研究會出版，除了自序外，有蔡元培、符鼎升及邵飄萍等人序文。此書在民國十一年，曾由當時上海復旦大學新聞系教授黃天鵬予以重印，易名爲《新聞學綱要》，卷首有黃氏序言一篇，卷末則增附作者其他新聞論述著作四篇。民國二十一年、二十六年，均曾先後再版。本書是根據民國八年原版重印。

徐寶璜一生都在提倡新聞學，所以民國八年，北大新聞研究會出版的「新聞周刊」；民國十三年北京平民大學所創辦的「新聞系級刊」；以及民國十六年，在北京出版的「新聞學刊」，都得到他投稿支持。例如：「新聞之性質及其價值」（「新聞學刊」），「新聞學刊全集序言」（「新聞學刊全集」），「新聞紙與社會之需要」及「新聞事業之將來」（「報學雜誌」）等論述。

民國十二年，他除爲京報社長邵飄萍所著《實際應用新聞學》一書作序外，又與胡愈之合著出版了《新聞事業》一書，由商務印書館出版。此外，他還著有《保險學》和繙譯了《貨幣論》等書面世。

(B)內容簡介

全書共有十四章❹，廣泛地包含了新聞學之性質與重要、新聞紙之職務、新聞之定義、新聞之精采（推定最近事實是否爲多數閱者所注意之標準）、新聞之價值、新聞之採集、新聞之編輯、新聞之題目（標題）、新聞紙之社論、新聞紙之廣告、新聞社之組織、新聞社之設備、新聞紙之銷路及通信社之組織等，取材於西籍者的系統性內容，不但介紹了歐美先進國家，當時的報業及發展狀況，並涉及新聞學理論與經營、實踐層面。蔡元培因而在序中，譽之爲我國新聞界的破天荒之作。時值

「五四」運動鬧學潮，袁世凱及北洋軍閥爲了壓制輿論，不惜施其動輒查封報館暴行❷。因而在徐書中，除了實用性的編採部分特別詳盡外，字裡行間當不乏針貶時弊、燃起自由火、高鳴自由鐘的宏論，具見作者微言大義的報人胸懷。例如在起首一章論「新聞學之性質與重要」時，即借引松本君平所言：「彼（新聞紙）如預言者，謳國家之運命；彼如裁判官，斷國民之疑獄；彼如大法律家，制定律令；彼如大哲學家，教育國民；彼如大聖賢，彈劾國民之；罪惡彼如救世主，察國民之無告痛苦，而與以救濟之途。」❷繼而指出「如不能善用之，則可以顛倒是非，播散謠言，無事生端，小事化大，敗壞個人之名譽，引起國內之政爭，擾亂國際之和平，推而極之，不讓於洪水猛獸。」（第一章：新聞學之性質與重要）進而力陳當時報社所謂「新聞政策」之弊：

　　新聞紙對於各事有所主張，或保守、或進取、或贊成、或反對，日日於其社論欄內發表之，擁護之，乃正常之事也。「新聞政策」如作此解，吾人對於新聞紙之主張，縱或有懷疑之處，然不能咎其有一定之主張也。換言之，「新聞政策」之當存在，無可疑也。所可惜者，「新聞政策」並不作此解。彼在今日，有造謠言與挾私的意味，政黨之機關報，爲達一時之政治目的起見，往往對於敵黨之領袖，造一篇大謠言，登之報上，以混亂一時之是非，反美其名曰：「此新聞政策也。」或每日於新聞欄內，爲輸灌不利於敵黨之感想於閱者胸中起見，將一原來五六行即可登完之新聞「特別放大」，成一篇淋漓痛快洋洋千言，攻擊敵黨之大文章，亦美其名曰：「此新聞政策也。」就上列之五種優點觀之，此種明目張膽造謠挾私之「新聞政策」，絕無存在之餘地，不待煩言矣。（第七章：新聞之編輯）

　　終而直率地指出：「新聞紙在文明各國，已成社會教育最有力之機關，在文化運動中，占甚重要之地位。故輸灌智識，遂亦爲其重要職務之一矣。」（第二章：新聞紙之職務）其中代表輿論爲民喉舌，更是新

聞紙重要職之一❷。然而：

　　吾國政府，對於輿論，素不重視，且對閉報館之事，時有所聞，遂致新聞紙爲保存自身計，常不敢十分代表輿論，否則註册於外國政府，以博得言論自由，此誠爲莫大之憾事！在政府固爲不智，然新聞紙即因此畏首畏尾，置職務於不盡，亦爲不可。蓋爲輿論殉，爲正誼殉，本爲光榮之事，況全國報紙，如能同起而代表輿論，則政府雖有意干涉，亦莫可如何哉。（第二章：新聞紙之職務）❷。輸灌知識、提倡道德亦新聞紙之神聖事業，故而「新聞記者，對於社會，負有重大之責任。彼以顚倒是非，博官獵賄，或得以致富爲目的而辦新聞紙者，乃新聞事業之罪人也。」（第二章）

　　不過徐寶璜似乎也體認到文人辦報、書生空議之不易；因此，特闢兩章，簡要地點出新聞紙之廣告，如何可以發達銷路、如何可以推廣的營業問題。他真摯地指出，「新聞紙最要之收入，爲廣告費」，「廣告多者，不獨經濟可以獨立，毋須受人之津貼，因之言論亦不受何方之約束，且可擴充篇幅，增加材料，減輕投資，以擴廣其銷路。又廣告如登載得宜，其爲多數人所注意也，必不讓於新聞。故廣告加多，直接亦足推廣一報之銷路也。故爲一報自身利益計，實有謀其廣告發達之必要。」（第十章：新聞紙之廣告）至於推廣報分之道，除了講求減輕報資、發送敏捷、設立問答欄（即注重營生新聞）外，最重要的莫如「增進（報紙）材料之品質與分量」：「故品質言，一報所登之新聞，應確爲多數閱者所注意之最近事實，所載之社論，應確爲對於時事所下之正當透闢之批評，所收之廣告，應確爲毫無欺騙性質之商業與人事的消息。就分量言，材料應極豐富，不限於一界，不拘於一地，凡各地人各界人所注意者，莫不有三。」徐寶璜認爲「欲求一報銷路之發達，全社社員，均應各盡所能，以謀本報之進善並增進閱者之便利也」，因此「記者個人之道德，與其報之銷路亦大有關係，使道德有瑕疵，例如受人賄賂，

足以喪失社會對於該報之信念，而令其銷路大受影響也。」他也痛斥使
用卑劣手段，登載誨淫小說及製造猥褻新聞以迎合社會之卑劣心理者，
「是真爲不知恥者也。」（第十三章：新聞紙之銷路）。時值「老鎗訪
員」：「穿著綢緞紗羅，居然濁世翩翩佳公子，白嫖窰子，白玩女戲子
，做青紅幫頭的乾兒子，誰給他錢花，就是他的老子」之際，徐寶璜的
宏論，的確是振聾發瞶。

　　本書對編採部分特別詳細，尤其第六章新聞採集一章，可說鉅細無
遺。不但在當時來說，確是一部難得的技術性指導教村；即使現在讀起
來，對新聞系科學生及業界來說，也有相當的提示性。比如說，作爲記
者，要尊重事實，善於觀察、判斷，要熟悉環境，了解情況，廣交游（
諺云：文武一腳踢，高低四路通），知人性以及勤勉好學等等，尤其第
十三節「訪員應守之金科玉律」一節，逐點臚列了十六條應守之事項，
實在發人深省。例如：

- 訪得新聞，訪得所有之新聞，切勿視謠言爲事實。
- 如爲探訪重要之新聞，順每一引線（線索）而追究到底。
- 新聞之有價值與否，當自爲裁奪，不當信讀者之褒貶。
- 不可因求速而致粗心或不正確。
- 切不可空手歸來，應設法訪得所被派探訪之事。
- 有請勿登載某事者，宜答以最後之決定，權在編輯，不可輕許之
  。尤不可受賄，爲他人隱藏。
- 本區內之各新聞來源，切不可一日不去。
- 在訪問之前，應確知己所欲得者爲何？
- 除非某報所登之新聞，素來確實，切不可轉錄之。
- 廣告性質之新聞，不可登於新聞欄內。

　　徐寶璜在自序中嘗說，在討論新聞之定義與其價值，自信所言，頗
多爲西方學者所未言及者。究竟它的內容是怎樣的？

新聞者，乃多數閱者所注意之最近事實也[26]。

——其價值乃與其重要之程度爲正比。換言之，乃與注意之人數及注意之程度爲正比例。重要之最近事實，自能引起較多人數與較深程度之注意，故爲價值較高之新聞。次要之最近事實，僅能引起較少人數與較淺程度之注意，故爲價值較低之新聞。

——其價值與發生及登載相隔之時間爲反比例。此相隔之時間愈短，則新聞之價值愈大，愈長則愈小也。

——其價值與發生及登載相隔之距離爲反比例。此相隔之距離愈短，則新聞之價值愈大，愈長則愈小也。

就當時而言，徐寶璜能獨創重要性、特效性及鄰近性之重要性比例遞減原則，確實了不起。他對於「倒金字塔式」（Inverted　Pyramid）的純新聞寫作格式，也有進一步、更明確解釋[27]：新聞之第一段，曰撮要（導言）；其次諸段，曰詳記（本文）。新聞之撮要，以新聞之精彩（重點）及數問題之簡單答案組成之。……應於第一段中，首述精采，次簡單答覆數問題，以不失明了爲度，而成所謂新聞之撮要。……至應答覆之問題，不出下所列之六種：即何事？何地？何時？何人？爲何？及如何是也。……此六問題，非必須全答。其中如有無關重要者則可不必答覆。至其先後，並無一定之次序，……至謹記之長短，當視新聞價值之高低定之。……遇過低時，詳記可完全不有。詳記宜分段落，重要之事實述於前，次要之事實居於後。

此外，徐寶璜尚認爲編輯之根本意義有四：即翔實、明了、簡單和適當地把新聞妥作安排，而新聞與意見，應絕對分離——新聞欄中，專登新聞，社論欄中，始發表意見，彼此毫不相混。

4.邵飄萍之《實際應用新聞學》

(A)作者生平

邵飄萍，原名鏡清，後易名振青，字飄萍，浙江金華人，生於一八

八六年（清同治五年），卒於民國十五年。十二歲時（一八九八年）便中了秀才，一九〇二年（清光緒二十八年）在浙江高中等學堂就讀，其間，已爲上海《申報》撰寫通訊。一九〇五年（清光緒三十一年）畢業後回金華任中學教員，並受聘爲《申報》特約通訊員。民國二年，他到杭州與革命分子、海寧人杭辛齋共同創辦《漢民日報》。並任主編。其後東度日本，攻讀於法政學校，並和留日學生組成「東京通訊社」，向國內報紙發稿。民國四年冬返回上海，爲《申報》、《時報》及《時事新報》撰稿。民國五年後半年，他前往北京，擔任《申報》北京特派員，專寫「北京通訊」。民國七年七月，他在北京創辦「北京新聞編譯社」，是北京第一家通訊社，北京報紙和外國駐北京記者購用的很多。由於這種機構組織及設備，可以「豐儉由人」，風氣一開之後，投機者紛起；北京一地之所謂「通訊社」湧現，一時間竟多至數百家，惟大多是軍閥官僚的附庸，對社會及文化，反而造成傷害。

民國七年十月，他獨力創辦《京報》，改革專電，加強新聞真實性，集合各方面精英，創辦多種副刊；除自任社長外，並兼職記者，親自撰寫新聞和評論。他的採訪和寫作能力都很強；因此，不但將《京報》辦得有聲有色，他也名滿京華。同月十四日，他與當時北大校長蔡元培，文科教授徐寶璜一起發起成立「新聞學研究會」，並擔任該會講師，主講「新聞採訪學」。民國八年，《京報》因評擊安福系❷，《京報》被查封，他化裝逃往上海。其後再逃往日本，受《朝日新聞》之聘，擔任特約記者，他也趁機研究日本新聞學及新聞事業。直皖交戰❷，直系得勝攬權，段祺瑞政府於民國九年九月垮台，安福系瓦解。他返回國內，繼續出版《京報》，並以在日本研究所得來改進《京報》，使《京報》面目一新。在此期間，邵飄萍更致力於新聞教育，先後兼任北京平民大學、民國大學及法政大學教授，講授實際應用新聞學。

邵飄萍一心打算結合辦報經驗與新聞教學心得，計畫編寫一套「新

聞學叢書」。第一本定爲概述報社工作概念的《新聞學總論》，內容包括新聞事業的性質、記者的地位與資格、報社的組織、報紙的內容與形式、報紙簡史和通主訊社事業等。第二本定爲《實際應用新聞學》，又名《新聞材料採集法》，亦即本節所述介之書。第三本爲《新聞編輯法》，第四本爲《廣告及發行》，俱已擬作寫作計畫。民國十二年，北京京報館首先出版了《實際應用新聞學》一書，以作平民大學新聞系講義之用[30]；繼於十三年六月，出版原列首先刊行的的《新聞學總論》，此書內容，曾用作法政大學的新聞學講義。

不幸的事卻於此時發生了。民國十三年十二月五日，「京報副刊」出版，由孫伏園主編，以新文學爲主，卻與徐志摩主編的「晨報副鑴」發生了筆戰[31]。《晨報》倒向奉天張作霖，《京報》則捧國民軍馮玉祥，尤以張馮之戰爲甚，因此和奉系結下深仇。民國十五年四月，奉軍打敗馮玉祥，進占北京，誘捕了邵飄萍，不加審問，便在二十六日早上，以「勾結赤俄，宣傳赤化」的罪名殺害之，年僅四十二歲，《京報》也被迫停刊，是中國報業史上一個悲劇[32]。第三、四本書的出版，自然成了泡影。

(B)內容簡介

全書分爲十四章，除探索新聞之具體方法，新聞價值測定之標準、減少之原因，裸體（純淨）新聞[33]，原稿之外觀的注意（格式），原稿內容之注意點及類似書後感跋序式的「餘白」一章外；特重爲首七章之「外交記者」採集新聞之法[34]，計有外交記者之地位、資格與準備、外觀（儀表）的注意、工具與雜藝、分類、訪問之類別與具體方法及種種心得等實際技術性層面。各章各節長短不一，但多採臚列方式，列舉要項、運用例證而加以解說。作者著書的目的，似欲將探討技術，提昇到變成一門學術來加以研究，但最大特色，則在強調記者品德的修養。所以他在第二章開宗明義即大聲疾呼：

外交記者發揮其社交手腕，與各方重要人物相周旋，最易得一般社會之信仰，亦最易流於墮落不自知而不及防，蓋其握有莫（上）之權威❸，則種種利欲之誘惑，環伺于左右，稍有疏虞，一失足成千古恨矣。故外交記者精神上之要素，以品性為第一。所謂品性者，乃包含人格、操守、俠義、勇敢、誠實、勤勉、忍耐及種種新聞記者應守之道德。貧賤不能移、富貴不能淫、威武不能屈，泰山崩於前，麋鹿興於左而志不亂，此外交記者之訓練修養所最不可缺者。夫交遊廣則品類不一，上自最高當局國務要人、大政治家、大學問家、大資本家、奸人敗類，以至卑官小吏、販夫走卒，皆外交記者所可與接觸之人物。外交記者心目中絕無階級之觀念，惟以如何乃可盡其職務為交際活動之目的，故其品性為完全獨立，不受社會惡風之熏染，不為虛榮利祿所羈勒，是為養成外交資格之先決問題。世每有絕頂聰明、天才茂美，利用地位，藉便私圖，至於責任拋棄，人格掃地。一般無知識者驚羨其豪華闊綽之日，正吾人認彼天良喪盡墮入地獄之時。……一旦敗露，……不僅及一己，新聞界之前途實受其累，是安可以不慎。

因此，他力斥「有聞必錄」、「趣味至上」的藉口，認為外交記者應存新聞敏感，「認識新聞之價值，孰為重要，孰非重要，若者可棄，若者可取」。「報紙之第一任務，在報告讀者以最新而又最有興（趣）味最有關係之各種消息」，所以「凡事必力求實際真相」，以「探求事實，不欺閱者」。他因而警告說，新聞價值減少原因，皆在於新聞不確實，含有廣告意味，只圖揭發人之陰私，以及作有害社會風俗之渲染描寫❸。

本書其他發人深省觀點，足述者起碼有三點❸：

認為「對於新聞之來源宜始終絕對秘密」，而「凡報館之外交記者等，皆應盡忠於報紙，為報紙造成名譽而拋棄個人之出風頭，凡所活動，皆為報紙而非個人之名譽，故主張新聞報導不必署名。（第二章）

　　——有時身入虎穴、或與政界惡黨宣戰，必難免經多次之危險；因而主張正義身觸文網，不得不易容以避惡魔之耳目，故而認爲化裝採訪，情有可原。（第四章）

　　——新聞宜有觀察而無批評爲原則。蓋外交記者之職務，只在供給消息，……純爲客觀的調查所得之實狀，而不以主觀的意志左右之。……北京報紙每喜犯武斷之病，或有時新聞明明錯誤，而必設法自護其短，不惜變更事實以求與彼生主觀的意見一致，此實至愚之事。……外交記者，惟信奉事實盡我探索報告之責，不然，則易流於廣告的意味之弊，有墮新聞之信用與價值矣（第十三章）。

三、小結

　　就時空意味而言，此四本最早在我國發行的新聞學典籍，自有其歷史層面的侷限性，且某些細節也的確已與現實脫節；但細觀各書所組成的體系結構，即以今日之水準觀之，亦不能不衷心的說句：「燦然大備矣」。此外，各書所痛陳的當日報界種種流弊，以及新聞教育者所擔心的問題，雖距今幾近一世紀，我們似尚不得不承認其爲「切中時弊」之談也。

　　此四本書刊行後，除了民國十二年，王解生的《新聞紙改造》（新聞學研究社出版），書後附《改造的報》（一章），徐寶璜、胡愈之合著的《新聞事業》（商務印書館出版），及民國十三年邵飄萍的《新聞學總論》（京報館）出版之後，同類型著作則有民國十四年，伍超所著的《新聞學大綱》（商務印書館出版），戈公振的《新聞學撮要》（上海新聞記者聯歡會出版）；民國十七年周孝庵的《最新實驗新聞學》（上海時事新報館出版）；民國十九年黃天鵬之《新聞學論文選輯》（上海聯合書店），民國二十二年，而有任白濤之《應用新聞學》面世。抗戰期間有報人任畢明所著《戰時新聞學》一書（資料不詳）。戰亂得息之後，民國三十六年，左派報人薩空了，在香港出版《科學的新聞學概

論》；政府播遷台府，民國四十一年，劉光炎率先出版《新聞學》一書。自後雖珠玉不絕，但都較重在「概論」範圍，介紹性質大於專業研究。近世大眾傳播研究勃興後，我國新聞學的研究，更有備受混雜與輕視的傾向，至足爲有心者所怵目❸。

# 注　釋

❶：湯瑪斯出生於波士頓，是一名擁護美國獨立運動的印刷商、發行人兼作家。他六歲即在化圖（Zechariah　Fowle）印刷廠當學徒，從排印書本中，獲得知識。十六歲時，因與化圖鬧意見而前往哈利比斯（Halifax, Nova Scotia），並在《哈利化斯公報》（Halifax　Gazette）找得一分工作，但因反對印花税（Stamp Act）而引起殖民地官員不滿，於是返回波士頓。其時，他的學徒契約已滿。一七七〇年（清乾隆三十五年）與化圖合辦《麻省偵騎報》（Massachusetts　Spy）。剛開始時的口號是：「一張政治與商業周刊──對所有政黨開放，但不受任何黨派影響。」（A　Weekly　Political　and　Commercial　Paper──Open to All Parties, but influenced by None.）但不久即因爲該報作家支持獨立，而改爲：「麻省偵騎報：美洲的自由先知。」（Massachusetts Spy, or American Oracle of Liberty.）

美國獨立後，他已經執出版界牛耳：員工有一百五十人，發行七分報紙，一家造紙廠，一家製釘公司，又大量印行書刊雜誌。他曾經説過：「新聞自由如果一旦被剝奪，就要對所有難能可貴的人權和該得的利益説再見！」（Should the liberty of the press be once destroyed, farewell the remainder of our invaluable rights and privileges！）

《美國印刷史》一書，於一八七四年（清同治十三年），曾有增訂版，由紐約亞本尼市（Albany, N.Y.）的「文遜」（Joe Munson）印行。德人谷騰堡（Johannes Gutenberg, 1398－1468）於一四五〇年（明景帝景泰元年），發明活版印刷（typography），現尚存有一四五六年所印刷的拉丁文版四十

二行聖經。一八四五年（清道光二十五年），德人普爾兹曾著有「德國新聞事業史」一書面世。

❷：見：Mott, Frank Luther

1952 The News in America. Cambridge: Harwark University Press. p.76

哈德遜生於麻省的昆士（Quincy），而在廣科特（Concord）的公立學校授教育。一八三六年（清道光十六年）到了紐約，在其兄所開設的一家地區性報館工作。翌年受班奈特（James Gordon Bennett）之聘，擔任他的助手，開始了他在《前鋒報》三十年報業生涯，最後晉昇爲「編輯主任」（Managing editor）。在「前鋒報」工作期間，妥善地利用火車和電報的特點來搜集新聞，令新聞傳遞速度更快，使新聞採訪的技巧，邁向一個新紀元，因而在報導南北戰爭新聞時，有傑出表現。一八六六年（清同治六年），自「前鋒報」退休後，返回廣科特定局，一心一意撰寫美國報業史，而在一八七三年書成出版。翌年，湯瑪斯所著的《美國印刷史》，印行增訂版（見註一），可見新聞學書籍在美國已需求漸殷。另外，值得一提的是，一八八五年（清光緒十一年）馬利仁曾著有《鮑爾斯之年代》一書：

Merriam, George S.

1885 The Life and Times of Samuel Bowles. 2 Vols. New York: Centry.

本書爲麻省「春田市共和報」（Springfield Republican）創辦人鮑爾斯二世的傳記。該周刊創辦於一八二四年（清道光四年），是一張支持林肯總統反對聯邦主義（Federalism）的報刊。

一八八九年（清光緒十五年）之後，有關「紐約論壇報」（New York Tribune）創辦人葛利萊（Horace Greeley）之生平傳記甚多，舉例而言如：丹納之「葛利萊是真正報人」

Dana, Charles Anderson

Greeley as a Journalist. In Stedman E.C. & Hutchinson Ellen M.（eds.）, A Library of American Literature, 1889－90. Vol.7, N.Y.:

Webster.

薩比斯基之《荷拉斯‧葛利萊》（此是葛利萊第一本傳記）

Zabriskie, Francis Nicoll

1890 Hovace Greeley. N.Y.: Funkand Wagnalls.

沙斯之「荷拉斯‧葛利萊：紐約論壇報的創辦人」

Seitz, Don Carlos.

1926 Honace Greeley: Founder of the New York Tribune. N.Y.: AMS, 1970.

即使近五十年間，研究他的專刊，仍所在多有如：

史當達之「荷拉斯‧葛利萊：印刷商，編輯，救難使者」

Stoddard, Henry Luther

1946 Horace Greeley: Printer, Editor, Crusader. N.Y.: Putnam.

黑路之「荷拉斯‧葛利萊，民之喉舌」

Hale, Harlan William

1950 Horace Greely, Voiceof the People. N.Y.: Harper.

倫第之「荷拉斯‧葛利萊」

Lunde, Erik S.

1981 Horace Greeley. Boston: Twayne.

邁可之「葛利萊是一位新聞老師：『指出事實，事件』」

Mitchell, Catherine

1989 "Greeley as journalism teacher:'give us facts, occurrences'", Journalism Educator, Vol. 44, No. 3（Autumn）. Sc.: Association for Education in Journalism and Mass Communication. （AEJMC）PP.16–19.

葛利萊之所以受到如此尊崇，主要是因爲他樹立報人典範之故（另見拙著〈葛利萊的行事典範〉）。

一八九一年（清光緒十七年），波路尉著有「新聞圈五十年」一書：

Brockway, Beman

1891 Fifty years in Joumalism. Watertown, Mass.

一九〇四年（清光緒三十年），魯芬德著有《曾格爾傳》一書：

Rutherfurd, Livingston

1904 John Peter Zenger. N.Y.: Dodd, Mead & Co.

一九〇七年（清光緒三十三），奧頓編有《高德欽的生平及書翰集》一書：

Ogden, Rollo（ed.）

1907 Life and Letters of Edwin Lawrence Godkin. 2Vols. N.Y.:
　　　Macmillan.

高德欽是十九世紀末葉的名政論家，屬於温和的自由派（moderate　liber-
al）。他生在美國愛爾蘭，南北戰爭之前幾年方到達美國，原可執業爲律師，
但卻偏受新聞工作。一八六五年（清同治四年），曾創辦風行一時的評論性周
報「吾土」（Nation）及主持紐約《晚郵報》（Evening Post）有年。

一九一四年（民國三年），麥克萊爾著有「我的自傳」一書：

McClure, Samuel S.

1914 My Autobiography. N.Y.: Stokls.

麥克萊爾氏是《麥克萊爾雜誌》（McClure's　Magazine）主編，於本世紀
一、二十年代，曾發起震動一時、揭發社會黑暗面之「扒糞運動」（Muckra-
king）。

一九一九年，則有奧達所著之《我的故事》一書：

Older, Fremont.

1919 My Own Story. San Franciso.: Call Publishing Co.

奧達一八九五年起擔任《舊金山公報》（San　Franciso　Bulletin）執行編輯
（Managing　editor）。在職期間，不斷與舊金山貪墨政客鬥爭，並且鼓吹獄
政改革。這本書即是這些歷程的忠實紀錄。一九二六年，本書曾發行增訂版，

由紐約麥美倫（Macmillan）公司發行。

❸：一九八七年，北京中國新聞出版社，將松本君平及舒曼之中譯本及徐、邵兩人

等四人絕版之著作合刊成《新聞文存》一書發行，並由寧樹藩、徐培汀、余家

宏與譚啟泰諸人，分別於各篇之後作跋釋。在此之前，坊間新聞學書籍之相關

內容，只能偶然直接或間接提到此四本書的某些大概內容。"Shuman"舒曼

在此書中，譯成「休曼」（與黃天鵬有《天廬論叢》一書中，所採用譯名相

同，見該書第二十六頁）而諸玉伸於民國三十六年出版之《現代新聞學概

論》（上海世界書局出版，增訂本），曾引用"Shuman"對報紙的看法（報

紙是公眾的信託所"Trustee"），其時則譯爲「攸門」（頁十一）。我國新

聞學者朱傳譽先生，則藏有邵振青（飄萍）之「新聞學」，但言明其後附有由

周吉人譯的「日本普通新聞學」一章。〔見朱傳譽（民七十七）：中國新聞事

業研究集。台北：臺灣商務印書館。頁四。其於一二一頁，則言是十年八月出

版，恐是筆誤。〕本章所述，主要以「新聞文存」一書內容爲主，並盡可能旁

證其他資料，起碼包括：

李　瞻（一九七七）：世界新聞史，增訂五版。台北：國立政治大學新聞研究

所。第七篇：美國新聞史。

黃天鵬（民七十）：天廬論叢。台北：黎明文化事業公司。第一篇：新聞論

叢。

曾虛白（民六十二）：中國新聞史，三版。台北：國立政治大學新聞研究所。

第十四章：新聞教育。

Mott, Frank Luther（莫特教授）

1950 American Jounalism, Revised Ed. N.Y.:The Macmillan Co.

Mott,Frank Luther

1952 The News in America. Cambredge: Harward Unversity Press.

小野秀雄（昭和三十，一九五五）：新聞の歷史。出版，東京：東京堂。

小野秀雄（昭和二十四年，一九四九年）：日本新聞史。東京：良書普及會。

本章部分資料,是台北美國文化中心(American Cultural Center)黃敏裕先生所提供。

另外,一九〇八年(遜清光緒三十四年),美國新聞史學者威廉斯(J.B. Williams),則著有「美國新聞史」一冊(History of English Journalism to the Foundation of the Gazette)。〔見諸玉坤(民三十七):現代新聞學概論,增訂本。上海:世界書局。第二章。〕在此書之前,民國九年,孫依壹曾著有「新聞評議」一書,由蘇州「正大日報」出版。

❹:在「新聞文存」一冊中,松本君平一書原序並未署名。而據黃天鵬氏之「天廬論叢」一書所記(第二十七頁),他在民國十九年,在日本東京三省堂的新聞學類書架上,找到了松本君平此書再印版本的洋裝精印本原文(已易名爲「歐美新聞事業」),卷首有日人田口卯吉的序文。其文開首即説:「松本君平手持其所著一書,來徵余一言,余見其題目,驚曰:『新聞之業,亦有學乎?』」與本書之原序不同。

有關松本君平生平見:

和田洋一(一九六七):「明治,大政期之新聞學」,東山桂三博士還曆記念論文集。頁三五~七。(和田洋一爲日本同志社大學教授,本日文資料,是日本東京大學新聞傳播系教授卓南生博士提供)。

❺:見本書原序。

❻:但對一八四八年以後所流衍的新聞寫作上「六何」、新聞價值考量及廣告等,則未有論及。

❼:即第四階級,此名,最早應見諸英人肯特(Frank K. Hunt),於一八六〇年在倫敦出版之" The Fourth Estate " 一書(兩卷)。蓋英國早期的國會(British Parliament),以上議院(British House of Lord)原由大主教(Lords Spiritual),教外人士(Lords Temporal)及無家勢、無動衡的寒門之士(Commons)所組成,稱爲「三大階級成員」(three estate of man)。一位名爲麥哥里的貴族(Lord Thomas Babington Macarlay),因

爲目睹記者坐在記者席（gallery）上的風光，一次有感而發地寫道：「記者席已成爲王國的四階級。」（The gallery in which the reporters sits has become a fourth estate of the realm.）「第四階級」代表記者一詞，由是流傳，並且是正面的褒長的涵意。見：

Hulteng, John L. & Nelson, Roy Paul

1983 The Fourth Estate: An Informal Apprasial of the News and Opinion
　　　Media, 2nd ed. N.Y.: Harper & Row Publishers. P.75.

其後，亦有人因大眾傳播媒介，有監督政府運作功能，於是又以「第四權」（The Fourth Branch of Government）來指稱大眾傳播新聞從業人員，以示其在立法（Legislation）、司法（Jurisdiction）、行政（Administration）三權運作的另一特殊社會地位，故亦名之爲政府的「第四部門」。

語見：

Cater, Douglass

1959 The Fourth Branch of Government. Bosten: Noughton Mifflin.

值得一提的是，在本國新聞圈中，通常有人以貴族、僧侶、平民，甚而以貴族（稱Royalty）、地主（稱Lord）、平民（稱Common）來指稱英國國會三大階級成員，恐是將早期法國立法機構相互混淆所致。蓋一七八九年（清乾隆五十四年）之前，法國立法機構（Estates – General）是由僧侶（clergy）、貴族（nobility）及中產階級（bourgeoisie）各派代表組成。由於商業刊物（trade publications）提供大量多元商業行情，對於企業界影響至鉅，美人奧文將此類雜誌稱爲「第五階級」（The Fifth Estate），以顯彰其威力。

見：

Owen, David

1985 " The Fifth Estate: Eavesdropping on American Business Talking
　　　to Itself ", The Atlantic Monthly (July).

此外，「階級」（Estate）一詞之侈譯，日人是始作俑者，但按文理以譯

爲「身分」或「委員」、「成員」爲宜。日人將 " Press Conference " 一詞譯
爲「記者招待會」，國人效之，積非成是數十年，近日已改爲「記者
會」矣。「第四階級」之正名定分，已是時候。否則，知過不能改，豈非「第
四等級」（ The Founth – rate Estate ）之寫照？

❽：類似包括校對組之排字房

❾：類似總編輯之職務。

❿：有類今日之特寫。

⓫：有類今日之「讀者投書」。

⓬：Mott, Frank Lnther

1950 Americam Journalisn, Revised Ed, N.Y.: The MacMillanCo. P.65。

又見：「紐約時報」，一九四一年十二月十四日。而書中第十三章「登載告
白」，是另一位在報館中，從事告白者所寫。廣學會是以編「泰西新史攬要」
一書而開拓我國朝野視聽之傳教士，英人李提摩太（ Richard Timothy ）及美
人林樂知（ Young J. Allen ）於一八八七年間（光緒二十三年）所創辦，曾繙
譯文學、歷史、政治、經濟及教育等書達一百四十餘種。大陸易手後，廣學會
遷到香港，易名爲「香港基督教文藝出版社」。因爲一九九七問題，一九九一
年，該社又於台灣開立「台灣基督教文藝出版社」由周聯華牧師主持。林樂知
於一八七四年起，主編「萬國公報」月刊（ Church News and Chiness Glo-
be Magazine / Review of The Times ），至一九〇四年（光緒）三十年，達
三十七年之久，爲我國留下近代史之珍貴史料。

⓭：即新聞通訊社，指美聯社（ Associated Press ）而言。一八四四年（清道光二
十四年）電報發明應用之後，立即成爲消息快遞的寵兒，但費用昂貴，而且又
經常發生機械故障。爲了節省開支及克服線路延誤的困難，「太陽報」（ New
York Sun ）、「前鋒報」（ New York Herald ）、「論壇報」（ New York
Tribune ）、「使者與詢問者報」（ Courier  and  Enquirer ）、「快
報」（ Express ）及「商報」（ Journal of Commerce ）等紐約六家大報便於

一八四八年（清道光二十八年）中，成立聯合採訪部，名爲「港口新聞聯合社」（Harbor News Association），以新聞「採訪船」（News Boats）採訪開到紐約港的歐洲船隻；或在波士頓採訪得歐洲船隻後，再以專線電訊傳返紐約，費用由各報分擔。一八五六年（清咸豐六年），改組爲「紐約美聯社」（N.Y. Associated Press）。一八六二年（清咸豐十二年），中西部報紙組成「西部美聯社」（Western Associated Press），加入爲新成員。一八九二年（清光緒十八年）改組後，易名爲今之「美聯社」。

**⑭**：史青將「導言」譯爲「冒首」，而不用松本君平譯本之「冒頭」。國人最早將「lead」一詞，譯爲「導言」者爲嚴復。

**⑮**：故有「美聯社導言」（The AP Lead）之稱。例如一八六五年（清咸豐十五年）四月十四日晚，美國林肯總統遇弒，該社駐華盛頓記者在報導此一新聞時，開頭就説：「總統今晚在戲院遭受槍傷，可能傷勢嚴重。」咸信是美聯社寫作風格影響下的典型之作。舒曼在此第五章內，只提及「何事」、「何人」、「何地」、「何時」、及「何故」五何，而在第十四章「鄉邑報紙」一章談及通信員採訪報告之法時，方加上「何如」爲第六何。

**⑯**：Mott, Frank Luther

1952 The News in America. Cambridge:Harvard University Press. P.158.

**⑰**：譯者史青未將原書所提到之聖經新、舊約（New Testament／Old Testament）、莎士比亞詩集（William Shakespeare, 1564－1616）及密爾頓文集選譯列出。密氏今多譯爲米爾頓（John Milton, 1608－1674），此一文集應即爲其名著《出版自由請願書》（Areopagitica／A Speech for the Liberty of Unlicensed Printing to the Parliament of England），爲新聞自由的重要文獻。蓋在英國馬利女皇時代（Queen Mary, 1553－1558），爲有效管制誹謗、惡意及異教言論，而在一五五七年（明嘉靖三十六）年頒發特許狀，特許意欲取得獨占出版及管理非法出版特權的出版商（Master Printers），成立「皇家出版公司」（Stationers Company）。一五六六年（明嘉靖四十五

年），樞密院（The Council）命令出版商書局，須繳相當數量保證金，以保證不印任何未經許可的刊物。一六四〇年（明思宗十三年），清教徒革命（Puritan Revolution）發生英王權力，逐漸移至國會，特許出版公司的權利遂大受影響。一六四一年（明思宗十四年）六月五日，該組織正式撤銷。但一六四三年（明思宗十六年）六月十三日，在出版商要求之下，國會又再恢復特許制度，並成立「出版檢查委員會」（Committee of Examination）負責出版許可、監督及懲罰非法出版事宜。國會具有最高管制權力，特許公司則專門負責特許登記。同年八月，米爾頓匿名發行一本有關他與太太離婚的小書，未得許可。翌年二月再版，雖註上J.M.字樣，仍未得許可。同年七月十五日，又發行「離婚須知」（Doctrine and Discipline of Divorce）小書一册，雖然獲准登記，但國會卻甚爲震怒。十一月二十四日，米爾頓被召至國會出版委員會（Committee on Printing）備詢。他的《出版自由請願書》即於此時發表。他認爲依據個人良知，而有自由獲知、陳述及辯論的權利；而出版品是理性（Reason）的結晶，因此出版必須自由。他甚而雄辯滔滔的說，「殺死一個人，只是殺死一個理性的動物；但不准好書出版，乃毀滅『理性』本身。」由於他認爲出版品是理性的，故而認爲莊重、高尚及有教養的人們，方配享有此特權；那些生命短暫的「新聞信」（Newsletter），則不配談出版自由。因希臘奧林匹克有一座名山叫 " Areopagaus "，其上設有裁判所，米氏遂以此爲其書名。

米爾頓尚有著名的《失樂園》（Paradise Lost）與《樂園復得》（Paradise Regaining）兩書。但他最大成就，則是位列主張資訊交流的第一人，而《出版自由請願書》一書至今仍被奉爲呼籲新聞自由的嚆矢，一部永垂不朽的經典之作。另外，譯者史青還推介該讀孔孟遺書、史記、漢書、唐宋詩文等書；若是，則尚書、春秋、資治通鑑固亦不可不讀。

⓲：即如本書「新聞的本質及定義」一章所言，另一句「狗咬人不是新聞，人咬狗才是新聞」一語，亦疑是丹納所言。（另見拙作：「新聞論」一書。）

⑲：華特森爲美國南北戰爭後南部的著名報人。他親自撰寫社論，加強星期版內容，使報紙銷路大幅大升。時人稱其綽號爲「Marss」（意義不詳），他亦不以爲逆，自稱「Marse Henry」。

⑳：原書譯作：「予寧居於有報紙無法律之國，不願居於有法律無報紙之邦。」似未及信、達之意。傑佛遜於一八○一～○九年（清嘉慶六年至十四年）入主白宮。這是他在一七八七（清乾隆五十二年）一月十六日所寫的信，美國於該年完成世界第一部成文憲法。這句話，原是傑佛遜有感於當時社會之對誹謗（calumny）的爭議及訴訟而發。見註十二，頁一七○～一。莫特是引自：Ford, Writings of Jefferson, Vol.IV, P.360.

㉑：原書並有「請頒布新式標點符號的議案」，但在《新聞文存》中已略去。

西諺還有一句流傳多時與言論自由相關的話：「我不同意你的話，但誓死維護你說這話的權利。」（I disapprove of What you say,but I will defend to the death your right to say it.）咸信是法國十七世紀文學、哲學大家伏爾泰（Voltaire, 1594－1778）所說的名言，其實不然。據考證，此話應是見諸於一九○六年時，由艾佛琳•霍爾（E.Hall）所著「伏爾泰的朋友」（The Friends of Voltaire）一書中。事緣與伏爾泰齊名的哲學家黑爾維丟斯（Helvetius），曾寫成「知性論」一書（On Human Understanding），主張「自私與情欲才是人類行爲的主要動機」，世上無所謂美德與邪惡的分野。此書面世後，法國教皇、神學院及議會同聲譴責，劊子手並將書公開燒燬，黑爾維丟斯失掉工作，並且流放兩年，霍爾在他書中，歸納伏爾泰對這場文字獄的看法時，寫道：「當時伏爾泰認爲大家小題大作。伏爾泰的態度是『我不同意你的話，但誓死維護你說這話的權利。』」霍爾雖然在這句話加上括號，但一九三五年她還爲自己辯護說，她無意暗示伏氏曾一字不差地說過這句話。見民七十八年十一月二日，聯合報，第二十八版（繽紛）：霍光輯「誰說的」。

㉒：二次革命失敗，北京的革命報紙和同情革命報紙全部被封。民國六年張勳復辟，前後不過十二天，北京報紙停刊了十四家。民國七年九月，段祺瑞執政，

又下令封閉北京的「晨鐘報」、「大中報」、「大中華日報」、「中華新報」、「亞陸日報」及「國民公報」等十八家報紙。同年十月，邵飄萍開辦「京報」，不久也難逃被封的命運。見曾虛白主編（民七十一）：中國新聞史，五版，台北：國立政治大學新聞研究所。頁二六七。

㉓：松本君平（一八八九）：「第四種之發生」，新聞學（中譯本），清光緒二十九年商務印書館。第一章。

㉔：徐氏對這句話的「代表」二字，亦有所解釋：昔則僅爲對於政府而代表國民之興論也，今則又應代表國民向政府有所建議或要求。新聞紙欲盡代表興論之職，其編輯應默察國民多數對於各重要事之興論，取其正當者，發論立說，代爲發表之。言其所欲言而又不善言者，言其所欲言而又不敢言者，斯無愧矣。若僅代表一人或一黨之意思，則機關報耳，不足云代表興論也。新聞紙亦社會產品之一種，故亦受社會之支配。如因願爲機關報，而顯然發表與國民興論相反之言論，則必不見重於社會，而失其本有之勢力，如洪憲時代之「亞細亞日報」是也。〔見第二章：新聞紙之職務〕

附釋：袁世凱欲利用報紙來製造帝制「興論」，乃於一九一二年在北京創辦「亞細亞日報」，積極鼓吹帝皇之說。一九一五年並在上海出版，遭受愛國人士激烈對待，終於一九一六年一月停刊。

㉕：新聞紙應爲社會所公有（社會公器），故徐寶璜不惜一再說出他的理想：「於政治上，不作任何方之犠牲品。凡正當之議論，且將予各方面以平等發表之機會。而記者所議論，亦必誠實，借供執政者參考。新聞紙，或可作政治之中心點，力亦偉哉！」（報學雜誌：「新聞事業之將來」）

他在談到新聞事業和政治間的關係時，還不意釐清：「新聞紙既爲國民之言論機關，社外一切來件，但須所寄不虛，言之有理，不應問其屬何黨派，及與本報主旨向背，而予刊出。」（新聞學刊：「新聞紙之性質及其價值」）

上述兩段引自：余家宏之「徐寶璜與『新聞學』」，收錄於「新聞文存」一書內，是徐寶璜「新聞學」書後之跋釋。此一跋釋還提到徐氏曾號召過：「偉大

的記者應有大無畏之精神，見義勇爲，寧犧牲一身以爲民請命。」

❷：余家宏在跋釋時指出（見前註），此一定義忽略了「正確公道」原則；實則觀乎徐寶璜在文中指出，須經新聞紙登載，方成新聞，而「報紙有聞必錄」，則絕無意義之類論點，似可推論徐氏是將此「原則」，隱涵在構成「事實」的要件內。本定義及後述之價值衡量「比例」原則，見第三章「新聞之定義」，及第五章「新聞之價值」兩章。

❷：見第七章新聞之編輯，第二節新聞之格式。

❷：王揖唐、徐樹錚等皖系（安徽）軍閥政客集團，於民國七年在北京安福胡同成立「安福俱樂部」，以進行政治活動，依附日本以威嚇南方護法政府。民國七年八月北洋政府的第二屆國會成立，由梁士詒、王揖唐兩人出任參、眾議院院長，而議員中約有四分之三成員，屬俱樂部會員，故有「安福國會」之稱。當時國務總理段祺瑞（一八六五～一九三六）假王揖唐之手，按月津貼俱樂部的議員，以博取當時國會支持。

❷：直系，指直隸（河北）派系，初期首領爲馮國章（一八五八～一九一九）。民國八年馮國章病逝，由「豬仔議員」曹錕掌權，有要將吳佩孚（一八七四～一九三九）、王占元等人。此一軍閥派系依附英國，主張以談判方式，解決南方革命勢力。

❸：此書內容要點，曾在北大新聞研究會及平民大學演講過若干節。

❸：後來孫伏園與左派文化人士來往並創辦「語絲」，於是有「語絲派」之稱；徐志摩（一八九六～一九三一）則拉了也屬左派集團、鼓吹浪漫主義的「創造社會」，和「現代評論」社的人對抗，因而也有「晨報派」之稱。其實「京報」與「晨報」對新文化運動都有所貢獻；可惜前者染上了色彩，言論左傾；後者雖屬右派，但卻被軍閥利用。

❸：邵飄萍採寫能力均屬一流，但在人格方面，似毀譽參半。據說時人曾說他「謙恭不流於諂媚，莊嚴不流於傲慢」，「中國有報紙五十二年，足當新聞記者而無愧者，僅得二人，一爲黃遠生，一爲邵飄萍」。張季鸞亦讚賞說：「飄萍每

遇內政外交大事，感覺最早，而採訪必工。北京大官本惡見新聞記者，飄萍獨能使之不得不見，見且不得不談，旁敲側擊，數語已得要領。……自官僚漸識飄萍，遂亦漸重視報紙，飄萍聲譽，以是日隆。」（見譚啟泰：「邵飄萍與『實際應用新聞學』」，刊於「新聞文存」。）但據民初報界人士、素有「大砲」之稱的龔德柏所憶，「邵某抽大煙、敲竹槓、……吃喝嫖賭，無所不精，……挑撥政潮，幾使國家危已。」〔見楊有釗編著（七十三年）：龔德柏先生評傳，三版。台北：世界和平雜誌社。頁八十六～七。〕然而，倘若蔡元培先生與徐寶璜先生能稱時賢，苟其行爲一如龔氏所言，則豈無耳聞之理，又豈會與交友哉！此後人所難明者也。且本書有外交記者凡七章之講述，書中屢言新聞道德之重要，不應泯沒良知，語多真摯，又豈是口是心非，說一套、做一套，空口說白話之徒的面目歟！且其於書中之「餘白」一章，言辦「漢民日報」三載，「……日與浙江貪官污吏處於反對地位，逮捕三次，下獄九閱月，最後『漢民日報』遂承袁世凱之電令而封閉。於是有東京之遊，……適當日本提出二十一條之際，以議論激越，惹日報警察官史注意。袁氏稱帝進行最烈之日，因滬友電招而歸國，……愚以他國人在我國有通信社，率任意左右我國之政聞，頗以爲恥，乃首創華人自辦之通信社。閣議之大半公開，蓋始於愚所首創之通訊，曾與當時某某閣員力爭得之」。若此「餘白」並非欺人之語（信非欺人，因有案可稽），則其人格當爲清高無疑。其遺媚湯修慧女士，在民國十七年革命軍到達北京後，再將「京報」復刊。

❸❸：按該書十一章「裸體新聞應記之項目」一章所記：「外交記者日常所探索之新聞材料，有屬於抽象秘密之非具體新聞，有屬於公開具體之「裸體的新聞」（「新聞文存」第四六一頁）。而其後文所述，則是指各類集會、突發（天災人禍）、警政及各種雜事新聞，故而應屬純淨新聞。其於第七章第二節，曾提及「裸的事實」（Bare Fact）一詞，故此語似爲「Bare News」。

❸❹：此是記者之通稱，非特指跑外交線之「外交記者」。民初東亞地區對記者（reporter）之稱謂，頗不統一，日人有稱爲外交記者、外勤員（故而外交部長即

採訪主任）；我國則稱訪事或訪員。邵飄萍是取用日人譯名。

㉟：原書疑漏一「上」或「大」字。

㊱：邵氏認爲穢褻奸淫、與殘忍之情景，皆不應詳加報導，「使一般無識人民日日灌輸此種記事，畏法之效未可睹，未有不流於殘忍者。……羞惡之心，未必生，亦未有不流淫亂者。」（原書第十章）

㊲：本書也打破文稿中，只用繙譯，不引註外文的實例。如特務外交（Assignments）、裸的事實（Bare facts）、直接疑（提）問（Direct Question）、正式訪問（Formal）、間接疑問（Indirect Question）、非正式訪問（Informal），或補足（Complementary）、訪問外交（Interview）記者、新聞（News）、新聞價值（News Value）、訪員（Reporter）、外交（Run）（主跑的新聞線）、外交（Runs）記者。又本書曾提新聞記者爲「精神勞工」，亦屬首見。（今又有人稱爲「文字勞工」。）

㊳：英文之同類型新聞學著作，一九二四年（民國十三年）即有密蘇里大學新聞學院。院長威廉斯（Walter Williams, 1864－1935）所著，更爲完備的一本三百二十七頁的「實用新聞學」：

Williams, Walter

1924 Practice of Journalism. Columbia, Mo:Lucas Brothers.

其他相關著作，則自一九一七年至二九年間，燦然大備矣！舉其犖犖大者如：

Lee. James Melvin

1917 A History of American Journalism. Boston: Houghton Mifflin.

Bok, Edward W.

1920 The Americanization of Edward Bok.N.Y.:Scribner.

Edward W.Bok是「婦女家庭雜誌」（Ladies Home Jounal）編輯，爲有名於時人物。

Lippmann, Walter.

1920 Liberty and the News. N.Y.:Harcourt, Brace & Howe.

專欄作家李普曼早期之作，強調無新聞自由，即無其他自由。

Daris, Elmar.

1921 History of the NewYork Times. N.Y.: New York Times.

Stone, Melville E.

1921 Fifty Years a Journalist. N.Y.:Doubleday, Page.

Melville E. Stone是「芝加哥每日新聞」（Chicago Daily News）創辦人。

Lipmann, Walter

1922 Public Opinion. N.Y.:Macmillan.

此書是李普曼經典之作，提到兩個影響深遠的概念：(1)「刻板印象」（Stereo-types），指個人（傳播者與受眾）在認知及建構社會真實時的心理歷程，會受到社會文化制約，而具有極端化、一致性、單一化及固定性質等特質；(2)「新聞價值」（News Values）（見拙著《新聞論》一書）。

Nevins, Allan.

1922 The Evening Post, N.Y.: Boni & Liverght.

Smith, Henry Justin.

1922 Deadlines. Chicago: Covici – McGee.

Salmon, Lucy Maynard.

1923 The Newspaper and the Historian. N.Y.: Oxford University Press.

1923 The Newspaper and Authority. N.Y.: Oxford University Press.

Seitz, Don C.

1924 Joseph Pulitzer. N.Y.: Simon & Schuster.

Kleppner, Otto.

1925 Advertising Procedure. N.Y.: Prentice – Hall.（1950, 4th edition.）

Villard, Oswald Garrison.

1926 Some Newspapers and Newspaperman. N.Y.: Alfred Knopf.

Bent, Silas

1927 Ballyhoo. N.Y.: Boni & Liveright.

Bent爲老報人，此書是其在一九二〇年代，在雜誌上所撰寫之論文、選集，文中嚴厲批評當時盛行的激情新聞與黃色新聞之大吹大擂（奢天奢地）做法。他自稱此書爲「美國現代大都市新聞學之大綱」，其中內容，尚有足以引述者。

Bleyer, Willard Grosvenor.

1927 Main Currents in the History of American Journalism. Boston: Houghton Mifflin.

Hecht, Ben. and MacArthur, Charles.

1928 The Front Page. N.Y.:Covici – Friede.

該年代美國許多報紙，都習慣將犯罪新聞登在第一版。本書是以新聞事業爲主題的最有名劇本，旨在迂迴指出新聞工作對社會的影響。

Nevins, Allan. ed.

1928 American Press Opinion. N.Y.:Heath.

本書收集美國各報自一七八五至一九二七年間，重要而有代表作的社論，三百五十篇。

Seitz, Don C.

1928 The James Gordon Bennetts. Indianapolis: Bobbs – Merrill.

是一本講述班奈特父子的傳記。老班奈特（James Gordon Bennet, 1795 – 1872）於一八三五年（清道光十五年），創辦「紐約前鋒報」（The New York Herald），以激情主義（Sensationalism）方式處理新聞，同時提出人道、改革和民主主義等口號，使該報迅速成爲十九世紀六十年代，美國銷量最大的報紙。該報又攻擊宗教與政治領袖，因而引起若干同業，於一八四〇年發起對「前鋒報」的「道德戰爭」（Moral War），而成爲眾矢之的。小班奈特（James Gordon Bennet Jr., 1841 – 1918），於一八七二年（清同治十一年）。接掌「前鋒報」，爲刺激報紙銷路，曾派遺記者史丹利（Henry M. Stanley）等，赴非洲探險，尋找失踪傳教士李鏨史東（Daivd Livingstone），令該報聲望大爲提昇。所以一九四二年，卡遜（Oliver　Carlson）

寫班奈特傳記時，即以「製造新聞的人」稱之（The man Who made News.

N.Y.:Duell, Sloan & Pearce.）

Howe, Edgar Watson.

1929 Plain People. N.Y.:Dodd, Mead.

Edgar　Watson　Howe　爲堪薩斯州艾欽森城（Atchison,　Kansas）「地球

報」（the Globe）編輯。本書講述辦報者與讀者間關係。

Warren, Carl N.

1929 News Reporting.

本書修訂四次，行銷六十年。增訂本易名爲：「Modern News Reporting.」

# 第四章　新聞學典籍的分類問題

新聞學在人文社會科學之中，是比較後起的一個有待研究、拓展的領域。在新聞學的研究的範圍中，自可綜覽地分成歷史新聞學、實務新聞學和理論新聞學三大類門即可；但若要將新聞學的典籍詳作分類，則似尚待妥善規劃與探究。

美國密蘇里大學莫特教授（Frank Luther Mott）❶，於一九五九年曾著有《美國新聞學名著兩百本》（200 Books on Amenrican Journalism）一書，彭歌（姚朋）先生曾於其所著之《新聞文學》一書中，予以介紹❷。該書將新聞學書目，分成十八個類目❸，即：

1.廣告、發行與報業管理（Advertising Circulation and Management）
2.新聞學理論與分析（Appraisals and Analyses）
3.傳記（Biography）
4.地方性周刊（Community Weekly）
5.專門性評論寫作（Critical Writing）
6.編輯與校對（Editing and Copyreading）
7.社論寫作（Editorial Writing）
8.特寫（Feature Writing）
9.中學新聞學（High School Journalism）
11.新聞史（History）
12.新聞法與新聞自由（Law and Liberty）
13.雜誌與專業出版品（Magazines and the Business Press）

14.圖片新聞學（Pictorial Journalism）

15.公共關係（Public Relations）

16.廣播與電視（Radio and Television）

17.新聞寫作（Reporting and Newrwiting）

18.印刷（Typography）

　　朱傳譽先生研究「中國傳播事業史」時，曾將新聞資料分成報紙、雜誌、廣播電視、通譯及出版等十大類；而在總類之中，則分成新聞學、新聞教育和研究，新聞學著作、新聞學刊物，新聞團體、新聞文獻、報壇掌故及軼事，以及各國新聞事業等類別❹。而在他的編纂計畫中❺，報紙一項，則評分有A.報學（概論、分論、比較研究），B.新聞報導（概論、新聞採訪、新聞寫作、新聞編輯），C.專題研究（如標題製作、版面處理），D.新聞繙譯，E.資料室，F.新聞攝影，G.報業管理，H.編輯政策，I.讀者研究，J.新聞責任，及K.報業史等類。

　　黃天鵬曾於民國廿年前後，有過編譯新聞學叢書的計畫，目錄簡單的分爲❻：

　　甲、總類

　　㈠新聞學總論，㈡比類新聞學，㈢中國新聞史，㈣世界新聞史，㈤古文今選（歷史文獻）。

　　乙、分論之一

　　㈠新聞採訪，㈡新聞編輯，㈢新聞寫作，㈣新聞評論，㈤新聞速記，㈥新聞漫畫。

　　丙、分論之二

　　㈠報社之組織與管理，㈡新聞廣告，㈢報紙發行，㈣印刷技術，㈤新聞照相與製版。

　　丁、專論

　　㈠新聞理論，㈡新聞法令，㈢新聞資料，㈣新聞廣播，㈤時事研究

，㈥新聞英語。

　　由於新媒介不斷出現，使得以往新聞學術界所做的某些看法，不覺漸次部分（甚至全部）失去其構成性和準確性；所以，新聞學及其相關內涵，直到本世紀八十年代末葉，仍難以作通盤的歸類劃分。我國情況，尤其紊亂，誠值得新聞學術界集思廣益，群策群力，製訂新聞學典籍的類目，寫下新聞學嶄新的一頁。

# 注　釋

❶：莫特教授，生於一八八六年（清光緒十二年），卒於一九六四年，早年曾在社區報紙工作，一九四二年應聘爲密蘇里大學新聞學院教授。他曾花三十年心血，著成《美國雜誌史》一書（A History of American Magazine. 4Vols. 1741－1905. Cambridge, Mass：Harvard Univesity Press. 1930－57.）於一九三九年，全書未成，即已獲普立玆歷史獎。另一本《美國新聞事業史》（American Journalism），亦爲當代權威之作。

❷：彭歌（民54）：新聞文學。台北：台北市記者公會。（此書其後易名爲《新聞三論》。）

❸：姚朋指出，此一分類並不算精密，譬如有關廣告、雜誌、圖片、公共關係、廣播、電視、印刷等都設有專類。（《新聞三論》，頁二五七。）

❹：同註二；頁三十四一五。

❺：同註二，頁二三七一二四。

❻：同註二；頁三十六一七。

黃天鵬，原名鵬，字天鵬，別號天廬，以字行。廣東普寧人，生於民前三年（已逝）。生前嘗以史才、史學、史識及史德「四史」，來勉勵後進新聞工作者；並指出報界之隱憂，首在邪惡政治的滲透，其餘依次則是：報導失實、評論欠公允、職業記者走向邪惡之途，黃黑色素污染新聞，誨淫誨盜，敗壞世道人心。

# 第五章　國人所著的新聞學及中英文參考書目

## 第一節　國人以「新聞學」為書名的著作

自前述民國七年與十二年，徐寶璜與邵飄萍兩人大著相繼出版後❶，我國新聞學者和業界，即為「新聞學」而不停地揮筆，以迄於今，其中主要的約有（以出版年分先後為序）：

戈公振（民十四）：新聞學撮要（初版為英譯）。上海：上海新聞記者
　　聯歡會。

伍　超（民十四）：新聞學大綱。上海：商務印書館。

周孝庵（民十七）：最新實驗新聞學。上海：時事新報館。

黃天鵬（民十八）：新聞學名論集，增訂版。上海聯合書店。（原名：
　　「新聞論集」）

黃天鵬（民十九）：新聞學論文選輯。上海：聯合書店❷。

王文萱譯（民十九）：新聞概論。上海：聯合書店。（譯自杉村太郎之
　　「新聞の話」）

李公凡（民二十）：基礎新聞學。上海版。

任白濤（民廿二）：應用新聞學，五版，上海：亞東圖書館。

黃天鵬（民廿三）：新聞學綱要。上海：中華書局。

黃天鵬（民廿三）：新聞學演講集。上海：現代書局（附「新聞講話」
　　一篇）❸。

吳憲增（民廿五）：國民基本新聞學。上海版。

陶良鶴（民廿五年）：最新應用新聞學。上海版。

任白濤（民三十）：綜合新聞學，一、二冊。長沙市：商務印書館。

戈公振（民卅六）：新聞學。上海市：商務印書館。（民廿九年初版）

王季深、吳飲水合譯（民卅六）：新聞學的理論與實際。出版地不詳。

薩空了（民卅六）：科學的新聞學概論。香港：文化供應社。

儲玉坤（民卅七）：現代新聞學概論，三版增訂本。上海：世界書局。
　　（民廿八初版）

劉光炎（民四十一）：新聞學。台北：台灣聯合出版社。

董顯光（民四十四）：新聞學論集。台北：中央文物供應社 ❹。

李伯鳴（民四十七）：新聞學綱要。香港：文化書院。

袁希光（民四十七）：新聞學概論。台北：自由新聞社。

朱虛白（民四十八）：新聞學概要。台北：東方書店。

陳諤、黃養志合譯（民四十八）：新聞學概論。台北：正中書局。（民
　　國七十七年十版）。原著：

Bond, F. Fraser

1954 Introduction to Journalism N.Y:the MacMillan Co.

劉光炎（民五十一）：新聞學概論。台北：政工幹校。

劉光炎（民五十一）：新聞學講話，三版。台北：中華文化出版社。

漆敬堯（民五十三）：現代新聞學。台北：海天出版社。

胡　殷（民五十五）：新聞學新論。香港：文教事業社。（一九七三年
　　再版）

賀照禮（民五十八）新聞學的理論與實際。台北：著者。

徐詠平（民六十）：新聞學概論。台北：台灣中華書局。

李　瞻（民六十二）：比較新聞學。台北：國立政治大學新聞研究所。

徐佳士主編（民六十二）：新聞學理論㈠（報學叢書第一種）。台北：
　　台灣學生書局。

黎　父（一九七四）：大眾新聞學。香港：三育圖書文具公司。

馬克任（民六十五）：新聞學論集。台北：華岡出版公司。

劉建順編著（民六十七）：新聞學。台北：世界書局。

鄭貞銘（民六十七）：新聞學與大眾傳播學。台北：三民書局。

戴華山（民六十九）：新聞學理論與實務。台北：學生書局。

中國文化大學政治研究所新聞組主編（民七十一）：新聞學的新境界。

　　　　台北：國立編譯館。

李良榮（一九八五）：新聞學概論。上海復旦大學出版社。

余家宏等主編（一九八五）：新聞學基礎。安徽：人民出版社。

李　瞻（民七十六）：新聞學原理－我國傳播問題研究。台北：三民書
　　　局。

荊溪人（民七十六）新聞學概論。台北：世界書局。

李茂政（民七十六）：當代新聞學。台北：正中書局。

當代新聞學（一九八七）。大陸：長征出版社。

褚柏思（民七十七）：新聞學綜論。台北：渤海堂文化公司。

## 第二節　中文參考書目

　　有志於為新聞學整理學術著作的原不乏人。如彭歌（姚朋）先生早
於民國五十四年，即在其所著「新聞文學」一書中詳細介紹了美國莫特
教授（Frank L. Mott），於一九五九年所開列的「美國新聞學名著二
百本」（200 Books on American Journalism）的書目，已如本書前
章所述❺。朱傳譽先生於民國五十六年，在國立政治大學新聞研究所刊
行之「新聞學研究」創刊號上，以「中國的新聞學刊物」為篇名，就當
時在台灣地區所能調查得到的資料，整理了自民國十年至五十六年一月
間，四十六年來，我國海內外所出版的新聞學著譯目錄，共得一百四十
四冊❻。可惜嗣後即缺少這方面的再進一步整理工夫。

　　後面所開列之新聞學參考書目，是著者在課堂上講授「新聞學」一科所收集整理者，選擇標準共有五項：㈠稍微侷限於與新聞傳播較有直接關係之內容，而盡量不旁及其他相關學科（如心理、政治）；㈡除特別深奧題材外，不與「大眾傳播」一類書籍，作勉強分割；㈢參考價值與基礎教材並重，但綜論性大於專門性；㈣傳統與潮流並重，不忽略再版若干次之典範名著，也盡量介紹新近出版之研究成果；㈤不列報刊 ❼，不考慮書之厚薄、價格及出版社。以下即爲新聞學中文參考書目（以姓氏筆畫爲序）❽：

王洪鈞（民七十六）：大眾傳播與現代社會。台北：正中書局（據民六
　　　　十四年，台北市新聞記者公會排印版重印）。

王洪鈞編著（民七十一）：新聞採訪學，十三版。台北：正中書局。

尤英夫（民五十九）：報紙審判之研究。台北：中國學術著作委員會。
　　　　（新版本由台北生活雜誌社出版）

尤英夫（民七十六）：新聞法論，上冊。台北：生活雜誌社。

孔誠志主編（民七十七）：公關手册，再版。台北：商周文化事業公司
　　　　。

石永貴（民七十六）：大眾傳播的挑戰。台北：東大圖書公司。

朱傳譽（民七十三）：中國民意與新聞自由發展史：第二印。台北：正
　　　　中書局。

李金銓（民七十六）：傳播帝國主義。台北：久大文化公司。

李金銓（民七十一）：大眾傳播學。台北：三民書局。

吳東權（民七十七）：中國傳播媒介發源史。台北：中視文化公司。

李茂政譯（民七十四）：新聞傳播事業的基本問題。台北：國立政治大
　　　　學新聞研究所。原著：

Dennis, Everette E.& Merrill, John C.

1984 Basic Issues in Mass Communication: A Debate. N. Y.

　　　　: MacMillan Publishing Co.

汪　琪（民七十四）：文化與傳播，再版。台北：三民書局。

汪琪、鍾蔚文（民七十九）：第二代媒介：傳播革命之後，再版。台北
　　　：東華書局。

汪琪、彭家發（民七十五）：時代的經驗。台北：東大圖書公司。

呂榮海、陳家駿合著（民七十六）：著作權、出版權。台北：蔚理法律
　　　出版社。

周安儀編著（民七十）：新聞從業人員群象。台北：黎明文化公司。

趙俊邁（七十一）：媒介實務。台北：三民書局。

馬之驌（民七十五）：新聞界三老兵。台北：經世書局。

祝基瀅（民七十五）傳播•社會•科技。台北：臺灣商務印書館。

徐佳士（民七十六）：大眾傳播理論。台北：正中書局。（據民國五十
　　　五年，台北市新聞記者公會排印本重印）

徐佳士（民七十六）：模糊的線，第六印。　台北：經濟與生活出版公
　　　司。

徐旭（民七十三）：新聞編輯學。台北：三民書局。

國立政治大學新聞系主編（民七十七）：媒介批評。台北：臺灣商務印
　　　書館。

程之行譯（民五十九）：大眾傳播的責任。台北：台北市報業新聞評議
　　　會。（民八十一年，遠流出版公司增譯再版。）

張作錦（民七十七）：牛肉在那裡：一個記者的直說直話。台北：經濟
　　　與生活出版公司。

張作錦（民六十六）：一個新聞記者的諍言。台北：經濟與生活出版公
　　　司。

黃宣威（民五十六）：新聞來源的保密問題。台北：台北市新聞記者公
　　　會。

彭家發（民八十一）：新聞論。台北：三民書局。

彭家發（民七十七）：傳播研究補白。台北：東大圖書公司。

彭家發譯著（民七十七）：新聞文學點・線・面：譯介美國近年的新派
　　新聞報導。台北：業強出版社。

彭家發（民七十五）：小型報刊實務。台北：三民書局。

曾虛白（民七十六）：民意原理，四版。台北：中國文化大學。

黃新生（民七十六）：媒介批評：理論與方法。台北：五南圖書出版公
　　司。

楊日旭（民七十八）：國家安全與公眾知的權利。台北：黎明文化事業
　　公司。

莊克仁譯（民七十六）：傳播科技新論。台北：美國教育出版社。

楊志弘主編（民七十七）：媒體英雄一、二冊，二版。台北：久大文化
　　公司。

陳世敏（民七十六）：媒介文化—批判與建言。台北：久大文化公司。

賴光臨（民七十）：七十年中國報業史。台北：中央日報。

賴光臨（民六十七）：中國新聞傳播史。台北：三民書局。

潘家慶（民七十六）：發展中的傳播媒介。台北：帕米爾書局。

潘家慶（民七十三）：新聞媒介・社會責任。台北：臺灣商務印書館。

潘家慶（民七十二）：傳播與國家發展。台北：國立政治大學新聞研究
　　所。

劉建順（民五十五）：新聞與大眾傳播，二版。台北：廣播電視季刊社
　　。

陸崇仁譯（民六十七）：現代新聞記者手冊。台北：著者。原著：
　　Jones, John Paul
　　1958 Modern Reporter's Hondbook, 3rd printing. N.Y.: Rine
　　hart & Co. Inc.

陳國祥、祝萍（民七十六）：台灣報業演進四十年。台北：自立晚報社
　　。

錢震（民七十）：新聞論，上、下冊，六版。台北：中華日報社。

歐陽醇、徐啟明合譯（民五十七）：新聞採訪與寫作。香港：碧塔出版
　　社。原著：

Hohenoerg, John

1960 The Professional Journalist. N.Y.: Holt, Rinehart and
　　Winston Inc.（1978,4th ed.）

鄭貞銘（民七十三）：新聞傳播總論。台北：允晨文化公司。

鄭瑞城（民七十七）：透視傳播媒介。台北：經濟與生活出版公司。

戴華山（民七十七）：社會責任與新聞自律。台北：黎明文化事業公司
　　❾。〔本文曾發表於「文訊雜誌」，革新號第七期（總號四十六
　　期，民78.8）。台北：文訊雜誌社。本文曾再刪訂增修。〕

# 注　釋

❶：民國六年（一九一七年），商務則印行了姚公鶴的「上海報業小史」，與包天
　　笑的「考察日本新聞記略」兩小冊子。而程之行於民國五十七年著有「新聞原
　　論」一書，由國立政治大學新聞研究所印行（民國七十年，改爲「新聞寫作」
　　一書，由臺灣商務印書館出版）；以及一九八七年，由大陸山西人民出版社出
　　版，劉志筠及童兵所著「大陸新聞事業概論」等書，其實質內容亦屬新聞學範
　　圍。劉、童兩人立論是本乎共產社會主義黨性原則，與自由世界思想有所扞格
　　，但其資料可供參考。

❷：此書一度由坊間易名爲「新聞學言論集」，二版由上海光華書局出版，仍用舊
　　名。黃氏於民國十一年，曾著有「新聞與新聞記者」（新聞學會出版）一書，
　　又於民國十八年著有日文版之「支那の新聞紙業」一書，由東京新聞社印行，
　　是我國人在國外出版最早一部新聞學著作。該書原是黃氏在東京新聞研究所論

文，返國後加以增訂，易名爲「中國新聞事業」，由光華書局出版。黃氏也曾於民國十八年前後，主持過新聞學叢書的編著與譯作計畫，出過由王文萱譯之「新聞概論」（新聞の話），昭和四年日人杉村太郎著），與前康德譯之「新聞紙研究」（日人後藤武男著）兩冊。黃氏自稱當時亦曾編著中國新聞事業和新聞文學十多種；如民國十九年，由光華書局出版的「新聞文學導論」及「天廬談報」等書。民國廿年又由聯合書店印行「新聞記者論」（一名：「怎樣做一個新聞記者」）。見：黃天鵬（民七十）：天廬論叢。台北：黎明文化事業公司。頁三十六－七，三六六－七。民國十九年，張靜廬所著「中國的新聞記者與新聞紙」一書，由上海光華書局出版。在性質上亦屬新聞學範圍。

❸：黃氏著作甚豐，民國二十三年同年，與新聞學相關的著作尚有上海聯合書店印行之「報壇逸話」（以黃粱夢爲筆名出版，一名「新聞記者的故事」），「新聞事業」（上海大東書局印行）。至民國二十八年，又有「出版法釋義」一書面世（中央警校印行）。同前註，頁三六八－九。

❹：同年有成舍我之「報學雜著」，由台北中央文物供應社出版。

❺：見彭歌（姚朋，民五十四）：新聞文學。台北：台北市新聞記者公會。（其後於民國七十一年，收錄於由「中央日報」出版之「新聞三論」一書中。）

❻：見朱傳譽（民五十六）：「中國的新聞學刊物」，新聞學研究，第一集（五月二十日）。台北：國立政治大學新聞研究所。（其後於民國七十七年，收錄於由臺灣商務印書館出版之「中國新聞事業研究論集」一書中。）

❼：請參閱張玉法著「近代中國書報錄」上，中、下三篇。刊於國立政治大學新聞研究所出版之「新聞學研究」，第七（民59.5.20.）、八（民60.11.20.）及九（民61.5.20.）集。

❽：(1)閱讀這些參考書籍，對新聞學內涵，信能勾勒出一個基礎輪廓，但不該視爲某些考試的必然「範圍」。(2)如有書目與第二節相同者，不再臚列，以免重覆，請讀者自行斟酌查閱。(3)因篇幅考慮，每本書內容不加附評註（annotation），但大多書名，皆可「顧名思義」。(4)同一作者如有兩本或以上著作者，則

先列最新著作。⑸翻譯書籍亦略加採用。

❾：國立政治大學傳播學院新聞所、系，經常被詢問有關新聞學的參考書目，但因爲授課教授自有其個別授課內容，又唯恐外界誤會，引起所提供參考書目，即考試範圍的錯覺，經常未敢斷然推薦。作者亦特別聲明，本文所提到之各新聞學相關參考書籍，純屬個人研究心得，著眼於概括性和基礎性，僅供參考。

附註：⑴戰時附日之管翼賢亦曾著有「新聞學集成」一書（民三十一年，北平版）。

　　　⑵大陸近年來亦出版若干新聞學著作，例如：甘惜分之「新聞理論基礎」，方漢奇之「中國新聞史業簡史」，余家宏等「新聞學簡明詞典」，戴邦等「新聞學基本知識講座」，「人民大學」新聞系編之「新聞學論集」，安岡之「新聞論集」（「新華社」），「新華社」之「新聞論叢」，以及復旦大學出之「新聞學概論」與「新聞評論學」。

## 第三節　新聞學之英文參考書目

Allsion, M.

1986　　“ A Literature Review of Approaches to the Professionalism of Journalists, Journal of Mass Media Ethics, 1:2. pp.5 – 19.

Bagdikian, B.

1987　　The Media Monopoly, 2nd ed. Boston: Beacar Press.

Becker, L. B., & Caudill, S., with Dunwoody, S & Tipton, L.,

1987　　The Training and Hiring of Journalists, Norword, N. J.: Ablex Publications.

Becker, L.B, Sobowale, I.A., & Cobbey, R.E.

1979　　“ Reporters and Their Professional and Orgamizational Commitment, ” Journalism Quarterly, v.56. pp.753 – 63,770

Bennett, L.

1988    News: The Politics of Illusion. 2 nd ed. New York: Longman.

Birkhead, D.

1986    " News Media Ethics and the Management of Pro-
        fessionals, " Journal of Mass Media Ethics, 1:2. pp.37 – 46.

Garrison, B., & Salwen, M.

1989    Professional Orientations of Sports Journalists. Newspaper
        Research Journal, 10:3. pp.77 – 84.

Golding, P.

1977    Media Professionalism in the Third World: The Transter of
        an Ideology. In J. Curran, M. Gurevitch, and J. Woollawtt
        (Eds.), Mass Connunication and Society (pp.291 – 308),
        Beverly Hills, CA: Sage Publication Inc.

Head, S.W.

1963    " Can a Journalist Be a ' Professional ' in a Developing
        Country ? " Journalism Quarterly, 40. pp.594 – 598.

Henningham, J.P.

1984    " Comparisons Between Three Versions of the Professional
        Orientation Index, Journalism Quarterly, 62, pp.302 – 309.

Hodges, L.

1986    " The Journalist and Professionalism, " Journal of Mass
        Media Ethics, 1:2. pp.32 – 36.

Idsuoog, K.A., & Hoyt, J.L.

1977    " Professionalism and Performance of Television Journal-
        ists, " Journal of Broadcasting, 21. pp.97 – 109.

Janowitz, M.

1975    Professional Models in Journalism: The Gatekeeper and the

Advocate." Journalism Quarterly, 52, pp.618－626, 662.

Johnstone, J.W.C., Slawski, E.J. & Bowman, W.W.

1972－73 " The Professional Values of American Newsman," Public Opinion Quartely, 36:4, pp.522－540.

Kaul, A.J.

1986 " The Proletarian Journalist: A Critique of Professionalism," Journal of Mass Media Ethics, 1:2. pp.47－55

Kimball, P.

1986 Jouralism:Art, Craft or Profession. In, K. Lynn (Ed.), The Professions in America. Boston: Houghton Mifflin Co. pp.242－260.

Lavine, J.M., & Wackman, D.B.

1988 Managing Media Organizations. New York: Longman.

LeRoy, D.J.

1972－73 " Levels of Professionalism in a Sample of TV Newsmen," Journal of Broadcasting 17. pp.51－62.

Lippmann, W.K.

1920 Liberty and the News, New York: Harcourt, Brace & Howe.

McLeod, J.,M., & Hawley, S.E., Jr.

1964 " Professionalization Among Newsmen," Journalism Quarterly, v.41. pp.529－539.

McLeod, J.M., & Rush, R.

1969(a) " Professionalization of Latin American and U.S.Journalists, Part I," Journalism Quarterly, 46. pp.583－590.

McLeod, J. M., & Rush, R.

1969(b) " Professionalization of Latin American and U.S. Journalist,

Part II, Journalisn Quarterly, v.46. pp.784－789.

Menanteau－Horta, D.

1967　"Professionalism of Journalists in Chile," Journalism Quarterly, v.44. pp.715－724.

Merrill, J.

1986　"Journalistic Professionalization: Danger to Freedom and Pluralism," Journal of Mass Media Ethics, 1:2. pp.56－60.

Nayman, O.

1973　Professional Orientations of Journalists: An Introduction to Communicator Analysis Studies," Gazette, 19. pp.195－212.

Nayman, O., Atkin, C.K., & O'keefe, G.J.

1973　"Journalism as a Profession in a Developing Society: Metropolitan Turkish Newsmen." Journalism Quarterly, v. 50. pp.68－76.

Nayman, O., Mckee, B.K., & Lattimore, D.L.

1977　"PR Personnel and Print Journalists: A Comparison of Professionalism, Journalism Quartery, v.54. pp.492－497.

Parenti, M.

1986　Iventing Reality: The Politics of the Mass Media. New York: St. Martin's Press.

Phillips, E.B.

1977　Approaches to Objectivity: Journalistic Vs, Social Science Perspectives. In Hirsch, P., Miller, P., & Kline, F.G.(Eds), Strategies for Communication Research (pp.63－77). Beverly Hills, CA: Sage Publications.

Schiller, D.

1981　Objectivity and the News: The Public and the Rise of Commercial Journalism. Philadelphia: University of Pennsylvania Press.

Singletany, M.W.

1982　"Are Journalists Professionals?" Newspaper Research Journal, 3:2. pp.75 – 87.

Sohn, A., Ogan, C., & Polich, J.

1986　Newspaper Leadership. Englewood Cliffs, NJ: Prentice – Hall.

Steptoe, S.

1987　"Drive for Journalists' Overtime Pay Ignite a Dispute at Washington Post, " The Wall Street Journal, July 20. p.9.

Tichenor, P., Donohue, G., & Olien, C.

1980　Community Conflict and the Press. Beverly Hills, CA: Sage Publications.

Tuchman, G.

1978　"Professionalism as an Agent of Legitimation. Journal of Communication, 28:2. pp.106 – 113.

Turrow, J.

1984　Media Industries: The Production of News and Entertainment. New York: Longman.

Udell, J.

1978　The Economics of the American Newspaper. New York: Hastings House.

Weaver, D. H., & Wilhoit, G.C.

1986　The American Jouunalist. Bloomington, IN: Indiana University Press.

Weinthal, D. S., & O'keefe, G.J.

1974　" Professionalization Among Broadcast Newsmen in an Urban Area, " Journal of Broadcasting, 18. pp.193 – 209.

Windahl. S., & Rosengren, K.E.

1978　" Newsmen's Professionalization: Some Methodological Problems, " Journalism Quartery, 55. pp.466 – 473.

Wright, D.

1976　" Professionalism Levels of British Columbia's Broadcast Journalists: A Communicator Analysis, Gazette, 22. pp.38 – 48.

# 第六章　我國新聞學者的英著

早期我人用英文著述之新聞學相關著作，第一本應屬趙敏恆先生於民國二十年，在上海出版的《外人在華報業》❶，他曾將本書譯爲中文：

Chao, Thomas Ming－heng

1931 The Foreign Press in China. Shanghai:China Institute of
　　　Pacific Relations.

第二本爲林語堂博士，於一九三六年，由美國芝加哥大學出版，有日文譯本之《中國報業與民意史》❷：

Lin, Yu－tang

1936 A History of the Press and Public Opinion in China.
　　　Chicago: University of Chicago Press.

第三本則是董顯光博士，於一九五〇年在紐約出版之《發稿時空：中國》：

Tong, Hollington S.K.

1950 Dateline: China. New York: Rackport Press.

至於外人以英文著述之有關我國新聞學相關著作，第一本爲美國的柏德遜教授，於一九二二年在密蘇里大學出版之《中國之新聞學》一書❸，柏氏曾在我國上海，擔任英文「密勒氏評論報」主筆，並曾於民國九年，擔任聖約翰大學報學系主任之職：

Patterson, Don

1922 The Journalism of China. Missouri: University of Missouri Bulletin.

第二本則是在一九二四年主持燕京大學新聞系的美人白瑞華教授，一九三二年在上海出版之《中國報紙》一書，是外人在華以英文著述我國報刊之第一部著作：

Britton, Roswell S.

1933 The Chinese Periodical Press. 1800－1912. Shanghai: Kelly & Walsh Ltd.

當年燕京大學新聞系榮譽講師羅文達博士（Dr. R. Lawenthal）曾編過英文《中國報業的現狀》及《關於中國報學之西文文字索引》兩書，可惜沒有中譯本。

我國新聞界前輩大老，受外國學者邀請，在其大著中增潤章節者，亦大不乏人。例如「新聞界三老兵」之首的曾虛白先生❹，即曾在藍特（John A. Lent）教授所著之《亞洲報業革新勢所必然》一書中，著有〈一九四九之前中國報業〉一章：

Tseng, H.P.

1971 " China Prior to 1949," Lent, John A. (ed.), The Asian Newspaper's Reluctant Revolution. Ames: The Iowa State University Press.

又例如，有「台灣大眾傳播學之父」之稱的徐佳士教授（Hsu, Chia Shih）❺，在藍特教所著編之《亞太地區之廣播：廣播與電視的一項洲際調查》一書中（John A. Lent ed., Broadcasting in Asia and the Pacific: A Continental Survey of Radio and Television, Philadelphia : Temple University Press,1978.）負責第二部分〈各國制度〉（National Systems）之東亞地區（East Asia）的我國部分〔Republic of China (Taiwan)〕，而祝基瀅博士（James C.Y.Chu），則負責大陸部分❻。

　　自國人遊學研習新聞傳播勃興之後，除論文、年會報告及學術性專文皆用英文（或其他外交）撰述之外，與歐美學合作，共同撰述新聞傳播相關書籍者，所在多有，尤以六十年代末葉以降爲甚。

　　例如：汪琪博士❼於一九八四年，著有〈人民日報與尼克森訪問大陸〉一文：

Wang, Georgette

1984 " The People's Daily and Nixon's Visit To China," in Arno, Andrew & Dissanayake, Wimal (ed.), The News Media in National and International Conflict. Boulder, Colorado: Westview Press, Inc. Chapter 9.

彭家發著有「香港媒體上的武俠小說」❽：

Pang, Kenneth Ka－fat

1984 " Chivalic Stories in Hong Kong Media," in Wang, Georgette & Dissanayake, Wimal (ed.), Continuity and Change in Communication Systems. N.J.: Ablex Publishing Corporation. Chapter 13.

　　然而編撰而又彙集成書的國內外學者，大概有朱謙博士（Godwin C. Chu）、喻德基博士（Frederick T.C.Yu）、郭振羽博士（Eddie C.Y.Kuo）、朱立博士（Chu. Leonard L.）、李金銓博士（Chin Chuan Lee）以及汪琪博士（Georgette C. Wang）❾，茲各列舉各人著作一本如後：

Chu, Godwin

1977 Radical Change Through Communication in Mao's China. Honolulu: University Press of Hawaii.

Yu,Frederick T.C.

1964 Mass Persuasion in Communist China. New York:

Praeger.

Kuo, Eddie C.Y.& Chen, Peter S.J.

1983 Communication Policy and Planning in Singapore. London: Kegan Paul International.

Yu, Timothy & Chu, Leonard L. （余也魯與朱立）

1977 Women & Media in Asia: Proceedings of the Asian Consulation on Women & Media, April, 6－9, 1976, Hong Kong. Hong Kong: Hong Kong Center for Communication Studies of the Chinese University of Hong Kong.

Lee, Chin Chuan

1980 Media Imperialism Reconsidered: The Homogenizing of Television. Beverly Hills :Sage Publications Inc.

Wang, Georgette & Dissanayake, Wimal (eds.)

1984 Continuity and Change in Communication Systems. N.J. : Ablex Publishing Corporaion.

# 注　釋

❶：趙敏恆生平事蹟不詳。他於民國二十八年，曾在中央政治學校新聞專修班（時在重慶南溫泉）教授「採訪學」；民國三十五年，任上海增資改組後之「新聞報」總編輯，又曾擔任過「路透社」駐華記者。大陸易手後，留在大陸直至逝世。另外，有關燕京大學教授羅文達所著之「中國報業的現狀」英文論著，資料不詳。

❷：林語堂博士生於清光緒二十一年（一八九五年），卒於一九七六年，福建龍溪人，德國萊比錫大學博士，有「中國幽默大師」之稱。著譯甚豐，膾炙人口的有「吾國與吾民」及「京華煙雲」等鉅著；並編有「林語堂當代漢英辭典」。

❸：若以專論稿而言，則早在一八八三年（清光緒九年），曾創辦「察世俗每月統記傳」（Chinese Monthly Magazine）的馬禮遜（Robert Morrison, 1782－？）已在廣州、香港印行的「中國彙報」（Chinese Repository）上，撰有「京報分析」（Analysis of the Peking Gazettes）一文（該年八月分）；亞祿克（Rutnerford Alock）曾於一八七三年二～三月倫敦報之「費沙雜誌」（Fraser's Magazine）上，爲文介紹「京報」；梅雅斯（William Fredrich Mayers）於一八七四年二～八月香港版的「中國評論」（The China Review Ⅲ:13）上也有專文介紹「京報」。

另外，一九三八年，「美國新聞學季刊」（Journalism Quarterly）第十五期，有一篇署名爲" Hsin Ye Wei Ma "之作品，題爲〈中國之外國報紙〉者（The Foreign Press: China）（見第79：418－9頁）從姓名譯音來看，想是一位中國女士，且是第一位投稿JQ被接受的中國人。〔一八七五年（光緒元年），我國已出有「小孩月報」，可見國人並非不重視兒童刊物。〕

❹：新聞業界馬之驌先生，曾著「新聞界三老兵」一書（民七十五，台北：經世書局），依次稱曾虛白、成舍我與馬星野爲新聞界三老兵。曾虛白，生於清光緒二十一年（一八九五），江蘇常熟人，本名燾，字煦伯，後改虛白，以字行。上海聖約翰大學文科畢業。父孟樸（一八七二～一九三五），筆名「東亞病夫」，光緒舉人，曾創辦「小說林書社」及「真善美書局」，所著「孽海花」及「魯男子」兩書，斐聲於世。曾老一生致力於新聞事業及教育。民國十六年，即曾往天津協助董顯光先生之「庸報」；十七年，協助孟樸公真善美書店，主編「真善美月刊」；二十年，在上海滬江大學新聞科（與「時事新聞」合辦）擔任教席，二十一年二月，於上海創辦「大晚報」，自任總經理及總主筆；二十六年八月，淞滬之戰起，我國展開全面抗日運動，應董顯光博士之邀，出任軍事委員會第五部國際宣傳處處長；二十八年秋，與董顯光博士同教於重慶中央政治學校新聞事業專修班（台灣國立政治大學前身），講授「輿論學」；三十二年，中央政治學校成立新聞學院（與美哥倫比亞大學合作），擔任副院長

；三十六年，行政院新聞局成立（國際宣傳處撤銷），任副局長；三十八年六月六日，與曾任駐日全權大使，有「記者大使」之譽的董顯光（1887－1971）、魏景蒙（三爺，1906－1982）及鄭南渭等人，創辦「英文中國日報」（The China News），十一月，出任中國廣播公司副總經理；三十九年七月起，每周在中廣播出自撰自播之新聞評論「談天下事」，是二十年間（至五十九年九月），膾炙人口之廣播評論；同年十月任改組後中央通訊社管理委員會委員及社長；四十年九月，膺選爲台北市新聞記者公會第二屆理事長（其前後任期長達七載）；四十三年，國立政治大學在木柵復校，出任新聞研究所首任所長；四十四年，政大恢復大學本部，兼任新聞系首任系主任；五十五年四月，中國新聞學會成立，當選爲主任委員，同月，所主編之「中國新聞史」，由政大新聞所出版，都七十餘萬言，爲大專院校新聞科系此一科之主要教材；五十六年五月，所主編之「新聞學研究」半年刊第一集出版（政大新聞所刊物），其後，此叢書逐漸成爲我國傳播研究最具水準的學術刊物。五十九年，膺任中國電視協會節目研究主席；六十年十月，受聘爲電視學會自律小組召集人；六十一年四月，膺任電視學會電視節目研究審議委員會主任委員，同年秋，擔任中國文化學院新聞系教授，至六十二年秋，出任中國文化學院三民主義研究所師長兼博士班主任；六十三年，八秩華誕，友好門生發起創設「曾虛白先生新聞獎」，六月，膺選中央通訊社常務董事，九月，其所著之「民意原理」一書，由華岡出版公司出版，全書凡二十三萬餘字，爲大專院校新聞科系此科之主要教材；六十四年，擔任六十四年度國家建設新聞獎評審委員會委員；七十二年九月，再膺任輔仁大學大眾傳播研究所教授，時已八十九歲高齡，可說一生都誨人不倦。有人稱他爲「新聞界老鬥士」，報界前輩陳紀瀅稱之爲「傳播界的塊寶」，曾擔任過中央社董事長的林徵祁先生（已故）譽他爲「新聞界的泰山北斗」，以畫馬出名的將軍畫家葉醉白，則稱之爲「九十神童曾虛聖」（民國七十二年五月六日，在一項慶祝先生八秩晉九華誕祝壽座談會中，先生曾發表「愧對二聖」一文，爲座談會引言）。曾虛白本人則表白自己一生是「一邊做記

者，一邊做老師，兩股生活，交織而成的一根辮子」；這就是他有名的「老師保母」教育理念。他也以「兩袖清風，心安理得；一潭止水，緣息神寧」來講述自己的心境，並且一生遵循自創的「二樂主義」：一是自得其樂，一是知足常樂。晚年更曾自號「樂天知足迎頤老少生」。除所編著「中國新聞史」一書，爲新聞科系學生必讀教材外，另著有「談天下事上下集」（「韓戰年代集」、「越戰年代集」）及「晨曦漫談」等書，九十高齡時，尚出版「曾虛白自傳上、中、下集」三冊（台北聯經出版公司）。

❺：民國四十四年，國立政治大學新聞研究所（設所後第二年），即聘美國猶他大學孔慕思教授（Prof. Carlton Culmsee）爲客座教授，教授大眾傳播學、民意學及公共關係學，應是我國正式講授大眾傳播學說的伊始。四十六年，南伊利諾大學（Southern Illinois University at Carbondale）新聞學院主任郎豪華博士（Dr.Howard R. Long）來華擔任客座教授，講授大眾傳播及民意學，應是在我國講授大眾傳播學說的第二人。民國五十六年八月，由在美國明尼蘇達大學和史丹福大學修讀新聞學與傳播理論，獲得碩士學位的徐佳士先生擔任政大新聞所、系主任。他於是年起講授「大眾傳播理論」，推動大眾傳播社會科學研究，爲文闡釋大眾傳播理論觀念，桃李滿天下，令大眾傳播理論研究在台生根發葉；因而有「台灣大眾傳播學之父」之令譽。（已號故美國傳播學名教授宣偉伯“Wilbur Schramm”，一譯施蘭姆，則有「傳播學之父」之稱。）徐佳士教授，民國十年生，江西省奉新縣人，國立政治大學新聞系畢業，筆名「方村」，文筆優美，所寫小品及專論傳誦一時，所著「大眾傳播理論」一書（民國五十五年，台北：台北市記者公會刊行，民國七十六年，正中書局重印），已成大眾傳播學入門的鑰匙，另一具前瞻性的學術著作，則是其所編著的「大眾傳播的未來」（民國六十一年，台北：台北市記者公會）。另外，所著之雜文如「符號的陷阱」、「符號的遊戲」以及「模糊的線」（一九八三，台北：經濟與生活出版公司），不但文筆秀麗，言之有物，兼且能應用傳播學理和新聞學者對事物看法，交織文中，所以皆洛陽紙貴。經歷包括中央日報記

者，駐東北特派員，副總編輯，政治大學教授兼文理學院院長，中華民國新聞評議委員會委員，行政院文化建設委員會委員等職。民國七十五年，又出任考試院考試委員一職。

此外，民國四十四年，政大新聞所與美國駐華新聞處約定，由美國政府在其傅爾布萊德基金（Fulbright Scholarship）中，每隔一年選聘一位教授來華擔任新聞所客座教授，孔慕思、郎豪華兩教授（已故）即是此基金會所聘之教授；民國五十年，葛萊頓教授（Prof. Charles C. Clayton）（已故），亦應聘於新聞所教授新聞寫作、評論寫作及美國新聞學。此後則有五十二年奧克拉荷馬大學之凱賽教授（John Casey），五十七年之哥倫比亞大學新聞研究院院長貝克教授（Prof. Richard T.Baker）；五十九年密蘇里大學邁瑞爾教授（Porf. John C. Merrill）；七十一年明尼蘇達大學恩美瑞教授（Prof. Edwin Emery）等到政大授課。短期講授的，則有五十七年哥倫比亞大學教授福斯特博士（Dr. John Foster），與五十八年（及七十三年）喻德基博士；史丹福大學傳播系主任艾博博士（Dr. Elie Abel）；與納爾遜博士（Dr. Lyle M. Nelson）；耶路撒冷希伯萊大學傳播、社會學教授凱茲博士（Dr. Elihu Katz），及七十三年明尼蘇達大學之吉爾默博士（Donald M.Gillmor）等人。其後於民國七十八年，又有美國賓夕法尼亞州立大學（Pennsylvania State University）副教授陸秀麗（Cherie Lewis），應聘至政大新聞所、系教授英文新聞寫作、美國傳播媒介及新聞道德與社會責任等課程。〔七十五年時，英國里茲大學楊邊琳博士（Linda Benson），亦曾在所教授英語課程〕。民國七十九學年度，俄亥俄大學（Ohio University, Athens）新聞學院（School of Journalism）副教授賀傑斯（Thomas Hodges），又到系所任教大眾傳播管理、新聞攝影、英文報刊實務及專題研究等課程。而早在民國四十八年，日籍東京大學小野秀雄（Hideo Ono）教授即曾擔任新聞所客座教授，講授新聞學研究及日本新聞史；而日本世論協會會長小山榮三教授，亦曾於五十七年講學於政大新聞所。傅爾布萊德（James William Fulbright, 1905－）爲美國

政壇人物，曾於一九四六年，提出一項法案，以出售美國剩餘物資所得之款項，派遣美國留學生到海外進修，或選送外國學生到美國進修。法案獲得通過，名爲「Fulbright Act」。

　　一九九〇年，政治大學又與義國俄亥俄大學史吉斯新聞學院（Ohio University E.W. Scripps School of Journalism, Athens），完成學生交流計畫。舉凡該系二、三、四年級，研究所碩、博士班二、三、四年級，符合規定，遴選中選者，皆可到該校進修。

❻：祝基瀅博士，生於民國二十四年，福建福州市人，國立台灣大學經濟系、政治大學新聞所畢業，美國南伊大新聞學碩士、博士。經歷包括：美國加州州立大學溪口分校教授及系主任，國民黨文工會副主任、主任。中文著作有「大眾傳播學」、「政治傳播學」、「傳播、社會、科技」、「現代人的深思」及「雙行道」等書。

❼：汪琪博士，生於民國三十七年，江蘇吳縣人，國立政治大學新聞系畢業，美國康乃爾大學碩士、南伊利諾大學博士。曾任台北「綜合月刊」主編，香港珠海書院副教授、樹仁書院講師，台北聯合報專欄組副主任，美國東西中心（The East−West Center）研究員，香港中文大學新聞與傳播系客座講席，國立政治大學新聞系教授兼系、所主任。中文著作主要有「文化與傳播」（獲第九屆「曾虛白先生新聞學術獎」）、「『時代』的經驗」（合著），以及「第二代媒介：傳播革命之後」（與史丹福大學傳播學博士鍾蔚文教授合著）等書。

❽：彭家發，廣東南海人，民三十五年生於香港，政治大學新聞系畢業，美南伊大碩士。致力於新聞教育及新聞工作，有新聞學相關著作多本，見本書作者介紹。

❾：朱謙博士，生於民國十六年，浙江嘉興人，國立台灣大學外交系畢業，美國史丹福大學大眾傳播學博士。經歷包括政大新聞所、史丹福大學傳播研究所、加拿大維多利亞大學社會人類學系等校系所副教授，南伊利諾州立大學新聞研究部主任及新聞學院教授，東西文化中心傳播研究所（Communication Institu-

te）高級研究員及代理所長，是一位對中共傳播研究有素的專家。英著尚有：
" Communication for Group Transformation in Development, " " Insti-t
utional Explorations in Communication Technology ", " When Televisi
on Comes to A Traditional Village ", " Communication and Developme
nt in China ", " Moving a Mountain:（愚公移山）Cultural Change in
China ",以及" Popular Media in China: Shaping New Cultural Patters
"等書，中著則有「台灣農村社會變遷」（與漆敬堯教授合著，民國七十三年
，台北：臺灣商務版）。喻德基博士，生於民國十年，湖北黃陂人，美國俄亥
俄大學博士。經歷包括美國哥倫比亞新聞研究院教授、副院長、代理院長等職
，且是於民國八十年間，籌創國立台灣大學新聞研究所主要顧問。其他主要著
作尚有：" Mass Media: Systems & Effects "（與W. Phillips Davison, Ja
mes Boylan 兩人合著），及" Get it Right, Write it Tight, The Beginning
Journalists　Handbook "（合著）。郭振羽博士，生於民國三十年，福建人
。美國明尼蘇達大學博士。經歷包括美國威斯康辛大學助教授，新加坡大學社
會學系高級講師。中文著作有「新加坡的語言與社會」（民國七十四年，台北
：正中書局）。

　　朱立博士，生於民國三十三年，湖北宜昌人。國立台灣師範大學英語系畢
業，國立政治大學新聞研究所碩士，美國南伊利諾大學新聞學院碩士、博士。
經歷包括：香港中文大學傳播研究中心研究員兼「傳播季報」主編，當代亞洲
研究中心副主任，新聞傳播學系講師兼傳播學碩士課程主任，該學系系主任及
高級講師，一九九一年秋，至澳洲任教。其他著作尚有「傳播拼盤」、「美國
聯邦傳播委員會之研究」、「美國報業面臨之社會問題」（編譯）、「美國近
代雜誌事業概論」（合著），" Planned Birth Campaigns in China：1949
-1976 "，" The Roles of Tatzepao "（大字報）in the Culture Revolutio
n "（合著）等多本。" Women and Media in Asia "一書合著者余也魯教授
，其時是任香港中文大學新聞傳播系教授。

　　李金銓博士，生於一九四六年，台灣苗栗人。國立政治大學新聞系畢業，美國夏威夷大學碩士，密西根大學博士。經歷包括香港中文大學新聞傳播系講師，及任教於明尼蘇達大學新聞及大眾傳播學院。除英文多種著作外，中文主要著作尚有「大眾傳播理論：社會・媒介・人」（民國七十一年，台北：三民書局。獲第九屆「曾虛白先生新聞學術獎」），「國際傳播的挑戰與展望」、「新聞的政治，政治的新聞」及「傳播帝國主義」等書。一九九〇年夏，又出有英着：

Lee, Chin Chuan ( ed. )

1990 Voice of China: The Interplay of Political and Journalism. N.Y .: Guilforde Publications.

　　此外，我人在美國曾擔任教席者大致尚有：同樣任教於明尼蘇達大學新聞及傳播學院的張讚國（Chang, Tsan Kuo）；南伊利諾大學加本地校區（Southern Illinois University at Carbondale）的林・卡露蓮（Lin Carblyn, 譯音）；密歇根大學（Michigan State University）的谷玲玲（Ku, Linlin）；北卡羅萊納州大學（University of North Carolina – Chapel Hill）的趙心樹（大陸留美學人）；康乃狄克中部州立大學（Central Connecticut State University）的郭貞（Kuo, Cheng）（她在民國七十九年夏回台，任教於國立政治大學傳播學院廣告系）；華盛頓州立大學（Washington State University）的楊妮（Yang, Annie）；德克薩斯州大學奧斯汀校區（University Texas – Austin）的李慧娜（Lee, Wei – na, 譯音）及該校廣電系的譚澤薇（Tan, Zoe C.W.）等諸位。〔以一九八九年版之 “ Journalism & Mass Communication Directory, ( Vol.7 ) ” 爲主要依據。〕

說明：各學者生平資歷，因受所得資料所限，以致繁簡不一。排名無次序之別，代
　　　表作亦以所得資料爲憑，掛一漏萬在所難免，尚祈宥諒。

# 第七章　新聞學書目聚珍

## 相關參考書目

### 第一節　中文書目

丁文江（民四十八）：《梁任公先生年譜初稿》。台北：世界書局。

丁維棟（民四十八）：《美國社會與美國報業》。台北：著者。

王　民（民五十四）：《通訊社及其業務》。台北：記者公會。

——（民五十三）：《世界報業》。台北：著者。

方　正（民五十三）：《廣播電視電影》。台北：台北市記者新聞公會。

中央日報編印（民七十七）：《六十年來的中央日報》。台北：《中央日報社》。

王石番（民七十八）：《傳播內容分析法——理論與實證》。台北：幼獅文化事業公司。

中央通訊社編印（民七十）：《七十年來中華民國新聞通訊事業》。台北：中央通訊社。

王世憲譯（民七十六）：《新聞界的拿破崙——普立茲》。台北：北辰文化公司。（原著：Swanberg W.A.）

王克毅（民七十六）：《意識型態傳播與國家發展》。台北：正中書局。

王京等編著（一九八四）：《現代傳播媒介學實例》。香港：廣角鏡出版社。

王洪鈞（民七十六）：《大眾傳播與現代社會》。台北：正中書局。（據

民六十四年台北市新聞記者公會排印版重印）

—— （民七十三）：《新聞法規》。台北：允晨出版公司。

—— 主編（民五十六）：《大眾傳播學術論集》。台北：國立政治大學新聞系。

—— （民八十）：《知識分子的良心：連橫、嚴復、張季鸞》。台北：編者。（《近代學人風範第一輯》）

—— 編（民八十）：《憂患中的心聲：吳稚暉、蔡元培、胡適》。台北：編者。（《近代學人風範第二輯》）

文訊雜誌社編（民八十）：《但開風氣不爲師：梁啟超、張道藩、張知本》。台北：編者。（《近代學人風範第三輯》）

—— （民八十）：理想人生的追尋：于右任、蔣夢麟、王雲五。台北：編者。（《近代學人風範第四輯》）

尤英夫（民七十六）：《新聞法論，上冊》。台北：生活雜誌社。

—— （民六十九）：《報紙審判之研究，三版》。台北：著者。

王惕吾（民八十）：《我與新聞事業》。台北：聯經出版公司。

—— （民七十）：《聯合報三十年》。台北：聯合報社。

中國社會學新聞研究所編（一九八八）：《當代中國報業大全》。大陸銀川市：寧夏人民出版社。

中國時報社編印（民七十四）：《迎向廿一世紀》。台北：中國時報社。

—— 編印（民六十九）：《中國時報三十年》。台北：中國時報社。

中國論壇編委會主編（民七十四）：《台灣地區社會變遷與文化發展》。台北：中國論壇雜誌社。

孔誠志主編（民七十七）：《公關手冊》，再版。台北：商周文化事業公司。

方漢奇等著（一九八三）：《中國新聞事業簡史》。北京：中國人民大學出版社。

—— （一九八一）：《中國近代報刊史》。山西：人民出版社。

王鳳超（一九八八）：《中國的報刊》。北京：人民出版社。

王齊樂（一九八二）：《香港中文報業發展史》。香港：波文書局。

王德馨編著（民六十八）：《廣告學》，增訂十四版。。台北：國立中興
　　　　大學管理系。

毛澤東（一九八三）：《毛澤東新聞工作文選》。大陸：新華出版社。

尹韻公（一九九○）：《中國明代新聞傳播史》。重慶：重慶出版社。

石永貴（民七十六）：《大眾傳播的挑戰》。台北：三民書局。

—— （民六十）：《大眾傳播短簡》。台北：三民書局。

—— （民六十）：《人才、教育、傳播》，再版。台北：水牛出版社。

左漢野編（一九八七）：《當代中國的廣播事業》，上、下冊。北京：中
　　　　國社會科學出版社。

世新歷屆畢業校友編纂（民六十三）：《新聞那裏來》。台北：世界新聞
　　　　專科學校校友會。

台北市報業評議會編印（民五十四）：《英國報業評議會十年》。台北：
　　　　編印者。

台北市新聞記者公會編印（民五十三）：《通訊社及其業務》。台北：編
　　　　印者。

台灣新生報編（民七十七）：《新聞鬥士徐搏九：殉職三十週年紀念專集
　　　　》，增訂再版。台北：台灣新生報社。

朱　立（民七十三）：《傳播拼盤》。台北：時報文化出版公司。

向夏編寫：《說文解字部首講疏》。台北：駱駝出版社。（向夏爲大陸教
　　　　授，本書於民79年8月在台北書肆上市，原書無出版日期。）

朱娣清（民七十四）：《聯播時代——內容與分析》。台北：幼獅文化公
　　　　司。

朱虛白（民四十八）：《新聞學概要》。台北：東方書店。

朱傳譽（民七十六）：《先秦唐宋明清傳播事業論集》。台北：臺灣商務印書館。

—— （民五十七）：《報人・報史・報學》，二版。台北：臺灣商務印書館。

—— （民五十六）：《中國新聞事業研究論集》。台北：臺灣商務印書館。

杜力平譯（民八十）：《大眾傳播理論》。台北：五南圖書出版公司。（原著：Defleur, Mehrin L. & Ball－Rokeach Sandra 1989, Theories of Mass Communication, 5th ed.）

李甲孚（民七十七）：《中國法制史》。台北：聯經出版公司。

呂光編纂（民七十）：《大眾傳播與法律》。台北：台灣商務書館。

—— 等（民五十）：《中國新聞法規概論》，三版。台北：正中書局。

李良榮（一九八五）：《中國報紙文體發展概要》。福州：福建人民出版社。

李伯鳴（民四十七）：《新聞學綱要》。香港：文化書院。

李明水（民七十四）：《世界新聞傳播發展史：比較、分析與評判》，再版。台北：大華晚報社。

成舍我（民四十四）：《報學雜著》。台北：中央文物供應社。

李金銓（民七十六）：《傳播帝國主義》。台北：久大文化公司。

—— （民七十六）：《新聞的政治、政治的多新聞》。台北：久大文化公司。

—— （民七十六）：《吞吞吐吐的文章——新聞與學術界》。台北：久大文化公司。

—— （民七十一）：《大眾傳播學》。台北：三民書局。

李昌道、龔曉航（一九九〇）：《30常用香港法例新解》。香港：三聯書店。

李勇（民六十）：《新聞綱外》。台北：皇冠出版社。

余家宏等編著（一九八七）：《新聞文存》。北京：中國新聞出版社。

—— 等主編（一九八五）：《新聞學基礎》。安徽：人民出版社。

李炳炎（民七十五）：《中國新聞史》。台北：陶氏出版社。

—— 、陳有方（民六十四）：《新聞自由與自律》。台北：正中書局。

李茂政（民七十六）：《當代新聞學》。台北：正中書局。

—— 等譯（民七十六）：《傳播界的背後：美國個案研究》。台北：美
國教育出版社。（原著：Bagdikian, Ben H. 1983, Media Mono-
poly.）

—— 譯（民七十四）：《新聞傳播事業的基本問題》。台北：國立政治
大學新聞研究所。（原著：Dennis, Everette E. & Merrill, John
C. 1984, Basic Issues in Mass Communication： A Debate.
N.Y.： Macmillan Publishing Co.）

何建章等（一九五五）：《報紙》。香港：華僑日報社。

冷若水（民七十四）：《美國新聞與政治》。台北：中華民國新聞編輯人
協會。

余啟興（一九七〇）：《伍廷芳與香港之關係》，《壽羅香林教授論文集
》。香港：香港中國學社。

汪琪、鍾蔚文（民七十九）：《第二代媒介：傳播革命之後》，二版。台
北：東華書局。

—— 、彭家發（民七十五）：《時代的體驗》。台北：東大圖書公司。

—— （民七十四）：《文化與傳播》，再版。台北：三民書局。

何貽謀（民七十二）：《廣播與電視》。台北：三民書局。

沈雲龍（民五十八）：《康有爲評傳》。台北：傳記文學社。

吳鈴嬌（民六十八）：《失落的考卷》。台北：遠景出版社。

李誥譯（一九六九）：《你的報紙》。香港：今日世界出版社。（原著：

　　　　Duane Bradley）

呂榮海、陳家駿（民七十六）：《著作權、出版權》。台北：蔚理法律出
　　　版社。

李蓉姣編譯（民八十）：《華爾街日報》。台北：美國教育出版社。

李龍牧（一九八五）：《中國新聞事業史稿》。上海：人民出版社。

李鴻禧（一九八六）：《憲法與人權》，三版（國立台灣大學法學叢書第
　　　三十九）。台北：國立台灣大學。

李瞻（民七十七）：《華僑報業考‧大眾傳播學》。台北：漢苑出版社。

——（民七十六）：《新聞學原理：我國傳播問題研究》。台北：三民
　　　書局。

——等編著（民七十三）：《誹謗與隱私權》。台北：台北市新聞記者
　　　公會。

——主編（民七十三）：《新聞理論與實務‧新聞人員學術研討會實錄
　　　》。台北：國立政治大學新聞所。

——（民七十一）：《電視制度》。台北：三民書局。

——主編（民六十八）：《中國新聞史》。台北：臺灣學生書局。

——主編（民六十八）：《外國新聞史》。台北：臺灣學生書局。

——（民六十六）：《國際傳播》。台北：台北市記者公會。

——（民六十六）：《世界新聞史》，增訂五版。台北：國立政治大學
　　　新聞所。

——（民六十四）：《我國新聞政策》。台北：台北市新聞記者公會。

——（民六十四）：《我國新政策：三民主義新聞制度之藍圖》。台北
　　　：台北市記者公會。

——（民六十二）：《比較電視制度》。台北：政大新聞所。

——（民六十二）：《比較新聞學》。台北：幼獅文化公司。

——（民六十一）：《我國報業制度》。台北：幼獅文化公司。

—— （民六十一）：《比較新聞學：報業原理與制度之批評分析》。台北：政治大學新聞所。

—— （民六十）：《太空傳播之發展及其影響》。台北：幼獅文化公司。

—— （民五十九）：《英國電視制度之分析》。台北：教育部文化局。

—— （民五十八）：《各國報業自律比較研究》。台北：政治大學新聞所。

和田洋一（一九六七）：「明治‧大正期之新聞學」，《米山桂三博士還曆記念論文集》。頁一二五——七。

東正德譯（民八十）：《傳播媒體的變貌》。台北：遠流出版公司。

周安儀編著（民七十）：《新聞從業人員群像》。台北：黎明文化公司。

卓南生（一九九〇）：《中國近代新聞成立史》。東京：百利堅出版社。（日文版）

吳相湘（民六十）：《民國百人傳》，第一——四冊台北：傳記文學社。

孟祥才（民七十九）：《梁啟超傳，學術篇／救國篇》兩冊。台北：風雲時代主版公司。（孟祥才任教於大陸濟南山東大學）

林添貴譯（民七十七）：《跨國報業巨人——梅鐸》。台北：允晨文化公司。（原著：Micheal Leapman, arrogant Aussie: The Rupert Murdock Story.）

周培敬（民八十）：《中央社的故事》，上下冊。台北：三民書局。

周策縱等著（民八十）：《胡適與近代中國》。台北：時報文化公司。

金燕寧等譯（一九九〇）：《大眾傳播媒介與社會發展》。北京：華夏出版社。（原著：Schramn, Wilbur 1964, Mass Media and National Development. N.Y.: The standford University press & UNESCO.）

洪士範（民五十八）：《新聞論叢》。台北：新中國出版社。

皇甫河旺（民八十）：《報業的一念之間》。台北：正中書局。

── 主編（民八十）：《報禁開放以來新聞事業的省思與發展研會實錄
》。台北：輔仁大學大眾傳播系暨研究所。

胡殷（一九七三）：《新聞學新論》，再版。香港：文教事業社。（民五
十五第一次版）

柳閩生（民六十九）：《雜誌的編輯設計》。台北：天工書局。

俞景　譯（民七十七）：社會變遷。台北：巨流圖書公司。

胡頌平編著（民七十三）：《胡適之先生著作年著譜長編初稿》，一──
十冊。台北：聯經出版公司。

胡傳厚主編（民六十六）：《編輯理論與實務》。台北：台灣學生書局。

── （民國五十七）：《新聞編輯》。台北：台北市新聞記者公會。

洪翠娥譯（民七十七）：《霍克海默與阿多諾對「文化工業」的批判》。
台北：唐山。

馬之驌（民七十五）：《新聞界三老兵》。台北：經世書局。

袁　方（民四十八）：《記者生涯》。台北：良友出版社。

脇田直枝（一九八七）：《握筆的主婦》。台北：哈佛企業顧問公司。（
聯廣公司密蜂小組譯）

袁自玉編著（民七十八）：《公共關係》，再版。台北：前程企業管理公
司。

高名凱等（一九五八）：《現代漢語外來詞研究》。大陸：文字改革出版
社。

孫如陵（民六十五）：《報學研究》。台北：台灣學生書局（學一版）。

馬克任（民六十五）：《新聞學論集》。台北：華岡出版公司。

袁希光（民四十七）：《新聞學概論》。台北：自由新聞社。

徐佳士著（民七十六）：《大眾傳播理論》。台北：正中書局。（據民國
五十五年台北市新聞記者公會排印本重印）

── 主編（民七十三）：《從倫理到科技三束傳播課題的新探討》。台北：台北市新聞記者公會。

── （一九八三）：《模糊的線》。台北：經濟與生活出版公司。

── 主編（民六十四）：《新聞法律問題》。台北：台灣學生書局。

── 主編（民六十二）：《新聞學理論㈠（報學叢書第一種）》。台北：台灣學生書局。

翁秀琪（民八十一）：《大眾傳播理論及實證》。台北：三民書局。

徐昶（民七十三）：《新聞編輯學》。台北：三民書局。

馬星野（民五十九）：《新聞與時代》。台北：雲天出版社。

徐恩普（民七十九）：《知識工程與專家系統》。台北：松崗電腦資料公司。

梁家祿等合著（一九八四）：《中國新聞專業史──古代至一九四九年》。廣西：人民出版社。

祝振華（民七十一）：《傳播與公眾關係》。台北：黎明文化事業公司。

── （民五十八）：《大眾傳播學》，六版。台北：國立藝專。

祝基瀅（民七十五）：《傳播・社會・科技》。台北：臺灣商務印書館。

── （民七十四）：《傳播革命與現代社會》。台北：淡江大學出版中心。

── （民七十二）：《政治傳播學》。台北：三民書局。

高國淦主編（一九八五）：《中國出版發行機構和報刊名錄》。北京：現代出版社。

黃煜、裴志康譯（一九八九）：《權力的媒介》。北京：華夏出版社。（原著：Altschull，J. Herbert 1984, Agents of Power： Humam Affairs. NY：Longman Inc.）

徐詠平（民七十一）：《新法律與新聞道德》。台北：世界書局。

── （民六十八）：《中國國民黨中央直屬黨報發展史略》。台北：台

灣學生書局。

—　（民六十）：《新聞學概論》。台北：台灣中華書局。

徐鉅昌（民七十五）：《電視傳播》台北：華視出版社。

徐載平、徐瑞芳（一九八八）：《清末四十年申報史料》。北京：新華出
　　版社。

夏曆（一九八九）：《香港中區街道故事》。香港：三聯書店。

軒轅輅（一九八九）：《新華社透視》。香港：廣角鏡出版社。

梁上苑（一九八九）：《中共在香港》。香港：廣角鏡出版社。

國立政治大學新聞學系主編（民七十七）：《媒介批評》。台北：臺灣商
　　務印書館。

許煥隆著（一九八八）：《中國現代新聞史簡編》。河南：人民出版麼。

崔寶瑛（民五十五）：《公共關係學概論》。台北：台北市新聞記者公會
　　。

程之行譯（民八十一）：《大眾傳播的責任》。台北：遠流出版公司。（
　　第一版爲民國59年：由台北市報業新聞評議會出版）

—　（民五十九）：《新聞工作中的探索》。台北：新聞天地社。

—　（民五十七）：《新聞原論》。台北：國立政治大學新聞研究所。

黃文範譯（民八十）：《恩尼派爾自傳》。台北：中央日報社。

傅正編（民七十八）：《雷震與自由中國》。台北：桂冠圖書公司。

復旦大學新聞系新聞史教研室編（一九八二）：《簡明中國新聞史》。福
　　建：人民出版社。

馮自由（民五十八）：《革命逸史，一——五集》。台北：臺灣商務印書
　　館。

—　（民四十三）：《華僑革命組織史》。台北：臺灣商務印書館。

—　（民三十五）：《華僑革命開國史略》。大陸：重慶商務印書館。

張圭陽（一九八八）：《香港中文報紙組織運作內容》。香港：廣角鏡出

版社。

—— （一九八四）：《我是記者》，增訂版。香港：廣角鏡出版社。

童兵（一九八九）：《馬克斯主義新聞思想史稿》。大陸：北京中國人民
　　大學出版社。

張作錦（一九八八）：《牛肉在那裡。一個記者的直話直說。》台北：經
　　濟與與生活出版公司。

黃卓明（一九八三）：《中國古代報紙探源》。北京：人民日報出版社。

邵定康（民五十九）：《各國憲法與新聞自由》。台北：台北市新聞記者
　　公會。

程其恆（民三十三）：《戰時之中國報業》。桂林：銘真出版社。

張宗棟（民六十七）：《新聞傳播法規》。台北：三民書局。

張朋園（民五十四）：《梁啟超與清季革命》。台北：中央研究院近代史
　　研究所。

黃金鴻（民七十九）：《英國人權六十案》。台北：聯經出版公司。

張季鸞（民三十三）：《季鸞文存》。（重慶：大公報館。）（民六十八
　　年，台北：台灣新生報出版部重印。）

馮建三（民八十一）：《電視：科技與文化形式》。台北：遠流出版公司
　　。（原著：Raymond Williams, Teleivsion Technology and
　　Cultural Form.）

—— 等合譯（民七十七）：《未來的省思》。台北：駱駱出版社。

黃昭泰（民七十八）：《實用廣告學》。台北：美國教育出版社。

黃宣威（民五十六）：《新聞來源的保密問題》。台北：台北市新聞記者
　　公會。

彭家發（民七十八）：《非虛構寫作疏釋》台北：臺灣商務印書館。

—— （民七十七）：《傳播研究補白》。台北：東大圖書公司。

—— （民七十五）《小型報刊實務》。台北：三民書局。

彭　芸（民七十五）：《國際傳播與科技》。台北：三民書局。

曾虛白（民七十七、七十九）：《曾虛白自傳》，上、中、下冊。台北：
　　聯經出版公司。

——（民七十六）：《民意原理》，四版。台北：中國文化大學。

——（民六十二）：《中國新聞史》，三版。台北：國立政治大學新聞
　　所。

張國良譯（一九八六）：《日本新聞事業史》。北京：新華出版社。（日
　　人內川蘇美等原著）

焦雄屏譯（民七十八）：《認識電影》。台北：遠流出版公司。（原著
　　：Louis D. Giannetti：Understanding movies.）

荊溪人（民七十六）：《新聞學概論》。台北：世界書局。

——（民六十七）：《新聞編輯學》。台北：臺灣商務印書館。

黃新生（民七十六）：《媒介批評：理論與方法》。台北：五南圖書出版
　　公司。

黃瑞祺譯（民七十五）：《批判理論與現代社會學》。台北：巨流出版公
　　司。

馮愛群編（民六十五）：《華僑報業史》，再版。台北：台灣學生書局。

賀照禮（民五十八）：《新聞學的理論與實際》。台北：著者。

彭　歌（姚朋）（民七十二）：《新聞學研究》。台北：臺灣商務印書館
　　。

——（民七十一）：《新聞三論》。台北：中央日報社。

——（民五十八）：《新聞圈》。台北：仙人掌出版社。

黃遠庸：（民五十一）：《遠生遺著》。台北：文星書店重印。

邵鏡人（民六十五）：《同光風雲錄》。台北：中外圖書出版社。

張覺明（民六十九）：《現代雜誌編輯學》。台北：臺灣商務印書館。

楊日旭（民七十八）：《國家安全與公眾知的權利》。台北：黎明文化事

業公司。

温世光編（民七十三）：《實用傳播法》。台北：編者。

—— （民七十二）：《中國廣播電視發展史》。台北：著者。

《當代新聞學》（一九八七）。大陸：長征出版社。

楊有釗（民七十三）：《龔德柏先生評傳》。台北：世界和平雜誌社。

莊克仁譯（民七十七）：《傳播科技學理》。台北：正中書局。

—— 譯（民七十六）：《傳播科技新論》。台北：美國教育出版社。（
　　原著：Whitehouse, George E., Understanding the New Tech-
　　nologies of the Mass Media.）

楊志弘（一九八八）：《媒體英雄》一、二冊，二版。台北：久大文化公
　　司。

楊孝濚（民七十二）：《傳播社會學》，二版。台北：臺灣商務印書館。

—— （民六十七）：《傳播媒介的社會功能》。台北：聯經出版公司。

資訊工業策進會編（民七十七）：《透視電子出版的技術及市場》。台北
　　：編著。

楊國樞等（一九七七）：《社會及行爲科學研究法》，上、下冊。台北：
　　東華書局。

《新聞自由與國家安全》（民六十三）。台北：台北市新聞評議會。

《新聞行政實務》（民六十五）。台灣：北灣省新聞處。

《新聞業務手冊》（民七十二）。台灣：台灣省新聞處。

《新聞學的新境界》（民七十一）。中國文化大學政治研究所新聞組主編
　　　。台北：國立編譯館。

新聞鏡雜誌社編輯部編（民七十九）：《透視新聞媒體》。台北：編者。

—— （民七十八）：《爲新聞界把脈》。台北：華瀚文化公司。

詹麗茹（一九八九）：《卡耐基人際關係手冊》。台北：遠流出版公司。

趙玉明（一九八七）：《中國現代廣播電視簡明史》。北京：中國廣播電

視社。

華世編輯部（一九八六）：《中國歷史大事年表》上、下册。台北：華世
　　出版社。

趙俊邁（民七十一）：《媒介實務》。台北：三民書局。

趙浩生（一九八0）：《漫話美國新聞事業》。北京：北京出版社。

漆敬堯譯（民八十一）《赫斯特報業的新聞文化》。台北：遠流出版公司
　　。(原著：George Murray, The Madhouse on Madison Street.)

——（民七十九）：《廿一世紀中華民國電視發展方向》。台北：中華
　　民國傳播事業文化基金會。

——（民七十三）：《新聞學》，九版。台北：臺灣商務印書館。

——（民五十三）：《現代新聞學》。台北：海天出版社。

維霖譯（一九一九）：《報業先驅》。香港：今日世界出版社。（原著：
　　G.P.Meyer）

劉一民（民七十八）：《記者生涯三十年》。台北：傳記文學出版社。

劉一樵（民六一）：《報業行政學》，再版。台北：大中國圖書公司。

——（民五七）：《報紙發行》。台北：台北市新聞記公會。

郭力昕（民七十九）：《電視批評與媒體觀察》。台北：時報文化出版公
　　司。

黎　父（一九七四）：《大眾新聞學》。香港：三育圖書文具公司。

陳申等編著（民七十九）《中國攝影史》。台北：攝影家出版社。

陳石安（民六十七）：《新聞編輯學》，增訂六版。台北：著者。

陳世敏（民七十六）：《媒介文化：批判與建言》。台北：久大文化公司
　　。

——譯（民七十四）：《傳播媒介、民意、公共政策分析》。台北：國
　　立編譯館。

——（民七十二）：《大眾傳播與社會變遷》。台北：三民書局。

劉光炎（民五十一）：《新聞學講話》，三版。台北：中華文化出版事業
　　社。

—— （民五十）：《新聞學概論》。台北：政工幹校。

—— （民四十一）：《新聞學》。台北：台灣聯合出版社。

賴光臨（民七十）：《七十年中國報業史》。台北：中央日報社。

—— （民六十七）：《中國新聞傳播史》。台北：三民書局。

—— （民五十七）：《梁啟超與近代報業》。台北：臺灣商務印書館。

魯　言（一九七七）：《香港掌故》，第一集。香港：廣角鏡出版社。

樊志育（民七十八）：《中外廣告史》。台北：著者。

劉志筼、童兵（一九八七）：《新聞事業概論》。山西：人民出版社。

陳守仁（一九八八）：《香港粵劇研究》，上卷。香港：廣角鏡出版社。

賴明佶（民六十七）：《明佶談報》。台北：領導出版社。

陳固亭譯（民六十九）：《各國報業簡史》，六版。台北：正中書局。（
　　原著：日人小野秀雄）

蔣金龍（民七十三）：《通訊社》。台北：允晨出版社。

劉　昶（民八十）：《西方大眾傳播學》。台北：遠流出版社。

陳政三（民七十七）：《英國廣播電視：政策、制度、節目》。台北：著
　　者。

劉秋岳譯（民六十三）：《大眾傳播在美國》。台北：水牛出版社。（原
　　着Mass Communication in The U.S.A, Hadano Kange，日人波
　　多野完治著）

—— 譯（民五十九）：《大眾傳播學導引》。台北：水牛出版社。

褚柏思（民七十七）：《新聞學綜論》。台北：渤海堂文化公司。

劉建順編纂（民六十七）：《新聞學》。台北：世界書局。

—— （民五十五）：《新聞與大眾傳播》，二版。台北：廣播電視季刊
　　社。

潘家慶（民八十）：《媒介理論與現實》。台北：天下文化公司。

潘家慶（民七十六）：《發展中的傳播媒介》。台北：帕米爾書店。

——（民七十三）：《新聞媒介、社會責任》。台北：臺灣商務印書館。

——（民七十二）：《傳播與國家發展》。台北：國立政治大學新聞所。

——（民七十二）：《傳播媒介與社會》，三版。台北：臺灣商務印書館。

陳紀瀅（民五十四）：《美國的新聞報業》。台北：著者。

葉笛譯（民五十八）：《羅生門》（Roshomon）。台北：仙人掌出版社。（日人芥川龍之介原著）。（由日人黑澤明改編成電影的「羅生門」，是由芥川龍之介的小說「竹藪中」改編成，而非芥川龍之芥的「羅生門」。）

陸崇仁譯（民六十七）：《現代新聞記者手冊》。台北：著者。（原著：Jones, Paul John 1958, Modern Reporter's Handbook N.Y: Rinehart & Compony, Inc.）

陳國祥、祝萍（民七十六）：《台灣報業演進四十年》。台北：自立晚報社。

郭英德（民八十）：《明清文化傳奇研究》。台北：文津出版社。

陳喜棠譯（民六十八）：《彩色印刷》，三版。台北：徐氏基金會。

葉楚英（民四十七）：《新聞原理與寫作》。台北：大華文化社。

黎劍瑩（民七十四）：《英文新聞名著選粹》。台北：經世書局。

郭鳳蘭：《開發中國家傳播問題之研究》。台北：華岡出版部。無出版日期。

劉毅志譯（民七十六）：《廣告運動策略(1)——廣告：調查／企畫／行銷》。台北：著者。（原著：Schultz, Dan E. etc, Strategic Advertising Campaigns.）

劉澤生（一九九〇）：《香江夜譚》。香港：三聯書店。

歐陽醇、徐啟明合譯（一九六八）：《新聞採訪與寫作》。香港：碧塔出
版社。（原著：Hohenberg, John 1978, The Professional Journ-
alism A guide to modern Reporting practice. 4th Edition. N.Y.:
Holt, Rinehart and Winston INC.）

陳諤、黃養志合譯（民四十八）：《新聞學概論》。台北：正中書局。（
原著：Bond F. Fraser 1954, Introduction to Journalism。 N.Y.
：The Macmillan Co.）

董顯光等著（民四十四）：《新聞學論集》，再版。台北：中華文化出版
事業社。

劉麗容（民八十）：《如何克服溝通障礙》。台北：遠流出版公司。

劉繼譯（一九九〇）：《單向度的人》。台北：久大文化公司。（原著：
Herbert Marcusl, One Dimensional Man: Studies in the
Ideology of Advanced Industrial Society, 964。

錢存棠（民五十六）：《報紙廣告》。台北：台北市新聞記者公會。

阿英（錢杏屯）：《晚清文藝報刊述略》。

蒯亮（民七十六）：《傳播媒介──第二位上帝？》台北：美國教育出版
社。（原者：Schwartz's Tony，Media：The Second God.）

錢震（民七十）：《新聞論》上、下冊，六版。台北：中華日報社。

韓以亮（民五十）：《新聞散論》。台北：幼獅文化公司。

謝石、沈力合譯（民七十八）：《批判理論》。台北：結構群。（原著：
Max Horkheimer：Critical Theory。）

聯合報編印（民六十）：《新聞學界潮流與報業趨向》。台北：《聯合報
》（創刊二十周年紀念文集之五）。

戴晨志主編（民七十三）：《大眾傳播教育》。台北：中華民國大眾傳播

教育協會。

謝然之（民五十二）：《新聞學論叢》。台北：改造出版社。

戴華山（民七十七）：《社會責任與新聞自律》。台北：黎明文化事業公司。

—（民六十九）：《新聞學理論與實務》。台北：台灣學生書局。

—（民六十一）：《新聞論集》。台北：著者。

謝銘仁（民六十三）：《大眾傳播要論》。台北：中國學術著作獎助委員會。

簡麗水、朱陳慶蓮（一九八一）：《香港之報紙：一八四一——一九七九》。香港：中文大學出版社。（香港中文大學圖書館書志叢刊之五）

儲玉坤（民三十七）：《現代新聞學概論》，增訂本。上海：世界書局。

顏伯勤（民七十六）：《二十五年來台灣廣告量研究》。台北：中央日報社。

—（民六十六）：《廣告的經營管理》。台北：台北市新聞記者公會。

顏建軍等譯（一九八九）：《大眾傳播通論》。北京：華夏出版社。（原著：Defleur, Melrin H. & Dennis, Everette E.D. 1981, Understanding Mass Communication. N.Y.: Honghton Moffin Co.）

羅香林（一九六一）：《香港與中西文化之交流》。香港：香港中國學社。

鄭貞銘主編（民七十八）：《人類傳播》。台北：正中書局。

—（民七十三）：《新聞傳播總論》。台北：允晨文化公司。

—（民六十九）：《言論自由的潮流》。台北：遠景出版公司。

—（民六十七）：《新聞學與大眾傳播學》。台北：三民書局。

──（民六十七）：《新聞採訪與編輯》。台北：三民書局。

──（民六十三）：《大眾傳播學理》。台北：華欣文化事業公司。

──（民六十二）：《新聞與傳播》。台北：正中書局。

──（民六十二）：《大眾傳播論叢》，第一集。台北：中國文化學院夜間部新聞學會。

──（民五十三）：《中國大學新聞教育之研究》。台北：嘉新水泥文化基金會。

曠湘霞（民七十五）：《電視與觀眾》。台北：三民書局。

鄭瑞城（民七十七）：《透視傳播媒介》。台北：經濟與生活出版公司。

──（民七十六）：《傳播的獨白》。台北：久大文化公司。

──（民七十四）：《電傳視訊》。台北：國立政治大學新聞所。

──（民七十二）：《報紙新聞報導正確性研究》。台北：國科會專題研究報告。

蕭雄淋（民七十七）：《中美著作權談判專輯》。台北：著者。

──（民七十七）：《錄影帶與著作權法》。台北：著作。

羅篁等譯（民四十九）：《美國新聞事業》。台北：正中書局。

## 第二節　中文期刊

大　山（一九八六）：「走過多少坎坷路：黨外政論雜誌總檢討」，《新路線週刊》，第十五期（十一月號）。台北：新路線週刊社。頁二十二—三十一。

王文玲（民七十五）：「報紙法律新聞報道的研究——從犯罪新聞看報紙審判問題」。台北：國立政治大學新聞研究所碩士論文。未發表。

王永福（一九八九）：「突出特點，大報小辦」，《新聞戰線》，第一期。大陸：人民日報出版社。頁三十六—七。

孔行庸（一九八二）：「台灣的新聞自由」，《明報月刊》，第一九五期

（三月號）。香港：明報月刊社。頁十四－八。

文崇一（民七十七）：「對新聞工作者的幾點建議」，台北：《自立晚報》，6月6日，第二版。

《中國新聞年鑑》（一九八九、一九九〇兩冊）。中國社會科學院新聞研究所、中國新聞學聯合會編。大陸：中國社會科學出版社。

中國新聞學會主編（民八十）：《中華民國新聞年鑑》。台北：編者。

王婷玉（民七十七）：「諾爾曼的沈默螺旋論初探」。台北：國立政治大學新聞所碩士論文，未發表。（Elizabeith Noelle Neuman: The Theory of the S Spiral of Silence。）

《中華日報》編纂（民七十五）：傳承創建：《中華日報》創刊四十周年史頁。台北：中華日報社。

方漢奇（一九九〇）：「中國高等學校的新聞教育」，《新聞學研究》，第四十二期。台北：國立政治大學新聞所。

王鳳超（一九八八）：「中國社會科學新聞研究所十年來的科研工作」，《中國新聞年鑑》，一九八八年版。北京：中國社會科學新聞研究所。

王鳳超（一九八一）：「中國新聞事業史的分期與起點」，《新聞研究資料》，總第八輯。北京：人民出版社。

——（一九八〇）：「新聞名將戈公振」，《新聞研究資料》，總第五輯。北京：人民出版社。

王爾敏（民七十七）：「盛宣懷與中國電報印業之經營」，《清季自強運動研討會論文集》。台北：中央研究院近代史研究所。頁七五五－八九。

《毛澤東新聞理論研究》（一九八四）。大陸：湖南人民出版社。

中華學術院、中華新聞學協會主編（民五十八）：《新聞學彙刊》（創刊號）。台北：編著。

台北市新聞記者公會編輯（民八十）：《中華民國新聞年鑑》，八十年版
　　　。台北：編輯者。

《世界中文報業協會年鑑》，第七期（一九九○年）。世界中文報業協會
　　　出版。

史爲鑑（民七十）：《禁書大觀：卅年來那些書刊被查禁了？》。台北：
　　　四季出版事業公司。頁二七一一三。

台灣時報十年編輯小組（民十七）：《台灣時報十年》。台北：台灣時報
　　　社。

「地方報之現狀」（一九八九）：《新聞戰線》，第四期。大陸：人民日
　　　報出版社。頁二十。

朱　立（一九八七）：「五星旗下的新聞自由」，《明報月刊》。香港：
　　　明報月刊社。頁二十二一九。

自立晚報報史小組編纂（民七十六）：《自立晚報40年》。台北：自立晚
　　　報社。

自立晚報社編纂（民七十六）：《自立晚報四十周年社慶特刊：邁向現代
　　　國家之路》。台北：編者。

江春男（司馬文武）（一九八九）：「激流中的美麗島：台灣政治鉅變」
　　　，《美麗島十年風雲》。台北：新新聞文化事業公司。頁九一二。

──　等（一九八七）：「新聞做爲一種志業」，《當代》，第二十期（1
　　　2.1）。台北：當代雜誌社。

行政院國家科學委員會人文及社會科學發展處編（民七十六）：行政院國
　　　家科學委員會學門規劃資料：新聞與大眾傳播學。台北：編者。

胡守衡（民五十九）：「甘迺迪總統新聞界關係之研究」。台北：國立政
　　　治大學新聞所碩士論文。未發表。

朱維瑜（民五十八）：「台灣經濟發展中報紙功能之研究」。台北：政大
　　　新聞所碩士論文。未發表。

戎撫天（民七十七）：「台灣解除報禁後的情勢」，台北：《台灣時報》
　　，11月28日，第二版。

江澤民（一九九〇）：「關於黨的新聞工作的幾個問題」，《新聞戰線》
　　，第三期。大陸：人民出版社。頁三－六。

辛方興（一九八五）：《列寧怎麼辦報》。大陸：新華出版社。

沈冬梅（民七十六）：「報禁開放下的報業新競爭趨勢」，《財訊月刊》
　　，四月號。台北：財訊月刊社。

何　光（一九九一）：「新中國建立四十年來廣播事發展概況」，《中國
　　新聞年鑑》，一九九一。北京：中國社會科學院。

李金銓（民七十六）：「電視文化何處去？——處在中國結與台灣結的夾
　　縫中」，《中國論壇》，第二八九期（十月號「中國結與台灣結研
　　討會論文」）。台北：中國論壇社。頁一四八－五八。

汪紀蘭（民七十五）：「百年來美國美僑報業發展紀要」。香港：珠海書
　　院新聞所碩士論文。未發表。

余　勤（一九八九）：「對新聞宣傳與改革的思考」，《新聞戰線》，第
　　二期。大陸：人民日報出版社。頁三－五。

成　義（民五十六）：「台北市報業的新發展」，《報學》，第三卷第八
　　期（六月號）。台北：中華民國新聞編輯人協會。頁四十一－四。

李瑞環（一九九〇）：「堅持正面宣傳為主的方針」，《新聞戰線》，第
　　三期。大陸：人民日報出版社。頁七－十四。

李　瞻（民七十）：「我國傳播政策之展望」，《報學》，第六卷第七期
　　（十二月號）。台北：中華民國新聞編輯人協會。

　——（民六十八）：「我國電視系統之研究」，《報學》，第六卷第四
　　期（十二月號）。台北：中華民國新聞編輯人協會。

　——（民六十七）：「三民主義新聞政策之研究」，《三民主義學術研
　　究書刊》㈢。台北：國立政治大學三民主義研究所。

── （民六十七）：「民主政治與新聞事業」，《報學》，第五卷第十
期（六月號）。台北：中華民國新聞編輯人協會。

── （民六十六）：「大眾傳播與國家建設」，《報學》，第五卷第九
期（十二月號）。台北：中華民國新聞編輯人協會。

── （民六十五）：「世界各國電視發展之趨勢」，《報學》，第五卷
第七期（十月號）。台北：中華民國新聞編輯人協會。

── （民六十五）：「新聞評議會與新聞法庭」。《東方雜誌》，第十
卷第三期（九月號）。台北：東方雜誌社。

── （民六十五）：「臺灣廣播電視事業與廣播電視法」，《報學》，
第五卷第六期（六月號）。台北：中華民國新聞編輯人協會。

── （民六十五）：「我國中央日報、聯合報與中國時報三大日報內容
之統計分析」，《新聞學研究》，第十七集（五月）。頁一－二十
五。

── （民六十四）：「三十年來的台灣報業」，《報學》，第五卷第五
期（十二月號）。台北：中華民國新聞編輯人協會。頁九十一－
一〇〇。

── （民六十四）：「美國新聞評議會之發展及其評會」，《新聞自律
彙編》，第六期（七月）。台北：中華民國新聞評議會。

── （民六十四）：「新聞自由與新聞自律」，《報學》，第五卷第四
期（六月號）。台北：中華民國新聞編輯人協會。

── （民六十三）：「我國新聞事業之新方向」，《報學》，第五卷第
三期（十二月號）。台北：中華國民編輯人協會。

── （民六十二）：「我國新聞政策之商榷」，《報學》，第五卷第一
期（十二月號）。台北：中華民國編輯人協會。

── （民六十一）：「建立公共電視之方案」，《新聞學研究》，第十
期（九月號）。台北：政大新聞所。

──（民六十）：「我國報業制度之商榷」,《報學》,第四卷第七期（十二月號）。台北：中華民國新聞編輯人協會。

──（民六十）：「我國報業之檢討」,《新聞學研究》,第八期（十一月號）。台北：政大新聞所。

──（民六十）：「我國電視事業之分析」,《東方雜誌》,第六卷第三期（九月號）。台北：東方雜誌社。

──（民六十）：「電視對兒童之影響」,《東方雜誌》,第四卷第十期（四月號）。台北：東方雜誌社。

──（民五十九）：「我國電視制度之商榷」,《報學》,第四卷第五期（十二月號）。台北：中華民國編輯人協會。

──（民五十九）：「共產報業理論及其謬誤」,《新聞學研究》,第五集（五月號）。台北：政大新聞所。

──（民五十八）：「電視暴力節目對兒童之影響」,《報學》,第四卷第三期（十二月號）。台北：中華民國新聞編輯人協會。

──（民五十六）：「社會責任之發展」,《新聞學研究》,第二期（十二月）。台北：政大新聞所。

──（民五十六）：「新聞自由理論之演進」,《新聞學研究》,第一集（六月）。台北：政大新聞所。

──（民五十六）：「極權報業之理論與實際」,《報學》,第三卷第八期（六月號）。台北：中華民國新聞編輯人協會。

──（民五十四）：「世界新自由之趨勢」,《報學》,第三卷第五期（十二月號）。台北：中華民國新聞輯人協會。

林友蘭（民五十一）：「香港報業發展史略（初稿）」,《報學》,第二卷第十期（八月）。台北：台北市編輯人協會。頁一〇〇－二五。

河光先（一九八九）：「我國新聞學研究的現在及發展趨勢」,《中國新聞年鑑》,一九八九版。北京：中國社會科學院新研究所。

林東泰：「新聞自由與公平審判的爭議」，《自由時報》，民77年10月30日，第二版。

卓南生（民七十九）：「十九世紀『香港華字日報』創刊日期之探討：訂正戈公振一八六四創刊之說」，《新聞學研究》，第四十二集（一月）。台北：政大新聞所。

法治斌（民七十九）：「燒國旗的憲法之爭」，《遠見雜誌》。台北：遠見雜誌社。頁九十六－一二五。

林照真（民七十七）：「從新聞報道實例探討新聞客觀性之體現」。台北：國立政治大學新聞所碩士論文。未發表。

季　鴻（詹天性）（民七十八）：「現代化與新聞傳播」。台北：中華日報社。

洪一龍（一九九一）：「新中國建立四十年來新聞教育事業發展概況」，《中國新聞年鑑》，一九九〇。北京：中國社會科學新聞研究所。

胡有瑞主編（民七十七）：《六十年來的中央日報》。台北：中央日報社。

洪桂己（民四十六）：「臺灣報業史的研究」。台北：政大新聞所碩士論文。未發表。

胡祖潮（民六十七）：「歐美印務考察報告」，《聯合報社務月刊》，第一六九期（四月號）。台北：聯合報社。

吳爲奇（民七十七）：「新聞報導的主觀與客觀」，台北：《青年日報》，8月8日，第二版。

施焜松（民五十七）：「臺灣晚報發展之研究」。台北：政大新聞所碩士論文。未發表。

姚福申（一九八一）：「有關邸報幾個問題的探索」，《新聞研究資料》總第九輯。北京：人民出版社。

姚漢樑（一九五五年）：「香港新聞教育沿革」：《報學特刊》（十一月

二十三日）。香港：《華僑日報》。

胡耀邦（一九八五）：「關於黨的新聞工作」，《新聞戰線》，第五期。
　　大陸：人民日報出版社。頁二一十。

凌志軍（一九八九）：「改革的困境與記者的困境」，《新聞戰線》，第
　　三期。大陸：人民日報出版社。頁七一九。

徐佳士（民六十三）：「我國報紙新聞『主觀性錯誤』研究」，《新聞學
　　研究》，第十三集（五月號）。台北：政大新聞所。頁三一三十六
　　。

——（民六十）：「二級或多級傳播理論在過度期社會的適用性之研究
　　」。台北：國科會研究專題。

馬星野（民七十一）：「中國國民黨與大眾傳播現代化」，《報學》，第
　　六卷第八期（六月號）。台北：中華民國新聞編輯人協會。頁三一
　　六。

祝振華（一九七六）：「我國報業之發展與現況」，《中華民國出版年鑑
　　》。台北：中國出版公司。頁十三一二十一。

秦　珪（一九九○）：「中國人民大學新聞學院情況介紹」，《新聞學研
　　究》，第四十二期。台北：國立政治大學新聞所。

翁培光（民七十一）：「香港新聞教育發展史」。香港：珠海書院中國文
　　史研究所碩士論文。未發表。

祝基瀅（民七十二）：「政治傳播與大眾傳播」，《新聞學研究》，第三
　　十一期（五月號）。台北：政大新聞所。

國立政治大學校史編纂委員會編撰（民七十八）：國立政治大學校史稿。
　　台北：編者。

章壯沂（一九九○）：「新中國電視事業三十年來發展概況」，《中國新
　　聞年鑑》，一九九○版。北京：中國社會科學院。

張我風（民七十九）：「報禁開放後報紙廣告新情勢」，《中華民國廣告

年鑑》，民78－79。台北：台北市廣告代理商業同業工會。頁三十
二一四十一。

麥沾恩（一九七九）：「中華最早的布道者梁發」，《近代史資料》，第
二輯。北京，中華書局。

項　望（民七十六）：「商工日報壽終正寢，現代走向報壇：黨營報紙又
添生力軍」，《報風圈：報禁開放震盪》。台北：久大文化公司。
頁一四三一七。

范寶厚（民八十）：「臺灣地區錄影帶出租業經營問題研究」。台北：國
立政治大學新聞所碩士論文。未發表。

復旦大學新聞學院（一九八六）：《新聞學辭典》。上海：復旦大學。

邱秀貴（民七十三）：「台北市民使用錄影機的行爲與動機之研究」。台
北：國立政治大學新聞所碩士論文。未發表。

「開創中文報業電腦化和新紀元」（民七十一）：《聯合報系中文編排電
腦化系統作業簡介》。台北：聯經資訊公司。

賈培信（一九九〇）：「新中國建立四十年來報業發展概況」，《中國新
聞年鑑》一九九〇版。北京：中國社會科學院新聞研究所。

溫曼英（民七十六）：「面對三台掌舵人」，《遠見雜誌》。台北：遠見
雜誌社。

曾虛白譯：「客觀存廢論」，《報學》，第二卷第五期。台北：中華民國
新聞編輯人協會。

斯　通（一九八八）：「省報的困境」，《新聞戰線》，第十期。大陸：
人民日報社。頁五一六。

勞緯孟（民四十一）：「香港報業今昔」，《星島日報》。香港：星島日
報社。

張　靜（民七十七）：「新聞自由的空間在那裡？」，台北：《自由時報
》，77年10月17日，第二版。

甯樹藩（一九八二）：「『東西洋考察每月統記傳』評述」，《新聞大學》，第五輯。上海：復旦大學新聞系。

—— （一九八一）：「『察世俗每月統記傳』評述」，《新聞大學》，第四輯。上海：復旦大學新聞系。

楊小萍（民七十六）：「假如報禁開放」，《遠見雜誌》（一月號），台北：遠見雜誌社。

莫季雍（民七十七）：「對當前報界言論秩序的看法與建議」，《中華日報》，9月1日，第五版。

楊肅民（民七十三）：「限證政策下我國報業問題研究」。台北：國立政治大學新聞研究所碩士論文。未發表。

楊濡嘉等（民七十二）：「仍待挑戰的報業理想」，《新聞學人》，第八卷第一期。台北：國立政治大學新聞系。

廖天騏（一九八八）：「新聞自由救中國」（劉賓雁在西德魯爾大學演講詞）。《爭鳴》（八月號）。香港：爭鳴月刊社。

趙玉明（一九八四）：「中文電腦新聞編排執行體驗」。香港：世界中文報業協會第十七屆年會專題報告。

行政院國科會（民七十六）：《新聞與大眾傳播學》。台北：行政院國科會。

廖港民（民六十九）：「我國報紙處理國際新聞之分析研究」。台北：政大新聞所碩士論文。未發表。

那福忠（一九八二）：「中文電腦排字原理與實用」。香港：世界中文報業協會第十五屆會專題報告。

「華裔移民史權威廖遇常巴黎展示研究史科：法國中文報紙演變史」，《歐洲日報》1990年11月10、17兩日。歐洲：歐洲日報社。

華僑志編纂委員會（民六十七年）：《華僑志》，三版。台北：編纂者。

陳世敏等（民七十七）：「制定新聞記者法可行性之研究」。台北：國立

政大新聞所。

── （民七十七）：「儘早修訂不合時宜的大眾傳播法規」，《中華日報》，9月13日，第五版。

── （民七十七）：「報紙新聞報導趨勢的數量分析：民國六十四年至七十三年」。台北：中華民國新聞編輯人協會。頁七十一一九。

── （民七十六）：「中國對美國大眾傳播的反應」。（中美文化與教育關係研討會論文。）台北：中華民國美國研究學會。

陶朱太史（民七十六）：「『太平紳士』王惕吾Vs。『新聞劍客』余紀忠：臺灣兩大報的車輪戰」，《報風圈：報禁開放震盪》。台北：久大文化公司。

劉兆祐（民五十七）：「記萬曆邸抄」，《中央日報》，11月10、11兩日，副刊。

蔡武（民國五十八）：「談談『東西洋考每月統記傳』──中國境內第一種現代中文期刊」，《國立中央圖書館館刊》，第二卷第四期。台北：國立中央圖書館。

── （民五十七）：「談談『察世俗每月統記傳』──現代中文期刊第一種」，《國立中央圖書館館刊》，第一卷第四期。台北：國立中央圖書館。

潘家慶等（民七十五）：「一九八六年台灣地區民眾傳播行爲研究」。台北：行政院國科會專題研究報告。

潘家慶（民七十二）：「臺灣地區的閱聽人與媒介內容」。台北：國科會研究專題。

郭爲藩（民七十）：「電視影響兒童社會學習之研究」。台北：國科會研究專題。

── （民六十九）：「電視影響兒童認知發展之研究」。台北：國科會研究專題。

劉桂茂（一九八八）：「言論：地方報紙的薄弱環節」,《新聞戰線》,
　　　第十二期。大陸：人民日報出版社。頁四十二－三。

陳祖聲（一九八一）：「王韜報刊活動的幾點考證」,《新聞研究資料》
　　　,總第九輯。北京：人民出版社。

陳崇山（一九八六）：「全國報紙基本情況調查報告」,《新聞學刊》,
　　　第一期。北京：中國社會科學院新聞研究所。

陳雪雲（民八十）：「我國新聞媒體建構社會現實之研究——以社會運動
　　　報導爲例」。台北：國立政治大學新聞所博士論文。未發表。

漆敬堯（民七十）：「十年來報業發展」,《中華民國新聞年鑑》。台北
　　　：台北市記者公會。頁四十九－五十二。

陳慧聰（民七十二）：「台北報紙廣告研究——以《中國時報》、《聯合
　　　報》、《中央日報》分類廣告爲例」。台北：政大新聞所碩士論文
　　　。未發表。

陳學霖（一九六四）：「黃勝——香港華人提倡洋務事業之先驅」,《崇
　　　基學報》。香港：崇基書院。

賴光臨（民七十七）：「民國七十五、七十六年報業概況」,《中華民國
　　　七十七年出版年鑑》。台北：中國出版公司。

錢辛波（一九八八）：「（大陸）新聞改革的來龍去脈」,《明報》（2月
　　　3日）。香港：《明報》。

蒯　亮（民七十）：「美國華文報業之研究」,《新聞學研究》,第二十
　　　八期,台北：國立政治大學新聞所。

賴國洲（民七十七）：「新興錄影科技的政策研究」。台北：國立政治大
　　　學新聞所博士論文。未發表。

賴　暋（民七十三）：「報人張季鸞的評論風格」。台北：中華民國歷史
　　　與文化學術討論會。

潘賢模（一九八二）：「鴉片戰爭後的香港報刊」,《新聞研究資料》,

總第十一輯。北京：人民出版社。

──（一九八二）：「上海開埠初期的重要報刊）,《新聞研究資料》。總第十六輯。北京：人民出版社。

──（一九八一）：「南洋萌芽時期的報紙」,《新聞研究資料》,總第九輯。北京：人民出版社。

──（一九八一）：「近代中國報史初篇」,《新聞研究資料》,總第七輯。北京：人民出版社。

──（一九八一）：「清初的輿論與鈔報」,《新聞研究資料》,總第八輯。北京：人民出版社。

──（一九八○）：「中國現代化報業初創時期──鴉片戰爭前夕廣州、澳門的報刊」,《新聞研究資料》,總第五輯。北京：人民出版社。

蘇同炳（民五十七）：「明代的邸報」,《中央日報》,9月7-10日,副刊。

──（民五十八）：「萬曆邸抄述評」,《中央日報》,1月9-13日,副刊。

謝然之：「新聞的發展與新聞教育的改革」,《報學》,第一卷第八期。台北：中華民國新聞編輯人協會。頁十一。

顏伯勤（民七十六）：「近三年來臺灣地區廣告量的起伏變化」。《報學》,第七卷第八期（六月號）。台北：中華民國新聞編輯人協會。頁一五一一四。

──「民國七十三、七十四年報紙廣告量分析」,《中華民國七十五年出版年鑑》。台北：中國出版社。頁三五一四。

關紹箕（民七十五）：「李普曼民意理論底再評價：一個傳播研究史的觀點」。《民意》（春季號）。台北：中華民國民意測驗協會。

──（民七十四）：「從有線電傳視訊重估新聞媒介的報導功能」,《

新聞學研究》，第三十五集。台北：政大新聞所。

羅文坤（民六十五）：「電視對青少年影響之研究——不同暴力程度臺視
　　　節目對不同焦慮程度及電視暴力接觸程度國中生在暴力態度上的差
　　　異」。台北：政治大學新聞所碩士論文。未發表。

鄧文華（民七十六）：「《民眾日報》在夾縫中求生：李瑞標、李哲朗父
　　　子苦心經營《民眾日報》」，《報風圈：報禁開放震盪》。台北：
　　　久大文化。頁八十九－一〇六。

薛心鎔（民七十七）：「報紙加張以來的優點和缺點」，台北：《中然日
　　　報》，9月1日，第三版。

鄭行泉（民七十二）：社會新聞對社會風氣之影響（民意測驗報告）。台
　　　北：中華民國民意測驗協會。

薛承雄（民七十七）：「媒介支配——解讀臺灣的電視新聞」。台北：國
　　　立臺灣大學社會研究所碩士論文。未發表。

鄭貞銘（民七十七）：「新聞教育的社會責任」。台北：《中華日報》，6
　　　月26日，第二版。

鄭惠和（一九八七）：「中國傳播制度與憲法」，《中華人民共和國憲法
　　　論文集》（翁松燃編）。香港：中文大學出版社。頁一四七－七二
　　　。

鄭瑞城等（民八十）：「政治性街頭運動新聞之消息來源分析——以解嚴
　　　前後之《聯合報》為例」。台北：國立政治大學新聞所。

——、曠湘霞（民七十二）：「臺灣地區成人收看臺視的動機與行為研
　　　究」。台北：新聞局研究專題。

——（民七十二）：「報紙新聞報導之正確性研究」。台北：行政院國
　　　科會專題研究報告。

蘇衡（民七十四）：「從兩件官司看美國誹謗法的演變」，《報學》，第
　　　七卷第四期（六月號）。台北：中華民國新聞編輯人協會。

蕭衡倩（民七十五）：「報紙新聞寫作方式之分析」。台北：國立政治大
　　學新聞所碩士論文。未發表。

蘇瑞仁（民七十七）：「新聞播報人員專業形象之研究」。台北：國立政
　　治大學新聞所碩士論文。未發表。

## 第三節　中文典籍

《史記》（漢・司馬遷）

古凌輯，《新聞辭典》一～十冊（民七十三年～七十八年）。台北：聯合
　　報社。

《英漢大眾傳播辭典》，（民七十二年）：英漢大眾傳播辭典編輯委員會
　　　　。台北：台北市新聞記公會。

《前漢書》

《後漢書》

《漢書》（漢・班固）

《飲冰室文集》（民初・梁啟超）

《資治通鑑》（宋・司馬光）

《續資治通鑑長編》（宋・李燾）

《續宋編年資治通鑑》（宋・劉時舉）

《續資治通鑑》（清・畢沅）

廣播電視年鑑編纂委員會（民七十九）：《廣播電視年鑑》（民六十八－
　　七十九年）台北：廣播與電視雜誌社。

《點石齋畫報，上、下冊》。香港：廣角鏡出版社。一九八三年（重印）
　　出版。

《報學》，各期。台北：中華民國新聞編輯人協會。

《新聞研究資料》，各期。北京：人民出版社。

《新聞學研究》，各期。台北：國立政大新聞所。

《新聞鏡周刊》，各期。台北：新聞鏡雜誌社。

# 第四節　英文書目

Abel,Elie (ed.)

1981　What's News: The Media in American Society. San Francisco: Institute for Contemporary Studies.

Abramson, Jeffrey B. etc.

1988　The Electronic Commonwealth: The Impact of New Media Technologies on Democratic Politics. N.Y.: Basic Books, Inc, Publishers.

Adam G. Stuart (ed.)

1936　Journalism, Communication and the Law. Scarborough, Ont: Prentice – Hall of Canada.

Aldrich, Pearl

1975　The Impact of Mass Media. N.J.: Hayden.

Alsop, Josph and Stewart

1958　The Reporter's Trade. N.Y.: Reynal.

Altheide, David L.

1985　Media Power. Beverly Hills: Sage Publications.

Altheide, David L. & Johnson, John M.

1980　the Miscomprehension of Televised Communications. N.Y.: American Association of Advertising Agencies Educational Foundation.

Altheide, D. L. & Snow, R. P.

1979　Media Logic. N.Y.: Sage Publications.

Altheide, David L.

1976 Creating Reality: How TV News Distorts Events. Beverly Hills: Sage Publications.

Altschull J. Herbert

1990 From Milton to McLuhan: The Ideas Behind American Journalism. White Plans. N.Y.: Longman.

Altschull, J. Herbert

1984 Agents of Power: The Role of the News Media in Human Affairs. N.Y.: Longman Inc.

Anderson, N.H.

1981 Foundation of Information Jmtegnation Theory. N.Y.: Academic Press.

Asante, Molefi K. etc.

1979 Intercultural Communication. Calif: Sage Publications.

Austin, Brucl A.

1988 Current Research in Film: Audiences, Economics, and Law, Vol, 4. London: Ablex Publishing Corporation.

Bacas Harry,

1970 Journalism, 2nd ed. N.Y.: The New York Times Company.

Bagdikian, Ben H.

1983 The Media Monopoly: A Startling Report on the 50 Corporations That Control What America Sees, Hears and Reads, Boston: Beacon Press.

Bailey, Charles W.

1984 Conflicts of Interest: A Matter of Journalistic Ethics, N.Y.: National News Council.

Bailyn, Bernard, & Hench, John B. (eds.)

1980 The Press and the American Revolution. N.Y.: Worcesten

Baird, John E.

1977 The Dynamics of Organizational Communication N.Y.: Harper & Row.

Balk, Alfred

1973 A Free and Responsive Press. N.Y.: Twentieth Century Fund.

Ball—Rokeach, Sandra & Canton, Muriel G. (eds.)

1986 Media Audience And Social Structure. Calif: Sage Publications Inc.

Barban, Arnold M. etc.

1988 Essentials of Media Planning: A marketing Viewpoint, 2nd ed. Ill.: NTC Business Books.

Barrat, David

1986 Media Sociology. London: Tavistock Publications.

Barrett, Marvin

1978 Rich News, Poor News. N.Y.: Crowell.

Bartlell, F. A.

1932 A Study in Experimental Social Psychology. N.Y.: Cambridge University Press.

Bayley, Edwin R.

1981 Joe McCarthy and the Press. Madison: University of Wisconsin Press.

Becker, Lee B. & Schoenbach Klaus (eds.)

1989 Audience Responses to Media Diversification: Coping with Plenty. N.J.: Lawrence Erlbaum Associates. Chapter 1,2, & 16.

Beebe, Steven A. and Masterson, John T.

1982 Communicating in Small Groups: Principles and Practices. Ill.: Scott, Foresman and Co.

Beharrell, P & Philo, G (eds.)

1977 Trade Unions and the Media, London: Macmillan.

Bell. Daniel

1976 The Coming of Post–Industrial Society. N.Y.: Basic Books.

Benjamin, Walter

1969 Illuminations. N.Y.: Schockeer Books.

Berelson, B. R. & Steiner, G. A.

1964 Human Behavior: An Inventory of Scientific Findings. N.Y.: Harcourt, Brace & World.

Berger, Arthur Asa

1982 Media Analysis Techniques. Calif.: Sage publications.

Berger, Meyer (1898－1959)

1951 The story of The New York Times:1851－1951. N.Y.: The New York Times.〔何毓衡譯（民53）：《紐約時報一百年》。香港：新聞天地社。〕

Beville, H. M. Jr.

1988 Audience ratings: Radio, Television, Cable, Revised Ed. London: Lawrence Erlbaum.

Bivins, Thomas

1988 Handbook for Public Relations Writing. Ill: NTC Business Books.

Bishop, Robert L. & Grady, Henry W.

1989 Qi. Lai!: Mobilizing One Billion Chinese: The Chinese Communication System. Ames: Iowa State University press-

.〔Qi（起）Lai（來）〕

Bittner, John R.

1985 Broadcasting and Telecommunication: an Introduction. N.J.: Prentice – Hall, Inc.

Bittner, John R.

1977 Mass Communication: An Introduction Theory and Practice of Mass Media in Society. N.J: Prentice – Hall Inc.

Blalock, Hubert M. Jr.

1984 Basic Dilemmas in the Social Sciences. Beverly Hills: Sage Publications

Blumlen, Jay. G. & Katz, Elihu (eds.)

1974 The Uses of Mass Communications. Calif: Sage Publications.

Bogart, Leo

1989 Press and Public: Who Reads What, Where and Why in American Newspapers, 2nd ed. N.J.: Lawrence Erlbaum Associates.

Bohle, Robert H.

1984 From News to Newsprint: Producing a Student Newspaper. N. Y.: Prentice – Hall, Inc.

Bak, Sissela

1978 Lying: Moral Choice in Public and Private Life. N.Y.: Random House, Vintage Books.

Bond, F. Fraser

1954 An Introduction to Journalism, N.Y.: The MacMillian Co.〔陳諤、黃養志合譯（民45）：新聞學概論，二版。台北：正中書局。〕

Botan, Carl H. & Hazleton Vincent, Jr. (eds.)

1989  Public Relations Theory. N.J: Lawrence Erlbaum.

Boulding, K. Elise

1988  Building a Global Civic Culture: Education for an Interdependent World. N.Y: Syracuse University Press.

Boulding, K.E. (ed.)

1972  Economic Imperialism. Ann Arbor: University of Michigan Press.

Boulding, K. E.

1961  The Image. MI: University of Michigan Press.

Bovee, C. R. & Arens, W. F.

1982  Contemporary Advertising. Ill: Richard D. Irwin.

Bowie, Norman E.

1985  Making Ethical Decisions. N.Y.: McGraw – Hill.

Boyad – Barrett, Oliver & Braham Petter (eds.)

1987  Midia Knowledge & Power. London: Croom Helm.

Boyd – Barrett, Oliver

1980  The International News Agencies. Beverly Hills, Calif: Sage Publications.

Boyd – Battett, O.

1977  " Media Imperialism: towards an international framework for the analysis of media system, " in Curran, J. etc. (eds.) Mass Communication and Society. London: Edward Arnold.

Brand, Stewart

1990  The Media Lab: Inventing the Future at MIT. N.Y.: Viking Penguin.

Brenner, Daniel L. & Rivers, William L.

1982　Free But Regulated: Conflicting Traditions in Media Law. Ames, Iowa: Iowa Stats University Press.

Broder, Oavid

1987　Behind the Front Page: A Candid Look at How the News is Made. N.Y.: Simon and Schuster.

Brody, E.W.

1990　Communication Tomorrow: New Audiences, New Technologies, New Media, N.Y.: Praeger Publishers.

Brody, E.W. & Lattimore, Dan L.

1990　Public Relations Writing, Comn.: Praeger.

Brooks, Brian S. (etc.) (The Missouri Group)

1988　News Reporting and Writing. N.Y.: St. Martin Press.

Brown, Richard

1989　Knowledge is Power: The Diffusion of Information in Early America 1700 − 1865. N.Y: Oxford University Press.

Brown, Les.

1979　Keeping Your Eye on Television. N.Y.: Pilgrim Press.

Browne, Donald R.

1989　Comparing Broadcast System: The Experiences of Six Industrialized Nations. Ames: Iowa State University Press.

Brucker, Herbet

1969　Journalism. Toronto, Ontario: The Macmillan Company. (Collier − Macmillan Canada Ltd.)

Bryant, Jennings & Anderson, Daniel (eds.)

1983　Children's Understanding of Television: Research on Attention and Comprehension. N.Y.: Academic Press.

Burkett, Warren

1986　News Reporting: Science, Medicine and High Technology. Ames, Iowa: Iowa State University press.

Burkhart, Ford N.

1991　Media Emergency Warnings, and Citizen Response. San Francisco: Westview Press.

Burton, Graeme

1991　More Than Meets The Eye: An Introduction to Media Studies. N.Y.: Roultedge, Chapman and Hall, Inc.

Burgoon, M. & Ruffer, M.

1978　Human Communication. N.Y.: Holt, Rinehart, & Winston.

Campbell, Donglas S.

1990　The Supreme Court and the Mass Media: Selected Cases, Summaries, and Analyses. N.Y.: Praeger Publisher.

Carey, James

1989　Communication as Culture. Boston: Unwin Hyman.

Carey, James (ed.)

1988　Media, Myths, and Narratives: Television and the Press. Beverly Hills: Sage Publications.

Carter, T. Barton etc. (eds.)

1988　The First Amendment and the Fourth Estate: The Law of Mass Media, 4th ed. N.Y.: The Foundation Press Inc.

Casmic, Fred. L. (ed.)

1991　Communication in Development. N.J.: Ablex Publishing Co.

Caswell, Lucy Shelton (ed.)

1989　Guide to Sources in Amereian Journalism History, Westport, Ct.: Greenwood Press.

Cater, Douglas & Adler, Richard. (eds.)

1975　Television as a Social Force: New Approaches to TV Criticism. N.Y.: Praeger.

Chaffee, S.H. (ed.)

1975　Political Communication. Beverly Hills, Calif.: Sage Publications.

Charnley, Mitchell

1975　Reporting. N.Y.: Holt Rinehart & Winston.

Christians, Cliffond G. etc.

1980　Mass Communication, 3rd. ed. N.Y.: Harper and Row.

Christian H. (ed.)

1980　The Sociology of Journalism. the Great Britian: J.H. Brooks (Printer) Ltd.

Chu, Godwin (ed.)（朱謙博士）

1978　Popular Media in China. Honolulu: University of Hawaii Press.

Chu, Godwin C. etc. (eds,)

1977　Research on Mass Communication in Taiwan and Hong Kong. Honolulu: East－West Communication Institute.

Chu, Godwin. C.

1977　Radical Change Through Communication in Mao's China. Honolulu: University of Hawaii Press.

Clark, Wesley C.

1958　Journalism Tomorrow. N.Y.: Syracuse University Press.

Clarks, Peter (ed.)

1973  New Models for Mass Communications Research. Beverly Hills: Sage Publications.

Clayton, Charles C.

1959  Fifty Years for Freedom. Ill: Southern Illinois University Press.

Clifton, Daniel (ed.)

1987  Chronicle of the 20th Century. N.Y.: Chronicle Publications.

Cohen, Akiba A. etc. (eds.)

1990  Social Conflict and Television News. London: Sage Publications.

Cohen, Jeremy

1989  Congress Shall Not Make Law: Oliver Wendell Holmes, the First Amendment, and Indicial Decision Making. Amesa: Iowa State University Press.

Cohen, Akiba A.

1987  The Television News Interview. Calif.: Sage Publications.

Cohen, Stanley & Young, Jock (eds.)

1981  The Manufacture of News: Social Problems Deviance and the Mass Media, revised ed. Calif.: Sage Publications.

Cohen, Arthur R.

1964  Attitude Change and Social Influence. N.Y.: Basic Book Inc.

Commission on Freedom of the Press.

1947  A Free and Responsible Press. Chicago: University of Chicago.

Compaine, Benjamin M. (ed.)

1988  Issues in New Information Technology. N.J.: Ablex Publishing

Corporation.

Compaine, Benjamin M. (ed.)

1984 Understanding New Media: Trends and Issues in Electronic Distribution of Information. Massachusetts: Ballinger Publishing Co.

Compaine, Benjamin M.

1980 The Newspaper Industry in the 1980s. N.Y.: Knowledge Industry Publications.

Compaine, Benjamin M. etc.

1980 Who Owns the Media? Concentration of Ownership in the Mass Communication Industry. N.Y.: Harmony Books.

Comstock, George (etc.)

1978 Television and Human Behavior. N.Y.: Columbia University Press.

Cook, David A.

1991 A History of Narrative Film, 2nd ed. N.Y.: W.W. Norton & Co.

Copi, Irving M.

1961 Introduction to Logic, 2nd ed N.Y.: The Macmillian Co.

Corwin, Norman

1988 "Entertainment and the Mass Media," In Luedtke, Luther S. (ed,) Making America: The Society and Culture of the United States, 2nd printing. Washington, D.C.: United States Information Agency.

Corwford, Nekon A.

1924 The Ethics of Journalism, N.Y.: Knopf.

Crowley, David and Heyen, Paul

1991  Communication in History: Technology, Culture, Society. N.Y.: Longman Publishing Growp.

Cumberbatch, Guy & Howitt, Dennis

1989  A Measure of Uncertainly: The Effects of the Mass Media. London: John Libbey & Co. Ltd.

Curran, James etc. (eds.)

1986  Bending Reality: The State of the Media. London: Pluto Press.

Curran, James & Seaton, J.

1985  Power Without Responsibility, 2nd ed. N.Y.: Metheun.

Curran, James etc. (eds.)

1979  Mass Communication & Society. Calif: Sage Publications.

Czitrom, Daniel J.

1983  Media and the American Mind: From Morse to McLuhan, 2nd printing. Chapel Hill: University of North Carolina Press.

Dale, Edgar

1941  How to Read a Newspaper. Glenview, Illinois: Scott Foresman & Co.

Davids. H. & Watton P. (eds.)

1983  Language, Image, Media. England: Basil Blackwell Publisher Ltd.

Davison, W. Phillips etc.

1981  Mass Media: System & Effects, 2nd ed. N.Y.: Holt, Rinehart and Winston.

De Fleur, Melvin L. & Ball−Rokeoch, Sandra

1975  Theories of Mass Communication, 3rd ed. N.Y.: David Mckay Company, Inc.

De Maeseneer, Paul (Compiled & ed.)

Undated Here's the News: A Radio News Manual. Presented by: American Institute in Taiwan.

Dennis,Everette E.

1991 Beyond the Cold War: Soviet and American Media Images. Calif.: Sage Publications, Inc.

Dennis, Everette E. & Merrill, Jahn C.

1991 Media Debates: Issues in Mass Communication. N.Y.: Longman Publishing Group.

Dennis, Everette E, etc. (eds.)

1989 Media Freedom and Accountability. Westport Conn: Greenwood Press.

Dennis, Evesett

1989 Reshaping the Media: Mass Communccation in an Information Age. Calif.: Sage Publications.

Dennis Everette E. etc. (eds.)

1978 Enduring Issues in Mass Communication. Minn.: West Publishing.

Dennis, Everette E.

1978 The Media Society: Evidence About Mass Communication in American. Iowa: W. C. Brown.

Dervin, B. & Voigt, M. J. (eds.)

1986 Progress in Communication Sciences, Vol. 7. N.J.: Ablex.Publication.

Desmond, Robert W.

1978 The Information Process: World News Reporting to the

Twentieth Century. Iowa: University of Iowa Press.

Diamond, Edwin & Stephen, Bates

1988 The Spot: The Rise of Political Advertising on Television. Cambridge, Mass.: The MIT Press.

Diamond, Edwin

1978 Good News, Bad News, Mass: MIT Press.

Dicken – Garcia, Hazed

1989 Journalistic Standards in Nineteenth – Century America. Madison: University of Wisconsin Press .

Didsbury, Howard Jr. (ed.)

1982 Communications and the Future: Prospects, Promises And Problems. Maryland: World Future Society.

Dochery, David

1990 Violence in Television Fiction. London: John Libbey & Co. Ltd.

Dominick Joseph R.

1983 The Dynamics of Mass Communication. N.Y.: Newbery Award Records, Inc.

Donahue, Hugh Carter

1989 The Battle to Control Broadcast News: Who Owns the First Amendment? Mass: the MIT Press.

Donahne, John D.

1989 The Privatization Decision: Public Ends, Private Means. N.Y.: Basic Books, Inc, Pubishers.

Donald, Kessler

1989 Media Writing with Substance and Style. Calif.: Wadsworth

Publishing Co.

Dorp, A.

1986　Television and Children: A Special Medium for a Special Audience. Beverly Hills.: Sage Publications.

Downie, Leonard Jr.

1976　The New Muckrakers. Washington, D.C.: New Republic Book Co.

Downing, John etc. (eds.)

1990　Questioning the Media: A Critical Introduction. London: Sage Publications.

Downs, Cal W. etc.

1977　the Organizational Communicaton. N.Y.: Harper & Row.

Dewry, John, E.

1951　Journalism Enter a New－Half Century. Washington: University of Georgia Press.

Edelmar, Murray

1988　Constructing the Political Spectacle. Chicago: The University of Chicago Press.

Edwards, Robert.

1988　Goodbye Fleet Street. London: Jonathan Cape.

Edwards, Verne Z. Jr.

1972　Journalism in a Free Society. N.Y.: Wm. C. Brown Co. Publishers.

Eldridge, Albery.

1979　Images of Conflict. N.Y.: St. Martin's Press.

Elias, Norbert

1990 The Symbol Theory. London: Sage Publications.

Elliott, Berry Thomas

1976 Journlism in America: an introduction to the news media. N.Y.: Hastings House.

Elliott, Berry Thomas

1962 Journalism Today: It's Development and Practical Applications.N.Y.: Chilton Co.

Elliott, Denic (ed.)

1986 Responsible Journalisin. Beverly Hills: Sage Publications.

Elummer, J.G. & Katz, E. (eds.)

1974 The User of Mass Communication: Current Perspectives on Gratification Research. Beverly Hills: Sage Publications.

Emerson, Thomas I.

1970 The System of Freedom of Expresion. N.Y.: Random House.

Emery, Micheal and Edwin

1988 The Press and America, 6th. ed. N.J.: Prentice‒Hall, Inc.

Endacott, G.B.

1979 A History of Hong Kong. London: Oxford Univeisity Press. Reprinted Edition.

Engelman, Ralph

1990 The Origins of Public Access Cable Television, Journalism Monographs. SC.: Association for Education Jounalism and Mass Communication. (AEJMC)

Epstein, Edward Jr.

1973 News for Nowhere. N.Y.: Random House.

Ericssor, K. Ander etc.

1984　Protocal Analysis: Verbal Reports as Data. Cambridage MA: The MIT Press.

Etron ,Edith

1971　The News Twisters N.Y.: Manor Books Inc.

Fang, Irving

1985　Television News, Radio News. revised. Minnesota: Rada Press, Inc.

Farrar Ronald T. & Stevens, John D. (ed)

1971　Mass Media and National Experience. N.Y.: Harper and Row.

Fidler, Fred

1989　Media Hoaxes. Ames: Iowa State university Press.

Fink, Conrad C.

1989　Media Ethics: In the Newsroom and Beyond. N.J.: McGraw − Hill Publishing Co.

Fischer, H.D. & Merrill, J.C. (eds.)

1976　International and Intercultural Communication, 2nd ed. N.Y.: Hastings.

Fishman, Mark

1980　Manufacturing the News. Texas: University of Texas Press.

Fiske, Donald W. & Shweder, Richard A.(eds)

1986　Melatheory in Social Science: Pluralism and Subjectivities. Chicago: the University of Chicago Press.

Fiske, John

1989　Understanding Popular Culture. Boston: Unwin Hymam.

Fiske, John

1987　Television Culture. N.Y.: Methucen.

Fiske, John & Hartley, J

1985　Reading Television N.Y.: Methuen.

Fiske, S.T. & Taylon, S.E.

1984　Social Congition. Reading, Mass: Addison－Wesley Publishing Co.

Flesch, Radolph

1949　The Art of Readable Writing, N.Y.: Harper.

Ford, Edwin H. & Emery, Edwin

1954　Highlights in the History of the American Press. Minneapolis: University of Minnesota Press.

Fowler, Floyd J. Jr, & Mangione, Thomas W.

1990　Standardized Survey Interviewing: Minimizing Inter-viewer－Related Error. London: Sage Publications.

Frank, Ronald E & Greenberg, Barshall G.

1980　The Public's Use of Television: Who Watches and Why. Beverly Hills, Calif:Sage Publications.

Frank, H.H. King & Clark, Prescott

1965　A Research Guide to China－Coast Newspaper, 1822－1911. Massachusetts: Harvard University Press.

Franklin, Marc A.

1987　Cases and Materials on Mass Media Law. N.Y.:The Founda-tion Press Inc.

Friedman, S.M. etc.

1986　Scientists and Journalists: Reporting Science as News. N.Y.: The Free Press.

Friendly, Alfred & Coldtarb, Ronald

1967　Crime and Publicity. N.Y.: Twentieth Century Fund.

Galtung, John & Ruge, Mari

1973　"Structuring and Selecting News," in Cohen, Stanley & Young, Jock (ed.) The Manufacture of News: Deviance. Social Problems and the Mass Media. London:Constable Publications.

Gamson, W.A.

1984　What's News: A Game Simulation of TV News. N.Y.: The Free Press.

Gans, Herbert J.

1979　Deciding What's News: A study of CBS Evening News, NBC Nightly News, Newsweek, and Time. N.Y.: Pantheon Books.

Gates, Gary Paul

1978　Air Time: The Inside Story of CBS News. N.Y.: Harper and Row.

Gemmell, Henry & Kilgore, Bernard (eds)

1959　Do you Belong in Journalism. N.Y.: Appleton － Century － crofts, Inc.

Gerald, J. Edward

1963　The Social Responsibility of the Press. Minneapolis: University of Minnesota Press.

Gerald, J. Edward

1948　The Press and the Constitution. Minneapolis: University of Minneapolis Press.

Gerbner, George (ed.)

1977　Mass Media Policies in Changing Cultures. N.Y.: John Wiley.

Gerbner, G. etc. eds

1973　Communication Technology and Social Policy. N.Y.: John Witey Sons.

Gerbner, G. etc. (eds)

1969　The Analysis of Communication Content. N.Y.: John Wiley & Sons.

Gibbons, Arnold

1985　Information, Ideology and Communication. N.Y.: University Press.

Gieber W.

1964　" News is What Newspapermen Make It, " in L. A. Dexter & D.M. White (eds), People, Society and Mass Communication, N.Y.: Free Press. pp.173—82

Gillmon, Donald & Barron, Jerome A.

1984　Mass Communication Law Cases & Comment, 4th ed. N.Y.: West Publishing Co.

Gibson, Martin L.

1989　The Writer's Friend. Ames: Iowa State University Press.

Gitlin, Todd.

1980　The Whole World is Watching. Berkeley: University of California Press.

Glasgow University Media Group

1985　War and Peace News. Milton Keynes: Oben University press.

Glasgow University Media Group

1982　Really Bad News. London: Writers and Readers.

Glasgow University Media Group.

1980  More Bad News. London: Routledge and Kegan Paul.

Glasgow University Media Group

1976  Bad News. London: Rouledge and Kegan Paul.

Gleason, Timoth W.

1989  The Watchdog Concept: The Press and the counts in Nineteenth—century America. Ames: Iowa State University Press.

Off, F. Christinee, (ed.)

1989  The Publicity Proceess, 3rd ed. Ames: Iowa State University Press.

Goldenberg, E.

1975  Making the Papers: The Access of Resource—Poor Groups to the Metropolitan press. Lexington, MA.: Lexing Books.

Goldhaber, Gerald M.

1990  Organizational Comminication. 5th ed. LA: Wm C. Brown Publishers.

Golding, P. & Elliott, P

1979  Making the News. London: Longman.

Gooldstein, Jeffrey H.

1986  Reporting Science: The Case of Agreesion. N.J.: L. Erlbaum and Associates.

Goldstein, Tom

1985  The News at Any Cost: How Journalists Compromise Their Ethics to Shape the News. N.Y.: Simon & Schuster, Inc.

Gamble, Michael

1989  In Introducing Mass Communication, 2nd.ed. N.Y.: McGrew—

Hill.

Goodwin H. Eugene

1984　Groping for Ethics in Journalism, 2nd Printing, Ames, Iowa: The Iowa State University Press.

Gorden, George N.

1975　Communications and Media: Constructing a Cross–Discipline. N.Y.: Hastings.

Graber, Doris A.

1988　Processing the News: How people tame the information tide. N.Y.: Logman.

Graber, Doris A.

1980　Mass Media and American Politics. Washington, D.C.: Congressional Quartly Inc.

Graber, Doris A.

1980　Crime News and the Public. N.Y.: Pralger.

Greco, Albert N.

1988　Business Journalism: Management Notes and Cases. N.Y.: New York University Press.

Grossman, Michael, and Kumar, Martha Joyut

1981　Portraying the President: The White House and the News Media. Baltimore: The Johns Hopkins University Press.

Gruning, James E.

1976　Decline of the Global Village: How Specialization Is Changing the Mass Media. N.Y.: General–Hall.

Guback, T.

1969　The International Film Industry: Western Europe and America

Since 1945. Bloomington: Indiana University Press.

Gumpert, Gary & Catheart, Robert (eds.)

1986　Inter / Media: Interpersonal Communication in a Media World, 3rd ed. Oxford: Oxford University Press.

Gunter, Barrie & Svennevig, Michael

1988　Attitudes to Broadcasting Over the Year. London: John Libbey & Co. Ltd.

Gunter, Barrie & Waber, Mallory

1988　Violence on Television: What the Viewers Think. London: John Libbey. & Co. Ltd.

Gunter, Barrie & Svennevig, Michael

1987　Behind and In Front of the Screen: Television's Involvement with Family Life. London: John Libbey & Co. Ltd.

Gunter, Barril

1987　Television and the Fear of Crime. london: John Libbey & Co. Ltd.

Gunter, Barril

1987　Poor Reception: Misunderstanding and Forgeting Broadcast News. N.J.: LEA.

Gunter, Barril

1986　Television and Sex Role Stereotyping. London: John Libbey & Co. Ltd.

Gurevitch, Michael (etc.)

1991　"The global newsroom: convergences and diversities in the globalization of TV news," in P. Dahlgren, & C. Sparks (eds.) Communication and Citizenship. London: Routledge.

Gurevitch, Michael etc. (eds.)

1982　Culture, Society and Media, London:Methuen.

Hachten, William A.

1987　The World News Prism: Changing Media, Clashing Ideology, 2 nd ed. Iowa: Iwoa State University.

Haigh, Robert W. etc.

1981　Communications in the 21 Century. N.Y.: Wiley & Sons.

Halbertstam, David

1979　The Power That Be. N.Y.: Alfred A. Knopf. Inc.

Hall, Edward T.

1959　The Silent Language.N.Y.: Doubleday.

Hall, Edward T.

1966　The Hidden Dimension. N.Y.: Anchor.

Hamacher, V.Carl etc.

1984　Computer in the 21 Century. N.Y.: Wiley & Sons.

Hamilton, Denis

1989　Editon – in – Chief: The fleet Street Memoris of Sir Denis Hamilton. London: Hamish Hamilton.

Hanson, Jaricl & Narular, Uma (eds.)

1990　New Communication Technologies in Developing Countries. N.J.: Lawnence Erlbaum Associates Publishers.

Hardt, Hanno

1979. Social Theories of the Press: Early German & American Perspectives. Beverly Hills: Sage Publcations.

Harold, L. Nelson & Dwight, Teeter

1986　Law of Mass Communications: Freedom and Control of Print and Broadcast Media, 5th ed. Minnesota: Foundotion Press.

Hartley, John

1982 Understanding News. London: Methuen and Co. Ltd.

Hayakaw, S.I. (早川)

1978 Language in Thought and Action, 4th ed. N.Y.: Harcount Bruce Jovanovich Inc. (語言與人生)

Head, Sydney W. & Christopher H. Sterling

1987 Broadcasting in America: A Survey of Electronic Media. Boston, Mass: Honghton Mifflin Co.

Hedebro, Gövan

1984 Communication and Social Change in Developing Nations: Iowa State University Press.

Herd, Hard

1952 The March of Journalisn. London: Allen & Unwin.

Hess, Stephen

1981 The Washington Reporters. Washington D.C.: The Brooklings Institution.

Hester, Albert L. & To, Wai Lan J. (ed.)

1987 Hand book for Third World Jounnalists. Georgia: The Center for International Mass Communication Training and Research.

Hiebert, Ray Eldon etc.

1979 Mass Media: An Introduction to Modern Communication. N.Y.: Longman Inc.

Hock, Paul M. etc. (eds.)

1977 Strategies for Communication Research. Beverly Hills: Sage

Publications.

Hocking, William

1947　Freedom of the press. Chicago: University of Chicago Press.

Hadge. B. & Tripp, D.

1986　Children and Television. Calif.: Stanford University Press.

Hofstetter, C. Richard

1975　Bias in the News. Columbus, Chio: Ohio State University Press.

Hohenberg, John

1983　The Professional Journalist. N.Y.: Holt, Rinehart & Winston.

Hohenberg, John

1968　The News Media: A Journalist Looks at His Profession. N.Y.: Holt, Rinehart & Winston.

Holsinger, Ralph L.

1987　Media Law. N.Y.:Random House.

Holsti, K.

1983　International Politics: A Framework For Analysis, 4th ed. N.J.: Prentice – Hall Inc.

Horton, P.B., & Hunt, C. L.

1980　Sociology, 5th ed. N.Y.: McGrawhill.

Horwitz, Robert Britt

1989　The Irony of Regulatory Reform: The Deregulation of American Telecommunications.N.Y.: Oxford University Press.

Hulteng, John J.

1985　The Messenger's Motives: Ethical Problems of the News Media, 2nd ed, N.J.: Prentice Hall.

Hulteng, John L. & Nelson, Paul Roy

1983　The Fourth Estate: An Informal Apprasial of the News and Opinion Media, 2nd Edition. N.Y.: Harper and Row, Publishers.

Hulteng, John J.

1981　Playing It Straight, A Practical Discussion of the Ethical Principles of the American Society of Newspaper Editors, Conn,: Globe Pequot Press.

Hugeland, John (ed.)

1981　Mind Design: Philolophy, Psychology, Artificial Intelligence. Cambridge: the MIT Press.

Hughes, Helen McGill

1940　News and the Human Interest Story. Chicago: Unveisity of Chicago Press.

Hynds, Ernest C.

1980　American Newspapers in the 1980s. N.Y.: Hastings House. Publishers.

Inglis, Fred

1990　Media Theory. UK Uxford: Basil Blackwell Ltd.

Issacs, Norman E.

1986　Untended Gates: The Mismanaged Press, N.Y.: Cobumbia University Press.

Izard, R.

1982　Reporting the Citizens' News. N.Y.: Holt, Rinehart and Winston.

Jacoly, Jacob & Hoyen, Wayne D.

1988 The Comprehension and Miscomprehension of Print Communications: An Investigation of mass media magazines. London: Lawrence Erllaum Associates.

Jayaweera, Neville & Amunugama, Sarath (eds.)

1987 Rethinking Development Communication. Singapone: Kefford Press Pte.

Jensen, Joli

1990 Redeeming Modernity: Contradictions in Media Criticism. London: Sage Publications.

Jensen, Arthur D. & Chilberg, Joseph C.

1991 Small Group Communication. Calif.: Wadsworth Publishing Co.

Johnstone, John W. C. etc.

1976 The News People: A Sociological Portrait of American Journalists and their work. Urbana: University of Illinois Press.

Jones, J. Cement

1980 Mass Media Codes of Ethics and Councils: A Comparative Iternational Study on Professional Standards. Special Issue. Paris UNESO press.

Jones, John Paul

1949 The Modern Reporter's Handbook. N.Y.: Hotl, Rinehart and Wiston.

Jorgensen, Danny L.

1989 Participant Observation: A Methodology for Human Studies London: Sage Publications.

kake, Brain

1984　British Newspapers: A History Guide for Collections. London: Sheppars Press.

katz, E. & Szecsko, T. (eds)

1981　Mass Media and Social Change. Beverly Hills.: Sage Publications.

Katzer, Jeffery etc.

1982　Evaluating Information: A Guide for Users af Social Science Research, 2nd Edition. N.Y.: Random House.

Kellner, Douglas

1990　Television and the Crisis of Democracy. Boulder, Colonado: Westirew Press Inc.

Kennedy, Bruce M.

1977　Community Journalism, Iowa: The Iowa State Univesity.

Kerlingen, F.N.

1964　Foundations of Behavior Research. N.Y.: Holt, Rinehart and Winston.

Kessler, Lauren & McDonald, Duncan

1989　Mastering the Message: Media Writing with Substance and Style. Calif: Wadsworth Publishing Co.

Killenberg, George M. & Anderson, Rob.

1989　Before the Story Interviewing and Communication Skills for Journalists. N.Y.: ST. Martin's Press.

Kincard, O. Lawrence.

1987　Communication Theory: Eastern and Western Perspectives. N.Y.: Academic Press.

Kinsman, Francis

1987 The Telecommuters. N.Y.: John Wiley & Sons.

Kirsh, Gesa & Roen Duane H. (eds)

1990 A Sense of Audience in Written Communication. London: Sage Publications.

Kirschner, Allen & Kirschner Linda

1971 Journalism. N. Y.: The Odyssey Press.

Klapper, Joseph T.

1960 The Effects of Mass Communication. Ill.: Free Press.

kleppner, O.

1986 Advertising Procedure. NJ.: Prentice – Hall.

Knight, Phillip

1975 The First Causalty: From the Crimea to Vietnam, The War Correspondent as Heors, Propagandist and Myth Maker. N.Y.: Harcourt Brace Jovanovich. Harvest Book.

Krippendorff, Klaus

1986 Information Theory: Structual Models for Quatitative Data. London: Sage Publicatiox

Lamleeth, Edmund B.

1986 Committed Jounalism: An Ethic for the Profession. Indiana: Indiana University Press.

Larsen, Otto (ed.)

1968 Violence and the Mass Media. N.Y.: Harper & Row.

Lasswell, H. & Kaplan, A.

1950 Power and Society. New Haven, CT: Yale Uniersity press.

Lasswell, Harold & Casey, ralph D.

1946 Propaganda, Communication and Public Opinion: Princeton: Princeton University Press.

Lau, Richard R. & Sears, David O. (eds.)

1986 Political Cognition: The 19th Annual Carregic Symposium on Cognition.N.J.: LEA.

Lavnakas, Paul J.

1986 Telephone Survey Methods. London: Sage Publications.

Lawerence, John Sheton & Bernard Timberg.

1989 Fair Use and Free Inquiry: Copyright Law and the New Media. N.J.: Albex Publication.

Lazarsfeld, P. F.etc.

1948 The People's Choice, 2nd ed. N.Y.: Columbica University Press.

LeBon, Gustave

1960 The Crowd: A Study of the Popular Mind. N.Y.: Viking Press.

Lee, Martin A. & Solomon, Norman

1991 Unreliable Sources: A Guide to Detecting Bias in News Media. N.Y.: Fair.

Lee, Edwards（李愛華，美國人）

1990 Missionary for Freedom: The Life and Times of Walter Judd（周以德，美國人） N.Y.: Paragon House.

Lee, Chin Chuan

1980 Media Imperialism Reconsidered: The Homogenizing of Telvi-sion Culture. N.Y., Beverly Hills: Sage. Publications.

Leigh, D. Robert (ed.)

1974 A Free and Responsible Press. Chicagos: Midway Reprint.

Lemert, James B.

1989　Criticizing The Media. Calif: sage Publications.

Lemert, James B.

1981　Does Mass Communication Change Public Opinion After All? A New Approach to Effects Analysis. Chicago: Nelson – Hall.

Leo Enos, Richard (ed.)

1990　Oral and Written Communication: Historical Approaches. London: sage Publications.

Lerner, Danile & Nelson L.M.(eds.)

1976　Communication Research – a Half – Century Appraisal. Honolnlu: University of Hawaii Press.

Lerner D. & Schramm, Wilb.(eds.)

1967　Communication and Change in the Developing Countries. Honolulu: University of Hawaii Press.

Lerner, Daniel

1958　The Passing of Traditional Society. N.Y.: Free Press.

Lesly, Philip

1978　Public Relations Handbook. Englewood Cliffs, N.J.: Prentice – Hall.

Leiter, Kenneth

1980　A Primer on Ethonmethodology. Oxford: Oxford University Press.

Levy, Mark & Gunter, Barrie

1988　Home Video and the Changing Nature of the Television Audience. London: John Libbey. & Co. Ltd.

Lewin L. (ed.)

1981　Telecommunications in the United States: Trends and Policies.

MA: Artech House.

Lichtenberg, Judith

1990  Democracy and the Mass Media. N.Y.: Cambridge University Press.

Lindlof. T.R. (ed.)

1987  Natural Audiences. N.J.: Ablex Publication.

Linsay, P.H. & Norman, D.A.

1972  Human Information Processing. N.Y.: Academic.

Linsky, Martin (ed.)

1983  Television and the Presidential Elections. Mass.: D.C.Heath and Co.

Linsky, M.

1986  Impact: How the press affects Federal policy making. N.T.: W. W. Norton.

Lippmann, Walter

1972  "The Nature of News," in Steinberg, Charles S. ed., Mass Media and Communication. N.Y.: Hastings House Publishers.

Lippman, Walter.

1922  Public Opinion, NY: MacMillan.

Littlejohn, W. Stephen

1983  Theory of Human Communication, 2nd ed. Balmont: Wadworth Publishing Co.

Locksley, Gareth

1991  The Media Dilemma: Freedom and Choice or Cencentrated Power? London: John Libbey & Co. Ltd.

Lowenstein, Ralph L. & Merrill, John C.

1990　Macromedia: Mission, Message, and Morality. N.Y.: Longman.

Lowery, Shearon A. & DeFleur, Melirn L.

1983　Milestones in Mass Communication Research: Media Efffects. N.Y.: Longman Inc.

Lull, James (ed.)

1988　World Families Watch Television. London: Sage Publications.

Lund,J.V.

1947　Newspaper Advertising. NY.: Prentice – Hall.

Lutz, William

1989　Doublespeak. N.Y.: Harper & Row.

MacBride, Sean

1980　Many Vocices, One World. Paris: UNESCO.

MacNeil, Robert

1968　The Influence of Television on American Politics. N.Y.: Harper & Row.

Mandell, Manrice I.

1974　Advertising, 2nd ed. N.J.: Prentice – Hall. Inc.

Manoff, R.K. & Schudson M. (eds.)

1986　Reading the News. N.Y.: Pantheon.

Martin, L. John & Chandhary, Grover Anju

1983　Comparative Mass Media Systems. N.Y.: Longman Inc.

Masco, Vincent

1989 · The Paper society Computers & Communication in the Information Age. N.J.: Ablex Publishing corporation.

Masuda, Yoneji

1980　The Information Society: as Postindustrial Society. Washington D.C.: World Future Society.

McComls, Maxwell E, & Shaw, Donald L. (eds.)

1977 The Emergence of American Political Issues: The Agenda—Seting Function of the Press. St. Paul, Minn.: West Publication. Co.

McGarry, K.J. (ed.)

1972 Mass Communication. London: Clive Bingley.

McLuhan, Mashall

1967 The Meduim is the Message: An Inventory of Effects. N.Y.: Bantam Books.

McLuhan, Mashall

1965 Understanding Media: The Extension of Man. N.Y.: McGraw —Hill.

McLuhan, Marshall

1962 The Gutenberg Galaxy. Toronto: University of Toronto Press.

McNae L.C.J.

1979 Essential Law For Journalists, 7th ed. London: Graunad Publishing.

McQuail, Denis

1987 Mass Communication Theory: An Introduction, 2nd edition. Beverly Hills: Sage Publications.

McQuail, Denis

1972 Sociology of Mass Communications. England: Penguin.

Meadow, R. G.

1980 Politics as Communication. NJ.: Ablex. Publishing Coporation.

Mehra, Achal ed.

1988 Newspaper Management in the New Multimedia Age. Singapore: Asian Mass Communication Research and Information Center (AMIC).

Mendelsohn, Harold & O'Keefe, Garrett J.

1976 The People Choose a President: Influences on Voter Decision Making. N.Y.:Praeger.

Merrill, John C. etc.

1990 Modern Mass Media. N.Y.: Harper & Row, Publishers.

Merrill, John C.

1989 The Dialectic in Journalism: Toward A Responsible Use of Press Freedom. Baton Rouge: Louisiana State University Press.

Merrill, John C. & Odell, Jack

1983 Philosophy and Journalism. N.Y.: Longman.

Merrill, John C.

1983 Global Journalism: A. Servey of the World's Mass Media. N.Y.: Longman Inc.

Merril, John C.

1977 Existential Jounalism. N.Y.: Hastings Houde.

Merril, John C. & Barney, Alph D. (eds.)

1975 Ethics and the Press: Readings in Mass Media Morality. N.Y.: Hastings House.

Merrill John C.

1974 The Imperative of Freedom: A Philosophy of Journalistic Autonomy. N.Y.: Hasting House.

Merrill, John C.

1968　The Elite Press: Great Newspapers of the World. N.Y.: Pitman.

Messenger Davies, Maire

1989　Television is Good for Your Kids. London: Hilary Shipman.

Metz. William

1985　Newswriting From Lead to "30", 2nd ed. N.J.: Pre-
　　　ntice – Hall, Inc.

Midgley, Leslie

1989　How Many Words Do you want? An Insiders, Story of Print
　　　and Television Jonrnalism. N.Y.: Birch Lane Press.

Midgley, Leslie

1988　Milestones in Mass Communication Research, 2nd ed. N.Y.:
　　　Longman Inc.

Miller, R. Gerald & Steinberg, M.

1975　Between People: A New Analysis of Interpersonal Communica-
　　　tion. Chicago: S.R.T., Inc.

Minow, Newton N.

1991　How Vast The Wasteland Now? Thirtieth Anniversary
　　　of "the 'Vast Wasteland' ". N.Y.: Gannett foundation media
　　　Center.(At Columbia University).

Morison, David E. & Tumber, Howard

1988　Journalists At War: The Dynamics of News Reporting During
　　　the Falklands Conflict. Sa.: Sage Publications.

A Modern Media Institute Ethics Center Seminar

1983　The Adversary Press. Florida: Modern Media Institute.

Mott, Frank L.

1962　Ameican Journalism: 1690－1900. 3rd rev.ed. N.Y.: Macmillan.

Mott, Frank L.

1952　News in America. Mass.: Harverd press.

Mott, Frank Luther, & Casey, Ralph D. (eds.)

1937　Interpretations of Journalism. New York: Crofts.

Mowlana, Hamid & Wilson, Lawrie J.

1990　The Passing of Modernity Communication and the Transfor-
　　　mation of Society. N.Y.: Longman.

Mumford, E.

1982　Information Society: for Richer, for Poorer.N.Y.: North-
　　　－Holland.

Mumly, Dennisk

1988　Communication and Power in Organizations: Discoure, Ide-
　　　ology, and Domination. London: Ablex Publishing Corpora-
　　　tion.

Nachmias, David etc.

1987　Research Methods in the Social Sciences, 3rd. ed. N.T.: ST.
　　　Martin's Press.

Nacos, B. L.

1990　The Press, Presidents, and Crises. N.Y.: Columbia University
　　　Press.

Nafziger, Ralph O. & Wilkerson, Marcus M. (eds.)

1949　An Introduction to Journalism Research. Baton Rouge, La.:
　　　Louisiana State Universtity Press.

Nelson, Harold L. etc. (eds.)

1989　Law of Mass Communications: Freedom and Control of Print
　　　and Broadcast Medias, 6th ed. N.Y.: Foundation Press.

Nelson, Jerome L. (ed.)

1973　Libel, a Basic Program for Begining Journalists. Ames: Iowa State University.

Neustadt, Richard M.

1982　The Birth of Electronic Publishing.N.Y.: Knowledge Industry Publications.

Newell, A. & Simon, H.A.

1972　Human Problem Solving. N.J.: Prentice – Hall.

Newsom, D.Earl

1981　The Newspaper: Everything You Need to Know to Make it in the Newspaper Business. N.J.: Prentice – Hall, Inc.

Newson, Dong & Wollert, James A.

1987　Media Wirting: News for the Mass Media. Calif.: Wadsworth Publishing Co.

Nielsen, Jakob

1990　Hypertext and Hynermedia. CA.: Academie Press. Inc.

Nimmo, Dan & Combs, James E.

1990　Meditated Political Realities, 2nd ed. N.Y.: Longman.

Nimmo, D.

1970　The Political Persuaders, N.J.: Prentice – Hall, Imc.

Nable, G.

1975　Children in Front of the Small Screen. Beverly Hills: Sage Publications.

Nordenstreng,K. & Schiller, H. (eds.)

1979　National Sovereignty and International Communication. N.J.: Ablex Publishing Corporation.

Oliphant, C.A.

1968　Journalism: an exciting profession. Nashville Tenn: Southern Publishing Association.

Oskamp, Sturat

1977　Attitude and Opinions. N.J.: Prentice – Hall, Inc.

Owen, Bruce M.

1975　Economics and Freedom of Expression. Cambridge, Mass.: Ballinger Publishing.

Paletz. D.L.

1987　Media, Power, Politics. N.Y.: The Free Press.

Patletz, David L. etc.

1977　Politics in Public Service Advertising on Television. N.Y.: Praeger.

Palmer, P.

1986　The Lively Audience. Boston: Allen and Unwin.

Pasqua, Thomas M. Jr.

1990　Mass Media in the Information Age. N.J.: Prentice – Hall.

Patterson, Thomas E.

1980　The Mass Media Election. N.Y.: Praeger.

Patterson, T.E. & McClure,R.D.

1976　The Unseeing Eye. N.Y.: GP. Putnam's.

Pember, Don R.

1983　Mass Media in America. Chicago: Science Research Associates Inc.

Percy, L. & Rossiter, J.R.

1989　Advertising Strategy. N.Y.: Praeger.

Peterson, Theodore

1964　Magazine in the Twentieth Century, 2nd ed. Urbana: University of Illinois Press.

Picard, Robert etc.

1988　Press Concentration and Monopoly: New Perspective on Newspaper Ownership and Operation. N.J.: Ablex Publishing corporation.

Pippert, Wesly G.

1989　An Ethics of News: A Reporter's Search for Truth. Washington D.C.: Georgetown University Press.

Pool, Ithiel de Sola(Noam), Eli Med.

1990　Technologies Without Boundaries: on telecommunicaions in a global age. Mass: Harvard University Press.

Powell, Jody

1984　The Other Side of the Story. N.Y.: William Morrow & Co. Inc.

Powers, Ron

1977　The Newscasters: The News Bnsiness as Show Business. N.Y.: St.Martin's Press.

Press, Charles and Verburg, Kenneth

1988　American Politicians and Journalists. Illinois: Scott, Foresman and Co.

Purvis, Hoyt (ed.)

1976　Presidency and Press. Texas: the University of Texas at Austin.

The Pushcart Prize 1990 1991: Best of the Small Press. N.Y.: Pushcart Press. 1990.

Pye, Lucian & Verba, Sidney

1965　Poltical Culture and Poltical Development. Priceton: Princeton University Press.

Qualter, T.H.

1985　Opinion Control in the Democracies. N.Y.: ST. Martin's Press.

Rao, Y.V. Lakshmana

1966　Communication and Development. Minn: University of Minnesota Press.

Rother, Dan & Herskowitz, Mickey

1977　The Camera Never Blinks. N.Y,: William Morrow.

Real, Michael R.

1989　Super Media: A Cultural Studies Approach. CA.: Sage Publications.

Reich, Roberit B.

1990　The Power of Public Ideas. MA.: Harvard University Press.

Reston, James

1966　The Artillery of the Press. N.Y.: Harper & Row.

Rice, Ronald E.

1984　The New Media. Beverly Hills.: Sage Publications.

Richmond, Wendy

1990　Design & Technology. N.Y.: Von Nostrand Reinhold.

Richstad, Jim & Anderson, Michael H.(eds.)

1981　Crisis in International News: Policies and Prospects. N.Y.: Columbia University Press.

Rivers, William etc.

1971　The Mass Media and Modern saciety N.Y.: Holt, Rinehart and

Winston, Inc.

Rivers, William L.

1970　the Adversaries－Politics and the Press. Boston: Beacon Press.

Rivers, William & Schramm, Wilbur

1969　Responsibility in Mass Communication.N.Y.: Harper & Row.

Rivers, William

1965　the Opinion Makers. Boston: Beacon Press.

Rolinson, J.P.& Lery M.R.

1986　The Main Source. Learning from television news. Calif.: Sage Publications.

Robinson, Michael J.

1980　Almost Midnight: Reforming the Late－Night News. Beverly Hill, Calif.: Sage Publications.

Robinson, Glen O. (ed.)

1978　Communication for tomorow N.Y.: Praeger.

Rodman, George,

1990　Mass Media Issues, 3rd ed. Iowa: Kerdall Hunt.

Roger, E.M.

1983　Diffusion of Innovations, 3rd ed. N.Y.: Free Press.

Rogers, Everett M

1986　Communication Technology: the New Media in Society. N.Y.: The Free Press.

Rogers, E.M. & Kincaid, S.P.H.

1981　Communication Network: a New Paradigm for Reserch. N.Y.: The Free Press.

Rogers, Everett M. (ed.)

1976　Communication and Development: Critical Perspectives. Beverly Hills, Ca: Sage Publications.

Rogers, Everett M. & Agarwala – Rogers, R.

1976　Communication in Organizations. N.Y.: Free Press.

Ragers, E.M. & Shoemaker, F.

1971　Communication of Innovations. N.Y.: Macmillan.

Rogers, Everett M.

1969　Modernization Among Peasants: The Impact of Communication. N.Y.: Holt, Rinehart and Winton.

Rokeach, Milton

1968　Beliefs, Attitudes, and Values. San Francisco: Jossey Bass.

Roloff,E.M. & Berger C.R (eds.)

1982　Social Cognition and Communication. Beverly Hills, CA.: Sage Publications.

Roman, James W.

1983　Cablemania. N.J.: Prentice – Hall, Inc.

Rosngren, Karl Erik etc. (eds.)

1985　Media Gratifications Research: Current Perspectives. Beverly Hills: Sage Publications.

Rosengren, Karl Erik

1989　Media Matter: TV use in Chidhood and Adolescence N.J.: Ablex Publishing Co.

Rosengren, Karl Erik

1981　Advances in Content Analysis. Calif.: Sage Publications.

Roschoe, Bernard

1975　Newsmaking. Chicago: University of Chicago Press.

Rothschild, M.L.

1987 Advertising: From Foundamental to Strategy. MA: D.C. Heath.

Rubin, Michael Rogers

1988 Private Rights, Public Wrongs. London: Ablex Publishing Corporation.

Rucker, F.W & Williams H.L.

1955 Newspaper Organization and Management. Iowa: The Iowa State University Press.

Rusher, William A.

1988 The Coming Battle for the Media: Curbing the Power of the Media Elite.N.Y.: William Morrow.

Rybacki, Karyn & Rybacki Donuld

1991 Communication Criticism: Approaches and Genres. Calif: Wadsworth Publishing Co.

Salisbury, Harrison

1980 Without Fear or Favor: The New York Times and Its Times. N.Y.: Times Books.

Salmon, C.T. (ed.)

1989 Information Campaigns: Balancing Social Values and Social Change. Beverly Hills.: Sage Publications.

Salomon, Gavriel

1979 Interaction of Media, Cognition, and Learning. San Francisco: Jossey – Bass Publisher.

Salvaggio, Jerry L. (ed.)

1989 The Information Society: Economic, Social and Structural

Issues. London: Lawrence Erlbaum Associates.

Salvaggio J.L. (ed.)

1981 Intercultural Communication: A Reader, 3rd. ed. Belmont: Wadsworth Publishing Co.

Sandman, Peter etc.

1972 Media: An Introductory Analysis of American Communication. N.J.: Prentice – Hall Inc.

Sarbaugh, L.E.

1979 Intercultural Communication. N.J.: Hayden Book Co.

Schank, R.C. & Abelson R.P.

1977 Scripts, Plans, Goals and Understanding: An Inquiry into Human Knowledge Structures. N.J.: ELA.

Schement, Jorge Reina & Lievrow, Leah

1988 Competing Visions, Complex Realities: Social Aspects of the Information Society. London: Ablex Publishing Corporation.

Schillen, Herbert I.

1989 Culture, Inc.: The Corporate Takeover of Public Expression. N.Y.: Oxford University Press.

Schiller, Herbert I

1976 Communication and Cultural Domination. N.Y.: International Arts and Science Press.

Schiller, Herbert I

1973 The Mind Managers. Boston: Beacon.

Schiller, Herbert I

1969 Mass Communication and American Empire. N.Y.: Augustus M. Kelley.

Schlesinger. Philip

1978　Putting "Reality" Together: BBC News. London: Constable.

Schmidt, Benno Jr.

1975　Freedom of the Press Versus Public Access. N.Y.: Praeger Publishers.

Schmuhl, Robert (ed.)

1984　The Responsibilities of Journalism, Indiana: Universiey of Notre Dame Press.

Schramm, Wilbur

1988　The Story of Human Communication.: N.Y. Harper & Row, Publishers.

Schramm, Wilbur & Lerner, Daniel (eds.)

1976　Communication and Change: The Past Ten Years – and the Next. Honolulu: University Press of Hawaii.

Schramm, Wilbur

1976　"End of an old Paradigm?" in Schramm, Wilbur and Lerner, Daniel (eds.), Communication and Change. Honolulu: University of Hawaii Press.

Schramm, Wilbur etc. (eds.)

1975　Mass Communications, 2nd ed. Chicago: University of Illinois Press.

Schramm, Wilbur

1973　Men, Messages and Media. N.Y.: Harper.

Schramn, Wilbur & Roberts, Donald.

1971　The Process and Effects of Mass Communication, Revised Ed. Ill.: The University of Illinois.

Schramm, Wilbur

1964　Mass Media and National Development. Standford Calif.: Standford University Press.

Schramm, Wilbur

1957　Responsiblity in Mass Communication. New York: Harper.

Schrank, Jeffrey

1986　Understanding Mass Media, Ill.: National Textbook Co.

Schudson, Michael

1978　Discovering the News: A Social History of American Newspapers. N.Y.: Basic Books.

Sahumacher, Ernst F.

1973　Small is Beautiful.N.Y.: Harper & Row.

Schwartz, Gail Garfield & Neikirk, William

1983　The Work Revolution. N.Y.: Rawson Association.

Seiden, Martin H.

1974　Who Controls The Mass Media? N.Y.: Basic Books.

Seitel, Fraser P.

1980　The Practice of Public Relations. Ohio: Charles E. Merrill Publishing Co.

Sereno, Kenneth k. & Mortenser, C. David

1970　Foundations of Communication Theory: An Introduction to Cybernetics and Information Theory.

Servan, Schreiber, & Jean, Louis

1974　The Power to Inform: Media: The Information Bussines. N.Y.: McGraw－Hill.

Shaw, Donald L. & McCombs, Maxwell E.

1977 The Emergence of American Political Issues: The Agenda-Setting Function of the Press. St. Paul: West Publishing.

Shaw, David

1977 Journalism Today: A Changing Press for a Changing America. N.Y.: Harper's College press.

Sherman, Barry L.

1987 Telecommunications Management: The Broadcast and Cable Industries. N.J.: McGraw-Hill Publishing Co.

Shneider, Cynthia & Wallis Brian

1988 Global Telsvision. N.Y.: Wedge Press.

Shoemaker, P.J. & Reese, S.D.

1991 Mediating the Message: Theories of Influences on Mass Content. N.Y.: Longman.

Shook, Frederick

1989 Television Field Rroduction and Peporting. N.Y.: Longman.

.Siebert, Fred S. etc.

1974 Four Theories of the Press, 9th printing. Ill,: University of Illinois Press.

Siebert, Fred S. etc.

1956 Four Theories of the press. Urbana: University of Illinois Press.

Sigal, L.

1973 Reporters and Officials: The Organization of Newsmaking. Lexington MA: D.C.: Heath.

Silverstein, Louis

1990 Newspaper Design for the Times, N.Y.: Van Nostrand

Reinhold.

Sills, J. & Shelanski, K. (ed.)

1982　Accident at Three Mile Island: The human dimension. Boulder: Westview Press.

Sim, John C.

1969　America Community Newspapers. Iowa: The Iwoa State University Press.

Sims, Noman (ed.)

1984　The Literary Journalists. N.Y.: Ballantine Books.

Singer, Eleanor & Presser, Stanley (eds.)

1989　Survey Research Methods: A Reader. Chicago: The University of Chicago Press.

Sklar, Rolert

1975　Moive–Made America: A Cultural History of Movies. N.Y.: Random House.

Skrornia, Harry J.

1965　Television and Society. N.Y.: McGrow–Hill Book Co.

Sloan, William David (ed.)

1990　Makers of the Media Mind. N.J.: Lawrence Erlbaum Associates Publishers.

Smith, Jeffery A.

1988　Printer and Press Freedom: The Ideology of Early American Journalism. N.Y.: Oxford University Press.

Smith, Anthony

1980　Newspapers and Democracy: International Essays on a Changing Medium. Mass.: MIT Press.

Smith, Anthony

1980　The Geopolitics of Information: How Western Culture Domi-
nates the world. N.Y.: Oxford University Press.

Smith, Anthony

1980　Goodbye, Gutenberg: The Newspaper Revolution of the 1980s.
N.Y.: Oxford University Press.

Smith, Anthony

1974　The British Press Since The War. Plymonth: Latimer Trend &
Compomy Ltd.

Snow, Robert

1983　Creating Media Culture. Calif: Sage Publications.

Starr, Chauncey & Ritterbush, Philip C. (eds.)

1980　Science, Technology, and Human Prospect. N.Y.: Pergamn.

Stein, Robert

1972　Media Power: who is shapping you picture of the world.
Boston: Houghton Mifflin.

Sterling, Christopher H, & Haight, Timothy

1978　The Mass Media: Aspen Institute Guide to Communication
Industry Trends. N.Y.: Praeger.

Stevenson, Robert L. & Shaw, Donald, Lewis

1984　Foreign News and the Newspaper Information Order. Ames,
Iowa: Iowa State University Press.

Stephen, Mitchell

1988　A History of News: from the drum to the satellite. N.Y.:
Viking Penguin Inc.

Stewart, Kenneth & Tebbel, John

1952  Makers of Modern Journalism. N.Y.: Prentice – Hall.

Stincombe, A.L.

1968  Constructing Social Theories. N.Y.: Harcort, Brace & World.

Stoler, Peter

1986  The War Against The Press: Politics, Pressure and Intimidation in the 80's. N.Y.: Dood Mead & Co.

Stone, Gerald

1987  Examining Newspapers: What Research Reveals About America Newspapers. Calif: Sage Publications.

Strentz, Hebert

1979  News reporters And News Sources: What Happens Before The Story is Written, 2nd edition. Iowa: The Iowa State University.

Sussman, Gerald & Lent, John A.

1991  Transational Communications: Wiring the Third World. Calif.: Sage Publications, Inc.

Swain, Bruce M.

1978  Reporters' Ethic's, Ames, Iowa: The Iowa State University Press.

Swanberg, W.A.

1967  Pulitzer. N.Y.: Charles Scribner's Sons.

Swanson, W.A.

1967  Pulitzer. N.Y.:Scrbner's.

Swanson, W.A.

1961  Citizen Hearst: A Biography of William Randolph Hearst. N.Y.: Scrilner's.

Swingewood, Alain

1977　The Myth of Mass Culture. London: Macmillan Publishers Ltd.

Talese, Gay

1969　The Kingdom and the Power. N.Y.: Harcourt, Brace & World.

Tebbel, John

1974　The Media in America. N.Y.: Crowell.

Tebbel, Lee ed.

1980　Ethics, Morality and the Media. N.Y.: Hastings House.

Thompson, John

1984　Studies in the Theory of Ideology. Cambridge: Polity Press.

Thompson, Michael etc.

1990　Cultural Theory. San Francisco: Westview Press Co.

Tichenon, Phillip J.

1980　Community Conflict and the Press. Beverly Hills, Calif.: Sage Publicstions.

Toffler, Alvin

1990　Powershift: Knowledge, Wealth, and Violence at the Edge of the 21st Century. N.Y.: Bantam Books.

Toffler, Alvin

1980　The Third Wave. N.Y.: William Morrow & Co.

Toffler, Alvin

1971　Future Shock, 10th printing. Bantam ed. N.Y.: Bantam Books Inc.

Tracey, Michael

1978　The Production of Political Television. London: Routledge and Kegan Paul.

Trenholm, Sarah

1991　Human Communication Theory, 2nd Ed. NJ.: Prentice—Hall Inc.

Tsao, Benny P.Y. (曹本治)

1987　Puppet Theatres in Hong Kong and Their Origins. Hong Kong: Museum of History (香港的木偶皮影戲及其源流。)

Tuchman, Gaye

1978　Making News: A Study in the Construction of Reality. N.Y.: Free Press.

Tuchman, Gaye

1978　"The Newspaper as a Social movement's Resource," in Tuchman, Gaye etc. (eds.), Hearth and Home: Image of Women in the Mass Media. N.Y.: Oxford University Press.

Tuchman, G. (eds.)

1974　The TV Establishment: Programming for Power & Profit. N.J.: Prentice – Hall. Inc.

Tunstall, Jeremy

1977　The Media are American. N.Y.: Columlia University Press.

Tunstall, Jeremy

1971　Journalists at Work. London: Constable & Co.

Tunstall, Jeremy

1970　Media Sociology: A Reader. Urbana: University of Illinois.

Turner, Kathleen J.

1985　Lyndon Johnson's Dual War: Vietnam and the Press. Chicago: University of Chicago Press.

Tydeman, J. etc (ed.)

1982　Teletext and Videotex in the United States. N.Y.: McGraw－Hill.

Udell, Jon G.

1978　The Economics of the American Newspaper. N.Y.: Hastings House.

Ulloth, Dana R. etc.

1983　Mass Media: Past, Present, Future. N.Y.: West Publishing Co.

Van Dijk, Teun A.

1989　News Analysis: Case Studies of International and National News in the Press. N.J.: Lawrence Erlbaum Associates.

Van Dijk, Teun A.

1987　News as Discourse. London: Lawrence Erlbaum Associates.

Van Dijk, Teun A.

1985　News Analysis: Case Studies of International and National News in the Press. N.J.: Lawrence Erlbaum Associates.

Vestergard T. & Schroder, K.

1985　The Language of Advertising. Oxford, UK.: Bosil Blackwell.

Walter, Lubars & Wicklein, John (eds.)

1975　Investigative Reporting: The Lessons of Watergate. Boston: Boston University School of Public Communication.

Walters, Lynne Masel etc. (eds.)

1989　Bad Tidings: Communication and Catastrophe. N.J.: Lawerence Erlbaum Associates, Publishers.

Wang, Georgette & Dissanayake, Wimal (eds.)

1984　Continuity and Change in Communication System: An Asain Perspective. N.J.: Ablex Publishing Corporation.

Wartella, E.

1979 Children Communicating. Beverly Hills: Sage Publications.

Weaver, David H. & Wilhoit, G. Cleveland

1986 The American Journalist: A Portrait of U.S. News People and Their Work. Bloomington: Indiana University Press.

Weaver, David H.

1983 Videotex Journalism. N.J.: Lawrence Erlbaum Associates, Publishes.

Weed, Katherine

1946 Studies of British Newspapers and Periodicals form their Beginning to 1800. Chapel Hill: University of North Carlina Press.

Whale, John

1977 The Politics of the Media. Manchester: Manchester University Press.

Whetmore, Edward Jay

1989 Mediamerica: Form, Content and Consequence of Mass Communication, 4th ed. Calif.: Wadsworth.

Whitter. C.L.

1955 Creative Advertising. N.Y.: Holt, Rinehart & Winston.

Wicker, Tom

1978 On Press: A Top Reporter's Life in and Reflections on American Journalism. N.Y.: Viking Press.

Wicklein, John

1981 Electronic Nightmare – New Communication and Freedom. N. Y.: The Viking Press.

Williams, Frederick & Gilson, David V.(eds)

1990　Technology Transfer: A Communication Perspective. London: Sage Publications.

Williams, Frederick,

1987　Technology and Communication Behavior. Calif: Wadsworth Publishing Co.

Williams, Frederick

1984　The New Communications. Calif: Wadsworth Publishing Co.

Williams, Frederick

1982　The Communications Revolution. Beverly Hills: Sage Publications.

Williams, Raymond

1977　Marxism and Literature. London: Oxford University Press.

Williams, Raymond

1976　Communications, 3rd, ed. England: Penguin Books.

Williams, Raymond

1975　Television: Technology and Cultural Form. N.Y.: Schocken.

Williams, Walter

1924　Practice of Journalism. Columhia, Mo: Lucas Brothers.

Wilson, Stan Leroy

1989　Mass Media / Mass Culture. Westminster, MD: Random House.

Wilson Harold S.

1970　McClure's Magazine and the Muckrakers. Princeton, N.J.: Princeton University Press.

Wimmer, R.D. and Dominick, Jr.

1983　Mass Media Research: An Introduction. Calif.: Wadsworth Publishing Co.

Winick, Mariann Pezzella & Winick, Charles

1979　The Television Experience: What Children See, Beverly Hills. Ca.: Sage Publications.

Winlour, Charles

1972　Pressures on the Press. London: Andre Deutsch.

Winston, Brian

1986　Misunderstanding Media. Mass.: Harvard University Press.

Withey, Stephen B. & Abeles, Ronald P. (eds.)

1980　Television And Social Behavior: N.J.: Lawrence Erlbaum Associates, Publishers.

Wober J.M.

1988　the Use and Abuse of Television: A Social – Psychological Analysis of the Changing Screen. London: Lawrence Erlbaum Associates.

Wolf, Frank

1972　Televsion Programming for News and Public Affairs. N.Y.: Praeger.

Wolseley Roland E.

1973　The Changing Magazine N.Y.: Hasting House.

Wolseley, Roland E.

1965　Understanding Magazines. Ames, Iowa: Iowa State University Press.

Walsely, Roland E., & Campbell, Lawrence R.

1957　Exploring Journalism, 3rd rev. ed. N.Y.: Prentice – Hall.

Won, Ho Chang

1989  Mass Media in China: The History and the Future. Ames: Iowa State University Press.

Wright, Charles R.

1986  Mass Communication: A Sociological Perspective, 3rd ed. N.Y.: Random House, Inc.

Wright, J.S., etc.

1971  Adertising. N.Y.: McGraw – Hill.

Wurtzel, Alan & Acker, Stephen

1989  Television Production. N.J.: McGraw – Hill Publishing Co.

Yu, Frederick T.C.

1964  Mass Persuasion in Communist China. N.Y.: Praeger.

Zuchman, Harvery L. etc.

1988  Mass Communications Law in a Nutshell, 3rd. ed. Minn: West Publishing.

# 第五節　英文期刊

Adam, J.B. etc.

1969  "Diffusion of a 'Minor' Foreign Affairs News Event," JQ, Vol. 46. PP. 545 – 51.

Allen, Chris T.& Weler, Judith D.

1983  "How Presidential Media Use Affects Individuals' Belief about Conservation," Journalism Quarterly（Spring）. PP. 98 – 104.

Allen, T.Harrell & Piland, Richard N.

1976  "What is New: Bungling Assassins Rate Page One," Journal of

Communication （ JC ）, Vol. 26, No. 4 （ Autumn ）. PA.: The Annenberg School of Communications, University Pennsylvania. PP. 98－101.

Armbruster, William

1976 "Editor Goes Down With His Journal," Far Eastern Economic Review, Nov., 19, P. 19.

Asp, Kent （ Translated by: Charly Hulte'n ）

1990 "Medialization, Media Logic and Mediarchy," The Nordicom Review of Nordic Mass Communication Research, No. 2. Sweden: University of Goteborg. （ Nordic Documentation Center for Mass Communication Research. ）

Atwood, L. Erwin

1970 "How Newsmen and Readers Perceive Each Others' Story Preferenced," Journalism Quarterly （ JQ ）, Vol. 47. PP. 296 －302.

Badii, Naiim & Walter, J.Ward

1980 "The Nature of News in Four Dimensions," J.Q. Vol. 57. PP. 243－84.

Bagdikian, Ben H.

1985 "the U.S. Media: Supermarket on Assembly Line ？" Journal of Communication. （ JC ）, Vol. 35, No. 3. PP. 97－109.

Bailey, George A.

1976 "Interpretive Reporting of the Vietnam War by Anchormen," JQ., Vol. 53 （ Summer ）. PP. 319－24.

Ball－Rokeoch, S.J.

1985 "the Origins of Individual Media－System Dependency: A

Sociological Framework," Communication Research, Vol. 12, No. 4. ( October ). PP. 485−510.

Ball−Rokeach, S.J. & Deflur, M.L.

1976 "A Dependency Model of Mass−Media Effect," Communication Research, Vol. PP. 3−21.

Baner, R.A.

1964 "Obstinate Audience," American Psychologist, No. 19. PP. 319 −28.

Behr, Roy L. & Iyengar, Shants,

1985 "Television News, Real−World Cues, and Changes in the Public Agenda," Public Opinion Quarterly ( spring ). PP. 38 −40.

Bell, Philip

1985 "drugs as News: Defining the Social," Mass Communication Review Yearbook. Vol. 5. Calif: Sage. Publications. PP. 303−20.

Berkowitz, Dan

1987 "TV News Sources and News Channels: A Study in Agenda−Building," J.Q. ( Summer / Autumn ). PP. 508−13.

Blackwood R.E.

1983 "The Content of News Pictures: Roles Portrayed By Men and Women," JQ, Vol. 60, PP. 710−4.

Bogart

1950−51 "The Spread of News on a Local Event: a case history," Public Opinion Quarterly, No. 14. PP. 769−72.

Bowers, T.A.

1972 "Issue and Personality Information in Newspaper Political Advertising," PP. 446—52.

Breed, W.

1956 "Analyzing news: Some questions for research," JQ. V. 33. PP. 467—77.

Bridges, Janet A.

1989 "News Use on the Front Pages of the American Daily," Journalism Quarterly, Vol. 66, No. 2 （Summer）. Sc.: Association for Education in Journalism and Mass Communication （AEJMC） PP. 332—7.

Brown, J.D. etc.

1987 "Invisible Power: Newspaper News Sources & the Limits of Diversity," J.Q. （Spring）. PP. 45—54.

Browne, D.

1968 "The American image as presented abroad by U.S. television," J.Q. V. 45, PP. 307—16.

Bruck, Peter A.

1989 "Strategies for Peace, Strategies for News Research," Journal of Communication, vol. 39, No. 1. PP. 108—29.

Buckalew, James K.

1969—70 "News Elements and Selection by Television News Editors," Journal of Broadcasting, No.14, PP.47—54.

Bdd, R.W. etc.

1966 "Regularities in the Diffusion of Two Major News Events," J. Q., Vol. 43. PP. 221—30.

Budd, R.W.

1964 "U.S news in the press down under," Public Opinion Quarterly, No. 28. PP.39—56.

Burgoon, Judeek, etc.

1990 "Nonverbal Behaviors, Persuasion ,and Credilblity," Human Communication Research, Vol. 17, No. 1（Fall）. Newbury Park, Calif: Sage Publications Inc. PP. 140—69.

Bush, CR.

1960 "A System of Categories for General News Content," J.Q., Vol. 37. PP. 206—210.

Carroll, Raymond L.

1989 "Market Size and TV News Values," Journalism Quarterly, Vol. 66, No. 1（Spring）. Sc: AEJMC.

Carrall, Reymond L.

1985 "Content Values in TV News programs in Small and Large Markets." J.Q. Vol. 62. PP. 877—882,738.

Carter, R.E. Jr. & Mitfosky, W.J.

1961, "Actual and Perceived Distances in the News," J.Q. Vol. 38, PP. 223—5.

Caudill, Edward

1989 "The Roots of Bias: An Empricist Press And Coverage," Journalism Monographs, No. 114（July）Sc: AEJME.

Challenges & Opportunities in Journalism & Mass Communication Education: A Report of the Task Force on the Future of Journalism and Mass Communication Education. Journalism Educator, Vol. 44, No. 1（Spring, 1989）. Columlia, Sc.: AEJME.

Chang, Tsan－Kuo（張讚國博士）

1988 "The News and U.S－China Policy: Symbols in Newspapers and Documents," J.Q.（Summer）. PP. 320－7.

Chang, Yun Chas

1982 Wu Ting－Fang's Contribution Towards Political Reforms in Late Ching Period. H.K.: University of Hong Kong. Ph.D. Thesis.（晚清末年伍廷芳對政治革新之貢獻）

Chorra, Pran

1980 "Asian New Values: a ba or a bridge？" News Values and Principless of Cross－Cultural Communication, No.85. Paris: UNESCO. PP. 27－37.

Chu J. & Fang, W.

1972 "The Training of Journalism in Communist China," Journalism Quarterly, Vol. 49. PP. 489－97.

Chu, Leonard. L.

1978 "Flow of International News on China's Television," Asian Messenge, Vol. 3, No. 2. PP. 38－42.

Coleman, Lillian S. etc.（Co－Editors）

1989 Journalism and Mass Communication Directory. Sc.: the Association for Education in Journalism and Mass Communication.

Commission on Freedom of the Press.

1947 A Free and Responsible Press. Chicago: University of Chicago Press.

Culbertson, Hugh M.

1983 "Three Perspectives on American Journalism," Journalism

Monographs, No. 83（June）.

Dahl, Hans Fredrik

1989 "What Do We Mean by Journalism Research？" The Nordicom Review of Nordic Mass Communication Research No. 2 （Dec.）Sweden: Nordic Documentation Center For Mass Communication Research. PP. 21－4.

Dahlgren, Peter

1989 "Journalism Research: Tendencies and Perspectives," The Nordicom Review of Nordic Mass Commumication Research, No. 2 （Dec）. Sweden: Nordic Documentation Center For Mass Communication Research. PP. 9－3.

Dahlgnen, Peter

1988 "What's the Meaning of This？ Viwers, Plural Sense Making of TV News," Media, Culture and Society, No. 10, PP. 285－301.

Deutschman, P.J. & Danielson

1960 "Diffusion of Knowledge of a Mojor News story," J.Q., Vol. 37. PP. 345－55.

Doger, Ailes

1988 "You are the Message," Reader's Digest（November）. PP. 24－7.

Dominick, Joseph R.

1977 "Geographical Bias in Television News," Journal of Communication No. 27（Autumn）. PP. 94－9.

Donohue, G.A. etc.（ed.）

1975 "Mass Media and the Knowledge Gap: a Hpyothesis Reconsidered," Communication Research No. 2, PP. 3－21.

Donohue, G.A. ( etc. )

1972 "Gatekeeping: Mass Media System and Information Control," in F. Gerald Kline & Philip J. Tichenor. ( eds. ), Current Perspectives in Mass Communication Research. Calif.: Sage Pubications. PP. 50－1.

Dyer, Carolyn Stewart

1989 "Political Patronage of The Wisconsin Press. 1948－1960: New Perspectives on the Economics of Patronage," Journalism and Mass Communication, No. 109 ( Feb. ). Sc.: AEJMC.

Eason, David L.

1984 "the New Social History of Newspaper" Communication Research, Vol. 11, No. 1.

Fathi, A.

1973 "Diffusion of a 《 Happy 》 News Event," J.Q., Vol. 50. PP. 271 －77.

Findahl, Olle & Hoigen, Birgitta

1983 "Studies of News from the Perspective of Human Comprehension," Mass Communication Review Yearbook. Beverly Hills: Sage Publications. PP. 393－403.

Fisk, S.T. & Linville, P.W.

1980 "What does the schema concept give us？" Personality and Sociol Psychology Bulletin, Vol. 6, No. 4, PP. 543－57.

Fjaestad, Bjorn & Holmlov, P.G.

1976 "What is News: the Journalists' View," J.C. Vol. 26, No. 4 ( Autumn ). PP. 108－14.

Folkerts, J. & Lacy, S.

1985 "Journalism History Writing, 1975−1987," J.Q., Vol. 62, No. 3
（Autumn）, PP. 585−8.

Fowber, Joseph S. & Showalter, Stuart W.

1974 "Evening Network News Selection: A Confirmation of News
Judgment," J.Q., Vol. 51（Winter）. PP. 712−15.

Galloway, J.J.

1977 "The Analysis and Significance of Communication Effects
Gap" Communication Research No. 4, PP. 363−86.

Gans, Herbert J.

1983 "News Media, News Policy & Democracy: Research for the
Future," Journal of Communication. Vol. 33, No. 3.

Gaziano, C.& McGrath K.

1986 "Measuring the Concept of Credibility," J.Q., Vol. 63, No. 3.
PP. 451−62.

Gerbner, George, and Gross, L.

1976 "Living with Television: the Violence Profile," Journal of
Communication, No. 26. PP. 173−99.

Golding, P.

1974 "Media Role in National Development: a Critique of a
Theoretical Orthodoxy," Journal of Communication No. 24,
PP. 39−53.

Goldish, Sidney S.

1960 "How Editors Use Research on the Minneapolis Dailies,"
Journalism Quarterly, Vol. 37, No. 3（Summer）. Sc: AEJMC.

Gormley, W.J., Jr.

1975 "Newspaper agendas and political elites," J.Q., Vol. 52, PP.

304－8.

Quarles, Rebecca Colwell

1979 "Mass Media Use and Voting Behavior," Communicatin Research No. 6. PP. 407－36.

Hamelink, Cees

1976 "What is News: An Alternative to News." J.C., Vol. 26, No. 4 （Autumn）. PP. 120－3.

Hansen, Judy & Bishop, Robert L.

1981 "Press Freedom on Taiwan: the Mini Hundred Flowers Period," J.Q., Vol. 58, No. 1. Sc.: AEJMC PP. 39－42.

Hartman, P.

1979 "News and Public Perceptions of Individual Relations," Media, Culture, and Society, Vol. 1, No. 3. PP. 255－70.

Heeter, Carrie etc.

1989 "Agenda－Setting by Electronic Text News," Journalism Quarterly, Vol. 66, No. 1 （spring）. Sc: AEJME.

Hemanus, Pertti

1989 "The Essence of Journalism and Jonrnalism Research," The Nordicom Review of Nordic Mass Communication Research, No. 2 （Dec.）. Sweden: Nordic Documentation Center For Mass Communication Research. PP. 10－12.

1976 "What is News: Objectivity in News Transmission," JQ, Vol. 26, No. 4 （Autumn）. PP. 102－6

Hennessee, J. & Nicholson, J.

1972 "Now Says: TV Commercials Insult Women," New York Times Magazine, （May, 28）. PP. 12－14.

Herman, E.S.

1985 "Diversity of News: 'marginalizing' the opposition," Journal of Communication No. 35, PP. 135−46.

Heter, Carrie etc.

1989 "Agenda−Setting by Electronic Text News," J.Q., Vol.66. No. 1（Spring）, PP. 101−6.

Heuvel, Jon Vander

1991 Untapped sources: America's Newspaper Archives and Histories. N.Y.:Gannett Foundation Media Center.

Hoy, Frank

1989 "Electronic Camera Prvovides Instant Video System Encourages Creativity: Still Video System Encourages Creativity," Journalism Educator, Vol. 44,No. 1（spring）. Columbia, Sc.: AEJMC.

Hsin, Ye Wei Ma

1938 "The Forign Press: China," J.Q., No. 15, PP. 79,418−9

Hrilfelt, Hakan

1989 "What is Journalism Research？" the Nordicom Review of Nordic Mass Communication Research, No. 2.（Dec.）Sweden: Nordic Documentation Center For Mass Communication Research. PP. 13−20.

Hughes, Michael

1980 "The Fruits of Cultivation Analysis, Reexamination of Some Effects of TV Watching," Public Opinion Quarterly, No. 44. PP. 287−302.

"Jorunalism Under Fire.: A Growing Perception of Arrogance

Threatens the American Press," Time. Dec., 12. 1983.

Judd, C.W. & Kulik, J.A.

1980 "Schematic Effects of Social Attitude on Information Proces-
sing and Recall," Journal of Personality and Social Psycho-
logy, No. 38. PP. 569－78.

Kanervo, Ellen Williamson & Kanervo, David W.

1989 "How town Administrator's View Relates to Agenda Building
in Community Press," Journalism Quarterly, Vol. 66, No. 2
（ summer ）PP. 308－15.

Katz, E.

1981 "In Defense of Media events," in R.W. Haigh etc. （ eds. ），
Communications in the Twenty－Frist Century. N.Y.: John
Wiley & Sons.

Katz, E., etc.

1977 "Remembering the News: What the Picture Adds to Recall," J.
Q., Vol. 54. PP. 231－9.

Kazer, Bill

1978 "The Medium Gets the Message," Far Eastern Economic
Review. Sept, 22.

Kazer, Bill

1978 "Taiwan's Press Votes for Freeedom," Communication Re-
search, Vol. 12, No. 1. PP. 83－121.

Kimball. P.

1965 "Journalisn: Art, craft or profession ," in K. Lynn （ ed. ），
Themprofessionals in America. N.Y.: Beacon.

Knight, Graham & Dean Tony

1982 "Myth & the Structure of News," Journal of Communication Vol. 32, No. 2.

Kristof, Nicholas D.（紀思道）

1991 "Escape From Tiananmen: A Chinese Odyssey," the New York Times Magazine （May, 5）. N.Y.: The New York Times Magazine, PP. 28－31,49－51.

Kuy, Ho Youm

1989 the Impact of People V. Croswell. Journalism Monographs, No. 113 （June）. Sc: AEJMC.

Lacy, Stephen

1989 "A Model of Demand for News: Impact of Competition on Newspaper Content," Journalism Quarterly, Vol. 66, No. 1 （Spring）. Sc: AEJMC.

Lent, John A. & Ras, S.

1979 "A Content Analysis of National Media Coverage of Asia News and Information," Gazette No. 25. PP. 17－22.

Lent, J.A.

1977 "Foreign News in American Media," Journal of Conumumcation, No. 27, PP. 45－50.

McCombs, Maxwell E.

1972 "Mass Media in the Marketplace," Journalism Monographs No. 24 （August）. Sc: AEJME.

Larsen, S. F.

1983 "Text Processing and Knowledge Updating in Memory for Radio News," Discourse Processes, No. 6. PP. 21－38.

McCombs, Maxwell E. & Shaw, Donald L.

1972 "The Agenda－Setting Function of Mass Media," Public Opinion Quarterly, No. 36（Summer）. Chicago, University of Chicago: the American Association for Public Opinion Research.

McDonald Daniel G.

1990 "Media Orientation and Television News Viewing," J.Q., V. 67, No. 1（spring）. PP. 11－20.

McNelly, J.T.

1959 "Intermediary Communication in the International Flow of News," Journalism Quarterly, Vol. 36.

Mendelsohn, Harold

1979 "Diffusions of Technology," Journal of Communication Vol. 29, No. 3. PP. 141－3.

Mendelsohn, Harold

1974 "Behaviorism, Functionalism, and Mass Communications Policy," Public Opinion Quarterly No. 38. PP. 379－89.

Menzel, Herbert

1971 "Quasi－Mass Communication: A Neglected Area." Public Opinion Quarterly No. 35. PP. 406－9.

Merrill, John C.

1989 "Freedom and the Growth of an Ethical Dimension in Journalism," Mass communication Review, Vol. 16, No. 1 & 2. Calif: Department of Journalism and Mass Communications, San Jose State University.

Miller, Tim.

1988 "Tht Data Base Revolution in Journalism," Columlia Journalism Review（Sept. / Oct.）

Miraldi, Robert

1989 "Objectivty and the New Muckraking: John L. Hess and the Nursing Home Scandal," Journalism Monographs, No. 115 （August）. Sc: AEJMC.

Mictchell, Catherine

1989 "Greeley as Journalism Teacher: 'Give us Facts, Occurrences'," Journalism Educator, Vol. 44, No. 3（Autumn）. Sc.: AEJMC.

Molotch, H. & Lester, M.

1981 "Accidental News," American Journal of Sociology, No. 75, PP. 235−60.

Moores, Shaun

1990 "Texts, Readers and Contexts of Reading: Development in the Study of Media Audience," Media, Culture and Society, No. 12. PP.9−29.

Moss, Peter

1988 "Words, Words, Words: Radio News Discourse and How They Work," European Journal of Communication, Vol. 3, No. 2, PP. 207−30.

Mullen, J.J.

1968 "Newspaper Advertising in the Johnson−Goldwater Campaign," PP. 219−25, No. 45.

Mullen, J.J.

1963 "Newspaper Advertising in the Kennedy−Nixon Campaign," J.Q., No. 40, PP. 3−11.

Mullin, Cheri

1991 "Copyright Law in the United States," USIA (July, 8). Washington D.C.

Nam, S. & OH, I.

1973 "Press Freedom: Function of Subsystem Autonomy, Antitheis of Development," J.Q., No. 50, PP. 774-50.

Nerone, John

1987 "The Myth of the Penny Press," Critical Studies in Mass Communication, No. 4. (Dec.) Anmandale, VA.: Speech Communication Association.

Newman, R. W.

1976 "Patterns of Recall Among Television News Views," Public Opinion Quarterly, No. 40. PP. 15-123.

Newhagen, John & Nass, Clifford

1989 "Differential Criteria for Evaluationg Credibility of Newspapers and TV News," Journalism Quarterly, Vol. 66, No. 2 (Summer). Sc.: AEJMC. PP. 277-84.

Nicholos, J.S.

1975 "Increasing Reader Interest in Foreign News by Increasing Forign News Content in Newspapers: An experimental test," Gazette, No. 21. PP. 231-7.

NKpa, Nwokocha K.U.

1977 "Rumors of Mass Poisoning in Biafra," Public Opinion Quarterly No. 41, PP. 332-46.

Noelle-Neumann, Elisabeth

1974 "The Spiral of Silence: A Theory of Public Opinion," Journal of Communication No. 24 （Spring）. PP. 43－51.

Olien, Clarice N. etc. （eds.）

1978 "Community Structure and Media Use" J.Q., Vol. 55, PP. 445
　　　－55.

Park, Robert E.

1966 "News as a Form Knowledge: A Chapter in the Sociology of
　　　Knowledge," in Charles S. Steinberg （ed.）, Mass Media
　　　and Communication. N.Y.: Hasting House. PP. 127－41.

Pennybacker, Jonh H.

1989 "The Limits of Judical Review: The FCC. the U.S. Court of
　　　Appeals for the District of Columbia, and the Supreme Court,
　　　" Journalism Monographs No. 116 （September）. Sc:
　　　AMJMC.

Peterson, Sophia

1979 "Foreign News Gatekeeper and Criteria of Newsworthiness,"
　　　J.Q., No.56, PP. 116－25.

Peterson, Theodore

1978 "Review of Concerned About the Planet: The Reporter
　　　Magazine and American Liberalism, 1949－1968," J.Q., No.
　　　55, PP. 356－6.

Pettey, Gary R.

1988 "The Interaction of the Individual's Social Enviroment,
　　　Attention and Interest, and Public Affairs Media Use on
　　　Political Knowledge Holding," Communication Research,
　　　Vol. 15, No. 3. PP. 265－81.

Phillips, E. Barbara

1976 "What is News: Novelty Without Change," J.C., Vol. 26, No. 4
（Autumn）, PP. 87－92.

Plummer, J.T.

1971 "A Theoretical View of Advertising Communication," Journal
of Communication, No. 21, PP. 315－25.

Pool, Ithiel de Sola

1974 "The Rise of Communication Policy Research," Journal of
Communication, Vol. 24, No. 2. PP. 31－42.

Porat, Marc U.

1978 "Global Implications of the Information Society," Journal of
Communication, Vol. 28, No. 1. PP. 70－80.

Prisuta, Robert H.

1979 "The Adolescent and Television News: A Viewer Profile," J.Q.,
No. 56, PP. 277－82.

Reagan, Joey, and Zenaty Jayne

1979 "Local News Credibility: Newspapers VS. TV Revisited," J.Q.,
No. 56, PP. 168－72.

Richman, Al.

1979 "The Polls: Public Attitudes Toward the Energy Crisis,"
Public Opinion Quarterly No. 43, PP. 576－85.

Riffe, D.

1984 "Newsgathering Climate and News Borrowing abroad," News-
paper Research Journal, Vol. 6, No. 2, PP. 19－29.

Riffe, D.

1984 "International News Borowing: A trend Analysis," J.Q., Vol.
61, PP. 143－8.

Robinson, John P.

1980 "The Changing Reading Heading Habits of the American Public," Journal of Communication. Vol. 30, No. 1, PP. 141−52.

Robinson, John P.

1976 "Interpersonal Influence in Election Campaigns: Two Step flow Hypotheses," Public Opinion Quarterly No. 40, PP. 304−19.

Robinson, John P.

1974 "The Press as King Maker," J.Q., Vol. 51, PP. 587−94.

Rosengren, K.E.

1977 "International News: Four Types of Tables," Journal of Communication, No. 27. PP. 67−75.

Rossiter, J.R. & Percy, L.

1980 "Attitude Change Through Visual Imagery in Advertising," Journal of Advertising. PP. 10−6.

Sasser, Emery L.and Russell, John T.

1972 "The Fallacy of News Judgement," J.Q., Vol. 49, PP. 280−284.

Scanlon, T.J.

1972 "A New Approach to the Study of Newspaper Accuracy," J.Q., Vol. 49. PP. 589−90.

Schramm, Wilbur

1957 "Twenty Years of Journalism Research," Public Opinion Quarterly ( spring ). PP. 91.

Schramm, Wilbur

1949 "The Natural of News," J.Q., Vol. 26, PP. 259−69.

Sethi, S. Prakash

1977 "The Schism Between Business and American News Media," J. Q., Vol. 54, PP. 240－7.

Shaw, Eugene F.

1977 "The Agenda－Setting Hypothesis Reconsidered: Interpersonal Factors," Gazette. No. 23, PP. 230－40.

Shoemaker, P.J. & Mayfield, E.K.

1987 "Building a Theory of News Content: A Synthesis of Current Approaches," Journalism Monographs, No. 103. Sc: University of South Carolina.

Sigelman, L.

1973 "Reporting the News: An Organizational Analysis," American Journal of Sociology, Vol. 79, No. 1. PP. 132－51.

Skaggs, Albert C.

1982 " 'Is this libelous？' Simple Chart Helps Students Get the Answer," Journalism Educator, Vol. 37, No. 3 ( Autumn ). Columlia, Sc: AEJMC.

Smith, Evan B.

1989 "Charting Complexities of Modern Libel Law," Journalism Educator, Vol. 44, No. 1 ( spring ). Columbia, Sc: AEJMC.

Smith, Robert Rutherford

1979 "Mythic Elements in Telvision News," Journal of Communication ( Winter ). PP. 75－82.

Sohn, Ardyth Broadrick

1978 "A Longitudinal Analysis of Local Non－Political Agenda－Setting Effects," J.Q., No. 55, PP. 325－33.

Stevenson, R.L. & Greene M.T.

1980 "Reconsideration of bias in the news," J.Q., Vol. 57, No. 1, PP. 115−21.

Stocking S. Holly & Gross, Paget H.

1989 "Understanding Errors, Biases that Can Affect Journalists," Journalism Educator, Vol. 44, No. 1 ( Spring ). Columlba, Sc: AEJME.

Stronthoff, G.G., etc.

1985 "Media Roles in a Social Movement: A Model of Ideology Diffusion," Journal of Communication No. 35, PP. 135−53.

Suominer, Elina

1976 "What is News: Who Needs Information and Why," J.C., Vol. 26, No. 4 ( autumn ). PP. 115−9.

Tanzer, Andrew

1983 "Muzzling the Watchdogs," Far Eastern Economic Review, May.19.

Thrift, Ralph R. Jr.

1977 "How Chain Ownership Affects Editorial Vigor of Newspapers," J.Q., Vol. 54, PP. 327−31.

Tichenor, Phillip J. etc.

1970 "Mass Media Flow and the Differential Growth of knowledge," Public Opinion Quarterly No.34, PP.159−70.

Tipton, Leonard etc.

1975 "Media Agenda−Setting in City and State Election Campaigns," J.Q., No.52, PP.15−22.

Troldahl, Verling C. & Van, Dam Robert

1965−66 "Face to Face Cammunication About Major Topics in the

News," Public Opinion Quarterly No.29, PP.626—634.

Tsang,Kuo Jen（臧國仁博士）

1984　"News photos in Time and Newsweek," J.Q. No.61, PP.578—84.

Tuchman, Gaye

1978　"Professionalism as an Agent of Legitimation," Journal of Communication No.28（Spring）. PP.106—13.

Tuchman, Gaye

1976　"Telling Stories," Journal of Communication Vol.26, No.4-（Autumn）, PP.93—7.

Tuchman, Gaye

1973　"Making News by Doing Work: Routinizing the Unexpected, " American Journal of Sociology, Vol.79, No.1, PP.11.—31.

Vincent, Richard c. etc.

1989　"When Technology Fails: The Drama of Airline Crashes in Network Television News," Jounnalism Monographs, No.117（November）, Sc.: University of South Carolina.

Weston, Edward G.

1978　"Social Characteristics and Recruitment of American Mass Media Directors," No.55. PP.62—7.

Westerstahl, J.

1983　"Objective News Reporting," Communication Research, Vol. 10, No.3, PP.403—24.

White, David M.

1950　"The Gatekeeper: A Study in the Selection of News," JQ, No. 27. PP.283—90.

Williams, Wenmouth Jr. & Larsen, David C.

1977 "Agenda—Setting an off—Election Year," J.Q., No.54, PP.744—9.

Wilson, C. Edward & Howard, Douglas M.

1978 "Public Perception of Media Accuracy," J.Q., No.54, PP.744—9.

Wilson, C. Edward

1974 "The Effect of Medium on Loss of Information," J.Q., No.51, PP.111—5.

Wolsfeld, Gadi

1991 "Media, Political Violence： A Transactional Analysis," Journalism Monographs（No.127, June）. Sc: University of Sourth Carolina.

Yagade, Aileen & Dozien, David M.

1990 "The Media Agenda. Setting Effect of Concrete vs Abstract Jssues," J.Q. Vol.67, No.1（Spring）. pp.3—10.

Zajonc, Robert B.

1960 "the Concepts of Balance, Congruity, and Dissonance," Public Opinion Quarterly No.24. PP.280—96.

（說明：第五章部份書目與第一章略有重覆，此是方便閱讀之設計。）

# 附錄：

## 一、美國憲法第一修正案

　　一七八七年（清乾隆五十二年），美國制憲大會在費城召開，因見

憲法對人民自由權利未有保障規定，因而另訂「權利清單」（the Bill of Right），附於憲法之上，成爲憲法第一至第十修正案（Amendments）。其中著名的第一條關係到新聞自由，全文爲：

「國會不應制訂法律，對宗教的設立或活動自由，加以限制；或對言論自由、新聞自由、人民以和平方式集會的權利，或向政府訴願的行爲予以剝奪。」（Congress shall make no law respecting an establishment of religion, or prohibiting the free exercise there of; or abridging the freedom of speech, or of the press; or the right of the people peaceably to assembly, and to petition the government for a redress of grievances.）

根據此一修正案，司法機關在審理案件時，法官雖設法求取證詞，但一般受訊者或可以拒絕提供。眾所周知，記者所作的報導，有時對案件的疑點，可能有所澄清；然而倘若法官要求記者透露某些新聞來源，而又爲記者拒絕時，往往引起爭議。此時法官的撒手鐧，就只能判記者「蔑視法庭罪」（contempt of court），否則就只有徒呼奈何！

例如：一九九一年底，美國舊金山海關，憑線追緝海洛英毒品走私案，但事爲「國家廣播公司」（NBC）記者所悉，便要脅海關官員，准予偷錄此次查案經過，否則，悉先報導此事件，而讓海關功虧一簣。在兩害相權之下，海關官員乃准許（NBC）記者，在加洲海灣市倉庫內，裝置秘密電子攝影機，錄下五名毒梟犯罪活動證據。海關官員藉著錄得的犯罪錄影，破獲了美國販毒史上最大宗的海洛英毒品走私案，並將毒販繩之以法。

審理此案的聯邦法官，命令NBC交出所攝得的犯罪錄影帶，作爲定罪的證據。未料NBC根據聯邦憲法第一條正案之言論自由條款，拒絕交出錄影帶，而令海關與聯邦法官，因乏缺直接證據，以至束手無策，不能入毒販於罪❶。

　　不過，NBC的堅持，或許維護了新聞自由，保障了新聞來源，卻相對地逃避了理應擔付的社會責任，這樣的做法，是可能有所爭議的❷。

## 二、大陸「記協」及「新華社」及「首都新聞學會」淺介

　　民國二十六年十一月八日，上海成立「中國青年記者協會」（此即「記協」前身），但因被視爲共黨外圍團體，至民國三十年，被國民政府下令禁止其活動。大陸易手後，一九四九年七月，中共宣傳幹部胡喬木、胡愈之、廖承志及范長江等人，在北平組成「中華全國新聞工作者協會籌備會」；同年九月，被國際新聞工作者協會接納爲會員。一九五四年九月，大陸之「中國全國新聞工作者協會」（All China Journalists Association）正式在北京成立，簡稱「中國記協」或「記協」，首任會長由鄧拓擔任，副會長則有金仲華及王芸生等人。

　　文化大革命前，該會會員曾高達六萬人，除設有書記處外，並出有刊物《新聞戰線》；文革時停止活動達十餘年之久，至一九八〇年八月，始再恢復活動。「記協」成員包括：地方記協、專業記者、以及中央級報社、通訊社、廣播電台、電視台，以及全國性的新聞攝影、教育、與研究機構爲團體會員。一九八〇年十二月，該會與中國人民大學新聞系及北京日報，合辦新聞業餘專修班，招收新聞工作者三年的在職進修。

　　一九八一年並創辦全國性《文摘報》周刊，介紹國內外報刊情況；一九八一年八月又與「北京社會科學院新聞研究所」及《新聞戰線》聯合舉辦年度「全國好新聞」評選活動。

　　一九八二年又開辦中國記協職工新聞學院，提供北京各新聞單位

中，未受過高等教育的在職人員進修機會。三年後畢業，並授予大學文科學位。

根據估計，至一九八八年一月，該會共有一百五十多個團體會員，並在各省、市、及「自治區」設有分會，可謂包羅迨盡。

「記協」受共黨領導，爲共產黨宣傳機構，主要工作在執行中共政策，去宣傳、組織和教育群眾。台灣地區開放記者赴大陸採訪後，「記協」即須負責接待台灣和港澳地區記者。一九八九年六四天安門事件後，九月十五日，中共「國務院台灣事務辦公室」副主任唐樹備，卻在北京記者會上，公布七點台灣記者前往大陸的「採訪注意事項」，其中明定：

(1)需事先向新華社香港分社或中共駐外使領館申請，並附所屬機構正式委派書、簡歷和具體採訪計劃，採訪時間一般採訪時間不超過一個月；(2)入境後，需向記協申請只能用一次的採訪證，採訪時應出示採訪證，用畢交回；(3)一般採訪由記協接待，專門性採訪，由主辦單位接待；採訪上限於專項範圍，且須事先將採訪內容，告知被採訪的單位或個人；(4)不受理台灣新聞機構在大陸派駐記者或設立記者站、辦事處，亦不得聘用大陸大員、或在大陸之外國人、華僑、港澳同胞爲特約記者和通訊員，並且不接受長途電話採訪。（有謂此是大陸之「三不」政策）；(5)不得進行與記者身分不符之活動，違者由有關部門處理，並且不得以探親、旅遊等名義入境，但進行採訪活動；(6)採訪器材，入境時要向海關申報，出境時如數帶出。

中共新華社（New China News Agents, CNA），於一九三七年四月在延安成立。一九四七年三月，在港辦妥註冊，成爲分社，同年五月一日正式發稿，首任社長爲喬冠華，社址設在九龍彌敦道一七四號，受共黨中共及廣東的雙重領導。

大陸易手後，英國政府雖於一九五〇年一月六日，承認中共，但不

准中共在港設立正式官方機構，以致新華社變成中共在港官方主要權力機構。一九八三年五月，前任社長許家屯以江蘇省委第一書記頭衔，接王匡爲第五任社長，並令新華社直屬中共國務院，地位等同直轄市一級，不再受廣東領導。該社分爲宣傳、文教、經濟、外事、社會、文體、協調、人事、婦女、研究室及若干不公開的政戰門部。社長之下設五位副社長。兩岸交流頻繁之後，爲人熟悉的港人黃文放，則爲副秘書長，主管台灣事務。一九九七年香港將交還中國，致令新華社香港分社社長有「地下港督」之稱。

一九八○年二月六日，「北京新聞學會」成立，由胡喬木擔任名譽會長，胡續偉爲會長，安岡等人爲副會長，胡愈之等二十位大陸資深報人爲顧問；下設新聞理論、新聞史、新聞改革、讀者研究、新聞寫作、新聞攝影、新聞教育、及廣播電視等十多個學術小組，以開展馬克斯主義新聞學。

一九八四年一月，北京市成立「北京市新聞學會」，該會遂易名爲「首都新聞學會」。

該會除不定期舉辦學術座談研討會外，並發行會刊《新聞學通訊》，以及出版《報紙工作研究參考資料》、《好新聞》及《各國新聞出版法選輯》等書。

## 三、美國新聞與大眾傳播專業組織（摘述）

美國向執新聞、大眾傳播教育之牛耳，其專業組織之繁多，也是夠洋洋大觀的；而且，幾乎都可以顧名思義，茲再略加摘錄如後。

㈠專業組織（Media and Professional Associations）

• 「廣告顧問委員會」（The Advertising Council Inc.）

• 「美國廣告聯盟」（American Advertising Federation）

• 「美國農業刊物編輯協會」（American　Agricultural　Editors

Association）

● 「美國廣告公司協會」（American Association of Advertising Agencies, 4A's）

● 「美國民意協會」（American Institute of Public Opinion）

● 「美國雜誌編輯人協會」（American Society of Magazine Editor）

● 「教會報刊聯會」（The Associated Church Press）

● 「記者、廣播者協會」（Associated Press Broadcasters, Inc.）

● 「商業刊物發行人協會」（Association of Business Publishers）

● 「全美廣告人協會」（Association of National Advertisers, Inc.）

● 「報業分類廣告經理人協會」（Association of Newspaper Classified Advertising, Inc Managers. ANCAM）

● 「商業／專業廣告協會」（Business／Professional Advertising Association）

● 「加州報紙發行人協會」（California Newspaper Publishers Association）

● 「美加天主教報刊協會」（Catholic Press Association of the United States and Canada）

● 「內陸日報協會」（Inland Daily Press Association）

● 「全美報業協會」（Inter American Press Association）

● 「商業溝通者國際協會」（International Association of Bussiness Communicator, IABC）

● 「國際發行經理協會」（International Circulation Managers Association）

●「報紙發行人國際聯盟」（International Federation of Newspaper Publishers）

●「國際報業財務人員協會」（International Newspaper Financial Executives）

●「國際報業行銷協會」（International Newspaper Marketing Association）

●「國際周刊編輯人協會」（International Society of Weekly Newspaper Editors）

●「調查報導記者與編輯人協會」（Investigative Repoters and Editors, Inc.）〔1979年成立，由《每日新聞》（Newsday）之格林（Robert Green）主事，以保護調查報導記者及編輯。〕

●「全美廣電規範評議會」（N.A.B. Code Review Board）

●「全美廣告評議會」（National Advertising Review Board）

●「全美播報員協會」（National Association of Broadcasters, NAB.）

●「全美科學報導者協會」（National Association of Science Writers）

●「全美民意研究中心」（the National Opinion Research Center）

●「全美報紙攝影記者協會」（National Press Photographers Association）

●「美國戶外廣告協會」（Outdoor Advertising of America, Inc., O.A.A.A）

●「美國廣播廣告協會」（Radio Advertising Bureau, Inc., RAB）

●「廣播——電視新聞主管協會」（Radio-Television News Directors Association）

• 「美國商業報刊編輯與撰述協會」（Society of Americam Busi--ness Editors and Writes）

• 「報紙版面設計協會」（Society of Newspaper Design）

• 「南部報紙發行人協會」（Southern Newspaper Publishers Association, Inc.）

經由「國際新聞協會」（IPI）、「世界報業發行人聯合會」、「世界新聞自由協會」（WPF）及「無疆界記者組織」（RSF）等國際新聞組織發起下，1992年5月3日，終於訂爲「國際新聞自由日」，以喚起公衆瞭解新聞自由，是自由最有效的保証，因爲新聞能協助民衆築起對抗專制的堡壘。成立當日，比利時、盧森堡、瑞士、西班牙及非洲喀麥隆都有慶祝活動，法國電視台的新聞節目，並播出仍被扣押的大陸記者王軍濤的報導。

• 「美洲市郊報協會」（Suburban Newspaper of America）

(二)學術組織（Journalism Education Organizations）：

「新聞與大衆傳播教育協會」（Association For Education in Journalism and Mass Communication, AEJMC）。是由成立於一九一二年的「新聞教育協會」（Association For Education in Journalism, AEJ），與一九八四年八月合併的兩個組織——「新聞與大衆傳播學院協會」（Association of Schools of Journalism and Mass Communication, ASJMC），與「美國新聞學院行政人員協會」（American Society of Journalism School Administrators, ASJSA）——合併而成。刊物主要有：①《新聞學摘》（Journalism Abstracts）；②《新聞教育者》（Journalism Educator）；③《新聞學專論》（Journalism Monograph）；及④《新聞學季刊》（Journalism Quarterly, JQ），並以此最爲著名。

●「新聞與大眾傳播教育認可理事會」（Accrediting Council on Education in Journalism And Mass Communication, ACEJMC）

●「社區學院新聞系協會」（Community College Journalism Association）

㈢院校服務組織（Collegiate and Scholastic Services）

●「校園報刊聯會」（Associated Collegicate Press, ACP），成立於一九三三年。

●「廣播教育協會」（Broadcast Education Association, BEA），成立於一九五五年。

●「學院媒介顧問」（College Media Advisors, CMA），成立於一九五四年。

●「哥倫比亞學院報紙顧問協會」（Columbia Scholastic Press Advisors Association, CSPAA），成立於一九二七年。

●「哥倫比亞學院報紙協會」（Columbia Scholastic Press Association, CSPA），成立於一九二四年。

●「新聞教育協會」（Journalism Education Association, Inc.），成立於一九二四年，是一中學以上新聞教師組織。

●「全國學院報紙聯會」（National Scholastic Press Association, NSPA），成立於一九二一年，是爲高中報刊而設。

●「翎管筆與卷軸」（Quill and Scroll），成立於一九二六年四月，是爲獎勵高中生之工作成就而設。

●「南方聯校報刊協會」（Southern Interscholastic Press Association），成立於一九二四年。

●「學生報法律（服務）中心」（Student Press Law Center），成立於一九七四年。

──學生報刊的各種爭議，是一個不能規避的現實問題，上述美國

各種協會組織，誠足借鏡。

㈣資訊中心及特殊興趣團體（Information Centers and Special Interest Groups）

•「調查報導中心」（Center for Investigative）

•「科學寫作促進會」（Council for the Advancement of Science Writing）

•「資料自由中心」（Freedom of Information Center）

•「頭條新聞俱樂部」（National Headliners Club）

•「出版自由記者委員會」（The Reporters Committee for Freedom of the Press）

•「科學家公共資訊組織」（Secientists' Institute for Public Information）

㈤基金會組織（National Funds, Fellowships and Foundations）

•「廣告研究基金會」（Advertising Research Foundation）

•「（紀念）雅莉西亞．柏得遜基全」（The Alicia Patterson Foundation）

•「美國報紙發行人協會基金會」（American Newspaper Publishers Association Foundation／ANPA Foundation）

•「商業報刊教育基金」（Business Press Educational Foundation）

•「道瓊斯報紙專款」（The Dow Jones Newspaper Fund, Inc.）

•「調查報導專款」（The Fund for Investigative Journalism, Inc.）

•「京奈特基金會」（Gannett Foundation）

•「赫斯特基金會新聞獎助計畫」（Hearst, William Foundation

Journalism Awards Program）

• 「全美新聞協會獎金專款」（Interamerican Press Association Scholarship Fund, Inc.）

• 「尼門基金會」（Nieman Foundation）

• 「龐德機構媒介研究獎助金」（The Poynter Institute for Media Studies）

• 「保廉新聞研究獎助金」（The Pulliam Journalism Fellowship）

• 「讀者文摘基金」（Reader's Digest Foundation）

• 「史及斯·霍華基金」（Scripps Howard Foundation）

• 「識馬·刁爾他·琪基金」（Sigma Delta Chi Foundation）

• 「南部報紙發行人基金」（Southern Newspaper Publishers Association Foundation）

㈥其他

諸如「美國廣告學會」（American Academy of Advertising）；「廣播教育協會」（Broadcast Education Association）；「國際傳播協會」（International Communication Association, ICA），出版刊物有著名的《傳播學報》（The Journal of Communication）及《人類傳播研究》（Human Communication Research）；「語藝傳播協會」（Speech Communication Associaton）。

——美國各種專業組織，由於種類及數目繁多之故，引起疊床架屋的負面效面。因此同類組織，已有整合趨勢。例如「傳播協會理事會」（Council of Communicaion Societies），即是將「美國商業傳播協會」（American Business Communication Association），「國際傳播協會」、「語藝傳播協會」等諸傳播協會加以組合，靈活地推展會務。

　　另外，美國《民意季刊》（Public Opinion Quarterly）、《傳播年鑑》（Communication Yearbook）、與《國際傳播學公報》（Gazette）、《廣播學報》（Journal of Broadcasting）、《廣告學報》（Journal of Advertising）、《哥倫比亞新聞評論》（Columbia Journalism Review）、《公共關係學報》（Public Relations Journal）等，俱是國際著名新聞、傳播期刊。

## 四：提供新聞從業員進修的美國十大研究獎助金❸

⑴「雅莉西亞·柏得遜新聞研究獎助金」（Alicia Patterson of Journalism Fellowships），期限：一年。

⑵「京奈特媒體研究中心」（Gannett Center of Media Studies），期限：三個月至一年。

⑶「約翰·奈特專業新聞從業員研究獎助金」（The John Knight Fellowships for Professional Journalists），期限：九個月。

⑷「奈特－貝處赫經濟與商業新聞研究獎助金」（Knight Bagehot Fellowship in Economics and Business Journalism），期限：九個月。

⑸「奈特科學新聞研究獎助金」（Knight Science Journalism Fellowships），期限：九個月。

⑹「密歇根新聞研究獎助金」（Michigan Journalism Fellows），期限：八個月（每年九月至四月）。

⑺「尼門新聞人員研究獎助金「（The Nieman Fellowships for Journalists），期限：九個月。

⑻「南加大國際新聞研究獎助金」（University of Southern California Center for International Fellowships），期限：十一個月。

⑼「威廉·班頓廣播新聞研究獎助金」（William Benton Fellowships in Broadcast Journalism ），期限：九個月。

⑽「耶魯法學院法律新聞記者研究獎助金」（ Yale Law School Fellowships in Law for Journalism ），期限：九個月。

另外，夏威夷東西文化中心（ East West Center ），設有給記者前往進修之獎助金（ EWC Grantee ）及紀念哲佛遜總統（ Thomas Jerferson ）之研究獎助金（ Jerferson Fellowships ），俱可供記者進修申請。

台灣地區亦已有「新聞人員在職訓練班」之類成立。

## 五、美國「全國記者俱樂部」簡介

凡是外國記者駐在的地區與國家，除了本地記者之專業、同業或聯誼之類組織外，大多會有各地特派員（ Foreign Correspondent ），組成「外國記者俱樂部」（ Forign Correspondent Club ）之類交流組織，方便聯誼。但位於美國華盛頓國家新聞大樓頂層的「全國記者俱樂部」（ National Press Club, NPC ），因為擁有跑華府線的美籍與外國記者，及可進出國會的作家四千多名，不但人多勢眾，集合了全球新聞精英，而被譽為除白宮、國會及最高法院之外的美國第四大「權力中心」，享譽全球。

該組織成立於一九○八年（清光緒三十四年）的三月二十九日，當時駐華府的三十二名記者，大家湊了三百美元，便組成此一俱樂部。而自老羅斯福總統（ Theodore Roosevelt任期1901～1909 ）之後，美國歷任總統，都會在任內接受NPC邀請，就其外交、內政方面，發表演說❹。而訪美的世界各國元首、當代風雲人物一到美國，也多撥冗與NPC會員一晤，好使「名聞各國」，而NPC每月亦有午餐演說會，或臨時接待酒會，邀請貴賓演講。

據統計，我國政要曾在該會發表演說的，包括：蔣夫人宋美齡女士

（一九五八年七月七日、一九六六年三月十八日）、葉公超大使（一九五八年十月十七日）、陳誠副總統（一九六一年八月一日）、周書楷大使（一九六五年七月二十八日），以及沈劍虹大使（一九七一年一月二十四日）。民國七十八年十月，尚傳出邀請李登輝總統前往演說；其後，未成事實❺。

## 六：民國七〇年到八〇年台灣地區重大新聞事件紀要

**70 /** △3.9：有「中國新聞攝影之父」之稱的王小亭（1900－1981）病逝台北。

**71 /** △2.16：華視於清晨七點，以DBS播出新聞畫面。

△3.：《綜合月刊》停刊。

△9.16：《聯合報》中文編排電腦化作業系統啟用。

△10.：蘇聯異議分子索忍尼辛訪問台北。

**72 /** △4.8：行政院通過修正廣播電視法施行細則，錄影帶獲准在家庭播放。

△6.8：開創我國雜誌現代化先例、有「中國亨利·魯斯」之稱的張任飛（1914－1981）病逝。他生前辦過叫好的《小讀者》、《綜合月刊》及《婦女雜誌》等刊物。

△8.：國立政治大學新聞所增加博士班。

△9.1：華視UHF電視台成立，家庭用戶只要加裝變頻器即可接收UHF波段。

△11.：政治作戰學校增設新聞所。

**73 /** △5.20：公共電視開播。

△9.1：文化大學成立新聞所。

△10.10：《青年戰士報》易名為《青年日報》。

**74 /** △6.8：因《民眾日報》6.7第一版之新聞處理，違反國策及有違該

報發行旨趣，經新聞局核准後，高雄市政府遂命之自6.10起，停刊七日。

△8.8：交通部開放12座業餘無線電台。

75／△9.10：交通大學計算機工程研究所教授蔡中川，開發完成「中文報紙全頁組版系統」。

△9.17：《美國新聞與世界報導》（U.S. News and World Report）中文版，由《聯合報》發行。

76／△1.1：中國廣播公司中波調幅（AM）身歷聲開播。

△《天下》雜誌獲選為亞洲最佳雜誌之一。

△4.6：台視與美國CNN台結合，透過衛星連線作業，推出「台視新聞與世界報導」新聞節目。

△8.1：政治大學增設廣告系。

△8.3：《天下》雜誌發行人殷允芃獲1987年菲律賓「麥格塞塞」（Magsaysay）新聞獎。

△8.11：《中華日報》北部停刊，與南社合併經營。

△9.12：《台灣日報》台北管理處遭群眾搗毀。

△9.15：《自立晚報》記者李永得、徐璐兩人首次公然「偷跑」到北京採訪，至同月27日返回台北。

△11.2：三電視台增播閩南語新聞。

77／△1.1：「報禁」解除。

△4.21：：MTV視聽中心獲得合法經營。

△11.8：公共電視獲四條超高頻道（UHF）。

△11.17：DBS碟形天線（小耳朵）開放。

78／△2.22：立法院禁止攝影記者在會場走動，只能在二樓用長鏡頭拍攝。

△3.22：美國台北ICRT兩美籍記者，因擅自訪錄馬赫俊事件，遭

停職處分。

△4.17：新聞局開放記者赴大陸採訪及拍攝影片。

△6.10：解除對大陸通訊禁令，民眾可對大陸直接通話，並簡化兩岸通信。

△7.1：台北、台中及高雄三大都會，開放行動電話。

△8.1：國立政治大學、私立文化大學兩校，分別成立傳播學院。

△8.11：三電視台記者，隨商務團赴蘇聯採訪。

△9.7：新華社香港分社核定台灣地區十個新聞單位、二十位記者赴北京採訪第15屆亞洲盃男籃賽。

△12.12：時報資訊公司成立，開辦《工商快報》。

**79 /** △4.30：新聞局核准香港之《九十年代》、《百姓》、《開放》、《明報月刊》、《潮流》、《爭鳴》，以及《中國之春》等政論性雜誌在台發行。

△8.1：新聞局正式受理大陸記者申請來台採訪。

△8.16：新聞局成立「電視節目評鑑委員會」。

△8.22：台北中文版之《美國新聞與世界報導》停刊。

△9.20：新聞局宣佈，擬將中央電台與中廣海外部合併，成立國家電台。

△9.27：擔任南部報某報社台北縣記者李文正，因涉嫌以記者名義勒索，爲警方依情節重大流氓，移送治安法庭留置，此是新聞界被提報爲文化流氓之首次。

△10.1：電台「全國聯播」制度廢除。

△10.4：新聞局明言「有線電視法」，三大媒體不得跨媒體經營的規定。

△10.31：第一個合法取得日本衛星電頻道的「收衛星看中視」節目開播。

△11.18：行政院決定KTV、MTV等娛樂場所營業時間，不得超過每日凌晨三點。

**80 /** △3.11：新聞界耆宿馬星野（1901－1991）病逝。

△4.1：國父手創美國《中國晨報》停刊。／新聞界耆宿成舍我（1885－1991）病逝。

△6.15：正聲廣播公司廣播劇《晉陽河畔》，獲紐約國際廣播節目銀牌獎。

△9.2：三台每周一至周五，在閩南語新聞之前或後，播出15至20分鐘客家語新聞。

# 七：世界五十大著名日報一覽表（以報名之字母先後排列爲主，但若同隸一國者，則總歸其類）

| 國　名 | 原　　報　　名 | 中　　譯 | 創刊年分 |
|---|---|---|---|
| 西班牙 | 1.ABC | 《ABC日報》 | 1905 |
| | 2.El Pais | 《和平報》 | 1976 |
| | 3.LA Vanguardia Espanola | 《先鋒報》 | 1858 |
| 挪　威 | 1.Aftenposten | 《晚郵報》 | 1860 |
| 澳大利亞 | 1.The Age | 《世紀報》 | 1854 |
| | 2.Sydney Morning Herald | 《雪梨前鋒早報》 | 1840 |
| 埃　及 | 1.Al Ahram | 《金字塔日報》 | 1876 |
| 日　本 | 1.Asahi Shinbun | 《朝日新聞》 | 1879 |
| 美　國 | 1.The Atlanta Constitution | 《亞特蘭大憲報》 | 1868 |
| | 2.The Baltimor Sun | 《巴爾的摩太陽報》 | 1837 |
| | 3.The Christian Science Monitor | 《基督教科學箴言報》 | 1908 |
| | 4.Los Angeles Times | 《洛杉機時報》 | 1881 |
| | 5.The (Louisville) Courier- | 《路易斯維爾快郵 | 1868 |

|  |  | Journal | 《 報 》 |  |
|---|---|---|---|---|
|  | 6. | The Miami Herald | 《邁阿密先鋒報》 | 1846 |
|  | 7. | The New York Times | 《紐約時報》 | 1851 |
|  | 8. | St. Louis Post – Dispatch | 《聖路易郵訊報》 | 1878 |
|  | 9. | The Wall Street Journal | 《華爾街日報》 | 1889 |
|  | 10. | The Washington Post | 《華盛頓郵報》 | 1877 |
| 丹　麥 | 1. | Berlingske Tidende | 《柏林新聞》 | 1749 |
| 南斯拉夫 | 1. | Borba | 《爭鳴》 | 1922 |
| 義 大 利 | 1. | Il Corriere della Sera | 《朱蘭晚報》 | 1876 |
|  | 2. | La Stampa | 《時代報》 | 1867 |
| 英　國 | 1. | The Daily Telegraph | 《每日電訊報》 | 1855 |
|  | 2. | The Guardian | 《衛報》 | 1821 |
|  | 3. | The Scotsman | 《蘇格蘭人》 | 1817 |
|  | 4. | The Times | 《泰晤士報》 | 1785 |
|  | 5. | The Yorkshire Post | 《約克夏郵報》 | 1754 |
| 巴　西 | 1. | O Estado de S. Paulo | 《聖保羅國家報》 | 1892 |
|  | 2. | Journal do Brazil | 《巴西日報》 | 1889 |
| 法　國 | 1. | Le Figaro | 《費加羅報》 | 1854 |
|  | 2. | Le Monde | 《世界報》 | 1945 |
| 德　國 | 1. | Frankfurter Allgemeime | 《法蘭克福大眾日報》 | 1949 |
|  | 2. | Süddeutsche Zeitung | 《南德新聞》（慕尼黑） | 1949 |
|  | 3. | Die Welt | 《世界報》 | 1946 |
| 加 拿 大 | 1. | The Globe and Mail | 《環球郵報》 | 1844 |
|  | 2. | Winnipeg Free Press | 《溫尼伯自由報》 | 1874 |

| 以 色 列 | 1.Ha'aretz | 《國士報》 | 1918 |
| | | （特拉維夫， | |
| | | Tel Aviv） | |
| 芬　　蘭 | 1.Helsingin Sanomat | 《赫爾辛基新聞》 | |
| 印　　度 | 1.The Hindu | 《天竺報》 | 1923 |
| | 2.The Statesman | 《政治家日報》 | 1875 |
| | 3.The Times of India | 《印度世紀》 | 1858 |
| 蘇　　聯 | 1.Izvestia | 《消息報》 | 1917 |
| | 2.Pravda | 《真理報》 | 1912 |
| | | （1991.8.24宣布 | |
| | | 脫離蘇共管轄） | |
| 瑞　　士 | 1.Neue Zurcher Zeitung | 《蘇黎世日報》 | 1780 |
| 梵 蒂 岡 | 1.Osservatore Romano | 《羅馬觀察》 | 1861 |
| 澳 地 利 | 1.Die Prese（Austria） | 《新聞報》 | 1912 |
| 南　　非 | 1.Rand Daily Mail | 《蘭德每日郵報》 | 1902 |
| | | （已停刊） | |
| 大　　陸 | 1.Renmin Ribao | 《人民日報》 | 1948 |
| 新 加 坡 | 1.The Straits Times | 《海峽時報》 | 1845 |
| 瑞　　典 | 1.Svenska Dagbiadet | 《周日報》 | 1884 |

## 附釋：

1、本表參考自：

(A)：Merrill, John C & Fisher, A.

1980 The World's Great Dailies: Profiles of Fifty Newspapers. N.Y.: Hastings House

(B)：Editor & Publisher International Year Book, 1990

2、本表雖是根據客觀資料擬列，但乃屬西方人觀點，例如，美國就在五十大中，占了十大，此即美國1977年時之十大（Top Ten）排行榜。就吾人觀念而言，台灣地區《聯合報》（United Daily News），《中國時報》（China Times），發行量超過百萬分，香港之《南華早報》（South China Morning Post）舉世聞名，都應上榜。

# 八、趣味報刊之「最」：

(1)現存最古老的報紙：瑞典官方期刊之《英尼克斯‧泰德林加郵報》（Postoch Inikes Tidringar），創刊於一六四五年（清順治二年），至一九九二年，已有三百四十七年歷史。

(2)現存最古老的商業報紙：荷蘭的《哈勒姆報》（HaarLem DagbLad／Oprechte HaarLemsche Courant），創刊於一六五六年（清順治十三年），至一九九二年，已三百三十六年歷史。

(3)報刊類最多的國家：美國，一九一〇年時，曾達兩千兩百零二種。

(4)曾是世界上最「重」的報紙：美國《紐約時報》星期刊。

它在一九六五年十月十七日那期版面，有十五個專欄，九百四十六頁，大約有一百二十萬行位置的廣告量，每分報紙重七磅半。

(5)曾是世界上版面最「大」的報紙：美國的《群星報》（The Constellation），每一版面長51吋，寬35吋。

(6)曾是世界上最「小」的報紙：美國奧勒岡羅斯堡之《大旗日報》（Daily Banner），它在一八七六年時（清光緒二年）的版面，長僅3吋，寬$3\frac{3}{4}$吋。

(7)最先突破發行量百萬分大關的報紙：巴黎的《小報》（Le Petit Journal），它在一八八六年（清光緒十二年）時，即達百萬分之鉅，每分售價五分（仙）。

(8)國外從事編輯工作最久的編輯：巴哈馬（Commonwealth of the Bahamas）首都拿索（Nassau）之《論壇報》（Tribune）編輯杜匹次爵士（Sir Etienne Dupuch），曾從事編輯工作達六十六年之久。

(9)最古老連續出版雜誌：英國之《皇家哲學學會議事錄》（Philosophical Transactions of Royal Society），它於一六六五年（清康熙四年）三月六日在倫敦創刊，至一九九二年，已歷三百二十七年。

(10)曾是發行量最大的周刊：美國《電視指南》（TV Guide），它在一九七四年，創下報刊史上一年內銷售十億本的記錄。

　　有業界人士說：「有白頭編輯，沒有白頭記者。」意謂受體力限制，年紀一大，做外勤工作便感吃力；但有三人卻是例外❻。

　　一位是於民國七十五年夏辭世的伍福焜教授。他原是留美法學博士，廣東籍。年青時曾跟隨同籍的外交部長陳友仁博士，在外交部擔任秘書一職，後則擔任廣東中山大學教席，曾授前副總統謝東閔資政英文。他後來長期爲美國新罕布夏州《詢問報》擔任撰述，並在香港大專僑校新聞科系任教，晚年又爲台北《英文中國郵報》（China Post）撰寫香港及大陸時事特寫及專欄，至直八十餘歲逝世爲止，可謂一生從事新聞撰述工作。

　　另一位則是台北高雄「萬里通訊社」社長兼記者的石萬里先生。民國七十七年十月二十二日度八十大壽時，還揹著照相機到處挖新聞，誠台灣當代最老的記者。

　　香港也有一位白頭記者——香港「新亞通訊社」社長衛國綸先生。他在一九八八年時，已屆八十七歲高壽，每日乃照常上班工作。衛國綸是資深報人，一九二五年六月，香港《華僑日報》創刊後，即在該報擔任港聞編輯，新聞工作歷時五十九年。

# 九、《泰晤士報》淺介

⑴《泰晤士報》是英國最大、最權威報紙，是在一七八五年（清乾隆四
十九年）元月一日，由原本經營倫敦戀駿保險公司（London Lloyd'
s）負責人華特（John Walter I, 1739-1812）所創辦。原名《每日
寰球紀錄報》（Daily Universal Register），一般人卻稱之爲《紀
錄報》（The Register），爲免名稱上的混淆，故於創刊三周年
後（一七八八），改爲《每日寰球紀錄報或倫敦報》（Daily Uni-
versal Register of The Times）。華特相信報紙都應該是時代的紀
錄（A Newspaper ought to be a register of the times）；故而，
同年三月，乾脆簡稱爲《倫敦時報》（The Times），因爲與倫敦泰
晤士河（River Thames）同音，故一般人好稱之爲《泰晤士報》，
竟以此「別號」，聞名全世界。

　　華特創辦《泰晤士報》動機十分單純：爲新機器打廣告。他因爲保
險不景氣，竟圖開展新業務，遂與發明連字排字機（Logotypes, as:
in, an, the）的詹森（Henry Johnson）合作，承購其專利，出售產
品。爲求推售，更創辦日報以廣知聞。

　　商人出身的華特，並不是位獨立報人。他經常接受每年三百鎊的政
府津貼，並曾以扣發新聞的方法，向當事人實行敲詐。爲了以廣告收
入，彌補發行損失，第一頁就排分類廣告（前兩欄是戲院廣告），充滿
商業氣息（至一九六六年五月，該報才將第一版改革，改刊部分新
聞）。不過華特在編輯政策方面，肯定報紙是時代紀錄，故諸如國會辯
論，各國動態，以至商業行情等，都作公正、詳實的報導。在言論方
面，敢言直諫，他曾涉嫌侮慢國王喬治三世（George III,
1760-1820），也曾攻擊過約克郡（York）的大公司和司法大臣；他
也因此而數度被罰款、坐牢、並帶枷示眾。他的健康也因而受損，一七

九五年，以五十六歲之齡，即不得不退休，但《泰晤士報》於一七八八年（清乾隆五十三年），即遂漸成爲英國第一流報紙，並因言論的公正不阿，而獲有「雷公」（The Thunderer）的稱號。

《泰晤士報》其後在華特二世（John Walter II, 1776－1847），於一八〇三年（清嘉慶八年）接手經營，令《泰晤士報》令譽，更上層樓，並屢次率先他報採用最新印刷設備。例如：一八一四年（清嘉慶十九年），採用蒸汽印刷機，每小時印報一千一百分；十三年後，即一八二七年（清道光七年），又改用四輪平板印刷機，每小時印報四千分；二十年後，即一八四七年（清道光二十七年），又首先採用輪轉機，每小時印報量達一萬一千分。

《泰晤士報》初期，有兩位成功主筆，爲「第四階級」樹立風範。第一位爲邦斯（Thomas Barnes, 1785－1184）。他將記者分布全國，經常搜集各階層意見，透過報紙輿論，反映民意，並借重「讀者投書」形式，加重輿論力量。但他雖攻擊壓制新聞自由，同情社會改革運動，卻不支持群眾使用暴力，社會地位超然。

當時英相林德赫斯特勛爵（Lard Lyndhurst），常驚訝地說，「爲何邦斯是全國最有力量的人物？」

《泰晤士報》另一位名主筆是狄蘭（John Thadens Delane, 1818－1879），以二十三歲之齡就當上主編，主政達三十年之久，令該報言論，在一八五五年以前，威震英倫。狄蘭是以絕對權力來管理主筆室，並嚴格要求版面清晰。他找來一些卓越主筆，以建議、討論、修正方式，指導社論寫作方針，將世界各地消息、輿論，透過他的意見及解釋，向大眾作綜合報導。狄蘭本人很少親自撰社論，但經常與達官貴人來往，使主筆室獲得最新、最機密消息。

一八五二年，《泰晤士報》不斷抨擊法國政府，法王路易士拿破崙（Charles Louis Napoleon）向英政府施壓，當時之德貝（打比）伯

爵（Lord Derby）曾嚴責報人責任問題。同年二月六、七兩日，狄蘭接連兩天，以社論指出報人與政治家職責的根本不同：「報紙坦白記述而生存，任何重大事件，一經發生，都應成爲現代知識與歷史的一部分。而政治家的職責，卻恰恰相反……。所以報人職責在説話，而政治家的職責在緘默。」

中英鴉片戰爭（Opium War, 1839－42）後，一八五四年（清咸豐四年）二月，英、法、奧、土聯軍與俄，因積怨及不滿俄國企圖染指今日土耳其（Turkey）的鄂圖曼帝國（Ottoman）而引發克里米亞戰爭前夕（Crimean War, 1834－1856），《泰晤士報》搶先發表了致俄國最後通牒的「哀的美敦書」（Ultimatum），又引致當時德貝伯爵的譴責，認爲報人應知責任爲何物。狄蘭公開回答説：「……我等報人的責任，是對全體英國人民負責，並不是對德貝伯爵或上議院負責。吾人若認爲有害於公眾利益的，一定保留；否則，適當而正確的消息，均予發表。」克里米亞戰爭爆發，由於英政府疏忽，英軍傷患缺乏醫療照顧，傷亡甚眾。《泰晤士報》又予以猛烈抨擊，致令阿巴頓（Lord Aberdem）內閣垮台，遠征軍總司令威格蘭爵士（Lord Ragland, 1788－1855）撤職。

《泰晤士報》此時尚有一特別風格：大家都愛護報社的令譽，不作自我宣傳，所以在報紙版面上，甚少署名之作。

(2)美國報業及新聞寫作，以及初期版面型式，學自英國；至艾域・賴韋・羅遜（Edward Levy Lawson, 1833－1916）。在倫敦主辦《每日電訊》（Daily Telegraph）時，倒返過來，學習美國，對重大新聞使用多行標題的編輯方法。當時美國報紙如紐約之《前鋒報》及《論壇報》，在處理重要消息時，早已採用大號字及多行標題的震撼性技巧。如一八六五年（清光緒十一年）四月十四日晚，林肯總統在福特劇院（Ford Theater, Washington D.C）遇刺，十五日的《論壇

報》以三行大字標題，來襯托此則新聞的重要性：" Highly Import-
ant! The President shot! Secretary Seward Attacked! " 二十七
日，消息傳至倫敦，《每日電訊報》以四行標題報導；連帶地如《泰
晤士報》及《晨郵報》（ Morning Post ）等報紙，也一改過去只用
國名或地名作一行標題的保守作風，分別以三行或兩行標題來處理版
面。論者謂此是英國報紙標題革新伊始。《每日電訊》也由此而學習
美國式「倒金字塔」（ Inverted Pyramid ）的新寫作方式，而稱爲
「電訊體」（ Telegraphese ）。

　　美國於一八三三年前後，正式開始便士報紀元，英國則遲至二十餘
年後，亦即一八五五年（清咸豐五年），方有便士報。例如該年六月八
日《雪非爾每日電訊報》（ Sherfield Daiy Telegraph ）即率先收取報
費一便士，同月十一日，《利物浦每日郵報》（ Liverpool Daily
Post ）亦只收費一便士。《每日電訊報》於同月廿九日，由斯雷上
校（ Colonel Sleigh ）創辦，原名《每日電訊與信差報》（ Daily Tele-
graph and Courier ）售兩便士，其他報紙原售四便士；同月三十日，
英國下議院通過廢除「報紙印花稅」。因當時爲《星期時報》（ Sun-
day Times ）的老闆賴韋（ Joseph Moses Levy ），爲斯雷之大債主，
爲免倒債之虞，乃於《電訊報》發行不久，即予收購。同年八月十四
日，《倫敦晚郵報》（ London Evening Post ）改爲便士報後，該報亦
於九月十七日，改爲便士報。賴韋在社論中說：「一張高級報紙，若果
不能以低價出售，以普及大衆，是沒有理由的。」

　　其後，由其姪子，即繼承其弟羅遜（ Lionel Lawson ）股權的兒子
艾域・賴韋・羅遜接管《電訊報》，不但開創《每日電訊報》新局面，
並與一八八三年主編《帕馬公報》（ The Pall Mall Gazette，一八六
五年創刊）的史提德（ William Thomas Stead 1849－1911 ），一八八
八年（清光緒十四年）二月十七日創辦《倫敦明星晚報》（ The Star ）

的奧康納（T.P.O'connor, 1848－1929），以及一八九六年（清光緒二十二年）五月四日，創辦《每日郵報》（Daily Mail）的咸斯華（Alfred Charles William Harmsworth, 1865－1922）等諸人，同爲英國新報業領導人物。他們擴展了報紙領域，孕育新聞的趣味性，使報紙能更適合一般民眾要求。

一八九二年（清光緒十八年），艾域‧賴韋‧羅遜因爲對英國報紙的偉大貢獻，而受封爲男爵。一九〇三年（清光緒二十九年），再受貴族之封爲彭勛爵（Lord Burnham）。一九一四年，他以八十一歲高齡公開被尊稱爲「世界報業之父」（Father of the Press）。

不過，以十九世末而言，細數《每日電訊報》最傑出人物，狄龍博士（Dr. Emile Joseph Dillon, 1834－1933），亦典範長存──爲採訪頭條新聞，從不避任何犧牲。例如：一八九四年（清光緒二十年），亞美尼亞（Armenia）獨立運動爆發（一九八九年底，亦曾發生驚震全世界的種族暴亂，但爲蘇聯壓制），土耳其禁止記者前往訪問，他喬裝俄國官員前往採訪；一八九七年，克利特島（Crete）發生反對土耳其大暴動，他又化裝成僧侶前往訪問。一九〇〇年（清光緒二十六年），八國聯軍之後，又曾至中國採訪。他經常受到各國國王的殷勤款待，十足一位「無冕王」。

(3)《帕馬公報》是由史密夫（George Smith）所創，是一分「文人雅士寫給文人雅士看的報紙（Written by Gentlemen for Gentlemen）」，以對思想及文化問題，做系統解釋。創刊之初，由格林沽（Frederick Greenwood）擔任主筆。一八七五年（清光緒元年），他曾獲得獨家消息，知道當時土耳其埃及總督，要將蘇彝士運河（Suez Canal）股票，讓予法國，爲了國家利益，他並不搶此「獨家」，而將之密報英國政府。結果英國政府以四百萬鎊優先購得，樹立了報人愛國及報導責任界域之典範。史提德辦《帕馬公報》

的最大貢獻，在確認報紙爲社會公益保護者。他於一八八三年（清光緒九年）主理《帕馬公報》，在報紙編排方面，立刻倡導諸如利用圖片，加插小標題之類的劃時代改革；在消息報導方面，則多採用記者訪問稿及從著名報刊中，摘錄消息。更重要的是，美國南北戰爭後，新聞寫作所流行的導言及其形式，也由他正式「禮失求諸野」地，在英國大力提倡。

史提德起言坐行，一八八五年七月六日，他以煽動筆法，以「婦女對現代巴比倫（罪惡之城）之『貢獻』」（The Maiden Tribute to the Modern Babylon）爲題，揭發那些不幸少女的悲慘命運，社會爲之轟動。又詳細調查，列舉少年犯之可怕事實，予報章披露，以促成國會通過提高刑責年齡（當時爲十三歲）之刑法修正案，結果終於受到注意。

奧康納服膺普立玆在一八八三年買下《紐約世界報》（the World）時的理想：「一分報紙，應不斷向公家的浪費、罪惡而奮鬥，揭發其黑暗，暴露其詐僞。並應以虔誠的態度，服務人民，造福人民。」他則認爲，「富人、特權階級與成功的人們，不需要保護，也不需要辯護。祇有那些窮人、弱者與失敗的人們，才真正需要我們每位男女的關懷和支持……。至於帝國、自治領在歐洲議會的影響，像這些問題，對我們僅是一種厭煩的空虛。提高人民地位，更多的就業，更好的工資，更好的食物，人性的尊嚴，人民的快樂，博愛和仁慈這些問題，而且只有這些問題，才能代表我們進步、光榮和國家的強大。」因此，《明星晚報》被定位爲屬於勞工階級的晚報，創刊首日，竟創下銷售量十四萬二千六百分的破世界紀錄。《明星晚報》特別注重活潑、輕鬆及趣味性。

咸斯華即著名的北岩勛爵（Lord Northcliff），他本一張全國性早報，一定會較晚報更成功的觀念，辦一張只售半士便的「忙人的報，

窮人的報」的《每日郵報》。一切新聞，皆採精編、易讀、趣味的編輯
政策，反映人類社會整個活動，更以長篇連載小説來刺激發行，是一分
特別以中產階段、勞工階段及婦女讀者爲主要對象的現代化日報。創刊
號發行達三十九萬七千二百一十五分之鉅，繼後每日銷數，亦達二十萬
分之多。一九〇〇年（清光緒二十六年），發行量已高達七十萬分。在
戰爭消息「促銷」下，又以專門火車載運報紙至英格蘭西北部，以推廣
發行量；至曼徹斯特版發行後，銷數已近一百萬大關。

　　一九〇五年（光緒三十一年），他受封爲北岩勳爵。一九一五年，
他在五月二十一日的一篇文章中，痛責當時最受人敬重的陸軍元帥基秦
納（Lord Kitchener）的嚴重過失，以致戰爭日趨擴大，英軍在第一
次大戰中，傷亡慘重，但由於大眾對他的崇拜，使他成爲軍事改革的障
礙，此是狄蘭之後所首見者，一時全國嘩然，交相攻伐，其中不無值得
思考的意見。例如嘉甸納（A.J.Gardiner）在《每日新聞》（Daily
News）發表評論説，「……事實上，我們在負責政府與報紙獨裁之
間，應做一抉擇……。新聞自由誠値重視，但自由與責任相連。甚至有
新聞自由應對國家安全予以優先。而現在就是國家安全第一的時
候……。」《每日紀事報》（Daily Chronicle）以「報業與公共安
全」爲題，刊出社論大肆抨擊，有謂：「……以前，我們再三指出，新
聞檢查制度對消息報導限制太多，但對評論限制太少。當然，對評論限
制是件精細而困難的問題。我們完全承認它的危險性，但欲求國家生
存，最低限度對於顯然違反公共安全的言論，應該予以約束。」可是往
後民眾漸次了解北岩勳爵所言屬實，令他成爲最孚眾望人物。他的企業
亦不斷收併擴大，一九〇八年（清光緒三十四年），甚至收購《泰晤士
報》，而組成了英國有史以來的「報業王國」（Alexander's Empire
Journalism）。論者有謂他對英國的貢獻是遠大的：他是典型報人，
不但使《泰晤士報》再現光芒，使老報業劃上休止符，而又確立新報業

典範；另外，他擁護民主精神，認爲民眾事情，應由輿論來作決定，因而使民主政治確立規模，取代老舊的官僚政制。

⑷英國第一張日報，應屬一七〇二年（清康熙四十一年）三月十一日，由馬萊特（Edward Mallet）於倫敦創辦的《每日新聞》（The Daily Courant）。「該報創辦之目的，快速、正確而公正地報導國外新聞，不加評論。而且相信讀者的智慧，對登載消息的確切意義，一定有正確判斷。」

　　《每日新聞》創刊時間，是英國報業史一個重要階段。其時由安妮女王主政（Queen Anne, 1702−14），又再制定了限制出版商及學徒人數的出版法案（Printing Act, 1703）與報紙印花稅法案（Stamp Act, 1712）對日後英國新聞自由的演進及報業發展，有重大激盪。

⑸質報、量報、精英報

　　有人將英國報紙，分別質報（Quality Newspaper）與量報（Quantity Newspaper）兩種。前者銷路可能不是最好的，但重視報格，掌握新聞編輯政策，絕不爲了廣告或某則新聞而譁眾取寵，自損報格。例如《泰晤士報》，一八二一年創刊爲周刊，一八五五年改爲日報，曼徹斯特《衛報》（The Guardian）。後者多屬銷數大之小型報，用激情、聳動手法促銷，看的人可能不少，但其對社會貢獻，難以獲得肯定。

　　精英報（Elite Newspaper / Press, High Brow），又稱爲「權威報」（prestigeous newspaper）。這類型報紙，有別於上述只求銷量的大眾化報紙（popular newspaper, Low Brow），嚴拒激情路線，編排保守，發行也多半不高，但其言論影響則不僅是地區性，而且是全國性，甚而世界性，如《泰晤士報》、《紐約時報》。低級而又銷路不大，以抄襲爲能事的「報紙」，尚有所謂《尾巴報》、《蚊子報》（Mosquits Newspaper），其令人厭惡可知。（在民國初期，新

聞寫作以白話爲主，故稱文言報爲「大報」，白話報爲「小報」，其後寫作漸趨語體化，乃以四開報爲「小報」。）

## 附譯：《泰晤士報》點火不良挨罵

競張增刊，似乎是報業的一種天性，雖然在紙價上漲時（能源危機），莫不叫苦連天，甚至可能馬上減紙縮張❼，但在昇平之時，增張等於可以增加廣告量，也就是財源滾滾的大好機會。

報紙的用途蠻多的，只要不加價，一般讀者當然也喜歡增張的。例如，報紙可以用來包花生米、油條、包物、包紮貨品、充作填充物、糊牆、捲成實心捲軸、美勞、遊戲、引（點）火、甚至賣舊報紙（資源回收，作再生紙 " recycle " ）、作「衣服」等❽，都是可以廣泛地隨心使用的。

最妙的是，早期倫敦《泰晤士報》，就曾因引火不夠快，而引起讀者責難。當時一位名爲艾利遜（Peter Allison）讀者，以一封標題爲「從火爐發出的號叫」（Cry from heater）的「讀者投書」，向《泰晤士報》抗議説，「我想不到像你們這樣一分歷史悠久的大報，竟對影響全國每個家庭的一個問題，毫不注意。」原來，他用舊《泰晤士報》引火發爐；不料一連三次，都點不著火。所以，他警告《泰晤士報》説，「如果你們還不趕快換一種易燃的紙張，那麼，我就馬上不再看《泰晤士報》了。」幸而，這封信刊出之後，許多《泰晤士報》擁護者，相繼爲該報辯護，一位主婦還證明説，「我一向用《泰晤士報》引火，都燒得很好，簡直可以代替柴用，艾先生燒不好，大概是艾先生的煙囱應該打掃。」

當此一「民生」問題鬧得最凶時，連《紐約時報》都擔心起來，還特意請人將報紙作引火易燃性試驗。幸而該報不論緊緊地捲起來燒，鬆鬆地摺起來燒，或平平地攤開來燒，都同樣易燃，而且火力旺盛，《紐

約時報》方放下心頭大石❾。此種報紙之剩餘價値，今人回顧之，誠堪一笑。

　　不過，《泰晤士報》在報史上，也確有兩件事，値得一罵。

　　第一件是1887年時，皮格特（Richard Pigott）僞造了幾封愛爾蘭帕奈爾議員（Charles Stewart Parnell）的信，信中透露他同情反英暗殺活動，《泰晤士報》爲了搶登重大新聞，竟不辨眞僞，將信件收購到手，更以「帕奈爾主義與罪案」（Parnellism Parnell）爲題，連續發布披露。經國會調查，證明帕奈爾並非愛爾蘭大謀殺案中的主角。

　　第二件則是1938年秋，德意英法四國合謀，演出臭名昭彰的「慕尼黑協議」（Munich Agreement），縱容希特勒（Adolf Hitler, 1889～1945）侵占捷克（Czecho-Slovakia）之蘇台德區（Sudeten Areas），斷送了捷克獨立。《泰晤士報》竟於同年9月7日社論中，認爲希特勒此舉，「可以使捷克成爲種族更純粹的國家。」然希特勒得寸進尺，隨即又吞併了奧地利（Austria）。同年11月7日《泰晤士報》又發表社論，竟然支持德國行動，令世人齒冷。經此兩事件後，《泰晤士報》聲譽已大不如前。

# 十、我國獲獎報刊

㈠抗戰時獲最佳「外國報紙」的《大公報》

　　抗日戰爭期間，無黨無派的《大公報》，自天津遷往武漢後，再於民國二十七年十月中旬遷至戰時陪都重慶。在胡霖、曹谷冰的早期合作，以及張季鸞擇善固執的苦心經營之下，得到廣大讀者的支持，評論犀利中肯，諍言深受重視。民國三十年，美國密蘇里大學（University of Missouri）新聞學院推選爲該年度「最佳外國報紙」，這是我國新聞傳播界所獲的第一個殊榮。（另見本書「張季鸞大筆衛神州」一文）。

㈡炮火煙硝出鳳凰的金門《正氣中華報》

　　民國四十七年八月下旬，「八二三」金門砲戰期間，金門《正氣中華報》，冒著砲火危險，繼續採訪出報，因而獲得美國南伊利諾州立大學（Southern Illinou's University at Carbondale, SIU－C）新聞學院頒贈「社會服務與領導獎」。

　　《正氣中華報》於民國三十八年，與《金門日報》是姊妹報，由金門政務委員會管理，是一張對開一大張半六版的日報，第二版全爲軍聞，是對軍中發行。據民國七十八年十月分估計，《正氣中華報》及《金門日報》兩報聯合發行量約爲一萬五千分，兩報發行人亦由金門政委會秘書長兼任。《金門日報》尚有《縣聞》，對民間發行，每分零售四元。❿

## 十一、中國人出第一張亞洲套印報刊與世界第一張彩色報紙

　　創刊於光緒三十年（一九〇四年）四月二十九日的上海《時報》，是留日學生狄楚青（葆賢），志欲改革當時報紙的命脈心血。不過由於報紙經營問題，他在民國十年，將該報所有權，賣了給黃承恩（伯惠）。民國二十一年（一九三二年）六月二十七日，該報出刊一萬號紀念，首頁曾以三色套印意大利「威尼斯圖」（Venice），爲亞洲第一張以三色套印報紙，令報史留光⓫。

　　三十二年之後，我報人又創新了一項首出彩色報紙紀錄。

　　報紙是否應以彩色印刷，固尚多爭議。目前世界性大報新聞部分，皆以黑白印刷，只有圖片、副刊與增刊部分，方用彩色印刷。不過無論怎麼說，世界上第一分彩色報，卻是我人在港發行的《天天日報》⓬。

　　彩色《天天日報》（Tin Tin Daily News）創刊於一九六〇年十一月一日，出版之時，舉世注目；而在此以前，則頂多只有套色版面。

該報創辦人，是當日香港「二天堂印務有限公司」董事長韋基澤先生。他留學英國，研究彩色印刷，決心要辦一分「全世界前所未見，中國人爭得第一」的彩色中文報。

一九六〇年初，他曾把試印成果到台北展覽，受到肯定和讚賞，更加堅定了他信心，年底，這分彩色報便告面世。初時，售價爲兩毛錢，一星期之後，也就改爲一毛錢，銷量大增，廣告滿版。開始時，爲了印刷多樣性起見，是用西德平版彩色印刷機印刷（以後同時可以適用於廣告紙品印刷），其後於一九六一年初，才改用彩色滾筒機印刷，啟用時，港督柏立基爵士還爲他主持按鈕儀式。

《天天日報》的最初編輯政策，是以普羅大眾的訴求爲主，副刊則求多元化，有婦女、兒童等版，後來香港著名政治漫畫家嚴以敬（已逝），當時也在兒童版畫漫畫。可惜，其後《天天日報》數度易手，銷路時多時少，報價時高時低，似未如其電視廣告口號：「天天日報天天進步」。《天天日報》之後，香港有由影藝界人士李會桃所辦，四開之《銀燈日報》、《明燈日報》小型彩色報，報導影藝消息及伶人動態，一時亦頗受勞動階層女工所喜愛。

## 十二、華人地區第一宗洋人告狀的誹謗官司

一八四二年（道光二十二年）三月十七日，由香港英人所辦的民營英文《華友西報》周刊（Friend of China）創刊（戈公振誤譯爲「中國之友」）。馬禮遜次子，即小馬禮遜馬儒翰（John Robert Mar-rison）因爲擔任鼎查的譯員，要隨炮艦北上迫我國訂「南京條約」的城下之盟，也把對《香港公報》（The Hong Kong Government Ga-zette）的投資，轉投資至《華友西報》，所以該報創刊未久，至三月二十三日即與《香港公報》合併，而合稱爲《華友西報與香港公報》（Friend of China and Hong Kong Gazette），由舒克牧

師（Rev. L. L. Schuck）及懷特（James White）（戈公振氏作「華德」）等人主持。

　　一八五〇年（道光三十年）六月，英人德倫（William　Jarrant）（戈氏作笪潤特）收購該報，繼續辦理。一八五七年（咸豐七年），第二次鴉片戰爭再度爆發，英、法聯軍攻陷廣州。粵人見家鄉無端遭受炮轟，甚爲憤怒，愛國知識分子在街頭貼大字報，號召同胞離港，不運蔬食來港。新安縣舉人陳芝廷和他曾任户部主事的哥哥陳桂藉兩兄弟，更出價購買當時「撫華道」（Protector of Chinese）（即今之民政司）高和爾（D. R. Caldwell）及威廉堅（William Caine）兩人人頭。（兩人爲大貪官，但香港中環半山區卻有「堅道」紀念威廉堅）。激進港人並警告那些在港做英人生意的人，説要燒他們的祖屋，捉他們的親人。其時香港大馬路（皇后大道，Queen's Road），有製銷麵包之「裕盛辦館」，雖曾受警告，且在廣州的一間店舖已被燒毀，但他仍在港發其亂世洋人財。一八五七年的一月十五日，爲數約四百多英人吃其麵包後，突然中毒嘔吐，包括港督寶靈（Bouring）太太在內。經醫化驗後，認爲是麵包有毒，警方於是拘提該店東主香山人的張亞霖及所有工人加以審訊。

　　其後，因無法證明是張亞霖落毒，故無法定其罪，港英當局只好由署理（Acting）輔政司布烈治下令將之強行遞解出境，張亞霖破了財❸。而在此件「毒麵包案」中，德倫爲受害人之一，因爲心中不忿，故而提起民事訴訟，要求張氏賠償。但因張氏已破了產，又遭遞解出境，德倫根本没法遂其主張。遂遷怒於布烈治，連續於一八五七年七月二十五日及八月五日兩周刊，在《華友西報》上，對布氏大肆攻擊，力數其營私舞弊之能事。

　　布氏於是以刑事誹謗來控告德倫，引起案外案之第一宗在華人地區內，洋人告洋人之誹謗案。結果他以「措詞激烈，涉及私德，損害布氏

名譽，誹謗現任官吏。……此事非關過失，實爲故意」等之指控，處以
一百英鎊之罰款，並負擔訟費，而在罰款未繳前則監候贖刑。

　　德倫無力繳付罰金，只得先行入獄，雖上書清廷理藩院申訴，亦於
事無補。其後由朋友發起捐贈，三個月後始得出獄。一八五九年，他又
因誹謗副（護）督堅吾罪名成立，而被判入獄一年，並罰款五十英鎊。
出獄後，一八六〇年（咸豐十年），他將《華友西報》遷至廣州出版，
一八六二年又遷往上海，改爲晚報。一八六九年他將該報出讓易名
爲《華友西報與航運公報》（The Friend of China and Shipping
Gazette）；翌年，回英終老，一八七二年逝世。《華友西報》不久亦
停刊❶。

## 十三、我國報業史上的第一宗華人誹謗官司

　　揭櫫「中國者，中國人之中國」的《中國日報》（China），創刊
於一九〇〇年（光緒二十六年）一月二十五日（農曆十二月下旬）❶，
是　中山先生（1866～1925）命陳少白（1869～1934）在港創辦的第一
張革命黨政論報紙。每日出紙兩大張，採日式短行橫排形式❶。該報並
兼出《中國旬報》十日刊，除彙集時事外，更闢「鼓吹錄」一欄，專登
諷刺清廷的歌謠及諧趣小品。不過，《中國旬報》出版僅半年，因經費
支絀，不得不停刊，而與日報合併，開港報設有「諧部」（副刊）先河
❶。日報並曾一度刊有英文論說，「供洋人快睹」。

　　一九〇三年元月，李紀堂、謝纘泰等謀策廣州起義失敗，廣州《嶺
海報》，以胡衍鵑爲首者，著論譴責❶。《中國日報》則以陳詩仲等人
爲主，從理論觀點，嚴加駁斥，廣州志士亦紛紛投稿聲援，雙方筆戰逾
月，原屬下三濫的《嶺海報》被打得無地自容。此是（廣東）省（香）
港報業第一次筆戰。

　　同年夏，上海「蘇報」案起，章炳麟被捕下獄❶。《中國日報》猛

烈抨擊，並搶登章炳麟時論，傳誦一時。一九〇四年，康有爲命徐勤在港創辦《商報》，大倡扶滿保皇之論，《中國日報》亦痛予迎擊❷。惟由於經費支絀，不得不與文裕堂印務公司合併經營。一九〇五年八月，馮自由曾撰兩萬字之〈民生主義與中國政治革命之前途〉長文，爲言論界暢論民生主義嚆矢，流傳一時。不過，是年冬，卻惹起了另一宗華文報紙誹謗官司。蓋該報曾披露一宗康有爲之次女，康同璧在美洲行騙華僑事件，而爲康有爲委託保皇黨員葉恩入稟香港法院，控告《中國日報》誹謗名譽，要求賠償損失五千港元。

按當時香港一八六〇年，由羅便臣港督所提出的第十二號修正法令，打官司要聘請律師，若被告無力延聘律師抗辯，則等同敗訴，而在訴訟過程中，一切訟費由被告負擔❷。此案涉訟經年，《中國日報》雖自認證據充分，勝訴有望；　中山先生時在南洋，亦力主抗告到底，並特匯款三千元予陳少白，囑令延聘律師與訟，但香港既已有《華友西報》誹謗案判例，且其時文裕堂經濟擷据，已瀕於破產邊緣。《中國日報》既屬文裕堂產業，若一旦文裕堂破產，則《中國日報》亦必遭拍賣，以供訟費賠償之需。此時，該報產權勢必淪於保皇黨人之手矣。故陳少白則頗有息事寧人之想，以免費時失事。猶疑之間，幸賴其時香港股商李煜堂（1850～1936）之助，事前以五千元先向文裕堂購買了該報產權，使之免遭拍賣之厄運，並由其婿、與鄭貫一同稱「雙璧」的馮自由兼任該報社長及總編輯。誹謗一案遂以賠償了事，《中國日報》亦得以繼續出版。

一九〇六年春，粵督岑春煊竟宣布將粵漢鐵路收歸官辦，爲股東們反對，岑便捕股東下獄，並嚴禁粵中報紙登載反對言論。引起《中國日報》與其他港報大事抨擊，岑於是下令不准港報內銷。《中國日報》經濟又出現問題。

一九〇七年四月，上海《民報》印行了一分「天討」特刊，由《中

國日報》經銷。其中有一期繪了一幅清帝破頭漫畫，港府遂認爲有煽動反清之嫌，立即將該期「天討」查禁，隨即由立法局通過第十五號法例，禁止華文報刊登煽動反清文字❷。

一九〇八年，《中國日報》又再陷經濟危機，馮自由因爲前去加拿大，遺缺由謝英伯繼承。是年光緒逝世，皇位由三歲之溥儀（1906～1967）繼承，改年號爲宣統，《中國日報》曾在一九〇九年三月分副刊月分牌上，登出「漢家何日重頒曆　滿族至今又改元」之對聯，閱者感快❷。

一九一一年九月廣東光復，該報遷往廣州出版，由檀香山同盟會會員盧信接辦，至民國二年秋，爲軍閥龍濟光所封閉，前後共辦了十三年；並首創委派特約從軍訪員（記者），以電報拍發戰地新聞先例（諸如萍鄉、安慶及鎮南關之役），爲我國戰地隨軍記者制度，訂了基礎❷。

## 十四、釋我國維新時期婦女刊物

光緒二十四年（一八九八年，五月三十一日）四月十二日，在維新分子支持下，上海城南桂墅里，創辦中國本土第一所現代形式女子學校—「桂墅里女學會書塾」；其後，易名爲「中國女學堂」。與此同時，則成立了上海「中國女學會」。同年六月初六日（陽曆七月二十四日），作爲女學堂校刊及女學會會刊的《女學報》旬刊創刊——這是我國第一分專以婦女爲對象的期刊。當時參與編務工作的有梁啟超夫人李蕙仙、康有爲長女康同薇以及我國最早女性新聞工作者裘毓芳等諸人❷。該刊言論以爭取女權爲主，要求男女平權、婚姻自由，以及婦女參政權。

其後，十六歲的陳擷芬在父親陳範（夢坡）支持下❷，翌年，即光緒二十五年，又在上海另創《女報》，但不久即停刊。光緒二十八年四

月初一（一九〇二年五月八日），再行續刊《女報》月刊，包括論說、新聞及譯件等內容。翌年（一九〇三年）改稱《女學報》，時人則好稱爲《女蘇報》，以其亦在鼓吹維新論調之故。如陳擷芬即曾在「獨立篇」中，痛責婦女穿耳、纏足是受「初級刑法」，「惟媒妁之言，卜算簽語」的私配，是「次級刑法」，夫婿先夭，而強迫女子奔喪守節，則有悖情理，令婦女界大爲擊楫讚賞。《蘇報》被查封，《女學報》當然亦不得不隨之停刊，陳擷芬且隨陳範逃往日本。但她在日本還堅持出了第四期後才停刊。

光緒三十年年底（一九〇四年一月），在「愛國學社」支持下，丁初我又在上海創辦二十四開本之《女子世界》雜誌，提出「我亦國民一分子，不教胡馬越雷池」口號，闢有社說、科學、實業及教育等欄，呼籲女子讀新書和注重體育。

光緒三十二年十二月初一（一九〇七年一月十四日），曾在日本創辦《白話月刊》的秋瑾，在上海創辦的三十二開本的《中國女報》月刊，並接辦《女子世界》第十八期❷。《中國女報》文白並用，訴求對象較傾向於能通文墨婦女。光緒三十三年六月初六日（一九〇七年七月十五日），因謀起義中洩被捕成仁，《中國女報》實際只正式出版了兩期，《女子世界》也自此止。但同年十月（陽曆十一月），陳志群又在上海創辦《神州女報》，以繼秋瑾未竟之志。

## 十五、我國最早有「更正啟事」的《香港雜記》

媒體若一旦染上「逢官大三級」、「無冕王」之類的「職業傲慢」（Professional Arrogance），則要媒體就事加以更正或道歉，會是件很不容易的事。在我國有稽可考的印刷史實中，最早一本有更正啟事的書，竟是有關香港典故的第一本專書—《香港雜記》。可是，這次更正，卻是奉命行事，實非自願❷。

　　《香港雜記》一書，於清光緒二十年（一八九四）出版，由王韜所
集資創設的「中華印務總局」印刷，全書線裝一冊，內文共十二章，四
十八頁，由南海曉雲陳鏸勳所著❷，包括香港開港來歷、稅餉度支、中
西船務、華英書塾與港則瑣言等內容，另有包括香港全圖，香港城圖與
香港海面等畫圖目錄❸。

　　未料，此書出版後，連同另一本姊妹作《富國自強》，兩書稱謂和
體例，都不合其時殖民地香港政府之意，引起文字風波，結果不得不在
書裡，補印上更正啟事，並說明原委（等於「來函照登」），人在屋簷
下，那得不低頭！該則更正內文如後所述：

　　　　茲奉
　　副安撫華民政務司師大老爺來函命更正如左
　　啟者前印之富國自強及香港雜記兩部書中指出夷字外國皇后英廷各
字樣皆屬不合其夷字查和約內載明無論何處概不准用而印書尤爲不可英
國無皇后之稱宜稱皇帝外國當寫西國至於　英廷　中廷均應一律抬寫何
以抬　中廷而不抬　英廷之理乎種種破綻前經來署面晤自知汗顏今雖更
正尚未盡善仍望詳細檢察妥爲繕正方可發售。
　　　更正
英皇后宜稱
英皇帝
　　　所有
英廷二字例應抬頭

## 十六、希望能看一分發他深省的報紙—台灣報業診療　　所系列之一：專訪政大新聞系副教授彭家發

　　問：一分質報應該具備怎麼樣的條件？
　　答：除了採訪寫作與編輯的版面品質要求外，質報的消息一定要正

確，評論要有立場，同時要能獲得讀者的尊重。也就是說，質報在提供消息，做新聞報導的時候，必須準確、客觀、沒有預存立場，要完全就事實來報導，不作歪曲、淡化或誇大處理。

而在評論方面，則可以表達明確的立場，讓讀者看得過癮，可以有任何的看法。香港《明報》讀者投書欄中，有一句十分發人深省的話：「事實不能歪曲，意見大可自由」。目前國外稱得上質報的，有《紐約時報》、《國際前鋒論壇報》及《倫敦泰晤士報》等著名刊物。

質報還有一點很重要的是要負責任，錯了不害怕更正。《紐約時報》就曾在一版主題說：「我們錯了」。台灣大多數的報紙都不太喜歡「認錯」，這點記者和報社都有責任。

一個盡職的記者，在發現報導錯誤之後，應該立即在第二天同一版面、同一位置，刊登更正，而報社不能因怕影響報譽，或採訪對象不抗議，就不了了之，這是很不對的。同時報社在查證屬實之後，對來函更正之信函，也應照登才好。

有些記者事後知道自己寫錯了，但為了面子問題或避免主管責罵，而不作更正打算，寧願偷偷地把同樣的新聞稍微加以改寫，再湊上些別的資料之後，把新聞發一遍，以彌補過失。雖然這麼做，在專業性上來講，還是不夠，但總比完全不予理會好些。

問：目前台灣報業最大的弊病在那裡？

答：我想新聞報導內容缺乏可信度是最大的致命傷，光就報導內容來說，前後文就常常充滿矛盾的地方，灌水材料也多，而且記者往往缺乏窮追不捨的求證態度。許多用普通常識判斷就可以知道的事情，記者還常會寫錯。另外，一些怪裡怪氣的消息，卻也居然可以經過很多守門人的關卡而見報，可見素質之一斑。

台灣的編輯對記者的稿件，一般來講是只刪不太改，但好的編輯應

該要嚴格把關才對。香港某些報紙，都已經做到記者必須當三年之後，才能升爲編輯，而專欄記者一定是由資深記者升任。

　　求進步的記者，下筆一定會謹愼，而一個負責任的報紙，應該不會刊登未經求證、沒有來源可稽的新聞，因爲這樣會損害讀者的利益。

　　問：台灣目前的環境，是否需要一分質報？

　　答：很難說我們的社會是否需要一分水準很高的質報，因爲沒有人「放手一搏」。但這該是很有希望的，如果真的有這樣的一分報紙出現的話，該能將讀者水準慢慢提昇的。

　　香港的《南華早報》，由於有報系的財務支持，所以一開始就走高級品味的路線，雖然到今天的發行量，可能也只不過六、七萬分（因是英文報，看的人數有限），但廣告滿版，影響力很大。如果台灣有人想辦質報的話，一定要先有「不管賠不賠錢」的心態；此外，還需要社會理念的配合，以及讀者品味的自我提昇。

　　就目前台灣地區的情況而言，我心目中的質報是一分不隨波逐流，不講求「綜合」性，但突出公眾傳播權的「讀者論壇報」之類形式的報刊，就是讓讀者投書，然後按照投書的內容去作深入採訪求證，從而挖掘得事實眞象，之後加以報導。這是國外讀者投書版的作法。香港的《東方日報》就很注重這種大眾諮商的形式，光是讀者投書版的記者，就有近二十名之多，這也是媒體履行議題設定的一種表現形式。

　　現在台灣報紙的版面太雜亂，常常令人有捉不著點之感，往往整分報紙看完了，卻不記得看了什麼。人類眼睛的最大極限，大約是一眼看六、七欄，太大的標題、沒有重心的版面，會令眼睛「目不暇給」。我們在編輯檯上走了近半世紀，才摸索得一些原則。目前這些原則似乎在一夕之間，已經被「破舊」了，而某些美工的「立新」花式，卻令我想到美國當年報業初期的「馬戲團式版面」（Circus　Makeup）。個人感覺方欄（塊）式版面，如果運用得好，固能使排文不會迂迴曲折，讀

來當然流暢，但最好不要「勉力爲之」；傳統式版面，如果顧及平衡、對稱與重點等美感，可能更合乎我們已經有些習慣了此種形式的雙眸。（如彩色版與黑白版的觀感）。

問：台灣報業未來的趨勢如何？

答：到目前爲止，還沒有震撼力很強的新報紙出現，所以《聯合》、《中時》兩大報還是很有發展餘地的。同時，由於送報到家的形態仍然主宰著購報習慣；因此，新報的發行網，似乎很難敵得過兩大報，除非大家改變購報習慣，喜歡到街上買報看，這樣新起的報紙，才更有竄起的機會，不過還是會很艱苦的。

此外，新興報紙要想謀得一席之地，必須要率先組成「讀者協會」及「編輯顧問團」之類組織，一方面加強對消費者的服務，與他們打成一片並讓他們發揮對報業的「監察權」；另一方面，又可以聽取學者專家的意見及批評，注意研究。這樣的雙管齊下，才可能有出頭的機會。如果只是埋頭苦幹，沉溺於自我安慰口號的話，很可能事倍而功半，甚至徒勞無功。

問：一分能讓您訂閱的報紙，必需具備那些特點？

答：首先它的消息一定要正確，至於內容的報導倒不是頂重要的；其次，它必須能供給我知道許多有用的新知識，並且更能令我知道，我所生存的空間周遭，到底有甚麼事在發生，這就是媒介的守望功能。現在的資訊這麼多，誰也看不完，如果報紙能簡單扼要的告訴我，對我的「營生」有所幫助，可真節省我的時間和精力。此外，它表達的論點，最好是我沒有想過的，也就是能發我的「深省」。總之，這分報紙要能提供許多我不知道的東西。譬如我前面提到的構想中的「讀者論壇報」，各報都有的新聞，只要作精簡的摘要就可以，其他的深入報導，可從讀者投書中去找線索。

我還覺得台灣尚缺乏好的兒童、婦女及老人的專屬性報紙。香

港《明報》老闆金庸，當年辦報的理想，是希望中學生人手一分他的報紙，於是他就寫連載武俠小說來吸引中等文化程度的青少年。隨著環境改變，他的中學生報就提昇爲成人看的家庭報紙。好久以後，才再有今日的《信報》與他爭霸報林。〔台北；《首都早報社刊》。民78.10.5（創刊號）·《首都早報》已停刊。〕

# 註　釋

❶：《中國時報》，民80.12.12，第七版（社會新聞）。

❷：蔑視法庭指的是：傳播媒體在司法期間，進行被司法單位認爲是干擾司法公正的行動，諸如搶先評斷是非曲直，在法庭內拍照，放置錄音機、錄影機等等。媒體，例如「報紙審判」（trial by newspaper）：⑴以報導內容、標題或評論等，對正在審理中案件，加以論斷；或⑵對未經證實，或對有偏見事件，加以批評等等，都是防害公平審判（fair trial）的行爲。

❸：本文資料參考自《新聞鏡周刊》，第六十七期。該刊是參考自美《哥倫比亞評論》。

❹：雷根曾分別以演員、加州州長（兩次），及總統身分到NPC演講過四次，布希總統則講了五次，但就任總統後，至一九九一年年中，尚未在這處演講過。想加入NPC記者，必須獲有三名會員推薦，方獲受理。

　　有關「國際新聞自由日」之成立，見《民生報》民81.5.2，第十四版。

❺：除中共錢其琛、吳學謙兩外長，及《上海生與死》（Life and Death in Shanghai, 1991）一書作者鄭念（姚淑媛）女士皆曾應邀前往發表演説外，其他世界名人尚有：赫魯雪夫、甘地夫人、柴契爾夫人，全斗煥、沙達特、胡笙、蘇卡諾、盧泰愚、薩林納斯（墨西哥總統）、理察柴（泰國總理）、衞奕信（香港總督）、海部俊樹（日相）、葉爾欽（蘇聯反對黨領袖）、裴瑞斯（以色列副總理）、湯恩比與史勒辛格（史學家）、魯賓斯坦（音樂家）、奧黛麗赫本與伊麗莎白泰勒、諾曼·洛克維爾（畫家）、阿里、索忍尼辛、伍迪·艾倫及

艾柯卡（企管家）。（見《聯合報》,民78.10.5,第二版）

❻：攝影記者「白頭行」卻中外皆有。例如,我人熟知的攝影大師郎靜山先生（上海人,1891～）,一九二六年即從事新聞攝影,而以百歲高齡,尚於一九九一年五月底,還帶著攝影機回大陸獵影。另一位則爲德人艾遜士笛（Alfred Eisenstaedt, 1898～）,他自一九三六年美國《生活雜誌》（Life Magazine）創刊不久,即爲她拍攝照片,至一九九一年,以九十二歲之齡,尚爲該雜誌效勞。他一生之中,拍過無數名人照片,如德魔希特勒（Adolf Hitler）在威尼斯（Venice）第一次與義大利墨索里尼（Benito Mussolini）握手（一九三四年）照片,即是其傑作。（The China News, 1991, July, 8. P.9）

❼：美國報紙發行量居世界之冠,尤其二十世紀中葉時期,全美紙資源消耗量,通常占全球紙總產量的三分之二。據一九五〇年估計,小小的威斯康辛《膝傷鎮日報》（Milwauikee Journal）,一年用紙量就是六萬噸,與當時人口爲三億四千六百萬的印度全年用紙量相等。

其時,若遇紙價上漲時,美國報紙則經常以限制篇幅,限制廣告地位,或要求廣告戶補貼紙張費等方法來應付。在偏遠地區,至二十世紀,白報紙（Newsprint）仍屬不充裕資源。例如一向靠蘇聯供應白報紙的外蒙（Mongolia）,在一九九〇年時,因蘇聯發生經濟危機,而停止供應民生物資之後,即面臨物資短缺困難。延至一九九一年四月二日,不得不宣布所有報紙及雜誌停印四天,等待「外援」。（The China News, 1991.4.3. P.1）

❽：民國八十年九月十六日,台北《聯合報》社慶祝四十周年社慶。在慶祝晚會上,當時《民生報》發行人王效蘭女士,特別用該報系報紙,設計成雙肩帶裙擺式的「報紙洋裝」七件,由七位台北女歌星穿著排列亮相,合唱「我的未來不是夢」,令人「耳目一新」。這七件「報紙裝」爲:《聯合報》（由李之勤穿著）、《民生報》（由任潔玲穿著）、《經濟日報》（由孟庭葦穿著）、《聯合晚報》（由金玉嵐穿著）、《美國世界日報》（由羅映庭穿著）、《歐洲日報》（由陳明真穿著）及《泰國世界日報》（由馬萃如穿

著）。此固一時之盛事，而報紙「用途」，又多增一項矣！（民生報，民80.9.

17，第九版）

再生紙即業界俗稱之「還魂紙」，或「文化用紙」（因含部分用過之紙漿）。

一九九二年五月四日該報系又在香港創辦《香港聯合報》。

❾：本文取材自：成舍我：「由小型報談到《立報》的創刊」，中國新聞史（李瞻

主編，民68）。台北：台灣學生書局。頁三七三～五。

附釋：

《滕傷鎮日報》是於一八八二年（清光緒八年），由尼門（Lucius W. Nie-

man）所創辦。一九一九年格蘭特（Harry J. Grant）買下該報，樹立報紙所

有權，爲報社員工所享制度，以四分之一股分給報社員工分享，並聲言最終目

標，爲該報所有權，全部爲員工持有爲止。該報並成立董事會，管理所有股

票，不得讓給外人。員工若果離職，必須將股票售回給公司。據估計，一九四

〇年時，約有七百員工握有該公司股票。一九六四年一月十日，名列《時代周

刊》當年度美國十大著名日報。

該報政治立場獨立，並發行晚報及周刊。尼門於一九三五年去世，將大部分財

產遺留給妻子。尼門太太翌年亦去世，她捐贈一百萬美元，用以提高新聞事業

水準。其遺囑執行人，乃於哈佛大學研究院，設立研究獎學金，供各國新聞人

員申請，到哈佛作短期進修，是謂「尼門研究獎助金」（Nieman Research

Fellowship）。

❿：見《新聞鏡周刊》，第四十九期（民78.10.2～8）。台北：新聞鏡雜誌社。頁

十二。

⓫：見曾虛白（民62）：中國新聞史，第八章。台北：國立政治大學新聞所。頁三

五五。

又見本書，「梁啟超確信報館有益於國事」一章「註六」附釋。

⓬：報紙主要功能在報導新聞。「白紙黑字」易令人產生信賴感。報紙的「附加價

值」，一向未爲報社推銷時所注意。看過的報紙除了可以剪存資料、作

廢（爛）紙賣（資源回收）、練毛筆、遊戲、剪摺紙及經紙泥勞作、墊紙、糊壁、抹物、包裹（例如油條、衣物），以前還有人捲成實心條狀作床鋪使用。

⑬：當時張亞霖父親、兒子與妻子亦中毒，故較少犯嫌，而當中八名工人謂有下毒之嫌，但張卻力保他們是好夥計，故亦没罪。張因爲在港做英人生意，被清廷下令通輯，故被遞解出境時，去不了中國，只好去了越南西貢。〔爲張辯護的律師爲英人必烈嗜士（W. T. Bridges），其後出任香港輔政司；港島中、上環半山區故有「必烈嗜士街」。〕

⑭：本文除參閱曾虛白氏之《中國新聞史》、戈公振《中國報學史》及其他資料外，尚參閱：〈香港早期西報滄桑〉一文，刊於：魯言（梁濤）著（1977年）：香港掌故第一集。頁十六。該文曾參考馬沉著：《香港法例彙編》，第一卷上冊，頁十一；以及下冊，頁十二。又：《香港掌故》，第一集，一八五六年香港的「十月」，頁一五五～六五。同上。

張亞霖工人有否在麵包落毒，已成懸案；但當時我人飽受帝國主義侵凌，洋兵兵臨祖家城下之際，若是「志在報強贏」而有此事之發生，想其時無權無勇、手無寸鐵之華民聞之，自然有「奇功遂不成」之憾，而痛於荆卿之——「其人雖已歿，千載有餘情」。（陶淵明之「詠荆軻」詩句）

⑮：據袁昶超之《中國報業小史》一書，《中國日報》創刊於光緒二十五年（一八九九年）十二月下旬；以西曆折算，爲一九〇〇年一月下旬。大陸學者余家宏等人主編之《新聞學基礎》一書，認是一月二十五日，以其吻合，故採此説。我國國內外報刊以《中國日報》爲報名者，所在多有如：

⑴台中市《中國日報》：創刊於民國四十年七月，原名《新中國報》，由趙德修擔任發行人。四十一年由蕭伯勤接辦，並遷至豐原鎮出刊。四十四年正式易名爲《中國日報》，由顧鴻傳任社長。四十九年由鄭森榮任發行人，並遷回台中出版。

⑵台北英文《中國日報》（China News）：創刊於民國三十八年六月六日，初期由魏景蒙擔任發行人兼社長，鄭南渭任總編輯，四十九年六月一日起，率

先在台採用全自動萊諾排鑄機（Linotype）排印。

⑶越南提岸之中文《中國日報》（已停刊）：民國十九年一月，爲越僑梁康榮所創辦，曾一度增出晚刊。一九三一年，日軍侵越，僑報被迫停刊，勝利後，再以新姿態復刊。

⓰：大陸報刊喜作橫排，爲中共一向版面形式。港澳僑報中，大報俱作直排，四開報則多有橫排形式。台灣報刊，原忌諱橫排，但自民國七十七年元月報禁解除後，已有大報採用橫排版面如《聯合晚報》（United Evening News），《民生報》（Min Sheng Pao），尤其新創報刊（如《首都早報》（Capital Moring Post）（已停刊）。

⓱：革命黨財政向不充裕，爲眾周知。一九〇〇年夏秋之間，惠廣兩州起義相繼失敗，革命黨人相皆逃港在該館落腳，以避鋒芒，《中國日報》經費更爲困難。幸賴香港革命富商李紀堂資助，方能勉強支撐。李紀堂是巨富李陞第三子，香港西環至今尚有「李陞街」，可見當年其物業之盛，他曾是港島上環皇后大道中高陞戲院東主，至一九七〇年代中期，該處始拆賣建作公寓。

⓲：《嶺海報》是廣州賭商蘇星衢（綽號蘇大闊）所辦，專講廣州風月場所中道消息，在官商勾結之下，《嶺海報》於是「奉旨」辦事，以潑婦罵街姿態，辱罵《中國日報》。胡衍鶚是胡漢民（1879～1936）長兄。

⓳：《蘇報》創刊是一八九六年（光緒二十二年）六月間（原報之「蘇」字，是作「蘓」），館址設於上海租界，原由胡章所經營，而由其日籍妻子生駒悅任館主，在日本駐滬領事註册，延鄒弢爲主筆，以黃色新聞取悅讀者；並受日人支持，儼如日人在上海機關報。因經營不善，屢有虧蝕。光緒二十四年，由曾任江西鉛山知縣、後以教案落職的陳範接辦，並聘汪文溥爲主筆。一九〇二年後，日漸傾向革命；四月，蔡元培等人認爲譯本教科書多不適用，非重新編訂，不足改良教育，乃在上海成立「中國教育會」，並暗中鼓吹革命，獲陳範積極支持。不久，蔡元培、章炳麟（太炎，1869～1936）與吳稚暉（敬恆1865～1953）諸人，更成立「愛國學社」，以安置南洋公學退學的學生，兼且

議論時政，放言無忌，社員並每日輪流爲《蘇報》撰寫論説一篇，月收該報百元爲酬。《蘇報》遂成革命黨人，在國內所掌握的一分報紙。

一九〇三年開始《蘇報》更特闢「學界風潮」一欄，鼓吹仇清情緒。五月底，再聘章士釗（1881～1973）擔任主筆。六月三日一期，更將該欄「高舉」到論説欄之後，言論激烈，竟有「汝（滿人）辮髮左衽之醜類」、「四萬萬人殺一人」之句。時鄒容（1885～1905）所著《革命軍》，章炳麟之〈駁康有爲論革命書〉，五月間同在上海刊行，《蘇報》爲文介紹，同月二十九日，並以「康有爲與覺羅君之關係」爲題，摘錄章書，中有「載湉（原文誤爲「恬」）小醜，未辨菽麥」之句，翌（三十）日，上海捕房即以汗衊清廷，觸犯清帝聖諱，大逆不道罪名，拘捕章炳麟下獄；七月一日，鄒容「投案」，七月《蘇報》在美國總領事古德諾（J.Goodnow）簽署下，案雖未定，竟亦遭受查封。（當時《字林西報》及英《泰晤士報》均曾抨擊）。因爲事涉租界封報拿人，遂造成轟動世界的《蘇報》案。〔此一古德諾，並非被誤認爲主張採洪憲帝制，美國憲法權威的哥倫比亞大資深教授古德諾（Frank T. Goodnow, 1859—1939）。他曾於民國元年擔任過袁世凱的短期政治顧問。而據考查，其時任袁氏顧問而促成洪憲帝制者，實爲當時英國駐華公使之北愛爾蘭人朱爾典（Sir John N. Jordan, 1856—?），亦即港府紀念他的「佐頓道」由來。〕

原來清廷之鎮壓《蘇報》已策劃有時，早於六月二十六日，蘇督魏光燾即派候補道俞明震到上海，會同上海道袁樹勛，向成立於咸豐四年（一八五四年）的上海公共租界（International Settlment）工部局（Municipal Council）（應釋爲「上海市議會」）及外國領事交涉妥當，雙方共同訂立了在租界審辦之約，方交巡捕房執行。章、鄒入獄後，清廷要求引度（extradition），但各國公使（envoy minister）認爲此屬領事（consul）之權，未便答允；工部局爲維持其治外法權（extrality / etraterritoirality），亦未答允。經多方交涉，始達成上海就地辦理，在「會審公廨」開額外堂協議，開首宗朝廷與人民聚訟之例。案經數審，至一九〇四年（光緒三十年）五月二十一日，始由上

海縣知縣汪懋琨，讞員（身分等於法官和檢察官兩職）王煊及英副領事德爲門（Taymer）復訊以「詆謗今上」、「直接煽動叛亂推翻清朝」，與鼓動「殺滿人」罪定讞，章氏判監三年，鄒氏兩年，刑期均自到案之日起算，期滿後逐出租界。

不幸，鄒容卻於一九〇五年（光緒三十一年）四月三日，入獄七十天後，病死獄中；章炳麟於一九〇六年六月二十九日出獄，由同盟會派員接往日本，主持東京《民報》月利編務。《蘇報》案至是始告一段落。

一九〇三年八月七日，章士釗又糾集陳獨秀（1879～1942）及蘇曼殊（1884～1918）等人，於上海租界創辦《國民日日報》，言論仍以革命仇滿爲主，因而故發刊詞有：「以當今狼豕縱橫，主人失其故居」，「竊願作彼公僕，爲警鐘木鐸，日聒於我主人之側」之語，闢有副刊「黑暗世界」，並由陳、蘇兩人繙譯雨果（Hugo Victor Marie, 1802−85）之《悲慘世界》（Les Mis'ersvles, 1862）連載，意在攻擊清廷，並登載《南渡錄演義》，以喚起種族之思。清廷因有《蘇報》案之窘，只得消極地通令長江一帶嚴禁售閱，否則提究。惜三個月後，因經理與編輯部權限問題，產生糾紛，此一「蘇報第二」終於停刊。（現存最後一期是一九三〇年十二月三日第一一七號）

一九〇三年十月，沙俄（Czar, Nicholas Ⅱ, 1894−1917）出重兵強占奉天（瀋陽 " Mukden " ），蔡元培組成「對俄同志會」，並十二月十五日創辦不用清室年號，改以干支（下注西曆）的《俄事警聞》日報，鼓吹抗俄運動，「使共注意於抵制此事之策」。同年十二月十九日，林獬又創辦《中國白話報》，繼承《蘇報》餘風，共辦了二十四期，至翌年十月停刊。一九〇四年一月十二日，該報正式成爲同志會機關報，每日有「告學生」、「告小工」之類一文一白社論各一篇，並不時譯述俄國無政府主義者（Nihilist）言論藉機刺激革命。日俄戰爭爆發，該報鑒於「其他諸國（尤指日本）之交施於我，無一而非俄也」，警聞的責任，「必不能囿於俄事一區」，遂於一九〇四年三月，改爲《警鐘日報》，同志會也改爲「爭存會」。同年十月，陳去病又

本《蘇報》精神,辦了一分《二十世紀大舞台》戲劇雜誌,借古諷今。可惜只出了兩期,即被查封。一九○五年春,該報因爲揭發德國侵略我山東罪行,德國駐滬領士遂串通清廷上海道及各國領事,在三月十五日,予以查封。

林獬(1872～1926),字少泉,又名萬里、白水;福建侯官人,他在光緒二十七年(1901年)五月初五,即曾在杭州創立《杭州白話報》(自名爲「白話道人」),目的在用一般老百姓語言,不談風月,不捧戲子優妓,只是把國內外發生的大事,報告給一般老百姓,同時把自己對這些事的意見,表達出來。光緒三十一年停刊。民國十五年,他擔任《社會日報》社長,因爲批評軍閥張宗昌逆鱗,竟被其槍殺。

一九○五年六月,浙江革命志士張恭(百謙)等人,又在金華創辦《萃新報》旬刊,惜又以「出語狂悖」罪,被浙撫下令查封(現存僅四期)。其實,一九○三年十一月,高旭(筆名天梅)在江蘇金山出版《覺民》(由該地「覺民社」發行);一九○四年前後,宋海聞等人在湖南出版《俚語日報》;同年九月,卞小吾於四川重慶出版《重慶日報》(聘日人竹籐太郎爲社長);一九○五年一月,吳樾在河北保定出版的《直隸白話報》,都是《蘇報》餘風。不過貢獻最大的,當推案發三年後于右任(1879～1964)的上海革命報刊系列。

于右任於一九○七年二月二十日創辦《神州日報》,「在喚起國民負責的思想,與推動光復漢族的高潮」。最早赴日攻讀新聞學的邵力子(聞泰),曾加盟該報工作。翌年三月,因報社失火,他無力恢復,乃辭社長之職,而由主筆汪允中等人,繼續出版。一九一二年,主持人汪彭年入京參加共和黨後,該報竟爲袁世凱黨羽公民黨人士所收購。一九○九年三月二十六日,又再創辦《民呼報》,以爲「炎黃子孫之人權宣言書,並大聲疾呼、爲民請命」。聘戴季陶(傳賢,1890～1949)等人爲主筆,攻擊貪官污吏,不遺餘力,致僅發行九十三日,因爲被清吏誣告侵占甘肅旱災賑款,被捕下獄月餘,至六月三十日而被迫停刊。同年八月二十日,他又延談善吾(老談)續辦《民吁報》(取其既不能大聲疾呼,只好暗自歎氣之意),抨擊日人甚力曾揭發其對錦齊鐵路陰謀,

同情朝鮮革命志士安重根於哈爾濱刺殺日相伊藤博文（1841～1909）之舉，故出版四十二日後，又爲上海道應日本領事之請而封禁。一九一〇年九月九日，他又再創辦《民立報》，並先後有宋教仁、張季鸞、葉楚傖、馬君武及陳英士諸君子擔任撰述，是革命陣容中，聲勢最爲浩大的一派。

值得一提的是，一八七四年（清同治十三年），亦即日軍侵占台灣同年，美國發明家愛迪生（Thomas Alva Edison, 1847－1931）發明了電報機（Telegraph），一八七九年（光緒五年）天津和大沽口之間，已有軍用電報。兩年之後，亦即光緒七年（一八八一年），清廷即於天津及上海等七處，設立電報局（telegraph office），並於江蘇設官電局（同年英人於上海設立東洋電話公司），光緒八年（一八八二年）一月十六日，經由天津電報局，發出第一則電訊給上海《申報》錄用；到首義前夕，上海各報所登電訊，已多至十來則。電訊的快迅特性，帶給報社「搶快」的壓力，有些報刊，往往一天增刊數次，重要的則隨時出號外（extra）。望平街報館，更學會了競用大字書寫獨家消息，在報館門口張貼方法，以吸引群眾（此種方法應爲今日之閱報欄、看板“bill board”濫觴，但當然不若電子看板“spectaculor”那樣精細）。另一方面，電訊無遠弗屆的本質，對民心影響至爲巨大，《民立報》即曾刊用過電訊，成功地爲革命軍打宣傳戰。

在一九一一年十月十日武昌起義爆發翌日，《民立報》就收到發自漢口的電報。第三天一早，即發出二十一條專電，將武昌起義消息，詳盡地報導給上海讀者知道，第一則電訊爲：「十九日武昌兵變，聞有革命黨乘勢起事，武漢間交通已斷。」

到十一月一日以後，全報十二個版所報導的，全是革命消息，聲勢浩大。其間，更製做過不少假電訊，以造成時勢。例如，十一月九日，該報刊載一則「此間接北京克服僞帝出奔電」的假電訊，香港和廣東報紙立即轉載此則來自上海的消息，但「帝奔」卻被改成更糟的「帝崩」，於是就成了報紙大事標題「京陷帝崩」的「重大電訊」，粵港人士歡聲四起，張鳴歧倉皇出走，龍濟

光、李準卑辭乞降。粵遂得以光復。《民立報》曾因這種作法，引起讀者注目，一下銷路高達兩萬分，致供不應求，有時讀者擬出一個銀元，來購買一分亦不可得。因該報社機器陳舊，印刷速度緩慢，無法加印。

民國成立後，該報乃繼續出版，但于氏已走向政界，二次革命之後，銷數大不如前，終由經費支絀，而於民國二年九月四日停刊。于右老，早年筆名「騷心」，詩文草書皆卓絕有成。有「元老記者」之稱。他熱中辦報，認為──

「蓋報紙者，輿論之母也。泰西諸國今日能享自由之樂而胎文明之花者，皆報紙為之也。」（「民呼日報宣言書」：《民呼報》創刊號，一九〇九・三・廿六）

「春秋之義在撥亂反正，褒貶進退。其視報雖有大小深淺之不同，其用心一而已矣。」所以報業有十大要素，即志、仁、義、智、勇、公、絜、忠信與諷喻與財。（《民呼報》，一九〇九・四・六）

報界其時有四大弊病：⑴無的放矢，黑白不分；⑵傳播謠言，不究實際；⑶鋪張瑣事，虛占篇幅；⑷黨同伐異，私而忘公。（《神州日報》，一九〇七・一・二十）

⑳：香港《商報》於武昌起義後，即一蹶不振，但卻一直繼續易主在出版。一九四九年，大陸易手前，附屬左派，至一九九〇年前後，受香港九七大限影響，方始歇業。

㉑：在羅便臣任港督之前，誹謗案訴訟人，只要有能力提出證據，便可向裁判官申請傳票（Subponea），由最高法院總檢察官起訴。因此，常引起誤會，以為政府是基於本身利益，方提出起訴。一八五九年羅便臣任港督後，方規定由原訴訟人親自提訴，並要求賠償。

㉒：該法例的中譯是這樣的：「凡在本（香）港發行之報紙、書籍、文字、圖畫，流入中國內地而能使全國發生叛亂的，本港為顧全邦交起見，得加以取締；判處罰款不過五百，監禁不過兩年，或罰款與監禁並施；在監禁期間是否須服勞役，須待高等法院裁定。」

不過，港府對政治性報紙（Political Paper），例不加以干涉，但一九二五年前後，中文報紙除須向「華民政務司」辦理登記外，尚須接受新聞檢查。初時以勞工文字爲對象，其後則及於新聞與醫藥廣告上的猥褻字句。因此，在港左右派筆戰，只要不涉及英、港或可能損害中英邦交的話，新聞檢查員通常是不過問的。但當時卻不准用「日寇」、「漢奸」一類名詞，要寫成「日×（或□）」、「漢×」，令人不忍卒讀。

當時大樣一定要送審，凡被藍鉛筆塗改過的字，一律要用「×或□」代替。社論與副刊尤爲嚴厲，偶有遺誤未改，該報即可能遭受可大可小處分。因此，有時趕不及，報館便索性把鉛字抽去，使人讀來如墜五里霧中。碰上好整國人的檢查員，尤其人人怨懟。可見早期在殖民地下辦報之可憐及艱辛。可幸，這些不合理規定，戰後即行取消（報紙數量一多，此法亦不得不取消）。

㉓：同年春，宣統之父攝政王載灃竟昧於大勢，冒然排漢，《中國日報》曾由朱執信先生（1855～1920）擬有上聯，「未除乳臭先排漢」，徵求下聯以諷之者。結果評定最佳者爲「將到長毛又剪清」，次一名爲華僑鄧澤如之「橫掃羶腥獨立旗」。

㉔：曾虛白（民58）：中國新聞史，第五章，第四節「革命黨的報紙」。台北：政大新聞所。頁二〇七。

附釋：

㈠梁啟超謂康同璧，精研史籍，深通英文。她十九歲伴同康有爲赴印度遊歷，曾寄梁啟超詩兩章紀此行，其一爲：「合衛山河歷劫塵（指舍衛祇林），布金壞殿數三巡；若論女士西遊者，我是支那第一人。靈鷲高舉照暮霞，淒迷塔樹萬人家；恆河落日滔滔盡，祇樹雷音付落花。」〔見「飲冰室詩話」，《飲冰室全集》，卷四，文苑類。台北：琥珀出版社（民五十六年印行）。頁三十一。〕

㈡在台重印出版之民初報刊及論述甚多，如：

△民國五十一年，重版黃遠生之《遠生遺著》，上、下冊。吳湘湘主編。台

北：文星書店出版。

△民國五十四年，重刊《申報》，一～四〇冊。吳湘湘主編（中國史料叢書）。台北：台灣學生書局。

△民國五十四年，重刊《國民日報》，一冊。吳湘湘主編（中國史料叢書）。台北：台灣學生書局。

△民國五十四年，重刊《蘇報》，一冊。吳湘湘主編（中國史料叢書）。台北：台灣學生書局。

△民國五十五年，重刊譚嗣同主編之《湘學新報》，一一四冊。台北：華聯出版社。

△民國五十七年，重刊《萬國公報》，一～四〇冊。台北：華文書局。

（餘另見拙著其他書目章節）

❷：一八九八年五月，江蘇無錫人裘延梁與姪女裘毓芳及若干友人，曾在無錫創辦過《無錫白話報》。裘毓芳以「梅侶女史」爲筆名，發表過很多文章，並主持編務。該刊自第五期後，易名爲《中國官音白話報》。

❷：因爲簡體字關係，大陸將陳範之「範」，作「范」字，欠妥，以其爲前人之專有名詞也。

❷：秋瑾（1877～1907），字璇卿，別號競雄，另號「鑑湖女俠」，浙江紹興人。胸懷紅玉之志，「粉身碎骨尋常事，但願犧牲保國家」。一九〇四年六月（光緒三十年四、五月間），東渡日本求學，參與革命宣傳活動，組成「演說練習會」，並於一九〇四年九月二十四日，在東京創辦《白話》月刊，由「演說練習會」編輯及發行，不用光緒年號，改用干支紀年，以示明白反清。

《白話》月刊內容有論說、時評、談叢及理科等欄目，用白話行文，不用文言，鼓吹救亡圖存。例如，《白話》第一期的「時評」裡，刊載了一篇題爲「日人勝俄占領我土」的評論，尖銳地批評清廷所謂「局外中立」政策的掩耳盜鈴之可笑。文中有謂：「俄國雖然打仗，只求死人，卻不失地；可憐我中國，沒頭沒腦的賠死了多少人，白失了多少地，反說我中立無事，敬賀日本，

以為是東亞的榮耀！豈不避了一個大老虎，來就小狼麼？大老虎吃人的，小狼就不吃人麼？你道可危不可危。奉勸大家不要前門避虎，後門就狼呵！」

《白話報》一共出了六期。

秋瑾成仁時，只有二十九歲。她的詩才非常之好，試觀「黃海舟中感懷二首」（之一）：「聞道當年鏖戰地，至今猶帶血痕流。馳驅戎馬中原夢，破碎河山故國羞。領海無權歸索莫，磨刀有日快思讎。天風吹面冷然過，十萬雲煙眼底收。」又如「感憤」一詩：「莽莽神州嘆陸沈，救時無計愧偷生。縛沙有願興亡楚，搏浪無椎擊暴秦。」

至於在《中國女報》所發表「感時」兩詩，更是家傳戶曉：(1)「瓜分慘禍衣眉睫，呼告徒勞費齒牙。祖國陸沈人有責，天涯飄泊我無家。」(2)「國破方知人種賤，義高不耐客囊貧。經營恨未酬同志，把劍悲歌淚縱橫。」

秋瑾被捕時，曾遭紹興知府貴福用刑拷問，監斬官是山陰知縣李鍾嶽，在古軒亭臨難前，秋瑾惟道「秋風秋雨愁煞人」，聞者淚落。幾天之後，李鍾嶽悲憤自殺。秋瑾於民元後，安葬西湖西冷橋，墓前有「風雨亭」，前有「秋祠」，追慰烈女貞魂。

❷⑧：本文是說最早有更正啟事之書，而非謂報刊之最早有更正啟事者。我國近代報業之最早一次「來函照登」之更正啟事，應見於一八七八年（光緒四年）年中之《申報》。（見本書「《申報》紀年即一部我國新聞簡史」一文。）

❷⑨：有關陳鏸勳的個人資料不多，但據他在書中自序所說，是在香港「輔仁文社」內撰寫的。香港輔仁文社，是香港第一個小規模俱樂部形式的新學團體，成立於光緒十五年（一八八九年），發起人有當時知名的楊衢雲及謝纘泰等人，旨在研究學術與開通民智。初期社址，設於港島中環歌賦街百子里。楊衢雲後來得識國父　孫中山先生，因而參加革命行列。

❸⓪：香港大學孔安道紀念圖書館所收藏的《香港雜記》共有兩種版本：其一根據“Royal　Colonial　Institute”所藏微形膠卷影印而得；另一本是吳灝陵先生，於一九三二年所購得原版。兩者俱無畫圖。而據陳上塵所寫之「《香港雜

記》種種」(《香港時報》,民69.7.22.),謂在香港大學馮平山圖書館得見此書是:「全書線裝一册,連插圖共約百頁」。不過據楊國雄的查核,並沒有看到此書。見楊國雄(1985年):《香港雜記》——「香港第一部有關香港的中文專書」,香港掌故(第九集。香港:廣角鏡出版社。頁六十九—七十七。

附釋:

(1)我國圖書雜誌,很早就會用統計圖表作報導。例如民國三十六年,在上海出版之《中國生活》雜誌第七期第十九頁,即有以圓形、羅盤式派餅圖(Pie Charts)來統計大陸易手前,當時上海一地舞場狀況,計有舞小姐一八五三五人,以二十一歲至二十五歲居多,共有九〇二人,受中等教育者約一三〇人,初級教育者約六二五人,其餘多未受教育。籍貫則以上海籍最多,共二百六十七人。外籍舞小姐以蘇聯人最多,共三十八人。舞廳,則以維也納最大,有舞小姐二九人(香港掌故,第九集,頁十九,同註㉚)。

(2)報史上時間拖延最長的一次「更正」:

一八六九年間,一位美國物理學家發現真空中引擎可以發動。在當時是了不起的發現;不料《紐約時報》卻批評爲沒知識:

「真空中引擎可以發動的理論,真是神話,我們奉勸這位『物理學家』,再把初中的物理重讀一遍!」不料一九六九年,人類升空登上了月球,果然在真空中發動了引擎。《時報》竟立即予以更正,坦承當時對物理的無知,並且鄭重地向那位已作古的物理學家道歉。

這項道更正,足足晚了一百年,但這種作風,卻領導潮流。〔《新聞鏡周刊》,第七十二期(民79.3.19—25)。台北:新聞鏡雜誌社。〕

# 三民大專用書書目

| 書名 | 著者 | | 任職學校 |
|---|---|---|---|
| 公司法論 | 梁宇賢 | 著 | 中興大學 |
| 票據法 | 鄭玉波 | 著 | 臺灣大學 |
| 海商法 | 鄭玉波 | 著 | 臺灣大學 |
| 海商法論 | 梁宇賢 | 著 | 中興大學 |
| 保險法論 | 鄭玉波 | 著 | 臺灣大學 |
| 民事訴訟法釋義 | 石志泉 原著／楊建華 修訂 | | 輔仁大學 |
| 破產法 | 陳榮宗 | 著 | 臺灣大學 |
| 破產法論 | 陳計男 | 著 | 司法院 |
| 刑法總整理 | 曾榮振 | 著 | |
| 刑法總論 | 蔡墩銘 | 著 | 臺灣大學 |
| 刑法各論 | 蔡墩銘 | 著 | 臺灣大學 |
| 刑法特論（上）（下） | 林山田 | 著 | 政治大學 |
| 刑事政策（修訂版） | 張甘妹 | 著 | 臺灣大學 |
| 刑事訴訟法論 | 黃東熊 | 著 | 中興大學 |
| 刑事訴訟法論 | 胡開誠 | 著 | 臺灣大學 |
| 行政法（改訂版） | 林紀東 | 著 | 臺灣大學 |
| 行政法 | 張家洋 | 著 | 政治大學 |
| 行政法之基礎理論 | 城仲模 | 著 | 中興大學 |
| 犯罪學 | 林山田 | 著 | 政治大學 |
| 監獄學 | 林紀東 | 著 | 臺灣大學 |
| 土地法釋論 | 焦祖涵 | 著 | 政治大學 |
| 土地登記之理論與實務 | 焦祖涵 | 著 | 政治大學 |
| 引渡之理論與實踐 | 陳榮傑 | 著 | 東吳大學 |
| 國際私法 | 劉甲一 | 著 | 中興大學 |
| 國際私法新論 | 劉鐵錚 | 著 | 政治大學 |
| 國際私法論叢 | 梅仲協 | 著 | 臺灣大學 |
| 現代國際法 | 丘宏達 | 著 | 馬利蘭大學 |
| 現代國際法基本文件 | 丘宏達 | 編著 | 馬利蘭大學 |
| 平時國際法 | 蘇義雄 | 著 | 中興大學 |
| 中國法制史 | 戴炎輝 | 著 | 臺灣大學 |
| 法學緒論 | 鄭玉波 | 著 | 臺灣大學 |
| 法學緒論 | 孫致中 | 著 | 各大專院校 |

| 強制執行法 | 陳 榮 宗 | 著 | 臺 灣 大 學 |
| 法院組織法論 | 管 歐 | 著 | 東 吳 大 學 |

## 政治·外交

| 政治學 | 薩 孟 武 | 著 | 前臺灣大學 |
| 政治學 | 鄒 文 海 | 著 | 前政治大學 |
| 政治學 | 曹 伯 森 | 著 | 陸 軍 官 校 |
| 政治學 | 呂 亞 力 | 著 | 臺 灣 大 學 |
| 政治學概要 | 張 金 鑑 | 著 | 政 治 大 學 |
| 政治學方法論 | 呂 亞 力 | 著 | 臺 灣 大 學 |
| 政治理論與研究方法 | 易 君 博 | 著 | 政 治 大 學 |
| 公共政策概論 | 朱 志 宏 | 著 | 臺 灣 大 學 |
| 公共政策 | 曹 俊 漢 | 著 | 臺 灣 大 學 |
| 公共政策 | 朱 志 宏 | 著 | 臺 灣 大 學 |
| 公共關係 | 王德馨 等 | 著 | 交 通 大 學 |
| 中國社會政治史㈠～㈣ | 薩 孟 武 | 著 | 前臺灣大學 |
| 中國政治思想史 | 薩 孟 武 | 著 | 前臺灣大學 |
| 中國政治思想史（上）（中）（下） | 張 金 鑑 | 著 | 政 治 大 學 |
| 西洋政治思想史 | 張 金 鑑 | 著 | 政 治 大 學 |
| 西洋政治思想史 | 薩 孟 武 | 著 | 前臺灣大學 |
| 中國政治制度史 | 張 金 鑑 | 著 | 政 治 大 學 |
| 比較主義 | 張 亞 澐 | 著 | 政 治 大 學 |
| 比較監察制度 | 陶 百 川 | 著 | 國 策 顧 問 |
| 歐洲各國政府 | 張 金 鑑 | 著 | 政 治 大 學 |
| 美國政府 | 張 金 鑑 | 著 | 政 治 大 學 |
| 地方自治概要 | 管 歐 | 著 | 東 吳 大 學 |
| 國際關係──理論與實踐 | 朱張碧珠 | 著 | 臺 灣 大 學 |
| 中美早期外交史 | 李 定 一 | 著 | 政 治 大 學 |
| 現代西洋外交史 | 楊 逢 泰 | 著 | 政 治 大 學 |

## 行政·管理

| 行政學（增訂版） | 張 潤 書 | 著 | 政 治 大 學 |
| 行政學 | 左 潞 生 | 著 | 中 興 大 學 |
| 行政學新論 | 張 金 鑑 | 著 | 政 治 大 學 |

## 社　會

| 書名 | 著者 | | 服務機關 |
|---|---|---|---|
| 勞工問題 | 陳國鈞 | 著 | 中興大學 |
| 少年犯罪心理學 | 張華葆 | 著 | 東海大學 |
| 少年犯罪預防及矯治 | 張華葆 | 著 | 東海大學 |

## 教　育

| 書名 | 著者 | | 服務機關 |
|---|---|---|---|
| 教育哲學 | 賈馥茗 | 著 | 臺灣師範大學 |
| 教育哲學 | 葉學志 | 著 | 彰化教育學院 |
| 普通教學法 | 方炳林 | 著 | 臺灣師範大學 |
| 各國教育制度 | 雷國鼎 | 著 | 臺灣師範大學 |
| 教育心理學 | 溫世頌 | 主譯 | 美國傑克立州立大學 |
| 教育心理學 | 胡秉正 | 著 | 政治大學 |
| 教育社會學 | 陳奎憙 | 著 | 臺灣師範大學 |
| 教育行政學 | 林文達 | 著 | 政治大學 |
| 教育行政原理 | 黃昆輝 | 著 | 臺灣師範大學 |
| 教育經濟學 | 蓋浙生 | 著 | 臺灣師範大學 |
| 教育經濟學 | 林文達 | 著 | 政治大學 |
| 工業教育學 | 袁立錕 | 著 | 彰化教育學院 |
| 技術職業教育行政與視導 | 張天津 | 著 | 臺灣師範大學 |
| 技職教育測量與評鑑 | 李大偉 | 著 | 臺灣師範大學 |
| 高科技與技職教育 | 楊啟棟 | 著 | 臺灣師範大學 |
| 工業職業技術教育 | 陳昭雄 | 著 | 臺灣師範大學 |
| 技術職業教育教學法 | 陳昭雄 | 著 | 臺灣師範大學 |
| 技術職業教育辭典 | 楊朝祥 | 編著 | 臺灣師範大學 |
| 技術職業教育理論與實務 | 楊朝祥 | 著 | 臺灣師範大學 |
| 工業安全衛生 | 羅文基 | 著 | 臺灣師範大學 |
| 人力發展理論與實施 | 彭台臨 | 著 | 臺灣師範大學 |
| 職業教育師資培育 | 周談輝 | 著 | 臺灣師範大學 |
| 家庭教育 | 張振宇 | 著 | 淡江大學 |
| 教育與人生 | 李建興 | 著 | 臺灣師範大學 |
| 當代教育思潮 | 徐南號 | 著 | 臺灣大學 |
| 比較國民教育 | 雷國鼎 | 著 | 臺灣師範大學 |
| 中等教育 | 司琦 | 著 | 政治大學 |
| 中國教育史 | 胡美琦 | 著 | 文化大學 |

| 書名 | 作者 | | 服務機構 |
|---|---|---|---|
| 中國現代教育史 | 鄭世興 | 著 | 臺灣師大 |
| 中國大學教育發展史 | 伍振鷟 | 著 | 臺灣師大 |
| 中國職業教育發展史 | 周談輝 | 著 | 臺灣師大 |
| 社會教育新論 | 李建興 | 著 | 臺灣師大 |
| 中國社會教育發展史 | 李建興 | 著 | 臺灣師大 |
| 中國國民教育發展史 | 司　琦 | 著 | 政治大學 |
| 中國體育發展史 | 吳文忠 | 著 | 臺灣師大 |
| 如何寫學術論文 | 宋楚瑜 | 著 | 臺灣大學 |
| 論文寫作研究 | 段家鋒 | 等著 | 政戰學校等 |

## 心理學

| 書名 | 作者 | | 服務機構 |
|---|---|---|---|
| 心理學 | 劉安彥 | 著 | 傑克遜州立大學 |
| 心理學 | 張春興 | 等著 | 臺灣師大等 |
| 人事心理學 | 黃天中 | 著 | 淡江大學 |
| 人事心理學 | 傅肅良 | 著 | 中興大學 |

## 經濟‧財政

| 書名 | 作者 | | 服務機構 |
|---|---|---|---|
| 西洋經濟思想史 | 林鐘雄 | 著 | 臺灣大學 |
| 歐洲經濟發展史 | 林鐘雄 | 著 | 臺灣大學 |
| 比較經濟制度 | 孫殿柏 | 著 | 政治大學 |
| 經濟學原理（增訂新版） | 歐陽勛 | 著 | 政治大學 |
| 經濟學導論 | 徐育珠 | 著 | 南康涅狄克州立大學 |
| 經濟學概要 | 歐陽勛 | 等 | 政治大學 |
| 通俗經濟講話 | 邢慕寰 | 著 | 前香港大學 |
| 經濟學（增訂版） | 陸民仁 | 著 | 政治大學 |
| 經濟學概論 | 陸民仁 | 著 | 政治大學 |
| 國際經濟學 | 白俊男 | 著 | 東吳大學 |
| 國際經濟學 | 黃智輝 | 著 | 東吳大學 |
| 個體經濟學 | 劉盛男 | 著 | 臺北商專 |
| 總體經濟分析 | 趙鳳培 | 著 | 政治大學 |
| 總體經濟學 | 鐘甦生 | 著 | 西雅圖銀行 |
| 總體經濟學 | 張慶輝 | 著 | 政治大學 |
| 總體經濟理論 | 孫　震 | 著 | 臺灣大學 |

| 書名 | 著者 | | 學校（機構） |
|---|---|---|---|
| 數理經濟分析 | 林大侯 | 著 | 臺灣大學 |
| 計量經濟學導論 | 林華德 | 著 | 臺灣大學 |
| 計量經濟學 | 陳正澄 | 著 | 臺灣大學 |
| 經濟政策 | 湯俊湘 | 著 | 臺灣大學 |
| 合作經濟概論 | 尹樹生 | 著 | 中興大學 |
| 農業經濟學 | 尹樹生 | 著 | 中興大學 |
| 工程經濟 | 陳寬仁 | 著 | 中正理工學院 |
| 銀行法 | 金桐林 | 著 | 華南銀行 |
| 銀行法釋義 | 楊承厚 | 著 | 銘傳商專 |
| 商業銀行實務 | 解宏賓 | 編著 | 中興大學 |
| 貨幣銀行學 | 何偉成 | 著 | 中正理工學院 |
| 貨幣銀行學 | 白俊男 | 著 | 東吳大學 |
| 貨幣銀行學 | 楊樹森 | 著 | 文化大學 |
| 貨幣銀行學 | 李穎吾 | 著 | 臺灣大學 |
| 貨幣銀行學 | 趙鳳培 | 著 | 政治大學 |
| 現代貨幣銀行學 | 柳復起 | 著 | 新南威爾斯大學 |
| 現代國際金融 | 柳復起 | 著 | 新南威爾斯大學 |
| 國際金融理論與制度（修訂版） | 歐陽勛等 | 編著 | 政治大學 |
| 金融交換實務 | 李麗 | 著 | 中央銀行 |
| 財政學 | 李厚高 | 著 | 臺灣大學 |
| 財政學（修訂版） | 林華德 | 著 | 臺灣大學 |
| 財政學原理 | 魏萼 | 著 | 臺灣大學 |
| 商用英文 | 張錦源 | 著 | 政治大學 |
| 商用英文 | 程振粵 | 著 | 臺灣大學 |
| 貿易契約理論與實務 | 張錦源 | 著 | 政治大學 |
| 貿易英文實務 | 張錦源 | 著 | 政治大學 |
| 信用狀理論與實務 | 蕭啟賢 | 著 | 輔仁大學 |
| 信用狀理論與實務 | 張錦源 | 著 | 政治大學 |
| 國際貿易 | 李穎吾 | 著 | 臺灣大學 |
| 國際貿易實務詳論 | 張錦源 | 著 | 政治大學 |
| 國際貿易實務 | 羅慶龍 | 著 | 逢甲大學 |

| | | |
|---|---|---|
| 國際貿易理論與政策（修訂版） | 歐陽勛等編著 | 政治大學 |
| 國際貿易政策概論 | 余德培著 | 東吳大學 |
| 國際貿易論 | 李厚高著 | 逢甲大學 |
| 國際商品買賣契約法 | 鄧越今編著 | 外貿協會 |
| 國際貿易法概要 | 于政長著 | 東吳大學 |
| 國際貿易法 | 張錦源著 | 政治大學 |
| 外匯投資理財與風險 | 李麗著 | 中央銀行 |
| 外匯、貿易辭典 | 于政長編著<br>張錦源校訂 | 東吳大學<br>政治大學 |
| 貿易實務辭典 | 張錦源編著 | 政治大學 |
| 貿易貨物保險（修訂版） | 周詠棠著 | 中央信託局 |
| 貿易慣例 | 張錦源著 | 政治大學 |
| 國際匯兌 | 林邦充著 | 政治大學 |
| 國際行銷管理 | 許士軍著 | 新加坡大學 |
| 國際行銷 | 郭崑謨著 | 中興大學 |
| 行銷管理 | 郭崑謨著 | 中興大學 |
| 海關實務（修訂版） | 張俊雄著 | 淡江大學 |
| 美國之外匯市場 | 于政長譯 | 東吳大學 |
| 保險學（增訂版） | 湯俊湘著 | 中興大學 |
| 人壽保險學（增訂版） | 宋明哲著 | 德明商專 |
| 人壽保險的理論與實務 | 陳雲中編著 | 臺灣大學 |
| 火災保險及海上保險 | 吳榮清著 | 文化大學 |
| 市場學 | 王德馨等著 | 中興大學 |
| 行銷學 | 江顯新著 | 中興大學 |
| 投資學 | 龔平邦著 | 前逢甲大學 |
| 投資學 | 白俊男等著 | 東吳大學 |
| 海外投資的知識 | 葉雲鎮等譯 | |
| 國際投資之技術移轉 | 鍾瑞江著 | 東吳大學 |

## 會計・統計・審計

| | | |
|---|---|---|
| 銀行會計（上）（下） | 李兆萱等著 | 臺灣大學等 |
| 初級會計學（上）（下） | 洪國賜著 | 淡水工商 |
| 中級會計學（上）（下） | 洪國賜著 | 淡水工商 |
| 中等會計（上）（下） | 薛光圻等著 | 西東大學等 |

| 書名 | 作者 | | 服務機構 |
|---|---|---|---|
| 會計辭典 | 龍毓耼 | 譯 | 臺灣大學 |
| 會計學（上）（下） | 幸世間 | 著 | 臺灣大學 |
| 會計學題解 | 幸世間 | 著 | 臺灣大學 |
| 成本會計（上）（下） | 洪國賜 | 著 | 淡水工商 |
| 成本會計 | 盛禮約 | 著 | 淡水工商 |
| 政府會計 | 李增榮 | 著 | 政治大學 |
| 政府會計 | 張鴻春 | 著 | 臺灣大學 |
| 稅務會計 | 卓敏枝 | 等著 | 臺灣大學等 |
| 財務報表分析 | 洪國賜 | 等 | 淡水工商等 |
| 財務報表分析 | 李祖培 | 著 | 中興大學 |
| 財務管理 | 張春雄 | 著 | 政治大學 |
| 財務管理（增訂新版） | 黃柱權 | 著 | 政治大學 |
| 商用統計學（修訂版） | 顏月珠 | 著 | 臺灣大學 |
| 商用統計學 | 劉一忠 | 著 | 舊金山州立大學 |
| 統計學（修訂版） | 柴松林 | 著 | 政治大學 |
| 統計學 | 劉南溟 | 著 | 前臺灣大學 |
| 統計學 | 張浩鈞 | 著 | 臺灣大學 |
| 統計學 | 楊維哲 | 著 | 臺灣大學 |
| 統計學 | 顏月珠 | 著 | 臺灣大學 |
| 統計學題解 | 顏月 | 著 | 臺灣大學 |
| 推理統計學 | 張碧波 | 著 | 銘傳學院理學專 |
| 應用數理統計學 | 顏月珠 | 著 | 臺灣大學 |
| 統計製圖學 | 宋汝濬 | 著 | 臺中商專 |
| 統計概念與方法 | 戴久永 | 著 | 交通大學 |
| 審計學 | 殷文俊 | 等 | 政治大學 |
| 商用數學 | 薛昭雄 | 著 | 政治大學 |
| 商用數學（含商用微積分） | 楊維哲 | 著 | 臺灣大學 |
| 線性代數（修訂版） | 謝志雄 | 著 | 東吳大學 |
| 商用微積分 | 何典恭 | 著 | 淡水工商 |
| 微積分 | 楊維哲 | 著 | 臺灣大學 |
| 微積分（上）（下） | 楊維哲 | 著 | 臺灣大學 |
| 大二微積分 | 楊維 | 著 | 臺灣大 |

| 機率導論 | 戴久永 | 著 | 交通大學 |

## 新　　聞

| 傳播研究方法總論 | 楊孝濚 | 著 | 東吳大學 |
| 傳播研究調查法 | 蘇衡 | 著 | 輔仁大學 |
| 傳播原理 | 方蘭生 | 著 | 文化大學 |
| 行銷傳播學 | 羅文坤 | 著 | 政治大學 |
| 國際傳播 | 李瞻 | 著 | 政治大學 |
| 國際傳播與科技 | 彭芸 | 著 | 政治大學 |
| 廣播與電視 | 何貽謀 | 著 | 輔仁大學 |
| 廣播原理與製作 | 于洪海 | 著 | 中廣 |
| 電影原理與製作 | 梅長齡 | 著 | 前文化大學 |
| 新聞學與大眾傳播學 | 鄭貞銘 | 著 | 文化大學 |
| 新聞採訪與編輯 | 鄭貞銘 | 著 | 文化大學 |
| 新聞編輯學 | 徐旭 | 著 | 新生報 |
| 採訪寫作 | 歐陽醇 | 著 | 臺灣師大 |
| 評論寫作 | 程之行 | 著 | 紐約日報 |
| 新聞英文寫作 | 朱耀龍 | 著 | 前文化大學 |
| 小型報刊實務 | 彭家發 | 著 | 政治大學 |
| 廣告學 | 顏伯勤 | 著 | 輔仁大學 |
| 媒介實務 | 趙俊邁 | 著 | 東吳大學 |
| 中國新聞傳播史 | 賴光臨 | 著 | 政治大學 |
| 中國新聞史 | 曾虛白 | 主編 | |
| 世界新聞史 | 李瞻 | 著 | 政治大學 |
| 新聞學 | 李瞻 | 著 | 政治大學 |
| 新聞採訪學 | 李瞻 | 著 | 政治大學 |
| 新聞道德 | 李瞻 | 著 | 政治大學 |
| 電視制度 | 李瞻 | 著 | 政治大學 |
| 電視新聞 | 張勤 | 著 | 中視公司 |
| 電視與觀眾 | 曠湘霞 | 著 | 政治大學 |
| 大眾傳播理論 | 李金銓 | 著 | 明尼西達大學 |
| 大眾傳播新論 | 李茂政 | 著 | 政治大學 |

| 大眾傳播與社會變遷 | 陳世敏 | 著 | 政治大學 |
|---|---|---|---|
| 組織傳播 | 鄭瑞城 | 著 | 政治大學 |
| 政治傳播學 | 祝基瀅 | 著 | 政治大學 |
| 文化與傳播 | 汪琪 | 著 | 政治大學 |

**歷史・地理**

| 中國通史（上）（下） | 林瑞翰 | 著 | 臺灣大學 |
|---|---|---|---|
| 中國現代史 | 李守孔 | 著 | 臺灣大學 |
| 中國近代史 | 李守孔 | 著 | 臺灣大學 |
| 中國近代史（簡史） | 李雲漢 | 著 | 政治大學 |
| 中國近代史 | 古鴻廷 | 著 | 東海大學 |
| 隋唐史 | 王壽南 | 著 | 政治大學 |
| 明清史 | 陳捷先 | 著 | 臺灣大學 |
| 黃河文明之光 | 姚大中 | 著 | 東吳大學 |
| 古代北西中國 | 姚大中 | 著 | 東吳大學 |
| 南方的奮起 | 姚大中 | 著 | 東吳大學 |
| 中國世界的全盛 | 姚大中 | 著 | 東吳大學 |
| 近代中國的成立 | 姚大中 | 著 | 東吳大學 |
| 西洋現代史 | 李邁先 | 著 | 臺灣大學 |
| 東歐諸國史 | 李邁先 | 著 | 臺灣大學 |
| 英國史綱 | 許介鱗 | 著 | 臺灣大學 |
| 印度史 | 吳俊才 | 著 | 政治大學 |
| 日本史 | 林明德 | 著 | 臺灣師範大學 |
| 日本現代史 | 許介鱗 | 著 | 臺灣大學 |
| 近代中日關係史 | 林明德 | 著 | 臺灣師範大學 |
| 美洲地理 | 林鈞祥 | 著 | 臺灣師範大學 |
| 非洲地理 | 劉鴻喜 | 著 | 臺灣師範大學 |
| 自然地理學 | 劉鴻喜 | 著 | 臺灣師範大學 |
| 地形學綱要 | 劉鴻喜 | 著 | 臺灣師範大學 |
| 聚落地理學 | 胡振洲 | 著 | 中興大學 |
| 海事地理學 | 胡振洲 | 著 | 中興大學 |
| 經濟地理 | 陳伯中 | 著 | 前臺灣大學 |
| 都市地理學 | 陳伯中 | 著 | 前臺灣大學 |